Madeline Miller

Madeline Miller, 1978 yılında Boston'da doğdu ve New York ile Philedelphia'da büyüdü. Brown Üniversitesi'nden klasik eserler üzerine lisans ve lisanüstü diplomalarını aldı. Son on beş yıldır Latince, Yunanca ve Shakespeare üzerine dersler veriyor. İlk romanı *Akhilleus'un Şarkısı* 2012 yılında kurgu dalında Orange Ödülü'nü kazandı ve New York Times çoksatanlar listesine girdi. *Ben, Kirke* yazarın ikinci romanıdır. Miller'in makaleleri, aralarında *The Guardian, Wall Street Journal* ve NPR.org da bulunan çeşitli yayınlarda yer aldı. Yazar, Pennsylvania, Philedelphia yakınlarında yaşıyor.

Ben, Kirke
Madeline Miller

Orijinal Adı: *Circe*

İthaki Yayınları - 1538

Yayım Sorumlusu: *Alican Saygı Ortanca*
Yayıma Hazırlayan: *Mustafa Güdük*
Düzelti: *Alican Saygı Ortanca*
Kapak Görseli: *Will Staehle*
Kapak Uygulama: *Hamdi Akçay*
Sayfa Düzeni ve Baskıya Hazırlık: *B. Elif Balkın*
20. Baskı, Nisan 2022, İstanbul

ISBN: 978-605-375-958-4

Sertifika No: 46603

İthaki™ Penguen Kitap-Kaset Bas. Yay. Paz. Tic. A.Ş.'nin tescilli markasıdır.
Caferağa Mah. Neşe Sok. 1907 Apt. No: 31 Moda, Kadıköy-İstanbul
Tel: (0216) 348 36 97 Faks: (0216) 449 98 34
editor@ithaki.com.tr – www.ithaki.com.tr – www.ilknokta.com

Kapak, İç Baskı: Deniz Ofset Matbaacılık
Maltepe Mah. Hastane Yolu Sok. No: 1/6, Zeytinburnu-İstanbul
Tel: (0212) 613 30 06 denizmatbaamucellit@gmail.com
Sertifika No: 48625

MADELINE MILLER

BEN, KİRKE

Çeviren
Seda Çıngay Mellor

ithaki

Yayıncının Notu

Metinde mitolojik isimler için Azra Erhat'ın hazırladığı *Mitoloji Sözlüğü* esas alınmıştır.

Nathaniel için
νόστος

BİR

Ben doğduğumda, olduğum şeyin bir ismi yoktu. Anneme, teyzelerime ve bin kuzenime benzeyeceğimi varsayarak nympha demişler bana. Küçük tanrıların en küçükleri olarak güçlerimiz o kadar mütevazıydı ki ölümsüzlüğümüzü güçbela sağlayabiliyordu. Balıklarla konuşur, çiçekleri besler, bulut damlalarına ve dalgalardaki tuza tatlı diller dökerdik. O sözcük, *nympha* sözcüğü, geleceğimizin enini ve boyunu belirliyordu. Nympha bizim lisanımızda sadece tanrıça değil, aynı zamanda gelin anlamına da geliyordu.

Annem onlardan biri, pınarların ve akarsuların koruyucusu bir naiad'dı. Babamın gözüne, babam onun babası Okeanos'un salonlarını ziyarete gittiği sırada ilişmiş. Helios ve Okeanos o günlerde sık sık birbirlerinin sofrasına otururmuş. Kuzen ve akrandılar, gerçi pek öyle göstermiyorlardı ya. Babam yeni dövülmüş bronz gibi ışıltıyla parlardı, Okeanos ise çapaklı gözler ve göbeğine inen beyaz bir sakalla doğmuştu. Yine de ikisi de Titan'dı ve Olympos'taki, dünyanın kuruluşunu görmemiş olan gıcır gıcır yeni tanrılardansa birbirlerinin yarenliğini tercih ediyorlardı.

Okeanos'un sarayı, yerin derinlerine oyulmuş bir dünya harikasıydı. Yüksek tonozlu salonları altın kaplamaydı, taş zeminler kutsal ayakların yüzlerce yıllık temasıyla pürüzsüzleşmişti. Her odada Okeanos'un nehrinin hafif sesi duyulurdu; dünyadaki tatlı suların kaynağıydı bu nehir, öyle karanlıktı ki suların nerede bitip kaya tabanın nerede başladığını anlayamazdınız. Kıyılarında otlar ve kül rengi çiçekler biterdi, Okeanos'un, naiad'ların, nympha'ların ve nehir tanrılarının sayısız çocuğu da orada büyüyordu. Su samuru gibi parıldayarak, gülerek, loş havada yüzleri ışıl ışıl bir halde elden ele altın kadehler dolaştırır, güreşir, aşk oyunları oynarlardı. Tam ortalarında da bütün bu zambak güzelliğini gölgede bırakan annem otururdu.

Saçları koyu kahverengiydi, her buklesi öyle ışıltılıydı ki içeriden aydınlanıyormuş gibiydi. Babamın, şenlik ateşinden yayılan hava kadar sıcak bakışlarını hissetmiş olmalı. Elbisesini tam omuzlarının kıyısından aşağı dökülecek şekilde düzelttiğini görüyorum. Suda parıldayan parmaklarını oynattığını görüyorum. Buna benzer binbir türlü numara yaptığını bin kere görmüşümdür. Babam her zaman aldanırdı bunlara. Dünyanın doğal düzeninin, kendisini hoşnut etmek üzere tesis edilmiş olduğuna inanıyordu.

"Bu kim?" demiş babam Okeanos'a.

Okeanos'un babamdan sürüyle altın gözlü torunu varmış zaten, daha fazlası da hoşuna gidermiş. "Kızım Perseis. İstiyorsan senindir."

Ertesi gün babam, annemi yukarıdaki dünyadaki pınar başında bulmuş. İri nergis çiçekleriyle dolu, üzerinde meşe dallarının birbirine geçtiği güzel bir yermiş burası. Çamur yokmuş, yapış yapış kurbağalar yokmuş, sadece çimenliğin dibinde serili temiz, yuvarlak taşlar varmış. Nympha sanatının ince güzelliklerine hiç aldırış etmeyen babam bile severmiş orayı.

Annem, babamın geleceğinden haberdarmış. Narin ama hünerliydi annem, sivri dişli yılanbalığı gibi kıvrak bir zihni vardı. Kendisi gibiler için güce giden yolun nerede uzandığını görmüştü ve bu yol piçlerden, nehir kenarında güreşlerden geçmiyordu. Babam bütün ihtişamıyla karşısında durduğunda annem ona gülmüş. *Seninle yatmak mı? Ne diye yapacakmışım bunu?*

Babam istediğini alabilirmiş elbette. Ama Helios, ister köle kızlar olsun ister tanrıçalar, bütün kadınların kendi arzularıyla yatağına girmesiyle övünürdü. Sunakları bunun kanıtlarıyla, kocaman karınlı annelerin ve mutlu piçlerin adaklarıyla dolup taşardı.

"Ya evlilik," demiş annem ona, "ya da hiç. Ayrıca, evlilik olursa şunu bilmelisin: Kırlarda istediğin kadar kızla birlikte olabilirsin ama hiçbirini eve getirmeyeceksin çünkü sarayının salonlarında sadece ben salınacağım."

Koşullar, kısıtlamalar. Bunlar babam için yeni şeylermiş, tanrıların en bayıldığı şey de yeniliktir. "Anlaştık," demiş babam ve bunu mühürlemek için anneme bir kolye vermiş, en nadir kehribar boncuklardan dizilmiş, kendi yaptığı bir kolyeymiş bu. Daha sonra, ben doğduğumda bir kolye daha vermiş anneme, üç kardeşimin her biri için de birer tane daha. Annemin hangisine daha çok kıymet verdiğini bilmiyorum: Işıl ışıl boncuklara mı, yoksa onları taktığında kız kardeşlerinin kapıldığı kıskançlığa mı? Ulu tanrılar onu durdurmasaydı, kolyeleri sonsuza dek toplamaya devam eder, boynundan öküzlerin boyunduruğu gibi sarkıtırdı herhalde. Tanrılar biz dört kardeşin ne olduğumuzu öğrenmişti artık. Başka çocuklar yapabilirsin, dediler anneme. Ama Helios'tan değil. Ama başka kocalar anneme kehribar boncuklar vermiyordu. Ağladığını yalnızca o zaman gördüm.

Doğduğumda teyzelerimden biri –adını söylemeyeceğim, çünkü hikâyem teyzelerle dolu– beni yıkayıp kundaklamış. Bir diğeri annemle ilgilenmiş, dudaklarını yeniden kırmızıya boyamış, saçlarını fildişi taraklarla taramış. Bir üçüncüsü babamı içeri almak için kapıya gitmiş.

"Kız," demiş annem burnunu kırıştırarak.

Ama babam kız evlat sahibi olmaya aldırmıyormuş, kızları

yumuşak mizaçlı ve zeytinlerin ilk sıkımı gibi altın renkliymiş. Hem erkekler hem de tanrılar onun soyundan üreyebilme fırsatı için servet ödüyormuş ve babamın hazinesinin tanrıların kralının hazinesiyle boy ölçüşebileceği söyleniyormuş. Babam beni kutsamak için elini başıma koymuş.

"İyi bir eşleşme yapacak," demiş.

"Ne kadar iyi?" diye meraklanmış annem. Daha iyi bir şeyle değiş tokuş edilme ihtimalim bir teselliymiş.

Babam saçlarımı tutam tutam edip gözlerimi ve yanaklarımın çizgilerini inceleyerek düşünmüş.

"Bir prensle sanırım," demiş.

"Prens mi?" diye sormuş annem. "Ölümlü birini kastetmiyorsun herhalde?"

Yüzündeki tiksinti apaçıkmış. Küçükken bir keresinde ölümlülerin neye benzediğini sormuştum. "Biçimlerinin bize benzediğini söyleyebilirsin," demişti babam, "ama ancak bir solucanın balinaya benzediği kadar."

Annem daha basit bir açıklama getirmişti: *Çürümüş etle dolu iğrenç torbalara benzerler.*

"Zeus'un oğullarından biriyle evlenecek mutlaka," diye ısrar etmiş annem. Kendini Olympos'taki ziyafetlerde, Kraliçe Hera'nın sağ tarafında otururken hayal etmeye başlamış hemen.

"Hayır. Saçları vaşak gibi çizgili. Bir de çenesi. Çenesi hoş olmayacak kadar sivri."

Annem daha fazla tartışmamış. Kızdırıldığı zaman Helios'un nasıl küplere bindiğine dair hikâyeleri herkes gibi o da biliyormuş. *Altın gibi parlıyor olsa da ateşini aklından çıkarma.*

Annem ayağa kalkmış. Karnındaki şişkinlik inmiş, sırtı yeniden dik, yanakları tazecik ve bakirelere has bir pembedeymiş. Bizim türümüz çok çabuk toparlanır elbet ama balıkların yumurtlaması gibi art arda doğuran Okeanos'un kızlarından biri olarak annem yine de daha hızlı iyileşiyormuş.

"Gel," demiş babama. "Daha iyisini yapalım."

***

Çabuk büyüdüm. Bebekliğim birkaç saatte geçti, kucak çocukluğum da onun ardından kısacık sürdü. Annemin gözüne girmeyi uman bir teyzem yanımızda kalmaya devam ediyordu, sarı gözlerimle tuhaf, tiz bir sesle ağlamam yüzünden bana *Atmaca*, yani Kirke adını verdi. Daha sonra annemin, kendisinin hizmetlerini ayaklarının altındaki zeminden daha fazla fark etmediğini anlayınca ortadan kayboldu.

"Anne," dedim. "Teyzem gitti."

Annem cevap vermedi. Babam gökyüzündeki arabasına dönmüştü bile, annem de gizli suyollarını kullanarak çekip gitmeye, çimenli nehir kıyılarında kız kardeşlerine katılmaya hazırlanıyor, saçlarını çiçeklerle örüyordu. Peşinden gidebilirdim ama o zaman bütün gün ilgilenmediğim ve anlamadığım şeyler hakkında dedikodu yapan teyzelerimin ayaklarının dibinde oturmaya mecbur olacaktım. Ben de geride kaldım.

Babamın salonları karanlık ve sessizdi. Sarayı, yeryüzüne gömülü Okeanos'un sarayına komşuydu ve duvarları cilalı obsidiyenden yapılmıştı. Niye yapılmasındı? Babam öyle istemiş olsaydı dünyadaki herhangi başka bir şeyden de yapılabilirdi bu duvarlar, Mısır'ın kan kırmızısı mermerlerinden ya da Arabistan'ın pelesenkağacından mesela. Ama babam obsidiyenin kendi ışığını yansıtmasını, kaygan yüzeyinin kendisi geçerken alev almasını seviyordu. Tabii kendisi yokken ortalığın ne kadar karanlık olacağını hesaba katmamıştı. Babam dünyayı kendisi içinde olmadan kafasında canlandırmayı asla başaramazdı.

O zamanlarda canım ne isterse yapabilirdim: Bir meşale yakıp karanlık alevlerin beni nasıl takip ettiğini görmek için koşabilirdim. Pürüzsüz toprak zemine yatıp yüzeyinde parmaklarımla küçük delikler açabilirdim. Solucan ya da tırtıl yoktu, gerçi ben de öyle şeylerin varlığından haberdar değildim ki onları arayayım. O salonlarda bizden başka yaşayan hiçbir şey yoktu.

Geceleri babam döndüğünde toprak bir atın sağrısı gibi dalgalanır, açtığım delikler kendiliğinden kapanırdı. Bir an sonra da annem çiçek kokuları içinde dönerdi. Babamı karşılamaya koşar, babam da onun boynundan asılmasına izin verir, şarap ikramını kabul eder, kocaman gümüş sandalyesine giderdi. Ayaklarının dibinde peşinden giderdim. *Hoşgeldin baba, hoşgeldin.*

Babam şarabını içerken dama oynardı. Kimsenin onunla oynamasına izin yoktu. Taşları yerleştirir, tahtayı çevirir ve yeniden yerleştirirdi. Annem sesini bala batırırdı. "Yatağa gelmeyecek misin sevgilim?" Şişe geçirilmiş de ateşte kızarıyormuş gibi yavaş yavaş babamın önünde döner, vücudunun cömert kıvrımlarını sergilerdi. Babam çoğunlukla o zaman oyununu bırakırdı ama bazen de bırakmazdı; en sevdiğim zamanlardı bunlar çünkü o zaman annem mür ağacından kapıyı arkasından çarparak çeker giderdi.

Babamın ayaklarının dibindeyken bütün dünya altındı. Işık aynı anda her yerden gelirdi, sarı cildinden, parlak gözlerinden, saçlarının bronz ışıltısından. Teni maltız kadar sıcaktı, izin verdiği kadarıyla ona sokulurdum, öğle vaktinde kayalara sokulan bir kertenkele gibi. Teyzem daha düşük seviyeli bazı tanrıların ona bakmaya zar zor dayanabildiğini söylemişti ama ben onun kızıydım, onun kanından geliyordum, yüzüne o kadar uzun süre bakardım ki gözlerimi başka tarafa çevirdiğimde babam bakışlarıma yapışmış halde kalır, yerlerde, parlayan duvarlarda, kakmalı masalarda, hatta benim kendi cildimde ışıldardı.

"Bir ölümlü seni bütün ihtişamıyla görseydi ne olurdu?" diye sordum.

"Bir saniyede yanıp küle dönerdi."

"Peki bir ölümlü beni görürse ne olur?"

Babam gülümsedi. Dama taşlarının hareket edişini, mermere sürtünen tahtanın tanıdık sesini dinledim. "Ölümlü kendini şanslı sayardı."

"Onu yakmazdım yani?"

"Tabii ki hayır," dedi babam.

"Ama gözlerim seninkilere benziyor."

"Hayır," dedi babam. "Bak." Gözlerini şöminenin yan tarafındaki bir kütüğe çevirdi. Kütük parladı, sonra alev aldı, sonra da kül halinde yere düştü. "Üstelik bu, güçlerimin en küçüğü. Bunu sen de yapabilir misin?"

Bütün gece o kütüklere baktım durdum. Yapamadım.

Kız kardeşim doğdu, ondan kısa bir süre sonra da erkek kardeşim. Ne kadar süre sonra, onu söyleyemem. Göksel günler bir çağlayandan dökülen sular gibi geçip gider, ben de onları saymakla ilgili ölümlü numarasını henüz öğrenmemiştim. Babamın daha bilgili olacağını zannederdiniz, ne de olsa her gün doğumunu görmüştü ama o bile kız ve erkek kardeşlerime ikiz derdi. O ikisi, erkek kardeşimin doğduğu andan itibaren vizon yavruları gibi birbirlerine yapışık haldeydi. Babam tek eliyle ikisini birden kutsamıştı. Işıklı kız kardeşim Pasiphae'ye, "Sen," demişti, "Zeus'un ebedi oğullarından biriyle evleneceksin." Kehanet sesiyle, gelecekte kesinlikle olacak şeyleri haber veren sesiyle konuşmuştu. Annem bunu duyunca, Zeus'un ziyafetlerinde giyeceği elbiseleri düşünürken içinde yanan ateşle parladı âdeta.

"Sen," dedi babam tok, bir yaz sabahı kadar berrak olan normal sesiyle erkek kardeşime. "Oğullar annelerine çeker." Annem bunu duyunca memnun oldu ve erkek kardeşimin ismini vermek için izin istedi. Ona kendi adını koyarak Perses dedi.

İkisi de akıllıydı, işlerin nasıl yürüdüğünü çabucak anladılar. Kürklü patilerinin arkasından bana pis pis gülmek pek hoşlarına giderdi. *Gözleri sidik gibi sarı. Sesi baykuş gibi cırtlak.* Atmaca *diyorlar ama öyle çirkin ki keçi demeleri gerekli.*

İğneli sözlerde ilk denemeleriydi bunlar, iğneleri hâlâ küttü ama günbegün sivrildi. Onlardan kaçınmayı öğrendim, onlar da çok geçmeden Okeanos'un salonlarındaki bebek naiad'larla nehir tanrıları arasında kendilerine daha iyi avlar buldular. Annem kız kardeşlerine gittiğinde onu takip eder, turnabalığının ağzının karşısındaki küçük balıklar gibi hipnotize olmuş haldeki yumuşakbaşlı kuzenlerimizin üzerinde hâkimiyet sürerlerdi. Eziyet dolu yüz farklı oyun icat etmişlerdi. Gelsene Melia, diye çağırırlardı tatlı seslerle. Olympos'ta son moda, saçlarını ense hizasında kesmek. Bunu yapmamıza izin vermezsen kendine nasıl koca bulacaksın? Melia kirpiye dönmüş halini görüp ağlayınca, kardeşlerim mağaralar yankılanana dek kahkahalarla gülerdi.

Onları kendi hallerine bırakmıştım. Babamın sessiz salonlarını tercih ediyor, geçirebildiğim her saniyeyi babamın ayaklarının dibinde geçiriyordum. Bir gün babam, kutsal sığırlarını ziyarete giderken, belki de bir ödül olarak, beni de yanında götürmeyi teklif etti. Büyük bir şerefti bu, çünkü altın savaş arabasına bineceğim ve bütün tanrıların kıskançlığına mazhar olan hayvanları, dünyadaki günlük yolu üstünde her gün babamın gözünü okşayan elli bembeyaz sığırı göreceğim anlamına geliyordu. Arabanın mücevherli parmaklıklarından sarkıp aşağıda kayıp giden dünyayı hayranlıkla seyrettim: Ormanların zengin yeşilini, çentik çentik dağları, okyanusun engin, uçsuz bucaksız maviliğini. Gözlerim ölümlüleri aradı ama onları göremeyecek kadar yukarılardaydık.

Sürü, çimenlerle kaplı Thrinakie Adası'nda, iki üvey kız kardeşimin bakımında yaşıyordu. Biz gelince kız kardeşler hemen babama doğru koşup çığlık çığlığa boynuna sarıldılar. Erimiş altın gibi ciltleri ve saçlarıyla babamın bütün güzel çocuklarının en güzelleri arasındaydılar. İsimleri Lampetie ve Phaethusa idi. *Işıltılı* ve *Parlak*.

"Peki, yanında getirdiğin kim?"

"Perseis'in çocuklarından biri mutlaka, gözlerine baksana."

"Tabii ya!" Lampetie (Lampetie'ydı sanırım) saçlarımı okşadı. "Canım benim, gözlerin konusunda hiç endişelenme. Hiç önemli değil. Annen çok güzeldir ama asla güçlü biri olamadı."

"Gözlerim sizinkiler gibi," dedim.

"Ah, ne tatlı! Hayır, canım, bizimkiler ateş kadar parlak, saçlarımız da suyun üstüne vuran güneş gibi."

"Saçlarını örmekle akıllılık etmişsin," dedi Phaethusa. "Kahverengi tutamlar örgünün içinde o kadar kötü durmuyor. Sesini de aynı şekilde saklayamaman pek yazık."

"Bir daha asla konuşmayabilir. Bu işe yarardı, değil mi kardeşim?"

"Yaramaz mı hiç?" Gülümsediler. "Gidip sığırları görelim mi?"

Hayatımda daha önce hiç sığır görmemiştim ama bunun önemi yoktu. Hayvanların güzelliği o denli barizdi ki onları bir şeyle karşılaştırma ihtiyacı duymadım. Postları nilüferlerin taçyaprakları kadar lekesiz, gözleri yumuşak ve uzun kirpikliydi. Boynuzları yaldızlanmıştı, kız kardeşlerimin işiydi bu. Sığırlar ot kemirmek için eğilince, boyunları dansöz gibi kıvrılıyordu. Günbatımı ışığında sırtları saten yumuşaklığıyla ışıldıyordu.

"Ah!" dedim. "Birine dokunabilir miyim?"

"Hayır," dedi babam.

"İsimlerini öğrenmek ister misin? Bu Beyaz Yüz, bu Parlak Göz, bu da Sevgili. Şuradaki Güzel Kız, buradaki Şirin, Altın Boynuz, bu da Işıltı. Şu Sevgili, şu da..."

"Sevgili'yi söylemiştiniz zaten," dedim. "Şuradakinin adının Sevgili olduğunu söylediniz." Huzur içinde ot çiğneyen ilk ineği işaret ettim.

Kız kardeşlerim önce birbirlerine, sonra tek bir altın bakışla babama baktılar ama babam dalgın zarafetiyle sığırlarını seyrediyordu.

"Yanlışın var," dedi kızlar. "Bu gösterdiğimiz Sevgili işte. Şu da Yıldız Işığı, buradaki Pırıltı, bu da..."

"Bu ne?" dedi babam. "Şirin'in üstündeki yara kabuğu mu?"

Kız kardeşlerim hemen atıldılar. "Ne yara kabuğu? Ah, olamaz. Ah, yaramaz Şirin seni, kendini yaralamışsın. Ah, seni yaralayana lanet olsun!"

Görmek için iyice eğildim. Küçücük bir kabuktu, serçe parmağımın tırnağından küçüktü ama babam kaşlarını çatmıştı. "Yarına kadar halledeceksiniz bu işi."

Kız kardeşlerim kafalarını bir aşağı bir yukarı salladılar. *Elbette, elbette. Özür dileriz.*

Yeniden arabaya bindik, babam gümüş uçlu dizginleri eline

aldı. Kız kardeşlerim babamın ellerine son birkaç öpücük daha kondurdular, ondan sonra atlar sıçrayıp bizi gökyüzü boyunca çekti. Loşlaşan ışıkta ilk takımyıldızlar göz kırpmaya başlamıştı bile.

Babamın bir keresinde, dünyada, işleri kendisinin yükselişini ve inişini takip etmek olan, adına gökbilimci denen birileri olduğunu anlattığı geldi aklıma. Bu kişiler ölümlüler arasında büyük hürmet görür, saraylarda krallara danışman olarak bulunurmuş. Ama babam bazen bir yerin ya da diğerinin üstünde oyalanır, hepsinin hesaplarını karmakarışık edermiş. O zaman bu gökbilimciler hizmet ettikleri kralların huzuruna sürüklenir ve sahtekâr oldukları için öldürülürlermiş. Babam bunu bana anlatırken gülümsemişti. Hak ettikleri buydu, söylediğine göre. Güneş Helios kendi iradesinden başka hiçbir iradeye bağlı değildi ve kimse ona ne yapacağını söyleyemezdi.

"Baba," dedim o gün. "Gökbilimcileri öldürecek kadar geç kaldık mı?"

"Kaldık," dedi babam şıngırdayan dizginleri sallayarak. Atlar hızla ileri atıldı, dünya altımızda bulanıklaştı. Denizin kıyılarından gecenin gölgeleri tütüyordu. Bakmadım. Göğsümde, kurusun diye sıkılan kumaşı andıran bir burulma hissi vardı. Gökbilimcileri düşünüyordum. Onları kafamda canlandırdım; solucan gibi yere yapışmış, eğilip bükülüyorlardı. Kemikli dizlerinin üstünde, lütfen, diye ağlaşıyorlardı, bizim suçumuz değildi, güneş geç kaldı.

Güneş asla geç kalmaz, diye cevapladı krallar tahtlarından. Böyle söylemek küfürdür, öleceksiniz! Böylece baltalar indi ve o yalvaran adamları ikiye böldü.

"Baba," dedim. "Kendimi bir tuhaf hissediyorum."

"Acıktın," dedi babam. "Ziyafet vakti geçti. Kız kardeşlerin bizi oyaladıkları için kendilerinden utanmalı."

Akşam yemeğinde güzelce yedim ama içimdeki his geçmedi. Yüzümde tuhaf bir ifade vardı mutlaka, çünkü Perses'le Pasiphae oturdukları divanda pis pis gülmeye başladılar. "Kurbağa mı yuttun?"

"Hayır," dedim.

Cevabım, onları daha fazla güldürmekten başka bir işe yaramadı. Süslü kumaşlarla örtülü kollarını bacaklarını, pullarını cilalayan yılanlar gibi birbirlerine sürttüler. Kız kardeşim, "Peki, babamın altın sığırları nasıl?" diye sordu.

"Güzeller."

Perses kahkaha attı. "Bilmiyor! Hayatında hiç bu kadar aptal birini görmüş müydün?"

"Hiç görmedim," dedi kız kardeşim.

Sormamam gerekirdi ama hâlâ düşüncelerime dalmış durumdaydım, mermer zeminlere serilip kalmış o paramparça vücutları görüyordum. "Neyi bilmiyorum?"

Kız kardeşimin kusursuz vizon suratı. "Babamın inekleri düzdüğünü tabii. Yenilerini böyle yapıyor. Boğaya dönüşüyor ve ineklerini döllüyor, yaşlananları da pişiriyor. Herkesin sığırları ölümsüz zannetmesinin sebebi bu."

"Öyle bir şey yapmıyor."

Kızarmış yanaklarımı işaret ederek uludular. Ses, annemi yanımıza getirdi. Kardeşlerimin şakalarına bayılırdı.

"Kirke'ye inekleri anlatıyorduk," dedi erkek kardeşim anneme. "Bilmiyormuş."

Annemin kahkahası, kayalardan inen bir pınar gibi parıldadı. "Aptal Kirke."

Senelerim böyle geçti işte. Bütün o süre boyunca kabuğumu kırmayı beklediğimi söylemek isterdim ama korkarım zamanın sonuna dek bütün o kör acılardan başka bir şey olmayacağına inanarak akıntıyla sürüklenip durdum.

İKİ

Amcalarımdan birinin cezalandırılacağı haberi geldi. Onu hiç görmemiştim ama ailemin felaket yüklü fısıltılarında adını tekrar tekrar duymuştum: *Prometheus.* Uzun süre önce, insanoğlu hâlâ mağaralarında titreyip büzülürken Prometheus, Zeus'un kudretine isyan etmiş ve insanlara ateşi hediye etmişti. Ateşin alevlerinden, kıskanç Zeus'un insanlardan uzak tutmayı umduğu medeniyetin bütün sanatları ve kazançları fışkırmıştı. Bu başkaldırı dolayısıyla Prometheus, uygun bir işkence bulunana dek yeraltı dünyasının en derin çukurunda yaşamaya yollanmıştı. Şimdi de Zeus vaktin geldiğini ilan etmişti işte.

Diğer amcalarım sakalları uçuşarak, korkuları ağızlarından dökülerek babamın sarayına koştular. Karmakarışık bir gruplardı: Ağaç gövdesi gibi kasları olan nehir ihtiyarları, sakallarından yengeçler sarkan, dişlerinin arasında fok eti olan, tuzlu suyla sırılsıklam deniz tanrıları. Çoğu amca değil de bir tür büyük kuzendi. Babam ve dedem gibi, Prometheus gibi onlar da Titan'dı, tanrılar arasındaki savaştan geriye kalanlardı. Mağlup düşmemiş, zincire vurulmamış, Zeus'un yıldırımlarıyla barış yapmış olanlardı.

Bir zamanlar, dünyanın şafağında sadece Titanlar vardı. Daha sonra büyük amcam Kronos'un kulağına, evladının günün birinde onu tahtından devireceğine dair bir kehanet geldi. Karısı Rheia ilk çocuklarını doğurduğunda bebeği daha kurumadan kadının kollarından kaptığı gibi çiğnemeden yuttu. Dört çocuk daha doğdu, Kronos hepsini aynı şekilde yedi, sonunda çaresizlik içindeki Rheia bir taşı kundaklayıp yutması için bebek diye Kronos'a verdi. Kronos aldandı, kurtarılmış bebek Zeus da gizlice büyütülmek üzere Dikti Dağı'na götürüldü. Büyüdüğünde hemen ayağa kalkarak gökyüzünden yıldırımı çekip aldı ve gerçekten de babasının boğazından aşağı zehirli otlar tıktı. Babalarının midesinde yaşayan kız ve erkek kardeşleri dışarı kusuldu. Kardeşlerinin yanına dizildiler, kendilerine de tahtlarını kurdukları yüce zirveden yola çıkarak Olymposlular dediler.

Eski tanrılar bölündü. Pek çoğu Kronos'a bağlılığını ilan etti ama babamla dedem Zeus'a katıldılar. Bazıları bunun Helios'un Kronos'un övüngen gururundan daima nefret etmiş olmasından kaynaklandığını söyledi, diğerleri kehanet gücü sayesinde savaşın sonucunu önceden bildiğini fısıldadı. Çarpışmalar gökleri ele geçirdi, hava alev alıp yandı, tanrılar birbirlerinin kemiklerindeki etleri kopardı. Diyar kaynar kan damlalarıyla sırılsıklam oldu, bu damlalar öyle kudretliydi ki düştükleri yerde ender çiçekler boy veriyordu. Sonunda Zeus'un gücü galip geldi. Zeus da ona başkaldırmış olanları zincire vurdu, kalan Titanların güçlerini ellerinden aldı, hepsini erkek ve kız kardeşleriyle babaları olduğu çocuklara bağışladı. Bir zamanlar denizlerin kudretli hâkimi olan amcam Nereus, şimdi denizin yeni tanrısı Poseidon'un dalkavukluğunu yapıyordu. Amcam Proteus sarayını kaybetti, karıları cariye olarak alındı. Sadece babamla dedem hiçbir mevki, makam kaybına uğramadı.

Titanlar alayla dudak büktü. Minnetar mı olmaları bekleniyordu? Helios'la Okeanos savaşın gidişatını değiştirmişti, bunu herkes biliyordu. Zeus'un onları yeni güçlerle donatması, yeni mevkilere getirmesi gerekirdi ama Zeus, Titanların gücü kendisininkine denk olduğu için korkuyordu. İtiraz etmesini, yüce ateşinin parlamasını bekleyerek babama baktılar. Ama Helios yerin altındaki, Zeus'un gök parlaklığındaki bakışlarından çok uzaktaki salonlarına dönmekle yetindi.

Yüzyıllar geçti. Dünyanın yaraları iyileşmişti, barış devam ediyordu. Ama tanrıların garezi bedenleri denli ölümsüzdür; amcalarım bayram gecelerinde babamın yanına iyice sokularak toplanıyordu. Onunla konuşurken gözlerini yere indirmeleri, babam koltuğunda kımıldandığında susup dikkat kesilmeleri hoşuma gidiyordu. Şarap çanakları boşaldı, meşalelerin ışığı azaldı. Çok uzun süre oldu, diye fısıldadı amcalarım. Yeniden güçlendik. Serbest bırakacak olursan ateşinin neler yapabileceğini bir düşün. Eski kanın en ulusu sensin, Okeanos'tan bile ulusun. Zeus'tan da ulusun, yeter ki iste.

Babam gülümsedi. "Biraderlerim," dedi, "ne biçim konuşmalar bunlar? Herkese yetecek kadar tütsü ve adak yok mu? Bu Zeus gayet iyi."

Zeus bunu duysaydı memnun olurdu. Ama benim gördüğümü, babamın yüzünde apaçık olan şeyi o göremezdi. O söylenmemiş, havada kalmış sözleri.

Bu Zeus gayet iyi, *şimdilik*.

Amcalarım ellerini ovuşturup gülümsedi. Uzaklaştılar, Titanlar hâkimiyeti yeniden ele geçirince neler yapmak için sabırsızlandıklarını düşüne düşüne umutlarının üstüne eğildiler.

İlk dersimdi bu. Görünenlerin pürüzsüz, tanıdık yüzü altında, dünyayı ikiye ayırmak üzere bekleyen bir başka yüz vardır.

Amcalarım şimdi gözleri korkuyla fıldır fıldır dönerek babamın kabul salonuna doluşuyordu. Prometheus'un böyle aniden cezalandırılması bir işaret, diyorlardı, Zeus'la onun türünden olanların sonunda bize karşı harekete geçtiklerini gösteren bir işaret. Olymposlular kökümüzü tamamen kazımadan asla gerçek anlamda mutlu olamayacak. Prometheus'un yanında durmalıyız veya hayır, aleyhinde konuşmalıyız ki Zeus'un yıldırımını kendi başlarımızın üstünden savabilelim.

Babamın ayaklarının dibindeki her zamanki yerimdeydim. Beni fark edip oradan yollamasınlar diye sessizce uzanıyordum ama bu ezici ihtimal karşısında göğsümün şiştiğini hissettim: Yeniden savaş çıkması ihtimali. Salonlarımız yıldırımlarla kavruluyor. Zeus'un savaşçı kızı Athena gri mızrağıyla bizi avlıyor, katliam eşlikçisi kardeşi Ares de yanında. Zincirlere vurulacak, kaçış ihtimalinin olmadığı alev dolu çukurlara atılacaktık.

Ortalarındaki babam, sakince ve itidalle konuştu. "Yapmayın biraderlerim. Prometheus cezalandırıldıysa, tek sebebi bunu hak etmesi. Kumpas peşinde koşmayalım."

Ama amcalarım söylenmeye devam etti. *Ceza herkesin gözü önünde verilecekmiş. Bir hakaret bu, almamızı istedikleri bir ders. İtaat etmeyen Titanlara neler oluyor, bakın da görün.*

Babamın ışığında keskin, beyaz bir kenar belirmişti. "Bir haine verilen ceza bu, başka bir şey değil. Prometheus, ölümlülere duyduğu aptalca sevgiyle yoldan çıktı. Burada bir Titan'ın alabileceği hiçbir ders söz konusu değil. Anlıyor musunuz?"

Amcalarım başlarıyla onayladılar. Yüzlerinde, ferahlamayla iç içe geçmiş hayal kırıklığı vardı. Kan dökülmeyecekti, *şimdilik*.

Bir tanrının cezalandırılması ender görülen ve korkunç bir şeydi, salonlarımızdaki konuşmalar almış yürümüştü. Prometheus öldürülemezdi ama ölümün yerini alabilecek, cehenneme yaraşan türden pek çok işkence vardı. Bıçaklar mı olacaktı, yoksa kılıçlar mı, yoksa kolu bacağı mı koparılacaktı? Kıpkızıl mızraklar mı, yoksa ateşten bir çark mı? Naiad'lar bayılıp bayılıp birbirlerinin kucaklarına yığılıyordu. Nehir tanrıları yüzleri heyecandan kararmış halde kasım kasım kasılıyordu. Tanrıların acıdan ne kadar korktuğunu bilemezsiniz. Onlara daha yabancı bir şey yoktur, o yüzden de başka hiçbir şey içlerini bu kadar derinden sızlatmaz.

Belirlenmiş günde babamın kabul salonunun kapıları ardına kadar açıldı. Duvarlarda mücevherler kakılmış devasa meşaleler parlıyor, ışıkları altında nympha'larla akla gelen her türden çeşit çeşit tanrı toplanıyordu. Dal gibi Dryad'lar ormanlarından çıkıp akın akın geldi, taşı andıran dağ perileri kayalıklardan akın etti. Annem, naiad kız kardeşleriyle birlikte oradaydı; at omuzlu nehir tanrıları, balık beyazlığındaki deniz nympha'larıyla tuz efendilerinin yanında toplaşıyordu. Büyük Titanlar bile gelmişti: Babam ve Okeanos elbette, ayrıca biçim değiştiren Proteus, denizlerin Nereus'u, gümüş atlarını gece göklerinde süren halam Selene; buz gibi amcam Boreas'ın başlarını çektiği dört rüzgâr. Binbir hevesli göz. Yalnızca Zeus ile Olymposlularının gözleri eksikti. Yeraltı toplantılarımızı hor görürdü onlar. Söylentiye göre, bulutların arasında kendilerine özel bir işkence gösterisi düzenlemişlerdi bile.

İnfaz görevi, ölülerin arasında gezinen cehennemi intikam tanrıçaları olan Erinys'lerden birine verilmişti. Ailem her zamanki imtiyazlı yerindeydi, ben de gözlerim kapıya sabitlenmiş halde muhteşem kalabalığın önünde duruyordum. Arkamda naiad'larla nehir tanrıları itişip kakışıyor, fısıldaşıyordu. *Saçlarının yerinde akrepler olduğunu duymuştum. Hayır, akrep kuyrukları varmış, gözlerinden de kan damlıyormuş.*

Kapı boştu. Derken, artık boş değildi. Tanrıçanın yüzü, canlı taştan yontulmuş gibi gri ve merhametsizdi, sırtından koyu renk, akbabalarınki gibi eklemli kanatlar yükseliyordu. Dudaklarının arasından çatal dili görünüp kayboluyordu. Başında, yeşil ve solucan kadar ince yılanlar kaynaşıyor, saçlarını canlı kurdelelerle örüyorlardı.

"Tutsağı getirdim."

Avına doğru havlayan bir av köpeğininki gibi çiğ ve uluyan sesi tavanda yankılandı. Tanrıça uzun adımlarla salona girdi. Sağ elinde, yerde süründükçe ucu hafifçe hışırdayan bir kamçı vardı. Diğer elindeyse bir zincir uzanıyor, zincirin ucunda da Prometheus geliyordu.

Kalın, beyaz bir gözbağı takmıştı, belinin etrafında tuniğinin kalıntıları vardı. Elleri bağlıydı, ayakları da; yine de tökezlemedi. Yanımdaki bir teyzenin, prangaların yüce demirci tanrısı Hephaistos tarafından bizzat dövüldüğünü, dolayısıyla Zeus'un bile onları koparmasının imkânsız olduğunu fısıldadığını duydum. Erinys akbaba kanatlarıyla yükseldi, kelepçeleri duvarın ta yukarılarına taktı. Prometheus kelepçelerin arasında sarkıyordu, kolları gerilmişti, derisinin altından kemiklerinin yumruları görünüyordu. Ağrı, sızı, sıkıntı hakkında pek az şey bilen ben bile bunun acısını hissettim.

Babam bir şey söyler diye düşündüm. Ya da diğer tanrılardan biri. Bir tanıma belirtisi gösterirlerdi mutlaka, şefkatli bir sözcük söylerlerdi, ne de olsa ailesiydiler. Ama Prometheus tek başına ve sessiz halde asılı kaldı.

Erinys nutuk çekmeye zahmet etmedi. İşkence tanrıçasıydı, şiddetin lisanını anlıyordu. Kırbacın sesi, meşe dallarının kırılmasını andıran bir çatırtıydı. Prometheus'un omuzları sarsıldı, yan tarafında kolum uzunluğunda bir kesik açıldı. Dört bir yanımda alınan soluklar sıcak kayaların üzerindeki su gibi tısladı. Erinys kamçısını yeniden kaldırdı. *Şrak.* Prometheus'un sırtından kanlı bir şerit koptu. Erinys gerçekten saldırıya geçti, her bir darbe birbirinin üstüne iniyor, derisini çaprazlamasına tekrar tekrar geçen uzun çizgilerle Prometheus'un etlerini soyuyordu. Duyulan tek ses kamçının şaklaması ve Prometheus'un boğuk, patlar gibi çıkan nefesiydi. Boynundaki tendonlar dışarı fırlamıştı. Biri, daha iyi görmeye çalışırken beni arkamdan itti.

Tanrıların yaraları çabuk iyileşir ama Erinys işini biliyordu ve daha hızlıydı. Darbe üstüne darbe indi, sonunda deri sırılsıklam kesildi. Tanrıların kanının dökülebileceğini biliyordum ama daha önce hiç görmemiştim. Prometheus en yücelerimizden biriydi, akan kan damlaları altındı, sırtını korkunç bir güzellikle lekeliyordu.

Erinys kırbaçlamayı sürdürdü. Saatler geçti, belki de günler. Ama tanrılar bile bir kırbaçlanmayı sonsuza dek seyredemez. Kan ve eziyet usandırıcı hale gelmeye başladı. Tanrılar rahatlıklarını, keyiflerini bekleyen ziyafetleri, uzuvlarını sarmalamak için bekleyen, mor kumaşlarla döşenmiş yumuşak divanları hatırladı. Birer birer uzaklaştılar, son bir darbenin ardından Erinys de onlara uydu çünkü bu kadar çalışmanın ardından bir şöleni hak etmişti.

Amcamın gözbağı kaymıştı. Gözleri kapalıydı, çenesi göğsüne düşmüştü. Sırtı ışıltılı şeritler halinde aşağı sarkıyordu. Amcalarımın, Zeus'un ona daha hafif bir ceza için dizlerinin üstüne çöküp yalvarma şansı verdiğini söylediklerini işitmiştim. Reddetmişti.

Geriye yalnızca ben kalmıştım. Bal kadar yoğun kanlı irin kokusu havayı dolduruyordu. Prometheus'un bacaklarından hâlâ erimiş kan derecikleri süzülüyordu. Nabzım damarlarımda gümbürdüyordu. Burada olduğumun farkında mıydı? Ona doğru tedbirli bir adım attım. Göğsü, yumuşak bir hışırtıyla kalktı indi.

"Tanrı Prometheus?" Yankılı odada sesim incecikti.

Başı bana doğru kalktı. Açılan gözleri güzeldi, iri, koyu renk ve uzun kirpikliydiler. Yanakları pürüzsüz, sakalsızdı ama yine de onda dedem kadar kadim bir hava vardı.

"Sana nektar getirebilirim," dedim.

Bakışları benimkilere kilitlendi. "Yaparsan sana teşekkür ederim," dedi. Sesi, yıllanmış ahşap gibi yankılıydı. İlk defa duyuyordum bu sesi, Prometheus işkence boyunca tek bir kere bile bağırmamıştı.

Döndüm. Koridorlardan gülen tanrılarla dolu ziyafet salonuna doğru yürüdüğüm sırada hızlı hızlı nefes alıp veriyordum. Odanın karşı tarafında Erinys, kötü kötü bakan bir gorgon yüzü kabartmasıyla süslü muazzam büyüklükte bir kadehi şerefe kaldırıyordu. Prometheus'la konuşulmasını yasaklamamıştı ama bu bir şey demek değildi, Erinys'in işi saldırmaktı. Cehennemî sesinin adımı uluduğunu hayal ettim. Kelepçelerin bileğimde tangırdadığını, kırbacın havadan indiğini hayal ettim. Ama zihnim bundan ötesini hayal edemedi. Hayatımda kırbaç darbesi hissetmiş değildim. Kanımın rengini bilmiyordum.

O kadar titriyordum ki kadehi iki elimle birden taşımak zorunda kaldım. Biri beni durdurursa ne diyecektim? Ama geri döndüğüm sırada koridorlar sakindi.

Büyük salonda, Prometheus zincirlerinin içinde sessizdi. Gözleri yine kapanmıştı, meşale ışığında yaraları parlıyordu. Tereddüt ettim.

"Uyumuyorum," dedi. "Kadehi bana doğru kaldırabilir misin?"

Kızardım. Kadehi kendisi tutamazdı tabii. Öne doğru bir adım attım, ona öyle yakındım ki omuzlarından yükselen sıcaklığı hissediyordum. Yerler, dökülmüş kanlarıyla ıslaktı. Kadehi dudaklarına kaldırdım, Prometheus içti. Boğazının hafifçe hareket edişini seyrettim. Cildi çok güzeldi, cilalı ceviz rengindeydi. Yağmurla sırılsıklam olmuş yeşil yosun kokuyordu.

İçmeyi bitirince geri çekildim. "Helios'un kızlarından birisin, değil mi?" dedi.

"Evet." Soru canımı yakmıştı. Doğru dürüst bir evlat olsaydım sormasına gerek kalmazdı. Doğrudan babamın kaynağından akan güzellikle kusursuz ve ışıltılı olurdum.

"İyiliğin için teşekkür ederim."

İyi olup olmadığımı bilmiyordum, bana hiçbir şey bilmiyormuşum gibi geliyordu. Prometheus dikkatle, neredeyse çekinerek konuşmuştu, oysa ihaneti öyle cüretkârdı ki. Zihnim bu çelişkiyle cebelleşti. *Cüretkâr hareketlerle utanmazlık aynı şey değildir.*

"Aç mısın?" diye sordum. "Yiyecek getirebilirim."

"Bir daha acıkacağımı sanmıyorum."

Bir ölümlü için olabileceği gibi içler acısı bir durum değildi bu. Biz tanrılar uyuduğumuz gibi yemek yeriz, mecbur olduğumuzdan değil, yaşamın büyük zevklerinden biri olduğundan. Yeterince güçlüysek, bir gün midelerimize itaat etmemeyi seçebiliriz. Prometheus'un güçlü olduğundan kuşkum yoktu. Babamın ayakları dibinde geçirdiğim onca saatin ardından gücün kokusunu almayı öğrenmiştim. Amcalarımın bazılarında üstünde oturdukları koltuk kadar bile koku yoktu ama dedem Okeanos zengin nehir çamuru gibi yoğun kokardı, babamsa yeni beslenmiş bir ateşin yakıcı alevleri gibi. Prometheus'un yeşil yosun kokusu odayı dolduruyordu.

Cesaretimi toplamaya çalışarak boş kadehe baktım.

"Ölümlülere yardım ettin," dedim. "Cezalandırılmanın sebebi bu."

"Öyle."

"Ölümlüler neye benziyor, söyler misin bana?"

Bir çocuğun sorusuydu bu ama Prometheus ciddi ciddi başını salladı. "Bunun tek bir cevabı yok. Her biri farklı. Paylaştıkları tek şey ölüm. Bu sözcüğü biliyor musun?"

"Biliyorum," dedim. "Ama anlamıyorum."

"Hiçbir tanrı anlayamaz. Bedenleri parçalanıp toprağa karışır. Ruhları soğuk dumana dönüşür ve yeraltı dünyasına uçar. Orada hiçbir şey yemez, hiçbir şey içmez, hiçbir sıcaklık hissetmezler. Uzandıkları her şey ellerinden kaçar."

Cildimde bir ürperti dolaştı. "Nasıl katlanıyorlar buna?"

"Ellerinden geldiğince."

Meşaleler soluyor, gölgeler karanlık sular gibi üstümüze çarpıyordu. "Affedilmek için yalvarmayı reddettiğin doğru mu? Ya yakalanmadığın, Zeus'a her şeyi kendiliğinden itiraf ettiğin?"

"Doğru"

"Neden?"

Gözleri benimkilerden başka yere bakmıyordu. "Belki bana sen söylersin. Bir tanrı neden böyle bir şey yapar?"

Bir cevabım yoktu. İlahi cezaya davetiye çıkarmak bana delilik gibi görünüyordu ama bunu ona söyleyemezdim, kanlarının üstünde dikildiğim sırada olmazdı.

"Her tanrının aynı olması şart değil," dedi.

Buna karşılık ne söyleyebilirdim bilmiyorum. Uzaklardan gelen bir bağırtı koridorda süzüldü.

"Artık gitme vaktin geldi. Alekto beni uzun süre tek başıma bırakmaktan hoşlanmıyor. Gaddarlığı yabani otlar kadar hızla büyüyor, her an yeniden kesilmesi gerekebilir."

Kesilecek olan kendisi olduğundan, bu söylediği tuhaf bir şeydi. Ama hoşuma gitmişti, sözleri bir sırdı sanki. Taş gibi görünen bir şeydi ama içinde bir tohum vardı.

"Gideyim o zaman," dedim. "Sen... iyi olacak mısın?"

"İdare ederim," dedi. "Adın ne?"

"Kirke."

Birazcık gülümsedi mi? Belki sadece kendime pay çıkarıyordum. Yaptıklarım yüzünden titriyordum, hayatım boyunca yaptığımdan fazlaydı bu. Döndüm ve obsidiyen koridorlarda yürüyerek yanından ayrıldım. Ziyafet salonunda tanrılar hâlâ içiyor, gülüyor, birbirlerinin kucağında yatıyordu. Onları seyrettim. Birinin yokluğumdan bahsetmesini bekledim ama kimse bahsetmedi çünkü kimse yokluğumu fark etmemişti. Niye edeceklerdi ki? Hiçbir şeydim ben, bir taştım. Binlerce binin arasında bir diğer nympha çocuktum.

İçimde tuhaf bir his yükseliyordu. Göğsümde, kışın buzları çözülürken arıların çıkardığına benzeyen türden bir mırıltı vardı. Işıltılı zenginliklerle dolu babamın hazinesine doğru yürüdüm: Boğa kafası biçimli altın kadehler, laciverttaşı ve kehribar kolyeler, gümüş sacayakları, kuvarstan yontulmuş, kuğu boyunlu saplı kâseler. Aslan yüzü biçiminde oyulmuş fildişi saplı bir hançer daima en sevdiğim olmuştu. Babamın gözüne girmek isteyen bir kral vermişti bunu ona.

"Peki girdi mi gözüne?" diye sormuştum bir keresinde babama.

"Hayır," demişti.

Hançeri aldım. Odamda, bronz kenarı mum ışığında pırıldadı, aslan dişlerini gösterdi. Altında yumuşak ve çizgisiz avucum vardı. Hiçbir yara izi, hiçbir irinli yarası olamazdı. Bu avuçta asla en ufak bir yaş çizgisi olmayacaktı. Çekeceğim acıdan korkmadığımı fark ettim. Beni ele geçiren başka bir dehşetti: Hançerin kesmeyeceği endişesi. Dumana saplanmış gibi elimden geçip gideceği endişesi.

Geçip gitmedi. Bıçağın dokunuşuyla tenim ikiye ayrıldı, acı şimşek kadar gümüş rengi ve sıcak bir halde saplandı. Akan kan kırmızıydı çünkü bende amcamın gücü yoktu. Yara uzun süre kanadı, sonra kendi kendine kapanmaya başladı. Oturup seyrettim, seyrederken de içimde başka bir düşünce buldum. Söylemeye utanıyorum, öyle gelişmemiş bir düşünce ki bu, bir çocuğun elinin kendisine ait olduğunu keşfetmesi gibi bir şey. Ama o zaman öyleydim, çocuktum.

Düşünce şuydu: Hayatım çamurdan ve derinlikten oluşuyordu ama ben o karanlık suların bir parçası değildim. O suların içindeki bir varlıktım.

ÜÇ

Uyandığımda Prometheus gitmişti. Altın kan yerden temizlenmişti. Kelepçelerin açtığı delik kapatılmıştı. Haberleri naiad bir kuzenimden aldım: Prometheus, Kafkaslar'daki ulu, diş diş bir zirveye götürülmüş ve kayaya zincirlenmişti. Bir kartala, her öğle vakti gelip Prometheus'un karaciğerini deşmesi ve dumanları tüterken yemesi emri verilmişti. Ağza alınmaz bir ceza, dedi kuzenim her ayrıntının tadına vararak: Kanlı gaga, parçalanan organ, yeniden büyümesi ve tekrar tekrar sökülmesi... *Düşünebiliyor musun?*

Gözlerimi kapattım. Ona bir mızrak getirmem gerekirdi, diye düşünüyordum, savaşabileceği bir şey. Ama aptalcaydı bu. Prometheus silah istemiyordu. Teslim olmuştu.

Prometheus'un cezasıyla ilgili konuşmalar ay küçülüp kaybolana dek ancak sürdü. Bir Dryad, Kharit'lerden birini firketesiyle bıçaklamıştı. Amcam Boreas'la Olymposlu Apollon aynı ölümlü gence âşık olmuştu.

Amcalarım dedikoduya ara verene dek bekledim. "Prometheus'tan haber var mı?"

İğrenç bir şeyle dolu bir tabak ikram etmişim gibi kaşlarını çattılar. "Ne haberi olacak?"

Bıçağın kestiği yerde avucum sancıyordu ama tabii hiç iz yoktu.

"Baba," dedim, "Zeus bir gün Prometheus'u bırakır mı?"

Babam gözlerini kısarak dama taşlarına baktı. "Karşılığında daha iyi bir şey alması gerekir," dedi.

"Ne gibi?"

Babam cevap vermedi. Birinin kızı kuşa dönüştürülmüştü. Boreas'la Apollon âşık oldukları genç için dövüştüler, genç öldü. Boreas, ziyafet divanından kurnazca gülümsedi. Esintili sesi, meşalelerin titreşmesine yol açtı. "Onu Apollon'a bırakacağımı mı sandınız? Apollon öyle bir çiçeği hak etmiyor. Çocuğun kafasına bir disk uçurdum, Olymposlu ukala gününü gördü." Amcalarımın kahkahaları tam bir cümbüştü, yunus cıyaklamaları, fok havlamaları, kayaları tokatlayan su. Tuz salonlu evlerine dönmekte olan bir grup Nereus kızı geçti, yılanbalığı karnı beyazlığındaydılar.

Perses yüzüme bir badem attı. "Senin neyin var bugünlerde?"

"Belki âşıktır," dedi Pasiphae.

Perses güldü. "Hah! Babam onu kimseye veremiyor bile. İnan bana denedi."

Annem, narin omzunun üstünden geriye baktı. "Hiç değilse sesini dinlemek zorunda değiliz."

"Ben onu konuştururum. Seyredin." Perses kolumun etini parmaklarının arasına alıp sıktı.

"Ziyafeti fazla kaçırdın," diye güldü kız kardeşim ona.

Perses kızardı. "Ucubenin teki. Bir şey saklıyor." Bileğimi yakaladı. "Elinde sürekli taşıdığın ne? Elinde bir şey var. Açın şunun parmaklarını."

Pasiphae, uzun tırnaklarını etime batırarak parmaklarımı birer birer açtı.

Baktılar. Kız kardeşim tükürdü.

"Hiç."

Annem yeniden yavruladı, bir erkek. Babam onu kutsadı ama kehanet bildirmedi, o yüzden annem de bebeği bırakacak bir yer aradı. Teyzelerim artık akıllanmıştı, ellerini arkalarına sakladılar.

"Ben alırım," dedim.

Annem dudak büktü ama bir yandan da yeni kehribar boncuklarıyla gösteriş yapmaya can atıyordu. "Tamam. En azından bir işe yararsın. Birbirinize viyaklarsınız."

Babam ona Aietes adını vermişti. *Kartal.* Kollarımın arasında cildi güneşin ısıttığı taşlar kadar sıcak, taçyapraklarının kadifesi kadar yumuşaktı. Böyle tatlı bir çocuk görülmemiştir. Çırayla yeni tutuşturulmuş ateş gibi, bal gibi kokuyordu. Parmaklarımdan yemek yiyor, tiz sesimden ürkmüyordu. Tek istediği, ben masallar anlatırken boynuma kıvrılıp uyumaktı. Benimle olduğu her an boğazımda bir şeylerin yükseldiğini hissediyordum, ona olan sevgimdi bu, öyle şiddetliydi ki bazen konuşamıyordum.

O da beni seviyor gibiydi, esas mucize de buydu. İlk söylediği sözcük *Kirke*, ikincisi de *abla* olmuştu. Annem fark etseydi kıskanabilirdi. Perses ile Pasiphae aramızda savaş çıkıp çıkmayacağını anlamak için bizi gözetliyordu. Savaş mı? Öyle bir şey umurumuzda değildi. Aietes salonlardan çıkmak için babamdan izin aldı, bize ıssız bir sahil buldu. Kumsal küçük, soluk renkliydi, ağaçlarsa çalılıktan halliceydi ama benim gözüme muhteşem, gümrah bir orman gibi görünüyorlardı.

Aietes'in boyu göz açıp kapayıncaya kadar benimkini geçmişti ama hâlâ kol kola yürüyorduk. Pasiphae sevgililere benzediğimizi söylüyor, kardeşiyle çiftleşen tanrılardan mı olacaksınız yoksa, diye alay ediyordu. Bunu düşünmen için aynı şeyi yapmış olman gerek, dedim. Beceriksizce bir hakaretti ama Aietes güldü, bu da kendimi şimşek kadar hızlı zekâ tanrıçası Athena gibi zeki hissetmemi sağladı.

Sonraları insanlar Aietes'in tuhaflığının benim yüzümden olduğunu söyleyecekti. Öyle olmadığını kanıtlayamam. Ama hafızamda zaten tuhaf, tanıdığım bütün diğer tanrılardan farklı olarak kalmış. Çocukken bile başkalarının anlayamadığı şeyleri anlarmış gibi görünürdü. Denizlerin en derin çukurlarında yaşayan canavarların isimlerini sayabilirdi. Zeus'un Kronos'un gırtlağından aşağı döktüğü otlara *farmakon* dendiğini bilirdi. Bu otlar dünyada harikalar yaratıyor, pek çoğu da tanrıların dökülen kanlarında yetişiyordu.

Başımı iki yana sallardım. "Böyle şeyleri de nereden duyarsın?"

"Dinliyorum."

Ben de dinlerdim ama babamın gözde vârisi değildim. Aietes bütün konseylere çağrılıyordu. Amcalarım onu saraylarına davet etmeye başlamıştı. Odamda oturup dönmesini beklerdim ki birlikte ıssız sahile gidip deniz ayaklarımıza zerreler püskürtürken kayaların üstünde oturalım. Yanağımı omzuna dayardım, o da bana asla aklıma gelmemiş olan, zar zor anlayabildiğim sorular sorardı. Mesela: *İlahiliğin sana nasıl hissettiriyor?*

"Ne demek istiyorsun?" dedim.

"Şöyle," dedi, "benimkinin bana nasıl hissettirdiğini anlatayım. Durmaksızın kendi üstüne dökülen, ta kayalarına dek berrak bir su sütunu gibi. Sıra sende."

Çeşitli cevaplar denedim: Yalçın kayalıklardaki rüzgâr gibi. Yuvasında çığlık atan bir martı gibi.

Başını iki yana salladı. "Hayır. Benim söylediğim şey yüzünden söylüyorsun bunları. Asıl hissettiğin nedir? Gözlerini kapatıp düşün."

Gözlerimi kapattı. Ölümlü olsaydım, kalbimin atışlarını duyardım. Ama tanrıların damarları ağır işler ve işin doğrusu hiçbir şey duymuyordum. Yine de onu hayal kırıklığına uğratmaktan nefret ederdim. Elimi göğsüme bastırdım, bir süre sonra bir şey hissediyormuşum gibi geldi bana. "Deniz kabuğu," dedim.

"Aha!" Parmağını havada salladı. İstiridye gibi mi, yoksa helezon kabuk mu?"

"Helezon."

"Peki kabuğun içinde ne var? Salyangoz mu?"

"Hiç," dedim. "Hava."

"Aynı şey değil," dedi. "Hiçlik boşluktur, havaysa başka her şeyi doldurur. Nefestir, yaşamdır, candır, konuştuğumuz sözlerdir."

Filozof kardeşim benim. Böyle kaç tanrı olduğunu biliyor musunuz? Ben Aietes'ten başka yalnızca bir tane tanımıştım. Mavi gök üstümüzde kemerleniyordu ama kendimi yine kelepçeleri ve yerdeki kanıyla o eski, karanlık salonda bulmuştum.

"Bir sırrım var," dedim.

Aietes neşeyle kaşlarını kaldırdı. Şaka yaptığımı zannetmişti. Onun bilmediği bir şeyi bilmem vaki değildi.

"Sen doğmadan önceydi," dedim.

Ona Prometheus'u anlattığım sırada Aietes yüzüme bakmadı. Her zaman söylediği üzere, zihni en iyi biçimde, dikkat dağıtıcı unsurlar olmadan çalışabiliyordu. Gözleri ufka sabitlenmişti. İsmini aldığı kartalın gözleri gibi keskindiler, her şeydeki çatlakların arasına girebilirlerdi. Sızdıran bir tekne gövdesine saldıran su gibi.

Sözümü bitirdiğimde Aietes uzun süre sesssiz kaldı. Sonunda, "Prometheus bir kehanet tanrısıydı," dedi. "Cezalandırılacağını ve cezasının ne olacağını biliyordu muhakkak. Yine de yaptı."

Bu aklıma gelmemişti. Prometheus'un insanoğlu için ateşi aldığı sırada bile o kartala ve o ıssız, sonsuz kayalığa doğru yürüdüğünü bildiği.

İyi olacak mısın diye sorduğumda, *idare ederim*, diye cevap vermişti.

"Başka kim biliyor bunu?"

"Hiç kimse."

"Emin misin bundan?" Sesinde alışık olmadığım bir telaş vardı. "Kimseye anlatmadın mı?"

"Hayır," dedim. "Başka kim var ki anlatacak? Kim inanırdı bana?"

"Doğru." Başını tek bir kere salladı. "Başka kimseye söyleme sakın. Bu konuda bir daha konuşmamalısın, benimle bile. Babam öğrenmediği için şanslısın."

"O kadar kızar mıydı sence? Prometheus onun kuzeni."

Aietes homurdandı. "Hepimiz kuzeniz, Olymposlular da dahil. Babamın, soyunu kontrol edemeyen aptalın teki durumuna düşmesine yol açardın. Seni kargalara atardı."

Midemin korkuyla büzüldüğünü hissettim, kardeşim yüzümdeki ifadeye güldü. "Bunu diyorum işte," dedi. "Üstelik ne uğruna? Prometheus zaten cezalandırıldı. Bak, sana biraz öğüt vereyim. Bir daha tanrılara isyan edeceğin zaman, bunu daha iyi bir sebeple yap. Ablamın bir hiç uğruna küle döndüğünü görmek hiç hoşuma gitmezdi."

Pasiphae için evlilik anlaşması yapılmıştı. Kardeşim, babamın kucağına oturup iyi bir tanrının çocuklarını doğurmayı nasıl hasretle beklediğini mır mır mırıldanarak uzun süredir bunun için olta atıyordu. Erkek kardeşim Perses ona yardım etmekle görevlendirilmişti, her yemekte Pasiphae'nin doğurganlığına kadeh kaldırıyordu.

Babam ziyafet divanından, "Minos," dedi. "Zeus'un oğullarından biri ve Girit Kralı."

"Ölümlü mü?" Annem doğrulup oturdu. "Tanrı olacağını söylemiştin."

"Zeus'un ebedi oğullarından biri olacağını söylemiştim, öyle de."

Perses homurdandı. "Kehanet bunlar. Ölüyor mu, ölmüyor mu?"

Odada, ateşin bağrından kopup gelen yakıcı bir parlama. "Yeter! Minos öbür dünyada diğer ölümlü ruhların hepsini yönetecek. Adı yüzyıllar boyunca anılacak. Konu kapandı."

Ne erkek kardeşim ne de annem başka bir şey söylemeye cesaret edebildi. Aietes benimle göz göze geldi, sözlerini yüksek sesle söylemişçesine açık seçik duydum. *Gördün mü? Yeterince iyi bir sebep değil.*

Kız kardeşimin mevki kaybı dolayısıyla ağlamasını beklemiştim ama baktığımda gülümsüyordu. Bunun ne anlama geldiğini anlayamadım, zihnim başka bir yumağın ucunu takip ediyordu. Cildime bir kızarıklık yayılmıştı. Minos orada olacaksa ailesi de orada olacaktı; maiyeti, danışmanları, tebaası ve gökbilimcileri, sakileri, hizmetkârları, yamakları. Prometheus'un uğruna sonsuzluğunu feda ettiği bütün o yaratıklar. Ölümlüler.

***

Düğün günü babam altın arabasıyla bizi denizin üzerinden taşıdı. Şölen Girit'te, Minos'un Knossos'taki büyük sarayında olacaktı. Duvarlar yeni boyanmış, her tarafa parlak çiçekler asılmıştı, duvar halıları en zengin safran rengiyle parlıyordu. Sadece Titanlar katılmayacaktı şölene. Minos, Zeus'un oğullarından biriydi, bütün o dalkavuk Olymposlular da saygılarını sunmaya gelecekti. Yüksek sütunların arası çabucak, ziynetlerini şıngırdatan, gülen, başka kimin davet edilmiş olduğunu görmek için etrafa bakışlar atan ihtişamlı tanrılarla doldu. En kalabalık grup babamın çevresindeydi, her türden ölümsüz, bu parlak evlilik dolayısıyla onu kutlamak için itişip kakışıyordu. Bilhassa amcalarım pek memnundu: Evlilik devam ettiği sürece Zeus'un bize karşı harekete geçme ihtimali düşüktü.

Gelin çardağındaki Pasiphae olgun bir meyve gibi şehvetle parlıyordu. Cildi altın, saçlarıysa cilalı bronza vuran güneş rengindeydi. Etrafına yüz tane hevesli nympha toplanmıştı, ona ne kadar güzel göründüğünü söylemek için birbirleriyle yarışıyorlardı.

Kalabalığa karışmadan geride durdum. Önümden Titanlar geçiyordu. Halam Selene, peşinde deniz yosunları sürükleyen amcam Nereus, bellek anası Mnemosyne ile hafif adımlı dokuz kızı. Gözlerim etrafta dolaşıyor, aranıyordu.

Sonunda salonun köşesinde buldum onları. Başları birbirine eğilmiş, birbirine sokulmuş solgun renkli bir grup. Prometheus her birinin farklı olduğunu söylemişti ama hepsi de aynı donuk ve terli cilde sahip, aynı buruşuk cüppelerden giymiş, biribirinden ayırt edilemeyen bir kalabalıktan başka bir şey seçemiyordum. Biraz daha yaklaştım. Saçları cansızca sarkıyor, etleri kemiklerinin üstünde yumuşakça sallanıyordu. Yanlarına gittiğimi, elimi ölmekte olan o ciltlere sürdüğümü hayal etmeye çalıştım. Bu düşünce ürpermeme yol açtı. O zamana dek, ölümlülerin yalnız yakaladıkları nympha'lara neler yapabileceğine dair kuzenlerimin birbirlerine anlattıkları hikâyeleri duymuştum. Tecavüzleri ve kaçırmaları, tacizleri. Buna inanmakta güçlük çekiyordum.

Ölümlüler mantarın altındaki sakallar gibi zayıf görünüyordu. Yüzlerini özenle aşağıda, bütün göksel varlıklardan uzakta tutuyorlardı. Tanrılara karışanlara dair ölümlülerin de kendi hikâyeleri vardı ne de olsa. Zamansız bir bakış, olmadık bir yere atılan bir adım; böyle şeyler ailelerine kuşaklar boyunca ölüm ve keder getirebilirdi.

Upuzun bir korku zinciri, diye düşündüm. Tepede Zeus var, hemen arkasında da babam. Ondan sonra Zeus'un kardeşleri ve çocukları, sonra amcalarım, oradan aşağı doğru da kademe kademe nehir tanrıları, tuzlu su tanrıları, Erinys'ler, Rüzgârlar ve Kharit'ler, ta ki nympha'larla ölümsüzlerin birbirlerini inceleyerek oturduğu yere, en aşağıya gelene değin.

Aietes'in eli kolumu kaptı. "Pek bakacak bir şey yok, ne dersin? Gel, Olymposluları buldum."

Kanım içimde gümbürdeyerek peşinden gittim. Göksel tahtlarından hükmeden o ilahlardan birini hiç görmemiştim daha önce. Aietes beni güneşe boğulmuş bir avluya bakan bir pencereye sürükledi. İşte oradalardı: Apollon, lirin ve ışıltılı yayın tanrısı. İkizi, ayışığıyla aydınlanan Artemis, amansız avcı. Tanrıların demircisi, Promethus'u bağlı tutan zincirleri yapmış olan Hephaistos. Üç dişli mızrağı dalgalara hükmeden, suratsız Poseidon ve hasatları bütün dünyayı besleyen bereket tanrıçası Demeter. Güçleriyle sarmalanmış halde zarafetle süzülmelerini seyrettim. Yürüdükleri yerlerde hava, açılıp onlara yol verir gibiydi.

"Athena'yı görüyor musun?" diye fısıldadım. Zihni şimşekten daha hızlı olan zekâ tanrıçasıyla, gri gözlü savaşçıyla ilgili hikâyeler her zaman pek hoşuma giderdi. Ama Athena yoktu. Belki toprağa bağlı Titanlarla bir arada görünmek istemeyecek kadar kibirlidir, dedi Aietes. Belki tebriklerini kalabalığın arasından biri olarak sunmayacak kadar bilgeydi. Ya da aslında oradaydı ama diğer ilahların bile gözlerinden gizleniyordu. Athena, Olymposluların en güçlülerinden biriydi, böyle bir şey yapabilir, böylece güç akıntılarını gözleyebilir, sırlarımızı dinleyebilirdi.

Bu düşünceyle ensemdeki tüyler diken diken oldu. "Sence şu anda bile bizi dinliyor olabilir mi?"

"Saçmalama. Büyük tanrılar için buradadır. Bak, Minos geliyor."

Minos, Girit Kralı, Zeus ile ölümlü bir kadının oğlu. Onun gibilere yarı tanrı denirdi, ölümlülerdi ama ilah ebeveynlerinin kutsamasına mazhar olurlardı. Minos danışmanlarına tepeden bakıyordu, düğüm düğüm olmuş saçları fırça gibi gür, göğsü gemi güvertesi gibi genişti. Altın tacının altında kopkoyu parlayan gözleri babamın obsidiyen salonlarını hatırlatmıştı bana. Yine de elini kız kardeşimin narin koluna koyduğunda, birden kış mevsimindeki bir ağaç gibi göründü, çıplak ve büzülmüş, küçücük. Bence bunu kendisi de biliyordu. Dik dik baktı, bu da kız kardeşimi daha fazla ışıldattı. Pasiphae burada mutlu olacak, diye düşündüm. Ya da el üstünde tutulacaktı ki onun için ikisi aynı şeydi.

Aietes kulağıma eğilerek, "Bak," dedi. "Şurada."

Bir ölümlüyü işaret ediyordu, daha önce görmediğim bir adamı. Diğerleri kadar büzülmüş halde değildi. Gençti, kafası Mısır usulü pırıl pırıl tıraş edilmişti, cildi yüzünün çizgilerine gergince oturuyordu. Hoşuma gitti. Berrak gözleri diğer herkesinkiler gibi şarapla dumanlanmamıştı.

"Tabii, hoşuna gitti," dedi Aietes. "Daidalos bu. Ölümlüler dünyasının harikalarından biri, neredeyse bir tanrıya eşdeğer bir zanaatkâr. Kendi krallığımın kralı olduğumda ben de etrafıma böyle şahaneleri toplayacağım."

"Ya? Peki ne zaman kral olacaksın?"

"Yakında," dedi. "Babam bana bir krallık veriyor."

Şaka yaptığını sandım. "Peki ben de orada yaşayabilir miyim?"

"Hayır," dedi. "Orası benim. Senin kendininkini bulman gerekecek."

Kolu her zamanki gibi benimkine dolanmıştı, yine de birden her şey değişmişti. Aietes'in sesi, ikimiz birbirimize değil de iki ayrı kordona bağlı varlıklarmışız gibi özgürce salınıyordu.

"Ne zaman?" dedim gaklar gibi bir sesle.

"Bundan sonra. Babam beni doğruca oraya götürmeyi planlıyor."

Bunu gayet önemsiz bir şeymiş gibi söylemişti. Taşa dönmeye başlıyormuşum gibi bir hisse kapıldım. Ona yapıştım. "Bana nasıl söylemezsin?" diye başladım. "Beni terk edemezsin? Ne yaparım? Eskiden nasıl olduğunu hiç bilmiyorsun..."

Kollarımı boynundan çekti. "Böyle bir sahneye hiç gerek yok. Bunun olacağını biliyordun. Hayatımı yeraltında, kendime ait hiçbir şeyim olmadan çürütemem."

Ya ben, diye sormak istedim. Ben çürüyeyim mi?

Ama Aietes amcalarımdan biriyle konuşmak için dönmüştü, evli çift yatak odalarına gider gitmez o da babamın arabasına bindi. Fırıl fırıl bir altın ışıltısı içinde yok oluverdi.

Birkaç gün sonra da Perses gitti. Kimse şaşırmamıştı, kız kardeşim olmadan babamın salonları onun için bomboştu. Doğuya, Acemlerin arasında yaşamaya gittiğini söyledi. İsimleri benimkine benziyor, dedi ahmakça. Ayrıca duyduğuma göre iblis denen birtakım yaratıklar yetiştiriyorlarmış. Görmek istiyorum.

Babam suratını astı. Minos yüzünden onunla alay ettiğinden beri Perses'e tavır almıştı. "Biz varken niye bir de iblisleri olsun ki?"

Perses cevap vermeye zahmet etmedi. Suyollarından gidecekti, babamın onu götürmesine ihtiyacı yoktu. *Hiç değilse artık senin sesini duymak zorunda olmayacakmışım*, bana söylediği son şey bu oldu.

Bir elin parmakları kadar günde hayatım darmadağın olmuştu. Yeniden bir çocuktum şimdi; babam arabasını sürer, annem Okeanos'un nehir kenarlarında sereserpe uzanırken ben bekliyordum. Boş salonlarımızda yatıyordum, yalnızlıktan boğazım tırmalanıyordu. Artık dayanamaz hale gelince, Aietes'le ikimizin eski, ıssız kumsalına kaçtım. Orada Aietes'in parmaklarının dokunduğu taşları buldum. Ayaklarının karıştırdığı kumlarda yürüdüm. Kalamazdı elbette. Helios'un ilahi oğullarından biriydi, parlak, ışıltılı, sahici sesli, akıllıydı, taht ümitleri besliyordu. Ya ben?

Ona yalvardığım sıradaki bakışlarını hatırladım. Aietes'i iyi tanırdım, bana baktığında gözlerindekini okuyabilirdim. *Yeterince iyi bir sebep değil.*

Kayaların üstüne oturdum, taşa veya ağlayan kuşlara, dilsiz hayvanlara ve ince gövdeli ağaçlara dönene dek ağlayan, düşünceleri sonsuza dek bir yere kapatılıp kalan nympha'larla ilgili bildiğim hikâyeleri düşündüm. Anlaşılan onu bile yapamıyordum. Hayatım granit duvarlar gibi hapsetmişti beni. O ölümlülerle konuşmam gerekirdi, diye düşündüm. Aralarından bir koca alabilmek için yalvarmalıydım. Helios'un kızlarından biriydim, o pejmürde adamlardan biri mutlaka alırdı beni. Ne olsa bundan iyiydi.

İşte gemiyi tam o sırada gördüm.

DÖRT

Gemileri resimlerden tanıyordum, hikâyelerde adlarını duymuştum. Altın renginde ve deniz canavarları gibi devasaydılar, küpeşteleri fildişiyle boynuzdan yontulmuştu. Gülümseyen yunuslar tarafından çekiliyor ya da yüzleri ayışığı gibi gümüş rengi, siyah saçlı elli nereus kızının tayfalığında ilerlerlerdi.

Bu geminin direği fidan gibi inceydi. Yelkeni çarpılmış, aşınmıştı, kenarları yamalıydı. Denizci yüzünü kaldırınca boğazımın nasıl tıkandığını hatırlıyorum. Bu yüz güneş yanığı ve parlaktı. Bir ölümlü.

İnsanoğlu dünyaya yayılmaktaydı. Kardeşimin oyun oynamamız için bu ıssız bölgeyi bulmasının üstünden seneler geçmişti. Bir kayalık çıkıntısının arkasında durdum, adamın kayaların yanından geçip ağları çekerek dümen çevirmesini seyrettim. Minos'un sarayındaki bakımlı, şık soylulara hiç mi hiç benzemiyordu. Saçları uzun ve siyahtı, dalga serpintilerinden ıslanmıştı. Giysileri eski püsküydü, ensesi kabuk bağlamıştı. Kollarında, balık pullarının kestiği yerlerde yaralar göze çarpıyordu. Müthiş bir zarafetle değil, dalgaların arasındaki sağlam yapılı bir gemi gibi güçlü, güvenli, düzgün bir şekilde hareket ediyordu.

Nabzımın kulaklarımda gürültüyle attığını duyuyordum. Ölümlülerin taciz ve tecavüz ettiği nympha'larla ilgili hikâyeleri düşündüm yine. Ama bu adamın yüzünde gençliğin yumuşaklığı vardı, dümenini idare eden elleri de yalnızca hızlı görünüyordu, merhametsiz değil. Hem zaten başımın üstündeki göklerde Gözcü adı verilen babam vardı. Tehlikeye düşersem gelirdi.

Adam artık kıyıya yaklaşmıştı, suya bakıyor, göremediğim birtakım balıkları takip ediyordu. Derin bir nefes alıp kumsala doğru bir adım attım.

"Selam, ölümlü."

Adam ağlarını elinden kaçırdı ama düşürmedi. "Selam," dedi. "Hangi tanrıçayla müşerref oluyorum?"

Sesi kulaklarıma yumuşacık, yaz rüzgârları gibi tatlı gelmişti.

"Kirke," dedim.

"Ah." Yüzü ihtiyatlı bir şekilde ifadesizdi. Çok sonraları, bana bunun sebebinin adımı duymamış olması ve beni gücendirmekten korkması olduğunu söyledi. Kaba tahtaların üstüne diz çöktü. "Saygıdeğer hanımım. Sularınıza izinsiz mi girdim?"

"Hayır," dedim. "Sularım yok benim. Bu bir gemi mi?"

Yüzünden ifadeler geçti ama okuyamadım. "Öyle," dedi.

"Onunla gezmek isterim," dedim.

Tereddüt etti, sonra kıyıya daha da yaklaşmaya başladı ama ben beklemek nedir bilmezdim. Dalgaların arasından ona doğru gidip kendimi yukarı çektim. Güverte sandaletlerimin altında sıcacıktı, hareketleriyse pek hoştu, bir yılanın üstünde gidiyormuşum gibi hafifçe dalgalanıyordu.

"İlerle," dedim.

Takındığımın farkında bile olmadığım ilahi vakarımla nasıl da kaskatıydım. Ona gelince, benden beter kasılmıştı. Kolum onunkine sürününce titriyordu. Ne zaman onunla konuşsam gözlerini kaçırıyordu. Bu tür hareketleri tanıdığımı sarsılarak fark ettim. Binlerce kere yapmıştım hepsini. Babama, dedeme ve günlerimin içinden gelip geçen bütün o kudretli tanrılara karşı. *Upuzun bir korku zinciri.*

"Ah, hayır," dedim. "Ben öyle değilim. Çok az gücüm var, sana zarar veremem. Rahat ol, istediğin gibi davran."

"Teşekkür ederim, nazik tanrıçam." Ama bunun öyle ürkekçe söylemişti ki gülmek zorunda kaldım. İtirazımdan ziyade kahkaham biraz rahatlamasını sağlamışa benziyordu. Anlar birbiri ardına geçti, etrafımızdaki şeyler hakkında konuşmaya başladık. Sıçrayan balıklar, yukarıdan dalışa geçen bir kuş. Ağlarının nasıl yapıldığını sordum, anlattı. Konuya ısınmıştı çünkü ağlarına çok özenle bakıyordu. Ona babamın adını söylediğimde güneşe baktı ve her zamankinden beter titredi ama günün sonunda başına inen bir gazap olmadı. Diz çöktü ve ağlarını kutsamış olmam gerektiğini söyledi çünkü şimdiye kadar olmadığı kadar doluydu ağlar.

Günbatımı ışığında parlayan gür, siyah saçlarına, eğilmiş geniş omuzlarına baktım. Salonlarımızdaki bütün tanrıların arzu duyduğu şey buydu, böyle bir tapınmaydı. Belki doğru yapamamıştır, diye düşündüm ya da belki ben doğru davranmamıştım. Tek istediğim yüzünü yeniden görmekti.

"Kalk," dedim. "Lütfen. Ağlarını kutsamadım. Öyle bir şey yapacak gücüm yok. Sadece tatlısulara hükmeden naiad'lardan doğmayım ben ve onların küçük güçlerinden bile yoksunum."

"Olsun," dedi. "Geri gelebilir miyim? Burada olacak mısın? Hayatımda senin kadar harika bir şey görmedim çünkü."

Babamın ışığının yanında durmuştum. Aietes'i kollarımda tutmuştum, yatağım ölümsüz ellerin dokuduğu kalın, yün battaniyelerle doluydu. Ama o âna kadar hiç ısınmamıştım bence.

"Evet," dedim. "Burada olacağım."

Adı Glaukos'tu ve her gün geliyordu. Yanında hayatımda tatmamış olduğum ekmek, tadını bildiğim peynir ve dişlerini geçirmesini seyretmeyi sevdiğim zeytinler getiriyordu. Ona ailesini sordum, babasının yaşlı ve aksi olduğunu, her zaman yiyecek konusunda öfkelenip endişelendiğini, annesininse eskiden şifalı otlardan ilaçlar yaptığını ama artık çok çalışmaktan belinin büküldüğünü, kız kardeşinin şimdiden beş çocuğunun olduğunu, kadının her zaman hasta ve öfkeli olduğunu anlattı. Efendilerine talep ettiği vergiyi veremezlerse hepsi kulübelerinden kapı dışarı edilirdi.

Hayatımda hiç kimse bana bu kadar içini dökmemişti. Her hikâyeyi dalgaları yutan bir girdap gibi içiyordum, gerçi söylenenlerin yarısını pek anlayamıyordum: yoksulluk, çalışmak ve insani korkular. Benim için açık olan tek şey Glaukos'un yüzü, yakışıklı başı ve kederleriyle biraz nemli olsa da bana baktığında daima gülümseyen samimi gözleriydi.

Elleriyle göz açıp kaparcasına yaptığı günlük işleriyle uğraşmasını seyretmeyi seviyordum: Yırtılan ağları tamir ediyor, teknesinin güvertesini temizliyor, kavı ateşliyordu. Ateşini yakarken, binbir zahmetle küçük, kuru yosun parçaları yerleştirerek işe başlıyor, onun üstüne küçük dal parçaları, onun üstüne de daha büyüklerini koyarak hepsini yığdıkça yığıyordu. Bu sanatı da bilmiyordum. Babamın onları tutuşturması için tahtaların ikna edilmesine gerek olmazdı.

Seyrettiğimi gördü ve nasırlı ellerini gergince birbirine sürttü. "Sana çirkin göründüğümü biliyorum."

Hayır, diye düşündüm. Dedemin salonları ışıltılı nympha'larla ve kaslı nehir tanrılarıyla dolu ama onların herhangi birine bakmaktansa sana bakmayı yeğlerim.

Başımı iki yana salladım.

İçini çekti. "Tanrı olmak ve hiçbir yara bere almamak harika bir şeydir herhalde."

"Kardeşim bir keresinde bunun su gibi bir his olduğunu söylemişti."

Düşündü. "Evet, bunu hayal edebiliyorum. Fazla doldurulan bir kaptan taşıyormuşsun gibi. Hangi kardeş bu? Daha önce ondan bahsetmemiştin."

"Uzaklarda bir yerde kral olacak. Adı Aietes." Onca zamanın ardından isim ağzıma tuhaf gelmişti. "Onunla giderdim ama hayır dedi."

"Aptalın tekiymiş gibi geliyor kulağa," dedi Glaukos.

"Ne demek istiyorsun?"

Gözlerini benimkilere kaldırdı. "Altın bir tanrıçasın sen, güzel ve naziksin. Böyle bir kız kardeşim olsaydı asla bırakmazdım."

Teknenin küpeştesinde çalıştığı sırada kollarımız birbirine sürtünürdü. Oturduğumuzda, elbisem ayaklarının üstüne yayılıyordu. Cildi sıcaktı, hafifçe sertleşmişti. Bazen yerden alsın diye bir şey düşürürdüm, böylece ellerimiz buluşurdu.

O gün kumsalda diz çöktü, öğle yemeğini pişirmek için ateş yaktı. Çıra ve kavdan oluşan bu ölümlü mucizesi, seyretmeyi en sevdiğim şeylerden biriydi hâlâ. Saçları tatlı bir şekilde gözlerine dökülüyor, yanakları alevlerin ışığıyla parlıyordu. Ona bu hediyeyi veren amcamı düşünürken buldum kendimi.

"Onunla bir kere görüşmüştüm," dedim.

Glaukos bir balığı şişe geçirmiş, ateşte kızartıyordu. "Kimle?"

"Prometheus'la," dedim. "Zeus onu cezalandırdığında ona nektar götürdüm."

Başını kaldırdı. "Prometheus," dedi.

"Evet." Genellikle bu kadar yavaş anlamazdı. "Ateş getiren."

"O hikâye on kuşak önceden."

"On kuşaktan fazla," dedim. "Dikkat et, balığın." Şiş elinden düşmüştü, balık kömürlerin üstünde kararıyordu.

Yemeğini kurtarmadı. Gözleri üstüme sabitlenmişti. "İyi de, sen benim yaşımdasın."

Yüzüm onu aldatmıştı. Onunki kadar gençti çünkü.

Güldüm. "Hayır, değilim."

Bir tarafa doğru kaykılmıştı, dizleri benimkine değiyordu. Doğrulup dimdik oturdu, benden öyle hızlı uzaklaştı ki dokunduğu yerdeki soğukluğu hissettim. Şaşırdım.

"O seneler ne ki," dedim. "Hiçbir şey yapmadan geçirdim hepsini. Dünyayı sen de benim kadar tanıyorsun." Eline uzandım.

Hızla çekti. "Bunu nasıl söyleyebilirsin? Kaç yaşındasın sen? Yüz? İki yüz?"

Az daha yine gülüyordum. Ama Glaukos'un boynu kasılmış,

gözleri irileşmişti. Aramızdaki ateşte balığın dumanları tütüyordu. Ona hayatımdan çok az bahsetmiştim. Anlatacak ne vardı ki? Aynı acımasızlıklar, arkamdan aynı pis alaylar. Annem o günlerde özellikle sevimsiz bir mizah anlayışı içindeydi. Babam dama taşlarını ona tercih etmeye başlamıştı, annemin buna duyduğu zehir de benim payıma düşüyordu. Beni görünce dudağını bükerdi. *Kirke taşlar kadar sıkıcı. Kirke'nin çıplak toprak kadar aklı yok. Kirke'nin saçları köpek tüyü gibi dolaşık. Çatlak sesini bir kere daha duymak zorunda kalırsam... Bütün çocuklarımızdan geriye kalanın bu olması şart mıydı? Kimse onu almaz.* Babam bunları duyuyorsa bile hiç belli etmiyor, dama taşlarını şuraya buraya hareket ettirmekle yetiniyordu. Eski günlerde gözyaşı izleriyle dolu yanaklarla odama süzülürdüm ama Glaukos geldiğinden beri bunların hepsi iğnesiz arılardı.

"Özür dilerim," dedim. "Aptalca bir şakaydı sadece. Onunla hiç karşılaşmadım. Sadece karşılaşmak istedim. Korkma, aynı yaştayız biz."

Yavaş yavaş duruşu gevşedi. Nefesini bıraktı. "Hah," dedi. "Düşünebiliyor musun? O zamanlar hayatta olduğunu?"

Yemeğini bitirdi. Artıkları martılara attı, sonra kuşları kovalayıp döne döne gökyüzüne yükselmelerine neden oldu. Dönüp bana gülümsedi, gümüş dalgalarla çerçevelenmişti, tuniğinin içinde omuzlarını kaldırıyordu. Daha sonra ateş yakmasını kaç kere seyredersem seyredeyim, amcamdan bir daha asla bahsetmedim.

Bir gün Glaukos'un teknesi geç geldi. Glaukos tekneyi demirlemedi, güvertede durmakla yetindi, yüzü katı ve sertti. Yanağında fırtına dalgası gibi koyu renk bir çürük vardı. Babası vurmuştu.

"Ah!" Nabzım hızlandı. "Dinlenmelisin. Gel otur, sana su getireyim."

"Hayır," dedi, sesi hiç duymadığım kadar keskindi. "Bugün olmaz, bir daha asla olmaz. Babam aylaklık ettiğimi, bütün ağlarımızın boş olduğunu söylüyor. Açlıktan öleceğiz, hepsi benim suçum."

"Yine de gel otur, yardım etmeme izin ver," dedim.

"Bir şey yapamazsın," dedi. "Kendin söylemiştin. Hiçbir gücün yok."

Denizde uzaklaşmasını seyrettim. Sonra çıldırmış halde dönüp dedemin sarayına koştum. Tonozlu geçitlerinden geçip mekik tıkırtıları, kadeh ve bilezik şıngırtılarıyla dolu kadınlar salonuna gittim. Naiad'ları geçtim, ziyarete gelmiş Nereus kızlarıyla Dryad'ları geçtim, anneannemin hüküm sürdüğü yüksek kaidedeki meşe taburenin yanına gittim.

Adı Tethys'ti, dünya sularının ulu ebesiydi, kocası gibi o da çağların şafağında Toprak Ana'nın bağrından doğmuştu. Cüppesi eteklerinde mavi mavi gölleniyordu, boynuna da bir denizyılanı eşarp gibi sarılmıştı. Önünde, dokumasını tutan altın bir tezgâh vardı. Yüzü yaşlıydı ama yıpranmış değildi. Irmak gibi rahminden sayısız kız ve oğul doğmuştu, onların dölleri de hâlâ kutsanmaları için Tethys'e getirilirdi. Ben de bir kere önünde diz çökmüştüm. Yumuşak parmaklarının uçlarıyla alnıma dokunmuştu. *Hoşgeldin, çocuk.*

Yine diz çöktüm. "Kirke'yim ben, Perseis'in kızı. Bana yardım etmelisin. Denizden balık tutmaya ihtiyacı olan bir ölümlü var. Ben onu kutsayamıyorum ama sen yapabilirsin."

"Soylu mu?" diye sordu.

"Yapısı soylu," dedim. "Malı mülkü yok ama ruhu zengin, cesareti çok. Yıldız gibi parlıyor."

"Peki bu ölümlü karşılık olarak sana ne sunuyor?"

"Ne mi sunuyor?"

Başını iki yana salladı. "Canım benim, mutlaka bir şey sunmak zorundalar. Küçük bile olsa, pınarına dökülen şarap bile olsa. Yoksa sonradan minnettar olmayı unuturlar."

"Pınarım yok, minnettarlığa ihtiyacım da yok. Lütfen. Bana yardım etmezsen onu bir daha asla göremeyeceğim."

Tethys bana bakıp içini çekti. Bu tür ricaları bin kere duymuş olmalıydı. Tanrılarla ölümlülerin ortak yönüdür bu. Gençken, dünyadaki bütün duyguları ilk hissedenin biz olduğumuzu zannederiz.

"İsteğini bağışlayacak ve ölümlünün ağlarını dolduracağım. Ama karşılığında, onunla yatmayacağına yemin ettiğini duymak istiyorum. Babanın seni bir balık-çocuktan çok daha iyisiyle baş-göz etmek istediğini biliyorsun."

"Yemin ederim," dedim.

Dalgaların üstünde sıçrayarak, adımı bağırarak geldi. Sözcükleri birbirine karışıyordu. Ağlarla uğraşmasına bile gerek kalmadığını söyledi. Balıklar, inek kadar kocaman balıklar kendilerini güvertesine atmıştı. Babası yatışmış, vergi ödenmiş, gelecek senenin de bir kısmı karşılanmıştı. Başını eğerek önümde diz çöktü. "Teşekkür ederim, tanrıçam."

Onu ayağa kaldırdım. "Benim önümde diz çökme. Anneannemin gücüydü."

"Hayır." Ellerimi tuttu. "Sendin. Onu sen ikna ettin. Kirke, mucizem, hayatımın lütfu, beni sen kurtardın."

Sıcak yanaklarını ellerime bastırdı. Dudakları parmaklarıma süründü. "Keşke ben de tanrı olsaydım," diye soludu. "O zaman sana hak ettiğin gibi teşekkür edebilirdim."

Bukleleri bileğimin etrafına döküldü. Keşke gerçek bir tanrı olsaydım da ona altın bir tabakta balinalar sunsaydım, o da beni asla bırakmasaydı.

Her gün birlikte oturup konuşuyorduk. Hayallerle doluydu, yaşı biraz daha ilerleyince kendi teknesini almayı ve babasınınki yerine kendi kulübesinde oturabilmeyi umuyordu. "Ateşi hep yanık tutacağım," dedi. "Senin için hep yanacak. Müsaade edersen."

"Bir sandalyen olmasını tercih ederim," dedim. "O zaman gelip seninle konuşabilirim."

Kızardı, ben de kızardım. O zamanlar pek az şey bilirdim. Aşktan bahsettikleri sırada kuzenlerimin, o geniş omuzlu tanrıların ve kıvrak nympha'ların yanında oturmazdım hiç. Bir talipliyle mahrem bir köşeye çekildiğim hiç olmamıştı. İstediğimi söylebilecek kadar bilgim bile yoktu. Elimle onunkine dokunursam, dudaklarımı bir öpücük için uzatırsam sonra ne olacaktı?

Glaukos beni seyrediyordu. Yüzü kumlar gibiydi, binbir ifade sergiliyordu. "Baban..." dedi biraz kekeleyerek çünkü Helios'tan bahsetmek her zaman sinirlerini geriyordu. "Senin için bir eş seçecek mi?"

"Evet," dedim.

"Ne tür bir eş?"

Ağlayacağımı düşündüm. Ona yaslanıp babamın onu seçmesini istediğimi söylemek geçiyordu içimden ama yeminim aramızda duruyordu. O yüzden kendimi gerçeği söylemeye zorladım, babamın prensleri ya da belki yabancıysa bir kralı düşündüğünü söyledim.

Ellerine baktı. "Elbette," dedi. "Elbette. Sevgili kızısın."

Onu düzeltmedim. O gece babamın sarayına döndüm ve ayaklarının dibine diz çöküp bir ölümlüyü tanrı haline getirmenin mümkün olup olmadığını sordum.

Helios dama taşlarına doğru kızgınlıkla kaşlarını çattı. "Olmadığını biliyorsun. Yıldızlarında yazılı değilse tabii. Moira'ların kanunlarını ben bile değiştiremem."

Başka bir şey söylemedim. Düşüncelerim birbirini takip ediyordu. Glaukos ölümlü olarak kalırsa yaşlanacaktı, yaşlanırsa da ölecekti ve günlerden bir gün sahile ben gidecektim ama o gelmeyecekti. Prometheus bana anlatmıştı ama anlamamıştım. Ne aptaldım. Ne kadar korkunç derecede aptaldım. Panik içinde tekrar anneanneme koştum.

"O adam," dedim boğulurcasına. "Ölecek."

En yumuşak kumaşlarla örtülmüş taburesi meşedendi. Parmaklarındaki yumak nehir taşı yeşiliydi. Yumağı tezgâhında sarıyordu. "Ah, torunum," dedi. "Elbette ölecek. Ölümlü o, paylarına düşen bu."

"Haksızlık," dedim. "Olamaz."

"Bu ikisi farklı şeyler," dedi anneannem.

Bütün ışıltılı naiad'lar bizi dinlemek için konuşmalarını kesmişti. Bastırdım. "Bana yardım etmelisin," dedim. "Yüce tanrıça, onu salonlarına alıp ölümsüz kılamaz mısın?"

"Hiçbir tanrı öyle bir şey yapamaz."

"Onu seviyorum," dedim. "Bir yolu olmalı."

İçini çekti. "Senden önce kaç nympha'nın aynı şeyi umut edip hayal kırıklığına uğradığından haberin var mı?"

Öbür nympha'lar umurumda değildi. Onlar Helios'un kızı değillerdi, dünyayı altüst etme hikâyeleriyle büyütülmemişlerdi. "Bir şey yok mu... Adını bilmiyorum. Bir araç. Moira'larla bir pazarlık, bir numara, bir *farmakon...*"

Aietes'in tanrıların dökülen kanında yetişen ve mucizevi güçleri olan bitkilerden bahsederken kullandığı sözcüktü bu.

Anneannemin boynundaki denizyılanı çözüldü, ok biçimli ağzından kara dilini gösterip içeri çekti. Anneannemin sesi alçak ve öfkeliydi. "Bunu ağzına almaya cüret ettin ha?"

Ani değişiklik beni şaşırtmıştı. "Neyi ağzıma almaya?"

Ama anneannem boyunun bütün ihtişamını sergileyerek ayağa kalkıyordu.

"Çocuk, senin için yapılabilecek her şeyi yaptım, başka bir şey yok. Git buradan, o kötülükten bahsettiğini de bir daha asla duymayayım."

Başım fırıl fırıl, ağzım olgunlaşmamış şarap içmişim gibi buruktu. Divanların, sandalyelerin arasından yürüyerek, fısıldaşan, pis pis gülen naiad'ların eteklerinin yanından geçerek döndüm. *Sırf Güneş'in kızı diye dünyayı kendi zevkine göre tersyüz edebileceğini zannediyor.*

Utanamayacak kadar çılgın haldeydim. Doğruydu. Dünyayı tersyüz etmekle kalmaz, parçalar, yakar, Glaukos'u yanımda tutmak için elimden gelen hiçbir kötülüğü ardıma koymazdım. Ama en çok aklımda kalan, o sözcüğü, *farmakon* sözcüğünü söylediğimde anneannemin yüzünde beliren ifadeydi. Tanrılar arasında pek iyi bildiğim bir bakış değildi bu ama Glaukos'u vergiden, boş ağlardan ve babasından bahsederken görmüştüm. Korkunun ne olduğunu öğrenmeye başlamıştım. Bir tanrıyı ne korkutabilirdi? Bunun cevabını da biliyordum.

Kendisininkinden büyük bir güç.

Her şeye rağmen, annemden öğrendiğim bir şey vardı. Saçlarımı bukleler halinde topladım, en güzel elbisemi, en parlak sandaletlerimi giydim. Babamın ziyafetine gittim, bütün amcalarım orada toplanmış, mor divanlarında uzanmıştı. Onlara şarap verdim, gözlerinin içine bakarak gülümsedim, kollarımı boyunlarına doladım. Proteus amca, dedim. Dişinde fok eti olan amcamdı. Cesursun sen, savaşta yiğitçe önderlik ettin. Bana savaştaki çarpışmaları, nerelerde yapıldığını anlatır mısın? Nereus amca, ya sen? Olymposlu Poseidon seni yerinden etmeden önce deniz tanrısıydın. Türümüzün yüce başarılarını duymak için yanıp tutuşuyorum. En çok kanın nerede döküldüğünü anlat bana.

Hikâyeleri ağızlarından aldım. Tanrıların kanıyla sulanmış bir sürü yerin adını ve nerede olduklarını öğrendim. Ve nihayet Glaukos'un sahilinden uzak olmayan bir yerin adını duydum.

BEŞ

"Gel," dedim. Gün ortasıydı ve hava sıcaktı, toprak ayaklarımızın altında ufalanıyordu. "Çok yakın. Yorgun kemiklerini dinlendirmek için mükemmel bir yer."

Suratsızca peşimden geldi. Güneş tepedeyken her zaman aksiliği üstünde olurdu. "Teknemden o kadar uzaklaşmak hoşuma gitmiyor."

"Teknen güvende, söz veriyorum. Bak! Geldik. Bu çiçekler yürüdüğümüze değmedi mi? Ne güzeller, uçuk sarı çanlara benziyorlar."

Tatlı dille ikna ederek sık çiçeklerin arasına soktum onu. Su getirmiştim, bir sepet de yiyecek. Babamın gözünün yukarıda olduğunun farkındaydım. Bizden tarafa bakacak olursa bunun piknik gibi görünmesini hedeflemiştim. Anneannemin ona neler söylemiş olabileceğini bilmiyordum.

Glaukos'a yiyeceklerden sundum ve yemesini seyrettim. Tanrı olarak nasıl görünecekti acaba. Kısa mesafede bir orman vardı, gölgesi bizi babamın gözünden saklamaya yetecek kadar yoğundu. Glaukos değiştiğinde onu oraya çekecek ve yeminimin artık bizi bağlamadığını gösterecektim.

Yere bir minder koydum. "Uzan," dedim. "Uyu. Uyumak ne güzel olurdu, değil mi?"

"Başım ağrıyor," diye şikâyet etti. "Güneş de gözüme giriyor."

Saçlarını geriye ittim ve güneşi kesmek için yer değiştirdim. Glaukos o zaman içini çekti. Her zaman yorgundu, bir an sonra gözleri kapanmaya başlamıştı bile.

Çiçekleri ona dokunacakları şekilde karıştırdım. Şimdi, diye düşündüm. *Şimdi.*

Daha önce yüz defa gördüğüm gibi uyumaya devam etti. Bu âna ilişkin hayallerimde çiçekler onu bir dokunuşta değiştiriyordu. Ölümsüz kanları Glaukos'un damarlarına giriveriyor, o da bir tanrı olarak ayağa kalkıp elimi tutuyor ve, "Şimdi sana hak ettiğin gibi teşekkür edebilirim," diyordu.

Çiçekleri bir daha karıştırdım. Birkaç tanesini koparıp Glaukos'un göğsüne attım. Koku ve polenler üstüne uçsun diye nefesimi dışarı üfledim. "Değiş," diye fısıldadım. "Tanrı olmalısın. Değiş."

Glaukos uyumaya devam etti. Çiçekler, pervane kanadı kadar solgun ve narin, cansızca etrafımızda yatıyordu. Midemde bir asit dalgası geziniyordu. Belki doğru çiçekleri bulamamışımdır, diye düşündüm. Önceden gelip keşif yapmam gerekirdi ama aşırı sabırsız davranmıştım. Ayağa kalkıp aşikâr bir güç saçan kızıl, canlı bir çiçek yığını arayarak tepeye doğru yürüdüm. Ama herhangi bir tepede olabilecek sıradan çiçeklerden başka bir şey bulamadım.

Glaukos'un yanına çöktüm ve ağladım. Naiad kanından gelenlerin gözyaşları sonsuza dek akabilir, ben de bütün kederimi akıtmanın sonsuza dek sürebileceğini düşünüyordum. Başarısızlığa uğramıştım. Aietes yanılmıştı, güç bitkisi diye bir şey yoktu. Glaukos'u sonsuza dek kaybedecektim, tatlı, yakıcı güzelliği solup toprağa karışacaktı. Başımın üstünde babam kayarak yolunda ilerledi. O yumuşak, aptal çiçekler saplarının üstünde etrafımızda dalgalandı. Onlardan nefret ediyordum. Bir avuç dolusu çiçek yakaladım, köklerinden söküp çıkardım. Taçyapraklarını kopardım. Saplarını parçaladım. Nemli parçalar ellerime yapıştı, özsu tenime aktı. Yıllanmış şarap kadar hoş, taze ve keskin bir koku yükseldi. Bir avuç çiçek daha söktüm. Ellerim yapış yapış ve sıcaktı. Kulaklarımda arı kovanı gibi karanlık bir uğultu vardı.

Bundan sonra olanı tarif etmek zor. Kanımın derinliklerinden bir bilgi yükseldi. Bu çiçeklerin gücü özsularında diye fısıldadı, o özsu her varlığı en gerçek biçimine dönüştürebilir.

Bunu sorgulamak için durmadım. O sırada güneş ufku geçmişti. Glaukos rüya gördüğü sırada dudakları aralanmıştı. Bir avuç dolusu çiçeği sıkarak ona doğru kaldırdım. Özsu sızdı, birikti. Süt gibi damlaları birer birer ağzına akıttım. Serseri bir damlacık dudaklarına düştü, onu da parmağımla iterek diline kaydırdım. Glaukos öksürdü. En gerçek biçimin, dedim ona. Bırak olsun.

Bir avuç çiçeği daha hazırda tutarak çömeldim. Gerekirse arazideki bütün çiçekleri ağzına sıkacaktım. Ama daha bunu düşündüğüm sırada Glaukos'un teninden bir gölge geçti, ben bakarken koyulaştı. Kahverengiyi geçti, moru geçti, çürük gibi yayıldı, ta ki Glaukos'un bütün vücudu kopkoyu bir deniz mavisine bürünene dek. Elleri şişiyordu, bacakları, omuzları. Çenesinden uzun ve bakır yeşili kıllar fışkırmaya başladı. Tuniğinin aralığından, göğsünde su toplamış kabarcıklar oluştuğunu görüyordum. Bakakaldım. Deniz kabuklusuydu bunlar.

Glaukos, diye fısıldadım. Parmaklarımın altındaki kolu tuhaftı, sert, kalın ve hafifçe serindi. Kolunu salladım. Uyan.

Gözleri açıldı. Bir nefeslik süre boyunca kıpırdamadı, sonra bir fırtına dalgası gibi heybetle ayağa fırladı, baştan beri neyse oydu şimdi, bir deniz tanrısıydı. "Kirke," diye bağırdı, "değiştim!"

Ormana gitmeye vakit yoktu, onu yosunların üstünde kendime çekmeye vakit yoktu. Glaukos yeni gücüyle kendinden geçmişti, bahar havasındaki bir boğa gibi burnundan soluyordu. Ellerini uzatarak, "Bak," dedi. "Nasır yok. Yara izi yok. Yorgun da değilim. Hayatımda ilk defa yorgun değilim! Okyanus boyunca yüzebilirim. Kendimi görmek istiyorum. Nasıl görünüyorum?"

"Bir tanrı gibi," dedim.

Beni kollarımdan yakalayıp beyaz dişleri mavi yüzünde parlayarak döndürdü. Sonra durdu, yeni bir şey gelmişti aklına. "Artık seninle gidebilirim. Tanrıların saraylarına gidebilirim. Beni götürür müsün?"

Ona hayır diyemedim. Alıp anneanneme götürdüm. Ellerim biraz titriyordu ama yalanlar dudaklarımda hazırdı. Glaukos bir çayırda uyuyakalmış ve böyle uyanmıştı. "Belki onu ölümsüze çevirme isteğim bir tür kehanetti. Babamın çocukları arasında böyle bir şey görülmemiş değildir."

Anneannem pek dinlemedi. Hiçbir şeyden şüphelenmemişti. Hayatım boyunca benden şüphelenen kimse olmamıştı.

Glaukos'u kucaklayarak, "Kardeşimiz," diye bağırdı. "En yeni kardeşimiz. Moira'ların işi bu. Kendine bir saray buluncaya kadar burada kalabilirsin."

Artık sahilde yürüyüş yoktu. Her günümü o salonlarda tanrı Glaukos ile geçiriyordum. Dedemin alacakaranlık nehrinin kıyılarına oturduk, onu bütün teyzelerimle, amcalarımla ve kuzenlerimle tanıştırdım, nympha'ları birbiri ardına saydım döktüm, oysa daha önce sorsalar isimlerini bilmediğimi söylerdim. Onlara gelince, Glaukos'un başına üşüştüler, mucizevi dönüşümünün hikâyesini dinlemek için yaygara kopardılar. Glaukos hikâyeyi ustaca anlatırdı: Aksiliğinin tutması, kaya gibi üstüne çöken uyku hali, sonra onu sorguçlu dalgalar gibi havaya kaldıran, Moira'ların bağışladığı güç. Tanrı kaslarıyla düğüm düğüm mavi göğsünü açıp onlara gösterir, dalgalarda yuvarlanıp durmuş deniz kabukları kadar pürüzsüz ellerini uzatırdı. "Nasıl da gelişip kendime dönüştüğüme bakın."

Öyle anlarda yüzüne bayılırdım, güçle ve neşeyle ışıl ışıl olmuş yüzüne. Göğsüm onunkiyle birlikte kabarırdı. Ona böyle bir armağan verenin ben olduğumu söylemek için yanıp tutuşuyordum ama tanrılığının tamamen kendisine ait olduğuna inanmanın nasıl da hoşuna gittiğini görmüştüm, bunu ondan almak istemedim. O karanlık ormanda onunla yatmayı hâlâ hayal ediyordum ama onun ötesinde şeyler de düşünmeye, kendime yeni sözcükler söylemeye başlamıştım: *evlilik, koca.*

"Gel," dedim Glaukos'a. "Babamla ve dedemle tanışmalısın."

Giysilerini, cildini en güzel haliyle gösterecek renklerden kendi ellerimle seçtim. Beklenen saygı gösterileri hakkında onu uyardım ve o saygılarını sunarken geride kalıp seyrettim. Gayet güzel davrandı; onu övdüler. Nereus'un, denizin eski Titan tanrısının yanına götürdüler, o da Glaukos'u Poseidon'la, yeni efendisiyle tanıştırdı. İkisi birlikte Glaukos'un altından ve dalgaların hışmına uğramış enkaz hazinelerden kurulan sualtı sarayını biçimlendirmesine yardım ettiler.

Her gün oraya gidiyordum. Tuzlu su cildimi yakıyordu, Glaukos da genellikle ona hayran misafirleriyle bana kısacık bir gülümsemeden fazla bir şey veremeyecek kadar meşgul oluyordu ama aldırmıyordum buna. Artık zamanımız vardı, ne kadar zamana ihtiyacımız varsa hepsi bizimdi. O gümüş masalarda oturup nympha'larla tanrıların Glaukos'un ilgisini çekmek için birbirleriyle yarışmasını seyretmek bir zevkti. Eskiden olsa onunla alay eder, balık temizleyicisi derlerdi. Şimdiyse ölümsüzlüğüyle ilgili hikâyeler anlatması için yalvarıyorlardı. Hikâyeler, anlatıldıkça çoğalıyordu. Annesinin beli acuzeler gibi büküktü, babası Glaukos'u her gün dövüyordu. Dinleyenler nefeslerini tutup ellerini kalplerine bastırdı.

"Her şey yolunda," dedi Glaukos. "Teknesini parçalasın diye bir dalga yolladım, dalganın çarpmasıyla öldü. Annemiyse kutsadım. Şimdi yeni bir kocası, çamaşırları yıkamasına yardım edecek bir de kölesi var. Bana bir sunak kurdu, şimdiden dumanları tütüyor. Köyüm onlara iyi bir akıntı getireceğimi umuyor."

"Getirecek misin peki?" Konuşan nympha, ellerini çenesinin altında kavuşturmuştu. Kız kardeşimle Perses'in en sevgili yoldaşlarından biriydi, yuvarlak yüzü kötülükle cilalanmıştı ama şimdi Glaukos'la konuşurken o bile değişmişti, açıktı, armut gibi olgundu.

"Bakacağız," dedi Glaukos. "Bana sunduklarına göre." Bazen

halinden pek memnunken ayakları yeri döven bir kuyruğa dönüşüyordu, şimdi de öyle olmuştu. Solgunların en solgunu bir grilikle parlayan, birbirinin üstüne binmiş pulları hafifçe yanardöner olan kuyruğun mermer zemini süpürmesini seyrettim.

Diğerleri gidince, "Baban gerçekten öldü mü?" diye sordum.

"Elbette. Tanrılara küfür ettiği için hak etmişti bunu." Bizzat Poseidon'un armağanı olan yeni bir üç dişli mızrağı parlatıyordu. Gündüzleri divanlara uzanıyor, kafası kadar büyük kadehlerden bir şeyler içiyordu. Amcalarım gibi gülüyordu, açık ağızla ve kükreyerek. Sıradan, pasaklı bir deniz tanrısı değildi, istediği takdirde bir baş işaretiyle balinaları çağırabilecek, gemileri mercankayalıklarından ve sığlıklardan kurtarabilecek, denizcilerin teknelerini boğucu dalgaların üstüne kaldırabilecek büyük tanrılardan biriydi.

"Yuvarlak yüzlü nympha," dedi. "Güzel olan. Adı ne onun?"

Aklım başka yerlerdeydi. Bana nasıl evlenme teklif edeceğini hayal ediyordum. Sahilde, diye düşündüm. Birbirimizi ilk kez gördüğümüz o kumsalda.

"Skylla'yı mı diyorsun?"

"Evet, Skylla," dedi. "Su gibi hareket ediyor, değil mi? Nehir gibi gümüşsü." Gözleri benimkilere kenetlendi. "Kirke, hayatımda hiç bu kadar mutlu olmamıştım."

Ben de ona gülümsedim. Âşık olduğum delikanlı nihayet ışıl ışıl parlıyordu, başka bir şey göremiyordum. Ona gösterilern her türlü hürmet, adına kurulan her sunak, peşini bırakmayan her hayran hediye gibi geliyordu bana çünkü Glaukos benimdi.

Skylla denen o nympha'yı her yerde görmeye başladım. Şurada Glaukos'un bir hareketine gülüyor, burada elini boğazına dokundurup saçlarını silkeliyordu. Çok güzeldi, orası doğru, salonlarımızın mücevherlerinden biriydi. Nehir tanrılarıyla nympha'lar ona bakıp iç geçirir, Skylla da bir bakışıyla onları umutlandırıp bir diğeriyle yerle bir etmeyi severdi. Ona akıttıkları binbir hediye yüzünden hareket ettikçe hafifçe şıngırdıyordu: Mercan bilezikler, boynunda ipe dizilmiş inciler. Yanıma oturup hepsini teker teker gösterdi bana.

Pek bakmadan, "Çok güzel," dedim. Gelgelelim bir sonraki şölende yine oradaydı, mücevherleri iki katına, üç katına çıkmıştı, bir balıkçı teknesini batırmaya yeterdi. Şimdi düşünüyorum da anlamamın bu kadar uzun sürmesi yüzünden küplere binmişti mutlaka. O sırada elma iriliğindeki incileri yüzüme tutuyordu. "Gördüğün en şahane şeyler değil mi?"

İşin aslı, Skylla'nın bana âşık olup olmadığını merak etmeye başlamıştım. Hafif bir sesle, "Çok güzeller," dedim.

Sonunda dişlerini sıkıp her şeyi açıkça söylemek zorunda kaldı. "Glaukos beni memnun etmek için denizde inci bırakmayacağını söylüyor."

Okeanos'un salonundaydık, hava tütsüyle mide bulandırıcı bir hal almıştı. İrkildim. "Bunlar Glaukos'tan mı?"

Ah, yüzündeki o sevinç. "Hepsi ondan. Duymadın mı yani? Önce senin öğreneceğini zannederdim, çok yakınsınız. Ama belki onun için sandığın gibi bir arkadaş değilsindir, ha?" Beni seyrederek bekledi. Neşeyle nefessiz kalmış başka yüzlerin de farkındaydım. Böyle kavgalar salonlarımızda altından kıymetliydi.

Skylla gülümsedi. "Glaukos bana evlenme teklif etti. Ne cevap vereceğime henüz karar vermedim. Sen ne dersin, Kirke? Kabul edeyim mi onu, mavi cildi, yüzgeçleriyle falan?"

Naiad'lar fışkıran bin pınar gibi seslerle güldü. Skylla gözyaşlarımı görüp bir başka ganimet gibi boynuna takmasın diye kaçtım.

Babam, nehir amcam Akheloos'la birlikteydi, rahatsız edildikleri için kaşlarını çattı. "Ne var?"

"Glaukos'la evlenmek istiyorum. İzin verir misin?"

Güldü. "Glaukos mu? Seçimini yaptı o. Seni seçeceğini sanmam."

Sarsıldım. Saçımı taramak ya da üstümü değiştirmekle oyalanmadım. Geçen her an, kaybettiğim bir damla kan gibiydi.

Glaukos'un sarayına koştum. Başka bir tanrının salonuna gitmişti, ben de son şöleninden geriye kalmış devrik kadehlerle şaraptan sırılsıklam minderlerin arasında titreyerek bekledim.

Sonunda geldi. Elini bir sallamasıyla karışıklık ortadan kayboldu, yerler yeniden ışıldadı. "Kirke," dedi beni görünce. O kadar. Mesela "ayak" dermiş gibi.

"Skylla'yla evlenmeye mi niyetlisin?"

Yüzüne yayılan aydınlığı seyrettim. "Hayatında gördüğün en kusursuz yaratık değil mi o? Ayak bilekleri öyle küçük, öyle narin ki ormandaki en tatlı geyiğin bilekleri gibi. Gönlü benden yana olduğu için nehir tanrıları hiddetten köpürüyor, hatta Apollon'un bile kıskandığını duydum."

O zaman türümüzdekilerin hepsinde bulunan o göz ve dudak numaralarına aşina olmadığım için pişman oldum. "Glaukos," dedim. "Skylla güzel, evet ama seni hak etmiyor. Acımasız biri ve seni hak ettiğince sevmiyor."

"Ne demek istiyorsun?"

Pek hatırlayamadığı bir yüzmüşüm gibi kaşlarını çatarak bakıyordu bana. Kız kardeşimin bu durumda ne yapacağını düşünmeye çalıştım. Ona doğru bir adım attım, parmaklarımı kolunda gezdirdim.

"Demek istediğim, seni daha çok sevebilecek birini tanıyorum ben."

"Kim?" dedi. Ama anlamaya başladığını görüyordum. Beni uzak tutmaya çalışırmış gibi elleri havaya kalktı. O, heybetli bir tanrı olan o. "Sen benim kız kardeşimsin," dedi.

"Daha fazlası olurum," dedim. "Her şeyin olurum," Dudaklarımı dudaklarına bastırdım.

Beni itti. Yüzü bir nevi öfkeyle, bir çeşit korkuyla çarpılmıştı. Neredeyse eski hali gibi görünüyordu.

"Teknende ilk gördüğüm günden beri seviyorum seni," dedim. "Skylla yüzgeçlerine ve yeşil sakalına gülüyor ama ben ellerinde balık bağırsakları varken, babanın gaddarlığı yüzünden ağlarken de seviyordum seni. Yardım etmedim mi..."

"Hayır!" Elleri havayı yardı. "O günleri düşünmeyeceğim. Her gün başka bir yara, başka bir ağrı, bitmez bir yorgunluk, her zaman bir sürü yük ve güçsüzlük. Şimdiyse babanla konseylere katılıyorum. Artıklar için yalvarmak zorunda değilim. Nympha'lar benim için yaygara ediyor, aralarından en güzelini seçebilirim, o da Skylla."

Sözcükler taş gibi çarpıyordu üstüme ama ondan bu kadar kolay vazgeçmeyecektim.

"Senin için en iyisi olabilirim," dedim. "Seni memnun edebilirim, yemin ediyorum. Benden daha sadığını bulamazsın. Ne istersen yaparım."

Bence beni biraz seviyordu çünkü yüreğimdeki binbir türlü küçük düşürücü şeyi, ona beslediğim tutkunun bütün kanıtlarını, uğruna nasıl sürünüp kendimi ona nasıl adayacağımı söylemeye fırsat bulamadan gücünün beni sardığını hissettim. Minderleri düzeltmek için kullandığı el hareketiyle beni odama yolladı.

Ağlayarak toprağa uzandım. O çiçekler onu gerçek benliğine kavuşturmuştu, o benlik de maviydi, yüzgeçliydi ve benim değildi. Aietes'in ardında bıraktığı boğucu uyuşukluğa benzemeyen, göğsüme saplanmış bir kılıç gibi keskin ve yakıcı olan bu acıyla öleceğimi düşündüm ama ölemezdim elbette. Yakıcı bir andan diğerine geçerek yaşayacaktım. Türümüzden olanların kanlı canlı olmaktansa taş ya da ağaç olmayı seçmesine yol açan böyle kederlerdir.

Güzel Skylla, çıtı pıtı ceylan Skylla, engerek yürekli Skylla. Niye böyle bir şey yapmıştı? Aşk değildi bu, Glaukos'un yüzgeçlerinden bahsettiği sırada gözlerindeki alayı görmüştüm. Belki beni hor gören kız ve erkek kardeşlerimi sevdiği içindi. Belki babası önemsiz bir nehir, annesi köpekbalığı suratlı bir deniz nympha'sı olduğu içindi, güneşin kızından bir şey alma fikri hoşuna gidiyordu.

Önemi yoktu. Tek bildiğim, ondan nefret ettiğimdi. Ben de başkasını seven birini seven bütün budala eşeklerden farksızdım da ondan. Skylla yok olsaydı her şey değişirdi, diye düşündüm.

Babamın salonlarından çıktım. Güneşin batışıyla solgun halamın yükselişi arasındaki zamandı. Beni görecek kimse yoktu. Gerçek varlık çiçeklerinden topladım ve Skylla'nın her gün yıkandığı söylenen koya götürdüm. Saplarını kırdım, beyaz özsularını damla damla sulara boşalttım. Engerek kötülüğünü saklayamayacaktı artık. Bütün çirkinliği gözler önüne serilecekti. Kaşları kalınlaşacak, saçları matlaşacak, burnu uzayıp kocaman olacaktı. Salonlar öfke dolu çığlıklarıyla yankılanacak ve büyük tanrılar gelip beni kırbaçlayacaktı ama onları sevinçle karşılayacaktım çünkü tenime inen her kırbaç ona olan aşkımın bir başka kanıtını daha gösterecekti Glaukos'a.

ALTI

O gece beni almaya gelen Erinys olmadı. Ertesi sabah da kimse görünmedi, hatta aslında bütün gün kimse gelmedi. Alacakaranlıkta gidip aynanın karşısındaki annemi buldum.

"Babam nerede?"

"Doğruca Okeanos'a gitti. Ziyafet orada." Pembe dilini dişlerinin arasına sıkıştırarak burnunu kırıştırdı. "Ayakların leş gibi. Yıkasan olmaz mı?"

Yıkamadım. Bir an daha beklemek istemiyordum. Ya Skylla şölendeyse, Glaukos'un kucağına uzandıysa? Ya çoktan evlendilerse? Ya özsu işe yaramadıysa?

Bu konuda nasıl endişelendiğimi hatırlayınca şimdi öyle tuhaf geliyor ki.

Salonlar her zamankinden kalabalıktı, her nympha'nın kendi özel tılsımı olduğu konusunda ısrar ettiği gül yağı kokusu her tarafı sarmıştı. Babamı göremiyordum ama halam Selene oradaydı. Yukarı doğru çevrilmiş bir yüz kalabalığının ortasında duruyordu; anne kuşla beslenmeyi bekleyen yavruları.

"Şunu özellikle söyleyeyim, bakmaya gitmemin tek sebebi suyun çok bulanık olmasıydı. Belki bir tür... toplantı vardır demiştim. Skylla'nın nasıl olduğunu bilirsiniz."

Nefesimin göğsümde tıkandığını hissettim. Kuzenlerim pis pis gülüyor, göz ucuyla birbirlerine bakıyordu. Bundan sonra ne gelirse gelsin, hiçbir şey belli etme, diye düşündüm.

"Ama çok acayip bir şekilde çırpınıyordu, boğulan bir kedi gibi. Sonra... Söyleyemeyeceğim."

Gümüşi elini ağzına bastırdı. Pek hoş bir jestti. Halamın her şeyi pek hoştu. Kocası, zamansız bir uykuyla büyülenmiş, rüyasında sonsuza dek onu gören yakışıklı bir çobandı.

"Bir bacak," dedi halam. "Gudubet bir bacak. Mürekkepbalığı gibi, kemiksiz ve sümükle kaplı. Karnından fırlamıştı, sonra onun yanından bir tane daha fırladı, bir tane daha, bir tane daha, sonunda etrafında sallanıp duran on iki bacak oldu."

Özsuyun bulaştığı yerlerde parmakuçlarım hafifçe batıyordu.

"Bu daha işin başıydı," dedi Selene. "Sıçrayıp duruyordu, omuzları kıvranıp bükülüyordu. Cildi griye döndü, boynu gerilmeye başladı, sonra her biri sıra sıra dişle dolu beş yeni kafa fırladı dışarı."

Kuzenlerim soluklarını içlerine çekti ama ses, ta uzaklardaki dalgaların sesi gibi uzaktan geliyordu. Selene'nin tarif ettiği dehşeti hayal etmek imkânsız görünüyordu gözüme. İnanamıyordum: *Ben yaptım bunu.*

"Bütün bunlar olurken Skylla havlayıp uluyordu, vahşi köpek sürüsü gibi havlıyordu. Sonunda dalgaların altına dalınca içim rahatladı."

O çiçekleri Skylla'nın koyuna sıkarken kuzenlerimin, yani Skylla'nın kız ve erkek kardeşlerinin, teyzelerinin ve sevgililerinin bunu nasıl karşılayacağını düşünmemiştim. Düşünseydim Skylla'nın hepsinin biriciği olduğunu ve Erinys'ler benim için geldiğinde hepsinin kanımı görmek için avazları çıktığınca bağıracağını söylerdim. Oysa şimdi etrafıma baktığımda yalnızca bilenmiş bıçaklar kadar parlak yüzler görüyordum. Cıvıldaşarak birbirlerine sarılıyorlardı. *Keşke ben de görseydim! Düşünebiliyor musun?*

"Bir daha anlat!" diye bağırdı bir amca, kuzenlerim çığlıklarla onayladı.

Halam gülümsedi. Kıvrılan dudakları, gökyüzündeki cismi gibi bir hilal çizdi. Bir daha anlattı: bacaklar, boyunlar, dişler.

Kuzenlerimin sesleri oğul oğul tavana yükseldi.

Salonların yarısıyla yatmıştı, biliyorsun.

İyi ki benimle birlikte olmasına hiç izin vermemişim. Ve nehir tanrılarından birinin sesi herkesinkini bastırdı: *Havlar tabii. Eskiden beri kancığın tekiydi zaten!*

Çığlık çığlığa kahkahalar kulaklarımı tırmaladı. Skylla uğruna Glaukos'la dövüşeceğine yemin etmiş olan bir nehir tanrısının gülmekten ağladığını gördüm. Skylla'nın kız kardeşleri köpekler gibi uluma taklidi yapıyordu. Dedemle anneannem bile dinlemeye gelmişti, kalabalığın kıyısında gülümsüyorlardı. Okeanos, Tethys'in kulağına bir şey fısıldadı. Duyamadım ama onu ezelden beridir seyrediyordum, dudak hareketlerini tanıyordum. *Çok şükür.*

Yanımda bir amca, "Bir daha anlat!" diye bağırıyordu. Halam bu defa inci gibi gözlerini devirdi. Amcam mürekkepbalığı gibi kokuyordu, hem zaten şölen vakti gelmiş de geçiyordu. Tanrılar divanlarına doğru süzüldüler. Kadehler dolduruldu, leziz yemekler dağıtıldı. Dudakları şaraptan kırmızıya boyandı, yüzleri mücevher gibi ışıldıyordu. Kahkahaları etrafımda çatırdıyordu.

Bu çarpıcı zevki tanıyorum, diye düşündüm. Bir başka karanlık salonda daha önce görmüştüm.

Kapılar açıldı, Glaukos elinde üç dişli mızrağıyla içeri girdi. Aslan yelesi gibi dağılıp yayılmış saçları her zamankinden yeşildi. Kuzenlerimin gözlerinin sevinçle dolduğunu gördüm, heyecanlı tıslamaları kulağıma geldi. Biraz daha eğlence çıkmıştı. Glaukos'a sevgilisinin dönüşümünü anlatacak, yüzünü yumurta gibi çatlatıp dışarı dökülenlere güleceklerdi.

Ama bir şey söylemelerine fırsat kalmadan babam göründü, uzun adımlarla yanına gidip Glaukos'u bir kenara çekti.

Kuzenlerim bozularak yeniden dirseklerine dayandı. Mızıkçı

Helios, eğlencelerini mahvetmişti. Neyse, Perseis olanları sonra Helios'un ağzından alırdı nasılsa. Ya da Selene. Kadehlerini kaldırıp sefalarına döndüler.

Glaukos'un peşinden gittim. Buna nasıl cüret ettim bilmiyorum, zihnim boydan boya kaynaşan dalgalara benzeyen gri köpüklü sularla kaplıydı.

Glaukos'un alçak sesini duydum. "Eski haline döndürülemez mi?"

Tanrı doğan herkes bunun cevabını kundak günlerinden itibaren bilir. "Hayır," dedi babam. "Moira'ların ya da başka bir tanrının yaptığını hiçbir tanrı bozamaz. Olsun, bu salonlarda her biri birbirinden şahane bin güzel var. Onlara bak."

Bekledim. Glaukos'un beni düşüneceğini umuyordum hâlâ. Onunla ânında evlenirdim. Ama içimde başka bir umut daha olduğunu fark ettim, bir gün önce inanmayacağım türden bir umut. Glaukos'un Skylla'nın dönmesi için damarlarındaki tuz tükeninceye kadar gözyaşı dökeceği, tek ve gerçek aşkı olarak ondan vazgeçmeyeceği umuduydu bu.

"Anlıyorum," dedi Glaukos. "Yazık oldu ama söylediğin gibi, başkaları var."

Yumuşak, madeni bir ses çınladı. Glaukos mızrağının dişlerini tıngırdatıyordu. "Nereus'un en küçük kızı güzel," dedi. "Adı neydi? Thetis mi?"

Babam dilini şaklattı. "Benim zevkime göre fazla tuzlu."

"Peki," dedi Glaukos. "Mükemmel öğütlerin için teşekkür ederim. Bakacağım."

Tam yanımdan geçtiler. Babam dedemin yanındaki altın koltuğuna oturdu. Glaukos mor divanlara yöneldi. Bir nehir tanrısının söylediği bir şeye dönüp baktı, güldü. Yüzünün bendeki son hatırası bu, meşalelerin ışığında dişleri inci gibi parlak, teni lekeli bir mavi.

Bunu takip eden senelerde gerçekten de babamın tavsiyesine uydu. Bin nympha'yla yattı, yeşil saçlı ve kuyruklu çocukların babası oldu. Ağlarını sık sık doldurdukları için balıkçılar bu çocukları pek severdi. Bazen en derin köpüklerde yunuslar gibi oynaşırken görürdüm onları. Kıyıya hiç çıkmıyorlardı.

Kara nehir yatağında akıyordu. Solgun çiçekler saplarının üstünde başlarını sallıyordu. Hiçbirini görmüyordum. Umutlarım birer birer silinip gidiyordu. Glaukos'la ebediyeti paylaşmayacaktım. Evlenmeyecektik. O ormanda hiç yatmayacaktık. Bana aşkı boğulmuş ve yok olmuştu.

Nympha'larla tanrılar yanımdan akıp geçiyor, meşalelerle aydınlanan, mis kokulu havada dedikoduları süzülüyordu. Yüzleri her zamanki gibiydi, canlı ve ışıltılı ama birden bana yabancı görünmeye başlamışlardı. Dizi dizi mücevherleri kuş gagaları gibi gürültüyle takırdıyor, kırmızı ağızları kahkahalarının etrafında kocaman açılıyordu. Glaukos da aralarında bir yerde gülüyordu ama kalabalığın arasından sesini seçemedim.

Her tanrının aynı olması şart değil.

Yüzüm yanmaya başlamıştı. Acı değildi, tam olarak acı değildi ama bitmek bilmeyen bir batma vardı. Parmaklarımı yanaklarıma bastırdım. Prometheus'u düşünmeyeli ne kadar olmuştu? Gözlerimin önünde bir görüntüsü belirdi: Parçalanmış sırtı ve sakin yüzü, her şeyi gören koyu renk gözleri.

Prometheus darbeler inerken bağırmamıştı ama öyle bir kana boyanmıştı ki altına batırılmış bir heykel gibi görünüyordu. Ve tanrılar bütün o süre boyunca pürdikkat seyretmişti olanları. Erinys'in kamçısını kullanma sırası kendilerine gelse buna bayılırlardı.

Ben onlar gibi değildim.

Öyle değil misin? Amcamın sesiydi, gür ve tok. *O zaman, düşünmelisin Kirke. Onlar ne yapmaz?*

Babamın sandalyesi kapkara kuzuların postlarıyla örtülmüştü. Sallanan boyunlarının yanına diz çöktüm.

"Baba," dedim. "Skylla'yı canavara dönüştüren benim."

Etrafımda sesler kesildi. En uzaktaki divanlarda oturanların.

Glaukos'un bakıp bakmadığını bilmiyorum ama amcalarımın hepsi uykulu sohbetlerinden sıçrayarak başlarını kaldırmış halde bakıyordu. Keskin bir sevinç hissettim. Hayatımda ilk defa gözlerini üzerimde istiyordum.

"Habis *farmakon* kullanarak Glaukos'u tanrı haline getirdim, sonra da Skylla'yı değiştirdim. Glaukos'un ona olan aşkını kıskandım, Skylla'yı çirkinleştirmek istedim. Bencilce, yüreğimde kinle yaptım bunu, sonuçlarına katlanacağım."

"*Farmakon*," dedi babam.

"Evet. Kronos'un dökülen kanında yetişen sarı çiçekler, varlıkları en gerçek biçimlerine döndürüyor. Yüz çiçek söküp Skylla'nın havuzuna attım."

Bir kırbaç getirilmesini, bir Erinys çağrılmasını beklemiştim. Kayada amcamın yerinin yanında zincirli bir yer hazırlanmasını. Ama babam kadehini doldurmakla yetindi. "Önemli değil. O çiçeklerin hiçbir gücü yok, artık yok. Zeus'la ben bunu sağlama almıştık."

Gözlerimi ona diktim. "Baba, ben yaptım. Saplarını kendi ellerimle koparıp özsuyunu Glaukos'un dudaklarına sürdüm, o da değişti."

"Olacakları gördün, bu da çocuklarım arasında görülmemiş şey değildir." Sesi düz, taş bir duvar kadar sertti. "O anda değişmek Glaukos'un kaderiydi. Otlar hiçbir şey yapmadı."

"Hayır," demeye çalıştım ama babam susmadı. Benimkini bastırmak için sesini yükseltti.

"Kafanı çalıştırsana kızım. Ölümlüler bu kadar kolay tanrıya dönüştürülebilseydi, her tanrıça gözdesine o otlardan yedirmez miydi? Nympha'ların yarısı canavara dönmez miydi? Bu salonlarda kıskançlığa kapılan ilk kız sen değilsin."

Amcalarım gülümsemeye başlıyordu.

"O çiçeklerin nerede olduğunu yalnızca ben biliyorum."

"Tabii ki hayır," dedi amcam Proteus. "O bilgiyi benden aldın. Bir zarar verebileceğini düşünseydim sana söyler miydim sanıyorsun?"

"Ayrıca o bitkiler o kadar güçlüyse," dedi Nereus, "Skylla'nın koyundaki balıklarım da değişirdi. Halbuki sağlıkları yerinde."

Yüzüm kızarıyordu. "Hayır." Nereus'un deniz yosunu elini silkeledim. "Skylla'yı değiştirdim, şimdi cezasını çekmeliyim."

"Kızım, olay çıkarıyorsun." Sözcükler havayı kesmişti. "Dünyada iddia ettiğin gibi bir güç olsaydı bunu keşfetmek senin gibilere mi kalırdı?"

Arkamda yumuşak kahkahalar, amcalarımın yüzünde açık bir alay. Ama en önemlisi, bu sözleri çöp atarmış gibi söyleyen babamın sesi. *Senin gibiler*. Hayatımın diğer bütün günlerinde kıvrılıp kendi üstüme kapanır ve ağlardım. Ama o gün babamın azarı kuru kavların üstüne düşen kıvılcım gibiydi. Ağzımı açtım.

"Yanılıyorsun," dedim.

Dedeme bir şey söylemek için başka tarafa eğilmişti. Bakışları yeniden benimkilere döndü. Yüzü ışıldamaya başladı. "Ne dedin?"

"Dedim ki o bitkilerde güç var."

Yüzü akkor kesildi. Ateşin yüreği gibi, en saf, en sıcak kömürler gibi. Ayağa kalktı, tavanda, dünyanın kabuğunda bir delik açacakmış, yıldızlara sürünene dek durmayacakmış gibi yükselmeye devam etti. Sonra sıcaklık geldi, kükreyen dalgalar gibi bir sesle üstüme kapandı, cildimi kabarttı, nefesimi göğsümde ezdi. Nefes almaya çalıştım ama hava yoktu. Babam bütün havayı almıştı.

"Bana karşı çıkmaya cüret ediyorsun ha? Sen, tek bir alev bile çıkaramayan, tek bir damla suyu yanına çağıramayan? Çocuklarımın en kötüsü, solgun, işe yaramaz, parayla bile koca bulamadığım sen. Doğduğundan beri sana acıdım, hoşgörüyle yaklaştım ama sen söz dinlemez ve kibirli oldun çıktın. Kendinden daha fazla nefret ettirebilir misin beni?"

Bir an sonra kayalar eriyecek, sulu kuzenlerimin hepsi kemiklerine dek kuruyacaktı. Cildim köpürdü, fırınlanmış bir meyve gibi açıldı, sesim boğazımda büzüldü, kavrulup toza döndü. Hayal bile edemeyeceğim kadar şiddetli bir acıydı, her düşüncemi yutan yakıcı bir ıstıraptı.

Babamın ayaklarının dibine düştüm. "Baba," dedim karga gibi. "Affet beni. Öyle bir şeye inanarak hata ettim."

Sıcaklık yavaş yavaş geri çekildi. Balıklarla ve mor meyvelerle süslü mozaik zeminde, düştüğüm yerde yattım. Gözlerim yarı kördü. Ellerim erimiş pençelerdi. Nehir tanrıları, kayaların üstündeki su gibi sesler çıkararak başlarını iki yana salladı. *Helios, senin çocuklarının da her biri birbirinden acayip.*

Babam içini çekti. "Perseis'in suçu. Onunkilerden önceki bütün çocuklarım gayet iyiydi."

Kıpırdamadım. Saatler geçti, kimse ne bana baktı ne adımı ağzına aldı. Kendi işlerinden, genellikle de şarapla yemeklerin nefasetinden bahsediyorlardı. Meşaleler söndü, divanlar boşaldı. Babam ayağa kalkıp üstümden atladı. Yarattığı hafif esinti cildimi bıçak gibi kesti. Anneannemin yumuşak bir çift söz söyleyebileceğini, yanıklarımı rahatlatmak için merhem getirebileceğini düşünmüştüm ama o da yatmıştı.

Belki beni alsın diye muhafızları gönderirler, diye düşündüm. Ama niye yapsınlardı bunu? Dünyaya bir tehlike arzetmiyordum.

Acı dalgaları önce soğuk, sonra sıcak yayılıyor, sonra yeniden ısınıp yeniden soğuyordu. Titredim. Saatler geçti. Uzuvlarım yaralı ve kararmıştı, sırtım yanık kabarcıklarıyla doluydu. Yüzüme dokunmaya korkuyordum. Yakında şafak sökecek, ailem o gün onları bekleyen eğlencelerden bahsederek kahvaltı için içeri akacaktı. Yattığım yerden geçerken dudaklarını bükeceklerdi.

Ağır ağır, yavaş yavaş ayağa kalktım. Babamın salonlarına dönme fikri boğazımda akkor bir kömür gibiydi. Eve gidemezdim. Dünyada bildiğim başka tek bir yer vardı. Onca hayalini kurduğum orman. Derin gölgeler beni saklar, yosunlu toprak mahvolmuş cildime yumuşacık dokunurdu. Gözümü bu görüntüye diktim ve topallayarak ilerledim. Kumsalın tuzlu havası kavrulmuş boğazıma iğneler gibi battı, rüzgârın her dokunuşu yanıklarımın yeniden çığlık çığlığa bağırmasına yol açıyordu. Sonunda gölgelerin üzerime kapandığını hissettim ve yosunların üzerine kıvrıldım. Biraz yağmur yağmıştı, ıslak toprağın dokunuşu tatlıydı. Burada Glaukos'la birlikte yatmayı kim bilir kaç kere hayal etmiştim ama yitip gitmiş o hayal için içimde ne kadar gözyaşı varsa hepsi kurumuştu. Gözlerimi kapattım, acının haykırışları ve şokları arasında süzüldüm durdum. Amansız ölümsüzlüğüm yavaş yavaş galebe çalmaya başladı. Nefesim rahatladı, görüşüm berraklaştı. Kollarım ve bacaklarım hâlâ acıyordu ama parmaklarımı sürttüğümde deriye dokunuyordum, yanmış kömüre değil.

Güneş ağaçların arsında ışıldayarak battı. Gece yıldızlarla birlikte geldi. Ay karanlıktı, halam Selene'nin rüya gören kocasına gittiği zamanlardı. Sanırım ayağa kalkabilecek kadar yüreklenmemi sağlayan da bu oldu çünkü halamın haberleri taşıması fikrine katlanamıyordum: *O salak cidden bakmaya gitmiş! Sanki işe yaradıklarına hâlâ inanıyormuş gibi!*

Gece havası cildimi karıncalandırdı. Otlar kuru, yüksek yaz sıcağıyla yamyasssıydı. Tepeyi bulup yamacından yukarı yöneldim. Çiçekler yıldız ışığında küçücüktü, özsuları gri ve solgun renkliydi. Bir sap koparıp elimde tuttum, çiçek gevşekçe orada yattı, özsuyu kuruyup yok oldu. Ne olacağını zannetmiştim? Çiçeğin ayağa fırlayıp bağıracağını mı? *Baban yanılıyor. Skylla ile Glaukos'u sen değiştirdin. Zavallı ve beceriksiz değilsin, ikinci bir Zeus'sun* mu diyecekti?

Yine de orada diz çökmüşken bir şey duydum. Ses değil ama bir tür sessizlik, bir şarkıdaki notalar arasındaki boşluk gibi hafif bir uğultu. Solup havaya karışmasını, zihnimin kendini düzeltmesini bekledim. Ama sürdü.

O zaman o göğün altında aklıma delice bir fikir geldi. *Bu otları yiyeceğim. O zaman içimdeki gerçek varlık neyse sonunda ortaya çıkacak.*

Çiçekleri ağzıma götürdüm. Ama cesaretim kırıldı. Gerçekte neydim ben? En sonu bunu öğrenmeye katlanamayacağıma karar verdim.

Amcam Akheloos, acelesinden sakalları köpürerek beni bulduğunda neredeyse şafak söküyordu. "Kardeşin geldi. Çağrılıyorsun."

Sendelemeye devam ederek onun peşinden babamın salonlarına gittim. Cilalı masaları geçtik, annemin uyuduğu kumaş kaplı yatak odasından geçtik. Aietes babamızın dama tahtasının yanında duruyordu. Erkeklik yüzünü keskinleştirmişti, sarımsı kahverengi sakalı eğreltiotu gibi sıktı. Bir tanrıya göre bile şatafatlı giyinmiş, her santimi altın nakışlarla ağırlaşmış lacivert ve mavi cüppelere bürünmüştü. Ama bana döndüğünde, aramızdaki eski sevginin sarsıntısını hissettim. Kollarına atılmaktan beni alıkoyan yalnızca babamın varlığıydı.

"Kardeşim," dedim. "Seni özledim."

Kaşlarını çattı. "Yüzüne ne oldu?"

Elimi yüzüme sürdüm, soyulan cilt acıyla alev aldı. Kızardım. Ona söylemek istemiyordum, burada olmazdı. Babam alev alev koltuğunda oturuyordu, alışıldık hafif ışığı bile yeni bir acıyla yanmama yol açtı.

Babam beni cevap vermekten kurtardı. "Ee? Geldi işte. Konuş."

Memnuniyetsizliğinin sesiyle titredim ama Aietes'in yüzü, babamın öfkesi odadaki eşyalardan biriymiş, bir masa, bir tabureymiş gibi sakindi.

"Buraya geldim," dedi, "çünkü Skylla'nın dönüşümünü duydum, Glaukos'unkini de. İkisi de Kirke'nin elinden çıktı."

"Moira'ların ellerinden. Sana ne diyorum, Kirke'nin öyle bir gücü yok."

"Yanılıyorsun."

Babamın gazabının Aietes'in üstüne düşmesini bekleyerek bakakaldım. Ama kardeşim sözlerine devam etti.

"Krallığım Kolkhis'te böyle şeyleri ve daha fazlasını ben de yaptım. Yerden süt çıkardım, insanların duyularını büyüledim, topraktan savaşçılar yarattım. Arabamı çeksinler diye ejderhalar çağırdım. Gökyüzünü siyahla perdeleyecek büyüler okudum, ölüleri diriltecek iksirler karıştırdım."

Bu iddialar başka birinin ağzında delice yalanlar gibi dururdu ama kardeşimin sesi eski mutlak kesinliğini koruyordu.

"*Farmakon*larla, yani dünyada değişiklik yaratma gücüne sahip olan otlarla uğraşan bu sanatlara *farmakiya* deniyor. Bu otlar tanrıların kanından yetişmiş ya da dünyada sıradan bir şekilde bitmiş olabilir. Güçlerini ortaya çıkarmak bir maharettir ve bu maharete sahip tek kişi ben değilim. Pasiphae, Girit'te zehirleriyle hüküm sürüyor, Perses de Babil'de ruhları yeniden ete kemiğe büründürüyor. Kirke sonuncumuz, kanıtlarını da gösterdi."

Babamın bakışları uzaklardaydı. Denizin ve toprağın ötesine, ta Kolkhis'e kadar bakıyordu sanki. Şömine ateşinin gözümü aldatması yüzündendi belki ama yüzünün ışığının titreştiğini düşündüm.

"Bir örnek göstereyim mi?" Kardeşim cüppesinin altından balmumu mühürlü küçük bir kap çıkardı. Mühürü kırdı, kabın içindeki sıvıya parmağını sürdürdü. Keskin ve yeşil, hafif tuzlumsu bir şeyin kokusunu aldım.

Kardeşim başparmağını yüzüme bastırdı ve duyamayacağım kadar alçak bir sesle bir sözcük söyledi. Cildim kaşınmaya başladı, sonra acı söndürülmüş bir mum gibi yok oluverdi. Elimi yanağıma koyduğumda sadece pürüzsüz bir cilt ve yağlanmış gibi hafif bir katman hissettim.

"Güzel numara ha?" dedi Aietes.

Babam cevap vermedi. Tuhaf bir şekilde dilsizce oturuyordu. Ben de şaşkınlıktan nutkumun tutulduğunu hissediyordum. Başkasını iyileştirme gücü yalnızca en büyük tanrılarda vardı, bizim gibilerde değil.

Kardeşim düşüncelerimi duyabiliyormuş gibi gülümsedi. "Güçlerimin en küçüğü bu. Bu güçler yeryüzünden geliyor, o nedenle kutsal varlıkların normal kanunlarıyla sınırlı değiller." Sözcükleri bir müddet havada asılı bıraktı. "Şimdi bir karar veremeyeceğini anlıyorum elbette. İstişarede bulunman gerekir. Ama şunu bil ki Zeus'a daha... etkileyici bir gösteri sunmaya dünden hazırım."

Gözlerinde, bir kurdun ağzındaki dişler gibi bir ışık parladı.

Babamın sözcükleri ağır ağır çıktı ağzından. O uyuşukluk hâlâ yüzünü maskeliyordu. Tuhaf bir sarsıntıyla durumu anladım. *Korkuyor.*

"Dediğin gibi, istişarede bulunmalıyım. Bu... yeni bir şey. Karar verilene dek bu salonlarda kalacaksınız. İkiniz de."

"Başka bir şey beklememiştim zaten," dedi Aietes. Başını eğdi ve gitmek üzere döndü. Düşüncelerin hücumuyla cildim karıncalanarak ve nefesimi kesen, şahlanan bir umut hissederek peşinden gittim. Mür ağacı kapılar arkamızdan kapandı, koridorda durduk. Aietes'in yüzü, daha biraz önce bir mucize sergileyip babamızın sesini kesmemiş gibi sakindi. Ağzımdan dökülemeye hazır bin sorum vardı ama önce o konuştu.

"Bunca zamandır ne yapıyordun? Ne kadar oyalandın. Belki de *farmakis* değilsindir diye düşünmeye başlıyordum artık."

Bildiğim bir sözcük değildi bu. O zamanlar kimsenin bildiği bir sözcük değildi.

"*Farmakis,*" dedim.

Cadı.

Haberler her yana bahar nehirleri gibi aktı. Akşam yemeklerinde Okeanos'un çocukları beni görünce fısıldaşıyor ve yolumdan kaçışıyordu. Kollarımız birbirine sürünürse renkleri soluyordu. Bir kadeh uzattığımda nehir tanrıları gözlerini kaçırıyordu. *Ah, teşekkür ederim, istemem, susamadım.*

Aietes güldü. "Alışırsın. Artık kendi başımızayız."

Hiç de yalnız görünmüyordu. Her akşam babamla ve amcalarımızla birlikte dedemin kaidesinde oturuyordu. Nektar içerken, dişlerini göstererek gülerken seyrediyordum onu. Yüz ifadesi sudaki balık sürüleri kadar oynaktı, bir aydınlanıyor, bir kararıyordu.

Babamız gidene kadar bekledim, sonra gidip Aietes'in yakınında bir sandalyeye oturdum. Divanda yanına oturmaya, omzuna yaslanmaya can atıyordum ama öyle ciddi ve sert görünüyordu ki ona nasıl dokunacağımı bilemiyordum.

"Krallığını seviyor musun? Kolkhis'i?

"Dünyanın en güzel yeri," dedi. "Söylediğimi yaptım kız kardeşim. Diyarımızın bütün harikalarını orada topladım."

Bana kız kardeşim dediğini, o eski hayallerden bahsettiğini duyunca gülümsedim. "Keşke görebilseydim."

Bir şey demedi. Yılanların dişini kırabilen, meşe ağaçlarını köklerinden sökebilen bir büyücüydü. Bana ihtiyacı yoktu.

"Daidalos da seninle mi?"

Yüzünü ekşitti. "Hayır. Pasiphae onu tuzağa düşürdü. Belki zamanla olur. Ama devasa altın bir postum ve yarım düzine ejderham var."

Hikâyeleri ağzından zorla almama gerek kalmadı. Anlatacakları bitmiyordu, yaptığı büyülerle efsunlar, çağırdığı canavarlar, ayışığında toplayıp mucizeler kaynattığı otlar. Her hikâyesi biribirinden acayipti, parmak uçlarına sıçrayan yıldırım, pişirilen ve kömüre dönmüş kemiklerinden yeniden doğan kuzular."

"Cildimi tedavi ettiğinde söylediğin neydi?"

"Bir güç sözcüğü."

"Bana da öğretir misin?"

"Büyücülük öğretilmez. Kendin bulursun ya da bulamazsın."

O çiçeklere dokunduğumda işittiğim uğultuyu, içimden akıp geçen tekinsiz bilgiyi hatırladım.

"Böyle şeyler yapabileceğini ne kadar zamandır biliyorsun?"

"Doğduğumdan beri," dedi. "Ama babamın gözünün önünden uzaklaşana dek beklemem gerekti."

Benimle onca sene geçirmişti de hiçbir şey söylememişti. Söylenmek üzere ağzımı açtım: Bana nasıl söylemezsin? Ama canlı renklerdeki cüppesi içindeki bu yeni Aietes göz korkutuyordu.

"Babamın kızacağından korkmadın mı?" dedim.

"Hayır. Onu herkesin önünde küçük düşürmeye çalışacak kadar budala değildim." Kaşlarını kaldırdı, kızardım. "Neyse, böyle bir gücün onun yararına olacak şekilde nasıl kullanılabileceğini düşünmeye hevesli. Endişesi Zeus'tan. Bizi doğru şekilde takdim etmeli: Zeus'un bir kere daha düşünmesine yol açacak kadar tehlikeli görünmeliyiz ama harekete geçmek zorunda kalacağı kadar değil."

Hayatı boyunca dünyanın çatlaklarının içini görmeyi başarmış olan kardeşim.

"Ya Olymposlular büyülerini senden almaya çalışırsa?"

Gülümsedi. "Sanırım ne kadar uğraşırlarsa uğraşsınlar bunu yapamazlar. Dediğim gibi, *farmakiya* tanrıların her zamanki sınırlarına tabi değil."

Ellerime baktım ve dünyayı sarsacak bir büyü ördüklerini hayal etmeye çalıştım. Ama özsuları Glaukos'un ağzına akıttığım ve Skylla'nın koyunu bulandırdığım sırada hissettiğim kesinliği artık bulamıyor gibiydim. Belki o çiçeklere yeniden dokunursam, diye düşündüm. Ama babam Zeus'la konuşana dek buradan ayrılmaya iznim yoktu.

"Peki... Senin gibi harikalar yaratabileceğimi mi düşünüyorsun?"

"Hayır," dedi kardeşim. "Dördümüzün arasında en güçlü olan benim. Ama dönüşüme yatkınlık gösteriyorsun."

"O iş çiçeklerin gücünün eseri," dedim. "Çiçekler varlıkları gerçek biçimlerine büründürüyor."

Filozof bakışlarını bana çevirdi. "Gerçek biçimlerinin senin arzularınla uyum içinde olması uygun bir tesadüf mü yani?"

Ona bakakaldım. "Skylla'yı canavara çevirmeye yönelik bir arzum yoktu. Sadece içindeki kötülüğü açığa çıkarmak istemiştim."

"İçindekinin gerçekten *o şey* olduğuna inanıyor musun peki? Altı başlı, salyaları akan bir dehşet yumağı?"

Yüzüm iğneleniyordu. "Niye olmasın? Onu tanımıyordun. Çok zalimdi."

Aietes güldü. "Ah, Kirke. Salon köşelerindeki boyalı bir sürtüktü sadece, tıpkı diğerleri gibi. Çağımızın en büyük canavarlarından birinin Skylla'nın içinde saklı olduğunu iddia edersen, düşündüğümden de budalaymışsın diyeceğim."

"Kimin içinde ne olduğunu kimse bilemez bence."

Gözlerini devirip kadehini bir kere daha doldurdu. "Bana kalırsa," dedi, "Skylla ona vermeye niyetlendiğin cezadan kaçmış."

"Ne demek istiyorsun?"

"Bir düşün. Çirkin bir nympha salonlarımızda ne yapar? Hayatının değeri nedir?"

Eski günlerdeki gibiydi, o soru soruyordu, bendeyse cevap yoktu. "Bilmiyorum."

"Elbette biliyorsun. İşte bu yüzden iyi bir ceza olurdu. En güzel nympha bile pek bir işe yaramaz, çirkin bir nympha ise hiçbir şey olurdu, hiçbir şeyden de az olurdu. Asla evlenemez, çocuk doğuramazdı. Ailesine yük, dünya yüzünde bir leke olacaktı. İtilip kakılarak, hakaretlere uğrayarak gölgelerde yaşayacaktı. Oysa bir canavarın daima bir yeri vardır," dedi, "dişlerinin yakalayabildiği bütün zaferler onun olabilir. Bunu yapıyor diye kimse onu sevmeyecektir ama bu sebeple kısıtlama altına da girmeyecektir. O yüzden ne türden aptalca bir üzüntü besliyorsan unut gitsin. Bence onu geliştirdiğin bile söylenebilir."

Babam iki gece boyunca amcalarımla salona kapandı. Mür ağacı kapıların dışında oyalanıyordum ama hiçbir şey duyamadım, bir fısıltı bile. Dışarı çıktıklarında yüzleri kararlı ve ciddiydi. Babam aceleyle arabasına gitti. Mor pelerini şarap gibi koyu koyu ışıldıyordu, başının üstünde de altın ışınlardan kocaman bir taç parlıyordu. Gökyüzüne sıçrarken arkasına bakmadı, atlarını Olympos'a çevirdi.

Okeanos'un salonlarında dönüşünü bekledik. Kimse nehir kenarında uzanıp yatmadı, âşığıyla gölgelerde sarmaşmadı. Naiad'lar kırmızı yanaklarla ağız dalaşına tutuşuyordu. Nehir tanrıları itişip kakışıyordu. Dedem kaidesinden hepimizi gözlüyordu, elindeki kadeh boştu. Annem kız kardeşlerinin arasında şişiniyordu. "Perses ile Pasiphae en önce anlamış elbette.

Kirke'nin sonuncu olması şaşılacak şey değil. Yüz çocuk daha doğurmayı planlıyorum, bana bulutların arasında uçan gümüş bir gemi yapacaklar. Olympos'a hükmedeceğiz."

Anneannem odanın karşısından, "Perseis!" diye tısladı.

Yalnızca Aietes gerginliği hissetmiyor gibiydi. Divanında sükûnetle oturuyor, dökme altın kupasından nektar içiyordu. Arkalarda kalmayı tercih ediyor, ellerimi onca nehir tanrısının varlığı yüzünden daima hafifçe nemli taş duvarlarda gezdirerek uzun koridorları arşınlıyordum. Glaukos'un gelip gelmediğini görmek için odayı taradım. O zaman bile hâlâ bir parçam ona bakmayı özlüyordu. Aietes'e Glaukos'un diğer tanrılarla birlikte şölene katılıp katılmadığını sorduğumda sırıtmıştı. "Mavi suratını saklıyor. Herkesin o suratı nasıl edindiğini unutmasını bekliyor."

Midem buruldu. İtirafımın Glaukos'un en büyük gurur vesilesini nasıl elinden alacağını unutmuştum. İş işten geçti, diye düşündüm. Bilmem gereken onca şey için iş işten geçti. O kadar çok hata yapmıştım ki karmakarışık düğümlerinin arasından yolumu bulup da ilk hatama dönemiyordum. Skylla'yı değiştirmek miydi, Glaukos'u değiştirmek miydi, yoksa anneanneme ettiğim yemin miydi? Ta en baştan Glaukos'la konuşmak mıydı? Her şeyin daha da geriye, ta içime çektiğim ilk nefese kadar gittiğine dair mide bulandırıcı bir huzursuzluk hissettim.

Babam şimdi Zeus'un karşısında olmalıydı. Kardeşim Olymposluların bize hiçbir şey yapamayacağından emindi. Ama dört Titan cadı da kolay kolay görmezden gelinemezdi. Ya yeniden savaş çıkarsa? Büyük salonun tavanı çatlayıp yarılır, Zeus'un kafası ışığı keser, eli aşağı uzanıp hepimizi birer birer ezerdi. Aietes ejderhalarını çağırırdı, o hiç değilse savaşabilecekti. Ben ne yapabilirdim? Çiçek mi toplayacaktım?

Annem ayaklarını suya sokmuştu. İki kız kardeş gümüş leğeni tutuyor, üçüncüsü testiden tatlı mür yağı boşaltıyordu. Aptallık ettiğimi söyledim kendi kendime. Savaş çıkmayacaktı. Babam böyle işlerde eski kurttu. Zeus'u yatıştırmanın bir yolunu bulurdu.

Oda aydınlandı, babam geldi. Yüzünde dövülmüş bronz gibi bir ifade vardı. Odanın ön tarafındaki kaideye doğru yürüdüğü sırada gözlerimiz onu takip etti. Tacından geçen ışınlar bütün gölgeleri delip geçti. Babam bize baktı. "Zeus'la konuştum," dedi. "Bir anlaşmaya vardık."

Kuzenlerimden buğdayların arasındaki rüzgâr gibi hışırtılı bir rahatlama nefesi.

"Dünyada yeni bir şeyin dolaştığına katılıyor. Bu güçlerin daha önceki güçlerin hiçbirine benzemediğine de. Bunun nympha Perseis'le olan dört çocuğumdan geldiğine de katılıyor."

Artan heyecanla çınlayan bir dalgalanma daha oldu. Annem dudaklarını yaladı, tacını şimdiden takmış gibi başını yana eğdi. Kız kardeşleri kıskançlıkla dişlerini gıcırdatarak birbirlerine baktı.

"Bu güçlerin halihazırda bir tehlike arzetmediği konusunda da fikir birliğine vardık. Perses sınırlarımızın dışında yaşıyor ve bir tehdit oluşturmuyor. Pasiphae'nin kocası Zeus'un oğullarından biri, Pasiphae'nin haddini bilmesini sağlayacaktır. Aietes gözlem altında kalmayı kabul ettiği sürece krallığını elinde tutabilir."

Kardeşim başını evet anlamında ciddiyetle salladı ama gözlerindeki gülümsemeyi gördüm. *Gökyüzünü perdeleyebilirim. Hele beni gözlemeye çalışın bakalım.*

"Ayrıca her biri, güçlerinin kendiliğinden, özellikle bir kötülük ya da başkaldırı niyetiyle bu güçlerin peşine düşmeden ortaya çıktığına yemin etti. Otların büyüsünü kazara keşfetmişler."

Şaşırarak kardeşime bir bakış daha attım ama yüzündeki ifadeyi okumak mümkün değildi.

"Kirke hariç hepsi. Kirke güçlerini açıkça aradığını ifade ettiğinde hepiniz buradaydınız. Uzak durması için ihtar edildi ama itaat etmedi."

Fildişinden oyulmuş koltuğunda anneannemin yüzü soğuktu.

"Emirlerime karşı geldi, hükmüme ters düştü. Zehirlerini kendi türüne karşı kullandı. Başka ihanetlerde de bulundu." Akkor bakışları bana döndü. "Adımızın yüz karası. Ona gösterdiğimiz ilgiye nankörlük etti. Bunun için cezalandırılması gerektiği konusunda Zeus'la aynı fikirdeyiz. Daha fazla zarar veremeyeceği ıssız bir adaya sürgün edilecek. Yarın gidiyor."

Bin gözün iğnesi üstüme battı. Bağırmak, yalvarmak istedim ama nefesim çıkmıyordu. Zaten ince olan sesim hepten gitmişti. Aietes benim adıma konuşur, diye düşündüm. Ama bakışlarım ona takıldığında, Aietes de diğerleri gibi bana bakmakla yetindi.

"Bir şey daha var," dedi babam. "Belirttiğim gibi, bu yeni gücün kaynağının Perseis ile birleşmem olduğu gayet açık."

Zaferle ışıldayan annemin yüzü, bulanık bakışlarımın arasından parladı.

"O yüzden karar verildi: Artık Perseis'ten çocuk yapmayacağım."

Annem çığlığı basıp kız kardeşlerinin kucağına devrildi. Hıçkırıkları taş duvarlarda yankılanıyordu.

Dedem yavaşça ayağa kalktı. Çenesini ovuşturdu. "Peki," dedi. "Ziyafet vakti."

Meşaleler yıldız gibi yanıyor, üstümüzde tavanlar gökyüzünün kemeri gibi yükseklere uzanıyordu. Bütün tanrıların ve nympha'ların yerlerini almasını son defa seyrettim. Sersem gibiydim. Veda etmeliyim diye düşünüp duruyordum. Ama kuzenlerim kayanın etrafından dolaşan su gibi açığımdan dolaşıyordu. Geçerlerken alaylı fısıltılarını duyuyordum. Skylla'yı özledim birden. O hiç değilse yüzüme karşı konuşmaya cesaret ederdi.

Anneannem, diye düşündüm. Açıklamaya çalışmam şart. Ama o da bana sırtını döndü, denizyılanı da başını sakladı.

Bütün bunlar olurken annem kız kardeş sürüsünün arasında ağlıyordu. Yakınına gittiğim zaman güzel, şatafatlı kederini herkes görsün diye yüzünü kaldırdı. *Yeterince zarar vermedin mi?*

Geriye sadece su yosunu saçları ve tuzlu suyla kaplı saçaklı sakallarıyla amcalarım kalıyordu. Gelin görün ki onların önünde diz çökmeyi düşündüysem de bunu yapmaya içim el vermedi.

Odama döndüm. Toplan, dedim kendi kendime. Eşyalarını

topla, yarın gidiyorsun. Ama ellerim uyuşuk uyuşuk iki yanımdan sarkıyordu. Ne götüreceğimi nereden bilecektim? Bu salonlardan nadiren çıkmıştım.

Bir çanta bulmaya zorladım kendimi, elbiselerle sandaletler, saçım için bir fırça aldım. Duvarımdaki halıyı almayı düşündüm. Teyzelerimin biri dokumuştu halıyı, bir düğün ve düğün yemeği üzerineydi. Bu halıyı asacak evim olur muydu acaba? Bilmiyordum. Hiçbir şey bilmiyordum. Issız bir ada, demişti babam. Denizin ortasında sipsivri bir kayalık mı olacaktı, çakıllı bir kumsal mı, yoksa çalılar bürümüş, el değmemiş bir yer mi? Çantam tam bir saçmalıktı, cicili bicili ıvır zıvırla doluydu. Bıçak, diye düşündüm, aslan kafalı bıçak, onu alacağım. Ama elime aldığımda bıçak küçülmüş göründü gözüme, bir ziyafette lokmaları kesmeye yarardı ancak daha fazlasına değil.

"Çok daha kötü olabilirdi, biliyorsun." Aietes gelmiş, eşikte duruyordu. O da gidiyordu, ejderhaları çağrılmıştı bile. "Zeus'un seninle bir ibret dersi vermek istediğini duydum. Ama tabii babam ancak bir yere kadar müsaade etmiş."

Kollarımdaki tüyler kabardı. "Ona Prometheus'u anlatmadın, değil mi?"

Gülümsedi. "Niye soruyorsun, 'başka ihanetler'den bahsettiği için mi? Babamı bilirsin. Yarattığın başka bir dehşet açığa çıkar diye tedbirli davranıyor sadece. Hem zaten anlatacak ne var ki? Ne yaptın nihayetinde? Tek bir kadeh nektar mı verdin?"

Başımı kaldırdım. "Babamın bu yüzden beni kargalara atacağını söylemiştin."

"Sadece çıkıp itiraf edecek kadar aptallık edersen."

Yüzüm yanıyordu. "Herhalde seni öğretmenim belleyip her şeyi inkâr etmeliyim?"

"Evet," dedi. "İşler böyle yürüyor, Kirke. Babama büyücülüğümün kaza eseri olduğunu söylüyorum, o da bana inanmış gibi yapıyor, Zeus da ona inanmış gibi yapıyor, dünya böylece dengesini buluyor. İtiraf ederek hata ettin. Bunu niye yaptığını asla anlayamayacağım."

Doğruydu, anlayamazdı. Prometheus kırbaçlandığında henüz doğmamıştı.

"Sana ne diyeceğim," dedi. "Dün akşam senin şu Glaukos'la tanıştım nihayet. Hayatımda böyle bir soytarı görmemiştim." Dilini şaklattı. "Umarım ileride daha iyi seçimler yaparsın. Herkese pek çabuk güvenirsin zaten."

Uzun cüppesi ve parlak, kurt gözleriyle kapıma yaslanmış duruşuna baktım. Onu görünce her zamanki gibi sevinçle yüreğim oynamıştı ama Aietes bana bir keresinde bahsettiği su sütunu gibiydi, soğuk ve dik, kendi kendine yeterli.

"Öğütlerin için teşekkür ederim," dedim.

Aietes gitti, ben de yeniden duvar halısı konusunu düşündüm. Damat pörtlek gözlüydü, gelin duvaklarının içine gömülmüştü, aileler de arkalarında budala gibi açık ağızlarla bakıyordu. Her zaman nefret etmiştim bu halıdan. Burada kalıp çürüsündü.

YEDİ

Ertesi sabah babamın arabasına bindim, tek kelime etmeksizin karanlık göklere atıldık. Hava yanımızdan hızla geçiyor, tekerleklerin her dönüşüyle gece geriye çekiliyordu. Nehirleri ve denizleri, gölgeli vadileri takip etmeye çalışarak yan taraftan aşağı baktım ama çok hızlı gidiyorduk, hiçbir şeyi tanıyamadım.

"Hangi ada?"

Babam cevap vermedi. Çenesi kasılmıştı, dudakları öfkeden bembeyazdı. Ona bu kadar yakın durduğum için eski yanıklarım sızlıyordu. Gözlerimi kapattım. Manzara aktı, rüzgâr cildimi okşadı. Altın parmaklığın üstünden aşıp aşağıdaki açık havaya atlayıverdiğimi hayal ettim. Güzel olurdu, diye düşündüm, yere çarpana dek.

Sarsıntıyla indik. Gözlerimi açınca gür otlarla kaplı, yüksek, yumuşak bir tepe gördüm. Babam doğruca ileri bakıyordu. Dizlerimin üstüne çöküp beni geri götürmesi için ona yalvarmaya yönelik ani bir dürtüye kapıldım ama onun yerine kendimi yere inmeye zorladım. Babamla arabası, ayağım yere değdiği anda yok oldu.

Çimenlik açıklıkta tek başıma durdum. Rüzgâr yanaklarıma

sertçe çarpıyordu, havada taze bir koku vardı. Tadına varamadım. Başım ağır geliyordu, boğazım ağrımaya başlamıştı. Ayakta sallandım. Şimdi Aietes, Kolkhis'ine dönmüş, ballı sütünü içiyordu. Teyzelerim nehirlerinin kenarında gülüyorlardı, kuzenlerim oyunlarına dönmüştü. Babam yukarıdaydı elbette, ışıklarını dünyaya döküyordu. Onlarla birlikte geçirdiğim onca sene, havuza atılmış bir taş gibiydi. Dalgalar silinmişti bile.

Az da olsa gururum vardı. Onlar ağlamadıysa, ben de ağlamayacaktım. Kuruyana kadar gözlerime ellerimle bastırdım. Kendimi etrafa bakmaya zorladım.

Önümdeki tepenin zirvesinde geniş verandalı bir ev vardı, taş duvarları güzelce örülmüştü, oymalı kapıları iki insan boyundaydı. Biraz aşağıda bir ormanın etekleri uzanıyor, onun ardında da deniz görünüyordu.

Dikkatimi çeken orman oldu. Yaşlıydı, mızrak gibi yükselen servilerin arasından fırlayan meşelerle, ıhlamur ve zeytin ağaçlarıyla boğum boğumdu. Yeşil koku buradan geliyor, çimenli tepe yamacına doğru süzülüyordu. Ağaçlar deniz rüzgârında sık yapraklarını silkeliyor, gölgelere kuşlar girip çıkıyordu. Hissettiğim hayreti şimdi bile hatırlayabiliyorum. Bütün hayatım aynı loş salonlarda ya da cılız ormanlıklı aynı kavruk kumsalda yürüyerek geçmişti. Böyle bir yoğunluğa hazır değildim, göle atlayan bir kurbağa gibi kendimi ormana atmak için ani bir dürtüye kapıldım.

Tereddüt ettim. Orman nympha'sı değildim. Köklerin üstünde tökezlemeden yürüme, çalıların arasından süzülüp geçme yeteneklerim yoktu. O gölgelerin neler saklayabileceğini tahmin edemiyordum. Ya gizli çukurlar varsa? Ya ayı ya da aslan varsa?

Böyle şeylerden korkarak ve bekleyerek, sanki biri gelip de bana evet, gidebilirsin, güvendesin diyecekmiş gibi, uzun bir süre durdum orada. Babamın arabası denizin üstünde kaydı ve dalgaların arasına gömülmeye başladı. Ormanın gölgeleri derinleşti, ağaç gövdeleri birbirlerine sarılıyormuş gibi göründü. Şimdi oraya gitmek için geç oldu, dedim kendime. Yarın.

***

Evin kapıları, üstüne demir şeritler geçirilmiş meşedendi. Dokunmamla kolaycacık açıldılar. İçeride hava tütsü kokuyordu. Ziyafete hazırlanırmış gibi masalarla ve sıralarla donatılmış geniş bir oda vardı. Bir düzine tanrıçayı ağırlayacak kadar büyüktü. Gerçekten de her köşede nympha'lar ve kuzenler bulmayı bekleyip duruyordum. Ama hayır, sürgünümün bir parçasıydı bu. Yapayalnız olmak. Bizim kutsal varlığımızdan mahrum kalmaktan daha kötü ceza olur mu diye düşünmüştü ailem.

Evin kendisi kesinlikle ceza değildi. Her tarafta hazineler parlıyordu. Oymalı sandıklar, yumuşak halılar, altın kaplamalar, yataklar, tabureler, süslü sacayakları ve fildişi heykeller. Denizlikler beyaz mermer, kepenkler dişbudak ağacıydı. Mutfakta başparmağımı bıçaklarda gezdirdim, bronz ve demirin yanı sıra sedef ve obsidiyen bıçaklar da vardı. Kuvarz kristalinden ve dövme gümüşten kâseler buldum. Odalar ıssızdı ama ortada zerre toz yoktu, mermer eşikten tozların geçemediğini sonradan anlayacaktım. Üstünde ne kadar gezinirsem gezineyim yerler daima tertemiz, masalar ışıl ışıldı. Küller şömineden kayboluyor, tabaklar kendi kendilerini yıkıyor, şömine odunları gece kendiliğinden tazeleniyordu. Kilerde yağ ve şarap kavanozları, peynir ve arpa kâseleri vardı, her zaman taze, her zaman ağzına dek doluydular.

O kusursuz, boş odaların arasında kendimi öyle hissettim ki... ne bileyim. Hayal kırıklığına uğramış hissediyordum. Sanırım içimde hâlâ Kafkaslar'da yalçın bir kayalığı ve karaciğerime doğru dalan bir kartalı umut eden bir yer vardı. Ama Skylla, Zeus olmadığı gibi, ben de Prometheus değildim. Nympha'ydık biz, zahmete değmezdik.

Yine de burada görünenden fazlası vardı. Babam beni bir barakaya ya da bir balıkçı kulübesine, üstünde bir çadırdan başka bir şey olmayan çıplak bir sahile bırakabilirdi. Zeus'un kararını anlatırken yüzünde beliren ifadeyi, açık, çınlayan hiddetini düşündüm. Bunların hepsinin bana yönelik olduğunu zannetmiştim ama Aietes'le konuşmalarımdan sonra daha fazlasını anlamaya başlamıştım. Tanrılar arasındaki barış, Titanlarla Olymposluların kendi dünyalarında kalması sayesinde sürüyordu. Zeus, Helios'un kanının zapturapt altına alınmasını talep etmişti. Helios ona açık açık karşı gelemezdi ama bir tür cevap verebilir, terazinin kefelerini dengelemek için bir başkaldırı mesajı iletebilirdi. *Sürgünlerimiz bile krallardan iyi yaşar. Gücümüzün köklerinin ne kadar derin olduğunu görüyor musun? Bize saldırırsan Olymposlu, eskisinden daha yüce bir biçimde ayağa kalkarız.*

Yeni evim buydu işte: Babamın gururuna dikilmiş bir anıt.

O sırada günbatımı vakti çoktan geçmişti. Çakmaktaşını buldum ve hazır bekleyen çıraların üstünde Glaukos'u yaparken defalarca seyrettiğim ama hiç denemediğim bir şekilde çaktım. Birkaç kere denemem gerekti, ateş sonunda tutuşup alevler yayılmaya başlayınca benim için yepyeni olan bir tatmin hissettim.

Acıkmıştım, o yüzden kâselerin yüz kişiyi doyurmaya yetecek kadar yiyecekle dolup taştığı kilere gittim. Bir tabağa kaşıkla biraz yiyecek koydum, salondaki büyük meşe masalardan birinin başına oturdum. Kendi nefeslerimin sesini duyabiliyordum. O zamana dek hiç tek başıma yemek yemediğim kafama dank etti, dirseğimin dibinde her zaman ya bir kuzen ya bir kardeş olurdu. Biraz şarkı mırıldandım, havanın sesleri yutmasını dinledim. Bütün günlerim böyle geçecek, diye düşündüm. Ateşe rağmen köşelerde gölgeler toplanıyordu. Dışarıda kuşlar çığlık çığlığa bağırmaya başlamıştı. En azından ben kuş olduklarını düşünüyordum. O koyu renkli, kalın ağaç gövdelerini tekrar düşününce ensemdeki tüylerin dikildiğini hissettim. Kepenklere gidip kapattım, kapıyı sürgüledim. Yeryüzünün bütün kayalarının beni saran ağırlığına ve onun da üstüne babamın gücünün yüklenmesine alışkındım. Evin duvarları bana yaprak inceliğinde geliyordu. Herhangi bir pençe darbesi duvarları parçalayıp açardı. Belki buranın sırrı budur, diye düşündüm. Gerçek cezam henüz beklemededir.

Kes, dedim kendi kendime. Mumlar yaktım, salondan odama taşımak için kendimi zorladım. Oda gün ışığında gözüme büyük görünmüş, bu da hoşuma gitmişti ama şimdi bütün köşelere aynı anda bakamıyordum. Yatağı dolduran tüyler mırıldanarak birbirlerine sürünüyor, kepenkler fırtınadaki bir geminin halatları gibi gıcırdıyordu. Dört bir yanımda adanın ıssız boşluklarının karanlıkta şiştiğini hissediyordum.

O âna dek ne çok şeyden korktuğumu hiç fark etmemiştim. Yamaçtan yukarı süzülen hayaletimsi, dev deniz canavarları, kıvranarak kovuklarından çıkan, kör suratlarını kapıma bastıran gece solucanları. Vahşi iştahlarını doyurmaya can atan keçi ayaklı tanrılar, körfezimde sessizce kürek çeken, beni nasıl ele geçireceklerini planlayan korsanlar. Bütün bunlara karşı ne yapabilirdim ki? Aietes bana *farmakis*, yani *cadı* demişti ama bütün gücüm, okyanuslarca uzaktaki o çiçeklerdeydi. Biri gelirse bağırmaktan başka bir şey yapamazdım, bunun ne kadar işe yaradığını da benden önce binlerce nympha tecrübe etmişti.

Korku üstüme kapandı, her dalga bir öncekinden soğuktu. Durgun hava cildimde süründü, gölgeler ellerini uzattı. Kendi kanımın gümbürtüsünden başka bir şey duymak için kulak kabartarak karanlığa diktim gözlerimi. Her an bir gece uzunluğunda gibiydi ama sonunda gökyüzü derinleşen bir renge büründü ve köşelerinden solmaya başladı. Gölgeler çekildi, sabah oldu. Her yerim tastamam ve el sürülmemiş bir halde ayağa kalktım. Dışarı çıktığımda orada sinsi sinsi dolaşmış ayak izleri, sürünen kuyruk izleri, kapıda pençe oyukları yoktu. Yine de kendimi budala gibi hissetmedim. Büyük bir sınav atlatmışım gibi geliyordu bana.

Ormana baktım yine. Dün –sadece dün müydü?– birinin gelip bana her şeyin güvenli olduğunu söylemesini beklemiştim. Ama kim gelecekti? Babam mı, Aietes mi? Sürgünün anlamı buydu: Kimsenin geleceği yoktu, hiçbir zaman kimse gelmeyecekti. Bu bilgide korku vardı ama dehşetlerle dolu uzun gecemin ardından bu korku bana önemsiz ve küçük geliyordu. Korkaklığımın en kötü tarafını atmıştım üstümden. Yerine neşeli bir kıvılcım gelmişti. Kafeste beslenen bir kuş gibi olmayacağım, diye düşündüm. Kafesin kapısı açıkken bile uçmayacak kadar aptal olmayacağım.

Ormana ayak bastım ve hayatım başladı.

İnce dallara takılmasın diye saçlarımı arkamda örmeyi, kozalaklar yapışmasın diye eteklerimi diz hizasında bağlamayı öğrendim. Filiz veren birbirinden farklı asmaları ve gösterişli gülleri ayırt etmeyi, parlak kızböcekleriyle çöreklenmiş yılanları fark etmeyi öğrendim. Servilerin simsiyah mızraklar gibi gökyüzüne uzandığı zirvelere tırmanıyor, sonra tökezleye tökezleye meyve bahçelerine ve mor üzümlerin mercan gibi sık yetiştiği bağlara iniyordum. Tepelerde dolaştım, vızıltılı kekik ve leylak çayırlarında, sarı kumsallarda ayak izlerimi bıraktım. Her koyu, her mağarayı araştırdım, mutedil körfezleri, gemilerin güvenle yanaşacağı limanı buldum. Kurtların uluduğunu, çamurlarının içindeki kurbağaların bağrıştığını duydum. Kuyruklarıyla bana meydan okuyan ışıltılı kahverengi akrepleri okşadım. Zehirleri çimdik kadar dert yaratıyordu ancak. Babamın salonlarındaki nektar ve şarapla asla olmadığım kadar sarhoştum. O kadar ağır davranmama şaşmamalı, diye düşündüm. Bunca zamandır yünü olmayan bir dokumacı, denizi olmayan bir gemiymişim. Oysa şimdi yelken açtığım yere bak.

Geceleri eve, evime dönüyordum. Gölgelere artık aldırmıyordum, sadece babamın gözlerinin gökyüzünden çekildiği ve saatlerin artık bana ait olduğu anlamına geliyorlardı. Boşluğa da aldırmıyordum. Bin sene boyunca ailemle aramdaki boşluğu doldurmaya çalışmıştım. Evimin odalarını doldurmaya çalışmak ona nispetle kolaydı. Şöminede sedir ağacı yakıyordum, koyu renk dumanı bana arkadaşlık ediyordu. Şarkı söylüyordum, annem sesimin boğulan bir martının sesine benzediğini söylediği için daha önce hiç izin verilmezdi buna. Kendimi yalnız hissettiğimde, kardeşimi ya da eski haliyle Glaukos'u özlediğimde de orman her zaman oradaydı. Kertenkeleler dalların arasına girip çıkar, kuşlar kanatlarını gösterirdi. Çiçekler beni görünce hevesli yavru köpekler gibi öne doğru uzanıyor, onlara dokunmam için yaygara koparıyorlardı sanki. Onlardan utanır gibiydim ama günbegün cesaretlendim, sonunda nemli toprakta bir bohça otu kümesinin önüne diz çöktüm.

Narin çiçekler saplarının üstünde titreşti. Onları kesmek için bıçağa ihtiyacım yoktu, tırnağımın ucu yetiyordu. Tırnaklarım özsü benekleriyle yapış yapış oldu. Çiçekleri bir sepete koyup üstlerini kumaşla örttüm ve örtüyü ancak yeniden eve döndüğümde açtım. Kepenklerim sıkı sıkı kapalıydı. Kimsenin beni durdurmaya çalışacağını zannetmiyordum ama bunu yapmaları için akıllarını çelmeye de niyetim yoktu.

Masamda yatan çiçeklere baktım. Büzülmüş, solmuş görünüyorlardı. Onlarla ne yapmam gerektiğine dair hiçbir fikrim yoktu. Doğrasam mı? Haşlasam mı? Kızartsam mı? Kardeşimin merheminde yağ vardı ama ne tür yağ olduğunu bilmiyordum. Mutfaktaki zeytinyağı işe yarar mıydı? Olmazdı tabii. Hesperid'lerin meyvelerinden sıkılmış tohum yağı gibi büyülü bir şey olması gerekiyordu. Ama öyle bir şeyi ele geçiremezdim. Bir sapı parmağımın altında yuvarladım. Boğulmuş bir solucan kadar gevşek halde döndü.

İyi, dedim kendi kendime, öyle taş gibi durmasana. Bir şey dene. Çiçekleri haşlayayım. Niye olmasın?

Dediğim gibi, sadece azıcık gururum vardı, bu da iyiydi. Daha fazlası ölümcül olurdu.

Büyücülüğün ne olmadığını söyleyeyim: Bir düşünce ve bir göz kırpışıyla gelen ilahi güç değil. Yapılması, üstünde çalışılması, planlanması, araştırılması, kazılıp çıkarılması, kurutulması, doğranıp öğütülmesi, pişirilmesi, onunla konuşulması, ona şarkı söylenmesi gerekiyor. Bütün bunların ardından bile başarısız olabilir, tanrılarsa başarısız olmaz. Otlarım yeterince taze değilse, dikkatim dağılırsa, iradem güçsüzse iksirler elimde bayatlayıp acıyabilir.

Aslına bakılırsa cadılık güçlerine sahip olmamam gerekirdi.

Tanrılar her türlü çabadan nefret eder, doğaları budur. Çalışmaya en yaklaştığımız şeyler dokumacılık ve demirciliktir ama bunlar yetenek işidir ve sevimsiz olabilecek bütün yönleri güçle ortadan kaldırıldığı için angaryalık bir tarafları kalmamıştır. Yünler pis kokulu kazanlarda kepçeyle karıştırılarak değil, bir parmak şıklatmayla boyanır. Zahmetli maden çıkarma işi yoktur, cevher dağdan kendi isteğiyle fışkırır. Ne parmaklar yaralanır ne kaslar gerilir.

Büyücülük ise tam bir angaryadır. Her otun yerinde bulunması, zamanında toplanması, topraktan elle sökülmesi, ayıklanıp soyulması, yıkanıp hazırlanması gerekir. Gücünün nerede olduğunu bulmak için önce şöyle, sonra da böyle yapılmalıdır. Sabırlı günler boyunca hatalı işlerinizi kaldırıp atıp yeniden başlamak zorunda kalırsınız. Peki buna niye aldırmıyordum? Niye hiçbirimiz aldırmıyorduk?

Kardeşlerim adına konuşamam ama benim cevabım basit. Yüz kuşak boyunca dünyada uykulu ve kasvetli, aylak ve rahat bir halde dolaşıp durmuştum. Hiçbir iz bırakmamış, hiç iyi bir şey yapmamıştım. Beni birazcık sevenler bile yanımda kalmak istememişti.

Sonra tıpkı bir yayın ok için bükülmesi gibi dünyayı kendi arzuma göre bükebileceğimi öğrenmiştim. Böyle bir gücü elimde tutabilmek için bin kat fazla angaryayla uğraşmaya razıydım. Zeus yıldırım çubuğunu ilk kez havaya kaldırdığında bunları hissetmiştir, diye düşündüm.

Başlangıçta bütün karışımlarım hatalıydı tabii. Hiçbir şey yapmayan iksirler, masanın üstünde ufalanıp ölen macunlar. Biraz sedefotu işe yarıyorsa daha fazlası daha çok işe yarar, on ot karıştırmak beş karıştırmaktan iyidir, aklımın dalıp uzaklara gitmesine izin verebilirim, büyü de onun peşine takılıp gitmez nasılsa, bir iksir yapmaya başlamışken yarısında fikir değiştirip başka bir şey yapmaya karar verebilirim diye düşünmüştüm. Herhangi bir ölümlünün daha annesinin kucağındayken öğreneceği en basit şifalı bitkileri bile bilmiyordum: Haşlanan sarıkantaronlarla bir tür sabun yapıldığını, ocakta yakılan porsukağacının boğucu bir duman çıkardığını, gelinciklerin damarlarında uyku, bohça otununkinde ölüm bulunduğunu, kandil çiçeğinin yaralara basılabileceğini. Bütün bunların deneme yanılmayla, yanık parmaklarla, öksürmek için bahçeye koşmama yol açan iğrenç kokulu dumanlarla öğrenilmesi gerekti.

O ilk günlerde, hiç değilse bir büyüyü bir kez yaptığımda bir daha öğrenmeme gerek olmaz diye düşünüyordum. Oysa o bile doğru değildi. Bir otu ne kadar sık kullanırsam kullanayım her hasadın kendine has bir karakteri vardı. Gülün biri sırlarını öğütülünce veriyordu, bir başkasının sıkılması, bir üçüncüsünün suda bekletilmesi gerekiyordu. Her büyü, yeni baştan tırmanılması gereken bir dağdı ve son seferden yanımda götürebileceğim tek şey, yapılabileceğini biliyor olmaktı.

Israrla devam ettim. Çocukluğum bana bir şey kazandırdıysa, o da sebattı. Yavaş yavaş daha iyi dinlemeye başladım. Bitkilerin içinde hareket eden özsuyu, damarlarımdaki kanı. Kendi niyetimi anlamayı, kesmeyi ve eklemeyi, gücün nerede toplandığını hissedip en yüksek seviyesine çıkmasını sağlamak için doğru sözcükleri söylemeyi. O an için yaşıyordum, her şeyin sonunda berraklaştığı ve büyünün sonunda saf sesiyle benim için, yalnız benim için şarkı söyleyeceği o an için.

Ejderhalar çağırmadım, yılanlara seslenmedim. İlk büyülerim aptalca şeylerdi, aklıma geleni yapıyordum. Bir meşe palamuduyla başladım işe çünkü büyü nesnesi yeşilse ve büyüyorsa, bir de suyla beslenirse naiad kanımın bana yardımcı olabileceğini düşünmüştüm. O palamudu günlerce, aylarca yağlarla ve tuzlarla ovdum, filizlenmesini sağlamak için çeşitli sözler söyledim. Aietes'in yüzümü iyileştirdiğinde sarfetttiği sözleri taklit etmeye çalışıyordum. Lanetler ve dualar da denedim ama palamut bütün bunlar karşısında tohumunu kibirli bir şekilde içinde tuttu. Onu pencereden atıp yeni bir tane buldum, bir yarım asır da onun üstüne titredim. Büyüyü öfkeliyken yapmayı denedim, sakinken, mutluyken, dikkatim yarı yarıya başka yerdeyken. Sonunda bir gün o büyüyü yeniden denemektense hiçbir gücüm olmamasını yeğlediğimi söyledim kendi kendime. Zaten bir meşe tohumunu ne diye isteyecektim? Ada onlarla doluydu. Esas istediğim, tahriş olmuş boğazımdan tatlılıkla kayacak yabani bir çilekti, ben de o kahverengi kabuğa bunu söyledim.

O kadar hızlı değişti ki başparmağım yumuşak, kırmızı gövdesine gömüldü. Bakakaldım, sonra zafer çığlıkları atıp dışarıdaki kuşları ürküterek ağaçlarından uçurdum.

Solmuş bir çiçeği hayata döndürdüm. Sinekleri evimden uzak tuttum. Kirazlara mevsimsiz çiçek açtırdım ve ateşi canlı bir yeşile çevirdim. Aietes orada olsaydı, böyle mutfak numaraları karşısında sakalını yutup boğulurdu. Ama ben hiçbir şey bilmediğim için hiçbir şeyi tenezzül edilmez görmüyordum.

Güçlerim dalgalar gibi birbirlerinin üstüne yığılıyordu. Gözbağcılığa yeteneğim olduğunu keşfettim: farelerin peşinden sürünmesi için gölge ekmek kırıntıları çağırmaya, solgun renkli golyan balıklarını karabatakların gagası altındaki dalgalardan yukarı sıçratmaya. Daha büyük şeyler düşündüm: Köstebekleri korkutup kaçıracak bir gelincik, tavşanları uzak tutacak bir baykuş. En iyi hasadın ayışığı altında, çiy ve karanlık özsuyunu yoğunlaştırmışken toplandığını öğrendim. Yılan yakalayıp dişlerini sağmayı öğrendim. Bir eşekarısının iğnesinden bir damla zehiri tatlı dille çıkarabiliyordum. Ölmekte olan bir ağacı iyileştirdim, zehirli bir sarmaşığı tek bir dokunuşla öldürdüm.

Ama Aietes haklıydı, en büyük yeteneğim dönüşümdü, düşüncelerim de hep oraya dönüyordu. Bir gülün önüne durdum, gül süsene döndü. Bir dişbudağın köklerine dökülen bir iksir onu pırnal meşesine çevirdi. Kokuları her gece odalarımı doldursun diye bütün odunlarımı sedir ağacına dönüştürdüm. Bir arı yakalayıp kurbağaya, bir akrebi fareye çevirdim.

İşte orada, sonunda gücümün sınırlarını keşfettim. Karışım ne kadar kudretli olursa olsun, büyü ne kadar iyi örülürse örülsün kurbağa uçmaya, fare de sokmaya çalışıp duruyordu. Dönüşüm sadece bedenleri etkiliyordu, zihinleri değil.

O zaman Skylla'yı düşündüm. Nympha varlığı o altı başlı canavarın içinde hâlâ yaşıyor muydu? Yoksa tanrıların kanında yetişen çiçekler değişimi gerçek mi kılıyordu? Bilmiyordum. *Her neredeysen umarım seni tatmin eden şeyi buluyorsundur*, dedim havaya konuşarak.

Gerçekten bulduğunu artık biliyorum tabii.

İşte o sıralarda bir gün kendimi ormanın en kalın dallarının arasında buldum. Adada yürümeye, en alçak kıyılarından en yüksek tepelere dek dolaşmaya, gizli kalmış yosunları, eğreltiotlarını ve sarmaşıkları arayıp iksirlerim için yapraklarını toplamaya bayılıyordum. Akşamüstüydü, sepetim dolmuş taşıyordu. Bir çalının çevresinden dolaştım, yabandomuzu karşımdaydı.

Adada yabandomuzları bulunduğunu bir süredir biliyordum. Çalıların arasında viyaklayıp hışırtılar çıkarttıklarını duymuştum, sık sık da bir ormangülü çalısını ezilmiş ya da bir fidan kümesini sökülmüş halde buluyordum ama ilk gördüğüm yabandomuzu buydu.

Kocamandı, yabandomuzunun olabileceğini hayal ettiğimden bile büyüktü. Sırtı Kynthos Dağı'nın tepeleri gibi dimdik ve kapkara yükseliyordu, omuzları da kavgalarda aldığı yıldırım biçimli yara izleriyle doluydu. Böyle yaratıklarla ancak en cesur kahramanlar yüzleşebilir, üstelik bunu mızraklar ve köpeklerle, okçular ve yardımcılarla silahlanmış olarak ve genellikle yanlarında altı başka savaşçıyla birlikte yaparlar. Benim sadece kazmamla sepetim vardı ve elimin altında tek bir büyü iksiri bile bulunmuyordu.

Domuz tepinerek toprağı dövdü, ağzından beyaz köpükler damladı. Dişlerini yere eğdi, çenelerini kilitledi. Domuz gözleri, *yüz genci öldürüp cesetlerini feryat figan eden annelerine yollayabilirim*, diyordu. *İç organlarını dışarı döküp öğle yemeği olarak yiyebilirim.*

Bakışlarımı onunkilere kilitledim. "Dene," dedim.

Uzun bir an bana baktı. Sonra döndü, çalıların arasından seğirterek uzaklaştı. Size şu kadarını söyleyeyim, yaptığım onca büyünün arasında kendimi gerçekten bir cadı gibi hissettiğim ilk seferi buydu.

O gece ocağımın başında, omuzlarında kuşlar taşıyan ya da sürekli ellerinin altında bir pati dolanan, topuklarının dibinde nazlı nazlı salınan ceylanları olan bütün o övüngen tanrıçaları düşündüm. Hepsini utandırırdım, dedim kendi kendime. En yüksek tepelere tırmandım, tek başına uzanan bir iz buldum: Şurada ezilmiş bir çiçek, burada toprak biraz kazılmış, biraz ağaç kabuğu soyulmuş. Safran ve sarı yaseminle, süsen ve ay en tepedeyken çıkarılmış servi kökleriyle bir iksir kaynattım, şarkı söyleyerek etrafa serptim. *Gel bana.*

Ertesi gün alacakaranlıkta kapımdan içeri daldı, omuz kasları taş gibi sertti. Ocağımın üstüne yattı, ayak bileklerimi diliyle törpüledi. Gün boyunca bana tavşanlar ve balık getiriyordu. Geceleri parmaklarımdan bal yalıyor, ayaklarımın üstünde uyuyordu. Bazen oyun oynardık, arkamdan sinsice sokulur, sıçrayıp beni ensemden yakalardı. Nefesindeki sıcak misk kokusunu alır, ön pençelerinin omuzlarıma bastıran ağırlığını hissederdim. Babamın salonlarından getirdiğim bıçağı, aslan yüzüyle damgalanmış bıçağı ona göstererek, "Bak," dedim. "Hangi aptal yapmış bunu? Senin türünü hiç görmemişler."

Kocaman kahverengi ağzını bir esnemeyle açtı.

Yatak odamda bronz bir ayna vardı, tavana kadar uzanıyordu. Önünden geçtiğimde kendimi güçlükle tanıyordum. Bakışlarım daha parlak, yüzüm daha keskin görünüyordu, arkamda da tanıdık vahşi aslanım volta atıyordu. Beni böyle görselerdi kuzenlerimin neler diyeceğini biliyordum. Ayaklarım bahçede çalışmaktan kirlenmiş, eteklerim dizlerimde toplanmış, ince sesimin çıktığınca şarkı söylerken.

Yanıma gelmelerini istiyordum. Kurtların ininde gezdiğim, köpekbalıklarının beslendiği denizde yüzdüğüm sırada gözlerinin yuvalarından uğramasını görmek istiyordum. Bir balığı kuşa çevirebiliyor, aslanımla güreşip sonra da saçlarım etrafıma dağılmış halde karnına yatıyordum. Nefesleri kesilmiş halde cıyaklayıp soluduklarını duymak istiyordum. *Ah, bana baktı! Şimdi kurbağaya dönüşeceğim!*

Böyle yaratıklardan gerçekten korkmuş muydum? Fare gibi saklanarak on bin yıl mı geçirmiştim gerçekten? Aietes'in cüretini, babamın karşısına nasıl olup da kule gibi dikildiğini şimdi anlıyordum. Sihirlerimi yaptığımda ben de aynı rahatlığı, aynı gücü hissediyordum. Gökyüzünde babamın alev alev arabasını seyrettim. Ee? Bana ne söyleyeceksin? Beni kargalara attın ama anlaşılan onları sana yeğliyormuşum.

Cevap gelmedi. Ay halamdan da cevap yoktu. Korkaklar. Cildim ışıldıyordu, dişlerimi sıkmıştım. Dişi aslanım kuyruğunu kamçı gibi savurdu.

Kimsede o yürek yok mu? Kimse karşıma çıkmaya cesaret edemeyecek mi?

Anlayacağınız, her ne gelecekse kendimce hevesle bekliyordum.

SEKİZ

Günbatımıydı, babamın yüzü çoktan ağaçların ardına dalmıştı. Bahçemde çalışıyor, saçaklı sarmaşıkları sırığa bağlıyor, biberiye ve bıldırcın otu ekiyordum. Şarkı da söylüyordum, anlamsız bir ezgi. Aslan otlarda uzanıyordu, mideye indirdiği dağ horozu yüzünden ağzı kanlıydı.

"Kabul ediyorum," dedi ses, "o kadar övgüden sonra seni bu kadar sade gördüğüme çok şaşırdım. Çiçek bahçesi ve saç örgüleri. Sıradan bir köylü kızı olabilirsin."

Genç adam evime yaslanmış, beni seyrediyordu. Saçları açık ve darmadağınık, yüzü mücevher kadar parlaktı. Üstlerinde yansıyacak ışık olmamasına karşın altın sandaletleri ışıldıyordu.

Kim olduğunu biliyordum, elbette biliyordum. Başka bir şeyle karıştırılamayacak olan, kınından çıkarılmış bir kılıç kadar keskin güç yüzünde parlıyordu. Bir Olymposlu, Zeus'un oğullarından biri ve kendine seçtiği ulak. Tanrıların gülen, yapışkan sineği, Hermes.

Titrediğimi hissettim ama onun görmesine izin vermedim. Yüce tanrılar korkunun kokusunu köpekbalığının kan kokusu aldığı gibi alır ve bu yüzden sizi tıpkı köpekbalığı gibi yutarlar.

Ayağa kalktım. "Ne bekliyordun?"

"Ah, bilirsin işte." İnce bir asa parmaklarında tembelce dönüyordu. "Daha heyecan verici bir şey. Daha hiddetli bir şeyler. Dans eden sfenksler kumpanyası. Gökyüzünden damlayan kanlar."

Beyaz sakallı, kaba saba amcalarıma alışkındım ben, böyle kusursuz, gamsız bir güzelliğe değil. Heykeltıraşlar taşlarına şekil verirken Hermes'i örnek alır.

"Hakkımda bunları mı söylüyorlar?"

"Tabii ya. Zeus hepimize karşı iksirler karıştırdığınızdan emin, hem senin hem de kardeşinin. Nasıl huysuzlanır bilirsin." Rahat, hınzır bir tavırla güldü. Sanki Zeus'un öfkesi geçiştirilebilecek bir şeymiş gibi.

"Zeus için casusluk etmeye geldin yani?"

"*Elçi* denmesini yeğliyorum. Ama hayır, bu meselede babam kendi işini kendisi görebilir. Kardeşim bana kızdığı için buradayım."

"Kardeşin," dedim.

"Evet," dedi. "Herhalde adını duymuşsundur?"

Pelerininden altın ve fildişi kakmalı, şafak gibi ışık saçan bir lir çıkardı.

"Korkarım bunu çaldım," dedi. "Fırtına geçene kadar sığınacak bir yere ihtiyacım var. Belki bana acırsın diye umuyordum? Buraya bakmayacağını düşünüyorum nedense."

Ensemdeki tüyler ayağa kalktı. Aklı başında herkes, tanrı Apollon'un güneş ışığı kadar sessiz, veba kadar ölümcül gazabından korkardı. Gökyüzünde çoktan hızla yol almaya başlamış Apollon'un altın yaldızlı okunu kalbime doğrultmuş halde ilerleyip ilerlemediğini görmek için omzumun üstünden geriye bakmak istedim. Ama içimde korkudan ve dehşetten, göklere bakıp kimin bana ne yapacağını düşünmekten bıkıp usanmış bir yer vardı.

"İçeri buyur," dedim ve onu kapıdan geçirdim.

***

Hermes'in cüretine ilişkin hikâyeler dinleyerek büyümüştüm. Nasıl bebekken beşiğinden kalkıp Apollon'un ineklerini yürütüp tüydüğünü, Argos'u kandırıp bin gözünü de uykuya yatırarak bu canavar bekçiyi nasıl öldürdüğünü, taşların sırlarını nasıl kurnazlıkla söküp aldığını ve rakip tanrıların bile başını döndürüp kendi isteklerini yaptırdığını.

Hepsi doğruydu. Hermes sizi bir yumak sarıyormuş gibi kendisine çekebilirdi. Bir fikrin etrafında durmadan dönmenizi, sonunda kahkahadan boğulacak gibi olmanızı sağlayabilirdi. Gerçek zekâyla pek karşılaşmamıştım. Prometheus'la sadece bir an konuşmuştum, Okeanos'un salonlarında zekâ olarak kabul edilen şeyse kurnazlık ve hınçtan ibaretti. Hermes'in zekâsı bin kat daha keskin ve daha hızlıydı. Dalgaların üstünde ışık gibi parıldıyor, kör edici bir şekilde göz kamaştırıyordu. O akşam büyük tanrılar ve aptallıklarıyla ilgili hikâye üstüne hikâye anlatarak eğlendirdi beni. Zampara Zeus'un güzel bir bakireyi baştan çıkarmak için boğaya dönüşmesini. Savaş tanrısı Ares'in iki deve mağlup olarak onlar tarafından bir sene boyunca bir kavanoza tıkılmış halde tutulmasını. Hephaistos'un karısı Afrodit'e tuzak kurup bütün tanrıların görmesi için onu âşığı Ares'le birlikte hâlâ çıplak halde altın bir ağa düşürmesini. Hep aynı hilebaz, gülümseyen sesle konuşarak saçma kıskançlıkları, sarhoş kavgalarını, ufak tokatlama dalaşlarını anlattı durdu. Kendi iksirlerimi içmişim gibi yüzümün kızardığını, başımın döndüğünü hissediyordum.

"Buraya gelip sürgünümü deldiğin için cezalandırılmaz mısın?"

Gülümsedi. "Babam canımın istediğini yaptığımı bilir. Hem zaten bir şeyi ihlal ediyor değilim. Sürgünde olan sensin. Dünyanın geri kalanı olarak bizler buraya istediğimiz gibi gider geliriz."

Şaşırmıştım. "Ama ben sanmıştım ki... Beni yalnızlığa zorlamak daha büyük bir ceza değil mi?"

"Seni kimin ziyaret ettiğine bağlı, öyle değil mi? Ama sürgün sürgündür. Zeus bir yerde tutulmanı istedi, tutuluyorsun işte. Bu konuyu daha fazla düşünmediler aslında."

"Bunları nereden biliyorsun?"

"Oradaydım. Zeus'la Helios'un pazarlık etmesini seyretmek her zaman eğlencelidir. Patlayıp patlamayacaklarına karar vermeye çalışan iki volkana bakmak gibidir."

Büyük savaşta savaşmıştı, hatırlıyordum. Gökyüzünün yandığını görmüş, başı bulutlara sürünen bir devi öldürmüştü. Bütün rahatlığına, neşesine karşın, bunu yaptığını kafamda canlandırabildiğimi fark ettim.

"Söylesene," dedim, "o aleti çalabiliyor musun? Yoksa yalnızca yürüttün mü?"

Parmaklarını tellere sürdü. Parlak ve gümüş tatlılığında notalar havaya süzüldü. Hermes, müzik tanrısıymış gibi zahmetsiz bir edayla notaları bir ezgiye dönüştürdü, öyle ki bütün oda sesin içinde yaşıyormuş gibi bir havaya büründü.

Ateş yüzünden yansıyarak başını kaldırdı. "Şarkı söyler misin?"

Onunla ilgili bir diğer şey de buydu. Sırlarınızı döküp saçmak istemenize neden oluyordu.

"Sadece yalnızken," dedim. "Sesim başkalarına hoş gelmez. Martı ağlamasına benzediği söylenmiştir."

"Öyle mi dediler? Sen martı değilsin. Sesin ölümlü sesi gibi."

Şaşkınlığım yüzümden açıkça okunmuş olmalı çünkü Hermes güldü.

"Çoğu tanrının sesi gökgürültüsü ve kaya gibidir. İnsan kulaklarına yumuşak bir sesle konuşmamız gerekir, yoksa kulakları paramparça olur. Ölümlülerin sesi bize hafif ve ince gelir."

Benimle ilk konuştuğunda Glaukos'un sözcüklerinin kulağıma nasıl yumuşak geldiğini hatırladım. Bunu bir işaret kabul etmiştim.

"Pek yaygın görülmez ama," dedi, "bazen daha alt seviyeden nympha'lar insan sesiyle doğar. Sen de öylesin."

"Niye kimse bana söylemedi? Ve nasıl böyle bir şey olabilir? İçimde hiç ölümlülük yok, tepeden tırnağa Titanım."

Omuz silkti. "İlahi kan bağlarının nasıl işlediğini kim bilebilir ki? Kimsenin sana bir şey söylememesine gelince, muhtemelen bilmiyorlardır. Ölümlülerle çoğu tanrıdan fazla zaman geçiriyorum, seslerine alıştım. Benim için sesler yalnızca bir başka çeşni, yemekteki baharatlar gibi. Ama insanların arasına girersen fark edeceksin. Senden, bizden korktukları kadar korkmayacaklar."

Hayatımın en büyük gizemlerinden birini bir dakika içinde çözmüştü. İçindeki tuhaflığa dokunabilecekmişim gibi parmağımı boğazıma götürdüm. *Ölümlü sesli bir tanrı.* Tam bir şoktu bu ama yine de içimde bir yerde neredeyse aşinalığa benzer bir his vardı.

"Çal," dedim. Şarkı söylemeye başladım, lir sesimi zahmetsizce takip etti. Tınıları yükselerek her cümlemi tatlılaştırıyordu. Bitirdiğimde alevler sönmüş, ay perdelenmişti. Hermes'in gözleri ışığa tutulmuş koyu renkli mücevherler gibi ışıldıyordu. Siyahtı bu gözler, en eski tanrıların soyundan gelen çok derin bir gücün işaretlerinden biri. Zeus, Titan anne babadan doğmuşken ve Hermes'in dedesi Titan Atlas'ken Titanları Olymposlulardan ayrı tutmamızın ne kadar tuhaf olduğunu ilk defa fark ettim. Hepimizin damarlarında aynı kan dolaşıyor.

"Bu adanın adını biliyor musun?" dedim.

"Dünyadaki bütün yerleri bilmeseydim pek zavallı bir seyyah olurdum."

"Peki bana söyleyecek misin?"

"Aiaie derler buraya."

"Aiaie." Sesleri tattım. Yumuşaktılar, kararmış havadaki kanatlar gibi sessizce katlanıyorlardı.

"Bildiğin bir yer," dedi. Dikkatle beni seyrediyordu.

"Elbette. Babamın gücünü Zeus'un ayaklarının dibine atıp sadakatini kanıtladığı yer. Buranın üstündeki gökyüzünde Helios bir Titan devi yenilgiye uğrattı ve toprakları kanla suladı."

"Babanın seni onca yerin arasından bu adaya göndermesi bayağı ilginç bir tesadüf," dedi.

Gücünün uzanıp sırlarımı araştırdığını hissediyordum. Eski günlerde istediği her şeyi verebilmek için cevaplarla dolup taşan bir kâseyle yanına koşardım. Ama artık eskisi gibi değildim. Ona hiçbir borcum yoktu. Benden sadece vermek istediklerimi alabilecekti.

Ayağa kalkıp karşısında durdum. Nehir taşları gibi sapsarı gözlerimi hissedebiliyordum. "Söylesene," dedim, "babanın zehirlerim konusunda haklı olmadığını nereden biliyorsun? Sana oturduğun yerde iksir vermeyeceğimi nereden biliyorsun?"

"Bilmiyorum."

"Yine de burada kalmaya cesaret edecek misin?"

"Ben her şeye cesaret ederim," dedi.

İşte böyle sevgili olduk.

Hermes bunu takip eden yıllarda alacakaranlıkta kanat çırparak sık sık geldi. Tanrıların leziz şeylerini getirirdi, Zeus'un kilerinden çalınmış şarap, arıların yalnızca kekik ve ıhlamur çiçeği içtiği Sipylos Dağı'nın en tatlı balları. Sohbetlerimizin her biri zevkti, birleşmelerimizin de öyle.

"Çocuğumu doğuracak mısın?" diye sordu bana.

Güldüm. "Hayır, asla ve hiçbir zaman."

Kırılmamıştı. Böyle sivrilikleri severdi çünkü içinde dökebileceğiniz bir kanı olan hiçbir şey yoktu. Sadece merakından sormuştu bu soruyu; cevap aramak, başkalarını zayıf yönlerinden sıkıştırmak doğasında vardı. Ona ne kadar tutkun olduğumu anlamak istemişti. Ama benim içimde sevda kalmamıştı. Gündüzleri onu hayal ederek yatmıyor, geceleri ismini yastığıma söylemiyordum. Hermes kocam değildi, hatta arkadaşım bile sayılmazdı. Zehirli bir yılandı o, ben de bir başka yılandım ve bu koşullar altında keyfimize bakıyorduk.

Kaçırdığım haberleri iletirdi. Yolculuklarında dünyanın her köşesinden geçiyor, eteklerin yerden çamur toplaması gibi dedikodu topluyordu. Glaukos'un kimlerin ziyafetinde içtiğini biliyordu. Kolkhis'in pınarlarında sütün ne kadar yukarı fışkırdığını biliyordu. Aietes'in iyi olduğunu, boyanmış leopar kürkünden bir pelerin kuşandığını söyledi. Bir ölümlüyü eş almıştı, bir bebek kundakta, bir diğeri de anne karnındaydı. Pasiphae hâlâ iksirleriyle Girit'i yönetiyordu, o arada kocası için bir gemi mürettebatı doğurmuştu, yarım düzine erkek ve kız vâris. Perses doğudan ayrılmıyor, kaymak ve kan dolu kovalarla ölüleri diriltiyordu. Annem gözyaşlarının üstesinden gelmiş ve unvanlarına Cadı Anası unvanını eklemişti, teyzelerime hava atıyordu. Hepsine gülerdik. Yanımdan ayrıldığında gittiği yerlerde benimle ilgili hikâyeler anlattığını biliyordum. Topraktan kararmış tırnaklarım, misk kokulu aslanım, yemek artıkları ve sırtlarının kaşınması için kapıma gelmeye başlayan domuzlar. Ve elbette yanakları kızaran bir bakire olarak kendimi nasıl onun kollarına attığım. Ee? Kızarmamıştım ama geri kalan kısımlar üç aşağı beş yukarı doğruydu.

Onu biraz daha sorguya çektim. Aiaie neredeydi, Mısır'dan, Etiyopya'dan ve diğer ilginç yerlerden ne kadar uzaktaydı. Babamın havasının nasıl olduğunu, yeğenlerimin isimlerini, yeni dünyada hangi imparatorlukların serpildiğini sordum. Hepsini cevapladı ama Glaukos'la Skylla'ya verdiğim çiçeklerin ne kadar uzakta olduğunu sorunca yüzüme karşı güldü. *Dişi aslanın pençelerini onun için bileyleyeceğimi mi zannediyorsun?*

Sesime elimden geldiğince umursamaz bir hava verdim. "Peki ya kayalıktaki o ihtiyar Titan Prometheus? O nasıl?"

"Sence nasıldır? Her gün karaciğerini kaybediyor."

"Hâlâ mı? Ölümlülere yardım etmenin Zeus'u neden bu kadar kızdırdığını hiç anlayamadım."

"Söylesene," dedi, "sence sefil haldeki biri mi, yoksa mutlu biri mi daha iyi adaklar adar?"

"Mutlu biri elbette."

"Yanlış," dedi. "Mutlu biri kendi hayatıyla meşguldür. Kimseye minnet borcu olmadığını düşünür. Ama onu soğuktan titret, karısını öldür, çocuğunu sakat bırak, o zaman dualarını duyarsın. Sana kar beyazı bir süt danası alabilmek için ailesini bir ay aç bırakır. Parası yeterse yüz tane alır."

"İyi ama," dedim, "eninde sonunda onu ödüllendirmen gerekmez mi? Yoksa adak sunmayı bırakır."

"Ah, ne kadar uzun süre devam edeceğini bilsen şaşırırsın. Ama evet, sonunda en iyisi ona bir şey vermektir. O zaman yeniden mutlu olur. Sen de baştan başlayabilirsin."

"Demek Olymposlular günlerini böyle geçiriyor. İnsanları sefil etmenin yollarına kafa yorarak."

"Dürüstlük taslamanın gereği yok," dedi. "Baban bu işte herkesten iyi. Bir inek daha alacaksa koca bir köyü yakıp yıkar."

Babamın dolup taşan sunaklarıyla içimden kaç kere böbürlenmiştim? Hermes yanaklarımdaki kızarıklığı görmesin diye kadehimi kaldırıp içtim."

"Gidip Prometheus'u ziyaret edebilirsin herhalde?" dedim. "Sen ve kanatların. Ona rahat etmesi için bir şey götür."

"Peki bunu niye yapayım?"

"Değişiklik olsun diye tabii. Sefih hayatının ilk hayırseverliği. Bunun nasıl bir his olduğunu merak etmiyor musun?"

Güldü ama onu daha fazla sıkıştırmadım. Hâlâ ve her daim Olymposluydu, hâlâ Zeus'un oğluydu. Bana müsamaha gösteriliyordu çünkü onu eğlendiriyordum ama eğlencenin ne zaman sona ereceğini bilemezdim. Bir engereğe avucunuzdan yemek yemeyi öğretebilirsiniz ama ısırma arzusunu içinden söküp alamazsınız.

Bahar yaza döndü. Bir gece Hermes'le ben şaraplarımızın başında otururken, ona nihayet Skylla'yı sordum.

"Ah." Gözleri ışıklandı. "Ona ne zaman geleceğimizi merak etmiştim. Ne öğrenmek istiyorsun?"

Mutsuz mu? Ama böyle mırıldanır gibi bir soruya gülerdi ve gülmekte haklı olurdu. Cadılığım, ada, aslanım, hepsi Skylla'nın dönüşümünden gelmişti. Hayatımı bana kazandırmış şeyden pişman olmakta dürüst bir taraf yoktu.

"Denize dalmasının ardından ona ne olduğunu hiç duymadım. Nerede olduğunu biliyor musun?"

"Buradan fazla uzak değil. Ölümlü gemisiyle bir günden kısa mesafede. Hoşuna giden bir boğaz buldu. Bir tarafta gemileri, balıkları ve oradan geçen her şeyi dibe çeken bir girdap, diğer tarafta da başını sokabileceği bir mağarası da olan bir kayalık var. Girdaptan kaçan gemiler doğruca Skylla'nın çenelerine gidiyor, o da karnını doyuruyor."

"Karnını doyuruyor," dedim.

"Evet. Denizcileri yiyor. Her seferinde altı denizci, her ağzı için bir tane. Kürekler yavaşsa on iki denizci alıyor. Birkaçı onunla savaşmayı deniyor ama sonucun ne olduğunu tahmin edersin. Çığlıkları epey uzaktan duyuluyor."

Sandalyemde donup kalmıştım. Skylla'yı her zaman derinlerde yüzer, mürekkepbalıklarının soğuk etlerini emerken hayal etmiştim. Ama hayır. Skylla her zaman gün ışığı istemişti. Her zaman başkalarını ağlatmak istemişti. Şimdi de dişlerle dolu ve ölümsüzlükle silahlanmış, kurt gibi aç bir canavardı.

"Kimse durduramaz mı onu?"

"Zeus durdurabilirdi ya da baban. İsteselerdi tabii. Ama niye istesinler? Canavarlar tanrılar için nimettir. Edilen bütün o duaları düşünsene."

Boğazım tıkanmıştı. Skylla'nın yediği o adamlar eskiden Glaukos'un olduğu gibi hırpani, çaresiz, korkudan perişan denizcilerdi. Hepsi ölmüştü. Hepsi de ismimle damgalanmış soğuk dumana dönüşmüştü.

Hermes, başını meraklı bir kuş gibi yana eğmiş, beni seyrediyordu. Tepkimi bekliyordu. Ağlayıp süt ekşimiği mi olacaktım, yoksa taş kalpli bir Harpya mı? İkisinin ortası yoktu. Başka hiçbir şey, bundan dokumak istediği kahkahalı hikâyeye kusursuz bir şekilde uymuyordu.

Elimi aslanımın başına koydum, kocaman, sert kafatasını parmaklarımın altında hissettim. Hermes oradayken hiç uyumazdı. Gözleri yarı kapalı ve dikkatliydi.

"Skylla asla bir kişiyle yetinmezdi," dedim.

Gülümsedi. *Kalp yerine kaya taşıyan bir cadı kadın.*

"Söyleyecektim de unutuyordum," dedi. "Seninle ilgili bir kehanet duydum. Tapınağından ayrılmış olup tarlaları dolaşarak güzel talih dağıtan yaşlı bir kadın kâhin söyledi."

Zihninin süratli hareketlerine alışkındım, şimdi de bu hıza minnettar olmuştum. "Tam da benden bahsettiği sırada oradan geçiyordun, öyle mi?"

"Tabii ki hayır. Helios'un kızı, Aiaie'nin cadısı Kirke hakkında bildiği ne varsa söylemesi için ona altın kakmalı bir kadeh verdim."

"Ee?"

"Benim kanımdan doğmuş Odysseus adlı bir adamın bir gün adana geleceğini söyledi."

"Sonra?"

"Bu kadar."

"Hayatımda duyduğum en berbat kehanet," dedim.

İçini çekti. "Biliyorum. Galiba kadehi boş yere kaptırdım."

Söylediğim gibi, onunla ilgili hayaller kurmuyordum. İsmini kendiminkiyle örmüyordum. Geceleri birlikte yatıyorduk, Hermes geceyarısı gidiyordu ben de kalkıp ormanıma yollanıyordum. Aslanım genellikle yanımda yürürdü. Serin havada, nemli yapraklar bacaklarımızı okşarken yürümek zevklerin en büyüğüydü. Bazen şu ya da bu çiçeği toplamak için duraklardım.

Ama gerçekten istediğim çiçeği bekledim. Hermes'le ilk konuşmamızın ardından bir ayın geçmesine izin verdim, sonra bir ayın daha. Seyretmesini istemiyordum. Bunda yeri yoktu. Benimdi bu.

Yanımda meşale götürmedim. Gözlerim karanlıkta bütün baykuşlarınkinden daha iyi parlıyordu. Gölgeli ağaçların, sessiz meyve bahçelerinin, koruluklarn ve eğreltiotlarının arasından, kumların üstünden yürüdüm, tepelere tırmandım. Kuşlar sessizdi, bütün diğer hayvanlar da. Tek ses yaprakların arasındaki hava ve benim nefeslerimdi.

İşte oradaydı, eğreltiotlarıyla mantarların altında, küflenmiş yaprakların arasına gizlenmiş halde: Tırnak kadar küçücük, süt gibi beyaz bir çiçek. Babamın gökyüzünden döktüğü dev kanı. Karmakarışık yığından bir sap kopardım. Kökler bir an şiddetle direndikten sonra boyun eğdi. Siyah ve kalındılar, maden ve tuz kokuyorlardı. Çiçeğin bildiğim bir ismi yoktu, ben de ona malü, yani *kök* dedim. Tanrıların kadim lisanından.

Ah, baba, bana verdiğin hediyeden haberin var mıydı? Ayak altında dağılıp gidecek kadar narin o çiçek, içinde boyun eğmez *apotrope* gücünü taşıyordu, kötülüğü uzak tutacak gücü. Lanet kırıcı. Mahvoluşa karşı koruma ve siperdi, tanrı gibi tapılırdı ona, çünkü saftı. Dünyada sana karşı dönmeyeceğine emin olabileceğin tek şeydi.

Ada günbegün çiçek açtı. Bahçem evimin duvarlarına tırmandı, kokusunu pencerelerimden içeri üfledi. Kepenkleri açık bırakıyordum artık. Canım ne isterse yapıyordum. Soracak olsaydınız, mutlu olduğumu söylerdim. Yine de hiç unutmadım.

İsmimle damgalanmış soğuk duman.

DOKUZ

Sabahtı, güneş ağaçların hemen üstündeydi, ben de bahçede masam için anemon kesiyordum. Domuzlar bulamaçlarını hapır hupur yiyordu. Yabandomuzlarından biri huysuzlandı, gücünü göstermek için havayı dürterek homurdandı. Onunla göz göze geldim. "Dün ırmakta kabarcıklar çıkardığını gördüm, evvelsi gün de benekli dişi domuz seni kulağında bir ısırıkla elin boş olarak kovaladı yanından. O yüzden terbiyeni takınsan iyi olur."

Domuz toprağa doğru pofurdadı, sonra karınüstü yere serilip teslim oldu.

"Ben yokken hep domuzlarla konuşuyor musun?"

Hermes seyahat peleriniyle duruyordu, geniş kenarlı şapkası gözlerinin üstüne eğilmişti.

"Onların benimle konuştuğunu düşünmeyi tercih ediyorum," dedim. "Güpegündüz hangi rüzgâr attı seni buraya?"

"Bir gemi geliyor," dedi. "Bilmek istersin diye düşündüm."

Ayağa kalktım. "Buraya mı? Ne gemisi?"

Gülümsedi. Kafamın karıştığını görmek her zaman hoşuna giderdi. "Söylersem ne vereceksin bana?"

"Kaybol," dedim. "Seni karanlıkta tercih ediyorum."

Güldü ve gözden kayboldu.

Hermes seyrediyordur diye kendimi zorlayıp sabahımı her zaman yaptığım gibi geçirdim ama gerginliği, sinirli bekleyişi içimde hissediyordum. Gözlerimin ufka doğru kayıp durmasına engel olamıyordum. Bir gemi. Hermes'i eğlendiren ziyaretçilerle dolu bir gemi. Kim?

Tam öğle vakitlerinde geldiler, dalgaların parlak aynasının içinden çıkıvermişlerdi. Gemi Glaukos'unkinin on katıydı ve ne kadar güzel olduğunu aramızdaki mesafeye rağmen görebiliyordum: pürüzsüz, parlak boyalı, şaha kalkmış devasa pruvalı. Kürekçileri düzenli bir biçimde kürek çekerken gemi durgun havayı doğruca bana doğru yarıyordu. Yaklaşırlarken boğazımda o eski, hevesli sıçrayışı hissettim. Ölümlüydü bunlar.

Denizciler demir attı, alçak taraftan tek bir adam atlayıp kıyıya doğru yüzdü. Kumsalla ormanın birleştiği şeridi inceleyip bir patika buldu: Sivri ayıyoncalarıyla defne kümelerinin arasından döne döne yukarı çıkan, dikenli çalılığın yanından geçen küçük domuz yolu. O zaman onu gözden kaybettim ama patikanın nereye çıktığını biliyordum. Bekledim.

Aslanımı görünce durakladı ama sadece bir anlığına. Omuzlarını düz tutup hiç eğmeden açıklıktaki çimenlerin üstünde, karşımda diz çöktü. Onu tanıdığımı fark ettim. Yaşlanmıştı, yüzü daha çizgiliydi ama aynı adamdı, başı hâlâ tıraşlı, gözleri berraktı. Tanrılar dünyadaki onca ölümlünün ancak birkaçının adını duyar. Koşulları düşünün. İsimlerini öğrendiğimizde ölmüş oluyorlar. Dikkatimizi çekmek için gerçekten meteor olmaları gerek. Yalnızca iyi olanlar: Bizim gözümüzde tozsunuz.

"Hanımım," dedi. "Rahatsız ettiğim için özür dilerim."

"Henüz rahatsız etmedin," dedim. "Kalkmak istiyorsan ayağa kalk lütfen."

Ölümlü sesimi fark ettiyse bile belli etmedi. Ayağa kalktı. Zarafetle demeyeceğim çünkü bunun için fazla sağlam yapılıydı ama kolayca, iyi oturtulmuş bir menteşenin üstünde sallanan bir kapı gibi. Gözleri hiç çekinmeden benimkilerle buluştu. Tanrılara alışkın olduğunu düşündüm. Cadılara da.

"Meşhur Daidalos'u sahilime hangi rüzgâr attı?"

"Beni tanımanızdan şeref duydum." Sesi batı rüzgârı gibi sabit, sıcak ve sağlamdı. "Kız kardeşinizin ulağı olarak geldim. Bebek bekliyor ve zamanı yaklaşıyor. Doğumuna katılmanızı istiyor."

Onu süzdüm. "Doğru yere geldiğine emin misin ulak? Kız kardeşimle aramda asla sevgi olmadı."

"Sizi çağırmasının sebebi sevgi değil," dedi.

Esinti çıktı, ıhlamur çiçeklerinin kokusunu getirdi. Onun ardından da domuzların çamurlu leş kokusunu.

"Bana kız kardeşimin her biri birbirinden kolay doğumlarla altı çocuk doğurduğu anlatıldı. Çocuk doğururken ölemez, bebekleri de kanının gücüyle serpilip gelişir. Bana niye ihtiyacı var?"

Becerikli görünen, kaslarla kalınlaşmış ellerini iki yana açtı. "Affedin, hanımım, daha fazlasını söyleyemiyorum ama ona siz yardım etmezseniz başka hiç kimsenin yardım edemeyeceğini söylememi tembih etti. Sanatınızı istiyor, hanımım. Sadece sizin sanatınızı."

Pasiphae güçlerimi duymuş ve işine yarayabileceklerine karar vermişti demek. Hayatım boyunca ondan aldığım ilk iltifattı bu.

"Kız kardeşiniz ayrıca gitmeniz için babanızdan izin aldığını da söylememi emretti. Sürgün cezanız bunun için kaldırılmış."

Kaşlarımı çattım. Bütün bunlar tuhaftı, çok tuhaftı. Babama gitmesine yol açacak kadar önemli olan neydi? Hem daha fazla sihre ihtiyacı varsa Perses'i niye çağırmıyordu? Bir tür hile söz konusuydu sanki ama kardeşimin böyle bir şeye niye zahmet edeceğini anlayamıyordum. Onun için bir tehdit oluşturmuyordum ki.

Aklımın çelindiğini hissedebiliyordum. Meraklanmıştım elbette ama ondan fazlası vardı. Pasiphae'ye nasıl biri haline geldiğimi göstermem için bir fırsattı bu. Nasıl bir tuzak kurarsa kursun beni o tuzağa düşüremezdi, artık düşüremezdi.

"Cezamın ertelendiğini duymak ne büyük ferahlık," dedim. "Korkunç hapishanemden kurtulmayı sabırsızlıkla bekliyorum." Etrafımızdaki sekili tepeler baharla ışıl ışıldı.

Gülümsemedi. "Şey... Bir şey daha var. Size yolumuzun boğazlardan geçtiğini söylemem emredildi."

"Ne boğazı?"

Ama cevabı yüzünde gördüm: Gözlerinin altındaki koyu renk lekelerde, yorgun kederde.

Boğazıma safra yükseldi. "Skylla'nın yaşadığı boğaz."

Başıyla onayladı.

"Sana buraya gelirken de o yolu kullanman emrini mi verdi?"

"Öyle."

"Kaç kişi kaybettiniz?"

"On iki," dedi. "Yeterince hızlı değildik."

Kız kardeşimin kim olduğunu nasıl unutabilirdim? Asla bir iyilik istemekle yetinmezdi, sizi iradesine boyun eğmeye zorlayacak bir kamçıyı da mutlaka el altında bulundururdu. Onun Minos'a şişinip güldüğünü görebiliyordum. *Kirke ölümlülere deli oluyormuş duyduğuma göre.*

Ondan her zamankinden fazla nefret ettim. Her şey çok acımasızca yapılmıştı. Evime doğru süzüldüğümü, koca menteşeli kapıyı çarparak kapattığımı hayal ettim. *Çok yazık, Pasiphae. Başka bir budala bulman gerekecek.*

Ama o zaman altı, belki de on iki adam daha ölecekti.

Kendime güldüm. Ben de gidersem yaşayacaklarını kim söylüyordu? Canavarları uzak tutacak büyü bilmiyordum. Ayrıca Skylla beni görünce küplere binecekti. Bu adamların üstüne daha fazla gazap yağdırmasından başka bir işe yaramazdım.

Daidalos beni seyrediyordu, yüzü gölgeliydi. Omzunun çok arkalarında babamın arabası denize dalıyordu. Tozlu saray odalarından gökbilimciler şimdi bile günbatımının ihtişamını takip ediyor, hesaplamalarının tutacağını umuyorlardı. İmparatorun baltasını düşündükçe kemikli dizleri titriyordu.

Giysilerimi, iksir otlarımı koyduğum torbayı topladım. Kapıyı arkamdan kapattım. Yapacak başka bir şey yoktu. Aslan, başının çaresine bakabilirdi.

"Hazırım," dedim.

Geminin süslü ve suya iyice batmış şekli benim için yeniydi. Gövde, yuvarlanan dalgalar ve kavisli yunuslar resmedilerek güzel bir şekilde süslenmişti, kıç tarafta da yılan gibi kollarını uzatan bir ahtapot vardı. Kaptan çapayı çekerken, daha önce gördüğüm pruva süsünü incelemek üzere pruvaya gittim.

Dans giysili genç bir kızdı. Yüzünde mutlu bir şaşkınlık ifadesi vardı, gözleri iri iri, dudakları aralık, saçları omuzlarının üstünde serbest bırakılmıştı. Küçük elleri göğsünde kavuşturulmuştu, kız müzik başlamak üzereymiş gibi parmaklarının ucunda duruyordu. Saçlarının buklelerinden kumaşın kıvrımlarına dek her ayrıntı o kadar canlıydı ki kızın her an havaya doğru bir adım atabileceğini düşündüm. Ama esas mucize bu değildi. Nasıl olduğunu bilmiyorum ama eser, kızın benliğinin bir parçasını da gösteriyordu. Gözlerindeki araştırmacı zekâ, kaşlarının zarif kararlılığı. Çimenler kadar rahat ve taze heyecanıyla masumiyeti.

Bunu kimin ellerinin biçimlendirdiğini sormama gerek yoktu. Erkek kardeşim, Daidalos için ölümlüler dünyasının harikalarından biri demişti ama bu karşımdaki her dünyada bir harika kabul edilirdi. Güzelliklerini yakından inceledim, her an bir başkasını buluyordum. Kızın çenesindeki minik gamze, gençlikten yerinde duramayan ayak bileğindeki boğum.

Bu figür harika olmasına harikaydı ama aynı zamanda bir mesajdı. Babamın ayağının dibinde büyümüştüm, güç gösterisini gördüğüm zaman tanırdım. Böyle hazinesi olan başka bir kral, onu en korunaklı salonunda, muhafızların gözetiminde tutardı. Minos'la Pasiphae'yse figürü tuzlu suyla güneşe, korsanlara, deniz kazalarına ve canavarlara maruz kalacağı bir gemiye koymuşlardı. *Bu daha hiçbir şey*, diyorlardı sanki. *Bunun gibi bin tane daha var bizde, daha da güzeli, onları yapan adam da bizim.*

Çalınan davullar dikkatimi dağıttı. Denizciler sıralarına oturmuştu, hareketin ilk sarsıntılarını hissettim. Limanın suları yanımızdan kaymaya başladı. Adam arkada gittikçe küçülüyordu.

Gözlerimi etrafımdaki güverteyi dolduran adamlara çevirdim. Toplam otuz sekiz kişiydiler. Kıç tarafta harmaniyeli ve altın zırhlı muhafızlar volta atıyordu. Burunları biçimsiz, kim bilir kaç defa kırılmaktan yamru yumruydu. Aietes'in onları hor gördüğünü hatırlıyordum: *Minos'un haydutları, hepsi prens gibi giyinir.* Kürekçiler Knossos'un kudretli ordusundan seçilmişti, o yüzden kocaman kürekler ellerinde incecik görünüyordu. Çevrelerinde diğer denizciler hızla hareket ediyor, güneşi kesmek için tente geriyorlardı.

Minos'la Pasiphae'nin düğününde gördüğüm ölümlüler topluluğu uzak ve bulanıktı şimdi, hepsi bir ağacın yaprakları gibi birbirine benziyordu. Burada, gökyüzünün altındaysa her yüz birbirinden amansızca farklıydı. Şu genişti, şu sinekkaydı tıraşlı, öbürü sakallı, kanca burunlu, dar çeneli. Yara izleri, nasırlar, kesikler, yaş çizgileri ve havaya dikilmiş saç tutamları vardı. Biri sıcağa karşı boynuna ıslak bir bez dolamıştı. Bir diğeri çocuksu ellerin yaptığı bir bilezik takıyordu, üçüncüsünün kafası şakrakkuşu kafasına benziyordu. Karşımdakilerin, dünyanın doğurduğu insanların çok küçük bir kısmının çok küçük bir kısmı olduğunu kavrayınca başım döndü. Bu kadar çeşitlilik, zihinlerin ve yüzlerin bu derece sonsuz farklılığı nasıl sürüp gidebilirdi? Dünya çıldırmamış mıydı bu yüzden?

"Size bir sandalye getireyim mi?" dedi Daidalos.

Sadece onun yüzünü görecek olmanın verdiği rahatlıktan memnun olarak döndüm. Daidalos'a yakışıklı denemezdi ama çehresinin çizgilerinde göze hoş gelen bir sağlamlık vardı.

"Ayakta durmayı yeğlerim," dedim. Pruvadaki figürü işaret ettim. "Çok güzel."

Böyle iltifatlara alışkın bir adamın tavrıyla başını eğdi. "Teşekkür ederim."

"Bir şeyi merak ediyorum. Kız kardeşim neden seni gözlem altında tutuyor?" Gemiye bindiğimizde muhafızların lideri ve en iriyarısı Daidalos'un üstünü kabaca aramıştı.

"Ah." Hafifçe gülümsedi. "Minos'la Pasiphae... Misafirperverliklerini yeterince takdir etmediğimden korkuyor."

Aietes'in, "*Pasiphae onu tuzağa düşürdü,*" dediğini hatırladım.

"Yolda onlardan kaçabilirdin."

"Onlardan kaçma fırsatı sık sık geçiyor elime. Ama Pasiphae'de bana ait bir şey var. Bir yere gitmeyeceğim."

Daha fazlasını söylemesini bekledim ama söylemedi. Eli küpeştenin üstündeydi. Boğumları yaralı bereli, parmakları yara izlerinin küçük, beyaz çentikleriyle doluydu. Ellerini kıymıklı tahtaların ya da cam parçalarının arasına daldırmış gibi.

"Boğazdayken," dedim, "Skylla'yı gördünüz mü?"

"Açık seçik göremedik. Kayalık sisle ve deniz serpintileriyle gözlerden gizlenmişti, Skylla da çok hızlı hareket ediyordu. Bacak uzunluğunda dişleri olan altı baş iki kere saldırdı."

Güvertedeki lekeleri görmüştüm. Fırçalanmışlardı ama kan ta derine dek işlemişti. On iki yaşamdan geriye kalan tek şey. Midem, tıpkı Pasiphae'nin istediği gibi suçlulukla buruldu.

"Bunu ben yaptım, biliyorsun," dedim. "Skylla'yı canavara çeviren benim. Sürgüne gönderilmemin sebebi bu, kardeşimin seni bu güzergâhtan gelmeye zorlamasının sebebi de."

Şaşkınlık ya da tiksinti, hatta dehşet görmek için yüzüne baktım ama Daidalos başıyla onaylamakla yetindi. "Söyledi."

Tabii söylemişti. Zehir saçmak Pasiphae'nin içinde vardı, oraya kurtarıcı olarak değil, kötülük timsali olarak gitmemi garanti altına almak istemişti. Gerçi bu defa gerçekten başka bir şey yoktu ortada.

"Anlamadığım bir şey var," dedim. "Kardeşim bütün zalimliğine rağmen öyle pek sık aptallık etmez. Bu görevde seni niye riske attı?"

"Buradaki yerimi kendim kazandım. Daha fazlasını söylemem yasak ama Girit'e vardığımızda anlayacağınızı düşünüyorum." Tereddüt etti. "Ona karşı yapabileceğimiz bir şey olup olmadığını biliyor musunuz? Skylla'ya karşı yani?"

Tepemizde güneş son bulut parçacıklarını da yakıp yok etti. Adamlar tentenin altında bile nefes nefeseydi.

"Bilmiyorum," dedim. "Deneyeceğim."

Deniz uçsuz bucaksızlaşırken, havaya sıçrayan kızın yanında sessizlik içinde durduk.

O gece, bereketli yeşil bir ülkenin kıyısında kamp kurduk. Mürettebat ateşlerin etrafında gergin ve sessizdi, korkulu bir beklentiyle sesleri boğulmuştu. Fısıltılarını, elden ele geçirdikleri şarabın çalkalandığını duyabiliyordum. Hiçbiri ertesi günü düşünerek uyanık yatmak istemiyordu.

Daidalos bana bir şilteyle küçük bir yer ayırmıştı ama yanaşmadım. Nefes alıp veren o gergin bedenlerle aynı alana tıkılıp kalmaya dayanamazdım.

Kendiminkinden farklı bir dünyada yürümek acayipti. Koruluk beklediğim yerde geyikli bir çalılık çıkıyordu karşıma, domuzların olacağını düşündüğüm yerde bir porsuk dişlerini gösterdi. Arazi benim adamdan düzdü, ormanlar alçak, çiçekler başka terkipler halindeydi. Bir acıbadem ağacı, çiçeklenmiş bir kiraz gördüm. Parmaklarım tombul güçlerini hasat etmek için kaşınıyordu. Eğilip bir gelincik kopardım, sırf rengini elimde tutmak için. Siyah tohumlarının zonklamasını hissediyordum. *Hadi, bizi büyüye çevir.*

Boyun eğmedim. Skylla'yı düşünüyor, hakkında duyduğum her şeyi bir araya getirerek bir görüntüsünü oluşturmaya çalışıyordum: altı ağız, altı baş, sallanan on iki bacak. Ama ben denedikçe görüntü daha uzaklara kaçıyordu. Onun yerine Skylla'nın yüzünü salonlarımızdaki haliyle görüyordum, yuvarlak ve gülerken. Bileğinin kıvrımı kuğu boynu gibiydi. Kız kardeşimin kulağına bir dedikodu parçası fısıldarken çenesi narince bir tarafa eğilirdi. Erkek kardeşim Perses pis pis sırıtarak yanlarında otu-rur, Skylla'nın saçlarıyla oynar, buklelerini parmaklarına dolardı. Skylla dönüp Perses'in omzuna bir tokat atar, tokadın sesi salonda yankılanırdı. Her zaman göz önünde olmaya bayıldıklarından ikisi de gülerdi. Kız kardeşimin bu tür gösterilere neden aldırış etmediğini merak ettiğimi hatırlıyorum çünkü Pasiphae, Perses'in yanına kendisinden başkasını yaklaştırmazdı. Yine de onları seyredip gülümsemekle yetinirdi.

Babamın salonlarındaki o seneleri köstebek gibi kör geçirdiğimi zannediyordum ama şimdi başka ayrıntılar da hatırlamaya başlamıştım. Skylla'nın özel şölenlerde giydiği yeşil elbise, kayışında laciverttaşı olan gümüş sandaletleri. Saçlarını ensesinden yukarıda tutan, ucunda bir kedi olan altın bir iğne vardı. Şeyden almıştı... Teb'den diye düşündüm. Mısır'daki Teb'den, oradaki bir hayranından, hayvan başlı bir tanrıdan. O süslü şeye ne olmuştu? Skylla'nın terk edilmiş giysileriyle birlikte suyun yanındaki çimenlerin üstünde yatıyor muydu hâlâ?

Karakavaklarla dolu ufak bir yükseltiye gelmiştim. Ağaçların tüylü gövdelerinin arasında yürüdüm. İçlerinden birine kısa bir süre önce yıldırım çarpmıştı, gövdede kömüre dönmüş, sızıntılı bir yara vardı. Elimi yanık özsuya koydum. Gücünü hissedebiliyordum, yanımda özsuyu koyabileceğim bir şişe getirmediğime üzüldüm. Bunu düşünürken aklıma Daidalos geldi, kemiklerinde ateş olan o dimdik adam.

Geride bırakmayacağı şey neydi? Ondan bahsederken yüzü dikkatliydi, sözcükleri bir fıskiyenin karoları gibi yerleştirilmişti. Âşığıdır mutlaka, diye düşündüm. Saraydaki güzel bir hizmetçi ya da yakışıklı bir uşak. Kardeşim bu tür ilgilerin kokusunu bir sene mesafeden alırdı. Belki o kişiye Daidalos'un yatağına girme emri bile vermişti. Balığı yakalamak üzere yem olarak. Ama yüzlerini kafamda canlandırmaya çalışırken buna inanmadığımı fark ettim. Daidalos yüreğinden yeni darbe yemiş biri gibi de, seneler boyunca yanına yapışık bir karısı olan eski bir âşık gibi de görünmüyordu. Onu bir çiftin parçası olarak hayal edemiyor, sadece tek başına, yalnız olarak düşünebiliyordum. Altın mıydı acaba? Yaptığı bir icat?

Onu yarın hayatta tutabilirsem belki bunu öğrenebilirim, diye düşündüm.

Ay yukarıda kayıp gidiyor, gece de onunla birlikte geçiyordu. Daidalos'un sesi yeniden kulaklarımda yankılandı: *Dişleri bacak uzunluğunda.* Vücudumu soğuk bir korku sardı. Ne zannetmiştim, öyle bir yaratığa karşı durabileceğimi mi? Daidalos'un gırtlağı yarılıp açılacak, canavarın ağızları benim canımı da kapıp parçalayacaktı. Benimle işi bittikten sonra ne olacaktım? Kül, duman? Denizin dibinde sürüklenen ölümsüz kemikler.

Ayaklarım kumsalı bulmuştu. Yürüdüm, kumlar gri ve serindi. Dalgaların mırıltısını, gece kuşlarının çığlıklarını dinledim ama dürüst olmam gerekirse daha fazlası için kulak kabartıyordum: Tanımayı öğrendiğim hızlı bir hava akımı için. Her saniye Hermes'in istifini bozmdan, gülerek, dalga geçerek karşıma ineceğini umuyordum. *Ee, Aiaie'nin cadısı, yarın ne yapacaksın?*

Yardım etmesi için ona yalvarmayı düşündüm, kumlar dizlerimin altında, avuçlarım ileri uzanmış halde. Ya da belki onu yere devirir, o şekilde memnun ederdim çünkü şaşırtılmayı her şeyden çok severdi. Daha sonra anlatacağı hikâyeyi şimdiden duyabiliyordum. *O kadar çaresizdi ki kedi gibi üstüme atladı.* Kız kardeşimle yatmalı, diye düşündüm. Birbirlerinden hoşlanırlardı. Belki de yatmış olabilecekleri ilk defa kafama dank etti. Belki sık sık yatıyor, kalın kafalılığıma gülüyorlardı. Belki bütün bunlar Hermes'in başının altından çıkmıştı, bu sabah gelmesinin sebebi de buydu, alay edip sataşmak için. Zihnim konuşmamızı evirip çevirdi, bir anlam çıkarmak için elekten geçirdi. Hermes'in karşısındakini nasıl da çabucak budala durumuna düşürdüğünü görüyor musunuz? En çok istediği şey buydu: Başkalarını şüpheye düşürmek, merak edip kafa yormalarına sebep olmak, dans eden ayaklarının peşinden tökezleyerek sürüklemek. Karanlığa doğru, orada süzülen sessiz kanatlar varsa onlara hitaben konuştum. "Onunla yatman umurumda değil. Perses de senin olsun, o daha güzeldir. Seni asla kıskanmayacağım."

Belki dinliyordu, belki de dinlemiyordu. Önemli değildi, gelmeyecekti. Ne tür aşırılıkları deneyeceğimi, nasıl sövüp sayarak çırpınacağımı görmek daha eğlenceliydi. Babam da bana yardım etmezdi. Aietes ederdi belki, sırf gücünü ne kadar esnetebileceğini görmek için bile olsa ederdi ama o da dünyanın öbür ucundaydı. Nasıl ki havalanıp uçamazsam, Aietes'le de temas kuramazdım.

Kız kardeşimden bile çaresiz durumdayım, diye düşündüm. Ben ona yardım etmeye gelmiştim ama bana yardıma gelecek kimse yoktu. Sakinleştirici bir düşünceydi bu. Ne de olsa hayatım boyunca yalnız olmuştum. Aietes, Glaukos, bunlar upuzun yalnızlığımda sadece kısa aralardı. Diz çökerek parmaklarımı kuma soktum. Tırnaklarımın altında kum zerrelerini hissettim. Bir hatıra geldi aklıma. Babamın Glaukos'a eski, ümitsiz yasamızı anlatması: Bir tanrının yaptığını, başka hiçbir tanrı bozamaz.

Ama ben bunu yapmıştım.

Ay üstümüzden geçti. Dalgalar soğuk ağızlarını ayağıma bastırdı. Andızotu, diye düşündüm. Dişbudak, zeytin ve ak köknar. Yanmış karaniya kabuğuyla banotu ve hepsinin temeli olarak da malü. Laneti kırmak, Skylla'nın değişmesine neden olan kötücül düşüncemi uzaklaştırmak için malü.

Kumları üstümden süpürüp ayağa kalktım, iksir otları torbam omzumdan sallanıyordu. Yürüdüğüm sırada şişeler, çanlarını sallayan keçiler gibi yumuşak bir sesle şarkı söylüyordu. Kendi cildim kadar aşina kokular etrafımda süzüldü: Toprak ve toprağa tutulan kökler, tuz ve kuvvetli kan.

Ertesi sabah adamlar solgun ve sessizdi. İçlerinden biri, gıcırdamasın diye kürek yuvalarını yağladı, diğeri lekeli güverteyi ovdu. Yüzü kıpkırmızıydı ama bunun güneşten mi, yoksa kederden mi olduğunu anlayamadım. Kıç tarafta siyah sakallı bir üçüncüsü dua ediyor ve dalgalara şarap döküyordu. Hiçbiri bana bakmadı, ne de olsa Pasiphae'nin kardeşiydim ve ondan herhangi bir yardım gelmesi fikrinden uzun bir süre önce vazgeçmişlerdi. Ama gerginliklerinin yoğun bir şekilde havaya karıştığını, içlerindeki boğucu dehşetin anbean yükseldiğini hissediyordum. Ölüm geliyordu.

Düşünme bunu, dedim kendi kendime. Sağlam durursan, bugün kimse ölmeyecek.

Kılavuz kaptanın şiş yüzündeki gözleri sararmıştı. İsmi Polydamas'tı, iriyarıydı ama ben tanrıçaydım ve boylarımız eşti. "Pelerinin bana lazım," dedim ona. "Tuniğin de. Hemen."

Gözleri kısıldı, içlerindeki tepkisel hayır cevabını görebiliyordum. Bu tip adamları tanımayı öğrenmiştim, azıcık gücünü benden kıskanıyordu, ne de olsa alt tarafı kadındım.

"Niye?" dedi.

"Yoldaşlarının ölmesini arzu etmiyorum da ondan. Sen aksini mi düşünüyorsun?"

Sözcükler güverteye doğru taşındı, otuz yedi çift göz yukarı baktı. Polydamas giysilerini çıkarıp bana verdi. Gemideki en güzel giysilerdi bunlar. Çevresine koyu mor bir şerit geçirilmiş olan, tarakla ağartılmış lüks yünlü kumaşın etekleri güverteyi süpürüyordu.

Daidalos gelip yanımda durmuştu. "Yardım edebilir miyim?"

Perde gibi tutsun diye pelerini ona verdim, arkasında elbisemi çıkardım ve tüniği üstüme geçirdim. Kol delikleri çok genişti, bel kısmı kabarıyordu. Ekşi insan kokusu beni sarmaladı.

"Pelerine yardım eder misin?"

Daidalos pelerini etrafıma sardı, ahtapot biçimli altın iğnesiyle tutturdu. Kumaş battaniye gibi ağırdı, gevşekçe sarkıyor, omuzlarımdan kayıyordu. "Özür dilerim ama pek erkeğe benzemediniz."

"Erkeğe benzememe gerek yok," dedim. "Erkek kardeşime benzemem gerekiyor. Skylla bir zamanlar onu çok severdi, belki hâlâ seviyordur."

Hazırladığım macunu dudaklarıma sürdüm, sümbül ve bal, alıç çiçeği, ceviz kabuğuyla birlikte ezilmiş bıldırcınotu. Daha önce hayvanlarla bitkilere gözbağı uygulamıştım ama kendime hiç yapmamıştım. İçimi sıkan ani bir şüpheye kapıldım. Düşünceyi kovaladım. Bir büyü için en kötü şey başarısızlık korkusudur. Onun yerine Perses'e odaklandım. Rehavet dolu, ukala yüzü, şişkin kasları, kalın boynu, uzun parmaklı, miskin elleri. Bunların her birini sırayla çağırıp içime girmeye yönelttim.

Gözlerimi açtığımda Daidalos bana bakakalmış haldeydi.

"Küreklere en sağlam adamları geçir," dedim. Sesim de değişmişti, toktu, ilah kibriyle şişiyordu. "Hiçbir şey için durmayacaklar. Ne olursa olsun."

Daidalos başıyla onayladı. Elinde bir kılıç vardı, diğer adamların da mızraklarla, hançerlerle ve kaba sopalarla benzer şekilde silahlanmış olduğunu gördüm.

"Hayır," dedim. Bütün geminin duyması için sesimi yükseldim. "Skylla ölümsüz. Silahların bir faydası yok. Geminin ilerlemesi için ellerinizin serbest olması gerekiyor."

Bir anda kınına sokulan kılıçların şakırtısı, yere bırakılan mızrakların gümbürtüsü yükseldi. Ödünç alınmış tuniğinin içindeki Polydamas bile itaat etti. Neredeyse gülecek gibi oldum. Hayatımda hiç böyle hürmet görmemiştim. Perses gibi olmak böyle bir şey miydi? Ama boğazın hafif çizgilerini ufukta seçmeye başlamıştım bile. Daidalos'a döndüm. "Dinle," dedim. "Büyünün onu kandırmaması ve beni tanıması ihtimali var. Öyle olursa, sakın yakınlarımda durma. Adamların hiçbiri durmasın."

Önce sis geldi. Bütün ağırlığıyla ıslak ıslak üstümüze kapanarak tepeleri, sonra da gökyüzünü gözlerden sakladı. Pek az şey görebiliyorduk, her şeyi çeken girdabın sesi kulaklarımızı dolduruyordu. Skylla'nın bu boğazı seçmesinin sebebi o girdaptı elbette. Gemiler girdabın çekim gücünden kurtulmak için karşı taraftaki kayalığa doğru dümen kırmaya mecburdu. Bu da onları doğruca Skylla'nın dişlerinin altına getiriyordu.

Yoğunlaşmış havada ilerlemeyi sürdürdük. Boğaza girdiğimiz sırada ses boğuklaştı, taş duvarlardan yankılanmaya başladı. Cildim, güverte, küpeşte, bütün yüzeyler deniz serpintisiyle kayganlaşmıştı. Sular köpürdü, bir kürek kayaların yüzeyine sürtündü. Hafif bir sesti ama adamlar gökgürültüsüymüşçesine irkildi. Tepemizde, sislerin içine gömülmüş halde mağara vardı. Ve Skylla.

İlerledik, ilerlediğimizi düşünüyordum ama öyle bir grilik içindeydik ki ne kadar mesafe katettiğimizi ya da ne hızla gittiğimizi anlamak imkânsızdı. Kürekçiler harcadıkları çabadan ve korkudan titriyordu, kürek yuvaları da yağlanmış olmalarına karşın gıcırdıyordu. Saniyeleri saydım. Artık Skylla'nın altındaydık kuşkusuz. Mağaranın açıklığına doğru sürünüp en tombulların kokusunu içine çekiyor olmalıydı. Adamların tunikleri tere batmış, omuzları kısılmıştı. Kürek çekmeyenler halat kangallarının, seren direği kaidesinin, bulabildikleri herhangi bir siperin arkasına sinmişti.

Gözlerimi yukarı diktim. Geldi.

Hava kadar, kayalık kadar griydi. Bir şeye benzeyeceğini varsaymıştım hep: Yılana, ahtapota ya da köpekbalığına. Ama gerçek hali eziciydi, zihnimin kabul etmek için savaş verdiği bir devasalıktaydı. Boyunları gemi direklerinden uzundu. Altı başı birbirinden uzaktı, erimiş lav taşları gibi berbat derecede biçimsizdi. Siyah diller kılıç uzunluğundaki dişlerini yalıyordu.

Gözleri, ter döktürücü korkuları içinde hiçbir şey görmeyen adamların üstündeydi. Kayaların üstünden kayarak daha yakına sokuldu. Yeraltındaki kıvıl kıvıl yuvalar kadar leş kokulu, sürüngenimsi bir koku çarptı burnuma. Boyunları havada hafifçe salınıyordu, ağızlarının birinden ışıltılı bir salya ipliğinin uzayıp düştüğünü gördüm. Vücudu görünmüyordu. Bacaklarıyla birlikte geride, sisin içinde saklıydı, Selene'nin onca uzun seneler önce bahsettiği o ucube şekilli, kemiksiz bacaklarıyla birlikte. Skylla beslenmek için aşağı sarktığında o bacakların pavuryaların kıvrımlı uçları gibi mağarasının duvarlarına tutunduğunu Hermes anlatmıştı.

Boyunları dalgalanmaya, kendi üstlerine kapanmaya başlamıştı. Saldırmaya hazırlanıyordu.

Tanrı sesimle, "Skylla!" diye bağırdım.

Çığlık attı. Ses, aynı anda bin köpeğin havlaması gibi kulakları yırtan bir kargaşaydı. Kürekçilerden bazıları kulaklarını kapatmak için küreklerini düşürdü. Gözümün kıyısından Daidalos'un birini kenara itip yerine geçtiğini gördüm. Şu anda onun için endişelenemezdim.

"Skylla," diye bağırdım yine. "Perses'im ben! Seni bulmak için bir sene denizlerde gezindim."

Bana baktı, gözleri gri etin içindeki ölü deliklerden ibaretti. Boğazlarının birinden acayip bir ses çıktı. Artık ses telleri yoktu.

"Kaltak kardeşim sana yaptığı şey için sürgün edildi," dedim. "Ama daha kötüsünü hak etmişti aslında. Nasıl bir intikam istiyorsun? Söyle bana. Pasiphae ile ben ne istersen yapacağız."

Kendimi yavaş konuşmaya zorluyordum. Her an, küreklerin bir darbe daha vurması demekti. On iki göz benim üstüme dikilmişti. Ağzının kenarındaki eski kan lekelerini, dişlerinden hâlâ sarkan et parçalarını görebiliyordum. Midem kalktı.

"Senin için bir tedavi aradık. Seni geri getirecek güçlü bir ilaç. Eski halini özledik."

Kardeşim asla böyle konuşmazdı ama bunun önemi yok gibiydi. Skylla kayaların üstünde kıvrılıp çözülerek, gemimizle aynı hızı koruyarak dinliyordu. Kaç kürek darbesi geçmişti? On iki? Yüz? Donuk zihninin çalıştığını görebiliyordum. *Bir tanrı ha? Bir tanrının burada işi ne?*

"Skylla," dedim. "İçer misin? İlacımızı içecek misin?"

Tısladı. Gırtlağından boşanan nefes çürük ve ateş gibi sıcaktı. Ama dikkatini elimden kaçırmıştım bile. Başlarının ikisi, küreklerdeki adamları seyretmek üzere dönmüştü. Diğerleri de onları takip etmeye başlıyordu. Boyunlarının yeniden katlandığını gördüm. "Bak!" diye bağırdım. "İşte!"

Ağzı açık şişeyi havaya kaldırdım. Yalnızca bir baş bakmaya döndü ama o kadarı yeterliydi. İksiri kaldırıp savurdum. Sıvı Skylla'nın dişlerinin arka tarafına çarptı, yutkunurken boğazının dalgalandığını gördüm. Onu eski haline döndürecek efsunu söyledim.

Bir an için hiçbir şey olmadı. Sonra Skylla çığlık attı, dünyayı yarıp ikiye ayırabilecek bir sesti bu. Başları dalgalandı, Skylla bana doğru daldı. Ancak seren direğini yakalamaya vakit bulabildim. *Koş*, diye düşündüm Daidalos'u düşünerek.

Skylla geminin kıçına çarptı. Burun, ağaç dalı gibi havalandı, küpeşteden bir parça koptu. Kıymıklar havada uçuştu. Tayfalar etrafımda yuvarlanıyordu, seren direğini yakalamış olmasaydım suya düşerdim. Daidalos'un bağırarak emirler verdiğini duydum ama onu göremedim. Skylla'nın yılan boyunları yeniden geri çekilmeye başlamıştı bile ve bu defa ıskalamayacağını biliyordum. Darbesini doğruca güverteye indirecek, gemiyi ikiye bölecek, sonra da hepimizi teker teker sudan toplayacaktı.

Ama darbe inmedi. Skylla'nın başı arkamızda bir yerlerde dalgalara çarptı. Canavar suya doğru çırpınarak saldırdı, dev çenelerini kayışıyla boğuşan bir köpek gibi çatırdatıyordu. Bulanık zihnim ancak bir an sonra kavrayabildi durumu: Skylla ipini sonuna kadar germişti. Bacakları mağarada tutundukları yerden daha ileri uzanamıyordu. Geçmiştik.

Skylla bunu benimle aynı anda anlamışa benziyordu. Hiddetle haykırdı, gemimizin geride bıraktığı köpükleri başlarıyla döverek devasa dalgalar çıkardı. Gemi yalpaladı, alçak yanlarından ve arka tarafından su aldı. Adamlar iplere yapıştı, bacakları suda sürükleniyordu ama dayandılar. Her geçen an daha da uzaklaşıyorduk.

Skylla kayalığın yan tarafını dövdü, uluya uluya öfkesini sergiledi ama sonunda sis kapandı, o da gözden kayboldu.

Alnımı direğe dayadım. Giysiler omuzlarımdan kayıyordu. Pelerin boğazımı sıkıştırıyor, sıcaktan cildim iğneleniyordu. Büyünün etkisi geçmişti. Yeniden kendimdim.

"Tanrıçam."

Daidalos diz çökmüştü. Diğerleri de dizlerinin üstünde onun arkasına sıralanmıştı. Yüzleri, yıpranmış ve yabani, yara izli, sakallı ve yanık yüzleri kül gibi ve sarsılmış haldeydi. Güvertede oraya buraya savrulmaktan her tarafları berelenip şişmişti.

Onları pek görmedim bile. Karşımda Skylla vardı, aç ağızları ve ölü, boş gözleri. Beni tanımadı, diye düşündüm. Perses ya da başka biri olarak tanımadı. Sadece tanrı olmamın yeniliği bir anlığına dikkatini çekmişti. Zihni gitmişti artık.

"Hanımım," dedi Daidalos. "Bunun için hayatımız boyunca her gün sana kurbanlar sunacağız. Bizi kurtardın. Boğazdan canlı geçmemizi sağladın." Adamlar da onu yankıladı, kocaman elleri tabaklar gibi havada, dualar mırıldanıyorlardı. Birkaçı alınlarını güverteye dayadı. Doğu tarzında. Böyle tapınmalar türümün sunduğu hizmetler karşılığında istediği ücretti.

Boğazımda bir safra yükseldi.

"Aptallar," dedim. "O canavarı ben yarattım. Gururumdan ve boş hayallerimden ötürü yaptım bunu. Siz de kalkmış bana teşekkür mi ediyorsunuz? Bu yüzden adamlarınızın on ikisi öldü, daha kaç bini ölecek kim bilir? Ona verdiğim ilaç elimdekilerin en kuvvetlisiydi. Anlıyor musunuz ölümlüler?"

Sözcükler havayı dağladı. Gözlerimden fışkıran ışıklar adamlara çarpıyordu.

"Ondan asla kurtulamayacağım. Eski haline çevrilemez, ne şimdi ne de başka zaman. Şu anda neyse öyle kalacak. Sonsuza dek sizin türünüzdekilerle beslenecek. O yüzden ayağa kalkın. Ayağa kalkın ve küreklerinizin başına geçin, o ahmakça minnettarlığınızı da bir daha duymayayım ağzınızdan, yoksa sizi pişman ederim."

Onlar gibi zayıf varlıklara yaraşacak şekilde sinip titrediler, ayaklarını sürüye sürüye, tökezleyerek uzaklaştılar. Üstümüzde gök bulutsuzdu, sıcak da havayı güverteye mıhlıyordu. Pelerini çıkardım. Güneşin beni yakmasını istiyordum. Kemiklerime kadar kavurmasını istiyordum.

ON

Üç gün boyunca o pruvada dikildim. Başka bir adada durmadık. Kürekçiler vardiyalar halinde çalışıyor, güvertede uyuyordu. Daidalos küpeşteyi onardı, sonra kürekçilerin arasında sıraya girdi. Nezaketten hiç ödün vermiyor, bana yiyecek ve şarap, yatacak şilte ikram ediyor ama yanımda oyalanmıyordu. Ne bekliyordum? Babammışım gibi gazabımı adamın üzerine boşaltmıştım. Mahvettiğim bir şey daha.

Girit adasına yedinci gün, öğleden hemen önce vardık. Güneş sudan havaya kocaman ışık tabakaları yansıtıyor, gemiyi akkor gibi parlatıyordu. Etrafımızda gemiler körfezi doldurmuştu. Miken mavnaları, Fenike ticaret gemileri, Mısır kalyonları, Hititler, Etiyopyalılar ve Hesperialılar. Bu sulardan geçen bütün tüccarlar zengin Knossos şehrinin, kendilerinin müşterisi olmasını istiyor, Minos da bunu biliyordu. Onları geniş, güvenli demirleme yerleriyle ve bu yerleri kullanma ayrıcalığının ücretini toplayacak temsilcilerle karşılıyordu. Hanlar ve genelevler de Minos'a aitti, altınlarla mücevherler ulu bir nehir gibi avuçlarına akıyordu.

Kaptan bizi doğruca kraliyet gemileri için boş tutulan ilk demirleme yerine yöneltti. Rıhtımların gürültüsü ve hareketliliği etrafımda uğuldadı; koşan, bağıran, güvertelere sandıklar yükleyen adamlar. Polydamas liman reisiyle bir iki kelime konuştu, sonra bize döndü. "Hemen gelmeniz gerekiyor. Hem siz hem de zanaatkâr."

Daidalos önce benim gitmem gerektiğini işaret etti. Rıhtımda Polydamas'ın peşine düştük. Önümüzde, geniş kireçtaşı basamaklar sıcakta titreşiyordu. İnsanlar yanımızdan akıp geçiyordu, hem soylular hem uşaklar; güneşten kararmış omuzları çıplaktı. Yukarıda, kudretli Knossos'un sarayı, tepesinin üstünde arı kovanı gibi ışıldıyordu. Tırmandık. Arkamda Daidalos'un, önümde Polydamas'ın soluklarını duyuyordum. Basamaklar, seneler boyunca aceleyle yürüyen sonsuz sayıda ayakla aşınıp pürüzsüzleşmişti.

Sonunda tepeye vardık, eşiği aşıp saraya girdik. Kör edici ışık kayboldu. Serin karanlık cildimin üstünde aktı. Daidalos'la Polydamas gözlerini kırpıştırarak tereddüt ettiler. Benim gözlerim ölümlü gözü değildi, karanlığa alışmak için zamana ihtiyaçları yoktu. Sarayın güzelliğini hemen gördüm, son defa buraya geldiğimden daha da üstündü. Gerçekten de arı kovanına benzeyen bir yerdi, her koridor süslü bir odaya, her oda da başka bir koridora açılıyordu. Duvarlara açılmış pencereler altın güneşin kocaman kareler halinde içeri dolmasına izin veriyordu. Her tarafta teferruatlı duvar resimleri göz alabildiğine uzanıyordu. Yunuslar ve gülen kadınlar, çiçek toplayan oğlanlar, boynuzlarını savuran geniş göğüslü boğalar. Dışarıda, çinili çardaklarda gümüş fıskiyeler su fışkırtıyor, uşaklar hematitle kırmızıya boyanmış sütunların arasında koşuşturuyordu. Her kapının üstünde bir *labrys* asılıydı, Minos'un çift ağızlı baltası. Düğünlerinde Pasiphae'ye ucunda *labrys* biçimi süs bulunan bir kolye hediye ettiğini hatırladım. Pasiphae kolyeyi solucan tutar gibi tutmuştu, tören sırasında da boynunda sadece kendi oniks ve kehribarları vardı.

Polydamas bizi kraliçenin dairesine giden dolambaçlı koridorlardan geçirdi. Burası daha da savurganca döşenmişti, aşıboyası ve mavi bakırla renklendirilmiş resimlerle doluydu ama pencereler örtülüydü. Günışığı yerine altın meşaleler ve alev tüküren maltızlar vardı. Kurnazca gizlenmiş tavan pencereleri içeri ışık girmesine izin verse de gökyüzünü göstermiyordu. Daidalos'un elinden çıktığını tahmin ettim. Pasiphae babamızın meraklı bakışlarından hiç hoşlanmazdı.

Polydamas, çiçekler ve dalgalarla kıvrım kıvrım süslenmiş bir kapının önünde durdu. "Kraliçe içeride," diyerek kapıyı çaldı.

Durgun ve gölgeli havada bekledik. Ağır ahşabın arkasından hiçbir şey duyamıyordum ama yanımdaki Daidalos'un hışırtılı soluğunu fark etmiştim. "Hanımım," dedi. "Sizi gücendirdim, özür dilerim. Ama içeride karşılaşacağınız şey için daha çok özür dilerim. Keşke..."

Kapı açıldı. Saçları Girit stilinde tepede toplanmış bir hizmetçi kız nefes nefese karşımızdaydı. "Kraliçe doğum yapıyor..." diye başlayacak oldu lafa ama kız kardeşimin sesi onunkini bastırdı. "Geldiler mi?"

Pasiphae odanın ortasındaki mor bir divanda yatıyordu. Cildi terle ışıldıyordu, karnı da göreni afallatacak derecede şişkindi, ince yapılı bedeninden ur gibi dışarı fırlamıştı. Onun ne kadar canlı, ne kadar güzel olduğunu unutmuştum. Sancısının arasında bile odaya hükmediyor, bütün ışığı üstüne çekiyor, etrafındaki dünyayı mantarlar gibi soluk bir hale getiriyordu. Eskiden beri babama en çok benzeyen hep o olmuştu.

Kapıdan içeri girdim. "On iki ölü," dedim. "Eğlencen ve kibrin uğruna on iki kişi öldü."

Beni karşılamak için doğrularak pis pis güldü. "Skylla'nın sana karşı şansını denemesine izin verilmesi gerektiğini düşündüm, sence de böylesi daha adil değil mi? Dur tahmin edeyim, onu eski haline döndürmeye çalıştın." Yüzümde gördüğü şeye güldü. "Ah, öyle yapacağını biliyordum! Bir canavar yarattın ve buna ne kadar üzüldüğünden başka bir şey düşünemiyorsun. *Ah, zavallı ölümlüler, onları tehlikeye attım!*"

Ele avuca sığmaz acımasızlığından bir şey kaybetmemişti. Rahatlatıcı bir yön vardı bunda. "Onları tehlikeye atan sendin," dedim.

"Kurtaramayan da sen. Söylesene, ölmelerini seyrederken ağladın mı?"

Sesimi sakin çıkmaya zorladım. "Yanılıyorsun," dedim. "Kimsenin öldüğünü görmedim. On iki kişi geliş yolunda kaybedilmiş."

Kılını bile kıpırdatmadı. "Önemi yok. Oradan geçen her gemide daha fazlası ölecek." Parmağını yanağına vurdu. "Sence bir senede kaç ölü olur? Yüz? Bin?"

Vizon dişlerini gösteriyor, beni Okeanos'un salonlarındaki naiad'lar gibi eritmeye çalışıyordu. Ama bende, benim zaten açmadığım bir yara açması mümkün değildi.

"Böyle davranarak benden yardım alamazsın, Pasiphae."

"Yardımmış! Hadi oradan. Seni ada denen o kumlu yerden kurtaran benim. Duyduğuma göre arkadaş niyetine aslanlarla ve yabandomuzlarıyla yatıyormuşsun. Gerçi senin için gelişme sayılır bu, değil mi? Mürekkepbalığı Glaukos'tan sonra yani."

"Bana ihtiyacın yoksa," dedim, "seve seve kumlu adama geri dönerim."

"Ah, hadi ama canım, bu kadar huysuz olmasana, şaka yapıyorum sadece. Hem ne kadar büyümüşsün, Skylla'nın yanından süzülüp geçmişsin, baksana! Durmadan böbürlenen o Aietes'i değil de seni çağırtarak ne iyi etmişim. O suratı düzelt bakalım. Ölen adamların aileleri için altın ayırmıştım zaten."

"Yaşam altınla geri gelmez."

"Kraliçe olmadığın belli oluyor. İnan bana, çoğu aile altını tercih eder. Şimdi, başka bir şey..."

Ama sözünü bitirmedi. Homurdandı, tırnaklarını ayaklarının dibinde diz çökmüş olan hizmetçinin koluna geçirdi. Kızı daha önce fark etmemiştim ama şimdi kolunun derisinin morarmış ve kana bulanmış olduğunu görüyordum.

"Dışarı," dedim kıza. "Herkes dışarı. Burada size yer yok."

Hizmetkârların ne kadar hızla kaçıştığını görünce içimde bir tatmin patlaması hissettim.

Kız kardeşimin yüzüne baktım. "Ee?"

Yüzü hâlâ acıyla çarpılmış haldeydi. "Sence? Günler oldu ama hareket yok. Kesilip çıkarılması gerekiyor."

Elbisesini geriye iterek şişmiş cildini ortaya çıkardı. Karnının yüzeyinde soldan sağa doğru bir dalga dolaştı, sonra ters istikamette bir daha dolaştı.

Doğumla ilgili pek bir şey bilmiyordum. Annemle hiçbir doğumunda ilgilenmemiştim, kuzenlerimle de. Kulağıma çalınmış birkaç şeyi hatırlıyordum. "Dizlerinden itmeyi denedin mi?"

"Tabii ki denedim!" Kasılma yeniden gelince haykırdı. "Sekiz çocuk doğurdum ben! Kesip çıkar şu lanet şeyi!"

Çantamdan ağrı kesici bir iksir çıkardım.

"Aptal mısın sen? Bebek gibi uykuya yatacak değilim. Söğüt kabuğu ver."

"Söğüt baş ağrısı içindir, ameliyat için değil."

"Ver diyorum!"

Verdim, Pasiphae şişeyi boşalttı. "Daidalos," dedi, "bıçağı al."

Daidalos'un orada olduğunu unutmuştum. Hiç kıpırdamadan eşikte duruyordu.

"Pasiphae," dedim. "Saçmalama. Beni buraya getirttin madem, kullan."

Vahşi bir sesle güldü. "Kesmen için sana güveneceğimi mi düşünüyorsun? Sen sonrası içinsin. Ayrıca Daidalos'un yapması uygun, sebebini o biliyor. Değil mi zanaatkâr? Kardeşime şimdi mi söylersin, yoksa sürpriz mi olsun?"

Daidalos bana, "Ben yaparım," dedi. "Bu iş bana düşer." Masaya gidip bıçağı aldı. Bıçağın ağzı saç teli gibi incecik bileylenmişti.

Pasiphae onun bileğini yakaladı. "Unutma sakın," dedi. "Yoldan çıkarsan neler yapacağımı sakın unutma."

Daidalos yumuşak bir tavırla başıyla onayladı, ilk defa gözlerinde öfkeye benzer bir şey gördüm.

Pasiphae tırnağını karnının alt kısmından geçirerek kırmızı bir iz bıraktı. "Şuradan," dedi.

Oda sıcak ve boğucuydu. Ellerimin terle kayganlaştığını hissediyordum. Daidalos'un o bıçağı nasıl sabit tuttuğunu bilmiyorum. Bıçağın ucu kız kardeşimin cildine girdi, kırmızı altın karışık kan göllendi. Harcadığı çabadan ötürü Daidalos'un kolları gergin, çenesi kilitliydi. Kardeşimin ölümsüz eti karşı koyduğu için çok uzun sürdü ama Daidalos büyük bir dikkatle kesmeyi sürdürdü, sonunda ışıldayan kaslar aralandı ve altındaki et pes etti. Kardeşimin rahmine giden yol açılmıştı.

Pasiphae bana bakarak, "Sıra sende," dedi. Sesi boğuk ve hışırtılıydı. "Çıkar şunu."

Altındaki divan sırılsıklamdı. Oda, ilah kanının aşırı olgun leş kokusuyla doluydu. Daidalos kesmeye başlayınca, Pasiphae'nin karnının dalgalanması durmuştu. Şimdi gergindi bu karın. Bekliyormuş gibi, diye düşündüm.

Kardeşime baktım. "İçeride ne var?"

Altın saçları donuklaşmıştı. "Sence ne var? Bebek işte."

Ellerimi etindeki açıklığa soktum. Kan sıcak sıcak zonkluyordu. Kasların ve ıslaklığın arasına doğru yavaş yavaş bastırdım. Pasiphae boğuk bir vıraklama sesi çıkardı.

Kaygan açıklığı araştırdım, sonunda buldum: Yumuşak bir kol. İçim rahatladı. Neden korktuğumu söyleyemezdim bile. *Sadece bebekmiş işte.*

"Tuttum," dedim. Parmaklarım iyice kavrayabilmek için yukarı uzandı. Kendime, başını bulmak için dikkatli davranmam gerektiğini söylediğimi hatırlıyorum. Çekmeye başladığımda başının dönmesini istemiyordum.

Parmaklarımda bir acı patladı, öyle bir afalladım ki bağıramadım bile. Saçma sapan şeyler düşündüm: Daidalos bıçağı Pasiphae'nin içine düşürmüştü mutlaka, doğum sancısı sırasında Pasiphae'nin bir kemiği kırılmıştı, elime batan oydu. Ama acı daha şiddetle kavradı beni, parmaklarımın iyice derinine geçti, çiğnedi.

Diş. Dişti bu.

O zaman bağırdım. Elimi çekmeye çalıştım ama o şey çenesiyle iyice kıstırmıştı beni. Panik halinde elimi hızla geri çektim. Pasiphae'nin yarasının dudakları aralandı, o şey ileri kaydı. Oltanın ucundaki balık gibi çırpınıyordu, yüzümüze gözümüze pislik yağdı.

Pasiphae çığlık çığlığa bağırıyordu. O şey kolumda sallanan bir çapa gibiydi, parmak eklemlerimin yırtılmaya başladığını hissettim. Acı akkor gibiydi, yeniden haykırdım ve elimle boğazını arayarak yaratığın üstüne üşüştüm. Boğazı bulunca sıktım, yaratığın vücudunu altıma sıkıştırdım. Topukları taşları dövdü, başı bir yandan diğerine kıvrandı. Sonunda doğru dürüst görebildim: Doğum sıvısıyla ıslak ıslak parlayan geniş ve yassı burun. İki keskin boynuzla taçlanmış, tüylü, kocaman surat. Kurbağamsı bebek vücudu doğal olmayan bir güçle çırpınıyordu. Gözleri siyahtı ve bana kilitlenmişti.

Tanrılar aşkına, diye düşündüm, ne bu?

Yaratık boğulur gibi bir ses çıkarıp ağzını açtı. Kan içindeki, ezilmiş elimi kurtardım. Son iki parmağımı, üçüncüsünün de bir kısmını kaybetmiştim. Şeyin çenesi işledi, aldıklarını yuttu. Sonra sımsıkı kavradığım boğazı, beni yeniden ısırmaya çalışarak kıvrandı.

Yanımda bir gölge. Rengi solmuş, üstüne kan sıçramış Daidalos. "Buradayım."

"Bıçak," dedim.

"Ne yapıyorsun? Zarar verme ona, yaşaması gerek!" Pasiphae divanında debeleniyordu ama kasları kesilmiş haldeyken ayağa kalkamadı.

"Kordon," dedim. Kıkırdak gibi kalın kordon, yaratıkla Pasiphae'nin rahmi arasında uzanıyordu hâlâ. Daidalos testereyle keser gibi kesti. Yere dayanmış dizlerim ıslaktı. Ellerim sadece acı ve kandan bir öbekti.

"Battaniye," dedim. "Çuval da olur."

Daidalos kalın, yün bir yatak örtüsü getirdi, yanımda yere

serdi. Paramparça parmaklarımla yaratığı örtünün ortasına sürükledim. Öfkeyle inleyerek mücadele ediyordu hâlâ, iki kere neredeyse elimden kaçırıyordum çünkü bu kadarcık sürede bile daha da güçlenmiş gibiydi. Ama Daidalos örtünün kenarlarını topladı, köşeleri birleştirdiğinde ellerimi hızla çektim. Yaratık battaniyenin katları arasında çırpındı ama çıkış yolu bulamadı. Kumaşın uçlarını Daidalos'tan alıp bohçayı yerden kaldırdım.

Daidalos'un nefesinin hışırtısını duyabiliyordum. "Kafes," dedi. "Bize kafes lazım."

"Git bul," dedim. "Ben bunu tutarım."

Koştu. Yaratık çuvalının içinde yılan gibi kıvrıldı. Kumaşa dayanan uzuvlarının çizgisini, o koca kafayı, boynuzların sivri uçlarını gördüm.

Daidalos bir kuş kafesiyle döndü, içinde hâlâ sakalar kanat çırpıyordu ama sağlamdı ve yeterince büyüktü. Battaniyeyi kafese tıktım, Daidalos da kapıyı çarparak kapattı, kafesin üstüne ikinci bir battaniye attı, yaratık gözlerden saklandı.

Kardeşime baktım. Kan içindeydi, karnı mezbaha gibiydi. Damlalar aşağıdaki sırılsıklam halıya ıslak ıslak düşüyordu. Pasiphae'nin gözleri çılgınca bakıyordu.

"İncitmedin ya?"

Ona bakakaldım. "Deli misin sen? O şey elimi yemeye çalıştı! Böyle menfur bir şeyin nasıl ortaya çıktığını söyle bana."

"Yaramı dik."

"Hayır," dedim. "Anlatacaksın, yoksa bırakırım, bütün kanın kurur."

"Kaltak," dedi. Ama nefesi hırıltılıydı. Acı onu tüketiyordu. Pasiphae'nin bile bir sınırı, gidemediği bir yer vardı. Birbirimize baktık, sarı gözler sarı gözlere kilitlendi. "Ee, Daidalos?" dedi Pasiphae sonunda. "Beklediğin an geldi. Bu yaratığın kimin suçu olduğunu kız kardeşime anlat."

Daidalos bana baktı, yüzü bitkin ve kan lekeleriyle doluydu. "Benim," dedi. "Benim suçum. Bu yaratığın yaşamasının sebebi benim."

Kafesten ıslak bir çiğneme sesi geldi. Sakalar susmuştu.

"Tanrılar, Minos Krallığı'nı kutsamak için bembeyaz bir boğa yolladı. Kraliçe hayvana hayran oldu ve onu daha yakından görmek istedi ama boğa yaklaşan herkesten kaçıyordu. Ben de içinde kraliçenin oturabileceği bir yer olan, içi boş bir inek yaptım. Hayvan uyurken sahile çekebilmemiz için tekerlek de koydum. Sanmıştım ki sadece... Hiç aklıma gelmedi..."

"Aman, hadi oradan," dedi Pasiphae tükürür gibi. "Sen kekeleye kekeleye laf anlatana kadar dünyanın sonu gelir. Kutsal boğayla düzüştüm, tamam mı? Şimdi al şu iplikle iğneyi."

Kardeşimin yarasını dikip kapattım. Yüzleri ihtiyatlı bir ifadesizliğe bürünmüş askerler gelip kafesi iç taraftaki dolaplardan birine taşıdılar. Pasiphae arkalarından seslendi. "Benden izin almadan kimse yanına gitmeyecek. Ayrıca bir şey verin de yesin!" Sessiz hizmetçiler her gün böyle işler yapıyormuşçasına sırılsıklam halıyı kıvırdı, mahvolmuş divanı alıp götürdüler. Pis kokuyu maskelemek için günlük ve tatlı menekşe yaktılar, sonra da kardeşimi banyoya soktular.

Yarasını dikerken, "Tanrılar seni cezalandıracak," demiştim ama Pasiphae neşeli bir şehvetle gülmekle yetinmişti.

"Sen ne bilirsin ki?" demişti. "Tanrılar canavarlara bayılır."

Bu sözcükler irkilmeme yol açmıştı. "Hermes'le mi konuştun?"

"Hermes mi? Onun konuyla ne ilgisi var? Karşımda apaçık duran şeyi bir Olymposludan öğrenmeye ihtiyacım yok. Bunu herkes bilir." Dudak büktü. "Her zamanki gibi sen hariç."

Yanımdaki biri daldığım yerden döndürdü beni. Daidalos. Adama geldiğinden beri ilk defa yalnızdık. Alnına kahverengi damlalar saçılmıştı. Kolları dirseklerine kadar pislik içindeydi. "Parmaklarınızı sarabilir miyim?"

"Hayır," dedim. "Teşekkür ederim. Kendi kendilerine düzelirler."

"Hanımım." Tereddüt etti. "Hayatımın sonuna dek size borçlu kalacağım. Gelmeseydiniz yerinizde ben olacaktım."

Omuzları gergindi, sanki inecek bir darbeye karşı sağlam durmak ister gibiydi. Bana son teşekkür ettiğinde onu hiddetimle yakmıştım. Ama şimdi daha fazlasını anlıyordum: Canavarlar yaratmanın ne anlama geldiğini Daidalos da biliyordu.

"Öyle olmadığına memnunum," dedim. Başka her şey gibi kirle kaplı, lekeli ellerini başımla işaret ettim. "Senin parmakların tekrar çıkmaz."

Sesini alçalttı. "Yaratığı öldürmek mümkün mü?"

Dikkatli davranılması için haykıran kız kardeşimi düşündüm. "Bilmiyorum. Pasiphae öldürülebileceğine inanır gibi. Ama öyle olsa bile yaratık beyaz boğanın yavrusu. Bir tanrı tarafından korunuyor olabilir ya da ona zarar verenleri lanete boğabilir. Düşünmem gerek."

Kafa derisini ovaladı, kolay bir çözüm bulunması umudunun içinden akıp gittiğini gördüm. "O zaman bir kafes daha yapmam gerek. Öteki fazla uzun dayanmaz."

Gitti. Kanlar hâlâ yanaklarımda kuruyup katılaşıyordu, kollarım yaratığın leş kokusuyla yağlı yağlıydı. Kafam bulanık ve ağırdı, onca kanın havayı kirletmesinden ötürü midem bulanıyordu. Hizmetçileri çağırırsam beni bir banyoya götürürlerdi ama bunun yetmeyeceğini biliyordum. Kardeşim böyle menfur bir şeyi niye yapmıştı? Ya beni çağırmasının sebebi? Çoğu naiad görevden kaçardı ama nereidlerden biri yapardı belki, onlar canavarlara alışkındı. Ya da Perses. Pasiphae niye Perses'i çağırmamıştı?

Aklımda hiçbir cevap yoktu. Zihnim gevşek ve bulanık, kayıp parmaklarım kadar işe yaramaz haldeydi. Bir düşünce berraklaştı: Bir şey yapmam gerekiyor. Dehşetengiz bir şey dünyaya salınırken kenarda öyle dikilemezdim. Kız kardeşimin işliğini bulma fikri geldi aklıma. Belki orada bana yardım edebilecek bir şey, bir panzehir, muhteşem bir geri dönüştürme iksiri bulunabilirdi.

İşlik uzakta değildi, yatak odasından perdeyle ayrılmış bir koridorun ucundaydı. Daha önce başka bir cadının zanaatini icra ettiği yeri hiç görmemiştim, rafları dolaştım, ne beklediğimi kendim de bilmiyordum. Binbir çeşit tüyler ürpertici şey, kraken ciğerleri, ejderha dişleri, yüzülmüş dev derileri. Ama otlardan başka bir şey görmedim, onlar da en temel şeylerdi. Zehirler, afyon, birkaç şifalı kök. Pasiphae'nin bunlarla epey iş becerebileceğine kuşkum yoktu çünkü iradesi her zaman güçlü olmuştu. Ama tembeldi, kanıtı da buradaydı işte. İşlikteki birkaç ot, ölü yapraklar kadar eski ve güçsüzdü. Rasgele toplanmışlardı, kimi tomurcuk halindeydi, kimi çoktan solmuştu, hepsi de günün herhangi bir saatinde herhangi bir bıçakla kesilmişti.

O zaman bir şeyi anladım. Kardeşim benden iki kat güçlü bir tanrıçaydı belki ama ben de ondan iki kat güçlü bir cadıydım. Ufalanan çerçöpleri işime yaramazdı. Aiaie'den getirdiğim kendi otlarım da ne kadar güçlü olurlarsa olsunlar yeterli gelmezlerdi. Canavar Girit'e bağlıydı, her ne yapılacaksa beni Girit yönlendirmeliydi.

Salonlardan ve koridorlardan geçerek sarayın merkezine döndüm. Orada limana değil de iç taraflara, geniş, parlak bahçelere ve çardaklara inen basamaklar görmüştüm, bu bahçe ve çardaklar da uzaklardaki tarlalara açılıyordu.

Dört bir yanda, işi başından aşkın kadınlarla erkekler zemine döşeli yassı taşları süpürüyor, meyve topluyor, arpa dolu sepetleri yükleniyorlardı. Minos ve Pasiphae'yle yaşadıklarına göre benden daha kanlı şeyleri bile görmezden gelmeye alışkın olduklarını tahmin ettim. Sarayın çevresindeki köylülerle çobanların evlerinin, ağaçlıkların ve otlayan sürülerin yanından geçtim. Tepeler yemyeşildi ve güneşle öyle bir altına boyanmışlardı ki ışık onlardan gelir gibiydi ama manzaranın tadını çıkarmak için durmadım. Gözlerim gökyüzüne yükselen kapkara siluetteydi.

Bu dağa Dikti Dağı diyorlardı. Ne aslanlar ne kurtlar ne de ayılar oraya ayak basmaya cesaret edebiliyor, sadece kocaman boynuzları deniz kabukları gibi kıvrımlı kutsal keçiler çıkıyordu.

En sıcak mevsimde bile orman karanlık ve serindi. Geceleri, avcı Artemis'in pırıltılı yayıyla tepelerinde dolaştığı söylenirdi, Zeus da gölgeli mağaralarından birinde doğmuş ve çocuklarını yiyen babasından saklanmıştı.

Orada başka hiçbir yerde yetişmeyen otlar vardı. O kadar nadir şeylerdi ki bunlar, pek azına isim verilmişti. Kuytularında şiştiklerini, havaya büyü filizleri saçtıklarını hissedebiliyordum. Ortası yeşil, küçük, sarı bir çiçek. Turuncu-kahverengi açmış, yere sarkan bir zambak. En güzeli de geyikotu, şifa kraliçesi.

Ölümlü gibi değil, tanrı gibi yürüdüm, mesafeler ayaklarımın altından akıp gitti. Tepelerin eteklerine erişip tırmanmaya başladığımda alacakaranlıktı. Dallar üstümde kucaklaşıyordu. Gölgeler, cildimi sızlatarak sular gibi derinleşip yükseldi. Ayağımın altında bütün dağ uğuldar gibiydi. Kana bulanmış ve acılar içinde olmama karşın içimden bir neşe fışkırdığını hissettim. Yosunları, tümsekleri yukarı doğru takip ettim ve bir akkavağın dibinde çiçek açmış bir geyikotu öbeği buldum. Yaprakları güçle doluydu, kırık parmaklarıma bastırdım. Büyü tek bir sözcükle işledi, elim sabaha düzelmiş olacaktı. Biraz kökle tohum toplayıp torbama attım ve yoluma devam ettim. Kanın leş kokusu ve ağırlığı hâlâ üstümdeydi, sonunda serin ve berrak, buzlu bahar selleriyle beslenen bir gölet buldum. Suların yarattığı şoku, temiz, yakıcı acıyı sevinçle karşıladım. Bütün tanrıların bildiği küçük arınma ayinlerini yaptım. Kıyıdan aldığım çakıllarla kiri pası kazıyıp akıttım.

Daha sonra gümüşlenmiş yaprakların altında kıyıya oturdum ve Daidalos'un sorusunu düşündüm. *Yaratığın öldürülmesi mümkün mü?*

Tanrılar arasında birkaçının kehanet yeteneği, bulanık sulara bakıp kaderin ağlarının neler getireceğini görme becerisi vardır. Her şey önceden sezilemez. Çoğu tanrının ve ölümlünün hayatları hiçbir şeye bağlı değildir, belli bir plana uygun olmaksızın kâh şurada kâh burada birbirlerine karışır ve açılırlar. Bir de kaderlerini düğüm gibi boyunlarında taşıyanlar, ne kadar kavislendirmeye çalışsalar da hayatları döşemelik kalas gibi dümdüz ilerleyenler vardır. Kâhinlerimizin görebildikleri bu hayatlardır.

Babamın böyle bir sezgi gücü vardı ve hayatım boyunca bu yeteneğin çocuklarına da geçtiğinin söylendiğini duymuştum. Denemek hiç aklıma gelmemişti. Babamın güçlerinden hiçbirine sahip olmadığımı düşünecek şekilde yetiştirilmiştim. Oysa şimdi suya dokunup konuştum: *Göster*.

Bir görüntü oluştu, kıvrım kıvrım sislerden meydana gelmiş gibi narin ve solgundu. Dumanlar saçan bir meşale uzun koridorlarda ine çıka ilerliyordu. Belirsiz iz, taş bir geçide açıldı. Yaratık, doğal olmayan dişlerini göstererek kükredi. Çürüyen paçavralara bürünmüştü, insan kadar uzun boyluydu. Elinde kılıç olan bir ölümlü, yaratığı öldürmek için gölgelerden dışarı sıçradı.

Sis dağıldı, gölcük yeniden berraklaştı. Cevabımı almıştım ama umduğum cevap değildi bu. Yaratık ölümlüydü ama bebekken ölemezdi, ne benim elimle ne de Daidalos'unkiyle. Uzun yıllar ötesinde yatan bir kaderi vardı ve bunu yaşamalıydı. O zamana kadar sadece kilit altında tutulabilirdi. Bu da Daidalos'un işi olacaktı ama ona yardım etmemin bir yolu bulunabilirdi. Gölgeli ağaçların arasında gezindim, o yaratığı ve ne gibi zayıflıkları olabileceğini düşündüm. Aç kurt gibi benimkilere kilitlenen siyah gözlerini hatırladım. Elim için benimle savaşırkenki kudurmuş açlığını. Öyle bir iştahı doyurmak için ne gerekirdi? Tanrı olmasaydım, kolumdan yukarı ilerleyip santim santim yutacaktı beni.

İçimde bir fikir doğduğunu hissettim. Dikti'nin bütün gizli otlarına ihtiyacım olacaktı, onların yanında da en güçlü bağlayıcı yabani otlara. Yeşilmeşe kökü ve bodur söğüt, eğreltiotu ve baldıran, bıldırcınotu ve karacaot. Hiç hata yapmadan o ağaçların arasında gezinip her malzemeyi sırasına göre topladım. Artemis o gece oralardaysa bile yoluma çıkmadı.

Yapraklarla kökleri gölün yanına taşıyıp kayaların üstünde ezdim. Macunu şişelerimden birine doldurdum, üstüne gölden biraz su ekledim. Dalgalar hâlâ ellerimden yıkadığım kanları taşıyordu; hem benim hem de kız kardeşimin kanını. İksir bunu bilirmiş gibi kırmızı ve siyah halde girdaplanarak döndü.

O gece uyumadım. Gökyüzü ağarana dek Dikti'de kaldım, sonra Knossos'a dönmek için yürümeye başladım. Saraya vardığımda güneş tarlaların üstünde pırıl pırıldı. Bir gün önce gözüme ilişmiş bir avludan geçerken bu defa daha yakından incelemek üzere durdum. Avluda, defnelerle ve yakıcı güneşe karşı gölge yapan meşelerle çevrelenmiş, daire biçimli büyük bir dans alanı vardı. Zeminin taştan yapıldığını sanmıştım ama ahşap olduğunu gördüm, binlerce parça öyle pürüzsüzleştirilmiş, öyle cilalanmıştı ki tek bir parça gibi görünüyorlardı. Ortaya bir helezon çizilmişti, bir dalganın kıvrımlı sorgucu gibi merkezden dışarı doğru ilerliyordu. Daidalos'un elinden çıkmıştı, başkası olamazdı.

Avluda bir kız dans ediyordu. Müzik yoktu ama ayakları kusursuz bir ritim tutturmuştu, her adımı sessiz bir davulun vuruluydu. Kız da dalga gibi hareket ediyordu; zarafetle ama amansız, durmak bilmez bir ivmeyle. Başında bir prenses tacı ışıldıyordu. Nerede olsa tanırdım onu. Daidalos'un pruvasındaki kız.

Beni görünce kızın gözleri tıpkı heykelinin gözleri gibi irileşti. Başıyla selam verdi. "Kirke Teyze," dedi. "Tanıştığımıza memnun oldum. Ariadne'yim ben."

Kızda Pasiphae'den taraflar görebiliyordum ama ancak özellikle aradığım takdirde. Çenesi, köprücükkemiğinin narinliği.

"Yeteneklisin," dedim.

Gülümsedi. "Teşekkür ederim. Annemle babam seni arıyor."

"Ona ne şüphe. Ama Daidalos'u bulmam gerekiyor."

Annesiyle babası dışında Daidalos'u isteyen bin kişi varmış, ben de onlardan biriymişim gibi başını salladı. "Seni götüreyim. Ama dikkatli olmalıyız. Muhafızlar dolaşıyor."

Hareket ettiği için sıcak ve hafifçe nemli parmaklarını benimkilere kaydırdı. Düzinelerce dar ara geçitten geçirdi beni, taşların üzerindeki ayakları sessizdi. Sonunda bronz bir kapıya geldik. Ariadne belli bir ritimle altı kere vurdu kapıya.

"Şimdi oynayamam, Ariadne," dedi bir ses. "İşim var."

"Kirke Hanımlayım," dedi kız.

Kapı ardına kadar açıldı, kurum ve pislik içindeki Daidalos ortaya çıktı. Arkasında, üstü yarı yarıya açık bir atölye vardı. Örtüleri henüz kapalı heykeller, tanımadığım çeşitli alet edevat gördüm. Arkada bir döküm ocağı tütüyor, bir kalıp içindeki maden kor halinde ışıldıyordu. Masanın üstünde bir balık omurgası, yanında da tuhaf, çentikli bir bıçak vardı.

"Dikti Dağı'na gittim," dedim. "Yaratığın kaderini gördüm. Ölebilir ama şimdi değil. Onu ortadan kaldırmak kaderinde yazılı olan bir ölümlü gelecek. Ne kadar sonra olacağını bilmiyorum. Gördüğüm görüntüde yaratık yetişkindi."

Bu bilgiyi hazmetmesini seyrettim. Önünde uzanan, her an hazır beklemesi gereken günler. Derin bir nefes aldı. "O zaman onu kilit altında tutacağız."

"Evet. Yardımcı olacak bir iksir karıştırdım. Yaratık aç..." Arkamdaki Airadne'yi hissederek durakladım. "Yediğini gördüğün et var ya, ondan istiyor. Doğasında var bu. O açlığı ortadan kaldıramam ama bazı sınırlar koyabilirim."

"Ne olursa," dedi. "Minnettarım."

"Henüz minettar olma," dedim. "İksir senenin üç mevsimi iştahını yatıştıracak ama her hasat mevsiminde iştah yeniden canlanacak. Doyurulması şart."

Gözleri, arkamda duran Ariadne'ye kaydı. "Anlıyorum," dedi.

"Diğer zamanlarda da tehlikeli olmayı sürdürecek ama vahşi bir hayvan nasıl tehlikeliyse öyle."

Başıyla onayladı ama hasat zamanını ve yerine getirilmesi şart olan beslemeyi düşündüğünü gördüm. Arkasında ısıyla kızıl kızıl titreşen eriyiklere bir göz attı. "Kafesi yarın sabah bitiriyorum."

"Güzel," dedim. "Ne kadar çabuk, o kadar iyi. Ben de büyüyü hazırlayayım o zaman."

Kapı kapanınca Ariadne beklentiyle bana baktı. "Doğan şu

bebekten bahsediyordunuz, değil mi? Öldürülene kadar kilit altında tutulması gereken o, değil mi?"

"Evet."

"Hizmetkârlar bebeğin canavar olduğunu söylüyor, meseleyi babama sorunca bana bağırdı. Ama bebek yine de benim kardeşim, değil mi?"

Tereddüt ettim.

"Annemle beyaz boğayı biliyorum," dedi.

Pasiphae'nin çocuklarının uzun süre masum kalması imkânsızdı. "Yarım kan kardeşin olduğunu söyleyebilirsin herhalde," dedim. "Gel hadi. Beni kralla kraliçeye götür."

Kraliyet asaletindeki zarif griffon'lar duvarlarda tüylerini düzeltiyordu. Pencerelerden güneş dökülüyordu. Pasiphae, her tarafından sağlık fışkırır halde gümüş divanında uzanmıştı. Yanında, kaymaktaşı bir koltukta oturan Minos yaşlı ve şiş görünüyordu, dalgaların arasında ölüp kalmış bir şey gibiydi. Gözleri, kapkaççı kuşların balıkları kapması gibi yakaladı beni.

"Nerelerdeydin? Bu canavarla ilgilenilmesi gerek. Buraya getirilmenin sebebi bu!"

"Bir iksir yaptım," dedim. "Yaratığı yeni kafesine daha güvenle geçirebilmemiz için."

"İksir mi? Ölüsünü istiyorum o hayvanın."

"Sevgilim, isterik isterik konuşma," dedi Pasiphae. "Kız kardeşimin fikrini duymadın bile daha. Devam et, Kirke, lütfen." Göstermelik bir beklentiyle çenesini eline dayadı.

"İksir yaratığın açlığını senenin üç mevsimi boyunca bastıracak."

"Bu kadar mı?"

"Hadi ama Minos, Kirke'yi üzeceksin. Bence çok tatlı bir büyü bu kardeşim. Oğlumun iştahının dizginlenmesi biraz zor, değil mi? Mahkûmlarımızın yarısını bitirdi bile."

"Yaratığın ölmesini istiyorum, son sözüm bu!"

"Öldürülemez," dedim Minos'a. "Şimdi olmaz. Kaderi uzak bir gelecekte."

"Kader!" Pasiphae neşeyle ellerini çırptı. "Ah, anlatsana! Kaçıp tanıdığımız birini mi yiyecek?"

Minos'un rengi soldu ama adam bunu saklamaya çalıştı. "Sağlama alın," dedi. "Zanaatkârla birlikte, yaratığın emniyetli bir yerde tutulmasını sağlama alın."

"Evet," diye cıvıldadı Pasiphae. "Sağlama alın. Dışarı çıkarsa neler olabileceğini düşünmek hiç hoşuma gitmiyor. Kocam Zeus'un oğullarından biri olabilir ama kendisi fena halde ölümlüdür. İşin aslı..." Sesini fısıltı seviyesine indirdi. "Bence galiba o yaratıktan korkuyor."

Budalanın birinin kız kardeşimin pençeleri arasına düştüğünü yüz kere görmüştüm. Minos durumu pek çoğundan daha kötü karşılıyordu. Parmağını bana doğru bıçak gibi salladı. "Duydun mu? Beni açık açık tehdit ediyor. Senin suçun bu, senin ve yalancı ailenin. Baban bu kadını hazineymiş gibi verdi bana ama yaptıklarını bilseydin..."

"Ah, birazını anlatsana! Bence Kirke cadılık işlerini takdir edecektir. Sen üstlerinde tepindiğin sırada ölen yüz kız mesela, ona ne dersin?"

Ariadne'nin yanımda hiç kıpırdamadan durduğunu hissediyordum. Keşke burada olmasaydı diye düşündüm.

Minos'un gözlerindeki nefret canlı bir şeydi. "Rezil Harpya! Ölümlerine senin büyün sebep oldu! Nefretten başka bir şey çıkarmıyorsun ortaya. O canavarı doğmasına fırsat vermeden rahminden söküp almam gerekirdi."

"Ama buna cesaret edemedin, değil mi? Sevgili baban Zeus'un böyle yaratıklara nasıl düşkün olduğunu biliyorsun. Yoksa bütün piç kahramanları şöhretlerini nasıl kazanacaktı ki?" Başını yana eğdi. "Aslında, aklıma geldi de, senin de bir kılıç kapmak için yaltaklanman gerekmiyor muydu? Ah, unutmuşum. Hizmetçi kızlar hariç öldürmeye hevesin yoktur. Canım kardeşim, bu büyüyü gerçekten öğrenmelisin. İhtiyacın olan sadece..."

Minos koltuğundan kalkmıştı. "Tek bir kelime daha etmekten men ediyorum seni!"

Pasiphae, pırıl pırıl sesiyle güldü. Yaptığı her şey gibi bu da hesaplıydı. Minos hiddetten köpürmeye devam etti ama ben Pasiphae'ye bakıyordum. Boğayla çiftleşmesini sapıkça bir heves olarak görüp bir köşeye itmiştim ama Pasiphae heveslerle yönetilmez, kendisi onları yönetirdi. Yüzünde gerçek bir duyguyu en son ne zaman görmüştüm? Doğum yatağında yüzü telaştan çarpılmış halde canavarın yaşaması gerektiğini haykırdığını hatırladım. Niye? Sebep sevgi değildi, Pasiphae'nin içinde sevgiden eser yoktu. Demek ki yaratık bir şekilde amaçlarına hizmet ediyordu.

Hermes'le geçirdiğim saatler, bana dünyadan getirdiği onca haber, bir cevap bulmama yardımcı oldu. Pasiphae, Minos'la evlendiği sırada Girit, krallıklarımızın en zengini ve en ünlüsüydü. Ancak o zamandan beri Miken'de, Troya'da, Anadolu'da ve Babil'de her gün daha kudretli imparatorluklar yükseliyordu. Yine o zamandan beri Pasiphae'nin kardeşlerinden biri ölüleri diriltmeyi, diğeri ejderha terbiye etmeyi öğrenmiş, kız kardeşiyse Skylla'yı dönüştürmüştü. Artık kimse Pasiphae'den bahsetmiyordu. Şimdiyse bir darbeyle solmakta olan yıldızını yeniden parlatmıştı. Bütün dünya Girit Kraliçesi'nin, insan eti yiyen dev boğanın yaratıcısı ve annesinin hikâyesini anlatacaktı.

Tanrılar da hiçbir şey yapmayacaktı. Onlara edilecek onca duayı düşünün.

"O kadar komik ki," diyordu Pasiphae. "Anlaman ne kadar uzun sürdü! Gayretlerinden duydukları zevk yüzünden mi öldüklerini sanmıştın? Senden onlara geçen saf mutluluk yüzünden? İnan bana..."

Yanımda hava kadar sessizce duran Ariadne'ye döndüm.

"Gel," dedim, "burada işimiz bitti."

Dans alanına döndük. Defnelerle meşeler başımızın üstünde yeşil yapraklarını yaymıştı. "Büyünü yaptığında," dedi Ariadne, "kardeşimin canavarlığı o kadar korkunç olmayacak."

"Umudum o yönde," dedim.

Bir an geçti. Ariadne, orada bir sır saklarmışçasına ellerini göğsünde kavuşturarak bana baktı. "Biraz benimle kalır mısın?"

Dansını seyrettim, kolları kanat gibi kıvrılıyordu, genç, güçlü bacakları kendi hareketlerine âşıktı. Ölümlüler şöhreti böyle ele geçiriyor, diye düşündüm. Çok çalışarak ve kendilerini adayarak, yeteneklerine bahçeye bakarmış gibi bakıp güneşin altında ışıldamasını sağlayarak. Ama tanrılar irinden ve nektardan, kusursuzlukları parmak uçlarından fışkırarak doğuyordu. Onlar da neleri mahvedebileceklerini ispatlayarak elde ediyordu şöhretlerini. Şehirleri yakıp yıkarak, savaşlar çıkararak, salgınlar ve canavarlar yaratarak. Sunaklarımızdan öyle narince yükselen o buhurlar ve güzel kokular. Geride yalnızca kül bırakıyor.

Ariadne'nin hafif ayakları daireyi bir daha, bir daha dolaştı. Her adımı kusursuzdu, kendisine verdiği bir hediyeydi sanki, Ariadne de hediyeyi gülümseyerek kabul ediyordu. Onu omuzlarından yakalamak istedim. Ne yaparsan yap, demek istedim, aşırı mutlu olma. O zaman başından aşağı ateşler yağar.

Bir şey söylemedim. Bıraktım dans etsin.

ON BİR

Güneş uzaklardaki tarlalara dokunduğunda muhafızlar Ariadne'yi almaya geldi. *Annesiyle babası prensesi çağırıyor.* Onu alıp götürdüler, bana da odam gösterildi. Küçüktü ve hizmetkâr bölümüne yakındı. Bunun bir hakaret olması hedeflenmişti elbette ama boyasız duvarların, amansız güneşin sadece bir parçacığını gösteren dar pencerenin verdiği nefeslenme imkânını sevinçle karşıladım. Oda sessizdi çünkü bütün hizmetkârlar içeride kimin yattığını bildiklerinden kapının önünden sürünerek geçiyordu. Cadı kız kardeş. Yemeklerimi ben odada değilken getiriyorlar ve tepsiyi de odadan bir daha çıktığımda alıyorlardı.

Uyudum, ertesi sabah da Daidalos beni görmeye geldi. Kapımı açtığımda gülümsedi, ben de karşılık olarak gülümsemeden edemedim. Yaratığa bir şey için teşekkür edebilirdim: Aramızdaki rahat hava geri dönmüştü. Daidalos'un peşinden, sarayın altında uzanan dolambaçlı koridorlara açılan bir merdivenden indim. Tahıl kilerlerini, sarayın bol miktardaki zeytinyağı, şarap ve arpa stoklarının saklandığı kocaman toprak kaplar olan *pithoi*lerin sıra sıra dizildiği depo odalarını geçtik.

"Beyaz boğaya ne oldu, biliyor musun?"

"Hayır. Pasiphae şişmeye başlayınca boğa da ortadan yok oldu. Rahipler bunun boğanın son kutsaması olduğunu söyledi. Bugün birinin canavarın refahımızın artması için tanrıların bir hediyesi olduğunu söylediğini işittim." Başını iki yana salladı. "Doğuştan aptal değiller, sadece iki akrep arasında kalmış durumdalar."

"Ariadne farklı," dedim.

Başıyla onayladı. "Onun için umutlarım var. Yaratığa koymaya karar verdikleri ismi duydun mu? Minotauros. Öğle vakti on gemi bu haberle yola çıkıyor, yarın da on tane daha gidecek."

"Akıllıca," dedim. "Minos canavarı sahipleniyor, böylece boynuzlunun biri olmak yerine kardeşimin ihtişamına ortak çıkıyor. Canavarlar peyda eden ve onlara ismini veren ulu kral oluyor."

Daidalos boğazından bir ses çıkardı. "Kesinlikle öyle."

Yaratığın yeni kafesinin bulunduğu büyük kiler odasına gelmiştik. Gümüş grisi madenden dövülmüş olan kafes gemi güvertesi kadar genişti, uzunluğu da güvertenin yarısı kadar vardı. Ellerimi pürüzsüz ve körpe ağaçlar kadar kalın parmaklıklara dayadım. Demir kokusunu alıyordum ama kafesin başka nelerden yapıldığını anlayamadım.

"Yeni bir madde," dedi Daidalos. "İşlenmesi daha zor ama daha dayanıklı. Öyleyken bile yaratığı sonsuza dek tutamaz. Şimdiden delicesine güçlü, üstelik daha yeni doğdu. Ama bu sayede daha kalıcı bir şey ayarlayacak zamanı bulacağım."

Mesafelerini koruyabilmek için eski kafesi sırıklar üstünde taşıyan askerler peşimizden geldi, kafesi tangırtıyla yenisinin içine bıraktılar. Yankılar sona ermeden önce ortadan kaybolmuşlardı bile.

Gidip yanına diz çöktüm. Minotauros eskisinden büyüktü, madeni çerçeveye yaslanan gövdesi kocamandı. Doğum sıvılarından temizlenmiş ve kuruydu artık, bu da boğayla bebek arasındaki çizgiyi iyice çarpıcı hale getiriyordu. Sanki delinin biri bir sığırın kafasını kesip bir bebeğin gövdesine dikmişti. Yaratık bayat et kokuyor, kafesin dibinde uzun kemikler takırdıyordu.

Bir mide bulantısı dalgası hissettim. *Girit'teki mahkûmlardan biri.*

Yaratık şimdi iri gözlerle beni seyrediyordu. Ayağa kalktı, burnunu kırıştırarak havayı kokladı. Keskin ve heyecanlı bir inilti çıkardı. Beni hatırlamıştı. Kokumu ve etimin tadını. Yalvaran bebek bir kuş gibi, dar ağzını açtı. *Biraz daha.*

Fırsatı kullandım. Güç sözcüklerini mırıldandım ve iksiri kafese, açık gırtlağından aşağı döktüm. Yaratık boğulur gibi oldu, parmaklıklara doğru atıldı ama daha bunu yaparken bile gözleri değişiyor, içlerindeki gazap dağılıyordu. Göz temasını bozmadan elimi uzattım. Daidalos'un soluğunu içine çektiğini duydum. Ama yaratık elime atlamadı. Gergin uzuvları gevşemişti. Bir an daha bekledim, sonra kilidi açıp kafesin kapağını kaldırdım.

Hayvan biraz kıpırdandı, kemikler ayaklarının altında takırdadı. "Bir şey yok," diye mırıldandım, bunu kendime mi, Daidalos'a mı, yaratığa mı söylüyordum bilmiyorum. Yavaş yavaş elimi canavara doğru uzattım. Burun delikleri açılıp kapandı. Koluna dokundum, şaşkınlıkla pofurdadı ama başka bir şey yapmadı.

"Gel," diye fısıldadım, kafesin küçük açıklığından geçerken eğilerek ve hafifçe tökezleyerek geldi. Beklentiyle, neredeyse tatlılıkla bana baktı.

Ariadne ona kardeşim demişti. Ama bu yaratık herhangi bir aile için değildi. Kız kardeşimin zaferiydi, hırsının ete kemiğe bürünmüş hali, Minos'a karşı kullanacağı kırbacıydı. Asla güneşi göremeyecek, asla özgür bir adım atamayacaktı. Dünyada nefretten, karanlıktan ve dişlerinden başka hiçbir şey yoktu onun için.

Eski kafesi alıp geriledim. Hayvan uzaklaştığım sırada başını merakla yana eğerek beni seyretti. Kafesin kapısını kapattım, madeni sesle canavarın kulağı hafifçe sallandı. Hasat zamanı geldiğinde gazapla çığlıklar atacaktı. Parmaklıklara saldıracak, koparıp açmaya çalışacaktı.

Daidalos nefesini alçak sesle bıraktı. "Nasıl yaptın bunu?"

"Ne de olsa yarı yarıya hayvan," dedim. "Aiaie'deki bütün hayvanlar evcildir."

"Büyü bozulabilir mi?"

"Benden başkası bozamaz."

Kafesi kilitledik. Yaratık bizi seyrediyordu. Alçak bir ses çıkardı, ellerinden birini tüylü yanağına sürttü. Ondan sonra odanın ahşap kapısını kapattık ve başka bir şey görmedik.

"Anahtar?"

"Bir yere atmayı planlıyorum. Hayvanı başka yere götürmemiz gerektiğinde parmaklıkları keseceğim."

Dolambaçlı alt geçitlerden yürüyerek döndük ve yukarıdaki koridorlara çıktık. Boyalı salonda esinti vardı, hava pırıl pırıldı. Dört bir yandan güzel soylular geçiyor, sırlarını fısıldaşıyorlardı. Aşağılarında neyin yaşadığından haberleri var mıydı? Olacaktı.

"Bu akşam şölen var," dedi Daidalos.

"Gitmiyorum," dedim. "Girit sarayı halkıyla işim bitti."

"Yakında gideceksin o zaman?"

"Onun için kralla kraliçenin insafına kalmış durumdayım, gemileri olan onlar. Ama çok uzun süreceğini sanmam. Minos'un Girit'ten bir cadının eksilmesine sevineceğini düşünüyorum. Eve dönmek iyi olacak."

Doğruydu bu ama o süslü koridorlaydayken Aiaie'ye dönme düşüncesi tuhaftı. Tepeleri ve kumsalı, bahçemin olduğu taş ev, hepsi çok uzak görünüyordu.

"Bu akşam yüzümü göstermek zorundayım," dedi Daidalos. "Ama yemekten önce bir mazeret uydurup izin isteyebileceğimi umuyorum." Tereddüt etti. "Tanrıçam, haddimi aştığımı biliyorum ama birlikte yemek yeme onurunu bahşeder misiniz bana?"

Ay çıktığında gelmemi söylemişti. Ona ait kısım, Pasiphae'nin odalarının olduğu tarafın diğer ucundaydı. Şans mıydı, özellikle mi böyle seçilmişti bilmiyorum. Daidalos, daha önce üstünde gördüğüm her şeyden daha güzel bir pelerin giymişti ama ayakları çıplaktı. Beni bir masaya götürdü, şaraplara karadut kadar koyu renkli şarap doldurdu. Meyvelerle ve tuzlu, beyaz bir peynirle dolup taşan tabaklar yerleştirilmişti masaya.

"Şölen nasıldı?"

"Kaçtığıma memnunum." Sesi ekşiydi. "Görkemli boğa adamın doğuşunun hikâyesini anlatması için bir ozan getirmişler. Boğa adam bir yıldızdan düşmüş anladığıma göre."

İçteki odaların birinden ufak bir oğlan fırladı. O zamanlar ölümlü yaşlarını çok iyi bilmiyordum ama sanırım dört yaşında kadardı. Siyah saçları kulaklarının çevresinde kalın ve dağınık bukleler halinde kıvrılıyordu, kolu bacağı hâlâ bebek yuvarlaklığındaydı. Tanrıların yüzleri dahil hayatımda gördüğüm en tatlı yüz onunkiydi.

"Oğlum," dedi Daidalos.

Bakakaldım. Daidalos'un sırrının bir çocuk olabileceği aklıma bile gelmemişti. Çocuk, bebek bir saraylı gibi diz çöktü.

"Soylu hanımım," diye bağırdı ince sesiyle. "Babamın evine hoşgeldiniz."

"Teşekkür ederim," dedim. "Söyle bakalım, baban için uslu bir çocuk oluyor musun?"

Ciddiyetle başını salladı. "Ah, evet."

Daidalos güldü. "Tek kelimesine inanmayın. Şeker gibi tatlı görünür ama canının istediğini yapar." Çocuk babasına gülümsedi. Aralarındaki eski bir şakaydı bu.

Çocuk bir süre yanımızda kaldı, babasının çalışmaları ve kendisinin ona nasıl yardım ettiği hakkında çocukça gevezelikler etti. Sevdiği maşayı getirdi, kendini yakmadan ateşte nasıl ustaca tuttuğunu gösterdi. Başımı salladım ama esas babasını seyrediyordum. Daidalos'un yüzü olgun bir meyve kadar yumuşamıştı, gözleri iri ve parlaktı. Çocuk sahibi olmayı hiç düşünmemiştim ama ona bakarken bunu bir anlığına hayal ettim. Sanki bir kuyuya bakmışım da ta uzaklarda bir su pırıltısı görmüşüm gibiydi.

Kardeşim tabii böyle bir sevgiyi ânında yakalardı.

Daidalos elini oğlunun omzuna koydu. "İkaros," dedi, "yatma vakti geldi. Git dadını bul."

"Gelip bana iyi geceler öpücüğü verecek misin?"

"Elbette."

Küçücük topukları fazla uzun tüniğinin eteklerine sürüne sürüne gidişini seyrettik.

"Çok güzel bir çocuk," dedim.

"Annesinin yüzünü almış." Sormama fırsat bırakmadan cevapladı soruyu. "Doğumda öldü. Uzun süredir tanımıyordum ama iyi bir kadındı. Evliliği kardeşiniz ayarlamıştı."

Demek o kadar da yanılmamıştım. Pasiphae oltayı atmış ama balığı başka türlü yakalamıştı.

"Üzüldüm," dedim.

Başını eğdi. "Zor olduğunu kabul ediyorum. Ona hem babalık hem analık etmek için elimden geleni yaptım ama mahrumiyet hissettiğini biliyorum. Hangi kadının yanından geçsek onunla evlenip evlenmeyeceğimi soruyor."

"Evlenecek misin peki?"

Bir an sessiz kaldı. "Zannetmiyorum. Pasiphae'nin elinde bana zarar vereceği yeteri kadar silah var. İlla evleneceksin diye ısrar etmeseydi ilk evliliğimi de yapmazdım zaten. Kocalığa uygun olmadığımı biliyorum çünkü ellerim işimle meşgulken benden mutlusu olmuyor, ondan sonra da eve geç ve leş gibi geliyorum."

"Cadılık ve mucitliğin o yönü ortak," dedim. "Ben de iyi bir eş olmazdım zannediyorum. Talipliler kapımı kırdığından değil tabii. Anlaşılan gözden düşmüş cadılara talep pek fazla değil."

Gülümsedi. "Bana kalırsa kardeşinizin katkısı da büyüktür bunda."

Onunla açık açık konuşmak kolaydı. Yüzü, derinliklerinde her şeyi güvenle tutacak sakin bir göl gibiydi.

"Büyüdüğünde yaratığı nasıl kilit altında tutacağını düşündün mü?"

Başıyla onayladı. "Düşündüm. Sarayın altının nasıl balpeteği biçimli olduğunu gördün. Bugünlerde Girit'in zenginliği tahıl değil de altın olarak saklandığından kullanılmayan yüz kiler odası var. Onları bir çeşit dehlize dönüştürebileceğime inanıyorum. İki ucunu kapat, bırak yaratık içeride dolaşsın. Aşağıdaki geçitlerin hepsi kaya yatağına oyulmuş, o yüzden kaçacak yer yok."

İyi fikirdi. Ayrıca hiç değilse yaratığın daracık bir kafesten fazla alanı olurdu. "Olağanüstü bir şey olacak," dedim. "Yetişkin bir canavarı barındırabilecek bir dehliz. İyi bir isim bulmak zorundasın."

"Minos'un kendisini de işin içine katacak bir öneride bulunacağına kuşkum yok."

"Kalıp yardım edemediğim için üzgünüm."

"Hak ettiğimden fazla yardımcı oldun zaten." Bakışları benimkilere değdi.

Bir boğaz temizlendi. Dadı eşikte duruyordu. "Oğlunuz, efendim."

"Ah," dedi Daidalos. "Affedersin."

Sabırla oturamayacak kadar huzursuzdum. Odayı arşınladım. Buranın Daidalos'un harikalarıyla dolu olmasını, her köşede heykeller ve oymalar bulunmasını beklemiştim ama sade bir odaydı, mobilyalar süslenmemiş ahşaptandı. Ama daha yakından bakınca Daidalos'un damgasını gördüm. Cila ışıldıyordu, ahşabın dokusu çiçek taçyaprakları kadar yumuşacıktı. Elimi bir sandalyenin üstünde gezdirdiğimde ek yeri bulamadım.

Daidalos döndü. "İyi geceler öpücüğü," diye açıkladı.

"Mutlu bir çocuk."

Daidalos oturdu, bir yudum şarap içti. "Şimdilik öyle. Tutsak olduğunu anlayamayacak kadar küçük." Ellerindeki beyaz yara izleri alevlenmiş gibi göründü. "Altın da olsa kafes kafestir."

"Peki kaçabilseydiniz, nereye giderdin?"

"Beni neresi kabul ederse. Ama seçebilsem Mısır'ı seçerdim. Knossos'u çamur yığını gibi gösteren şeyler inşa ediyorlar. Rıhtımdaki bazı tüccarlardan lisanı öğreniyorum. Bence bizi hoş karşılarlardı."

Güzel yüzüne baktım. Yakışıklı olduğundan değil, kendisi olduğundan, güzel bir maden gibi güç kazanacak şekilde tavına getirilip dövülmüş olduğundan. İki canavarla yan yana savaşmıştık ve Daidalos bocalamamıştı. Aiaie'ye gel, demek istiyordum. Ama orada onun için hiçbir şey olmadığını biliyordum.

Onun yerine, "Umarım bir gün Mısır'a gidersiniz," dedim.

Yemeğimizi bitirdik, karanlık koridorlardan yürüyerek odama döndüm. Güzel bir akşam olmuştu ama sinirliydim, kafam karışıktı. Zihnim, yatağından kaldırılmış nehir kumu gibiydi. Daidalos'un özgürlüğünden bahsetmesi kafamda çınlayıp duruyordu. Sesinde öyle bir özlem, öyle bir acılık vardı ki. Ben kendi sürgünümü hak etmiştim hiç değilse ama Daidalos masumdu, orada sadece Pasiphae için bir ganimet olarak ve Minos'un kibri uğruna tutuluyordu. İkaros'tan bahsettiği sırada gözlerinin nasıl olduğunu, o saf, ışıltılı sevgiyi düşündüm. Kardeşim için bu bir araçtan, Daidalos'un başının üstünde sallanıp onu köle haline getirecek bir kılıçtan başka bir şey değildi. Karnını kesmesi emrini verdiğinde yüzündeki zevk geldi aklıma. Kapısından içeri girdiğimde de yüzünde aynı ifade vardı.

Minotauros'a öyle dalmıştım ki bütün bunların Pasiphae için nasıl bir zafer olduğunu görmemiştim. Sadece canavar ve yeni şöhreti değil, onlarla birlikte gelen her şey: Daidalos'un suç ortaklığına zorlanması, Minos'un küçük düşüp kıvranması, bütün Girit'in korkuya esir düşmesi. Ben, ben de bir zaferdim. Başkalarını çağırabilirdi ama ben, kırbaçlamayı hep sevdiği köpektim. Ne kadar kullanışlı olacağımı, pisliklerini vazifeşinaslıkla temizleyeceğimi, Daidalos'u koruyacağımı, canavarın güvenle kilit altına alınmasını sağlayacağımı biliyordu. Bütün bular sırasında kendisi de altın divanında gülebilirdi. *Yeni ev hayvanımı sevdin mi? Ona vurmaktan başka bir şey yaptığım yok ama ıslık çaldığımda nasıl koşarak geliyor bir görsen!*

Midem yanıyordu. Hücreme sırtımı döndüm. Bir tanrı olarak, görünmeden yürüdüm, uyuklayan muhafızların, gece hizmetkârlarının yanından geçtim. Kız kardeşimin odasının kapısına varıp içeri girdim. Yatağının tepesinde durdum. Yalnızdı. Uyurken kendisinden başka kimseye güvenmezdi. Eşikten geçerken büyüleri hissetmiştim ama beni durduramamışlardı.

"Beni buraya niye çağırdın?" diye sordum. "Kabul ettiğini duyayım."

Gözleri hemen açıldı, beni bekliyormuş gibi uyanıklardı. "Sana bir armağan vermek istemiştim elbette. O kadar kan kaybettiğimi görmek başka kimin böyle hoşuna giderdi?"

"En az bin kişi geliyor aklıma."

Kedi gibi gülümsedi. Canlı bir fareyle oynamak her zaman daha eğlenceliydi. "Yeni bağlama büyünü Skylla üzerinde kullanamaman çok yazık. Ama annesinin kanına ihtiyacın var elbette. Köpekbalığı Krataiis'in sana boyun eğeceğini sanmıyorum."

Bunu zaten düşünmüştüm. Pasiphae mızrağı nereye nişanlayacağını bilirdi hep.

"Beni küçük düşürmek istedin," dedim.

Esnedi, beyaz dişlerinin üstünde pembe dili göründü. "Oğluma Asterion adını vermeyi düşünüyorum," dedi. "Beğendin mi?"

Yıldızlı demekti bu isim. "Bir yamyam için hayatımda duyduğum en güzel isim."

"Bu kadar büyütme. Yamyam olamaz, yiyeceği başka Minotauros yok." Çenesini yana eğerek hafifçe kaşlarını çattı. "Gerçi düşündüm de, kentaur'lar sayılır mı? Aralarında bir çeşit akrabalık olmalı, sence de öyle değil mi?"

Bu oyunun içine çekilmeyecektim. "Perses'i çağırabilirdin."

"Perses." Elini öylesine salladı. Bunun ne anlama geldiğini çözemedim.

"Ya da Aietes'i."

Doğrulup oturdu, örtüler üstünden kaydı. Dövülmüş altından karelerden oluşan bir kolye haricinde çıplaktı. Karelerin her birinde farklı bir kabartma vardı: Bir güneş, arı, balta, Dikti Dağı'nın muazzam cüssesi. "Ah, bütün gece konuşuruz umarım," dedi. "Saçlarını örerim, taliplilerimize güleriz." Sesini alçalttı. "Bence Daidalos seni hemen alır."

Öfkem bendini yıktı. "Ben senin köpeğin değilim, Pasiphae, yemleyip tuzağa düşüreceğin ayı da değilim. Geçmişimize karşın, ölüme yolladığın adamlara karşın sana yardıma geldim. Canavarınla ilgili sana yardım ettim. İşini senin yerine yaptım, buna karşılık senden alay ve küçümsemeden başka bir şey göremiyorum. Entrika dolu hayatında bir kez olsun doğruyu söyle. Beni buraya soytarın yapmak için getirdin."

"Ah, onun için bir çaba harcamama gerek yok," dedi. "Sen kendin yeterince soytarısın zaten." Ama bu tepkiseldi, gerçek bir cevap değildi. Bekledim.

"Komik," dedi, "bunca zaman sonra bile sırf itaatkâr olduğun için ödüllendirilmeyi bekliyorsun. O dersi babamızın salonlarında öğrendiğini zannediyordum. Kimse senin kadar ezilip büzülmedi, ona rağmen yüce Helios senin üstüne daha fena bastı çünkü zaten ayaklarının dibine serilmiş haldeydin."

Öne eğilmişti, altın saçları dağılmış, etrafındaki çarşafları nakışlıyordu.

"Sana Helios'la ve diğerleriyle ilgili bir şey söyleyeyim. İyi olup olmadığına aldırmıyorlar. Kötü olup olmadığına hemen hemen hiç aldırmıyorlar. Dinlemelerini sağlayan tek şey güçtür. Bir amcanın gözdesi olmak, bir tanrıyı yatakta memnun etmek yetmez. Güzel olmak bile yetmez çünkü onlara gidip diz çökerek, 'Uslu durdum, bana yardım eder misin?' dediğinde kaşlarını çatarlar. Ah, tatlım, olacak şey değil. Ah, bir tanem, bununla yaşamayı öğrenmelisin. Helios'a sordun mu? Onun sözünden çıkmam biliyorsun."

Yere tükürdü.

"İstediklerini alır, karşılığında da sana sadece zaten sana ait olan prangaları verirler. Ezildiğini bin kere gördüm. Ben de seni ezdim. Ve her defasında şimdi tamam, artık yetti, ağlaya ağlaya taş olacak, gaklayan bir kuş olacak, bizden ayrılacak ve oh diyeceğiz diye düşündüm. Ama sen her seferinde ertesi gün geri geldin. Cadılığını ortaya koyduğunda hepsi şaşırdı ama ben bunu uzun süredir biliyordum. Yere yapıştırılıp ezilemeyeceğini, zavallı farecik sızlanmalarına karşın görmüştüm. Sen de onlardan benim kadar nefret ediyordun. Bence gücümüz buradan geliyor."

Sözleri müthiş bir çağlayan gibi çarpıyordu bana. Söylediklerini güçlükle kavrayabiliyordum. Ailemizden nefret mi ediyordu? Pasiphae bana daima ailemizin damıtılmış hali, kanımızın kibirli acımasızlığına dikilmiş ışıltılı bir anıt olarak görünmüştü. Öte yandan, söylediği doğruydu: Nympha'lara sadece diğerlerinin gücü aracılığıyla faaliyet gösterme izni verilirdi. Kendileri için bir güç bekleyemezlerdi.

"Bütün bunlar böyle madem," dedim, "bana karşı niye o kadar yırtıcıydın? Aietes'le ben yalnızdık, bizimle arkadaş olabilirdin."

"Arkadaş," diye dudak büktü. Dudakları kusursuz bir kan kırmızı, diğer nympha'ların hepsinin boyayla elde etmek zorunda olduğu bir renkti. "O salonlarda arkadaşlık yoktur. Ayrıca Aietes de hayatında bir kadından hoşlanmış değildir."

"Bu doğru değil," dedim.

"Senden hoşlandığını zannettiğin için mi?" Güldü. "Terbiyeli bir maymun olduğun, söylediği her sözün ardından alkışladığın için sana tahammül ediyordu."

"Perses'le sen de farklı değildiniz," dedim.

"Perses'i hiç tanımıyorsun sen. Onu mutlu etmek için neler yaptığımı biliyor musun? Neler yapmak zorunda kaldığımı?"

Daha fazlasını duymak istemiyordum. Yüzü, hayatımda hiç görmediğim kadar çıplak, her sözcüğü, sırf bu şekle sokmak için senelerce yontmuş gibi sipsivriydi.

"Sonra babam beni Minos denen bu eşeğe verdi. Eh, onunla uğraşabilirdim, uğraştım da. Artık düzeldi ama çok uzun bir yol kat etmem gerekti ve eski halime hiçbir zaman dönemeyeceğim. O yüzden sen bana söyle kardeşim, senin yerine kimi çağırtsaydım? Beni azarlayıp kırıntılar için yalvartacak tanrılardan birini mi? Yoksa denize bakıp hiçbir işe yaramadan kırıtacak bir nympha'yı mı?" Yine güldü. "İkisi de ilk diş darbesinde çığlıklar atarak kaçardı. Acıya hiç dayanamazlar. Bizim gibi değiller."

Bu sözler tam bir şoktu, sanki elleri o âna dek boştu da birden bıçağını göstermişti. Boğazıma safra doldu. Geriledim.

"Ben senin gibi değilim."

Yüzündeki şaşkınlığı bir an için gördüm, sonra bu ifade dalganın yaladığı kumların pırıl pırıl olması gibi silindi.

"Hayır," dedi. "Değilsin. Sen babam gibisin, aptalsın ve ahlak taslıyor, anlamadığın her şeye gözlerini kapatıyorsun. Söylesene, canavarlar ve zehirler yapmasaydım ne olacaktı sence? Minos kendine kraliçe istemiyor, tek istediği bir kavanozda tutup ölünceye dek besleyebileceği ahmak bir pelte. Beni seve seve sonsuza dek zincire vurdururdu, bunu yapmak için de babasına tek bir kelime söylemesi yeter. Ama söylemiyor. Ondan önce ona ne yapacağımı biliyor."

Babamın Minos için, *Pasiphae'nin haddini bilmesini sağlayacaktır*, dediğini hatırladım. "Ama babam Minos'a ancak belli bir yere kadar müsamaha gösterir."

Kahkahası kulaklarımı tırmaladı. "Kıymetli barışını korumasını sağlayacağını bilse babam beni kendisi zincire vurur. Sen bunun kanıtısın. Zeus'un cadılıktan ödü kopuyor, o yüzden bir kurban istedi. En değersiz sen olduğun için babam seni seçti. Şimdi o adaya tıkılmış durumdasın ve oradan asla ayrılmayacaksın. Hiçbir işime yaramayacağını bilmem gerekirdi. Defol. Defol, seni bir daha gözüm görmesin."

Koridorları geri yürüdüm. Zihnim bomboştu, cildim etlerimin üzerinden havalanmak istermiş gibi diken diken oluyordu. Her ses, her temas, ayaklarımın altındaki taşlar, bir pencereden gelen fıskiye şırıltısı duyularıma uğursuzca saldırıyordu. Havada okyanus dalgaları gibi batıcı bir ağırlık vardı. Kendimi dünyaya yabancı hissediyordum.

Şekil kapımdaki gölgelerden sıyrıldığında bağıramayacak kadar uyuşuk haldeydim. Elim iksir torbamı kurcaladı ama sonra uzak bir meşale ışığı karşımdakinin kukuletalı yüzüne düştü.

Sadece bir tanrının duyabileceği kadar hafif bir sesle konuştu. "Seni bekliyordum. Tek bir sözün yeter, hemen giderim."

Anlamam biraz sürdü. Bu kadar cüretkâr olduğu aklıma gelmemişti. Ama öyleydi elbette. Sanatkâr, yaratıcı, mucit, dünyanın gördüklerinin en büyüğü. Ürkeklik hiçbir şey yaratamaz.

Daha önce gelmiş olsaydı ne derdim? Bilmiyorum. Ama o anda sesi hırpalanmış cildime sürülen bir merhem gibiydi. Ellerini, her şeyini arzuladım, ölümlü olmasına, her zaman uzak ve her zaman ölümü bekleyecek olmasına karşın arzuladım.

"Kal," dedim.

Mum yakmadık. Oda karanlıktı ve gündüz sıcağının ardından hâlâ sıcaktı. Gölgeler yatağı sarıyordu. Hiçbir kurbağa sesi yoktu, hiçbir kuş ötmedi. Evrenin durgun kalbini bulmuştuk sanki. Biz hariç hiçbir şey hareket etmiyordu.

Sonrasında, gece esintisi uzuvlarımızı gıdıklarken yan yana yattık. Ona Pasiphae'yle ettiğim kavgayı anlatmayı düşündüm ama kardeşimi yanımızda istemiyordum. Dışarıda yıldızlar örtülüydü, bir uşak titreşen bir meşaleyle avludan geçti. Önce hayal ettiğimi sandım: Odayı sallayan hafif bir titreşim.

"Sen de hissediyor musun?"

Daidalos başıyla onayladı. "Asla şiddetli olmazlar. Duvar boyalarında birkaç çatlak. Son zamanlarda sıklaştı."

"Kafese zarar vermez."

"Hayır," dedi. "Onun için çok daha kötüsü gerek." Bir an geçti. Karanlıkta sesi alçaktı. "Hasat zamanı," dedi, "yaratık büyüdüğünde. Ne kadar kötüleşecek?"

"Bir ay devrinde on beş kadar."

Nefesini içine çektiğini duydum. "Ağırlığını her an hissediyorum," dedi. "Bütün o hayatların. O canavarın yaratılmasına yardımcı oldum, bunu artık geri alamam."

Bahsettiği ağırlığı biliyordum. Eli benimkinin yanındaydı. Nasırlıydı ama kaba değildi. Karanlıkta parmaklarımı o elin üstünde gezdirmiş, yara izleri olan solgun, pürüzsüz kısımları aramıştım.

"Nasıl katlanıyorsun?" dedi.

Gözlerimden hafif bir ışık saçılıyordu, o ışıkta yüzünü görebiliyordum. Bir cevap beklediğini fark etmek sürpriz oldu; bir cevabım olduğuna inandığını fark etmek. İçinde bir başka mahkûmun olduğu bir başka loş odayı düşündüm. O da bir zanaatkârdı. Bilgisinin temeli üstüne medeniyet inşa edilmişti. Prometheus'un kökler gibi derinlere inen sözleri bunca zamandır içimde bekliyordu.

"Hepimiz elimizden geldiğince katlanıyoruz," dedim.

Minos gemileri konusunda pintiydi, artık canavar kilit altına alınmış olduğuna göre beni kendisine uygun bir vakte kadar bekletti. "Tüccarlarımdan biri Aiaie'nin yakınlarından geçiyor. Birkaç güne kadar yelken açacak. O zaman gidebilirsin."

Pikniklerine ve eğlencelerine taşındığı sırada uzaktan görmek haricinde Pasiphae'yi bir daha görmedim. Dans alanına gidip bakmama karşın Ariadne'yi de görmedim. Muhafızlardan birine beni onun yanına götürüp götüremeyeceğini sordum. Pis sırıtışını hayal ettiğimi zannetmiyorum. "Kraliçe yasakladı."

Pasiphae ve küçük intikamları. Yüzüm yandı ama ona acımasızlığının hedefi bulduğunu bilme zevkini vermeyecektim. Saray topraklarında, sütunların arasında, patikalarda ve tarlalarda dolaştım. İlginç, yabani yüzleriyle geçen ölümlüleri seyrettim. Daidalos her gece gizlice kapımı çalıyordu. Ödünç alınmış bir zamandı, bunu biliyorduk, bu da her şeyi daha tatlı bir hale getiriyordu.

Muhafızlar dördüncü gün şafaktan hemen sonra geldi. Daidalos çoktan gitmişti, İkaros uyandığında evde olmayı seviyordu. Adamlar mor pelerinlerinin içinde kaskatı bir şekilde karşımda durdular, fırlayıp yanlarından geçerek tepelere kaçmayı deneyebilirmişim gibi dikiliyorlardı. Boyalı salonlardan geçip geniş basamaklardan inerek peşlerinden gittim. Daidalos rıhtımın kargaşasının ortasında bekliyordu.

"Pasiphae bunun için seni cezalandıracak," dedim.

"Zaten verdiğinden fazla ceza vermez." Minos'un teşekkür ifadesi olarak gönderdiği sekiz koyun gemiye bindirilirken bir kenara çekildi. "Bakıyorum da kral her zamanki gibi cömert." Güverteye yüklenmiş iki dev sandığı işaret etti. "Sürekli bir şeylerle meşgul olmayı sevdiğini hatırlıyorum. Kendim tasarladım."

"Teşekkür ederim," dedim. "Şeref verdin."

"Hayır," dedi. "Sana neler borçlu olduğumuzu biliyorum. Benim neler borçlu olduğumu."

Boğazımın arka tarafı yandı ama bizi seyreden gözleri hissedebiliyordum. Durumu onun için daha da kötüleştirmek istemiyordum. "Ariadne'ye benim adıma veda eder misin?"

"Ederim," dedi.

Gemiye bindim, elimi kaldırdım. Daidalos da elini kaldırdı. Sahte umutlarla kendimi aldatmamıştım. Ben tanrıçaydım, o ölümlü, ikimiz de mahpustuk. Ama mühürler balmumuna nasıl bastırılırsa yüzünü işte öyle zihnime bastırdım, böylece yanımda taşıyabilecektim o yüzü.

Gemi görülemeyecek kadar uzaklaşana dek sandıkları açmadım. Keşke açsaydım, böylece ona doğru dürüst teşekkür edebilirdim. Birinin içinde her türden boyasız yün, yumaklar ve keten iplikleri vardı. Diğerindeyse hayatımda gördüğüm en güzel dokuma tezgâhı. Cilalı sedir ağacından yapılmıştı.

Tezgâh hâlâ bende. Ocağımın yanında duruyor, hatta türkülere bile girdi. Belki şaşırtıcı bir şey değildir bu, ozanlar bu türden âhenkleri sever: Cadı Kirke hem büyüleri hem de iplikleri örer beceriyle, dokur efsunları kumaşlarla birlikte. Ben kimim ki güzel bir kafiyeyi bozayım? Ama dokuduğum kumaşlarda bir harikalık varsa, bunun kaynağı o tezgâh ve tezgâhı yapan ölümlü. Bunca yüzyılın ardından bile ek yerleri sağlam, mekik ipliklerin üstünde kaydığında da havayı sedir kokusu dolduruyor.

Ben oradan ayrıldıktan sonra Daidalos büyük dehlizini, duvarları Minotauros'un gazabını hapseden Labyrinthos'u inşa etti gerçekten. Hasatlar birbirini izledi, dolambaçlı geçitlerdeki kemik yığınları bilek hizasını buldu. Saraydaki hizmetkârlar, kulak verirseniz yaratığın tangur tungur gezindiğini duyabileceğinizi söylüyorlardı. Bu arada Daidalos da çalışıyordu. İki ahşap çerçeveyi balmumuyla sıvadı, üstlerine Girit kıyılarında beslenen büyük deniz kuşlarından topladığı uzun uçlu, geniş ve beyaz tüyleri yapıştırdı. İki takım kanat ortaya çıktı. Daidalos birini kendi kollarına, birini de oğlunun kollarına bağladı. Knossos kıyısının en yüksek kayalığının tepesinde durup atladılar.

Okyanus esintileri onları yakaladı, havada süzüldüler. Doğuya doğru, doğan güneşe, Afrika'ya doğru gidiyorlardı. İkaros haykırdı, artık genç bir adamdı ve özgürlüğü ilk defa tadıyordu. Babası onun daldığını, havada döndüğünü görünce güldü. Çocuk iyice yükseldi, gökyüzünün uçsuz bucaksızlığından, omuzları üstündeki güneşin pervasız sıcaklığından gözleri kamaşmıştı. Babasının ihtar çığlıklarını duymadı. Balmumunun eridiğini fark etmedi. Tüyler çerçeveden ayrıldı, İkaros da onların ardından boğucu dalgaların arasına düştü.

O tatlı çocuğun ölümünün yasını tuttum ama inatla kanat çırpmaya devam eden, o çaresiz kederi ardında sürükleyerek ilerleyen Daidalos için daha fazla yas tuttum. Bunları bana Hermes anlattı; şarabımı yudumlayarak, ayakları ocağıma dayanmış olarak tabii. Daidalos'un yüzünün zihnime kazıdığım suretini bulmak için gözlerimi kapattım. O zaman keşke birlikte bir çocuk yapmış olsaydık dedim, ona bir teselli olurdu. Ama olgunlaşmamış ve aptalca bir fikirdi bu. Çocuklar, biri diğerinin yerine geçebilecek tahıl çuvallarıymış gibi.

Daidalos oğlundan sonra fazla yaşamadı. Uzuvları kül rengine büründü, sinirlerini yitirdi, bütün gücü dumana dönüştü. Onun üstünde hiçbir hak iddia edemezdim, bunu biliyordum. Ama yalnız bir yaşamda, bir başka ruhun sizinkinin yanına damladığı ender anlar vardır, yıldızların senede bir defa yeryüzüne sürünüp geçmesi gibi. Daidalos da benim için öyle bir takımyıldızdı.

ON İKİ

Aiaie'ye uzun yoldan, Skylla'dan kaçınarak gittik. On bir gün sürdü. Gökyüzü berrak ve parlak kemerini üstümüzde büktü. Kör edici dalgaları, beyaz beyaz parlayan güneşi seyrettim. Kimse beni rahatsız etmedi. Adamlar yanlarından geçtiğimde bakışlarını kaçırıyordu, dokunduğum bir halatı dalgalara attıklarını gördüm. Onları suçlayamazdım. Knossos'ta yaşıyor ve cadılık hakkında zaten gereğinden fazla şey biliyorlardı.

Aiaie'ye indiğimizde tezgâhı görevbilir bir şekilde ormandan yukarı taşıyıp ocağımın önüne kurdular. Sekiz koyunu yukarı doğru güttüler. Onlara şarap ve yemek teklif ettim ama kabul etmediler tabii. Aceleyle gemilerine döndüler, ufukta bir an evvel gözden kaybolmaya can atarak küreklere asıldılar. Üflenmiş bir alev gibi gözden kayboldukları âna dek arkalarından baktım.

Aslan, eşiğimden bana bakıyordu. *Bir daha böyle bir şey olmasın*, demek ister gibi sallıyordu kuyruğunu.

"Bence de öyle," dedim.

Knossos'un güneşli, geniş çardaklarından sonra evim topraktaki bir oyuk gibi rahattı. Sessizliği, durgunluğu hissederek, sadece kendi ayaklarımın sesini dinleyerek düzenli odalarını gezdim. Elimi her yüzeye, her dolaba, her kadehe sürdüm. Her şey eskisi gibiydi. Her zaman olacakları gibi.

Bahçeye çıktım. Her zaman büyüyen yaban otlarını ayıkladım, Dikti'de topladığım otları diktim. Ayışığıyla aydınlanan çukurlarından uzakta, parlak, ışıltılı tarhlarımda tuhaf görünüyorlardı. Uğultuları daha hafifti, renkleri solmuştu. Güçlerinin yeniden dikilmeye belki de dayanamayacağını dikkate almamıştım.

Aiaie'de yaşadığım onca yılda sınırlarımdan asla rahatsız olmamıştım. Babamın salonlarından sonra bu ada özgürlüklerin en çılgını, en neşelisi gibi görünmüştü gözüme. Kumsalları, zirveleri, hepsi sihirle dolup taşarak ufka uzanıyordu. Ama o narin tomurcuklara bakarken sürgünümün ağırlığını ilk defa hissettim. Öldükleri takdirde başka toplayamazdım. Dikti'nin uğuldayan yamaçlarında bir daha asla yürümeyecektim. Gümüş gölünden su alamazdım. Hermes'in anlattığı bütün o yerler; Arabistan, Asur, Mısır, hepsi sonsuza dek yitmişti.

Oradan asla ayrılmayacaksın, demişti Pasiphae.

Bir başkaldırı havası içinde kendimi eski hayatıma attım. Canımın istediğini, aklıma geldiği anda yapıyordum. Kumsallarda şarkılar söyledim, bahçemi yeniden düzenledim. Domuzları çağırdım, sert tüylü sırtlarını kaşıdım, koyunları fırçaladım ve gelip soluyarak kapımda yatsınlar diye kurtları çağırdım. Aslan onlara sarı gözlerini devirdi ama terbiyeli davrandı çünkü bütün hayvanlarımın birbirine katlanması temel kanunumdu.

Her gece şifalı otlarımı ve köklerimi sökmek için dışarı çıkıyordum. Sırf onları ellerimle örme zevkini hissetmek için aklıma gelen sihirleri yapıyordum. Sabahları mutfağım için çiçek topluyordum. Akşamları, yemekten sonra, Daidalos'un tezgâhının önüne yerleşiyordum. Aleti çözmem biraz zaman aldı çünkü tanrıların salonlarında gördüğüm dokuma tezgâhlarının hiçbirine benzemiyordu bu tezgâh. Oturma yeri vardı, örgü de yukarı değil, aşağı doğru atılıyordu. Anneannem görseydi bunun karşılığında denizyılanını teklif ederdi, tezgâhta dokunan kumaş anneannemin en iyi kumaşlarından daha güzeldi. Daidalos iyi tahmin etmişti, bu işi baştan aşağı seviyordum; basit olup aynı anda beceri gerektirmesini, ahşap kokusunu, mekiğin vınlamasını, düğüm üstüne düğüm birikmesinin getirdiği tatmini. Biraz büyü gibiydi çünkü ellerin çalışması, zihnin serbest ve işlek olması gerekiyordu. Ama en sevdiğim kısım tezgâh değil de boyama işiydi. En iyi renklerin peşine düşüyordum, kökboya bitkisi ve safran, kızıl kırmızıböceği ve denizden toplanan şarap koyuluğundaki iskerletler, yüne tutunmaları için şap tozu. Yünü sıkıyor, dövüyor, pis kokulu sıvılar çiçekler gibi parlak renklerle köpürene dek kocaman kazanlarda kaynatıyordum. Kızıl, safran sarısı ve prenslerin giydiği koyu mor. Athena'nın becerisi bende olsaydı, gökkuşağı tanrıçası İris'in renklerini gökten sallandırdığı, kocaman bir duvar halısı dokurdum.

Ama ben Athena değildim. Basit eşarplarla, pelerinlerle ve sandalyelerimin üstüne mücevher gibi yayılan battaniyelerle mutluydum. Bir tanesini aslanıma sardım ve ona Fenike Kraliçesi adını taktım. Hayvan oturdu, mor rengin kürkünü nasıl altın gibi parlattığını göstermek istermiş gibi başını bir o yana, bir bu yana çevirdi.

Fenike'yi hiçbir zaman görmeyeceksin.

Taburemden kalktım ve kendimi adada yürümeye zorladım, her saatin getirdiği değişiklikleri hayranlıkla seyrettim: Birikintilerde seken su böcekleri, nehir akıntılarıyla yuvarlanıp yeşillenmiş ve pürüzsüzleşmiş taşlar, polenle yüklenmiş, alçaktan uçan arılar. Koylar sıçrayan balıklarla doluydu, tohumlar zarlarını yırtıp çıkıyordu. Girit'ten getirdiğim geyikotuyla zambaklarım her şeye rağmen serpilmişti. *Gördün mü,* dedim kız kardeşime.

Cevap Daidalos'tan geldi. *Altın da olsa kafes, kafestir.*

Bahar yaza döndü, yaz da mis kokulu bir sonbahara. Artık sabahları sis, bazen de akşamları fırtına oluyordu. Çok geçmeden kış kendi güzelliğiyle gelecek, yeşil karacaot yaprakları kahverengilerin arasında parlayacak, serviler madeni gökyüzünde siyah siyah yükselecekti. Ada asla gerçekten soğuk olmuyordu, Dikti Dağı'nın zirvesi gibi değildi ama kayalara tırmanıp rüzgârlarda dururken yeni pelerinlerimden memnundum. Yine de ne güzellikler ararsam arayayım, ne zevkler bulursam bulayım, kız kardeşimin sözleri peşimden geliyor, bana eziyet ediyor, kanımın ve kemiklerimin derinliklerinde kaynıyordu.

"Cadılık hakkında yanılıyorsun," dedim ona. "Cadılık nefretten doğmuyor. İlk büyümü Glaukos'a olan aşkımdan yapmıştım."

Vizon sesini karşımdaymışçasına duydum. *Babama başkaldırıyla yapıldı o büyü, seni küçümseyen ve arzularına kavuşmaktan alıkoyan herkese başkaldırıyla.*

Ne olduğumu sonunda anladığında babamın gözlerindeki ifadeyi görmüştüm. Beni beşiğimdeyken boğmuş olması gerektiğini düşünüyordu.

Tam da öyle. Annemizin rahmini nasıl durdurduklarına baksana. Onun babamla teyzelerimizi nasıl kolayca parmağında oynattığını fark etmedin mi?

Etmiştim. Güzelliğin ötesinde bir şeydi bu, artık yatakta ne numaralar biliyorsa onun ötesinde bir şey. "Annemiz akıllıdır."

Akıllıymış! Pasiphae güldü. *Onu her zaman hafife aldın. Annemde de cadı kanı varsa hiç şaşırmam. Büyülerimizi Helios'tan almıyoruz.*

Bunu ben de merak etmiştim.

Şimdi onu kızdırdığın için üzgünsün. Her günü babamızın ayaklarını yalayarak geçirdin, annemizi bir köşeye iteceğini umuyordun.

Kayalıkları arşınladım. Yüz nesildir dünyada geziniyordum ama hâlâ çocuktum. Hiddet ve keder, engellenmiş arzular, şehvet, kendine acıma: Tanrıların iyi bildiği duygulardır bunlar. Ama suçluluk ve utanç, pişmanlık, tereddüt bizim türümüz için yabancı ülkelerdir, her bir taşının ayrı ayrı öğrenilmesi gerekir. Kız kardeşimin yüzünü, asla onun gibi olmayacağımı söylediğimde o yüzde beliren afallamayı düşünmeden edemiyordum.

Ne ummuştu? Deniz kuşlarının ağzında birbirimize denizaşırı mesajlar göndereceğimizi mi? Büyüler paylaşacağımızı, tanrılarla savaşacağımızı mı? Nihayet kendimize has bir şekilde de olsa kız kardeşler olacağımızı mı?

Hayal etmeye çalıştım: Başlarımız şifalı otların üzerine eğilmiş, Pasiphae akıllıca bir şey tertiplerken kahkahası çınlıyor. O zaman... Ah, bir düzine imkânsız şey istedim. Ne olduğunu daha önce öğrenmiş olmayı. O ışıltılı salonlardan başka bir yerde büyümüş olmayı. Pasiphae'nin zehirlerini köreltebilir, onu herkese kötülük etmekten uzaklaştırabilir, en iyi otları nasıl toplayacağını öğretebilirdim.

Hah, dedi. *Senin gibi budalalardan ders alacak değilim. Zayıf ve körsün, üstelik bunu kendin seçtiğin için durum daha beter hale geliyor. Sonunda üzüleceksin.*

Nefret dolu olduğunda işler her zaman daha kolaydı. "Zayıf değilim. Ayrıca senin gibi olmadığım için de asla üzülmeyeceğim. Duydun mu?"

Cevap yoktu elbette. Sadece hava vardı, sözlerimi yutuyordu.

Hermes döndü. Pasiphae'yle işbirliği yaptığını düşünmüyordum artık. Bildikleriyle övünmek ve başkalarının bilmediklerine gülmek doğasında vardı. Gümüş sandalyeme yayıldı. "Ee, Girit'i beğendin mi? Biraz heyecan yaşadığını duydum."

Ona yemek ve şarap verdim, o gece de yatağıma götürdüm. Her zamanki gibi yakışıklıydı, birleşmelerimizde hevesli ve oyunbazdı. Ama artık ona baktığımda içimde bir hoşnutsuzluk yükseliyordu. Bir an gülüyordum, bir sonrakinde hareketleri boğazıma bir acılık dolmasına yol açıyordu. Elleri bana uzandığında tuhaf bir yerinden olmuşluk duygusu hissettim. Elleri kusursuz ve yarasızdı.

Benim tereddüdüm onu teşvik etmekten başka bir işe yaramadı tabii. Her zorluk bir oyun, her oyun da bir eğlenceydi. Onu sevseydim çoktan çekip gitmiş olurdu, oysa kaçınmam tekrar tekrar geri dönmesine neden oluyordu. Beni sarıp sarmalamak için bastırıyor, hediyeler ve haberler getiriyordu. Minotauros'un hikâyesini ben sormadan baştan sona anlattı.

Ben Girit'ten ayrıldıktan sonra Minos ile Pasiphae'nin en büyük çocuğu Androgeos anakarayı ziyaret etmiş ve Atina yakınlarında öldürülmüş. O sırada Girit halkı da her hasat zamanı oğullarını ve kızlarını kaybetmekten bıkmış usanmış haldelermiş, ayaklanma tehdidi söz konusuymuş. Minos fırsatı kaçırmamış. Oğlunun karşılığı olarak Atina Kralı'nın canavarı beslemek üzere yedi delikanlı ve yedi genç kız göndermesini talep etmiş, yoksa Girit'in kudretli donanması sefere çıkacakmış. Korkan kral kabul etmiş, seçilen gençlerden biri de kendi oğlu Theseus'muş.

Bu prens, dağdaki gölde gördüğüm ölümlüydü. Ama sezgi görüntüsü bana her şeyi anlatmamıştı. Prenses Ariadne olmasaydı Theseus ölebilirdi. Ariadne, Theseus'a âşık oldu ve hayatını kurtamak için ona gizlice bir kılıç verip Labyrinthos'ta yolunu nasıl bulacağını öğretti. Kendisi de bunu Daidalos'tan öğrenmişti. Ama Theseus dehlizden elleri canavarın kanına bulanmış olarak çıktığında Ariadne ağladı, sevinç gözyaşları değildi bunlar.

"Duyduğuma göre," dedi Hermes. "Yaratığa doğal olmayan bir sevgi besliyormuş. Sık sık kafesine gider, parmaklıkların arasından yumuşak bir sesle onunla konuşur, kendi sofrasından lezzetli şeyler ikram edermiş. Bir keresinde fazla yaklaşmış, yaratığın dişleri omzunu yakalamış. Ariadne kaçmış, Daidalos da yarayı dikmiş ama kızın ensesinde taç biçimi bir yara izi kalmış."

Ariadne'nin *kardeşim* dediği sıradaki yüzünü hatırlıyordum. "Cezalandırıldı mı? Theseus'a yardım ettiği için yani?"

"Hayır. Yaratık öldükten sonra onunla kaçtı. Theseus, Ariadne'yle evlenecekti ama kardeşim kızı kendisine istediğine karar verdi. Hafif adımlıları nasıl sevdiğini bilirsin. Theseus'a kızı bir adaya bırakmasını, kendisinin gelip alacağını söyledi."

Hangi kardeşini kastettiğini biliyordum. Üzüm tanrısı Dionysos. Kendilerini dertlerinden kurtardığı için ölümlülerin Özgürlük Veren dediği, Zeus'un asi oğlu. Ariadne, Dionysos'la hiç değilse her gece dans eder, diye düşündüm.

Hermes başını iki yana salladı. "Çok geç kalmış. Kız uykuya dalmış, Artemis de onu öldürmüş."

O kadar rahat bir tavırla konuşuyordu ki bir an için yanlış duyduğumu sandım. "Ne? Ariadne öldü mü?"

"Yeraltı dünyasına bizzat ben götürdüm."

O kıvrak ve umut dolu kız. "Sebep neymiş?"

"Artemis'ten doğru dürüst bir cevap alamadım. Ne kadar huysuz olduğunu bilirsin. Akıl sır ermeyecek ufak bir suç yüzünden işte." Omuz silkti.

Cadılığım bir Olymposluyla aşık atamazdı, bunu biliyordum. Ama o anda denemek istedim. Bütün büyülerimi toplamak, iradемi yeryüzü ruhlarına, hayvanlara, kuşlara kabul ettirip hepsini Artemis'in peşine salmak istedim, o zaman gerçekten avlanmak neymiş anlardı.

"Hadi ama," dedi Hermes. "Ölümlünün biri öldü diye her seferinde ağlarsan bir ayda boğulup gidersin."

"Defol," dedim.

İkaros, Daidalos, Ariadne. Hepsi de ellerin havadan başka bir şeyi tutamadığı, ayakların artık toprağa değmediği o karanlık tarlalara gitmişti. Orada olsaydım keşke, diye düşündüm. Ama olsam ne değişirdi? Hermes'in söyledikleri doğruydu. Ölümlüler her an ölüyordu, gemi kazalarıyla ve kılıçla, vahşi hayvanların ve vahşi insanların eliyle, hastalıktan, bakımsızlıktan ve yaşlılıktan. Prometheus'un bana söylediği gibi, kaderleri buydu, hepsinin ortak hikâyesi buydu. Hayatta ne kadar canlı, ne kadar parlak olurlarsa olsunlar, ne harikalar yaratırlarsa yaratsınlar, sonunda toza ve dumana dönüyorlardı. Öte yandan, bütün önemsiz ve işe yaramaz tanrılar yıldızları söndürene dek parlak havayı emmeyi sürdürüyordu.

Hermes her zamanki gibi geri geldi, onu kabul ettim. Salonumda ışıldadığı zaman kumsallarım o kadar dar görünmüyor, sürgünüm omuzlarıma o kadar ağırlıkla yüklenmiyordu. "Ne haberler var?" dedim. "Girit'ten haber ver. Pasiphae, Minotauros'un ölümünü nasıl karşıladı?"

"Çıldırmış, öyle diyorlar. Matem tuttuğu için artık yalnızca siyah giyiyormuş."

"Saçmalama. Pasiphae yalnızca işine gelirse çıldırır," dedim.

"Theseus'u lanetlediğini söylüyorlar. O zamandan beri lanetler çocuğun peşini bırakmıyormuş. Babasının nasıl öldüğünü duydun mu?"

Theseus umurumda değildi, kız kardeşimden haber almak istiyordum. Hermes bana hikâye üstüne hikâye anlatırken gülüyordu mutlaka. Pasiphae'nin Minos'u yatağına gelmekten nasıl men ettiğini, nasıl sadece en küçük kızı Phaedra'yla teselli bulduğunu. Dikti Dağı'nın eteklerinde gezinip durduğunu, yeni zehirler arayarak bütün dağı delik deşik ettiğini. Her ufak hikâyeyi, hazinesini koruyan bir ejderha gibi titizlikle didikliyordum. Bir şey aradığımı fark ettim ama ne arıyordum, ben de bilmiyordum.

Bütün iyi hikâye anlatıcıları gibi Hermes de en iyisini en sona saklamayı bilirdi. Bir akşam bana, Pasiphae'nin, evliliklerinin ilk günlerinde Minos'a ettiği bir oyunu anlattı. Minos, Pasiphae'nin gözü önünde canının istediği kızı yatak odasına çağırırmış. Pasiphae de onu tohumlarını yılana ve akrebe çeviren bir büyüyle lanetlemiş. Minos ne zaman bir kadınla yatsa, yılanlarla akrepler kadını içeriden sokup öldürüyormuş.

Kulak misafiri olduğum kavgayı hatırladım. Yüz kız, demişti Pasiphae. Hizmetçi kızlar, köleler, tüccarların kızları, babası krala karşı gelmeye cesaret edemeyecek kızlardı bunlar. Hepsi de küçük bir zevk ve intikam uğruna sönüp gitmişti. Hermes'i yolladım, kepenklerimi daha önce hiç yapmadığım gibi kapattım. Dışarıdan bakan biri büyü yaptığımı düşünürdü ama hiçbir otu elime almadım. Ağırlıksız bir neşe hissediyordum. Hikâye öyle çirkin, öyle tuhaf, öyle iğrençti ki ateşin düşmesi gibi bir his yaratmıştı. Bu adada kısılıp kalmış olsam da hiç değilse dünyayı Pasiphae'yle ve onun gibilerle paylaşmak zorunda değildim. Aslanımın yanında aşağı yukarı yürüyerek. "Bitti artık," dedim.

"Bundan sonra onları düşünmek yok. Hepsini sildim, bu konuyu kapattım."

Kedi yanağını katladığı patilerine yaslayıp gözlerini yerden kaldırmadı. Demek, belki de yapmadığımı biliyordu.

ON ÜÇ

Bahardı. Doğu yamacına inmiş, erkenci çilekleri topluyordum. Orada deniz rüzgârları güçlü eser, meyvelerin tadı daima tuzla çeşnilenmiş olurdu. Domuzlar viyaklamaya başladı, başımı kaldırıp baktım. Eğimli öğleden sonra ışığında bir gemi bize doğru geliyordu. Rüzgâr karşıdan esiyordu ama gemi ne yavaşladı ne yalpaladı. Kürekçiler iyi nişanlanmış bir ok gibi dümdüz ilerlemesini sağladı.

Midem çalkalandı. Hermes bana hiçbir uyarıda bulunmamıştı, geminin ne anlama gelebileceğini düşünemiyordum. Miken usulü bir gemiydi, ön tarafındaki figür o kadar büyüktü ki geminin tasarımını etkilemiş olmalıydı. Gövdesinde bir çift siyah sürmeli göz tütüyordu. Rüzgârda tuhaf, yabancı bir koku yakaladım. Bir an tereddüt ettim, sonra ellerimi silip kumsala indim.

Gemi o sırada kıyıya yaklaşmıştı, pruvası dalgaların üstüne iğne biçimi bir gölge düşürüyordu. Üç düzine kadar tayfa saydım. Daha sonra bin kişi orada olduğunu iddia edecek ya da soylarını geriye doğru takip edebilmek için soyağaçları icat edecekti elbette. Bu tayfaların kendi kuşaklarının en kahramanları olduğu kabul ediliyordu. Cüretkâr ve sağlamdılar, yüz türlü çılgın macerayı ustaca atlatmışlardı. Bunu da kesinlikle gösteriyorlardı: Gösterişli, uzun boylu, geniş omuzluydular, zengin görünümlü pelerinleri, gür saçları vardı, krallıklarının sunabileceği en iyi şeylerle yetiştirilmişlerdi. Silahları, çoğu erkeğin giysilerini taşıdığı gibi kuşanmışlardı. Yabandomuzlarıyla güreştiklerine ve beşikteki devleri avladıklarına kuşku yoktu.

Yine de küpeşteden bakan yüzleri gergin ve sinirliydi. Bahsettiğim koku güçlenmişti, havada da bir yoğunluk, seren direğinden sallanıyormuşa benzeyen, aşağı çeken bir ağırlık vardı. Beni gördüler ama hiç ses çıkarmadılar, selamlamak için hiçbir harekette bulunmadılar.

Çapa şakırtıyla suya indi, sürme iskele onu takip etti. Yukarıda martılar çığlık çığlığa daireler çiziyordu. Kolları birbirine değerek, başları eğik halde iki kişi indi. İriyarı, kaslı, koyu renk saçları akşamüstü esintisinde havalanan bir adam. Bir de –bunu görünce şaşırdım– uzun boylu, siyahlara bürünmüş, arkasında uzun bir peçe uçuşan bir kadın. Çift sanki beklenen misafirlermişçesine zarafetle ve tereddüt etmeksizin bana doğru ilerledi. Ayaklarımın dibinde diz çöktüler, kadın uzun parmaklı ve herhangi bir süs taşımayan ellerini havaya kaldırdı. Peçesi, altından tek bir tel dahi saç çıkmayacak şekilde bağlanmıştı. Çenesi kararlılıkla aşağıya dönük duruyor, yüzü gözlerden saklanıyordu.

"Tanrıçam," dedi. "Aiaie'nin cadısı. Senden yardım istemeye geldik." Sesi alçak ama berraktı, sık sık şarkı söylüyormuş gibi müzikal bir tınısı vardı. "Büyük bir kötülükten kaçtık, ondan kurtulmak için biz de büyük bir kötülük yaptık. Lekeliyiz."

Bunu hissediyordum. Hastalıklı hava yoğunlaşmış, yağlı bir ağırlıkla her şeyi sarmıştı. *Miyazma* denirdi buna. Zehirli hava. Arıtılmamış suçlardan, tanrılara karşı işlenen günahlardan ve kutsanmadan kan dökülmesinden kaynaklanırdı. Minotauros'un doğumundan sonra *miyazma* bana dokunmuş, sonra Dikti'nin suları beni arıtıp temizlemişti. Ama bu daha güçlüydü: İğrenç, irin sızdıran bir hastalıktı.

"Bize yardım eder misin?" dedi kadın.

"Yardım et, yüce tanrıça, merhametine muhtacız," diye yankıladı adam.

İstedikleri sihir değil, bizim türümüzün en eski ayiniydi. *Katarsis*. Dumanla ve duayla, suyla ve kanla arınma. Onlara soru sormam, varsa suçlarını sormam yasaktı. Bana düşen sadece evet ya da hayır demekti.

Adamda eşinin disiplini yoktu. Konuştuğunda çenesi biraz havaya kalkmış, ben de yüzüne bakmıştım. Gençti, tahminimden bile daha gençti, sakalı hâlâ tel tel çıkıyordu. Cildi güneşten ve rüzgârdan yanıktı ama sağlıkla ışıldıyordu. Güzeldi, ozanlar olsa tanrı gibi derlerdi. Ama beni en çok çarpan ölümlü kararlılığı, üstündeki yüklere rağmen boynunun cesurca dik duruşu oldu.

"Kalkın," dedim. "Peşimden gelin. Elimden geldiğince yardım edeceğim size."

Onları domuz patikalarından yukarı çıkardım. Adam, kadının sendelemesini engellemek istermiş gibi endişeyle onun kolunu kavramıştı ama kadın hiç tökezlemedi. Hatta adımları adamınkilerden daha sağlamdı. Ayrıca yüzünü aşağıda tutma konusunda da hâlâ dikkatliydi.

Onları içeri soktum. Sandalyeleri geçip zemindeki taşlara sessizce diz çöktüler. Daidalos onların güzel bir heykelini yontabilirdi: *Tevazu*.

Arka kapıya gittim, domuzlar bana doğru koştu. Elimi birinin başına koydum, daha altı aylık bile olmayan bir domuz yavrusu, saf ve lekesiz. Rahip olsaydım hayvan korkup mücadele etmesin diye ona ilaç verip ayini zedelerdim. Oysa domuz benim ellerimde uyuyan bir bebek gibi gevşekti. Onu yıkadım, kutsal şeritlerle bağladım, boynuna takmak için bir çelenk ördüm, domuz bütün bunlar sırasında sessizdi, sanki biliyor ve kabul ediyordu.

Altın leğeni yere koydum, büyük bronz bıçağı aldım. Sunağım yoktu ama sunağa ihtiyacım da yoktu zaten, nereye gidersem orası tapınağım haline geliyordu. Hayvanın gırtlağı bıçağın altında kolayca açıldı. Domuz o zaman tekme attı ama sadece bir anlığına. Bacakları durana dek onu sıkıca tuttum, o arada kızıl nehir kâseye aktı. İlahileri söyledim, mis kokulu otlar yanarken adamla kadının ellerini ve yüzlerini kutsal suyla yıkadım. Ağırlığın kalkmaya başladığını hissettim. Hava temizlendi, yağlı koku hafifledi. Bir ağacın buruşuk köklerine dökmek üzere kanı alıp götürdüğüm sırada onlar da dua ettiler. Hayvanı daha sonra doğrayacak ve yemeleri için pişirecektim.

Döndüğümde, "Bitti," dedim.

Adam pelerinimin eteğini dudaklarına götürdü. "Yüce tanrıçam."

Gözüm kadındaydı. Dikkatli muhafazasından nihayet kurtulmuş olan yüzünü görmek istiyordum.

Başını kaldırdı. Gözleri meşaleler kadar parlaktı. Örtüsünü çekip çıkardı, Girit tepelerindeki güneşe benzeyen saçları ortaya çıktı. Yarı tanrıydı, insanla ilahın o güçlü karışımıydı. Daha fazlası da vardı: Benim kanımdandı. Doğrudan Helios'un soyundan gelenler hariç kimse böyle altına benzemezdi.

"Sizi aldattığım için özür dilerim," dedi. "Ama beni geri çevirmeniz riskini göze alamazdım. Bütün hayatım boyunca sizi tanımak için beklemişken olmazdı."

Kadında tanımlaması zor bir nitelik, bir ateş, karşısındakinin doğruca başına vuran bir sıcaklık vardı. Güzel olmasını beklemiştim çünkü tanrılar kraliçesi gibi yürüyordu ama tuhaf bir güzellikti bu, anneminkine ya da kardeşiminkine benzemiyordu. Çehresinin her bir unsuru tek başına hiçbir şeydi, burnu fazla uzun, çenesi fazla kuvvetliydi ama hepsi bir arada onu ateşin tam ortası gibi bir bütün haline getiriyorlardı. Bakışlarınızı alamıyordunuz.

Gözleri beni soyacakmış gibi üstüme yapışıp kalmıştı. "Babamla ikiniz çocukken yakınmışsınız. Dik kafalı kızı hakkında sana ne mesajlar yolladığını bilemezdim."

Gücü, kendinden eminliği. Kim olduğunu sırf omuzlarının duruşundan bile ilk bakışta anlamalıydım.

"Aietes'in çocuğusun," dedim. Hermes'in söylediği ismi hatırlamaya çalıştım. "Medeia, değil mi?"

"Sen de halam Kirke'sin."

Babasına benziyor, diye düşündüm. Yüksek alın ve keskin, kararlı bakışlar. Başka bir şey söylemedim, doğrulup mutfağa girdim. Bir tepsiye tabaklarla ekmek koydum, peynir ve zeytin, şarapla kadehler ekledim. Ev sahibinin merakından önce misafirlerin doyurulması kanundur.

"Keyfinize bakın," dedim. "Her şeyi açıklığa kavuşturacak zamanımız olacak."

Önce adama servis yaptı, en yumuşak lokmaları ona sundu, yemesi için ısrar edip durdu. Adam verilenleri açlıkla yedi, tepsiyi yeniden doldurduğumda onları da yuttu, kahramanlara has çenesi durmaksızın işliyordu. Kız az yedi. Gözleri yeniden yere çevrilmişti. Bir sır daha.

Adam sonunda tabağını geriye itti. "İsmim İason, İolkos Krallığı'nın gerçek vârisiyim. Babam erdemli bir kraldı ama yumuşak kalpliydi, ben çocukken amcam tahtını ondan çaldı. Büyüdüğümde ona değerimin ispatını getirdiğim takdirde tahtı bana geri vereceğini söyledi: Kolkhis diyarındaki bir büyücünün sakladığı altın bir post."

Gerçek bir prens olduğuna inandım. Gerçek bir prens gibi konuşuyor, sözcükleri kocaman kayalar gibi yuvarlıyor, kendi efsanesinin ayrıntılarında kayboluyordu. Süt pınarlarının ve kıvrımlı ejderhaların arasında Aietes'in önünde diz çöktüğünü gözümün önüne getirmeye çalıştım. Kardeşim onu sıkıcı, ayrıca kibirli bulurdu.

"Tanrıça Hera ile Tanrı Zeus amacımı kutsadılar. Gemimi bulmama, yol arkadaşlarımı toplamama yardım ettiler. Kolkhis'e vardığımızda Kral Aietes'e post karşılığında adil bir hazine teklif ettim ama reddetti. Postu yalnızca onun için bir görevi yerine getirirsem alabileceğimi söyledi. Tek bir gün içinde iki boğanın boyunduruğa vurulması ve büyük bir tarlanın sürülüp ekilmesi. İstekliydim tabii, hemen kabul ettim. Ama..."

"Ama görevin yerine getirilmesi imkânsızdı." Medeia'nın sesi, prensin sözcüklerinin arasına su gibi kolayca kaymıştı. "Onu posttan uzak tutmak için tasarlanmış bir tuzaktı. Post, muhteşem hikâyeli ve büyük güç sahibi bir şey, babamın onu vermeye hiç niyeti yoktu. Hiçbir ölümlü, ne kadar yiğit ve güçlü olursa olsun..." Bunu söylerken İason'a döndü, eline dokundu, "Hiçbir ölümlü o görevleri yardım almadan tamamlayamazdı. Boğalar babamın kendi sihrinin eseriydi, bıçak keskinliğindeki bronzdan yapılmışlardı ve ateş soluyorlardı. İason onları boyunduruğa vursa bile, ekmek zorunda olduğu tohumlar başka bir tuzaktı. Topraktan fırlayıp onu öldürecek savaşçılara dönüşeceklerdi."

Bakışları tutkuyla İason'un yüzüne sabitlenmişti. Başka bir şey için olmasa da onu daldığı yerden geri getirmek için konuştum.

"Sen de bir numara hazırladın," dedim.

İason bundan hoşlanmadı. Büyük altın çağın bir kahramanıydı. Numara korkaklara yaraşırdı, gerçek cesaret gösterecek kadar yürekli olmayan erkeklere. Medeia onun çatık kaşlarına karşı çabuk çabuk konuştu.

"Sevgilim her türlü yardımı reddetti," dedi. "Ama ben ısrar ettim çünkü onu tehlikede görmeye dayanamıyordum."

İason yumuşadı. Bu daha hoş bir hikâyeydi: Ayaklarının dibine serilen, onunla olabilmek için merhametsiz babasına yalvaran prenses. Geceleri gizlice yanına geliyor, tek ışık kaynağı kendi yüzü. Kim hayır diyebilirdi?

Ama Medeia'nın yüzü gizlenmişti şimdi. Sesi alçaktı, birbirine kenetlenmiş ellerine hitap ediyordu.

"Babamla senin bildiğin sanatlarda biraz yeteneğim var. İason'un cildini boğaların ateşinden koruyacak basit bir iksir yaptım."

Artık kim olduğunu bildiğim için böyle bir mütevazılık üstünde tuhaf duruyordu, serçe yuvasına sığmak için büzülmeye çalışan ulu bir kartal gibiydi. O iksire basit mi demişti? Bir ölümlünün herhangi bir sihir yapabileceğini hayal bile etmemiştim, nerede kaldı ki böyle güçlü bir efsun yapabilceğini düşüneyim. Ama İason yeniden konuşmaya, başka kayalar yuvarlamaya, boğaları boyunduruğa vurup tarlayı sürüp ekmeye başlamıştı.

Savaşçılar topraktan fırladığında, onları hizaya getirmenin yolunu bildiğini söyledi. Medeia söylemişti. Aralarına bir taş atması gerekiyordu, o zaman savaşçılar hiddetlenerek birbirlerine saldıracaktı. İason da öyle yapmıştı ama Aietes postu yine de vermedi. İason'un önce postu koruyan ölümsüz ejderhayı mağlup etmesi gerektiğini söyledi. Medeia bir başka iksir karıştırdı ve ejderhayı uyuttu. İason hazineyi kaptığı gibi gemisine koştu, Medeia'yla birlikte. Masum bir kızı öyle kötü yürekli bir tiranın ellerine bırakmaya şerefi asla müsaade etmezdi.

Zihninde hikâyeyi saray mensuplarına, gözleri irileşmiş soylularla bayılan genç hanımlara anlatıyordu. Medeia'ya yardımı için teşekkür etmedi, ona pek bakmıyordu bile. Sanki adım başı kendisini kurtaracak bir yarı tanrıça doğuştan gelen hakkıydı.

Medeia hoşnutsuzluğumu sezmiş olacak ki konuştu. "Gerçekten şerefli biri çünkü benimle hemen o gece gemide evlendi, hem de babamın kuvvetleri peşimizden gelirken. İolkos'taki tahtına kavuştuğunda, kraliçesi olacağım."

Ben mi yanılıyordum yoksa bunu duyunca İason'un ışığı biraz solmuş muydu? Bir sessizlik oldu.

"Elinden yıkadığım kan?" diye sordum.

"Evet," dedi yumuşak bir sesle. "Ona geliyorum. Babam küplere binmişti. Peşimizden yola düştü, büyücülükle rüzgârları yelkenine çekiyordu, sabah olduğunda çok yakınımızdaydı. Büyülerimin onunkilerle aşık atamayacağını biliyordum. Gemimiz kutsanmış olsa da onunkini geride bırakamazdı. Tek bir umudum vardı, yanımızda getirdiğim küçük erkek kardeşim. Babamın vârisiydi, onu güvenliğimize karşılık rehin tutmayı düşünmüştüm. Ama babamı pruvasında durmuş dalgaların üstünden lanetler yağdırırken görünce bunun işe yaramayacağını anladım. Babamın yüzündeki öldürme gazabı apaçıktı. Mahvımızdan başka hiçbir şey onu tatmin etmeyecekti. Havaya efsunlar okudu, başımızın üstüne lanet yağdırmak için asasını kaldırdı. Büyük bir korkunun pençesine düştüm. Kendim için değil, suçsuz İason ve mürettebatı için."

İason'a baktı ama onun yüzü ateşe dönüktü.

"O anda... Anlatamam. Üstüme bir delilik geldi. İason'u yakaladım ve kardeşimi öldürmesini emrettim. Sonra cesedi parçalara ayırıp dalgalara attım. Babam ne kadar çıldırmış olursa olsun, kardeşime doğru dürüst bir cenaze töreni yapmak için dururdu, biliyordum. Delilik nöbetim geçtiğinde deniz boştu. Her şeyin rüya olduğunu sandım ama sonra ellerimin kardeşimin kanına bulanmış olduğunu gördüm."

Kanıt göstermek istermiş gibi ellerini bana uzattı. Temizdi elleri. Ben temizlemiştim.

İason'un teni ham kurşun kadar gri bir renk almıştı.

"Sevgili eşim," dedi Medeia. Yüksek sesle konuşmamıştı ama İason irkildi. "Şarap kadehin boşalmış. Dolduráyım mı?" ayağa kalktı, elinde kadehle ağzına kadar dolu kâsenin yanına gitti. İason ona bakmıyordu, kendim de cadı olmasam ben de fark etmezdim: Medeia'nın kadehe attığı bir tutam tozu, fısıldadğı sözcüğü.

"Al, sevgilim," dedi.

Sesi bir anneninki kadar ikna ediciydi. İason şarabı alıp içti. Başı arkaya yuvarlanıp kadeh elinden düştüğünde Medeia kadehi yakaladı, dikkatle masanın üstüne koydu ve yeniden yerine oturdu.

"Anlıyorsun tabii," dedi, "onun için çok zor bir durum. Kendini suçluyor."

"Delilik melilik yoktu," dedim.

"Hayır." Altın gözleri benimkileri deldi. "Ama bazıları âşıklara deli der."

"Bilseydim ayini yapmazdım."

Başıyla onayladı. "Senin gibi başkalarının çoğu da yapmazdı. Talepkârların sorgulanamamasının sebebi budur belki. Yüreklerimizde gerçekte ne olduğu bilinseydi kaçımız affedilirdi?"

Siyah pelerinini çıkarıp yanındaki sandalyeye serdi. Altındaki elbisesi laciverttaşı rengindeydi, ince, gümüş bir kemerle tutturulmuştu.

"Hiç pişmanlık duymuyor musun?"

"Herhalde seni memnun etmek için ağlayıp gözlerimi ovalayabilirim ama öyle sahte bir şekilde yaşamamayı seçtim. Harekete geçmeseydim babam gemiyi olduğu gibi ortadan kaldıracaktı. Kardeşim askerdi. Savaşı kazanmak için kendini feda etti."

"Yalnız, kendini o feda etmedi. Onu sen öldürdün."

"Acı çekmemesi için bir iksir verdim. Çoğu kişinin payına düşenden iyi."

"Senin kanındandı o."

Gözleri, gece göklerindeki bir kuyrukluyıldız kadar parlak bir biçimde yandı. "Bir yaşam diğerinden daha mı kıymetli? Hiç öyle düşünmemiştim."

"Ölmek zorunda değildi. Postla birlikte teslim olabilirdin. Babana dönerdin."

Yüzünden geçen o bakış. Gerçekten bir kuyrukluyıldız gibiydi, dünyaya yönelip tarlaları küle çeviren bir kuyrukluyıldız.

"Babamın İason'la tayfasını paramparça etmesini seyretmek zorunda kalır, sonra ben de işkenceye uğrardım. Bunu bir seçenek olarak görmediğim için kusuruma bakmazsın herhalde."

Yüzümdeki ifadeyi gördü.

"Bana inanmıyor musun?"

"Kardeşimle ilgili hiç tanıyamadığım bir sürü şey söyledin."

"O zaman sizi tanıştırayım. Babamın en sevdiği sporun ne olduğunu biliyor musun? Kötü bir büyücüye karşı kendilerini kanıtlama peşindeki erkekler adamıza sık sık gelir. Babam o gemilerin kaptanlarını ejderhalarının arasına salıp koşmalarını seyretmeye bayılır. Mürettebatı kendine köle eder, taşlardan fazla bir iradeleri kalmayacak şekilde zihinlerini çalar. Misafirlerini eğlendirmek için bir demiri kızdırıp o adamlardan birinin kolunun altında tuttuğunu gördüm. Köle, babam onu serbest bırakana kadar yana yana orada durur. Yalnızca boş birer kabuktan mı ibaretler, yoksa onlara yapılanları anlayıp içlerinden çığlık mı atıyorlar diye sık sık merak etmişimdir. Babam beni yakalarsa öğreneceğim çünkü bana yapacağı bu."

"Kendi evladına zarar vermeyecektir kuşkusuz."

Medeia homurdandı. "Onun gözünde evladı değilim ben. Tohum savaşçıları ya da ateş soluyan boğaları gibi harcayabileceği bir şey olarak onundum işte. Kendisine bir vâris doğurur doğurmaz başından attığı annem gibi. Belki bende cadılık olmasaydı işler farklı olurdu. Ama on yaşına geldiğimde engerekleri yuvalarında terbiye edebiliyor, kuzuları bir sözcükle öldürüp bir başkasıyla geri getirebiliyordum. Bunun için beni cezalandırdı. Bu yüzden satılamaz bir mal olduğumu söyledi ama aslında sırlarını kocama götürmemi istemiyordu."

Pasiphae'yi kulağıma fısıldarmışçasına açıkça duydum: *Aietes hayatında bir kadından hoşlanmış değildir.*

"En büyük arzusu beni, ödemeyi egzotik zehirlerle yapacak olan kendisi gibi bir tanrı-büyücüye satmaktı. Kardeşi Perse haricinde böyle biri bulunamadı, babam da beni ona teklif etti. O canavar beni istemediği için her gece dua ediyorum. Kendine eş olarak, zincire vurduğu bir Sümer tanrıçası almış."

Hermes'in anlattığı hikâyeleri hatırladım. Perses ve cesetler sarayı. Pasiphae'nin sözleri: *Onu mutlu etmek için neler yaptığımı biliyor musun?*

"Tuhaf," dedim, bu sözcük benim kulaklarıma bile çok zayıf geldi. "Aietes, Perses'ten daima nefret etmiştir."

"Artık değil. Artık yakın dostlar, Perses ziyarete geldiğinde ölüleri diriltmekten ve Olympos'u yıkmaktan başka bir şeyden bahsetmiyorlar."

Uyuştuğumu, kış mevsimindeki bir tarla gibi çoraklaştığımı hissettim. "İason bunları biliyor mu?"

"Tabii ki bilmiyor, deli misin sen? Bana ne zaman baksa aklına zehirler ve yanan insanlar gelir. Bir erkek karısının yeni bitmiş çimenler gibi olmasını ister, taze ve saf."

İason'un irkildiğini görmemiş miydi? Yoksa görmek mi istemiyordu? *İason senden kaçınmaya başlamış bile.*

Medeia ayağa kalktı, elbisesi şahlanan bir dalga kadar parlaktı. "Babam hâlâ peşimizde. Bir an evvel yola çıkıp İolkos'a gitmeliyiz. İolkos'un babamın bile karşı duramayacağı bir ordusu var çünkü tanrıça Hera onlarla birlikte savaşıyor. Geri dönmek zorunda kalacaktır. Ondan sonra İason kral olacak, ben de yanındaki kraliçesi."

Yüzü ışık saçıyordu. Her kelimeyi, geleceğini inşa ettiği taşlardan biriymiş gibi söylüyordu. Yine de ilk defa olarak gözüme bir uçurumda tutunmaya çalışan, pençeleri kaymaya başlamış bir yaratık gibi göründü. Gençti, tanıştığımız sırada Glaukos'un olduğundan gençti.

Uyuşturulmuş, ağzı açık haldeki İason'a baktım. "İlgisinden emin misin?"

"Beni sevmediğini mi söylüyorsun?" Sesi bir anda keskinleşmişti.

"Hâlâ yarı çocuk sayılır, ayrıca ölümlü. Ne geçmişini anlayabilir ne de cadılığını."

"Anlamasına gerek yok. Evlendik artık, ona vârisler vereceğim, o da bütün bunları hummalı bir rüyaymış gibi unutacak. İyi bir eş olacağım, gönenç içinde yaşayacağız."

Parmağımla koluna dokundum. Cildi, uzun süredir rüzgârda yürüyormuş gibi serindi.

"Sevgili yeğenim, korkarım her şeyi açık seçik göremiyorsun. İolkos'ta hayal ettiğin gibi karşılanmayabilirsin."

Kaşlarını çatarak kolunu çekti. "Ne demek istiyorsun? Niye karşılanmayacakmışım? Ben bir prensesim, İason'a layığım."

"Onlara yabancısın," dedim. Gözümün önüne resmedilmiş gibi aniden her şeyi açıkça görür olmuştum. Memleketlerinde İason'un dönüşünü bekleyen, her biri kendi kızını yeni kahramanla evlendirip zaferinde bir parça koparabilmek için yarışan yapmacık tavırlı soylular. Medeia, hakkında hemfikir oldukları tek şey olacaktı. "Sana içerleyecekler. Daha da kötüsü senden şüphelenecekler çünkü bir büyücünün kızı ve kendinde bir cadısın. Şimdiye dek sadece Kolkhis'te yaşadın, ölümlüler arasında *farmakiya*dan nasıl korkulduğunu bilemezsin. Her adımında kuyunu kazmaya çalışacaklar. İason'a yardım etmiş olmanın bir önemi olmayacak. O konuyu bir kenara itecek ya da gayritabiiliğinin bir kanıtı olarak sana karşı kullanacaklar."

Medeia bana bakakalmıştı ama susmadım. Kelimeler ağzımdan sel gibi boşanıyor, boşandıkça alev alıyordu. "Orada ne güvenlik bulabileceksin ne de huzur. Yine de babanın elinden kurtulmanın bir yolu var. Zalimliklerini geri alamam ama seni daha fazla takip etmemelerini sağlayabilirim. Bir keresinde büyücülüğün öğretilemeyeceğini söylemişti. Yanılıyordu. Bilgilerini senden sakladı ama ben bildiğim her şeyi vereceğim sana. Baban geldiğinde, onu birlikte geri göndereceğiz."

Uzun bir an sessiz kaldı. "Ya İason?"

"Bırak kahraman olsun. Sen başka bir şeysin."

"Neyim peki?"

Zihnimde bizi görüyordum, başlarımız mor bıldırcınotu çiçeklerinin, siyah malü köklerinin üstüne birlikte eğiliyordu. Onu lekeli geçmişinden kurtaracaktım.

"Cadısın," dedim. "Hudutsuz gücü olan bir cadı. Kendisinden başka kimseye hesap vermek zorunda olmayan bir cadı."

"Anlıyorum," dedi. "Senin gibi mi? Kendi yalnızlığıyla leş kokan zavallı bir sürgün?" Yüzümdeki şok ifadesini gördü. "Ne, etrafını kedilerle ve domuzlarla doldurarak herkesi kandırdığını mı zannediyorsun? Beni tanıyalı daha bir gün bile olmadı ama yanında kalmam için çırpınıyorsun. Bana yardım etmek istediğini iddia ediyorsun ama acaba aslında kime yardım ediyorsun? 'Ah, sevgili yeğenim! Birbirimizin en yakın arkadaşı olacağız, yan yana büyüler yapacağız. Seni yanımdan ayırmayacak, böylece çocuksuz günlerimi dolduracağım.'" Dudağını büktü. "Kendimi yaşarken ölüme mahkûm etmeyeceğim."

Huzursuz, diye düşünmüştüm. O günlerde sadece huzursuz, birazcık üzgündüm. Ama Medeia beni çırılçıplak soymuştu, şimdi kendimi onun gözleriyle görüyordum: Terk edilmiş, içi acımış bir kocakarı, onun hayatını emmek için tuzak kuran bir örümcek.

Yüzüm yanarak onun karşısına dikilmek üzere ayağa kalktım. "İason'la evlenmekten iyidir. Ne kadar zayıf bir saz olduğunu göremeyecek kadar körsün. Şimdiden senden ürküyor. Üstelik ne zamandır, üç gündür mü evlisiniz? Bir sene sonra ne yapacak? Onu yönlendiren kendine duyduğu aşk, sen sadece elinin altındaydın. İolkos'ta konumun onun iyi niyetine bağlı olacak. Memleketlileri kardeşinin öldürülmesinin ülkelerine lanet getirdiğini bağırarak kapısına dayandığında bunun ne kadar süreceğini zannediyorsun?"

Yumrukları sıkılıydı. "Kardeşimin ölümünü kimse öğrenmeyecek. Mürettebata sessizlik yemini ettirdim."

"Öyle bir sırrın saklanması mümkün değil. Çocuk olmasaydın bunu bilirdin. O adamlar işitilme mesafesinin dışına çıkar çıkmaz dedikoduya başlayacak. Bir gün içinde bütün krallık öğrenecek ve senin titrek İason'u devrilene dek sallayacaklar. 'Yüce kralımız, çocuğun ölmesi sizin suçunuz değildi. O kötü kadının, o yabancı cadının suçuydu. Kendi kanını katletti, şimdi bile kim bilir ne kötülükler peşindedir. Onu kovun, ülkeyi arıtın, yerine daha iyi birini alın.'"

"İason böyle kara çalmalara asla kulak asmaz! Ona postu verdim! Beni seviyor!" Hiddetiyle katılaşmış olarak, parlak ve asi bir halde durdu. İndirdiğim darbeler onu daha da sertleştirmekten başka işe yaramamıştı. Bana o sözleri söylediği sırada ben de anneanneme tıpkı böyle görünmüş olmalıydım: *Bu ikisi farklı şeyler.*

"Medeia," dedim. "Beni dinle. Gençsin ama İolkos seni yaşlandıracak. Orada senin için güvenlik yok."

"Geçen her gün beni yaşlandırıyor," dedi. "Harcayacak senin kadar çok senem yok. Güvenliğe gelince, öyle bir şey istemiyorum. Daha fazla zincirden başka bir şey değil. Cesaretleri varsa karşıma çıksınlar bakalım. İason'u benden asla alamazlar. Güçlerim var, onları kullanacağım."

İason'un adını her söyleyişinde gözlerinde yırtıcı bir kartal aşkı parlıyordu. Prensi yakalamıştı ve ölene dek sıkacaktı.

"Beni yanında tutmaya çalışırsan," dedi, "seninle de savaşırım."

Savaşır, diye düşündüm. Ben tanrı, o da ölümlüydü, yine de savaşırdı. Bütün dünyayla savaşırdı.

İason kıpırdandı. Büyünün etkisi geçiyordu.

"Sevgili yeğenim," dedim. "Seni arzun hilafına burada tutmayacağım. Ama bir gün..."

"Hayır," dedi. "Senden başka bir şey istemiyorum."

İason'u kıyıya götürdü. Dinlenmek ya da yemek yemek için oyalanmadılar, şafağı beklemediler. Demir alıp yolları yalnızca örtülü ayla ve Medeia'nın gözlerinin titremeyen ışıltısıyla aydınlanarak karanlığa yelken açtılar. Seyrettiğimi görüp beni bunun için de küçümsemesin diye ağaçların arasından çıkmadım ama zahmet etmeme gerek yokmuş. Medeia arkasına bakmadı.

Sahilde kumlar serindi, yıldızların ışığı cildimi alacalandırıyordu. Dalgalar ikisinin ayak izlerini silmek için harıl harıl çalışıyordu. Gözlerimi kapatıp esintinin tuzlu su ve okyanus yosunu kokuları taşıyarak üstümde dolaşmasına izin verdim. Yukarıda takımyıldızların uzaklardaki yollarında döndüğünü hissediyordum. Dinleyerek, zihnimi dalgalara yorarak orada uzun bir süre bekledim. Hiçbir şey duymadım, ne kürek sesi ne dalgalanan bir yelken ne de rüzgârla taşınan bir ses. Ama geldiğini ânında anladım. Gözlerimi açtım.

Kıvrık burunlu gövde limanımın dalgalarını yarıyordu. Altın yüzü, şafakla aydınlanan gökleri ardına almış halde pruvasında duruyordu. İçimde öyle eski ve keskin bir zevk yükseldi ki acı gibiydi. Erkek kardeşim.

Elini kaldırdı, gemi dalgaların arasında hiç kıpırtısız bir halde durdu.

Aramızdaki suyun üstünden, "Kirke," diye bağırdı. Sesi havada dövülmüş bronz gibi çınladı. "Kızım buraya gelmiş."

"Evet," dedim. "Geldi."

Yüzü tatminle parladı. Bebekliğinde kafası bana cam kadar kırılgan görünürdü. Uyuduğu zamanlar parmaklarımla kemiklerini okşardım.

"Geleceğini biliyordum. Çaresiz durumda. Beni bağlamaya çalıştı ama kendini bağladı. Kardeş cinayeti ömrü boyunca başının üstünde olacak."

"Oğlunun ölümüne çok üzüldüm," dedim.

"Bunu ödeyecek," dedi. "Gönder onu."

Ormanım arkamda sessizliğe bürünmüştü. Bütün hayvanlar yere sinip kıpırtısız kalmıştı. Çocukken başını omzuma yaslayıp martıların balık yakalamak için dalmasını seyretmeyi severdi. Kahkahası sabah güneşi kadar parlaktı.

"Daidalos'la tanıştım," dedim.

Kaşlarını çattı. "Daidalos mu? Öleli seneler oldu. Medeia nerede? Onu bana ver."

"Burada değil."

Denizi taşa çevirmiş olsaydım daha fazla afallayabileceğini zannetmiyorum. Yüzü inanmazlık ve hiddetle renklendi.

"Gitmesine izin mi verdin?"

"Kalmak istemedi."

"*İstemedi* mi? O bir suçlu ve bir hain! Onu benim için yanında tutmak görevindi!"

Onu daha önce hiç bu kadar öfkeli görmemiştim. Onu daha önce hiç öfkeli görmemiştim. Öyleyken bile yüzü güzeldi, fırtınada başlarını kaldıran dalgalar gibi. Hâlâ ondan af dileyebilirdim, iş işten geçmemişti. Medeia'nın beni kandırdığını söyleyebilirdim. Kolayca güvenen ve dünyadaki çatlakların içini göremeyen aptal kız kardeştim. O zaman karaya çıkar, biz de belki... Ama hayal gücüm bu düşünceyi tamamlayamayacaktı. Arkasında adamları kürek sıralarında oturuyordu. Hepsi dümdüz ileri bakıyordu. Kıpırdamamışlardı, bir sineği kovalamak ya da kaşınan bir yeri kaşımak için bile kıpırdamamışlardı. Yüzleri gevşek ve boş, kolları yara izleri ve kabuklu yaralarla doluydu. Eski yanıklarla.

Onu uzun süre önce yitirmiştim.

Hava etrafımızda şakladı. "Duyuyor musun?" diye bağırdı. "Seni cezalandırmam gerek."

"Hayır," dedim. "Kolkhis'te istediğini yapabilirsin. Ama burası Aiaie."

Yüzünde ikinci defa anlık bir şaşkınlık belirdi. Sonra ağzı çarpıldı. "Hiçbir şey yapmadın demek. Sonunda onu ele geçireceğim."

"Bu doğru olabilir. Ama işini kolaylaştıracağını zannetmiyorum. Sana benziyor, Aietes, armut dibine düşmüş. Bununla yaşamak zorunda, görünüşe göre sen de öyle."

Dudak bükerek güldü, sonra dönüp kolunu kaldırdı. Denizcileri kollarını tek bir kol gibi hareket ettirdi. Kürekler suyu dövdü ve onu benden uzağa taşıdı.

ON DÖRT

Kış yağmurları yağmaya başlamıştı. Dişi aslanım yavruladı, yavrular yeni ve sakar patileri üstünde ocağın önünde yuvarlanıyordu. Gülümseyemiyordum. Yürüdüğüm yerlerde dünya yankılanıyor gibiydi. Başımın üstünde gökyüzü boş ellerini uzatıyordu.

Medeia ile İason'a ne olduğunu sorabilmek için Hermes'i bekliyordum ama onu ne zaman istediğimi her seferinde anlıyor ve uzak duruyordu. Dokuma yapmaya çalıştım ama zihnime iğneler batıyor gibiydi. Medeia yalnızlığımı dile getirdiğinden beri bu duygu her şeyin üstünden sarkıyor, örümcek ağı gibi sallanıyordu, kaçınılması imkânsızdı. Kumsalda koştum, orman patiklarında soluk soluğa bir aşağı bir yukarı dolaşarak bu hissi üstümden atmaya çalıştım. Aietes'le olan hatıralarımı, birbirimize yaslandığımız onca saati inceledim, elekten geçirdim. O eski mide bulandırıcı his geri dönmüştü: Hayatımın her ânında aptalın teki olduğum hissi.

Prometheus'a yardım ettim, diye hatırlattım kendime. Ama kendi kulaklarıma bile zavallıca geliyordu bu. Bir elin parmakları kadar olan o dakikalara daha ne kadar tutunacak, iplikleri atmış bir battaniyeyle örtünmeye çalışır gibi, kendimi daha ne kadar o dakikalarla örtmeye çalışacaktım? O zaman ne yaptığımın bir önemi yoktu. Prometheus yalçın kayalığındaydı, ben de buradaydım.

Günler, rüzgârın dağıttığı bir gülün taçyaprakları gibi dökülerek ağır ağır geçiyordu. Sedir ağacı dokuma tezgâhını sıkı sıkı kavradım ve kokusunu içime çektim. Daidalos'un yaralarını parmaklarımın altında hissettiğim ilk ânın verdiği duyguları hatırlamaya çalıştım ama hatıralar havadan yapılmıştı, uçup gittiler. Biri gelir, diye düşündüm. Dünyadaki onca gemi, onca insan. Birinin yolu buraya düşer. Bir balıkçı, bir yük gemisi, hatta bir gemi kazası görmeyi umarak gözlerim bulanıklaşana dek ufka bakıyordum. Hiçbir şey yoktu.

Yüzümü aslanımın postuna bastırdım. Saatlerin daha hızlı geçmesini sağlayacak göksel bir numara mutlaka vardı. Saatlerin görünmeden geçip gitmesini, senelerce uyumamı sağlayacak bir şey. Öyle ki uyandığımda yepyeni bir dünya bulacaktım. Gözlerimi kapattım. Pencereden arıların bahçede şarkı söylediğini duyuyordum. Aslanımın kuyruğu taşları dövüyordu. Sonsuzluk kadar bir sürenin ardından gözlerimi açtığımda, gölgeler kıpırdamamıştı bile.

Suratını asmış halde karşımda duruyordu. Koyu renk saçlı, koyu renk gözlü, yuvarlak hatlı, kafası bülbül göğsü kadar biçimli. Cildinden tanıdık bir koku yayılıyordu. Gül yağı ve dedemin nehri.

"Sana hizmet etmeye geldim," dedi.

Sandalyemde uyuklamıştım. Kızın hayali bir görüntü, yalnızlığımın yarattığı bir halüsinasyon olduğunu düşünerek bulanık gözlerle baktım. "Ne?"

Burnunu kırıştırdı. Anlaşılan bütün alçakgönüllülüğü o sözcüklerle tükenmişti. "Alke'yim ben," dedi. "Burası Aiaie değil mi? Sen Helios'un kızı değil misin?"

"Öyleyim."

"Hizmetçin olmaya mahkûm edildim."

Rüya görüyormuşum gibi bir hisse kapılmıştım. Yavaş yavaş

ayağa kalktım. "Mahkûm mu edildin? Kim mahkûm etti? Hayatımda böyle bir şey duymadım. Konuş, hangi güç seni buraya gönderdi?"

Naiad'lar duygularını suların dalgaları gösterdiği gibi gösterir. Kız bu işin nasıl gideceği hakkında kendisine her ne söylemiş olursa olsun, işler düşündüğü gibi gitmiyordu. "Yüce tanrılar gönderdi."

"Zeus?"

"Hayır," dedi. "Babam."

"Peki baban kim?"

Peloponez'den küçük bir nehir tanrısının adını söyledi. Duymuştum, belki bir kere de karşılaşmıştım ama babamın salonlarında oturmuş biri değildi.

"Niye gönderdi seni bana?"

Hayatında gördüğü en büyük aptalmışım gibi baktı. "Helios'un kızlarından birisin."

Daha küçük tanrıların arasında işlerin ne şekilde yürüdüğünü nasıl unutmuş olabilirdim? Herhangi bir avantaj elde edebilmek için nasıl umutsuzca çırpındıklarını. Gözden düşmüş olsam da damarlarımda hâlâ güneşin kanı vardı, bu da beni makbul bir ev sahibesi kılıyordu. Bu kızın babası gibiler için gözden düşmüşlüğüm bir teşvik unsuruydu, uzanmaya cesaret edebileceği kadar aşağı inmiş olmam demekti.

"Niye cezalandırıldın?"

"Bir ölümlüye âşık oldum," dedi. "Soylu bir çobana. Babam onaylamadı, şimdi de bir yıllık kefaret ödemek zorundayım."

Onu süzdüm. Sırtı dik, gözleri yukarıdaydı. Herhangi bir korku belirtisi göstermiyordu, ne bana ne de aslanlarıma ve kurtlarıma karşı. Üstelik babası onu kınıyordu.

"Otur," dedim. "Hoşgeldin."

Oturdu ama ağzı ham bir zeytin yemiş gibi büzülmüştü. Beğenmeyen gözlerle etrafına bakındı. Yiyecek ikram ettiğimde somurtkan bir bebek gibi başını çevirdi. Onunla konuşmaya çalıştığımda kollarını kavuşturup dudaklarını sarkıttı. O dudaklar sadece şikâyetlerini dile getirmek için açılıyordu: Kuzinenin üstünde kaynayan boyaların kokusundan, halıların üstündeki aslan tüylerinden, hatta Daidalos'un dokuma tezgâhından. Ayrıca hizmet etmeye geldiğine dair onca bildirimine rağmen, tek bir tabak taşımayı dâhi teklif etmiş değildi.

Şaşırmaya gerek yok, dedim kendi kendime. O bir nympha, bu da kuru bir kuyu demektir. "Evine git," dedim. "Madem bu kadar mutsuzsun. Seni cezandan azat ediyorum."

"Edemezsin. Emri yüce tanrılar verdi. Beni azat etmek için yapabileceğin hiçbir şey yok. Bir yıl kalacağım."

Bunun canını sıkmış olması gerekirdi ama kız pis pis gülümsüyor, kalabalık önünde zafer gösterisi yapıyormuş gibi kırıtıyordu. Seyrettim. Onu sürgüne yollayan tanrılardan bahsettiğinde hiçbir öfke ya da keder belirtisi göstermemişti. Otoritelerini gökyüzünün hareketleri gibi doğal ve karşı konulmaz kabul ediyordu. Ama ben de onun gibi bir nympha ve sürgündüm, tamam, daha büyük bir babanın kızıydım ama kocam yoktu, parmaklarım topraklı, saçlarımın biçimi de tuhaftı. Bu nedenle onun seviyesinde bir yerlerde olduğum sonucuna varmıştı. Yani onlar yerine benimle kavga edecekti.

Aptallık ediyorsun. Ben senin düşmanın değilim, saçma sapan yüz ifadeleri takınmak da güç gösterisi değildir. Seni ikna etmişler... Ama daha sözcükler ağzımda biçimlenirken vazgeçtim. Söyleyeceklerim kızın kulağına Farsça gibi gelecekti. Bin yıl geçse de anlamazdı. Ben de artık ders vermekten bıkmıştım.

Öne doğru eğilip anladığı dilden konuştum. "Şöyle yapacağız, Alke. Seni dinlemeyeceğim. Evimde gül yağını koklamayacağım, saçlarını bulmayacağım. Kendine bakacak, kendi kendini doyuracaksın. Bana bir an daha sıkıntı verecek olursan seni köryılana çevirir, balıklar yesin diye denize atarım."

Pis sırıtışları silindi. Bembeyaz kesildi, parmaklarını ağzına bastırıp kaçtı. Bundan sonra emrettiğim gibi kendi kendine yaşadı. Gelgelelim tanrılar arasında Aiaie'nin zorluk çıkaran kızlarını göndermeye uygun bir yer olduğu söylentisi yayılmıştı.

Müstakbel kocasından kaçmış olan bir dryad geldi, onu, dağlarından sürgün edilmiş taş suratlı iki oreas takip etti. Ne zaman bir büyü yapmaya çalışsam, bilezik şıngırtısından başka bir şey duyamaz olmuştum. Dokuma tezgâhında çalıştığım sırada görüş açımın kıyısından geçip duruyor, her köşede fısıldaşıp hışırtılar çıkarıyorlardı. Ne zaman yüzmek istesem gittiğim gölde mutlaka ay gibi yüzüyle suya eğilmiş biri oluyordu. Yanlarından geçtiğim sırada alaylı kahkahaları topuklarıma sürünüyordu. Bir kere daha bu şekilde yaşamayacaktım. Aiaie'de değil.

Açıklığa gidip Hermes'i çağırdım. Gülümsemesini yüzüne kondurmuş olarak geldi. "Ee? Yeni hizmetçilerini sevdin mi?"

"Sevmedim," dedim. "Babama gidip buradan nasıl gönderilebileceklerini sor."

Angarya bir işle bir yere gönderilmeye itiraz edeceğinden korkuyordum ama kaçırmak istemeyeceği kadar eğlenceli bir durumdu. Geri döndüğünde, "Ne beklemiştin?" dedi. "Baban sevinçten uçtu. Daha alt düzey ilahların kendisinin yüce kanına hizmet etmesinin gayet doğal olduğunu söylüyor. Babaları kızlarını buraya göndermesi için teşvik edecek."

"Hayır," dedim. "Başka almayacağım. Babama söyle."

"Genellikle mahkûmlar kendi koşullarını belirlemez."

Yüzüm yandı ama bunu belli etmeyecek kadar aklım vardı. "Babama söyle, gitmezlerse onlara korkunç bir şey yapacağım. Hepsini sıçana çevireceğim."

"Zeus'un bundan hoşlanacağını hiç sanmam. Kendi kanına karşı yaptıkların yüzünden sürgün edilmemiş miydin zaten? Daha fazla cezadan sakınmalısın."

"Sen benim adıma konuşursun. Onu ikna etmeye çalış."

Siyah gözleri ışıldadı. "Korkarım ben yalnızca bir haberciyim."

"Lütfen," dedim. "Onları burada istemiyorum, gerçekten istemiyorum. Şaka yapmıyorum."

"Hayır," dedi. "Yapmıyorsun. Çok sıkıcısın. Hayal gücünü kullan, bir işe yarıyorlardır mutlaka. Yatağına alsana kızları."

"Saçmalama," dedim. "Çığlık çığlığa kaçarlar."

"Nympha'lar hep öyle yapar," dedi. "Ama sana bir sır vereyim, kaçma konusunda çok beceriksizler."

Olympos'taki bir şölende böyle bir sözü kükreyen kahkahalar takip ederdi. Hermes keçi gibi sırıtarak bekliyordu. Ama benim tek hissettiğim bembeyaz, soğuk bir hiddetti.

"Seninle işim bitti," dedim. "Uzun süre önce bitmişti. Bir daha gözüme görünme."

Kızmadı, bilakis gülümsemesi derinleşti. Gözden kayboldu, bir daha da gelmedi. İtaat ettiğinden değil. Onun da benimle işi bitmişti çünkü sıkıcı olmak gibi affedilmez bir günah işlemiştim. Hakkımda anlattığı hikâyeleri hayal edebiliyordum, şakadan anlamaz, huysuz ve domuz kokulu. Zaman zaman görüş alanımın hemen dışında olduğunu seziyordum, tepelerde nympha'larımı buluyor, yüzleri kızarmış, kıkırdayarak, yüce Olymposlu'nun lütfettiği ilgiyle neşelenmiş halde geri gönderiyordu. Kıskançlık ve yalnızlıktan delirip hepsini gerçekten sıçana çevireceğimi düşünüyor gibiydi. Yüz senedir adama geliyordu ve onca zamanda benimle kendi eğlencesinin ötesinde hiç ilgilenmemişti.

Nympha'lar kaldı. Cezalarını bitirdiklerinde yerlerine yenileri geldi. Bazen dört, bazen altı ya da yedi nympha oluyordu. Yanlarından geçtiğimde titriyor, yerlere kadar eğilip bana "hanımım" diye hitap ediyorlardı ama bunun hiçbir anlamı yoktu. Haddim bildirilmişti. Namı yeri göğü tutmuş güçlerim, babamın tek sözü ve bir kaprisiyle dağılıp gitmişti. Hatta babamın sözüyle bile değil, herhangi bir nehir tanrısının adamı doldurma gücü vardı, onu durduramazdım.

Nympha'lar etrafımda geziniyordu. Bastırılmış kahkahaları odalarda süzülüyordu. Hiç değilse erkek kardeşleri yollanmıyor buraya, dedim kendi kendime. Onlar caka satarak dolaşıp kurtlarımı avlardı. Ama tabii hiçbir zaman gerçek bir tehlike değildi bu. Oğullar cezalandırılmazdı.

Ocağımın başında oturup yıldızların pencerenin önünden geçmesini seyrettim. Soğuktum. Kış mevsiminde ta derinlerine dek donmuş bahçe gibi soğuktum. Büyülerimi yaptım şarkı söyledim, tezgâhımda çalışıp hayvanlarıma baktım ama her şey küçülüp karınca boyuna inmiş gibiydi. Adanın benim elime asla ihtiyacı olmamıştı. Ben ne yaparsam yapayım ada serpilip gürrahlaşıyordu zaten. Koyunlar çoğaldı, serbestçe geziniyorlardı. Çimenlerin üzerinde sallana sallana dolaşıyor, küt suratlarıyla kurt yavrularını bir tarafa itiyorlardı. Dişi aslanım içeride, ateşin yanında kaldı. Ağzı beyaz tüylerle lekelenmişti. Torunlarının kendi torunları vardı artık, yürüdüğünde sağrıları titriyordu. İlahlığımın ona yakın atan nabzıyla hayatı uzamış olarak en azından yüz senedir benimle yaşıyor, yanımda yürüyordu. Onca zaman gözüme on yıl gibi görünüyordu. Daha pek çok sene olacağını varsaymıştım ama bir sabah uyandığımda onu yatakta yanımda buz gibi yatar halde buldum. Beynim inanmazlıkla aptallaşmış halde, hareket etmeyen sağrılarına bakakaldım. Onu sarstığımda bir sinek vızıldayarak uçtu. Kaskatı çenelerini zorla açtım, efsunları birbiri ardına sıralarken boğazından aşağı otlar tıktım. Bütün altın kuvveti boz renge dönmüş halde orada öylece yattı. Belki Aietes onu geri getirebilirdi. Ya da Medeia. Ben getiremedim.

Cenaze ateşini ellerimle hazırladım. Sedir ağacı ve porsuk, kendim kestiğim, baltanın ağzının indiği yerlerde özsuyunu fışkırtan üvez. Onu taşıyamadım, ben de eskiden boynuna sardığım mor kumaştan bir kızak yaptım. Salonumdan, kocaman patilerinin basa basa aşındırıp pürüzsüzleştirdiği taşların üstünden sürükledim aslanımı. Odun yığınının tepesine kadar çektim ve ateşi yaktım. O gün rüzgâr yoktu, alevler yavaş yavaş parladı. Kürkünün kararıp uzun sarı gövdesinin küle dönmesi bütün gün sürdü. Ölümlülerin soğuk yeraltı dünyası ilk defa gözüme merhametli göründü. Hiç değilse onlardan bir parça yaşamaya devam ediyordu. Aslanım sonsuza dek yok olmuştu.

Son alev sönene dek seyrettim, sonra içeri girdim. Göğsümü bir acı kemiriyordu. Ellerimi oraya bastırdım, boşluklara ve sert kemiklere. Tezgâhımın önünde oturdum ve nihayet kendimi Medeia'nın bana söylediği yaratık gibi hissettim: Yaşlı ve terk edilmiş, yalnız, ruhsuz ve taşlar kadar gri.

O günlerde sık sık şarkı söylüyordum çünkü elimdeki en iyi yaren buydu. O sabah, çiftçiliği öven eski bir ilahiydi söylediğim. Şarkının dudaklarımda aldığı biçimi, bitkilerin ve ekinlerin, küçük tarlalarla ağılların, sürülerle kümes hayvanlarının ve üstlerinde dönen yıldızların sakinleştirici bir biçimde sıralanmasını seviyordum. Kaynayan boya kazanını karıştırırken sözcükleri havada süzülmeye bıraktım. Bir tilki görmüştüm, kürkünün rengini yakalamak istiyordum. Sıvı köpürdü. Kökboyayla karışık safran. Nympha'larım kokudan kaçmıştı ama koku benim hoşuma gidiyordu. Boğazımdaki keskin batma, gözlerimin sulanması.

Dikkatlerini çeken şarkı olmuş, sesim patikalardan sahile dek süzülüyormuş. Ağaçların arasında sesi takip edip bacamdan çıkan dumanı görmüşler.

Bir erkek sesi, "Kimse var mı?" diye seslendi.

Nasıl afalladığımı hatırlıyorum. *Ziyaretçiler.* Öyle bir hızla döndüm ki boya sıçradı, yakıcı bir damla elime düştü. Aceleyle kapıya giderken damlayı sildim.

Rüzgârla hırpalanmış, güneşten ışıldayan yirmi kişiydi. Ellerinde kabarık nasırlar vardı, kolları eski yara izleriyle büzüşmüştü. Nympha'ların pürüzsüz değişmezliği içinde onca vakit geçirdikten sonra her kusur ayrı zevkti: Gözlerinin etrafındaki çizgiler, bacaklarındaki yara kabukları, boğumlarından kopmuş parmaklar. Paçavraya dönmüş kıyafetlerini, yıpranmış yüzlerini doya doya seyrettim. Bunlar ne kahramandı ne de bir kralın mürettebatı. Bir zamanlar Glaukos'un yaptığı gibi hayatlarını kazanmak için mücadele ediyor olmalıydılar: Ağ çekerek, öteberi taşıyarak, akşam yemeği için ne bulabilirlerse onu avlayarak, içimi bir sıcaklığın sardığını hissettim. Parmaklarım iğne iplik için kaşındıkları gibi kaşındı. Karşımda onarabileceğim yırtık pırtık bir şey vardı.

Bir adam öne çıktı. Uzun boylu ve kır saçlıydı, vücudu sırım gibiydi. Arkasındaki adamların çoğunun eli kılıçlarının kabzasındaydı hâlâ. Akıllıcaydı. Adalar tehlikeli yerlerdi. Karşınıza dostlar kadar canavarlar da çıkardı.

"Hanımım, açız ve kaybolduk," dedi adam. "Senin gibi bir tanrıçanın bu muhtaç durumumuzda bize yardım edeceğini umuyoruz."

Gülümsedim. Onca zamanın ardından yüzüme tuhaf geliyordu. "Hoşgeldiniz. Başımın üstünde yeriniz var. İçeri gelin."

Kurtlarla aslanları dışarı kışkışladım. Bütün erkekler Daidalos kadar sarsılmaz değildi, ayrıca bu denizcilerin yeterince şoka uğramış gibi bir hali vardı. Onları masama oturttum, sonra mutfağa koşup incir hoşafı, fırında balık, tuzlu suya yatırılmış peynir ve ekmekle dolup taşan tabakları önlerine taşıdım. Adamlar içeri girerken domuzlarıma bakmış, birbirlerine dirsek atıp domuzlardan birini keseceğime dair umutlarını yüksek fısıltılarla dile getirmişlerdi. Ama balıkla meyveler önlerine gelince öyle bir iştahlandılar ki şikâyet etmediler, ellerini yıkamak ya da kılıçlarını çıkarmak için bile duraklamadılar. Yağlarla şarap sakallarını koyulaştırırken çiğnemeden yutarak tıkındılar. Daha çok balık, daha çok peynir getirdim. Yanlarından her geçişimde başlarını eğiyorlardı. *Hanımım. Ev sahibemiz. Şükranlarımızla.*

Gülümsemeyi bir türlü kesemiyordum. Ölümlülerin kırılganlığı şefkat ve iyi niyet uyandırıyordu. Arkadaşlığın ve açık bir elin kıymetinin nasıl bilineceğinin farkındaydılar. Keşke daha fazlası gelse, diye düşündüm. Günde bir gemiyi seve seve doyururdum. İki gemiyi. Üç. Belki o zaman kendimi yine kendim gibi hissetmeye başlardım.

Nympha'lar gözleri irileşmiş halde mutfaktan gözetliyorlardı. Aceleyle o tarafa gittim, fark edilmelerinden önce onları yolladım. Bu adamlar benimdi, istediğim gibi ağırlayacağım misafirlerimdi ve her türlü keyiflerine kendi başıma hizmet etmekten hoşlanıyordum. Parmaklarını yıkayabilsinler diye kâselerde temiz su getirdim. Bir bıçak yere düştü, kaldırdım. Kaptanın kadehi boşaldığında, ağzına kadar dolu kâseden tazeledim. Kadehi bana doğru kaldırdı. "Teşekkür ederim, tatlım."

Tatlım. Bu sözcük beni bir an geriletti. Daha önce bana tanrıça diye hitap etmişlerdi, tanrıça olduğumu düşündüklerine inanıyordum. Ama huşu ya da dini bir hürmet göstermemiş olduklarını fark ettim. Unvan, sadece yalnız bir kadına sunulan iltifatkâr bir kibarlıktı. Hermes'in uzun süre önce söylediği şeyi hatırladım. *Sesin ölümlü sesi. Senden, bizden korktukları kadar korkmayacaklar.*

Korkmuyorlardı da. Hatta aslında onlar gibi olduğumu zannediyorlardı. Bu fikirle büyülenmiş halde kalakaldım. Ölümlü benliğim ne olurdu? Girişimci bir şifalı ot satıcısı, bağımsız bir dul? Hayır, dul olmazdı çünkü kasvetli bir geçmiş istemiyordum. Belki rahibeydim. Ama bir tanrının rahibesi değil.

"Daidalos bir keresinde buraya gelmişti," dedim adama. "Hatırasına bir mabet yaptım."

Başını salladı. Hiç etkilenmemiş görünmesi yüzünden hayal kırıklığına uğramıştım. Sanki ölmüş kahramanlar için dört bir yanda mabetler varmış gibi. Şey, belki de vardı. Ben nereden bilecektim?

Adamların iştahı kesiliyordu, başlarını tabaklarından kaldırdılar. Etraflarına, kâselerdeki gümüşe, altın kadehlere, duvar halılarına bakmaya başladıklarını gördüm. Nympha'larım bu zenginlikleri doğal hakları olarak görürdü ama adamların bakışları hayranlıkla ışıldıyor, yeni harikalar arıyordu. Sandıklarımda hepsine yer yatağı yapacak kadar kaz tüyü yastık olduğunu düşündüm. Yastıkları verirken, bunlar tanrılar için yapıldı diyecektim, gözleri irileşecekti.

"Hanımım?" Yine liderleri konuşmuştu. "Kocanız ne zaman eve gelir? Böyle nazik bir misafirperverliğe kadeh kaldırmak isteriz."

Güldüm. "Ah, evli değilim, kocam yok."

O da gülümsedi. "Elbette," dedi. "Evli olamayacak kadar gençsin. O zaman babana teşekkür etmemiz gerekiyor."

Dışarısı kapkaranlıktı, oda sıcacık ve apaydınlık ışıldıyordu. "Babam uzaklarda yaşıyor," dedim. Kim olduğunu sormalarını bekledim. Fenerci, işte bu güzel bir şaka olurdu. Kendi kendime gülümsedim.

"O zaman belki teşekkür etmemiz gereken başka bir ev sahibi vardır. Ağabey, amca?"

"Ev sahibinize teşekkür edecekseniz, bana teşekkür edin," dedim. "Bu ev yalnızca bana ait."

Bu sözle odadaki hava değişti.

Şarap kâsesini kaptım. "Boşalmış," dedim. "Biraz daha getireyim." Döndüğüm sırada kendi nefesimi duyabiliyordum. Yirmi bedenin arkamdaki boşluğu doldurduğunu hissediyordum.

Mutfakta, elimi iksirlerimden birine attım. Aptallık ediyorsun, dedim kendi kendime. Tek başına bir kadınla karşılaşmaktan ötürü şaşırdılar, hepsi o. Ama parmaklarım harekete geçmişti bile. Bir kavanozun kapağını açtım, içindekileri şarapla karıştırdım, sonra da tadı örtmek için bal ve peynir suyu ekledim. Kâseyi dışarı taşıdım. Yirmi bakış beni takip etti.

"Buyurun," dedim. "En güzelini sona saklamıştım. Hepiniz biraz için mutlaka. Girit'in en güzel bağından geliyor."

Böyle gönüllü bir şekilde sunulan lüksten memnun olarak gülümsediler. Her adamın kadehini doldurmasını seyrettim. İçmelerini seyrettim. Şimdiye dek her birinin midesine bir fıçı şarap girmiş olmalıydı. Tabaklar boştu, tertemiz edilmişlerdi. Adamlar birbirlerine eğilmiş, alçak seslerle konuşuyorlardı.

Sesim kulağıma çok yüksek geldi. "Ee, sizi iyi besledim. Bana isimlerinizi söyler misiniz?"

Başlarını kaldırdılar. Gözleri koşturan dağgelincikleri gibi hızla liderlerine döndü. Adam ayağa kalktı, sandalye taşlara sürtündü. "Önce sen kendi adını söyle."

Sesinde bir şey vardı. Az daha söylüyordum, onları uyutacak efsunlu sözü. Ama geçen onca seneden sonra bile içimde hâlâ sadece bana söyleneni yapan bir yer vardı.

"Kirke," diye cevap verdim.

İsim onlara hiçbir şey ifade etmiyordu. Taş gibi yere düşmüştü. Sıralar yeniden yere sürttü. Hepsi ayağa kalkıyordu şimdi, gözleri üstümdeydi. Yine de hiçbir şey söylemedim. Kendi kendime yanıldığımı söylüyordum hâlâ. Mutlaka yanılıyordum. Onları doyurmuştum. Bana teşekkür etmişlerdi. Misafirimdi onlar.

Kaptan bana doğru geldi. Benden uzun boyluydu, el emeğiyle çalıştığı için kasları gergindi. Düşündüm ki... Ne düşündüm? Aptallık ettiğimi. Başka bir şey olacağını. Kendi şarabımı fazla kaçırdığımı, bu korkunun oradan kaynaklandığını. Babamın geleceğini. Babamın! Aptallık etmek, bir hiç yüzünden olay çıkarmak istemiyordum. Hermes'in sonradan hikâyeyi nasıl anlatacağını duyabiliyordum. *Her zaman isteriğin biriydi zaten.*

Kaptan artık çok yakınımdaydı. Cildinin sıcaklığını hissedebiliyordum. Yüzü oyuk oyuk, eski nehir yatakları gibi çatlaktı. Sıradan bir şey söylemesini, teşekkür etmesini, bir şey sormasını bekleyip duruyordum. Kız kardeşim sarayında bir yerlerde gülüyordu. *Hayatın boyunca yumuşakbaşlı oldun, şimdi buna pişman olacaksın. Evet baba, evet baba – Bak nereye vardın evet baba diye diye.*

Dilim dudaklarıma dokundu. "Acaba..." Adam beni duvara savurdu. Başım eğri büğrü taşa çarptı, odada kıvılcımlar uçuştu. Efsunu bağırmak için ağzımı açtım ama adam kolunu nefes boruma bastırdı, sesim boğuldu gitti. Konuşamıyordum. Nefes alamıyordum. Onunla mücadele ettim ama düşündüğümden kuvvetliydi veya belki ben düşündüğümden güçsüzdüm. Ani ağırlığı, cildinin benimkinin üstüne sürünen yağlılığı beni afallattı. Zihnim hâlâ karmakarışıktı, inanamıyordum. Adam alışkın olduğu belli bir hareketle sağ eliyle kıyafetlerimi yırttı. Sol eliyle de ağırlığını boğazımın üstünde tutmaya devam ediyordu. Adada kimse olmadığını söylemiştim ama işini şansa bırakmamayı öğrenmişti. Ya da belki çığlık atılmasından hoşlanmıyordu.

Adamlarının ne yaptığını bilmiyorum. Belki seyrediyorlardı. Aslanım burada olsaydı kapıyı pençeleriyle yıkardı ama o da kül olup rüzgârlara karışmıştı. Dışarıda domuzların viyakladığını duydum. Çıplak etim pürüzlü taşlara sürtünürken ne düşündüğümü hatırlıyorum: Ne de olsa alt tarafı bir nympha'yım ben, türümüz için bundan daha sıradan bir şey yok.

Ölümlü biri bayılırdı ama ben her an kendimdeydim. Adam sonunda titredi, kolu gevşedi. Boğazım çürük bir kütük gibi içeri göçmüştü. Hareket edemiyor gibiydim. Saçlarından bir damla ter çıplak göğsüme düştü, aşağı kaymaya başladı. Adamlarının arkasında konuştuklarını fark ettim. Öldü mü, diyordu içlerinden biri. Umarım ölmemiştir, sıra bende. Kaptanın omzunun arkasında bir yüz belirdi. Gözleri açık.

Kaptan geri çekilip yere tükürdü. Peltemsi küre taşın üstünde titreşti. Ter damlası yağlı bir oyuk açarak aşağı doğru kaymaya devam etti. Avluda bir domuz çığlık attı. Kasılarak yutkundum. Boğazım tıkırdadı. İçimde bir boşluk açıldığını hissettim. Söylemeye hazırlandığım uyku efsunu gitmiş, kurumuştu. İstesem bile yapamazdım o büyüyü artık. Ama zaten istemiyordum. Gözlerim adamın oyuk oyuk yüzüne baktı. O otlar başka bir işe daha yarıyordu, ben de bunun ne olduğunu biliyordum. Bir nefes aldım ve sözcüğü söyledim.

Adamın gözleri bulanıktı, anlayamadan bakıyorlardı. "Ne..."

Bitiremedi. Kaburga kafesi çatladı ve şişmeye başladı. Islak ıslak yırtılan etin sesini, kırılan kemiklerin çatırtısını duydum. Burnu yüzünde şişti, bacakları örümceğin yuttuğu bir sinek gibi titredi. Dört bacağının üstüne düştü. Çığlık atıyordu, adamları da onunla birlikte çığlık çığlığaydı. Uzun bir süre devam etti.

Nihayetinde, o gece gerçekten de domuz öldürmüş oldum.

ON BEŞ

Devrilmiş sıraları kaldırdım, sırılsıklam olmuş yerleri sildim, tabakları üst üste dizip mutfağa taşıdım. Kanlar akıp gidene dek kendimi dalgaların arasında kumlarla yıkamıştım. Yassı taşın üstündeki tükürük küreciğini bulup onu da ovalamıştım. Hiçbir işe yaramadı. Her hareketimde adamın parmaklarının izini hissediyordum.

Kurtlarla aslanlar, karanlıktaki gölgeler halinde süzülerek geri dönmüşlerdi. Yüzlerini yere bastırarak yatıyorlardı. Sonunda, temizleyecek başka bir şey kalmayınca ocağın küllerinin önüne oturdum. Artık titremiyordum. Hiç kıpırdamıyordum. Etlerim katılaşmış gibiydi, cildim üstümde ölü bir şey gibi, köselemsi iğrenç bir şey gibi geriliyordu.

Tan atıyordu, ayın gümüş atlarının ahırlarına gitme zamanıydı. Halam Selene'nin arabası gece bütün haşmetiyle yukarıda, ışığı kuvvetle gökyüzündeydi. Yüzünün parlaklığı altında o dev gibi leşleri aşağıya, gemiye sürüklemiş, çakmaktaşını çakıp alevlerin sıçramasını seyretmiştim. Halam olanları şimdiye dek Helios'a anlatmıştı mutlaka. Babam her an gelebilirdi, evladına yapılan hakaretten hiddete kapılmış ata. Omuzlarının bastırmasıyla tavanım çatırdayacaktı. Zavallı çocuk, zavallı sürgün edilmiş kızım. Zeus'un seni buraya göndermesine asla izin vermemeliydim.

Oda griye, sonra sarıya döndü. Bir deniz esintisi kıpırdandı ama yanmış etin leş kokusunu sürükleyip götürmeye yetecek kadar güçlü değildi. Babam hayatında hiç öyle konuşmamıştı, biliyordum. Ama yine de mutlaka gelecektir, sırf beni azarlamak için de olsa gelecektir, diye düşünüyordum. Zeus değildim sonuçta, bir darbede yirmi adamı devirmeye iznim olamazdı. Babamın yükselen arabasının solgun köşesine doğru seslendim. Ne yaptığımı duydun mu?

Yerde gölgeler hareket etti. Işık ayaklarımdan yukarı süründü, elbisemin eteklerine dokundu. Her an uzayıp diğeriyle birleşti. Gelen giden olmadı.

Belki de esas şaşılacak şey, bunun daha önce olmamasıdır, diye düşündüm. Şaraplarını koyduğum sırada amcalarımın gözleri üstümde gezinirdi. Elleri tenime dokunmanın bir yolunu bulurdu. Bir çimdik, bir okşama, elbisemin kolundan içeri kayan bir el. Hepsinin karıları vardı, düşündükleri evlilik değildi. Sonunda biri benim için gelecek ve babama iyi bir ödeme yapacaktı. Her iki taraf da şerefinden ödün vermeyecekti.

Işık tezgâha erişmişti, sedir kokusu havada yükseliyordu. Daidalos'un beyaz yara izli ellerinin ve onlardan aldığım zevkin anısı beynime sokulan kızgın bir tel gibiydi. Tırnaklarımı bileğime geçirdim. Diyarımızın dört bir yanına yayılmış kâhinler vardır. Rahibelerin kutsal dumanlar soluduğu ve onlarda gördükleri gerçekleri anlattığı tapınaklar. Kapılarının üstüne *kendini tanı* yazısı kazınmıştır. Ama ben şimdiye dek kendime yabancıydım, bilemediğim bir sebepten ötürü taşa çevrilmiştim.

Daidalos bir keresinde bana eskiden evlerini genişletmek için onu tutan Girit efendileri hakkında bir şey anlatmıştı. Aletleriyle gider, duvarları yıkmaya, zeminleri sökmeye başlarmış. Ama ne zaman zeminin altında onarılması gereken bir sorunla karşılaşsa, ev sahipleri surat asarmış. *Anlaşmada yoktu bu.*

Tabii yoktu, dermiş Daidalos, evin temelinde yatıyordu ama bakın, işte orada, gün gibi ortada. Çatlak kirişi görüyor musunuz? Zemini yiyen böcekleri görüyor musunuz? Taşın bataklığa nasıl gömüldüğünü görüyor musunuz?

Efendileri daha da kızdırmaktan başka bir işe yaramazmış bu. *Sen kazana kadar her şey yolundaydı! Ödeme yapmayacağız! Kapat, boya. Bu kadar zamandır ayaktaydı, bundan sonra da ayakta kalacaktır.*

Böylece Daidalos arızayı mühürler, ev de bir sonraki mevsim yıkılırmış. O zaman ev sahipleri gelip onu bulur, paralarını geri istermiş.

"Onlara söylerdim," demişti bana. "Tekrar tekrar söylerdim. Duvarların içeriden çürümüşse, bunun tek bir çaresi vardır."

Boğazımdaki mor bere kenarlarından yeşile dönüyordu. Bastırdım, kıymık kıymık sancıyı hissettim.

Yık, diye düşündüm. Hepsini yık ve yeniden inşa et.

Geldiler, sebebini bilmiyorum. Moira'ların bir dolambacı, ticaret ve yolculuk rotalarındaki bir değişiklik. Havada süzülen bir koku: Burada nympha'lar var ve yalnız yaşıyorlar. Gemiler iple çekilirmiş gibi limanıma uçuyordu. Adamlar şapırtılarla kıyıya çıkıyor, gördüklerinden hoşnut halde etraflarına bakınıyorlardı. Tatlı su, av hayvanları, balık, meyve. *Ağaçların üstünde ocak dumanı gördüm galiba. Biri şarkı mı söylüyor?*

Onları uzak tutmak için adanın üstüne bir aldatma efsunu koyabilirdim, bunu yapacak gücüm vardı. Tatlı kumsallarımı sivri kayalarla girdaplardan, tırmanılması mümkün olmayan diş diş tepelerden oluşan bir görüntüyle sarmalayıp örtebilirdim. Yollarına devam ederlerdi, ne onları bir daha görmem gerekirdi ne de başkasını.

Hayır, diye düşündüm. Bunun için iş işten geçti. Bulundum. Ne olduğumu görsünler bakalım. Dünyanın düşündükleri gibi olmadığını öğrensinler.

Patikalardan yukarı tırmandılar. Bahçe yolumun taşlarını

geçtiler. Hepsi aynı çaresiz hikâyeyi anlatıyordu: Kaybolmuşlardı, bitkinlerdi, yiyecekleri bitmişti. Yardımlarıma minnettar olurlardı.

Bunların birkaçının, sayıları o kadar az ki parmaklarımla sayabilirim, gitmesine izin verdim. Beni akşam yemeği olarak görmemişlerdi. Dindar adamlardı, gerçekten kaybolmuşlardı; aralarında yakışıklı biri olursa bazen onu yatağıma da alırdım. İhtiras değildi bu, ihtiras kırıntısı bile değildi. Bir tür hiddetti, kendi üzerimde kullandığım bir bıçaktı. Derimin hâlâ kendi derim olduğunu kanıtlamak için yapıyordum. Peki, bulduğum cevap hoşuma gidiyor muydu?

"Gidin," derdim.

Sarı kumlarımın üstünde önümde diz çökerlerdi. "Tanrıçamız," derlerdi, "en azından bize ismini bağışla ki sana şükran dualarımızı gönderebilelim."

Ne dualarını istiyordum ne ismimi ağızlarına almalarını. Kendimi kan çıkana kadar denizin içinde ovalamak istiyordum.

Bir sonraki geminin gelmesini istiyordum, böylece yırtılıp parçalanan etlerini yeniden görebilirdim.

Her zaman bir lider oluyordu. En iriyarıları değildi, kaptan olmasına da gerek yoktu ama merhametsizliklerinin talimatını almak için baktıkları oydu. Soğuk gözleri, kıvrılıp çörek olmuş bir gerginliği vardı. Ozanlar yılan gibi derdi belki ama artık yılanları iyi tanıyordum. Namuslu engereği her zaman yeğlerim, beni ancak onu rahatsız edersem sokar, daha önce değil.

Artık adamlar geldiğinde hayvanlarımı uzağa yollamıyordum. İstedikleri yerde, bahçede, masalarımın altında uyuklamalarına izin veriyordum. Adamların, hayvanların dişleriyle doğal olmayan evcillikleri yüzünden titreyerek onların arasında yürümek zorunda kaldığını görmek hoşuma gidiyordu. Ölümlüymüş gibi yapmıyordum. Parlak, sarı gözlerimi her fırsatta gösteriyordum. Hiçbiri bir şeyi değiştirmiyordu. Yalnızdım ve kadındım, önemli olan tek şey buydu.

Şölenlerimi önlerine sererdim, etler ve peynirler, meyveler ve balık. Ağzına kadar şarapla doldurulmuş olan en büyük bronz kâsemi de ortaya koyardım. Lıkır lıkır içer, yağları damlayan koyun etlerini yakalayıp gırtlaklarından aşağı iterek yerlerdi. Kadehlerini tekrar tekrar doldurur, dudaklarını sırılsıklam ıslatır, masayı şaraba bularlardı. Arpa ve çeşni otu parçaları dudaklarına yapışırdı. Kâse boş, derlerdi bana. Doldur. Bu sefer daha fazla bal koy, bu yıllanmış şarabın buruk bir tadı var.

Tabii, derdim.

Açlıkları yatışırdı. Etraflarına bakmaya başlarlardı. Mermer zemini, tabak çanağı, kıyafetlerimin güzelim kumaşını fark ettiklerini görürdüm. Pis pis sırıtırlardı. Bunları göstermeye cesaret ediyorsam, arkada kim bilir neler saklıyordum.

"Hanımım?" derdi lider. "Sizin gibi bir güzelliğin tek başına yaşadığını söylemeyin bana."

"Ah, evet," derdim. "Yalnızım."

Gülümserdi. Elinde olmazdı. Korkmak asla aklına gelmezdi. Niye gelsin? Kapının yanında asılı bir erkek pelerini, avcı yayı, çoban kepeneği olmadığını kendisi de görmüştü zaten. Erkek kardeşlere, babalara ya da oğullara, sonradan intikam için peşlerine düşecek birine dair hiçbir emare yoktu. Birinin gözünde bir kıymetim olsaydı, yalnız yaşamama izin verilmezdi zaten.

"Bunu duyduğuma üzüldüm," derdi.

Oturak taşa sürünür, lider ayağa kalkardı. Adamlar parlak gözlerle seyrederdi. Bunu takip edecek donup kalmayı, korkuyu, yalvarmaları isterlerdi.

En sevdiğim andı bu, kaşlarını çatıp niye korkmadığımı anlamaya çalışmalarını seyretmek. Vücutlarında otlarımın koparılmayı bekleyen iplikler gibi beklediğini hissederdim. Şaşkınlıklarının, yavaş yavaş uyanan korkularının tadını çıkarırdım. Sonra da iplikleri koparırdım.

Sırtları bükülür, yüzleri boğulmuş cesetlerin yüzü gibi şişerken elleriyle dizlerinin üstüne çökmek zorunda kalırlardı. Çırpınırlardı, sıralar devrilir, şarap yerlere saçılırdı. Çığlıkları ciyaklamaya dönerdi. Canlarının yandığına eminim.

Seyredebilsin diye lideri sona saklardım. Duvara yaslanarak büzülürdü. Lütfen. Beni bağışla, bağışla, bağışla.

Olmaz, derdim. Ah, olmaz.

Bittikten sonra geriye yalnızca onları ağıla götürmek kalıyordu. Dişbudak ağacından asamı kaldırırdım, koşarlardı. Kapı arkalarından kapanır, onlar da domuzcuk gözleri insan gözyaşlarının son kalıntılarıyla hâlâ ıslak halde direklere dayanırdı.

Nympha'larım tek kelime etmiyordu ama bazen kapının çatlağından gözetlediklerinden şüpheleniyordum.

"Kirke Hanım, bir gemi daha. Biz odamıza mı gidelim?"

"Lütfen. Gitmeden benim için şarabı çıkarıverin."

Bir görevden diğerine koşuyordum, kumaş dokuyor, çalışıyor, domuzlarımı besliyor, adayı baştan aşağı arşınlıyordum. Ellerimde ağzına kadar dolu büyük bir kâse taşıyormuş gibi dimdik yürürdüm. Ben yürürken, her zaman taşma noktasında olan ama asla taşmayan koyu renkli sıvı dalgalanırdı. Ancak durursam, uzanırsam dökülmeye başladığını hissediyordum.

Nympha'lara, gelinler, derler ama aslında dünya bizi öyle görmez. Bir sofraya yayılmış, güzel ve kendini yenileyen sonsuz bir şölendik. Ve kaçma konusunda da çok beceriksizdik.

Ağılımın parmaklıkları eskilikten ve kullanılmaktan ötürü çatlamıştı. Zaman zaman tahta bel veriyor, domuzlardan biri kaçıyordu. Çoğunlukla kendini kayalıklardan aşağı atardı. Deniz kuşları minnet doluydu, şişman kemiklerle ziyafet çekmek için dünyanın öbür ucundan geliyor gibiydiler. Yağı ve kasları sıyırmalarını seyrederek orada dururdum. Küçük, pembe kuyruk derisi birinin gagasından solucan gibi sallanırdı. Bir erkek olsaydı ona acıyıp acımayacağımı merak ederdim. Ama erkek değildi.

Ağılın yanından geçtiğimde arkadaşları yalvaran gözlerle bana bakardı. İnler, viyaklar, burunlarını yere bastırırlardı. *Özür dileriz, özür dileriz, üzgünüz.*

Yakalandığınız için üzgünsünüz, derdim. Güçsüz olduğumu düşündüğünüz ama yanıldığınız için üzgünsünüz.

Yatağımda aslanlar çenelerini karnıma dayardı. Onları iterdim. Kalkıp yeniden yürümeye başlardım.

Bir keresinde bana, niye domuz diye sordu. Ocağımın önünde, her zamanki koltuklarımızda oturuyorduk. Oymalarında gümüş süslemeler olan, inek derisi kaplı koltuğu severdi. Bazen oymaları dalgın dalgın parmağıyla okşardı.

"Neden olmasın?" dedim.

Sakince gülümsedi. "Cidden soruyorum. Bilmek istiyorum."

Cidden sorduğunu biliyordum. Dindar bir adam değildi ama gizli kalmış şeyleri araştırmak en büyük ibadetiydi.

İçimde cevaplar vardı. Bir sene önceden kalma çiçek tohumları gibi gömülmüş halde şişmanladıklarını hissediyordum. Kökleri, aslanlarım uzaktayken ve efsunlarım içime hapsolmuşken ve domuzlarım avluda çığlık atarken duvara dayanmış olarak geçirdiğim o anlarla karışıyordu.

Bir geminin mürettebatını dönüştürdükten sonra ağılda birbirlerinin üstüne devrilerek, dehşetleriyle aptala dönmüş halde eşelenip ağlamalarını seyrederdim. Hepsinden nefret ederlerdi, yeni, dolgun gövdelerinden, incecik yarıklı toynaklarından, yerin çamurunda sürünen şiş karınlarından. Küçük düşürücü, alçaltıcı bir durumdu. Ellerine, erkeklerin dünyayı hafife almak için kullandığı o uzantılara duydukları özlemle hasta olurlardı.

Hadi canım, derdim onlara, o kadar da kötü değil. Domuz olmanın iyi taraflarını takdir etmelisiniz, çamurlara bulanmış ve hızlı olduklarından yakalanmaları zordur. Yere yakın olduklarından kolay kolay devrilemezler. Köpeklere benzemezler, sevginize ihtiyaçları yoktur. Nerede olsa yaşar, ne olsa yerler, artıklar, çerçöp. Akılsız ve sıkıcı gibi görünürler, bu da düşmanlarını gafil avlar ama akıllıdırlar. Yüzünüzü unutmazlar.

Hiç dinlemezlerdi. İşin doğrusu, erkekler pek kötü domuz oluyor.

Ocağın yanındaki koltuğumda kadehimi kaldırdım, "Bazen," dedim ona, "cehaletinle mutlu olmalısın."

Bu cevaptan hoşlanmadı ama ondaki tuhaflık da buydu: Bir açıdan bu cevabı diğer hepsine yeğlerdi. İnsanların ağzından gerçekleri nasıl istiridye açar gibi söküp aldığını, bir bakış ve zamanlaması iyi ayarlanmış bir sözcükle bir göğse nasıl girebildiğini görmüştüm. Dünyanın pek azı onun sesine boyun eğmezdi. Sonuç olarak, boyun eğmemem sanırım benimle ilgili en hoşuna giden şeydi.

Ama hikâyede fazla ileri atladım.

Gemi, dedi nympha'lar. Çok süslü, gövdede gözler var.

Bu dikkatimi çekti. Sıradan korsanların boyaya harcayacak altını olmazdı. Ama gidip bakmadım. Beklemek, zevkin bir parçasıydı. Kapının çalındığı o an, otlarımın başından kalkacak, kapıyı ardına dek açacaktım. Artık dindar adam hiç yoktu, uzun süredir olmamıştı. Efsun ağzımda nehir taşı gibi cilalıydı.

Yaptığım iksire bir avuç kök ekledim. İçinde malü vardı, sıvı ışıldadı.

Öğleden sonra geçti, denizciler görünmedi. Nympha'larım, kumsalda kamp kurup ateş yakmış olduklarını bildirdi. Bir gün daha geçti, sonunda üçüncü gün kapı çalındı.

Boyalı gemileri en güzel şeyleriydi. Yüzleri dedeler gibi çizgilerle doluydu. Gözleri kanlı ve ölüydü. Hayvanlarımdan ürktüler.

"İzin verin tahmin edeyim," dedim. "Kayıp mı oldunuz? Açsınız, yorgun ve üzgün müsünüz?"

İyi yediler. Daha da iyi içtiler. Vücutlarının şurasından burasından yağlar fışkırıyordu ama altındaki kaslar ağaçlar kadar sertti. Yara izleri uzun, çentikli ve kesintiliydi. İyi bir mevsim geçirmişler, sonra hırsızlık yapmalarından hoşlanmayan biriyle karşılaşmışlardı. Yağmacıydılar, ona şüphem yoktu. Gözleri hazinelerimi saymayı hiç bırakmamıştı, yaptıkları hesapla gülümsüyorlardı.

Artık ayağa kalkıp bana gelmelerini beklemek istemiyordum. Asamı kaldırdım, efsunu söyledim. Diğerleri gibi ağlayarak ağıllarına gittiler.

Nympha'lar devrilmiş sıraları kaldırmama, şarap lekelerini silmeme yardım ettikleri sırada biri pencereden dışarı baktı. "Hanımım, patikada biri daha var."

Mürettebatın gemi için sayıca az olduğunu düşünmüştüm zaten. Bazıları kumsalda beklemiş olmalıydı, şimdi içlerinden biri arkadaşlarına ne olduğunu keşfetmeye yollanmıştı. Nympha'lar yeni şarap çıkarıp ortadan kayboldular.

Adamın vuruşuyla kapıyı açtım. Akşamüstü güneşi üstüne düşüyor, düzgün sakalındaki kızılları, saçlarındaki solgun gümüşleri ortaya çıkarıyordu. Bazıları kadar uzun boylu değildi ama güçlüydü, görüyordum, eklemleri sağlamdı.

"Hanımım," dedi, "mürettebatım yanınıza sığınmış. Ben de öyle yapabilirim diye umuyordum."

Gülümsememe babamın bütün ışıltısını kattım. "Arkadaşların kadar hoşgeldin."

Kadehleri doldururken onu seyrettim. Bir hırsız daha, diye düşündüm. Ama gözleri zengin tuzaklarıma ancak şöyle bir baktı. Onun yerine hâlâ ters dönmüş halde yerde duran bir tabureye takıldılar. Adam eğilip tabureyi düzeltti.

"Teşekkür ederim," dedim. "Kedilerim. Durmadan bir şeyleri deviriyorlar."

"Öyledir," dedi.

Ona yemek ve şarap getirip ocağıma yönelttim. Kadehi aldı, gösterdiğim gümüş koltuğa oturdu. Eğilirken, yakın zamanda aldığı yaralarla doluymuş gibi yüzünü hafifçe buruşturduğunu gördüm. Çentikli bir yara izi kaslı baldırında topuktan uyluğa dek uzanıyordu ama eski ve solgundu. Adam kadehiyle işaret etti.

"Hiç böyle bir tezgâh görmemiştim," dedi. "Doğu yapımı bir şey mi?"

Onun türünden bin kişi geçmişti bu odadan. Her bir altın ve gümüş parçasını kayıt altına almışlardı ama şimdiye dek biri bile tezgâhı fark etmemişti.

Kısacık bir an tereddüt ettim.

"Mısır."

"Ah. En iyi şeyleri onlar yapıyor, değil mi? Ağırlık yerine ikinci bir direk kullanmak akıllıca. Düğümü aşağı çekmeyi çok kolaylaştırıyor. Bir çizimini yapmayı çok isterdim." Sesi tok, sıcaktı, aklıma okyanus gelgitlerini getiren bir çekimi vardı. "Karım bayılırdı. O ağırlıklar çıldırtırdı onu. Birinin daha iyi bir şey icat etmesi gerektiğini söyler dururdu. Heyhat, bu işe bakacak zaman bulamadım. İhmal ettiğim pek çok kocalık görevimden biri daha."

Karım. Bu sözcük sinirlerimi bozmuştu. Bütün o tayfaların arasında karısı olan biri vardıysa bile kimse bundan bahsetmemişti. Adam koyu renk gözlerini benimkilerden ayırmadan gülümsedi. Kadehi, her an içebilirmiş gibi hafifçe havaya kaldırılmıştı.

"Ama işin aslı, karımın kumaş dokumanın en sevdiği yanı, çalıştığı sırada etrafındakilerin, söyledikleri şeyleri onun duyamayacağını zannetmeleri. Bu yolla en iyi haberleri topluyor. Kim evlenecek, kim hamile, kim kan davası başlatacak, hepsini sayıp dökebilir."

"Karın akıllı bir kadına benziyor."

"Öyledir. Benimle niye evlendiğini anlayamıyorum ama bu işten fayda sağladığıma göre konuya dikkatini çekmemeye çalışıyorum."

Bu cümle şaşkınlıktan bir kahkaha homurtusu çıkarmama sebep oldu. Hangi erkek böyle konuşurdu? Benim tanıştıklarımın hiçbiri. Yine de bu adamda bana neredeyse âşina gelen bir şey vardı.

"Karın nerede? Gemide mi?"

"Tanrılara şükürler olsun ki evde. Böyle bir serseri takımıyla yolculuk etmesini istemezdim. Evi herhangi bir saltanat naibinden daha iyi idare eder."

Bütün dikkatim onun üstündeydi şimdi. Sıradan denizciler saltanat naiplerinden bahsetmez, gümüş kakmaların yanında da kendilerini böyle evlerinde hissetmezdi. Adam koltuğun oymalı koluna yatağıymış gibi yaslanıyordu.

"Mürettebatına serseri mi diyorsun?" dedim. "Bana diğerlerinden farklı görünmediler."

"Çok naziksin ama korkarım zamanlarının yarısını vahşi hayvanlar gibi davranarak geçiriyorlar." İçini çekti. "Benim suçum. Kaptanları olarak onları hizada tutmam lazım ama savaştaydık, bunun en iyi adamları bile nasıl soldurduğunu bilirsin. Üstelik adamlarımı sevsem de en iyiler arasında oldukları söylenemez."

Sır verirmiş gibi, anladığımdan eminmiş gibi konuşmuştu. Oysa savaşla ilgili bildiklerim yalnızca babamın Titan hikâyelerinden geliyordu. Şarabımı yudumladım.

"Savaş bana erkeklerin budalaca bir seçimi gibi gelmiştir hep. Ne kazanırlarsa kazansınlar ölmeden önce tadını çıkaracakları bir elin parmakları kadar sene oluyor önlerinde. Keyif sürmeye çalışırken ölüp gitmeleri daha yüksek ihtimal."

"Şey, zafer meselesi var tabii. Ama keşke bizim generalle konuşsaydınız. Hepimizi bir sürü dertten kurtarmış olurdunuz."

"Savaş niye çıkmıştı?"

"Bakayım listeyi hatırlayabilecek miyim?" Parmaklarıyla saydı. "İntikam. Şehvet. Boş gurur. Açgözlülük. Güç. Ne unuttum? Ah, evet, gösteriş budalalığı ve alınganlık."

"Tanrılar arasında sıradan bir gün gibi geliyor kulağa," dedim.

Güldü ve elini kaldırdı. "Bunu söylemek sizin ilahi ayrıcalığınız, hanımım. Ben sadece bizim tarafımızda savaşan pek çok tanrıya şükranlarımı sunacağım."

İlahi ayrıcalık. Tanrıça olduğumu biliyordu demek. Ama hiçbir huşu belirtisi göstermiyordu. İncir hasadını konuşmak üzere çitine yaslandığı komşusu olabilirdim.

"Tanrılar ölümlülerin arasında mı savaştı? Kim?"

"Hera, Poseidon, Afrodit. Athena elbette."

Kaşlarımı çattım. Bununla ilgili hiçbir şey duymamıştım. Öte yandan, artık bir şey duymamın yolu yoktu. Hermes gideli uzun süre olmuştu, nympha'larım dünyevi haberlere aldırmaz, soframa oturan erkekler de yalnızca kendi iştahlarını düşünürdü.

Günlerim, gözümün gördüğü, parmaklarımın eriştiği yerlerle kısıtlanmıştı.

"Korkmayın," dedi adam. "Upuzun hikâyeyi baştan sona anlatıp kulaklarınızı rahatsız etmeyeceğim ama adamlarımın bu kadar perperişan olmasının sebebi bu. On senedir Troya kıyılarında savaşıyorduk, şimdi evlerine, ocaklarına dönmeye can atıyorlar."

"On sene mi? Troya bir kaleydi mutlaka."

"Ah, yeterince sağlamdı ama savaşı uzatan onun gücü değil, bizim zayıflığımızdı."

Buna da şaşırdım. Doğru olduğu için değil, adam bunu kabul ettiği için. Bu buruk küçümseme gafil avlayıcı bir şeydi.

"Evden uzak kalmak için çok uzun bir süre."

"Daha da uzadı. Troya'dan iki sene önce yelken açtık. Dönüş yolculuğumuz istediğimden çok daha zor oluyor nedense."

"O zaman tezgâh konusunda endişelenmene gerek yok," dedim. "Karın şimdiye kadar senden vazgeçip kendisi daha iyi bir şey icat etmiştir."

İfadesi hoşluğunu korudu ama yüzünde bir şeyin değiştiğini gördüm. "Büyük ihtimalle haklısınız. Topraklarımızı da iki katına çıkarmıştır. Buna hiç şaşırmam."

"Peki nerede bu topraklar?"

"Argos yakınlarında. İnek ve arpa, bilirsiniz işte."

"Babam da sığır yetiştiriyor," dedim. "Bembeyaz bir sürü besliyor."

"Safkan yetiştirilmesi zor bir türdür. Onlara çok iyi bakıyor olmalı."

"Ah, bakıyor," dedim. "Başka bir şeyle hiç ilgilenmez."

Onu seyrediyordum. Elleri büyük ve nasırlıydı. Kadehini kâh şu tarafa kâh bu tarafa doğru sallıyor, şarabını biraz çalkalasa da kesinlikle dökmüyordu. Ağzına da bir kere bile sürmemişti.

"Yıllanmış şarabım hoşuna gitmediği için üzüldüm," dedim.

Kadehin hâlâ elinde olmasına şaşırmış gibi bakışlarını eğdi. "Özür dilerim. Misafirperverlikten öyle keyif alıyordum ki unutmuşum." Parmak eklemlerini şakağına vurdu. "Adamlarım, boynumun üstünde olmasaydı kafamı da unutacağımı söyler. Nereye gittiler demiştiniz?"

Gülmek istedim. Neşelenmiştim ama sesimi onunki kadar ifadesiz tuttum. "Arka bahçedeler. Orada dinlenmek için kusursuz bir gölgelik var."

"Hayretler içinde kaldığımı itiraf ediyorum," dedi. "Benim için asla böyle sessiz durmazlar. Onları epeyce etkilemiş olmalısınız."

Bir büyüden önce duyulana benzeyen bir uğultu duydum. Adamın bakışları bilenmiş bir bıçaktı. Bütün bunlar girişti. Bir tiyatro oyunundaymışız gibi ayağa kalktık.

"İçmedin," dedim. "Akıllıca. Ama ben hâlâ bir cadıyım, sen de evimdesin."

"Bunu mantık çerçevesinde halledebilmeyi umuyorum," dedi. Kadehi bırakmıştı. Kılıcını çekmedi ama eli kabzadaydı.

"Silahlardan korkmam, kendi kanımı görmekten de."

"O zaman pek çok tanrıdan cesursunuz demektir. Bir keresinde Afrodit'in bir çizik yüzünden kendi oğlunu arazide ölüme terk ettiğini gördüm."

"Cadılar o kadar narin değildir," dedim.

Kılıcının kabzası on yıllık çarpışmalardan yıpranmıştı, yara izleriyle dolu vücudu gergin ve hazırdı. Bacakları kısaydı ama kaslarla sertleşmişti. Cildim diken diken oldu. Adamın yakışıklı olduğunu fark ettim.

"Söylesene," dedim, "belinden hiç ayırmadığın o torbada ne var?"

"Bulduğum bir ot."

"Kara kökler," dedim. "Beyaz çiçekler."

"Tamı tamına öyle."

"Ölümlüler malü toplayamaz."

"Hayır," dedi yalın bir tavırla. "Toplayamaz."

"Kimdi? Hayır, boşver, biliyorum." Hermes'in beni ot toplarken seyrettiği, büyülerim hakkında beni sıkıştırdığı onca seferi düşündüm. "Torbanda malü var madem, niye içmedin? Yapacağım hiçbir büyünün sana dokunamayacağını söylemiştir mutlaka."

"Söyledi," dedi. "Ama içimde vazgeçilmesi zor bir ihtiyat damarı var. Kendisine her ne kadar minnettar olsam da şakacı tanrı pek öyle güvenilirliğiyle tanınmaz. Beni bir domuza çevirmenize yardımcı olmak, tam da onun yapacağı türden bir şaka olurdu."

"Her zaman böyle şüpheci misin?"

"Ne diyebilirim?" Avuçlarını açtı. "Dünya çirkin bir yer. Biz de dünyada yaşamak zorundayız."

"Sanırım sen Odysseus'sun," dedim. "Bahsettiğin şakacının kanından doğmuşsun."

Bu tekinsiz bilgiyle irkilmedi. Tanrılara alışkın bir adamdı. "Siz de tanrıça Kirke'siniz, güneşin kızı."

İsmim ağzındaydı. İçimde keskin ve hevesli bir duygu kıvılcımlandı. Gerçekten de okyanus gelgitlerine benziyor, diye düşündüm. Başınızı bir kaldırıyorsunuz kıyı ortadan kaybolmuş.

"Çoğu erkek benim kim olduğumu bilmez."

"Tecrübeme göre erkeklerin çoğu aptaldır," dedi. "Oyunu neredeyse açığa vurmama yol açtığınızı itiraf ediyorum. Babanız, inek çobanı?"

Beni de gülmeye davet ederek gülümsüyordu, iki yaramaz çocuktuk sanki.

"Kral mısın? Bey misin?"

"Prensim."

"O zaman Prens Odysseus, bir açmazın içindeyiz, çünkü sende malü var, bende de adamların. Sana zarar veremem ama bana saldırırsan adamların asla eski hallerine dönemez."

"Bundan korkuyordum," dedi. "Ayrıca babanız Helios'un intikam isteği de pek şiddetli olacaktır. Öfkesini görmek istemeyeceğimi tahmin ediyorum."

Helios beni asla savunmazdı ama Odysseus'a bunu söyleyecek değildim. "Adamlarınızın beni soyup soğana çevirmek üzere olduğunu bilmeniz gerek."

"Bunun için özür dilerim. Hepsi aptal ve genç, ben de onlara karşı çok müsamahakâr davrandım."

Bu özürü ilk defa dilemiyordu. Gözlerimle onu iyice süzdüm, baştan aşağı inceledim. Bana biraz Daidalos'u hatırlatıyordu. Dürüstlüğü ve zekâsıyla. Ama rahat tavırlarının altında Daidalos'ta hiç olmayan bir sertlik seziyordum. Bunun açığa çıktığını görmek istiyordum.

"Belki başka bir yol bulabiliriz."

Eli hâlâ kılıcının kabzasındaydı ama alt tarafı akşam yemeğine karar verirmiş gibi konuştu. "Öneriniz nedir?"

"Hermes'in bir defasında bana seninle ilgili bir kehanet söylediğini biliyor musun?"

"Ya? Peki neydi bu kehanet?"

"Salonlarıma gelmenin kaderinde yazılı olduğu".

"Ee?"

"Hepsi bu kadardı."

Bir kaşını kaldırdı. "Korkarım hayatımda duyduğum en berbat kehanet bu."

Güldüm. Bir kayalığın tepesindeki bir şahin gibi harekete hazır olduğumu hissediyordum. Pençelerim hâlâ kayayı tutuyordu ama zihnim havalanmıştı.

"Ateşkes teklif ediyorum," dedim. "Bir tür imtihan."

"Nasıl bir imtihan?" Biraz öne eğildi. Zamanla çok yakından tanıyacağım bir hareketti bu. O bile her şeyi saklayamıyordu. Bir meydan okuma söz konusuysa koşarak kabul etmeye gidiyordu. Cildi el emeği ve deniz kokuyordu. On senenin bütün hikâyelerini biliyordu. Bahardaki bir ayı kadar aç ve coşkuluydum.

"Duyduğuma göre," dedim, "pek çok kişi güveni aşkta bulurmuş."

Bunu duyunca şaşaladı ve ah, o şaşkınlık parlamasına bayıldım ama üstünü hemen örttü.

"Hanımım, böyle bir şerefi ancak bir aptal reddeder. Ama işin doğrusu, kabul eden de aptaldır. Ben ölümlüyüm. Yatağınızda size katılmak için malü denen bu otu bıraktığım anda büyünüzü yapabilirsiniz." Durakladı. "Tabii bana zarar vermeyeceğinize dair ölüler nehri üstüne yemin ederseniz o başka."

Styks Nehri üstüne edilen bir yemin Zeus'u bile bağlardı. "Tedbirlisin," dedim.

"Bunun müşterek noktamız olduğunu görüyorum."

Hayır, diye düşündüm. Ben tedbirli değildim. Pervasızdım, düşüncesizdim. Bu adam başka bir bıçaktı, bunu hissedebiliyordum. Başka bir türdü ama yine de bir bıçaktı. Umurumda değildi. Ver şu bıçağı bana, diye düşündüm. Bazı şeyler, uğurlarına kan dökülmesine değer.

"O yemini edeceğim," dedim.

ON ALTI

Sonra, seneler sonra, ilk buluşmamıza yakılan bir türkü dinleyecektim. Söyleyen çocuk yeteneksizdi, ezgiyi tutturmaktan ziyade kaçırıyordu ama dizelerin tatlı melodisi o ezerken bile ışıldıyordu. Kendi portreme şaşırmadım: Kahramanın kılıcı karşısında yelkenleri suya indiren, diz çöküp merhamet dilenen gururlu cadı. Kadınlara haddini bildirmek ozanların en sevdiği vakit geçirme biçimi gibi geliyordu bana. Yerlerde sürünüp ağlamazsak gerçek bir hikâye olmazmış gibi.

Geniş, altın yatağımda birlikte yattık. Onu zevkle gevşemiş halde, tutkulu ve kendini bırakmış olarak görmek istemiştim. Kendini asla bırakmadı ama diğerlerini gördüm. Aramızda bir tür güven tutturduk.

"Aslında Argoslu değilim," dedi. Ateşin ışığı üstümüzde titreşiyor, çarşaflara uzun gölgeler düşürüyordu. "Benim adama İthaka derler. İnek beslemek için fazla kayalıktır. Keçilerimiz ve zeytin bahçelerimiz var."

"Peki ya savaş? O da mı uydurmaydı?"

"Savaş gerçekti."

Hiç huzuru yoktu. Gölgelerden fırlayacak bir mızrağı savuşturabilecekmiş gibi görünüyordu. Öte yandan yorgunluğu, deniz çekildiğinde ortaya çıkan kayalar gibi kendini göstermeye başlıyordu. Misafirlik adabı gereği karnını doyurup dinlenene dek ona soru sormamalıydım ama bu tür görgü kurallarını geride bırakmıştık.

"Yolculuğunuzun zor geçtiğini söyledin."

"Troya'dan on iki gemiyle yelken açtım." Sarı ışıkta yüzü eski bir kalkan gibi hırpalanmış ve çizgiliydi. "Geriye kala kala biz kaldık."

Elimde olmadan afalladım. On bir gemi, beş yüzden fazla adamın kaybedilmiş olması demekti. "Böyle bir felaket nasıl geldi başınıza?"

Hikâyeyi, et yemeği tarifi verir gibi anlattı. Fırtınalarla dünyanın öbür ucuna savrulmuşlardı. O diyarlar yamyamlarla, gözü dönmüş vahşilerle, denizcileri ilaçla uyuşturup iradelerini ellerinden alan sefahat düşkünleriyle doluydu. Poseidon'un oğullarından biri olan vahşi tek gözlü dev, kyklop Polyphemos tarafından pusuya düşürülmüşlerdi. Polyphemos yarım düzine adamı yemiş, kemiklerini emmişti. Odysseus kaçabilmek için onu kör etmek zorunda kalmıştı, şimdi de intikam isteyen Poseidon dalgaların arasında peşlerinden geliyordu.

Topalladığına şaşmamak lazımdı, saçlarının kırlaştığına şaşmamak lazımdı. *Bu adam canavarlarla yüzleşmişti.*

"Şimdi de daima yol göstericim olan Athena bana sırtını döndü."

Athena'nın adını duyduğuma şaşırmamıştım. Zeus'un akıllı kızı, kurnazlığa ve mucitliğe her şeyden fazla itibar ederdi. Odysseus tam onun değer vereceği türden bir adamdı.

"Neye alındı?"

Cevap verip vermeyeceğini kestirememiştim ama derin bir nefes aldı. "Savaş pek çok günah doğurur, bu günahları işleyen son kişi de ben değilim. Athena'dan af dilediğimde beni hep bağışlamıştı. Sonra şehir yağmalandı. Tapınaklar yerle bir edildi, sunaklara kan döküldü."

Tanrıların kutsal nesnelerine kan bulaştırılması, küfürlerin en büyüğüydü.

"Diğerleriyle birlikte ben de böyle şeylerin bir parçasıydım ama herkes dualarını sunmak üzere geride kalırken, onlarla birlikte kalmadım. Ben... Sabırsızlanmıştım."

"On yıl savaşmışsın," dedim. "Anlaşılır bir şey."

"Çok naziksin ama galiba ikimiz de bunun doğru olmadığını biliyoruz. Gemiye binmemle etrafımdaki denizlerin gazapla kabarması bir oldu. Gökyüzü kararıp demir rengine büründü. Filoyu geri döndürmeye çalıştım ama iş işten geçmişti. Fırtına bizi Troya'dan çok uzaklara attı." Ağrısı varmış gibi parmak boğumlarını ovaladı. "Şimdi Athena'yla konuştuğumda cevap vermiyor."

Felaket üstüne felaket. Buna rağmen, bitkinliğine, kederle ıstırap çekiyor olmasına karşın bir cadının evine girmişti. Hiçbir şeye dair bir ipucu vermeden büyüleyici tavırlar ve gülümsemelerle ocağımın yanında oturmuştu. Bunun için nasıl bir kararlılık, nasıl sağlam bir irade gerekmişti kim bilir. Ama hiç kimse sonsuz değildir. Yüzü bitkinlikle lekelenmişti. Sesi kısıktı. Ona bıçak demiştim, şimdiyse kemiğe kadar dilim dilim edildiğini görüyordum. Göğsümde bunu yansıtan bir ağrı hissettim. Onu yatağıma götürmem bir tür meydan okumaydı ama şimdi içimde titreşen his çok daha eski bir şeydi. Oradaydı, ruhu önümdeydi. *Onarabileceğim yırtık pırtık bir şey vardı karşımda.*

Düşünceyi elimde tuttum. O ilk gemi geldiğinde bana gülümseyen herkese yaltaklanabilecek çaresiz bir şeydim. Şimdiyse, gücümü birbiri ardına ağıllarla kanıtlayan zalim bir cadıydım. Hermes'in bana uyguladığı eski sınavlar geldi birden aklıma. Ekşimiş süt mü olacaktım, yoksa mutlu mu? Aptal bir martı mı, yoksa kötü bir canavar mı?

Tek seçeneklerim hâlâ bunlar olamazdı.

Elini tutup onu ayağa kaldırdım. "Odysseus, Laertes'in oğlu, zor günler geçirmişsin. Kış yaprakları gibi kurusun. Ama burası güvenli bir liman."

Gözlerindeki rahatlama tenimde dolaştı. Onu salonuma götürdüm, nympha'larıma, rahat etmesi için ne gerekiyorsa yapmaları emrini verdim: Gümüş bir küveti doldurup terli vücudunu yıkamalarını, temiz giysiler getirmelerini söyledim. Sonrasında yemekle doldurduğumuz masaların karşısında tertemiz, ışıl ışıl bir halde durdu ama oturmak için hamle etmedi. "Bağışla beni," dedi gözleri gözlerimde. "Yiyemem."

Ne istediğini biliyordum. Öfkelenmiyor, yalvarmıyor, yalnızca kararımı bekliyordu.

Etrafımdaki hava altınla resmedilmiş gibiydi. "Gel," dedim. Yürüyüp dışarı çıkarak ağıla gittim. Dokunuşumla kapıları ardına dek açıldı. Domuzlar cıyakladı ama arkamda onu görünce dehşetleri hafifledi. Her burnu yağla ovalayıp bir efsun söyledim. Fırça gibi tüyleri döküldü, erkek olarak ayağa kalktılar. Ağlayarak ona koştular, ellerini ellerine bastırdılar. O da ağlıyordu, yüksek sesle değil ama sel gibi, sonunda sakalı ıslanıp koyulaştı. Babayla hayırsız evlatları gibi görünüyorlardı. Troya'ya gitmek üzere yola çıktıklarında kaç yaşındaydılar? Çoğu çocukluktan yeni çıkmış olmalıydı. Sürüsünü gözleyen bir çoban gibi biraz uzakta durdum. Yaşları biraz dinince, "Rahatınıza bakın," dedim. "Geminizi kıyıya çekin ve arkadaşlarınızı getirin. Hepinize yer var."

O gece iyice yediler, güldüler, kadeh kaldırdılar. Ferahlamaları sayesinde yeniden doğmuş olarak daha genç görünüyorlardı. Odysseus'un bitkinliği de silinmişti. Bir başka yüzünü daha görmenin merakıyla tezgâhımdan onu seyrettim: Adamlarının kumandanı. Bu işte de her şeyde olduğu gibi iyiydi, adamların tuhaflıklarına gülüyor, onları nazikçe azarlıyor, güven verir biçimde rahat görünüyordu. Adamlar kovan çevresindeki arılar gibi çevresinde dört dönüyordu.

Tabaklar boşalıp adamlar sıralarında kaykılmaya başlayınca, hepsine battaniye verdim ve rahat ettikleri yere kıvrılmalarını söyledim. Birkaçı boş odalara uzandı ama çoğu yaz yıldızlarının altında uyumak üzere dışarı çıktı.

Yalnızca Odysseus kalmıştı. Onu ocağın başındaki gümüş

koltuğa götürüp şarap koydum. Yüzü memnundu, sunacağım her şeyi hevesle beklermiş gibi yine öne doğru eğildi.

"Hayran olduğun o tezgâh," dedim. "Zanaatkâr Daidalos yapmıştı onu. İsmini duymuş muydun?"

Samimi şaşkınlığını ve keyfini görünce memnun oldum. "Mucize gibi bir şey olmasına şaşmamalı. Bakabilir miyim?"

Başımla onayladım, hemen tezgâha gitti. Elini tabandan tepeye dek kirişlerde gezdirdi. Dokunuşu, sunak başındaki bir rahip gibi hürmetkârdı. "Nasıl senin oldu bu?"

"Hediye."

Gözlerinde yorumlar, parlak bir merak vardı ama daha fazla ısrar etmedi. Onun yerine, "Çocukluğumda, herkes Herakles gibi, canavarlarla güreşmece oynadığı sırada ben Daidalos olmayı hayal ederdim. Tahtaya ve demire bakıp mucizeler hayal edebilmek daha büyük bir dehâ olarak görünüyordu gözüme. Yeteneğim olmadığını anlayınca hayal kırıklığına uğramıştım. Hep parmaklarımı keserdim."

Daidalos'un ellerindeki beyaz yara izlerini düşündüm. Ama dilimi tuttum.

Eli, yan kirişe sevgili köpeğinin başına dayanır gibi dayanmıştı. "Dokuma yapmanı seyredebilir miyim?"

Çalıştığım sırada o kadar yakınımda birilerinin olmasına alışkın değildim. Yumak parmaklarımın arasında kalınlaşıp dolaşıyordu sanki. Gözleri her hareketi takip ediyordu. Her bir parçanın ne yaptığıyla ve tezgâhın diğer dokuma tezgâhlarından farklarıyla ilgili sorular sordu. Elimden geldiğince cevapladım ama sonunda karşılaştırma yapma imkânımın olmadığını itirafa mecbur kaldım. "Şimdiye dek kullandığım tek tezgâh bu."

"Nasıl bir mutluluktur bu. Hayatın boyunca su yerine şarap içmek gibi. Günlük işlerini Akhilleus'a yaptırmak gibi."

Bu ismi bilmiyordum.

Sesi, bir ozanın sesi gibi dalgalandı: Akhilleus, Phthia Prensi, Yunanların en hızlısı, Troya'daki Akha'lı savaşçıların en ulusu. Güzel, parlak zekâlı, deniz kadar zarif ve deniz kadar ölümcül, kudretli nereid Thetis'in oğlu. Troyalılar, önünde orağın önündeki otlar gibi devrilmiş, güçlü prens Hektor mızrağının ucunda can vermişti.

"Ondan hoşlanmıyordun," dedim.

İçindeki bir neşe yüzüne dokundu. "Yaptıklarını takdir ediyordum. Ama ne kadar adam devirmiş olursa olsun berbat bir askerdi. Sadakat ve şerefle ilgili pek kullanışsız bazı fikirleri vardı. Onu amacımıza yeniden bağlamak, yolundan sapmamasını sağlamak için her gün ayrı uğraş vermek gerekiyordu. Sonra iyi tarafı öldü, Akhilleus ondan sonra iyice zorluk çıkarır oldu. Ama dediğim gibi, annesi tanrıçaydı ve kehanetler her yanını okyanus yosunu gibi sarıyordu. Benim anlayabileceğimden çok daha büyük meselelerle güreşiyordu."

Yalan değildi ama doğru da sayılmazdı. Koruyucu tanrısının Athena olduğunu söylemişti. Dünyayı yumurta gibi çatlatabilecek olanlarla birlikte yürümüştü.

"İyi tarafı neydi?"

"Sevgilisi Patroklos. Benden pek hoşlanmazdı ama iyiler benden hiçbir zaman hoşlanmamıştır. Patroklos ölünce Akhilleus delirdi, zaten yarı deliydi."

O sırada tezgâhtan uzaklaşmıştım. Konuşurken yüzünü seyretmek istiyordum. Pencerelerde karanlık gökyüzü griye doğru açılıyordu. Patilerinin üstüne yatmış kurtların biri iç çekti. Odysseus'un nihayet tereddüt ettiğini gördüm. "Kirke Hanımım," dedi. "Aiaie'nin altın cadısı. Bize merhamet gösterdin, merhamete ihtiyacımız vardı. Gemimiz harap durumda. Adamlarım yıkıldı yıkılacak. Daha fazlasını istemeye utanıyorum ama sanırım istemeye mecburum. En cüretkâr umutlarımda bir ay daha burada kalıyoruz. Çok mu uzun?"

Boğazımda bal gibi bir neşe patlaması. Ama yüzümün ifadesini sakin tuttum.

"Bir ayın çok uzun olduğunu düşünmüyorum."

Günlerini gemide çalışarak geçiriyordu. Akşamları, adamlar yemeklerini yerken ocağın önünde oturuyorduk, geceleri de yatağıma geliyordu. Savaşçı günlerinin yonttuğu omuzları sağlamdı. Parmaklarımı çentikli yara izlerinde gezdiriyordum. Orada alınacak zevkler vardı ama işin doğrusu esas büyük zevk sonrasında, karanlıkta birlikte yatarken bana Troya hikâyeleri anlattığı, savaşı benim için mızrak mızrak yeniden canlandırdığı zamanlardaydı. Kötü dövülmüş demir gibi diken diken, gururlu Agamemnon, ordunun lideri. Kardeşi Menelaos; savaşı başlatan, Menelaos'un karısı Helene'nin kaçırılmasıydı. Cesur, durgun zekâlı, dağ gibi yapılı Aias. Odysseus'un sağ kolu amansız Diomedes. Sonra Troyalılar: Yakışıklı Paris, Helene'nin kalbinin güleryüzlü hırsızı. Babası, beyaz sakallı Priamos, Troya Kralı, nezaketiyle tanrıların sevgilisi. Rahmi pek çok soylu meyve vermiş olan, savaşçı ruhlu kraliçesi Hekabe. En büyük çocuğu, surlarla çevrili bu büyük şehrin soylu varisi ve siperi Hektor.

Ve Odysseus, diye düşündüm. Helezon biçimli deniz kabuğu. Her zaman görülemeyen bir kıvrımı var.

Ordusunun zayıflığından bahsederken ne kastettiğini anlamaya başladım. Kasları değil, disiplinleri sallantıdaydı. Daha gururlu, daha kavgacı ve daha boyun eğmez, kendisi olmadan savaşın kaybedileceğine emin adamlardan oluşan başka bir ordu asla görülmemişti.

"Savaşları esas kazanan nedir biliyor musun?" diye sordu bir gece.

Yatağımın ayak ucundaki örtülerin üstünde yatıyorduk. Canlılığı anbean geri dönmüştü. Gözleri parlaktı artık, şimşek gibilerdi. Konuştuğunda aynı anda hem müdafi hem ozan hem gezgin soytarıydı; davasını savunuyor, dinleyicilerini eğlendiriyor, size dünyanın sırlarını göstermek üzere örtüyü açıyordu. Sözcükleri akıllıcaydı ama iş onlarda bitmiyordu. Her şey birlikteydi: Yüzü, jestleri, sesinin değişken tonları. Büyü yapmış gibiydi derdim ama bununla aşık atabilecek bir büyü bilmiyordum. Yetenek sadece ona aitti.

"Şeref payesini generaller toplar tabii, altını da onlar getirir.

Ama gidip ne yapacaksan onu yapmana izin vermek yerine seni durmadan çadırlarına çağırıp ne yaptığın hakkında rapor vermeni isterler. Türküler, zaferi kahramanların kazandığını söyler. O da başka bir parçadır. Akhilleus miğferini takıp arazide kıpkırmızı yolunu açtığında alelade adamların yürekleri göğüslerinin içinde şişer. Anlatılacak hikâyeleri düşünür ve o hikâyelerde yer almaya can atarlar. *Akhilleus'un yanında savaştım. Aias'la kalkan kalkana durdum. Muhteşem mızraklarının rüzgârını ve uçuşunu hissettim.* Bu askerler de bir başka parçadır elbette çünkü güçsüz ve istikrarsız olmalarına karşın hep birlikte işe koşulduklarında seni zafere taşırlar. Ama bütün bu parçaları bir araya getirip bütünleştirmesi gereken bir el vardır. Amacı kovalayacak ve savaşın gereklerinden kaçınmayacak bir zihin."

"Bu da senin kısmın," dedim. "Yani aslında Daidalos'a benziyorsun. Sadece, sen ahşap yerine insanlarla çalışıyorsun."

Bana o bakışı. Safların en safı, hiçbir şeyle karışmamış şarap gibi. "Akhilleus öldükten sonra Agamemnon, Yunanların En İyisi olarak beni seçti. Diğer adamlar yiğitçe savaşıyordu ama savaşın gerçek doğasından ürküyorlardı. Ne yapılması gerektiğini görecek mide sadece bende vardı."

Göğsü çıplaktı ve yara izleriyle doluydu. İçindekinin ne olduğunu sesle anlamak istermiş gibi göğsüne hafifçe parmağımla vurdum. "Ne gibi?"

"Hikâyelerini dökülsünler diye casuslara merhamet sözü verir, sonra da onları öldürürsün. Ayaklanan askerleri sopadan geçirirsin. Surat asan kahramanları tatlı dille neşelendirirsin. Büyük kahraman Philoktetes cerahatli bir yarayla eli ayağı tutmaz hale gelince askerler bu yüzden cesaretlerini yitirdi. O yüzden onu arkamızda bıraktım ve geride bırakılmayı kendisinin istediğini iddia ettim. Aias ile Agamemnon, Troya'nın kilitli kapılarına ölene dek saldıracaklardı ama dev at hilesi benim aklıma geldi, Troyalıları atı içeri almaya ikna eden hikâyeyi de ben uydurdum. Seçtiğim adamlarımla tahta karında saklandım, aralarında dehşet ve yorgunluktan ötürü titreyen olursa da bıçağımı boğazına dayadım. Troyalılar nihayet uyuduğunda, yumuşacık tüylü civcivlerin arasına dalmış tilkiler gibi biçtik onları."

Bunlar saray halkı önünde söylenecek şarkılar, büyük, altın çağdan kalma hikâyeler değildi. Ama onun ağzında her nasılsa onursuzluktan uzak görünmekle kalmıyor, adil, yaratıcı ve bilgece pratik şeyler haline geliyorlardı.

"Diğer kralların nasıl kişiler olduğunu biliyordun madem, savaşa niye katıldın?"

Yanağını ovuşturdu. "Ah, etmiş olduğum aptalca bir yemin yüzünden. Yakamı kurtarmaya çalıştım. Oğlum bir yaşındaydı, kendimi hâlâ yeni evlenmiş gibi hissediyordum. Başka zaferler olacaktır, diye düşündüm; Agamemnon'un adamı beni almaya geldiğinde deli numarası yaptım. Çırılçıplak dışarı çıkıp kış mevsiminde tarlayı sürmeye başladım. Adam bebek oğlumu sabanın yoluna attı. Durdum tabii, böylece beni de diğerleriyle birlikte aldılar."

Acı bir tezat, diye düşündüm. Oğlunu koruyabilmek için onu yitirmek zorunda kalmıştı.

"Öfkelenmiş olmalısın."

Ellerini kaldırdı, sonra aşağı bıraktı. "Dünya adaletsiz bir yer. Agamemnon'un o adamına ne olduğuna bir bak. Adı Palamedes'ti. Orduya iyi hizmet etti ama bir gece nöbeti sırasında bir çukura düştü. Biri çukurun dibine ucu sivri kazıklar yerleştirmiş. Korkunç bir kayıp."

Gözleri ışıldıyordu. İyi kalpli Patroklos orada olsaydı, "Efendi, sen gerçek bir kahraman değilsin, ne Herakles'sin ne de İason," derdi. "Saf yüreğinden gelen dürüst sözler söylemiyorsun. Işıldayan güneşin altında hayırlar işlemiyorsun."

Ama İason'la tanışmıştım. Güneşin gözünün önünde ne gibi hayırlar işlenebileceğini de biliyordum. Hiçbir şey söylemedim.

Günler geçti, geceler de onlarla birlikte gitti. Evim dört düzine kadar askerle dolup taşıyordu; hayatımda ilk defa kendimi ölümlü bedenlerin arasında bulmuştum. O dayanıksız vücutları bitmez tükenmez bir bakım gerektiriyordu, yiyecek ve içecek, uyku ve dinlenme, uzuvların ve sıvıların temizlenmesi. Ölümlülerin saatler boyunca bunlarla uğraşmak için ne büyük bir sabra sahip olması gerek, diye düşünüyordum. Beşinci gün, Odysseus'un bıçağı kaydı ve başparmağının etli yerini kesti. İltihap kapmasın diye ona merhemler verdim ve efsunlar okudum ama yaranın iyileşmesi yine de yarım ay döngüsü sürdü. Yüzünden geçen acıyı seyrettim. Acıyor, hâlâ acıyor, hâlâ, hâlâ. Üstelik rahatsızlıklarının sadece biriydi bu, tutuk boyun, kaynayan mide ve eski yaraların sancısı. Çıkıntılı yara izlerinde ellerimi gezdirdim, onu elimden geldiği kadar rahatlattım. Yara izlerini yok etmeyi önerdim. Başını iki yana salladı. "Kendimi nasıl tanıyacağım?"

Gizli gizli memnun olmuştum. İzler ona yakışıyordu. Metanetli Odysseus'tu o, bu isim derisine işlenmişti. Onu gören herkes selam durup şöyle demeliydi: Dünyayı görmüş bir adam var karşımda. Anlatacak hikâyeleri olan bir kaptan.

O saatlerde ona kendi hikâyelerimi anlatmış olabilirim. Skylla ve Glaukos, Aietes, Minotauros. Sırtımı kesen taş duvar. Salonumun kanla ıslanmış zemininin ayı yansıtması. Birer birer tepeden aşağı sürükleyip gemileriyle birlikte yaktığım cesetler. Yırtılan ve yeniden onarılan etin çıkardığı ses ve bir insanı değiştirirken dönüşümü yarıda kesebileceğin ve o zaman yarı hayvan olan o canavarımsı şeyin öleceği.

Dinlerken yüzü dikkatle yoğunlaşır, durmak bilmeyen zihni inceler, ölçer, sınıflandırırdı. Düşüncelerimi onun kadar iyi saklayabiliyormuş gibi yapsam da bunun doğru olmadığını biliyordum. Zayıflıklarımı bir araya toplayıp koleksiyonunun geri kalanıyla birlikte, Akhilleus'un ve Aias'ın zayıflıklarıyla birlikte bir yere kaldırabilirdi. Diğer adamların bıçak taşıması gibi o da bunları yanında taşıyordu.

Başımı eğip ateşin ışığında çıplak vücuduma baktım ve onu geçmişi her köşesine yazılmış bir halde hayal etmeye çalıştım. Avucumda şimşek biçimi bir yara izi, elimin parmakları eksik, cadılık işlerimin yol açtığı bin türlü kesik, babamın ateşinin pürtüklü oyukları, yüzümdeki derinin yarı erimiş mum gibi akması. Üstelik bunlar iz bırakan şeylerdi sadece.

Karşımda selam duran olmayacaktı. Aietes çirkin bir nympha'nın ne olacağını söylemişti? *Dünya üzerinde bir leke.*

Dümdüz karnım elimin altında, güneşte parlayan balın rengiyle ışıldıyordu. Odysseus'u kendime çektim. Hiçbir geçmişi olmayan altın bir cadıydım ben.

Adamlarını, bahsettiği o sarsak yürekleri, sızdıran tekneleri biraz tanımaya başladım. Polites diğerlerinden daha terbiyeli, Eurylokhos inatçı ve somurtkandı. İnce yüzlü Elpenor'un kahkahası çığlık atan bir baykuşun sesine benziyordu. Bana kurt yavrularını hatırlatıyorlardı, karınları doyunca bütün dertleri tasaları siliniveriyordu. Ben geçerken, ellerinin hâlâ kendi elleri olduğundan emin olmak istermiş gibi başlarını eğiyorlardı.

Her gün oyunlarla geçiyordu. Tepelerde ve kumsalda yarışlar düzenliyorlardı. Her zaman nefes nefes Oddyseus'a koşarlardı: Yarışlarımızda hakem olur musun? Disk atma şampiyonamızda? Mızrak dövüşlerimizde?

Bazen gülümseyerek onlarla giderdi ama bazen de bağırır ya da onlara vururdu. Gösterdiği kadar kolay ve rahat bir adam değildi. Onunla yaşamak deniz kıyısında durmak gibiydi. Her gün bir başka renk, farklı bir köpük sorguçlu dalga ama daima ufka doğru çekilen huzursuz yoğunluk. Gemisinin küpeştesi kırıldığında hiddetle tekmeler savurarak parçaları denize atmıştı. Ertesi gün somurtarak baltasıyla ormana yollandı, Eurylokhos yardım teklif edince de dişlerini gösterdi. Kendini hâlâ hizaya sokabiliyor, Akhilleus'u işe koşmak için kullanmış olduğunu düşündüğüm yüzü her gün takınabiliyordu ama ona pahalıya patlıyordu bu, sonrasında suratsızlık ve öfke krizlerine yatkın oluyordu. Adamlar sinerek uzaklaşırdı, yüzlerindeki şaşkınlığı görürdüm. Daidalos demişti: *En iyi demir bile fazla dövülürse pürtüklenir.*

Bense yağ gibi pürüzsüz, esintisiz sular gibi sakindim. Onu

dışarı sürüklüyor, yabancı diyarlar ve halklar arasındaki seyahatlerinden öyküler anlatmasını istiyordum. Şafak tanrıçası Eos'un oğlu, Habeşistan Kralı Memnon'un ordularını ve hilal biçimi kalkanlarıyla atlı Amazon kadınları anlattı bana. Mısır'da bazı firavunların erkek giysilerine bürünmüş kadınlar olduğunu duymuştu. Duyduğuna göre, Hindistan'da kum tepelerini kazıp altın çıkaran tilki büyüklüğünde karıncalar vardı. Ta kuzeydeyse dünyayı çevreleyenin Okeanos'un nehri değil, gemi kadar kalın gövdeli ve daima aç, kocaman, büklüm büklüm bir yılan olduğuna inanan bir halk bulunuyordu. İştahı dolayısıyla sürekli ilerlemek zorunda olduğundan yılan asla durmuyor, her şeyi lokma lokma yutuyordu, günün birinde bütün dünyayı yiyip bitirdiğinde de kendi kendini yutacaktı.

Ama ne kadar uzaklara yolculuk ederse etsin daima İthaka'ya dönmüştü. Zeytinlikleri ve keçileri, sadık hizmetkârları, kendi eliyle yetiştirdiği kusursuz av köpekleri. Soylu anne babası, yaşlı dadısı, bacağında gördüğüm upuzun yara izine sebep olan ilk yabandomuzu avı. Oğlu Telemakhos artık sürüleri dağdan indiriyordur. *Sürüyle arası iyidir, benim hep öyleydi. Her prensin topraklarını tanıması gerekir, bunun için de keçi otlatmak gibisi yoktur.* Ya eve dönüp bunların hepsinin küle döndüğünü görürsem, demedi hiç ama düşünceyi içinde görüyordum. İkinci bir beden gibi orada yaşıyor, karanlıkta besleniyordu.

Artık sonbahar gelmişti, ışık hafifliyor, otlar ayak altında çıtırdıyordu. Bir ay bitmek üzereydi. Yatağımda yatıyorduk. "Bence çok yakında yola çıkmalıyız, yoksa kışı burada geçiririz."

Pencere açıktı, rüzgâr üstümüzden geçti. Bir cümleyi masanın üstüne yerleştirilmiş bir tabak gibi uzatıp üstüne ne koyacağınıza bakmak her zaman yaptığı şeydi. Ama bu defa, "Kalırım," diye devam ederek beni şaşırttı. "Kalmama izin verirsen yani. Yalnızca bahara kadar. Denizler geçilebilir bir hal alır almaz gideceğim. Şimdi yola çıkmaya göre pek az bir gecikmeyle gideriz o zaman."

Bu sonuncusu bana değil, sessizce tartıştığı birine söylenmişti. Adamlarına belki, ya da karısına, umurumda değildi. Sevincimi görmesin diye yüzümü başka tarafa dönük tuttum.

"Kalabilirsin," dedim.

Bundan sonra içinde bir şey değişti, beslediğini fark etmemiş olduğum bir gerginlik boşaldı. Ertesi gün bir ezgi mırıldanarak mürettebatıyla birlikte kıyıya indi. Gemiyi korunaklı bir mağaraya çektiler. Kazıklara bağladılar, yelkeni sardılar, bütün alet edevatı kış fırtınalarından bahara kadar güvende kalacak şekilde sabitlediler.

Bazen beni seyrettiğini görürdüm. Yüzüne yoğun bir ifade gelir yerleşir, bana rasgele, dolambaçlı sorularını sormaya başlardı. Adayla ilgili, babamla ilgili, tezgâhla, geçmişimle, cadılığımla ilgili. O ifadeyi iyi tanıyordum artık, üç kıskaçlı bir yengeç gördüğünde ya da Aiaie'nin doğu koyundaki aldatıcı gelgitleri düşündüğünde takındığı ifadeydi. Dünya gizemlerden oluşuyordu, ben de milyonlarcasının arasında bir başka bilmeceydim yalnızca. Ona cevap vermezdim, hayal kırıklığına uğramış gibi yapmasına karşın, tuhaf bir biçimde bundan memnun olduğunu kavramaya başlamıştım. Çaldığında açılmayan bir kapı, başlı başına bir yenilik, aynı zamanda bir tür ferahlamaydı. Bütün dünya içini ona döküyordu. O da kendi içini bana.

Bazı hikâyeleri gündüz anlatırdı. Bazıları yalnızca ateş söndüğünde ve yüzünü gölgelerden başka kimse göremez hale geldiğinde dökülürdü ağzından.

"Kykloptan sonraydı," dedi. "Şansımız nihayet biraz yaver gitmişti. Rüzgârlar Adası'nda karaya çıktık. Biliyor musun orayı?"

"Kral Aiolos," dedim. Zeus'un gözdelerinden biriydi, işi dünyada dolaşan esintilerin kaydını tutmaktı.

"Onu hoşnut ettim, o da bizi hızlandırdı. Bana bütün ters esen rüzgârların olduğu kocaman bir torba da verdi, böylece başımıza dert olmayacaklardı. Dokuz gün ve dokuz gece boyunca dalgaların üstünde sektik. Hiç uyumadım, bir saat bile uyumadım çünkü torbanın başında nöbet tutuyordum. Adamlarıma torbada ne olduğunu söylemiştim tabii ama..." Başını iki yana salladı. "Torbada paylaşmak istemediğim bir hazine olduğuna karar verdiler. Troya'dan aldıkları pay dalgaların arasında yitip gideli çok olmuştu. Evlerine eli boş dönmek istemiyorlardı. Eh." Derin bir nefes aldı. "Neler olduğunu hayal edebilirsin."

Ettim. Adamları şimdi her zamankinden daha zaptedilmez halde, aylaklık edilerek geçirilecek koca bir kış fikriyle sersemlemiş durumdaydılar. Akşamları şarap tortularını atma oyunu oynuyorlardı. Kendilerine bir hendeği hedef seçiyorlardı ama nişancılıkları berbattı çünkü o zamana dek kâse kâse şarap içmiş oluyorlardı. Masa üstünde hayvan kesilmiş gibi lekeleniyor, adamlar da temizlesinler diye nympha'larıma bakıyordu. Kendilerinin temizleyeceğini söylediğimde birbirlerine göz atıyorlardı, başka biri olsaydım bana karşı gelirlerdi. Ama domuz burunlarını daha unutmamışlardı.

"Sonunda, artık dayanamaz hale gelince," dedi Odysseus, "uyuyakalmışım. Torbayı elimden aldıklarını hissetmedim. Beni uyandıran, rüzgârların uluması oldu. Torbadan kıvrıla kıvrıla çıkmışlardı, bizi hiç yol almamışçasına gerilere ittiler. Her fersahı kaybettik. Ölmüş arkadaşları için yas tuttuğumu düşünüyorlar, tutuyorum da. Ama bazen onları öldürmemek için kendimi zor tuttuğum da oluyor. Yüzlerinde kırışıklar var ama hiç akılları yok. Bir erkeğin ayaklarını yere sağlam basmasını sağlayan şeyleri yapmalarına fırsat kalmadan savaşa götürdüm onları. Yola çıktıklarında evli değillerdi. Çocukları yoktu. Hasadın cılızlığı yüzünden kilerlerinin kıyısını köşesini kazımak zorunda oldukları seneler geçirmediler, tasarruf etmeyi öğrenebilecekleri bereketli yılları da olmadı. Anneleriyle babalarının yaşlanıp elden ayaktan düşmesini seyretmediler. Öldüklerini görmediler. Korkarım ki yalnızca gençliklerini değil, yaşlılıklarını da çaldım onlardan."

Parmak boğumlarını ovaladı. Gençken okçuluk yapmıştı, yayı germek, oku kirişe yerleştirip atmak elleri başka hiçbir şeyin yapamayacağı şekilde hırpalar. Savaşa gittiğinde yayını ardında bırakmıştı ama acı peşinden gelmişti. Bir keresinde yayını yanında götürmüş olsaydı iki ordunun en iyi okçusu olacağını söylemişti.

"O zaman, niye bıraktın yayı?"

Siyaset gereği, diye açıklamıştı. Yay, Paris'in silahıydı. Paris, yakışıklı eş hırsızı. "Kahramanlar arasında korkak kabul ediliyordu. Ne kadar yetenekli olursa olsun hiçbir okçu asla Yunanların En İyisi seçilmezdi."

"Kahramanlar aptal," demiştim.

Gülmüştü. "Aynı fikirdeyiz."

Gözleri kapalıydı. O kadar uzun süredir sessizdi ki uyuduğunu düşündüm. Sonra konuştu. "İthaka'ya ne kadar yaklaşmış olduğumuzu bir bilseydin. Kumsalda balık pişirilen ateşlerin kokusunu alabiliyordum."

Ondan küçük iyilikler istemeye başladım. Akşam yemeği için bir öküz keser miydi? Birkaç balık yakalar mıydı? Ağılım yıkıldı yıkılacak haldeydi, direklerin birkaçını onarır mıydı? Dopdolu ağlarla, meyve bahçelerimden sepet sepet meyveyle kapıdan içeri girişini görmekten yakıcı bir zevk duyuyordum. Bahçede asmalara çubuk bağlama işinde bana katılıyordu. Hangi rüzgâların estiğini, Elpenor'un çatıda uyuma huyu edindiğini, bunu yasaklamamıza gerek olup olmadığını konuşuyorduk.

"Salak herif," dedi. "Boynunu kıracak."

"Sadece ayıkken buna izni olduğunu söyleyeceğim."

Homurtuyla güldü. "Yani hiçbir zaman."

Aptallık ettiğimi biliyordum. Önümüzdeki bahardan bir sonrakine kadar kalsa bile böyle bir adam benim dar sahillerime sıkışıp kalmış halde asla mutlu olamazdı. Onu mutlu etmenin bir yolunu bulsam bile yine de sınırlar vardı çünkü ölümlüydü ve genç değildi. Şükran duy, dedim kendime. Bir kış, Daidalos'la birlikte geçirdiğinden fazla.

Şükran duymadım. En sevdiği yemekleri öğrendim, onlardan aldığı zevki görünce gülümsedim. Akşamları ocağın başında oturup o günü konuşurduk. "Yıldırım düşen ulu meşe hakkında ne diyorsun?" diye sordum, "Sence içi çürümüş müdür?"

"Bakacağım," dedi. "Çürüdüyse kesmek zor olmaz. Yarın akşam yemeğinden önce yaparım."

Ağacı kesti, ondan sonra günün kalanını çalılarımla uğraşarak geçirdi. "Fazla yayılmışlardı. Aslında birkaç keçi lazım sana. Dört keçilik bir sürü çalıları bir ayda dümdüz eder, o şekilde de tutarlar."

"Peki keçiyi nereden bulacağım?"

Aramızdaki o sözcük, *İthaka*, bir büyünün bozulması gibi.

"Boşver," dedim. "Koyunların birkaçını dönüştüreceğim, sorun hallolur."

Nympha'larım akşam yemeklerinde adamların yanında oyalanmaya, beğendiklerini yataklarına götürmeye başlamıştı. Bundan ben de memnundum. Hanemin onun hanesiyle karışması. Bir keresinde Daidalos'a asla evlenmeyeceğimi çünkü ellerimin kirli olduğunu ve yaptığım işi çok sevdiğimi söylemiştim. Ama bu, kendi elleri de kirli bir adamdı.

Peki, Kirke, bütün bu ev işlerini nerede öğrendi sence?

Ondan bahsettiğinde daima *karım* diyordu. *Karım, karım.* Bu sözcüğü önünde bir kalkan gibi taşıyordu. Gelip en sevdiklerini alacağı korkusuyla ölüm tanrısının adını söylemeyen köylüler gibi.

Adı Penelope'ydi. Bazen Odysseus uyurken bu heceleri havaya söylerdim. Meydan okuma ya da belki de ispattı bu. Gördün mü? Gelmedi. Sahip olduğuna inandığın gibi güçleri yok.

Kendimi elimden geldiğince tuttum ama nihayetinde kabuğunu koparmak zorunda olduğum bir yaraydı bu. Konuşacak kadar uyanık olduğunu gösteren nefes seslerini bekledim.

"Nasıl biri?"

Nazik tavırlarını, yumuşak sesli ikazlarının insanı herhangi bir bağırıştan daha yükseğe sıçrattığını anlattı. Kusursuz bir yüzücüydü. En sevdiği çiçek çiğdemdi, mevsimin ilk çiçeğini şans getirsin diye saçına takardı. Odysseus'un, karısından sanki kadın diğer odadaymış gibi, sanki birbirlerinden on iki seneyle ve uzak denizlerle ayrılmıyorlarmış gibi bahsetme huyu vardı.

Helene'nin kuzeni olduğunu söyledi. Ondan bin kere daha akıllı, bin kere daha bilgeydi. Gerçi Helene de kendi namına akıllıydı ama vefasızdı tabii. O zamana dek Helene'yle ilgili hikâyelerini dinlemiştim. Sparta Kraliçesi, Zeus'un ölümlü kızı, dünyanın en güzel kadını. Troya Prensi Paris, onu kocası Menelaos'tan çalmış, böylece de savaşı başlatmıştı.

"Paris'le isteyerek mi gitmiş yoksa zorla mı?" diye sordum.

"Kim bilir? On sene boyunca kapısının dışında kamp kurmuştuk, bir kere bile kaçmaya çalıştığını duymadım. Ama Menelaos şehre fırtına gibi daldığı anda kendini çırılçıplak onun ayaklarına atmış, işkenceler içinde yaşadığına, kocasına dönmekten başka bir isteği olmadığına yeminler etmiş. Gerçeği asla ağzından alamazsın. Yılan gibi kıvrımlıdır, her zaman çıkarını gözetir."

Senden farklı değil, diye düşündüm.

"Oysa benim karım," dedi, "vefalıdır. Her açıdan. Bilge adamlar bile bazen yoldan sapabilir, karım asla. Sabit bir yıldız, hakiki sağlamlıkta bir yaydır." Hatıralarının derinliklerinde eşelendiğini hissettiğim bir sessizlik. "Söylediği hiçbir şeyin tek bir anlamı, tek bir amacı yoktur ama yine de tutarlıdır. Kendini tanır."

Sözcükler cilalı bir bıçak gibi içime girdi. Kumaş dokumasından bahsettiği andan beri karısını sevdiğini biliyordum. Yine de kalmıştı, aylarca kalmıştı, ben de uyutulmama müsaade etmiştim. Şimdi daha açıkça görüyordum, yatağımda geçirdiği onca gece sadece seyyah bilgeliğiydi. Mısır'daysanız İsis'e taparsınız, Anadolu'daysanız Kibele'ye kuzu kurban edersiniz. Evinizdeki Athena'ya karşı günah değildir bu.

Ama daha düşünürken bile cevabın bundan ibaret olmadığını biliyordum. Savaşta kralların incecik camların hassasiyetindeki mizaçlarını, prenslerin suratsız hallerini idare ederek, her gururlu savaşçıyı diğerlerine karşı dengeleyerek geçirdiği o kadar zamanı hatırladım. Aietes'in ateş soluyan boğalarını evcilleştirmeye eşdeğer bir hünerdi, yanında kendi kurnazlıklarından başka bir yardımcısı da yoktu. Ama memleketi İthaka'ya döndüğünde orada böyle huysuz kahramanlar olmayacaktı, konseyler, geceyarısı yağmaları, adamları ölmesin diye tasarlaması gereken umutsuz stratejiler olmayacaktı. Böyle bir adam nasıl yeniden evine, ateşinin yanına ve zeytinlerine dönerdi? Benimle kurduğu evcimen âhengin bir çeşit prova olduğunu fark ettim. Ocağın yanında oturduğu, bahçemde çalıştığı sırada, işin sırrını hatırlamaya çalışıyordu. Bir baltanın ete değil ağaca saplanmasının nasıl hisler uyandırdığını. Kendini Penelope'ye Daidalos'un ek yerleri kadar pürüzsüz bir şekilde nasıl yeniden uyduracağını.

Yanımda uyuyordu. Arada sırada nefesi boğazının arkasına takılıyordu. *Tık.*

Pasiphae, bir aşk iksiri yapıp onu kendime bağlamamı tavsiye ederdi. Aietes aklını çalmamı söylerdi. Yüzünün, kafasına benim yerleştirdiklerim hariç her türlü düşünceden yoksun olduğunu hayal ettim. Dizimin dibinde oturur, ahmakça ve boş bir ifadeyle hayran hayran bana bakardı.

Kış yağmurları başladı, ada baştan aşağı toprak kokuyordu. Bu mevsime bayılırdım, soğuk kumlar, çiçek açan beyaz karacaotlar. Odysseus etlenmişti, hareket ettiğinde de o kadar sıklıkla yüzünü buruşturmuyordu. Sinirli hallerinin en kötü kısmı dağılıp gitmişti. Bundan tatmin sağlamaya çalışıyordum. İyi bakılmış bir bahçeyi seyretmek gibi, dedim kendi kendime. Yeni doğmuş kuzuların ayağa kalkmaya çabalamasını seyretmek gibi.

Adamlar ısınmak için içerek evin yakınlarından ayrılmıyordu. Odysseus eğlence olarak onlara Akhilleus'un, Aias'ın, Diomedes'in kahramanlık öykülerini anlatıyor, alacakaranlık havada hepsini canlandırıp şerefli yiğitliklerini yeniden yapmalarını sağlıyordu. Adamlar yüzleri hayranlıkla dolu halde kulaklarını dört açarak dinliyordu. *Unutmayın*, diye fısıldaşıyorlardı huşu içinde. *Aralarında yürüdük. Hektor'a karşı durduk. Oğullarımız anlatacak bu hikâyeyi.*

Odysseus hoşgörülü bir baba edasıyla onlara gülümsedi ama o gece, "Uçamadıkları gibi, Hektor'a karşı durmaları da mümkün değildi," dedi. "Azıcık bir beyni olan herkes onu görünce kaçıyordu."

"Sen de dahil mi?"

"Elbette. Aias onunla zor başa çıktı. Hektor'u sadece Akhilleus yenebilirdi. İyi bir savaşçıyım ama sınırlarımı bilirim."

Biliyor, diye düşündüm. Pek çok kişi gözlerini kapatır ve sahip olmayı arzuladıkları kuvvetle ilgili hayaller kurardı. Ama Odysseus her taşı, her tümseği açık görüşlü bir titizlikle kaydedip incelemiş, haritalandırmıştı. Yeteneklerini hassasiyetle ölçüyordu.

"Hektor'la bir kere karşılaştım," dedi. "Savaşın başlarıydı, hâlâ bir ateşkese varabilirmişiz gibi numara yaptığımız günlerdi. Babası Priamos'un yanında sallantılı bir taburenin üstünde oturuyor ve tabureyi taht gibi göstermeyi başarıyordu. Altın gibi ışıldamıyordu. Cilalı, kusursuz değildi. Ama ocaktan bütün halinde çıkarılmış bir mermer parçası gibi, başından sonuna dek hep aynıydı. Şaraplarımızı karısı Andromakhe koydu. Sonradan Hektor'a bir oğul verdiğini duyduk. Astyanaks, *şehrin komutanı*. Ama Hektor çocuğu Troya'dan geçen nehrin adıyla çağırıyormuş. Skamandros."

Sesindeki bir şey.

"Ne oldu ona?"

"Savaşta bütün oğullara ne oluyorsa o oldu. Akhilleus, Hektor'u öldürdü, daha sonra Akhilleus'un oğlu Pyrrhos, sarayı yağmalarken Astyanaks adlı çocuğu kapıp kafasını kırdı. Pyrrhos'un yaptığı her şey gibi dehşet verici bir hareketti. Ama gerekliydi. Çocuk yüreğinde bir kılıçla büyüyecekti. Bir oğulun en yüce görevi babasının intikamını almaktır. Yaşasaydı yanına adam toplayıp peşimizden gelecekti."

Ay pencerenin dışında büzülüp kırık bir çömlek parçası kadar kalmıştı. Odysseus sessizdi, düşüncelerinin arasında geziniyordu.

"Bu fikrin içimi bu kadar rahatlatması ne tuhaf. Öldürülürsem oğlumun denize açılacağı fikri. Beni yere sermiş olan adamları bulacak. Karşılarına dikilip, 'Odysseus'un kanını dökmeye cüret ettiniz, şimdi de sizin kanınız dökülecek,' diyecek."

Oda sessizdi. Vakit geçti, baykuşlar ağaçlarına çekileli çok olmuştu.

"Nasıldır? Oğlun yani?"

Başparmağının dibini, bıçak yarasının olduğu yeri ovaladı. "Yay konusundaki yeteneğimden ötürü ona Telemakhos adını verdik." Bu isim, *uzaktaki savaşçı* anlamına geliyordu. "Ama işin komik tarafı şuydu ki oğlan doğduğu ilk günü savaş alanının tam ortasında yaşıyormuş gibi avaz avaz bağırarak geçirdi. Kadınlar bildikleri bütün numaraları denediler, onu salladılar, kucaklarına alıp yürüdüler, kundakladılar, emsin diye başparmağını şarapla ıslattılar. Ebe, hayatında böyle hırs görmediğini söyledi. Eski dadım bile kulaklarını tıkıyordu. Karım bebeğin bir şeyi olduğunu zannettiği için kül rengine dönmüştü. Bana verin, dedim. Onu karşımda tuttum ve çığlıklar atan yüzüne baktım. 'Tatlı oğlum,' dedim, 'haklısın, bu dünya vahşi ve korkunç bir yer, suratına bağırılmasını hak ediyor. Ama artık güvendesin ve hepimizin uykuya ihtiyacı var. Bize biraz huzur verecek misin?' Sakinleşiverdi. Ellerimin arasında öylece sustu. Ondan sonra da gelmiş geçmiş bütün çocukların en uslusu oldu. Her zaman gülümser, onunla konuşmak için duran herkese gülerdi. Hizmetçiler gelip tombul yanaklarını çimdiklemek için bahaneler bulurdu. 'Günü gelince ne şahane bir kral olacak!' derlerdi. 'Batı rüzgârı kadar yumuşakbaşlı, ah!'"

Hatıralarını anlatmaya devam etti. Telemakhos'un yediği ilk lokma ekmek, söylediği ilk sözcük, keçileri ve sandalyelerin arkasına saklanıp kıkırdayarak bulunmayı beklemeyi ne çok sevdiği. Tek bir yılda oğluyla ilgili babamın benim hakkımda ezelden beri bildiklerinden daha fazla hikâyesi var, diye düşündüm.

"Annesinin beni unutturmayacağını biliyordum ama onun yaşındayken ben av partilerinin başını çekerdim. Bir yabandomuzu öldürmüştüm. Döndüğümde hâlâ ona öğretebileceğim bir şeyler kalmış olmasını umuyorum, hepsi bu. Üstünde bir iz bırakmak istiyorum."

Muğlak ve teselli edici bir cevap verdim, kesinlikle eminim buna. İz bırakacaksın. Bütün oğlan çocukları baba ister, seni bekleyecektir. Ama ölümlü hayatlarının amansızlığını düşünüyordum yine. Biz konuşurken bile anlar geçiyordu. Tatlı bebek kaybolmuştu. Oğlu yaşlanıyor, büyüyor, erkekliğe doğru sivriliyordu. Odysseus onun on üç senesini kaybetmişti bile. Daha kaç sene vardı?

Düşüncelerim sık sık o sakin gözlü, dikkatli çocuğa dönerdi. Babasının ne beklediğini bilip bilmediğini, bu umutların ağırlığını hissedip hissetmediğini merak ederdim. Bir geminin görünmesi için dua ederek her gün kayalıklara çıktığını canlandırırdım kafamda. Her gece uykuya dalmadan önceki yorgunluğunu, yatağına bir zamanlar babasının ellerinde kıvrıldığı gibi kıvrılırken içindeki kederi hayal ederdim.

Karanlıkta ellerimi birleştirdim. Bin türlü numaram yoktu, sabit bir yıldız da değildim ama ilk defa olarak o boşlukta bir şey hissettim. İleride büyüyebilecek bir umut, canlı bir nefes.

ON YEDİ

Ağaçlar yeni tomurcuklanmaya başlamıştı. Deniz hâlâ köpük sorguçluydu ama yakında dalgalar sakinleşecek, bahar ve Odysseus'un yelken açma vakti gelecekti. Fırtınalarla Poseidon'un ulu eli arasında yolunu bularak, gözleri memleketine kilitlenmiş halde denizde hızla ilerleyecekti. Adam da yeniden sessizliğe bürünecekti.

Her gece ayışığında yanında yatıyordum. Yalnızca bir mevsim daha, dediğimi hayal ediyordum. Sadece yazın sonuna kadar, en iyi rüzgârlar o zaman çıkar. Şaşırırdı. Gözlerindeki o hafif hayal kırıklığı ışıltısını yakalayacaktım. Altın cadıların yalvarmaması gerekir. Bıraktım benim yerime, dokunaklı güzelliğiyle konuşan ada ricacı olsun. Taşlar her gün buzlu soğuklarının bir kısmını daha üstlerinden atıyor, tomurcuklar şişiyordu. Yeşil çimenlerde piknik yapıyorduk. Güneşin ısıttığı kumlarda yürüyor, aydınlık koyda yüzüyorduk. Uyurken koku üstünde süzülsün diye onu bir elma ağacının gölgesine götürdüm. Aiaie'nin bütün harikalarını halı gibi önüne serdim ve bocalamaya başladığını gördüm.

Adamları da gördü. On üç sene yanında yaşamışlardı,

Odysseus'un çapraşık düşünceleri genellikle adamlarının kavrama sınırının ötesinde olsa da tazıların efendilerinin ruh halinin kokusunu alması gibi onlar da bir değişiklik seziyorlardı. Günbegün huzursuzlukları arttı. Yakaladıkları her fırsatta yüksek sesle İthaka diyorlardı. Kraliçe Penelope. Telemakhos. Eurylokhos dik dik bakarak salonlarımda volta atıyordu. Köşelerde diğerleriyle fısıldaştığını görüyordum. Yanlarından geçtiğimde bakışlarını yere çevirip sessizleşiyorlardı. İkişerli üçerli gruplar halinde sinsice Odysseus'a sokuldular. Onları yanından yollamasını bekledim ama Odysseus adamların omuzlarının üstünden tozlu günbatımı havasına bakmakla yetindi. Onları domuz olarak bırakmalıydım, diye düşündüm.

Ozanlar uykuya ölümün kardeşi adını verir. Çoğu insan için o karanlık saatler, günlerinin sonunda bekleyen durgunluğun bir işaretidir. Ama Odysseus'un uykusu hayatı gibiydi, karmakarışık ve huzursuz, kurtlarımın kulaklarını dikmesine yol açan mırıltılarla dolu. Şafağın inci grisi ışığında seyrettim onu: Yüzündeki çalkantıları, omuzlarındaki mücadeleci gerginliği. Çarşafları güreş müsabakasında yere devirmek istediği bir rakipmiş gibi savuruyordu. Benimle bir sene boyunca huzur dolu günlerde yaşamıştı, yine de her gece savaşa gidiyordu.

Kepenkler açıktı. Gece yağmur yağmış olmalı, diye düşündüm. İçeri süzülen hava yıkanmış gibi ve çok berraktı. Her ses (kuş cıvıltıları, titreşen yapraklar, dalgaların hışırtısı) çan gibi havada asılı kalıyordu. Giyindim, bu ihtişamın peşinden dışarı çıktım. Odysseus'un adamları hâlâ uyuyordu. Elpenor çatıdaydı, en iyi battaniyelerimden birine sarınmıştı. Rüzgâr lir notaları gibi dalgalanarak yanımdan geçti, nefesim âhenkle ona eşlik edermiş gibi mırıldandı. Daldan bir çiy damlası düştü. Çınlayan çan gibi çarptı toprağa.

Ağzımın kuruduğunu hissettim.

Defne çalılarımın içinden çıktı. Vücudunun her çizgisi nefisti, kusursuz bir zarafet içindeydi. Koyu renk, dağınık saçları çelenk bir taçla süslenmişti. Omzundan zeytin ağacından yontulmuş ışıltılı, gümüş uçlu bir yay sarkıyordu.

"Kirke," dedi Apollon, sesi çanların en muhteşemiydi. Dünyadaki bütün ezgiler ona aitti.

Zarif elini kaldırdı. "Kardeşim sesin konusunda beni uyarmıştı. Mümkün olduğunca az konuşursan daha iyi olur diye düşünüyorum."

Sözlerinde hiçbir kötülük yoktu. Gerçi belki de o kusursuz tınılarla kötülük kulağa böyle gelirdi.

"Kendi adamda susturulacak değilim."

Yüzünü buruşturdu. "Hermes zor olduğunu da söylemişti. Odysseus için bir kehanet getirdim."

Gerildiğimi hissettim. Olympos bilmeceleri her zaman iki yüzü keskin bıçak olurdu. "İçeride."

"Evet," dedi. "Biliyorum."

Rüzgâr yüzüme çarptı. Bağırmaya vakit bulamadım, esinti boğazıma doldu, bütün gökyüzü içimden akıtılıyormuş gibi sarsıntıyla karnıma indi. Öğürdüm ama gitgide artan güç aktı da aktı, nefesimi tıkadı, yabancı kuvvetiyle beni boğdu. Apollon seyrediyordu, yüzü canayakındı.

Adanın açıklığı silinmiş gitmişti. Odysseus bir kıyıda duruyor, etrafında kayalıklar yükseliyordu. Uzaklarda keçiler ve zeytinlikler vardı. Geniş salonlu, avlusu taş döşeli, duvarlarında atalardan kalma silahların ışıldadığı bir ev gördüm. *İthaka.*

Sonra Odysseus başka bir sahilde durur oldu. Koyu renk kumlar ve babamın ışığını hiçbir zaman görmemiş bir gökyüzü. Gölgeli kavaklar yükseliyor, söğütler yapraklarını kara sulara sarkıtıyordu. Hiç kuş ötmüyor, hiçbir hayvan kımıldamıyordu. Daha önce hiç gitmemiş olmama karşın burayı derhâl tanıdım. Kocaman bir mağara açık ağzıyla bakıyor, ağzında da görmeyen gözlerle ihtiyar bir adam duruyordu. İsmini zihnimde duydum. *Teiresias.*

Kendimi bahçemin toprağına attım. Eşelenerek, malü köklerini çekiştirerek birkaç tanesini kahverengi topraklar hâlâ üstlerinde sallanır halde ağzıma tıktım. Rüzgâr ânında kesildi, geldiği gibi hızlı bir şekilde öldü. Tepeden tırnağa titreyerek öksürdüm. Dilimde çamur ve kül tadı vardı. Güçbela dizlerimin üstünde doğruldum.

"Bu ne cüret?" dedim. "Beni kendi adamda suistimal etmeye cüret ettin. Titan kanıyım ben. Bu yüzden savaş çıkacak. Babam..."

"Bunu öneren babandı zaten. Aracılarımın kanlarında kehanet taşıması gerekir. Şeref duymalısın," dedi. "Apollon'un bir kehanetini doğurdun."

Sesi bir ilahiydi. Güzel yüzünde sadece belli belirsiz bir şaşkınlık ifadesi vardı. Onu tırnaklarımla parçalamak istiyordum. Tanrılar ve anlaşılmaz kuralları. Her zaman boyun eğmenizi gerektiren bir sebep olurdu.

"Odysseus'a söylemeyeceğim."

"Orası hiç umurumda değil," dedi. "Kehanet bildirildi."

Gitti. Alnımı bir zeytin ağacının buruşuk gövdesine dayadım. Göğsüm inip kalkıyordu. Hiddetle ve küçük düşme duygusuyla titriyordum. Kaç kere öğrenmem gerekecekti? Huzurumun her ânı yalandı, çünkü sadece tanrıların keyfine kalmış bir huzurdu bu. Ne yaparsam yapayım, ne kadar uzun seneler yaşarsam yaşayayım canları istediğinde aşağı uzanıp bana canlarının istediğini yapabileceklerdi.

Gökyüzü tam olarak mavi değildi daha. Odysseus hâlâ uyuyordu. Uyandırıp salona götürdüm. Kehaneti söylemedim. Yemek yemesini seyrettim ve hiddetime bıçağın sivri ucuymuş gibi parmaklarımla dokundum. Elimden geldiğince keskin tutmak istiyordum bu hiddeti çünkü ardından ne geleceğini biliyordum. Görüntüde Odysseus İthaka'ya dönmüştü. Azıcık umudumun son kalıntıları da silinmişti.

En güzel tabaklarımı çıkardım, en yıllanmış şarabımı getirdim. Ama şarabın tadı yoktu. Odysseus'un yüzü dalgındı. Bütün gün biri gelecekmiş gibi dönüp dönüp pencereden dışarı baktı. Kibarca konuştuk ama adamlarının yemek yiyip yatağa gitmesini beklediğini sezdim. Sesler sonunda kesilip uykuya karışınca, Odysseus diz çöktü.

"Tanrıçam," dedi.

Bana asla böyle hitap etmezdi, böylece anladım. Gerçekten anladım. Belki onu da bir ilah ziyaret etmişti. Belki rüyasında Penelope'yi görmüştü. Huzurlu ada yaşamımız sona ermişti. Kırlarla örülmüş saçlarına baktım. Omuzları gergin, gözleri yerdeydi. Donuk bir öfke hissettim. Hiç değilse yüzüme baksaydı.

"Ne var ölümlü?" Sesim yüksekti. Aslanlarım kıpırdandı.

"Gitmem gerek," dedi. "Çok uzun kaldım burada. Adamlarım sabırsızlanıyor."

"Git o zaman. Ev sahibiyim ben, zindancı değil."

O zaman bana baktı. "Biliyorum, hanımım. Size minnettarlığımın hududu yok."

Gözleri kahverengi ve yaz toprağı kadar sıcaktı. Sözcükleri basitti. İçlerinde bir sanat yoktu ki bu da başlı başına bir sanattı zaten. Kendini her zaman en işine gelecek şekilde göstermeyi becerirdi. Bir çeşit intikam duygusuyla konuştum.

"Tanrılardan sana bir mesaj var."

"Bir mesaj." Yüzü tedbirli bir ifadeye büründü.

"Memleketine döneceksin diyorlar. Ama önce ölüm evinde kâhin Teiresias'la konuşmanı emrediyorlar."

Aklı başında hiç kimse böyle bir şey duyup ürkmeden edemezdi. Odysseus taş gibi kaskatı kesilmiş, kül rengine dönmüştü. "Niye?"

"Tanrıların kendilerine göre sebepleri var, bunları paylaşmayı uygun bulmuyorlar."

"Bunun asla sonu gelmeyecek mi?"

Sesi acılıydı. Yüzü, yeniden açılmış bir yara gibiydi. Öfkem söndü gitti. Odysseus hasmım değildi. Yolu, birbirimizin canını yakmadan da yeterince zor olacaktı.

Yüce kaptan yüreğinin çarptığı göğsüne dokundum. "Gel," dedim. "Seni terk etmedim." Onu odama götürdüm ve orada bir akarsuyun kabarcıkları gibi hızla ve durmaksızın bütün gün içimde yükselen bilgiyi aktardım.

"Rüzgârlar sizi diyarların ötesine, yaşayan dünyanın kıyısındaki denizlere taşıyacak. Orada bir karakavak koruluğuyla üstlerine söğüt ağaçları sarkan durgun, karanlık suların olduğu bir kara parçası var. Yeraltı dünyasının girişi. Sana göstereceğim büyüklükte bir çukur kaz, siyah bir dişi koyun, bir de koçun kanıyla doldur ve her tarafa tanrıların şerefine şarap dök. Aç gölgeler sürüler halinde gelecek. Karanlıkta onca zaman geçirdikten sonra buharları tüten yaşama aç olacaklar."

Gözleri kapalıydı. Belki boz renkli salonlarından uğrayan ruhları hayal ediyordu. Bazılarını tanıyacaktı. Akhilleus ile Patroklos, Aias, Hektor. Öldürdüğü bütün Troyalılar, ayrıca Yunanlar, canavarlara yem olmuş, hâlâ adalet çığlıkları atan mürettebatı. Ama en kötüsü bu olmayacaktı. Orada tahmin edemeyeceği ruhlar da onu bekleyecekti: Yokluğunda memleketinde ölmüş olanlar. Belki annesiyle babası ya da Telemakhos. Belki bizzat Penelope.

"Teiresias gelene dek onları kandan uzak tutmalısın. Kâhin içebildiği kadar içecek ve sana bilgece öğütlerini verecek. Sonra tek bir gün için buraya döneceksin çünkü sana daha fazla yardım etmem gerekebilir."

Başıyla onayladı. Dudakları griydi. Yanağına dokundum. "Uyu," dedim. "İhtiyacın olacak."

"Uyuyamam," dedi.

Anladım. Kendini hazırlıyor, bir kez daha savaşmak için kuvvetini topluyordu. Gecenin uzun saatleri boyunca sessizce nöbet tutarak yan yana yattık. Şafak söktüğünde giyinmesine kendi ellerimle yardım ettim. Pelerinini omuzlarına tutturdum, kemerini bağladım ve kılıcını eline verdim. Kapıyı açtığımızda, Elpenor'u zemin taşlarının üstünde yatar bulduk. Sonunda çatıdan düşmüştü. Morarmakta olan dudaklarına, boynunun çirkin açısına bakakaldık.

"Gelmeye başladı bile." Odysseus'un sesi yılgın bir kasvetle doluydu. Ne demek istediğini biliyordum. Moira'lar onu yine boyunduruğa vurmuştu.

"Onu senin için saklayacağım. Şu anda cenazeye vaktiniz yok."

Cesedi yataklarımdan birine taşıyıp çarşafa sardık. Yolculukları için erzak çıkardım, ayin için ihyiyacı olan koyunları getirdim. Gemi hazırdı zaten, adamları alet edevatı günler önce düzenlemişti. Şimdi de gemiyi yüklediler ve dalgaların arasına ittiler. Deniz çalkantılı, hava sıçrayan su zerrecikleriyle sisliydi. Her fersah için mücadele etmeleri gerekecekti, gece indiğinde omuzları düğüm düğüm olacaktı. Merhem verseydim keşke, diye düşündüm. Ama artık iş işten geçmişti.

Geminin zahmetle ufukta kaybolmasını seyrettim, sonra içeri dönüp Elpenor'un cesedinin üstündeki çarşafı açtım. Şimdiye kadar sadece sefil halde zeminimde yatan, insan olarak tanınamayacak cesetler görmüştüm. Göğsüne dokundum. Sert ve soğuktu. Yüzlerin ölümde olduklarından genç göründüğünü duymuştum ama Elpenor sık sık gülerdi, yaşam kıvılcımı olmadan yüzü çizgilerle sarkmıştı. Onu yıkadım, cildine parmaklarımı hâlâ hissedebiliyormuş gibi dikkatle yağlar sürdüm. Çalışırken şarkı söylüyordum, yeraltı dünyasına giden büyük nehri geçmek üzere beklediği sırada ruhuna eşlik etmesi için bir ezgi. Onu yeniden kefenine sardım, çürümeyi engellemek için bir efsun söyledim ve kapıyı arkamdan kapattım.

Bahçemde yeşil yapraklar o kadar tazeydi ki bıçak gibi parlıyorlardı. Parmaklarımı toprağa soktum. Nemli bir yaz toplanıyordu, çok geçmeden asmaları sırığa bağlamam gerekecekti. Geçen sene Odysseus yardım etmişti. Düşünceye yaraymış gibi dokundum, ne kadar acıdığına baktım. Odysseus gittiğinde ben de yitirdiği sevgilisi Patroklos'un başında feryat figan eden Akhilleus gibi mi olacaktım? Saçlarımı yolarak, Odysseus'un geride bıraktığı bir tunik parçasını kucaklamış halde kumsallarda koştuğumu hayal etmeye çalıştım. Ruhumun yarısını kaybettiğim için ağlayarak.

Hayal edemedim. Bu da kendine has bir acı getirdi. Ama belki de böyle olması gerekiyordu. Hikâyelerde tanrılarla ölümlüler asla uzun süre bir arada olmuyordu.

O gece bıldırcınotu soyarak mutfağımda oturdum. Odysseus ölüleriyle yüz yüzeydi. Yola çıktığı sırada eline küçük bir şişe sıkıştırmış, açacağı çukurdan bana kan getirmesini istemiştim. Gölgeler soğuk varlıklarıyla kana nüfuz edeceklerdi, kül gibi ve dünyadan olmayan o gücü hissetmek istiyordum. Şimdi ondan bunu istediğime pişmandım. Perses'in ya da Aietes'in yapacağı türden bir şeydi bu, damarlarında sadece büyücülük olup hiç sıcaklık olmayan birinin.

Dikkatle çalıştım, parmaklarım özenliydi, her duyunun farkındaydım. Otlarım raflarından beni seyrediyordu. Güçlerini kendi ellerimle devşirdiğim sıra sıra iksirler ve şifalar. Onları orada, kâseleriyle şişelerinin içinde görmeyi seviyordum. Adaçayı ve gül, köpekotu, hindiba, yabani defne, tıpalı şişesinde malü. Sonuncu olarak da hâlâ sedir ağacından kutusunun içinde duran pelinotuyla öğütülmüş hıthıt bitkisi. Hermes'le ilk yattığımdan beri her ay döngüsünde aldığım iksir. Sonuncu döngü hariç.

Nympha'larımla sahilde bekledik, geminin kürek çekerek yanaşmasını seyrettik. Adamlar sessizlik içinde kıyıya çıktı. Vücutları taşlarla dövülmüş gibi sarkıyordu, hastalıklı ve yaşlıydılar. Odysseus'un yüzünü inceledim. Sapsarıydı, ifadesini okuyamadım. Giysilerinin bile rengi solmuştu, kumaşlar ağarmış ve gri görünüyordu. Kışla gelen bir buz kütlesinin altından tutulmuş balıklara benziyorlardı.

Gözlerimi üzerlerinde ışıldatarak öne çıktım. "Hoşgeldiniz!" diye bağırdım. "Yeniden hoşgeldiniz, altın yürekliler! Meşe cüsseli adamlar. Efsanelerin kahramanısınız. Herakles'in görevlerinden birini yerine getirdiniz, ölüm evini gördünüz ve hayatta kaldınız. Gelin, burada yumuşak çimenlerin üzerine sizin için serilmiş battaniyeler var. Yemek ve şarap var. Dinlenin ve iyileşin!"

Yaşlı adamlar gibi ağır ağır hareket ediyorlardı ama oturdular. Kızarmış et dolu tabaklarla kopkoyu kırmızı şarap hazırdı. Yanaklarına renk gelene dek yemek ve şarap ikram etmeyi sürdürdük. Güneş yakıyor, ölümün soğuk sisini dağıtıyordu.

Odysseus'u kenara, yeşil bir çalılığın yanına çektim. "Anlat," dedim.

"Hayattalar," dedi. "En iyi haberim bu. Oğlum ve karım hayatta. Babam da."

Annesi değil. Bekledim.

Yara izli dizlerinin arasından baktı. "Agamemnon oradaydı. Karısı bir âşık edinmiş, Agamemnon dönünce de onu banyoda öküz keser gibi kesmiş. Akhilleus'la Patroklos'u, kendi açtığı yarasıyla Aias'ı gördüm. Yaşadığım için bana imrendiler ama hiç değilse onların savaşları sona erdi artık."

"Seninki de bitecek. İthaka'ya gideceksin. Gördüm."

"Gideceğim ama Teiresias oraya gittiğimde evimi kuşatmış adamlar bulacağımı söyledi. Erzakımı yiyor, mülkümü yağmalıyorlarmış. Onları öldürmenin bir yolunu bulmak zorundayım. Ama ondan sonra hâlâ karada yaşadığım sırada denizden gelen bir ölümle öleceğim. Tanrılar bilmeceyi pek seviyor."

Sesi daha önce duymadığım kadar acıydı.

"Bunu düşünemezsin," dedim. "Sana eziyet etmekten başka bir işe yaramaz. Onun yerine önündeki yolu düşün, o yoldan memleketine, karına ve oğluna gideceksin."

"Yol," dedi karanlık bir sesle. "Teiresias yolumu çizdi. Thrinakie'den geçmek zorundayım."

Bu isim hedefi bulan bir oktu. O adanın ismini duymamın üstünden kaç sene geçmişti? Hatıra gözlerimin önünde canlandı: Işıltılı kız kardeşlerim, yaldızlı alacakaranlıkta nilüferler gibi iki yana salınan Sevgili, Şirin ve diğerleri.

"Sığırlara dokunmazsam, adamlarımla birlikte memlekete ulaşabileceğim. Ama herhangi biri zarar görürse baban gazabını üstüme salacak. İthaka'yı senelerce göremeyeceğim ve adamlarımın hepsi ölecek."

"O zaman orada durmazsınız," dedim. "Kıyıya bile çıkmazsınız."

"Durmayacağım."

Ama o kadar basit değildi, ben de bunu biliyordum. Moira'lar kandırır, ayartırdı. Tuzaklarına düşmeniz için yolunuza engeller koyarlardı. Her şey işlerine yarayabilirdi: Rüzgâr, dalgalar, erkeklerin zayıf yürekleri.

"Kıyıya çıkarsanız, kumsaldan ayrılmayın," dedim. "Gidip sürüye bakmayın. Açlığınızı nasıl kışkırtacaklarını bilemezsin. Ölümlülere göre tanrılar neyse, ineklere göre o sığırlar da o."

"Dayanırım."

Beni korkutan onun iradesi değildi. Ama bunu söylemenin, ölüm baykuşu gibi kapısına tünemenin ne faydası vardı? Adamlarının ne olduğunu biliyordu. Ayrıca aklıma yeni bir düşünce gelmişti. Hermes'in onca zaman önce bana çizdiği deniz rotalarını hatırlıyordum. Zihnimde o rotaları takip ettim. Thrinakie'den geçeceklerse, oradan sonra...

Gözlerimi kapattım. Tanrılardan bir ceza daha. Onun için olduğu kadar benim için de.

"Ne oldu?"

Gözlerimi açtım. "Dinle," dedim. "Bilmen gereken şeyler var." Yolculuğu çizdim. Kaçınması gereken tehlikeleri birer birer önüne serdim, sığlıklar, barbar adalar, Sirenler, şarkılarıyla erkekleri ölüme çeken o kadın başlı kuşlar. Sonunda artık daha fazla ertelememe imkân kalmadı. "Yolunuz sizi Skylla'nın yanından da geçirecek. Ondan haberin var mı?"

Biliyordu. Darbenin inmesini seyrettim. Altı adam. Belki on iki.

"Onu engellemenin bir yolu olmalı. Kullanabileceğim bir silah olmalı."

En sevdiğim yönlerinden biriydi bu: Her zaman kendine bir şans yaratmak için savaşırdı. Konuştuğumda yüzümü görmesin diye başka tarafa döndüm. "Hayır. Hiçbir şey yok. Senin gibi bir ölümlü için bile. Onunla bir kere karşılaştım, uzun süre önce. Elinden sihir ve ilahlığım sayesinde kurtulabildim. Sirenlere gelince, orada kurnazlığını kullanabilirsin. Adamlarının kulaklarını balmumuyla tıka, kendininkileri açık bırak. Kendini seren direğine bağlarsan, şarkılarını duyup da sonradan hikâyeyi anlatmak üzere hayatta kalan tek insan olabilirsin. Karınla oğluna anlatacak güzel bir hikâye olmaz mıydı?"

"Olurdu." Ama sesi harap olmuş bir bıçak kadar kördü. Yapabileceğim hiçbir şey yoktu. Odysseus elimden gidiyordu artık.

Elpenor'u cenaze ateşine taşıdık. Ayinleri yaptık, savaştaki kahramanlıklarını türküye döktük, ismini yaşamış insanların arasına kaydettik. Nympha'larım ağladı, adamlar da ağladı ama Odysseus ve ben kupkuru gözlerle sessizce durduk. Daha sonra gemisini taşıyabileceği kadar erzakla doldurduk. Adamları iplerle küreklerin başındaydı. Hevesliydiler, birbirlerine bakıyor, ayaklarını güverteye sürtüyorlardı. İçimin boşaldığını, karaya vurmuş bir geminin oyduğu kumsal gibi oyulduğunu hissediyordum.

Odysseus, Laertes'in oğlu, büyük seyyah, kurnazlıkların, hilelerin ve binbir numaranın prensi. Bana yara izlerini göstermiş, karşılığında da benim hiç yaram yokmuş gibi yapmama izin vermişti.

Gemisine bindi, bana bakmak için döndüğünde orada yoktum.

ON SEKİZ

Türküler sahneyi nasıl tasvir ederdi? Issız burnun üstündeki tanrıça, uzaklarda gözden kaybolan âşığı. Gözleri ıslak ama gizemli, içindeki mahrem düşüncelere dönüktü. Eteklerinin dibinde hayvanlar toplanıyordu. Ihlamurlar çiçek açıyordu. Sonunda, tam sevgilisi ufukta gözden kaybolmak üzereyken bir elini kaldırıyor ve karnına dokunuyor.

İçim, gemisi demir aldığı anda kaynamaya başlamıştı. Hayatımda hiç mide bulantısı çekmemişken şimdi her an midem bulanıyordu. Boğazım yırtılana, midem içi boşalmış bir ceviz gibi takırdayana, ağzımın köşeleri çatlayana dek kustum. Vücudum yüz senedir yediği her şeyi içinden atmak istiyordu sanki.

Nympha'larım ellerini endişeyle ovuşturuyor, birbirlerine sarılıyorlardı. Hayatlarında böyle bir şey görmemişlerdi. Türümüz hamilelikte ışık saçar ve tomurcuk gibi şişer. Zehirlendiğimi ya da kötücül bir dönüşümle lanetlendiğimi, vücudumun içinin dışına çıkmakta olduğunu düşünüyorlardı. Bana yardım etmeye çalıştıklarında onları uzaklaştırıyordum. Taşıdığım çocuk yarı tanrı olacaktı ama bu söz aldatıcıydı. Benim kanımdan ötürü birkaç lütuf elde edecekti, güzellik ya da hız, kuvvet ya da cazibe.

Ama geri kalan her şey babasından gelecekti çünkü ölümlülük soyu daima ilahlıktan daha sağlam yürüyordu. Bedeni her insanı tehdit eden binlerce yaraya ve ölümcül tehlikeye açık olacaktı. Böyle bir kırılganlık konusunda ne harhangi bir tanrıya ne aileme güvenirdim, kendimden başka kimseye güvenmezdim.

Yeni, pürüzlü sesimle, "Gidin," dedim nympha'lara. "Nasıl gideceğiniz umrumda değil. Babalarınıza haber yollayın ve gidin. Bu sadece benim."

Bu sözler hakkında ne düşündüklerini hiç öğrenmedim. Yeniden midem bulanıyordu, gözlerim sulanmış ve körleşmişti. Eve varmayı başardığımda gitmişlerdi. Tahminime göre babaları, ölümlü birinden hamile kalmanın bulaşıcı bir şey olabileceğinden korktukları için boyun eğmişti. Onlar olmadan ev tuhaf geliyordu ama bunu düşünmeye zamanım yoktu, Odysseus için yas tutmaya da zamanım yoktu. Mide bulantısı durmuyordu, her an başımdaydı. Niye bu kadar şiddetle çarptığını anlayamıyordum. Ölümlü kanının benimkiyle savaşıp savaşmadığını merak ettim ya da gerçekten de lanetlenmiştim, Aietes'in başıboş lanetlerinden biri bunca zamandır adanın çevresinde dolanıp durmuş ve sonunda beni bulmuştu. Ama rahatsızlık hiçbir karşı büyüye teslim olmuyordu. Gizemli bir şey yok ortada, dedim kendi kendime. Yaptığın her şeyde en büyük zorluklarla uğraşma konusunda hep ısrar etmedin mi şimdiye dek?

Bu haldeyken kendimi denizcilere karşı savunamazdım, bunu biliyordum. Otlarımın durduğu çanaklara doğru sürünüp çok uzun süre önce yapmayı düşünmüş olduğum büyüyü yaptım: Geçen gemilere adayı sefil kayalıklardan oluşan düşmanca bir yer gibi gösterecek bir yanılsama. Ondan sonra güçlükle nefes alarak yerde yattım. Huzurumu kimse bozmayacaktı.

Huzur. Bu kadar hasta olmasaydım gülerdim. Mutfaktaki peynirin ekşi tadı, rüzgârdaki tuzlu yosun kokusu, yağmur sonrası solucanlı toprak, çalılıkta kahverengine dönen mide bulandırıcı güller. Hepsi boğazımı yakıcı kusmukla dolduruyor, ardından gözlerime sokulan denizkestanesi dikeni gibi bir baş ağrısı geliyordu. Athena kafasından dışarı fırlamadan önce Zeus da kendini böyle hissetmiş olmalı, diye düşündüm. Sürünerek odama gidip kepenkli karanlıkta yattım, boğazımı kesip her şeyi sona erdirmenin ne tatlı olacağına dair hayaller kurdum.

Öte yandan, kulağa ne kadar tuhaf gelse de bu derece sefillik hallerindeyken bile tam anlamıyla sefil değildim. Biçimsiz ve mat, ufkun dört bir yanına doğru uzanan bir mutsuzluğa alışkındım ben. Ama bu sefaletimin kumsalları, derinlikleri, bir amacı ve biçimi vardı. İçinde bir umut vardı çünkü sona erecek ve bana çocuğumu getirecekti. Oğlumu. Cadılıktan mıdır, kehanet yoluyla malum olmasından mıdır bilmiyordum ama oğlum olacağını biliyordum.

Büyüdü, kırılganlığı da onunla birlikte büyüdü. Etrafını bir kalkan gibi saran bedenimin ölümsüzlüğünden hiç bu kadar hoşnut olmamıştım. İlk tekmelerini hissettiğimde sevinçten uçtum. Onunla her an konuşuyordum, otlarımı ezerken, ona giysi dikerken, hasırotlarından beşiğini örerken. Yanımda yürüdüğünü hayal ediyordum, çocuk, delikanlı ve erkek olarak. Onun için topladığım bütün harikaları gösterecektim oğluma, bu adayı, gökyüzünü, meyveleri ve koyunları, dalgaları ve aslanları. Bir daha asla tek başınalık olmayacak bir yalnızlık.

Elimle karnıma dokundum. *Baban bir keresinde bana başka çocuklar istediğini söylemişti ama senin hayatta olmanın sebebi bu değil. Sen benimsin.*

Odysseus'un bana anlattığına göre Penelope'nin sancıları öyle hafif başlamış ki kadın armudu fazla kaçırdığı için karnının ağrıdığını zannetmiş. Benim sancılarımsa gökten yıldırım gibi düştü. Paramparça edecek şiddetteki kasılmalar yüzünden iki büklüm halde bahçeden eve süründüğümü hatırlıyorum. Söğüt iksirim hazırdı, önce birazını, sonra hepsini içtim, sonunda şişenin boynunu yalıyordum.

Doğum hakkında, aşamaları ve nasıl ilerlediği hakkında çok az şey biliyordum. Gölgeler değişti ama vakit tek bir sonsuz an halindeydi, acı beni ezerek lokmaya çeviren taşlar gibiydi. Saatlerce çığlık atıp ıkındım ama bebek gelmedi. Ebelerin çocukların hareket etmesine yardımcı olacak numaraları vardı, ben hiçbirini bilmiyordum. Anladığım tek şey şuydu: Doğum çok uzun sürerse oğlum ölecekti.

Devam etti. Istırabımdan bir masa devirdim. Sonrasında odayı ayıların saldırısına uğramış gibi paramparça halde, duvar halıları duvarlardan sökülmüş, tabureler parçalanmış, tabaklar kırılmış olarak bulacaktım. Hatırlamıyorum. Zihnim binbir türlü dehşetin içinde yüzüyordu. Bebek ölmüş müydü? Yoksa ben de kardeşim gibi miydim, içimde bir canavar mı büyütmüştüm? Fasılasız sancı bunu doğrular gibiydi. Bebek tam ve doğalsa, neden doğmuyordu?

Gözlerimi kapattım. Elimi içime sokup bebeğin başının pürüzsüz kavisini hissettim. Boynuzu ya da başka türlü korkunç bir şeyi olmadığını anlayabiliyordum. Sadece iç açıklığa takılmış, kaslarımla kemiklerimin arasına sıkışıp kalmıştı.

Ebe tanrıça Eileithyia'ya dua ettim. Rahmin kavrayışını gevşetip çocuğu dünyaya getirecek gücü vardı onun. Her tanrının ve yarı tanrının doğumunu gözlediği söylenirdi. Yardım et, diye seslendim. Ama gelmedi. Hayvanlar köşelerinde inildedi, o sırada Okeanos'un salonlarında kuzenlerimin fısıldaştığı şeyleri hatırlamaya başladım. Bir tanrı çocuğunun doğmasını istemiyorsa, Eileithyia'yı yollamayabilirdi.

Bu düşünce son hız koşan zihnimi ele geçirdi. Biri ebe tanrıçanın bana gelmesini engelliyordu. Biri oğluma zarar vermeye kalkışma cüretini göstermişti. Bu sayede ihtiyacım olan kuvveti buldum. Karanlıkta dişlerimi gösterdim ve mutfağa süründüm. Bir bıçak kaptım, bana yardım edecek Daidalos olmadığı için de büyük bronz aynayı karşıma çektim. Kırık masa ayakları arasında mermer duvara yaslandım. Taşın soğukluğu beni sakinleştirdi. Bu çocuk Minotauros değildi, ölümlüydü. Çok derin kesmemeliydim.

Acının çözülmeme neden olacağından korkmuştum ama pek

bir şey hissetmedim bile. Taş taşa sürtülürmüş gibi bir hışırtı vardı, kendi nefeslerimin sesi olduğunu fark ettim. Et katmanları ayrıldı, sonunda onu görebildim: Kollarıyla bacakları, kabuğundaki bir salyangoz gibi kıvrılmıştı. Onu kıpırdatmaya korkarak bakakaldım. Ya öldüyse? Ya ölmediyse ama dokunuşumla ölmesine yol açtıysam? Ama onu çektim, cildi havayla buluştu, oğlum çığlık çığlığa ağlamaya başladı. Ben de onunla birlikte ağladım çünkü hayatımda bu kadar tatlı bir ses duymamıştım. Onu göğsüme yatırdım. Altımızdaki taşlar kuştüyü gibi geliyordu bana. Oğlum titriyor da titriyor, ıslak, canlı yüzünü tenime bastırıyordu. Onu hiç bırakmadan kordonu kestim.

Gördün mü, dedim ona. Kimseye ihtiyacımız yok. Cevap olarak kurbağa gibi bir ses çıkardı ve gözlerini yumdu. Oğlum. Telegonos.

Anneliği hafife almamıştım. Askerlerin düşmanlarıyla yüzleştiği gibi yüzleşmiştim onunla, inecek darbelere karşı kılıcım havada çevresini kuşatmış ve onu sıkıştırmıştım. Ama onca hazırlığım yeterli gelmedi. Odysseus'la geçirdiğim bütün o aylarda ölümlü yaşamının bazı numaralarını öğrendiğimi zannetmiştim. Günde üç öğün yemek, doğal akıntılar, yıkanma ve temizlenme. Bebek bezi olarak yirmi parça kumaş kesmiş ve kendimi pek akıllı görmüştüm. Oysa ölümlü bebekler hakkında ne biliyordum ki? Aietes kucakta bir aydan az kalmıştı. Yirmi bez parçası beni ancak ilk gün idare etti.

Tanrılara şükür uyumak zorunda değildim. Her dakika yıkamam, kaynatmam, temizlemem, silmem, suya bastırmam gerekiyordu. İyi ama bebeğin her dakika başka bir şeye daha, yemeğe, altının değiştirilmesine ve uyumaya ihtiyacı varken bunları nasıl yapabilirdim? Bu sonuncusunu daima ölümlüler için en doğal şey, nefes almak kadar kolay olarak görmüştüm ama bebek uyuyamıyordu. Nasıl kundaklarsam kundaklayayım, ne kadar sallayıp şarkı söylersem söyleyeyim aslanları kaçırana dek, kendine zarar vereceğinden korkmama yol açana dek nefes nefese bir halde ve titreyerek haykırıyordu. Onu taşımak için bir askı yaptım, böylece kalbimin üstünde yatabilecekti. Teskin edici otlar verdim, tütsüler yaktım, pencerelerimizde ötmeleri için kuşları çağırdım. Faydası dokunan tek şey yürümemdi, evin içinde, tepelerde, sahilde. O zaman sonunda yorgunluktan tükeniyor, gözlerini kapatıp uyuyordu. Ama durursam, ona yer bırakmaya kalkışırsam ânında uyanıyordu. Durmadan yürüdüğümde bile çok geçmeden uyanıp yeniden çığlık atmaya başlıyordu. İçinde bir okyanus dolusu keder vardı ve bu ancak bir anlığına tıkaçla durdurulabiliyor, asla tam olarak boşalmıyordu. O günlerde Odysseus'un gülümseyen çocuğunu ne kadar sık düşünürdüm. Diğer her şeyin yanı sıra onun yaptığını yapmayı da denedim. Oğlumun gevşek vücudunu havaya kaldırdım, güvende olduğu konusunda güvence verdim. Daha yüksek sesle haykırdı. Prens Telemakhos'u öyle tatlı kılan şey her neyse Penelope'den geliyor olmalı, diye düşündüm. Benim hak ettiğim çocuk buydu.

Bazı huzurlu anlarımız oluyordu. Nihayet uyuduğunda, meme emdiğinde, bir ağaçtan havalanan kuşların kaçışmasına gülümsediğinde. Ona bakar ve öyle keskin bir sevgi hissederdim ki içim yarılıp açılırdı sanki. Uğruna yapabileceğim her şeyin bir listesini hazırladım. Cildimi haşlamak. Gözlerimi oymak. Yürüye yürüye ayaklarımın kemiklerini dışarı fırlatmak. Yeter ki o mutlu ve sağlıklı olsundu.

Mutlu değildi. Bir ancık, diye düşündüm, kollarımın arasında bu ıslak öfke olmadan sadece bir ancık geçirebilsem. Ama geçiremiyordum. Güneşten nefret ediyordu. Rüzgârdan nefret ediyordu. Yıkanmaktan nefret ediyordu. Giyinmekten, çıplak olmaktan, karınüstü yatmaktan, sırtüstü yatmaktan. Şu koca dünyadan ve içindeki her şeyden nefret ediyordu, görünüşe göre en çok da benden.

Büyülerim üstünde çalışarak, kumaş dokuyarak, şarkı söyleyerek geçirdiğim onca saati düşündüm. Yokluklarını koparılmış bir uzuv gibi hissediyordum. Erkekleri domuza çevirmeyi bile özlüyorum dedim kendi kendime çünkü o işte hiç değilse becerikliydim. Onu savurup atmak istiyordum ama onun yerine kucağımda tutarak karanlıkta dalgaların önünde bir ileri bir geri yürüdüm. Her adımda eski hayatımı özlüyordum. Oğlan ağlarken gece havasına doğru acı bir sesle konuştum. "Hiç değilse öldüğünden endişe etmemiş oluyorum."

Elimi ağzıma kapattım çünkü yeraltı tanrısı şiddeti çok daha az bir davete bile icabet eder. Öfkeli küçük yüzünü kendime doğru tuttum. Gözleri yaş dolu, saçları karmakarışıktı, yanağında küçük bir çizik vardı. Nasıl olmuştu bu? Hangi kötü yaratık ona zarar vermeye cüret etmişti? Ölümlü bebeklerle ilgili duyduğum her şey sel gibi aklıma üşüştü: Nasıl sebepsiz yere öldükleri, herhangi bir sebeple ölüverdikleri, çok üşüdükleri için, çok acıktıkları, şu tarafa ya da bu tarafa doğru yattıkları için. Zayıf göğsündeki her nefesi hissediyordum, başını bile kaldıramayan bu kırılgan yaratığın haşin dünyada hayatta kalmasının ne kadar ihtimal dışı, ne kadar imkânsız olduğunu hissediyordum. Ama hayatta kalacaktı. Görünmez tanrıyla bizzat güreşmek zorunda kalsam bile.

Gözlerimi karanlığa diktim. Kurtların yaptığı gibi her tehlikeye kulak kabartarak dinledim. Adamı ıssız kayalıklarmış gibi gösteren yanılsamaları yeniden ördüm. Ama hâlâ korkuyordum. Bazen insanların çaresizliği pervasızlık boyutuna varırdı. Her şeye rağmen kayalıklara çıkacak olurlarsa bebeğin çığlıklarını duyup geleceklerdi. Ya numaralarımı unuttuysam ve içmelerini sağlayamazsam? Odysseus'un askerlerin çocuklara yaptıklarıyla ilgili hikâyelerini anımsadım. Astyanaks ve Troya'nın bütün erkek evlatları, ezilmiş, ateşe atılmış, parçalanmış, atların ayakları altında çiğnenmiş, öldürülmüş, öldürülmüşlerdi ki yaşayıp kuvvetlenerek günün birinde intikam peşine düşmesinler.

Hayatım boyunca trajedinin beni bulmasını beklemiştim. Bulacağından hiç kuşkum yoktu çünkü başkalarının hak ettiğimi düşündüğünden daha fazla arzum, isyanım ve gücüm vardı, yıldırımları üstüne çekecek şeylerdi bunlar. Keder defalarca alazlamıştı beni ama alevi asla etimin içine işlememişti. O günlerdeki deliliğim yeni bir kesinlikten kaynaklanıyordu: Nihayet tanrıların bana karşı kullanabileceği şeyle karşılaşmış olmamdan.

Mücadeleyi sürdürdüm, o da büyüdü. Tek söyleyebileceğim bu. Sakinleşti, bu da beni sakinleştirdi ya da tam tersi oldu. O kadar sık boşluğa dalmıyor, kendimi haşlamayı o kadar sık düşünmüyordum artık. İlk defa gülümsedi, beşiğinde uyumaya başladı. Bütün bir sabahı çığlık atmadan geçirdi, ben de bahçemde çalışabildim. Akıllı çocuk, dedim. Beni sınava tabi tutuyordun değil mi? Sesimi duyunca çimenlerden başını kaldırıp baktı ve yine gülümsedi.

Ölümlülüğü daima benimleydi, atan ikinci bir kalp gibi sabitti. Artık oturabiliyor, uzanabiliyor, bir şeyleri tutabiliyor olduğundan evimdeki bütün sıradan nesneler gizli dişlerini göstermişti. Ateşte kaynayan kazanlar parmaklarına doğru sıçrıyordu sanki. Bıçaklar masadan yere kayıp başını kıl payı ıskalıyordu. Onu yere bırakırsam bir eşekarısı vozurdayarak geliyor, bir akrep görünmeyen bir çatlaktan çıkıp koşturuyor ve kuyruğunu kaldırıyordu. Ateşin kıvılcımları kavisler çizerek yumuşak etine doğru atılıyordu hep. Her tehlikeyi zamanında savuşturuyordum çünkü ondan asla bir adımdan fazla uzak durmuyordum ama bu yüzden gözlerimi kapatmaya, onu bir an olsun yalnız bırakmaya daha çok korkar olmuştum. Odun yığını üstüne devriliyordu. Hayatı boyunca yumuşakbaşlı davranmış kurtlardan biri çıldırıyordu. Bir uyuyordum ki engerek yılanının biri ağzını açmış, beşiğin üstünde geriye doğru çekilmiş, saldırmaya hazırlanıyor.

Fark etmemin çok uzun sürmesi, sevgiden, korkudan ve hiç uyumamaktan ötürü nasıl kafamın karıştığının bir işaretiydi bence: Sokan böcekler taburlar halinde gelmezdi. Bir sabahta on kazanın devrilmesi benim yorgun sakarlığımın bile ötesinde kalıyordu. Doğum sancılarımın uzun işkencesi sırasında Eileithyia'nın bana gelmesinin engellendiğini düşünemedim.

Bunu yapmış olan tanrının başarılı olmadığı için yeniden deneyip denemeyeceğini merak etmek aklıma gelmedi.

Telegonos'u göğsüme astım, zirveye giden yolun yarısındaki göle yürüdüm. Gölde kurbağalar, gümüş rengi ufak balıklar ve suböcekleri vardı. Yabani otlar karmakarışık bir yığın halindeydi. O anda neden su istediğimi bilmiyorum. Belki naiad kanımın bir kalıntısıdır.

Parmağımı gölcüğün yüzeyine dokundurdum. "Tanrılardan biri oğluma zarar vermek mi istiyor?"

Göl titreşti, Telegonos'un bir görüntüsü belirdi. Yün bir kefene sarılmış olarak, kül rengi ve cansız halde yatıyordu. Nefesim kesilerek geriledim, görüntü parçalara ayrıldı. Bir an derin derin nefes alıp yanağımı Telegonos'un başına bastırmaktan başka bir şey yapamadım. Açık renk saç tutamları, beşiğindeki bitmez tükenmez kıpırtıları yüzünden başının arkasında iyice ezilmişti.

Titreyen elimi yeniden suya değdirdim. "Kim?"

Su yalnızca yukarıdaki gökyüzünü göstermeye devam etti. "Lütfen," diye yalvardım. Ama hiçbir cevap gelmedi. Panik duygusunun boğazımdan yukarı tırmandığını hissettim. Bizi tehdit edenin bir nympha ya da nehir tanrılarından biri olduğunu varsaymıştım. Böcek, ateş ve hayvan numaraları ikincil bir ilahın gücünün tam sınırlarında kalan şeylerdi. Kendisi doğuramazken benim yeni çocuklar doğurma ihtimalim karşısında kıskançlık krizine mi girdi acaba diye annemden bile şüphelenmiştim. Ama bu tanrının sezgimden kaçma gücü vardı. Bütün dünyada bunu ancak bir elin parmakları kadar ilah yapabilirdi. Babam. Belki dedem. Zeus ve diğer ulu Olymposlulardan birkaçı.

Telegonos'u sıkı sıkı kendime bastırdım. Malü büyüleri savuşturabilirdi ama üç dişli mızrağı, yıldırımı savuşturamazdı. O güçlerin karşısında buğday başağı gibi devrilirdim.

Gözlerimi kapatıp boğucu korkuyla savaştım. Sakin ve aklı başında olmalıydım. İkincil tanrıların yüce tanrılara karşı zamanın başlangıcından beri kullandığı bütün numaraları hatırlamalıydım. Odysseus, Akhilleus'un deniz tanrıçası annesinin Zeus'la pazarlık etmenin bir yolunu bulduğuna dair bir hikâye anlatmamış mıydı bana? Ama bu yolun ne olduğunu söylememişti. Zaten sonunda tanrıçanın oğlu ölmüştü.

Nefesim göğsümde testere gibiydi. Kim olduğunu öğrenmem gerekiyor, dedim kendi kendime. İlk işim bu. Onu gölgelerden koruyamam. Karşısına çıkıp dövüşeceğim bir şey verin bana.

Eve dönünce, ihtiyacımız olmamasına karşın ocakta küçük bir ateş yaktım. Aslında yaz sonbahara dönüyordu, gece sıcaktı ama havadan sedir kokusu ve alevlerin üzerine serpiştirdiğim otlarımın mayhoşluğu olsun istiyordum. Cildimin karıncalandığının farkındaydım. Başka zaman bunu havadaki değişikliğe yorardım ama şimdi gözüme kötülükle ekşimiş görünüyordu. Ensemdeki tüyler diken dikendi. Telegonos'u kucağımda taşıyarak taş zemini arşınladım, oğlan sonunda bağıra çağıra ağlamaktan yorgun düşüp uyudu. Bunu bekliyordum. Onu beşiğine yatırdım, beşiği ateşin yakınına çektim, aslanlarımla kurtlarımı etrafına yerleştirdim. Bir tanrıyı durduramazlardı ama ilahların çoğu korkaktır. Pençelerle dişler bana biraz zaman kazandırabilirdi.

Asam elimde ocağın önünde durdum. Hava, dinleyen bir sessizlikle yoğunlaşmıştı.

"Oğlumu öldürmeye çalışan, her kimsen ortaya çık. Ortaya çık ve yüzüme karşı konuş. Yoksa cinayetlerini sadece gölgelerin arasından mı işliyorsun?"

Oda tam anlamıyla kıpırtısızdı. Sadece Telegonos'un nefeslerini ve kendi damarlarımdaki kanı duyuyordum.

"Gölgeye ihtiyacım yok." Ses havayı kesmişti. "Ayrıca amaçlarımı sorgulamak senin gibilere düşmez."

Odaya indi, uzun boylu, dimdik ve bembeyazdı, gece göklerinde bir yıldırım pençesiydi. At kılı miğferi tavanı süpürüyordu. Ayna zırhından kıvılcımlar saçılıyordu. Elindeki mızrak uzun ve inceydi, sivri ucu ateşin ışığıyla yaldızlanmıştı. Alev alev bir kendinden eminlik abidesiydi ve dünyadaki ayak sürüyen, lekeli her türlü süprüntü onun karşısında büzülüp kalmalıydı. Zeus'un parlak ve en gözde evladı, Athena.

"Her ne arzularsam olacak. Taviz verilmeksizin." Yine metalin parçalanmasını andıran o ses. Daha önce yüce tanrıların huzurunda bulunmuştum: Babam, dedem, Hermes, Apollon. Ancak Athena'nın bakışları onların bakışlarının yapmadığı bir şekilde delip geçiyordu beni. Odysseus bir keresinde Athena'nın saç teli inceliğinde bileylenmiş bir bıçağa benzediğini söylemişti, o kadar keskindi ki kesildiğinizi anlayamazdınız bile, oysa kanınız kalbinizin her vuruşuyla yere boşalırdı.

Kusursuz elini uzattı. "Çocuğu bana ver."

Odadaki bütün sıcaklık gitmişti. Yanımda çıtırdayan ateş bile duvardaki bir resimden ibaret gibiydi.

"Hayır."

Saçları gümüş ve taş grisi örgülüydü. "Bana karşı mı geleceksin?"

Hava yoğunlaşmıştı. Nefes almakta zorluk çektiğimi hissettim. Göğsünün üstünde meşhur *aigis*'i vardı, altın püsküllerle çevrelenmiş deri bir kalkan. Bizzat yüzüp tabakladığı bir Titan'ın derisinden yapıldığı söylenirdi. Parlayan gözleri söz veriyordu: Boyun eğip merhamet dilenmezsen seni de tıpkı böyle giyeceğim. Dilim kurudu, titrediğimi hissettim. Ama şu dünyada bildiğim tek bir şey varsa, o da tanrılar arasında merhamet diye bir şey olmadığıydı. Etimi parmaklarımın arasında büktüm. Keskin acı beni sakinleştirdi.

"Verirdim," dedim, "ama bu hiç de adil bir çarpışma gibi görünmüyor. Silahsız bir nympha'ya karşı sen."

"Onu bana kendiliğinden ver, çarpışmaya gerek kalmasın. Çabucak halledeceğim. Acı çekmeyecek."

Düşmanını dinleme, demişti Odysseus bir kere bana. Onlara bak. Gördüklerin her şeyi anlatacaktır.

Baktım. Tepeden tırnağa silahlı ve zırhlıydı, miğfer, mızrak, *aigis*, baldır zırhları. Korku verici bir görüntüydü: Savaş tanrıçası, çarpışmaya hazır. Ama savaş sanatlarıyla ilgili hiçbir şey bilmeyen bana karşı niye böyle tam teçhizat giyinip kuşanmıştı? Korktuğu bir şey, kendini çıplak ve güçsüz hissetmesine yol açan bir şey yoksa neden?

Sezgilerim, babamın salonlarında ve polymetis, yani binbir hünerli Odysseus'la geçirdiğim binlerce saat yolumu açtı.

"Yüce tanrıça, hayatım boyunca gücünle ilgili öyküler dinledim. O yüzden merak ediyorum. Çocuğumun ölmesini bir süredir istiyorsun ama bebek yaşıyor. Nasıl olabilir bu?"

Saldırmaya hazırlanan bir yılan gibi kabarmaya başlamıştı ama bastırdım.

"O yüzden aklıma gelen tek şey izninin olmadığı. Bir şeyin seni engellediği. Moira'lar kendi amaçları için çocuğu doğrudan öldürmene izin vermiyor."

Moira'lar sözünü duyunca gözleri parladı. Zeus'un parlak, amanvermez zihninden doğmuş olan münakaşa tanrıçasıydı Athena, bir şeyi yapması yasaklanmışsa, yasaklayanlar bizzat üç gri tanrıça da olsa öylece boyun eğmezdi. Yasağı en küçük zerrelerine kadar parçalayıp içinden geçmenin bir yolunu bulmaya çalışırdı.

"Öyle çalışmanın sebebi buydu. Eşekarıları ve devrilen kazanlarla." Onu süzdüm. "Böyle alçakça yöntemler savaşçı ruhunu nasıl yaralamıştır kimbilir."

Eli, mızrağının sapında bembeyaz parladı. "Hiçbir şey değişmedi. Çocuğun ölmesi gerekiyor."

"Ölecek de. Yüz yaşına geldiğinde."

"Söylesene, cadılık numaralarının bana karşı ne kadar dayanacağını zannediyorsun?"

"Ne kadar dayanmaları gerekirse o kadar."

"Fazla ataksın." Bana doğru bir adım attı, at kılı sorguç tavanımda tısladı. "Mevkiini unutuyorsun nympha. Ben Zeus'un kızlarından biriyim. Oğluna doğrudan bir darbe indiremiyorum belki ama Moira'lar sana neler yapabileceğimle ilgili hiçbir şey söylemiyor."

Sözcükleri odaya bir mozaikteki taşlar gibi kusursuzca yerleştirmişti. Athena tanrılar arasında bile gazabıyla tanınırdı. Ona karşı gelenler taşa ve örümceğe çevrilir, delirtilir, kasırgalara kapılır, dünyanın bir ucuna dek kovalanıp lanetlenirdi. Ben gidecek olursam, o zaman Telegonos...

"Evet," dedi. Gülümsemesi donuk ve soğuktu. "Durumunu anlamaya başladın."

Mızrağını yerden kaldırdı. Mızrak artık parlamıyordu. Elinde sıvı karanlık gibi akıyordu. Zihnim vızır vızır çalışarak beşiğin örgülü tarafına doğru geriledim.

"Doğru, bana zarar verebilirsin," dedim. "Ancak benim de bir babam ve bir ailem var. Kanımızın dikkatsizce akıtılmasını hafife almazlar. Öfkeleneceklerdir. Harekete geçmeleri bile mümkün."

Mızrak hâlâ havadaydı ama Athena silahını kaldırmadı. "Savaş olursa, Titan, Olympos kazanacaktır."

"Zeus savaş isteseydi yıldırımlarını uzun süre önce üstümüze yollardı. Ama yollamıyor. Güçlükle kazandığı barışı mahvetmen hakkında ne düşünecek?"

Gözlerinde terazi tıkırtıları, bir o kefeye, bir bu kefeye koyulan taşlar gördüm. "Tehditlerin çok çiğ. Bunu mantıklı bir biçimde tartışabileceğimizi ummuştum."

"Çocuğumu öldürmenin peşinde olduğun sürece mantık olamaz. Odysseus'a öfkelisin ama onun oğlanın varlığından haberi bile yok. Telegonos'u öldürmek Odysseus'a ceza vermek olmayacak."

"Tahmin yürütüyorsun cadı."

Oğlumun hayatı söz konusu olmasaydı, gözlerinde gördüğüm şeye gülebilirdim. Bütün zekâsına karşın duygularını hiçbir şekilde saklayamıyordu. Niye saklasındı? Düşünceleri yüzünden ulu Athena'ya zarar vermeye kim cüret edebilirdi? Odysseus Athena'nın kendisine kızgın olduğunu söylemişti ama tanrıların gerçek doğasını anlamıyordu o. Athena öfkeli değildi. Yardımlarını esirgemesi, Hermes'in bahsettiği o eski numaraydı sadece. Gözdelerinden birine sırtını dön ve onu çaresizliğe sürükle. Sonra görkemle geri dön ve dizlerine kapanılmasının keyfini çıkar.

"Odysseus'un canını yakmak için değil madem, oğlumu niye öldürmek istiyorsun?"

"O bilgi seni ilgilendirmiyor. Geleceği gördüm, sana bu bebeğin yaşayamayacağını söylüyorum. Yaşarsa, bundan sonraki her gününde bundan pişmanlık duyacaksın. Çocuğa karşı şefkatlisin, bunun için seni suçlamıyorum. Ama annelik sevgisinin sezgilerini köreltmesine izin verme. Düşün, Helios'un kızı. Onu bana şimdi, henüz dünyaya pek yerleşmemişken, vücudu da senin sevgin de daha ancak yarım yamalak oluşmuşken vermek daha akıllıca değil mi?" Sesi yumuşadı. "Bir sene, iki sene ya da on sene sonra, sevgin tam olarak serpildiğinde senin için ne kadar kötü olacağını bir düşün. Onu ruhlar evine şimdiden, kolayca göndermek daha iyi. Bir başka çocuk doğurup yeni sevinçlerle unutmaya başlamak daha iyi. Hiçbir anne çocuğunun ölümünü görmek zorunda olmamalı. Yine de iş oraya gelirse, başka bir yol bulunamazsa, kayıp telafi edilmeli."

"Telafi."

"Elbette." Yüzü dövülen demirin kalbi gibi bir parlaklıkla ışıldıyordu. "Karşılığında bir ödül sunmadan fedakârlık istediğimi düşünmüyorsun ya? Bakire Athena'nın lütfunu kazanacaksın. Sonsuza dek iyi niyetimi kazanacaksın. Onun için bu adada bir anıt dikeceğim. Zamanla sana başka bir iyi adam göndereceğim, başka bir oğula babalık etsin diye. Doğumu kutsayacak, çocuğu bütün kötülüklerden koruyacağım. Ölümlülerin lideri olacak, savaşta korku salacak, akıllı ve bilge olacak, herkesten saygı görecek. Arkasında vârisler bırakacak ve her türlü annelik umudunu karşılayacak. Bunu sağlayacağım."

Dünyanın en şahane hediyesi, Hesperid'lerin altın elmaları kadar nadir bir şeydi: Bir Olymposlunun yeminle bağlanmış dostluğu. Her türlü konforunuz, her türlü zevkiniz elinizin altında olurdu. Bir daha hiç korkmazdınız.

Parıldayan o gri nazarlara baktım. Gözleri sallanan, ışığı yakalamak için dönen iki mücevher gibiydi. Eli, benimkini tutmaya hazırmış gibi bana uzatılmış halde gülümsüyordu. Çocuklardan bahsettiğinde, kendi bebesine ninni söylercesine neredeyse ezgili bir sesle konuşmuştu. Ama Athena'nın bebeği yoktu, hiç de olmayacaktı. Sevdiği tek şey mantıktı. Bu da hiçbir zaman bilgelikle aynı şey olmamıştır.

Çocuklar, biri diğerinin yerine geçebilecek tahıl çuvalları değildir.

"Keyfine göre döllenebilecek bir kısrak olduğumu düşündüğün gerçeğini es geçeceğim. Esas gizem, oğlumun ölümünün senin için neden bu kadar önemli olduğu. Kudretli Athena'nın kaçınmak için bu kadar yüksek bir bedel ödemeye razı olduğu ne yapacak oğlum?"

Bütün yumuşaklığı bir anda kayboldu. Eli, çarpılarak kapanan bir kapı gibi geri çekildi. "Bana karşı geliyorsun demek. Otların ve azıcık ilahi gücünle."

Gücü üstüme çöktü ama Telegonos'um vardı ve ondan hiçbir şey karşılığında vazgeçmeyecektim.

"Öyle," dedim.

Dudakları geri çekildi, altındaki beyaz dişler göründü. "Her zaman gözünün önünde tutamazsın oğlunu. Onu eninde sonunda alacağım."

Gitti. Ama yine de söyleyeceğimi söyledim, kocaman boş odaya ve oğlumun rüyadaki kulaklarına. "Neler yapabileceğimi bilmiyorsun."

ON DOKUZ

O gecenin geri kalanı boyunca Athena'nın sözlerini tekrar tekrar aklımdan geçirerek gezindim. Oğlum büyüyüp Athena'nın korktuğu, onu derinden etkileyen bir şey yapacaktı ama ne? Benim de üzüleceğim bir şey olduğunu söylemişti. Bu sözleri düşüne düşüne gezindim durdum ama hiçbir cevap bulamadım. Sonunda kendimi konuyu bir tarafa bırakmaya zorladım. Moria'ların bilmecelerinin peşinde koşmakla elde edilecek bir şey yoktu. Mesele şuydu: Athena durmadan gelecekti.

Neler yapabileceğimi bilmediğini söyleyerek övünmüştüm ama işin aslı bunu ben de bilmiyordum. Onu öldüremezdim, dönüştüremezdim. Onu geçemezdik, saklanamazdık. Öreceğim hiçbir yanılsama bizi onun delici bakışlarından gizleyemezdi. Telegonos çok geçmeden yürüyüp koşacaktı, o zaman onu nasıl güvende tutacaktım. Beynimde kara bir dehşet yükseliyordu. Bir şey düşünemezsem gölde gördüğüm görüntü gerçekleşecek, oğlumun vücudu kefeninin içinde kül gibi ve soğuk yatacaktı.

O günleri ancak bölük pörçük hatırlıyorum. Adada dört döner, çiçekleri söker, yaprakları öğütür, aralarında bana yardım edecek bir şey bulma umuduyla bütün tüyleri, bütün taşları ve kökleri araştırırken dikkatimi toplamaktan dişlerim kenetleniyordu. Topladıklarım evde öbek öbek yığılmış, mutfağın havası tozlar yüzünden zerreciklere bürünmüştü. Gözlerim iri iri açılmış, fazla koşturulmuş bir atın gözleri gibi boş boş bakarken doğruyor ve haşlıyordum. Çalışırken Telegonos'u vücuduma bağlı halde tutuyordum çünkü onu bir yere bırakmaktan korkuyordum. Böyle kısıtlanmaktan nefret ediyor, tombul yumrukları göğsümü döverek haykırıyordu.

Nereye gitsem Athena'nın cildinin demir alazı kokusunu alıyordum. Bana işkence mi ediyordu, yoksa paniğim kokuyu hayal etmeme mi yol açıyordu anlayamıyordum ama bu yüzden üvendireyle dürtülmüş gibi ilerliyordum. Çaresizlik içinde amcalarımın alaşağı edilen Olymposlulara dair anlattıkları bütün hikâyeleri hatırlamaya çalıştım. Anneanneme, deniz nympha'larına, babama haber yollamayı, kendimi ayaklarının dibine atmayı düşündüm. Ama bana yardım etmeye niyetlenseler bile gazabı tutmuş Athena'nın karşısına çıkmaya cesaret edemezlerdi. Aietes ederdi belki ama o da benden nefret ediyordu artık. Ya Pasiphae? Sormaya bile değmezdi.

Hangi mevsimdi, günün hangi saatiydi bilmiyordum. Önümde durmaksızın çalışan ellerimi, lekeli bıçaklarımı masanın üstünde ezilip macuna dönmüş otları, tekrar tekrar kaynattığım malü otunu görüyordum yalnızca. Telegonos başı arkaya düşmüş, hiddetinin kızarıklığı hâlâ yanaklarında, uyuyakalmıştı. Nefes alıp kendimi toparlamak için durdum. Göz kırptığımda göz kapaklarım kaşınıyordu. Duvarlar artık taş gibi görünmüyordu, kumaş gibi yumuşaktılar, içeri doğru bel veriyorlardı. Sonunda bir fikir gelmişti aklıma ama bir şeye ihtiyacım vardı. Hades'in evinden bir yadigâra. Ölüler çoğu tanrının gidemeyeceği bir yere geçmiştir, o yüzden türümüzü canlıların durduramayacağı şekilde durdurabilirler. Ama öyle bir yadigârı ele geçirmenin yolu yoktu. Ruhları idare edenler hariç hiçbir tanrı yeraltı dünyasına ayak basamazdı. Bir sonuç vermeyen düşünceler içinde saatler geçirdim: Ölüler diyarından bir ilahı bir avuç gri asphodel koparmaya ya da Styx'in dalgalarından birazını şişeye doldurmaya nasıl ikna edebileceğimi veya nasıl bir kayık yapıp yeraltı dünyasının kıyısına giderek Odysseus'un numarasıyla ruhları kandırıp dışarı çıkarabileceğimi, sonra dumanlarından birazını yakalayabileceğimi. Bu düşünce Odysseus'un benim için çukurundaki kanla doldurduğu şişeciği hatırlamamı sağladı. Gölgeler aç dudaklarını kana değdirmişti, şişedeki kan hâlâ nefeslerinin kokusunu taşıyor olabilirdi. Şişeyi kutusundan alıp ışığa tuttum. Koyu renk sıvı camın içinde yüzdü. Bir damla damlattım, bütün gün o zayıf kokuyu damıtıp dışarı çıkararak bu damla üstünde çalıştım. Güçlendirmek, biçimlendirmek için malü ekledim. Kalbim kâh ümitle kâh ümitsizlikle atıyordu: İşe yarayacak, yaramayacak.

Telegonos yeniden uyuyana dek bekledim, çünkü o benimle mücadele ederken dikkatimi gerektiği gibi toplayamazdım. O gece iki büyü yaptım. Biri kan damlası ve malüyü taşıyordu, diğerinde adanın kayalıklarından tuz düzlüklerine dek her yerinden parçacıklar vardı. Çıldırmış gibi çalıştım, güneş yükseldiğinde önümde ağzı tıpalı iki şişe duruyordu.

Göğsüm bitkinlikle inip kalkıyordu ama bekleyemezdim, bir an daha bekleyemezdim. Telegonos hâlâ vücuduma bağlı halde en yüksek tepeye tırmandım. Üstüme bastıran gökyüzünün altında çıplak bir taş parçasıydı bu. Ayaklarımı taşa yerleştirdim. "Athena çocuğumu öldürecek, ben de onu savunuyorum," diye bağırdım. "Kirke'nin, Aiaie'nin cadısının gücüne şahitlik edin."

Kan iksirini taşa döktüm. Suya dökülmüş eriyik bronz gibi tısladı. Havada bembeyaz bir duman kabardı, yükseldi, yayıldı. Yoğunlaştı, adanın üstünde dev bir kemer oluşturup bizi örttü. Yaşayan ölülerden bir katman. Athena gelirse, tatlısuyla karşılaşmış bir köpekbalığı gibi tersyüzü dönmek zorunda kalacaktı.

İkinci büyüyü onun altına serdim. Adanın içine, her kuşa, her hayvana, her kum zerresine, her yaprağa ve taşa, her su damlasına örülmüş bir efsundu bu. Hepsini ve karınlarındaki bütün nesilleri Telegonos'un adıyla işaretledim. Athena o dumanı aşacak olursa ada Telegonos'u savunmak için ayağa kalkacaktı, hayvanlar ve kuşlar, dallar ve kayalar, topraktaki kökler. Ondan sonra birlikte savaşacaktık.

Güneşin altında durup bir cevap bekledim: Cızır cızır bir yıldırım. Athena'nın mızrağının kalbimi kayaya mıhlamasını. Biraz nefes nefese kaldığımı duyuyordum. Büyülerin ağırlığı boynumu boyunduruk gibi aşağı çekiyordu. Kendi başlarına ayakta duramayacak kadar büyüklerdi, onları saat saat yanımda taşımak, irademle sarmak ve her ay baştan aşağı yenilemek zorundaydım. Üç gün sürecekti. Adanın her yerinden, kumsaldan, koruluktan, çayırdan parçaları, pulları, kuş ve hayvan tüylerini yeniden toplamak için bir gün. Hepsini karıştırmak için ikinci bir gün. Sakladığım kan damlarındaki ölüm kokusunu çekip çıkarmak için bütün dikkatimi toplayarak geçirdiğim üçüncü bir gün. Bütün bunlar olurken Telegonos bana bağlı halde kıvranıp dönecek, çığlık çığlığa ağlayacak, büyüler omuzlarımı ezerek aşağı bastıracaktı. Bunların hiçbirinin önemi yoktu. Onun için ne olursa yapacağımı söylemiştim, şimdi bunu kanıtlayacak ve gökyüzünü yukarıda tutacaktım.

Bütün sabah gergin bir halde bekledim ama hiçbir cevap gelmedi. Olup bittiğini nihayet anladım. Özgürdük. Sadece Athena'dan değil hepsinden kurtulmuştuk. Büyüler üstümde asılıydı ama kendimi ağırlıksız hissediyordum. İlk defa olarak Aiaie yalnızca bizimdi. Neşeden coşarak diz çöktüm, mücadele eden oğlumu çözdüm. Onu özgür bir halde yere bıraktım. "Güvendesin. Sonunda mutlu olabiliriz."

Ne aptaldım. Benim korkumla, onun bağlı kalmasıyla geçen bütün o günler ödenmesi gereken bir borç gibiydi. Oğlum oturmayı, hatta bir an için durmayı bile reddederek adada son sürat koşturuyordu. Athena'nın önü kesilmişti ama adanın sıradan tehlikeleri yerli yerindeydi, taşlar ve kayalıklar, ellerinden güçbela aldığım sokan yaratıklar. Ona ne zaman uzansam hızla, asice bir uçuruma doğru koşardı. Dünyaya öfkeli görünüyordu. Yeterince uzağa atamadığı taşa, yeterince hızlı koşamayan bacaklarına. Ağaçlara aslanların yaptığı gibi tek bir sıçrayışla tırmanmak istiyor, yapamayınca ağaç gövdelerini yumruklarıyla dövüyordu.

Onu kollarımın arasına almaya, *sabırlı ol, gücün zamanla gelecek*, demeye çalışırdım. Ama haykırarak kendini geriye atar ve hiçbir şeyle teselli olmazdı, parlak bir şey salladığınızda her şeyi unutan çocuklardan değildi. Sakinleştirici şifalı otlar, baharatlı sıcak süt, hatta uyku iksirleri veriyordum ama hiçbir etki göstermiyorlardı. Onu yatıştıran tek şey denizdi. Kendisi gibi huzursuz rüzgâr, kendi hareketleriyle dolu dalgalar. Küçük eli benimkinin içinde suda durup işaret ederdi. Ufuk, derdim. Açık gökyüzü. Dalgalar, gelgitler ve akıntılar. Sesleri günün geri kalanı boyunca kendi kendine fısıldar, onu oradan uzaklaştırmaya, başka bir şey, meyveler ya da çiçekler, küçük bir efsun göstermeye çalıştığımda yüzünü buruşturarak sıçrayıp kaçardı. *Hayır!*

En kötüsü, o iki büyüyü yeniden biçimlendirmek zorunda olduğum günlerdi. Onu yanımda istediğim zaman benden kaçıyordu ama işimin başına oturduğum anda dikkatimi çekmek için ağlayarak topuklarıyla yeri döverdi. Yarın seni denize götüreceğim, diye söz verirdim. Ama bu onun için hiçbir şey ifade etmiyordu, ilgimi isteyerek evi darmadağın ederdi. Artık biraz büyümüştü, askıyla vücuduma asılamayacak kadar büyüktü ve yaratabileceği felaketler de onunla birlikte büyümüştü. Tabaklarla dolu bir masayı devirdi, raflara tırmanıp küçük şişelerimi kırdı. Kurtları ona gözkulak olma işine koştum ama Telegonos onlar için büyük lokmaydı, bahçeye kaçtılar. Paniğimin yükseldiğini hissederdim. Büyü, ben yenisini yapamadan dağılacaktı. Athena bütün gazabıyla gelecekti.

O günlerde ne olduğumu biliyorum: Güvenilmez, tutarsız, kötü yapılmış bir yay. İsyanı, içimdeki her kusuru çırılçıplak ortaya çıkarıyordu. Her bencilliği, her zayıflığı. Bir gün, büyülerin yapılma vakti gelmişken kocaman cam bir kâseyi aldı ve çıplak ayaklarının üstünde tuzla buz etti. Onu kapıp kaldırmak, süpürüp silmek için koştum ama en sevgili arkadaşını elinden almışım gibi hırpaladı beni. Sonunda onu yatak odalarından birine koyup üstüne kapıyı kapatmak zorunda kaldım. Haykırdı, haykırdı, kafasını duvara vuruyormuş gibi bir kütleme sesi geldi. Temizliği bitirip çalışmaya çalıştım ama o sırada benim kafam da kendini duvara çarpmaya başlamıştı. İstediği kadar hiddet nöbeti geçirmesine izin verirsem sonunda yorgun düşüp uyuyacağını düşünüp duruyordum ama gölgeler uzarken o gitgide daha da kendinden geçerek devam ediyor, ediyordu. Gün geçiyordu, büyü yapılmamıştı. Ellerimin kendiliğinden hareket ettiğini söylemek kolay olur ama öyle değildi. Öfkeliydim, alev alev yanıyordum.

Kendi kendime oğlumun üstünde büyü kullanmayacağıma dair yemin etmiştim hep. Aietes'in yapacağı türden bir şey gibiydi bu, kendi irademi onunkine zorla kabul ettirmekti. Ama o anda gelinciği, uyku ilaçlarını, geri kalan her şeyi kaptım, cızırdayana kadar demlendirdim. Odaya gittim. Pencerelerden kopardığı kepenk parçalarını tekmeliyordu. Gel, dedim. İç şunu.

İçti ve parçalama işine döndü. Umurumda değildi artık. Seyretmek neredeyse zevkliydi. Dersini alacaktı. Annesinin ne olduğunu anlayacaktı. Efsunu okudum.

Devrilen bir taş gibi düştü. Kafası yere öyle bir kütlemeyle çarptı ki nefesim kesildi. Yanına koştum. Uyumak gibi olacağını, gözlerinin yavaşça kapanacağını düşünmüştüm. Ama hareketin ortasında donup kalmış vücudu tepeden tırnağa taş kesilmişti, parmakları pençe gibi kıvrılmış, ağzı açıktı. Parmaklarımın altında teni soğuktu. Medeia babasının salonlarındaki kölelerin başlarına geleni anlayıp anlamadıklarını bilmediğini söylemişti. Ben biliyordum. Boş gözlerinin arkasında, şaşkınlığını ve dehşetini hissedebiliyordum.

Korkuyla bağırdım, büyü bozuldu. Vücudu gevşedi, sonra oğlan köşeye kıstırılmış vahşi bir hayvan gibi çılgın ifadeli gözlerle arkasına baka baka teker tokmak benden kaçtı. Ağladım. Utancım kan gibi sıcaktı. Özür dilerim dedim tekrar tekrar. Yanına gitmeme, onu kollarıma almama izin verdi. Kafasını vurduğu yerde belirmiş olan yumruya yavaşça dokundum. Geçirmek için bir sözcük söyledim.

Oda kararmıştı artık. Dışarıda güneş çekilmişti. Cesaret edebildiğim kadar kucağımda tuttum onu, mırıldanarak, ninni söyleyerek. Sonra mutfağa taşıdım, akşam yemeği verdim. Bana yapışmış halde yedi ve canlandı. Aşağı kayıp yeniden koşmaya, kapıları çarpmaya, raflarda elinin yetişebildiği ne varsa yere atmaya başladı. İçimde öyle büyük bir bezginlik hissettim ki yerin dibine gömüleceğimi sandım. Üstelik geçen her anla birlikte Athena'ya karşı yaptığım büyü çözülüyordu.

Omzunun üstünden bana bakıp duruyordu. Sanki yanına gitmem, ona büyü yapmam, vurmam için kışkırtıyordu beni, bilmiyorum. Onun yerine en yüksek rafa uzanıp her zaman istediği kocaman bal çömleğini indirdim. Al, dedim. Al.

Koşup aldı, çömleği kırılana dek yerlerde yuvarladı. Ondan sonra yapışkan gölcüklerin içinde yürüdü, arkasında kurtların yaladığı izler bıraktı. Ben de böylece büyüleri bitirebildim. Onu yıkayıp yatağa taşımak uzun zaman aldı ama sonunda yorganların altına girdi. Küçük sıcak parmaklarını benimkilerin etrafında bükerek elimi tuttu. Suçluluk ve utanç içimi kıyıyordu. Benden nefret etmeli, diye düşündüm. Kaçmalı. Ama benden başka kimsesi yoktu. Nefesleri uzamaya başladı, uzuvları gevşedi. "Niye daha huzurlu olamıyorsun?" diye fısıldadım. "Neden bu kadar zor olması gerekiyor?"

Babamın salonlarının bir görüntüsü cevap verirmişçesine süzülüp yükseldi: Bomboş toprak zemin, obsidiyenin siyah parıltısı. Tahtada hareket eden oyun taşlarının sesi, yanımda babamın altın bacakları. Sessiz ve kıpırtısız dururdum ama her zaman içimde olan kurt gibi açlığı hatırlıyordum. Babamın kucağına tırmanmak, ayağa kalkmak, koşmak, bağırmak, oyun taşlarını tahtadan kaptığım gibi duvarlara çarpmak. Alevler içinde patlamalarına yol açana kadar kütüklere bakmak, meyve için ağaç sallar gibi sırları için babamı sallamak. Ama bunların birini bile yapsaydım hiç merhamet gösterilmezdi. Babam beni yakıp küle çevirirdi.

Ay, oğlumun alnında yatıyordu. Suyla liflerin pek temizleyemediği lekeleri gördüm. Niye huzurlu olacaktı? Ben hiçbir zaman olmamıştım, onu tanıdığım süre içinde babası da olmamıştı. Tek fark, onun yakılmaktan korkmamasıydı.

Takip eden uzun günlerde bu düşünceye beni dalgalardan kurtaracak bir kürekmiş gibi sarıldım. Gerçekten biraz yardımı dokundu. Telegonos öfkeli ve asi bakışlarla, bütün ruhu bana karşı ayaklanmış olarak gözlerini bana diktiğinde bunu düşünüp bir nefes daha alabiliyordum.

Bin yıl yaşamıştım ama o yıllar gözüme Telegonos'un çocukluğu kadar uzun görünmemişti. Erken konuşsun diye dua etmiş, sonra da buna pişman olmuştum çünkü konuşmak, yarattığı fırtınaları dillendirmekten başka bir işe yaramıyordu. Kıvranıp elimden kaçarak hayır, hayır, hayır diye bağırırdı. Sonra, bir an sonra kulaklarımı acıtana kadar *anne* diye haykırarak kucağıma tırmanırdı. Buradayım, derdim, *buradayım*. Ama ona göre yeterince yakın değildi. Bütün gün onunla yürüsem, istediği bütün oyunları oynasam bile dikkatim bir an başka yere yöneldiğinde hiddetlenip bana yapışarak feryada başlardı. O zaman nympha'larıma, kolunu yakalayıp nesi var bu çocuğun diyebileceğim herhangi birine hasret duyardım ama bir sonraki an ona ne yaptığımı, dehşetimin ilk aylarının bütün darbelerinin tepesine inmesine izin verdiğimi görecek kimse olmadığı için memnuniyet duyardım. Öfkeden köpürmesine şaşmamalıydı.

Gel, derdim tatlı dille. Hadi eğlenceli bir şey yapalım. Sana sihir göstereyim. Bu yemişi senin için değiştireyim mi? Ama yemişi savurduğu gibi yeniden denize kaçardı. Her gece uyuduğunda yatağının tepesinde durup kendi kendime şunu söylerdim: Yarın daha iyisini yapacağım. Bazen bunun doğru olduğu bile görülüyordu. Bazen gülerek kumsala koşar, Telegonos keyifle kucağımda otururken dalgaları seyrederdik. Ayakları yine tekmeler savurur, elleri kollarımın derisini yine huzursuzca çekiştirirdi ama yanağı göğsüme dayalı olurdu, nefeslerinin iniş çıkışlarını hissederdim. Sabrım büyüyüp sel olurdu. İstediğin kadar bağır, diye düşünürdüm. Dayanabilirim.

İrade istiyordu, her saat irade. Aslında büyü gibi bir şeydi ama bu büyüyü kendime yapmam gerekiyordu. Telegonos taşkın halinde ulu bir nehirdi, ben de selleri güvenle boşaltacak kanalları her an hazır tutmalıydım. Ona masallar anlatmaya başladım, yiyecek arayan ve bulan bir tavşan, beklediği annesi gelen bir bebek hakkında basit şeyler. Daha fazlası için yaygarayı bastı, ben de devam ettim. Böyle yumuşak masalların kavgacı ruhunu teskin edeceğini umuyordum, belki de ettiler. Bir gün kendisini yere son fırlatmasından beri ayın bir defa gelip geçmiş olduğunu fark ettim. Ay bir kere daha geçti, son çığlık atması da o aylarda bir yerlerdeydi. Ne zaman olduğunu hatırlayabilseydim keşke. Hayır, keşke kendime ne zaman olacağını söyleyebilmiş olsaydım, böylece o umutsuz günlerde bu ufka bakabilirdim.

Zihni yapraklar büyüttü, havadan fışkırıyormuş gibi görünen düşüncelerle sözcükler. Altı yaşındaydı. Çatık kaşları açılmıştı, bahçede birtakım kökleri çekiştirerek çalışmamı seyrediyordu. Elini omzuma koyarak, "Anne," dedi, "şuradan kesmeyi dene." Taşımaya başladığı küçük bıçağı çıkardı, kök ona hemen teslim oldu. "Gördün mü?" dedi ciddiyetle. "Ne kolay."

Denizi hâlâ seviyordu. Her deniz kabuğunu, her balığı tanıyordu. Kütüklerden sal yapıp koyda geziniyordu. Gelgit havuzlarına kabarcıklar üfleyip yengeçlerin kaçışmasını seyrediyordu. Elimden çekerek, "Şuna bak," derdi. "Bunun kadar büyüğünü görmemiştim. En parlağı şu, en siyahı da bu. Şu yengeç bir kıskacını kaybetmişti, şimdi onun yerini almak için öbür kıskacı iyice büyüdü. Akıllıca değil mi?"

Bir kez daha, keşke adada başka biri de olsaydı dedim kendi kendime. Bu defa derdimi dökmek için değil, onu benimle birlikte bağrına basması için. Bak, inanabiliyor musun buna, derdim. Kayalıklardan ve rüzgârdan geçtik. Ona karşı hatalar işledim ama oğlum bu dünyanın tatlı bir mucizesi yine de.

Gözlerimin ıslak olduğunu gördüğü için yüzünü buruşturdu.

"Yengece bir şey olmayacak anne," dedi. "Söyledim ya, kıskacı büyümeye başladı bile. Gel de şuna bir bak. Göz gibi benekleri var. Sence o beneklerle görebiliyor mudur?"

Geceleri artık masallarımı istemiyor, kendi masallarını uyduruyordu. Vahşiliğinin o masallara gittiğini düşünüyorum çünkü her biri acayip yaratıklarla doluydu: Griffon'lar, deniz canavarları, elinden yemek yemeye gelen, maceradan maceraya koşturduğu ya da akıllıca taktiklerle mağlup ettiği khimaira'lar. Belki arkadaş olarak yanında sadece annesi olan bütün çocukların hayal gücü bu kadar kuvvetli olurdu. Bilemiyorum ama bu görüntüleri yaratırken yüzü dikkat kesilirdi. Her geçen gün büyüyordu, sekiz, on, on iki. Bakışları ciddileşti, uzuvları uzadı ve güçlendi. İhtiyar bir adam gibi kıssadan hisse hikâyeler anlatırken parmağıyla masaya vurma huyu vardı. En sevdikleri, cesaretin ve erdemin ödüllendirildiği öykülerdi. *İşte bu yüzden asla ama asla böyle yapmamalısınız, daima bu şekilde, insan şunu kesinlikle bilmelidir ki...*

Kesinliğine, doğru davranışın yanlıştan keskin bir şekilde ayrıldığı, hataların sonuçları olduğu, canavarların yenilgiye uğradığı kolay bir yer olan dünyasına bayılıyordum. Ben öyle bir dünya bilmiyordum ama bana izin verdiği sürece orada yaşardım.

O gecelerden biriydi, yazdı, domuzlar penceremizin altında hafif seslerle eşeleniyordu. On üç yaşındaydı. Güldüm, "Sende babandan daha çok hikâye var," dedim.

Uçmaya bırakmaya korktuğu ender bulunan bir kuşmuşum gibi tereddüt ettiğini gördüm. Babasını daha önce de sormuştu ama her zaman, *henüz değil*, diye cevap vermiştim.

"Hadi sor," diye gülümsedim. "Cevaplayacağım. Zamanı geldi."

"Kimdi?"

"Bu adaya gelen bir prens. Binbir kurnazlığı vardı."

"Neye benziyordu?"

Odysseus'la ilgili anılarımın tuz tadı taşıyacağını zannetmiştim. Oysa onu yeniden canlandırmak zevkliydi. "Koyu renk saçlı, koyu renk gözlü, sakalında kızıllar vardı. Elleri büyük, bacakları kısa ve güçlüydü. Her zaman tahmin ettiğinden daha hızlıydı."

"Niye gitti?"

Sorunun bir meşe fidesi gibi olduğunu düşündüm. Toprağın üstünde basit, yeşil bir filiz ama altında dallı budaklı kökler çukur açıyor, derinlere yayılıyor. Bir nefes aldım.

"Gittiğinde, seni karnımda taşıdığımı bilmiyordu. Memleketinde bir karısı, bir de oğlu vardı. Ama hepsi bu kadarla kalmıyordu. Tanrılarla ölümlüler sonsuza dek birlikte mutlu yaşayamaz. Gitmekle doğru şeyi yaptı."

Düşüncelerle büzülen yüzü. "Kaç yaşındaydı?"

"Kırkını çok geçmemişti."

Saydığını gördüm. "O zaman daha altmış yaşında bile değil. Hâlâ yaşıyor mu?"

Bunu düşünmek tuhaftı: Odysseus'un İthaka kıyısında yürüdüğünü, havayı içine çektiğini. Telegonos doğduğundan beri hayal kurmak için çok az zamanım olmuştu ama gözlerimin önündeki görüntü kanlı canlı, eksiksizdi. "Yaşadığına inanıyorum. Çok güçlüydü. Ruhen yani."

Hazır kapılar açılmışken Telegonos, Odysseus'la ilgili hatırlayabildiğim her şeyi sordu, soyunu, krallığını, karısını, oğlunu, çocukken nelerle uğraştığını, savaştaki başarılarını. Hikâyeler, Odysseus'un anlattığı sırada oldukları kadar canlı bir şekilde hâlâ içimdeydi: Binbir türlü dolambaçlı dalavere ve zorlu durum. Ama bunları Telegonos'a anlatmaya başladığımda tuhaf bir şey oldu. Tereddüt ettiğimi, bazı şeyleri atladığımı, bazı şeyleri değiştirdiğimi fark ettim. Oğlumun yüzü karşımdayken hikâyelerdeki gaddarlıklar daha önce hiç olmadığı kadar apaçık göze çarpıyordu. Macera olarak düşündüğüm bir şey şimdi kanlara bulanmış ve çirkin görünüyordu. Odysseus bile değişmiş gibiydi, korkusuz yerine vurdumduymazdı. Bir hikâyeyi olduğu gibi anlattığım birkaç seferde oğlum suratını asıyordu. Doğru anlatmadın, derdi. Babam asla öyle bir şey yapmaz.

Haklısın, derdim. Baban sansar derisi tolgalı Troyalı casusun gitmesine izin vermiş, adam güvenle evine dönüp ailesine kavuşmuş. Baban sözlerini daima tutardı.

Telegonos ışıl ışıl gülümserdi. "Şerefli bir adam olduğunu biliyordum. Soylu kahramanlıklarının başka hikâyelerini de anlatsana." Ben de başka bir yalan uydururdum. Odysseus bu yüzden bana gücenir miydi? Bilmiyordum, umurumda da değildi. Oğlumu mutlu etmek için daha kötü, çok daha kötü şeyler de yapardım.

O günlerde zaman zaman, benim hikâyelerimi de soracak olursa Telegonos'a ne anlatacağımı merak ederdim. Aietes'i, Pasiphae'yi, Skylla'yı, domuzları nasıl cilalayacağımı düşünürdüm. Fakat uğraşmama gerek kalmadı. Telegonos hiç sormadı.

Adanın uzak yerlerinde uzun saatler geçirmeye başladı. Döndüğünde yüzü kızarmış, çenesi açılmış olur, durmadan konuşurdu. Kolları bacakları uzuyordu, sesindeki çatlamayı duyuyordum. Bana babamı biraz daha anlat, dedi. İthaka nerede? Nasıl bir yer? Buradan ne kadar uzak? Yolda ne tehlikeler var?

Sonbahardı, kış için meyveleri şurupta kaynatıyordum. Ağaçlara istediğim zaman taze çiçekler açtırabilirdim ama bu işi seviyordum, kabarcıklanan şekerler, şeffaf mücevher renkleri, güzel bir mevsimin kavanozlarımda saklanması.

"Anne!" Bağırarak eve daldı. "Bir geminin bize ihtiyacı var. Yarı batmış halde kıyının açığındalar, karaya çıkmazlarsa batacaklar!"

Denizcileri ilk görüşü değildi. Adamızın yanından sık sık gemiler geçerdi. Ama yardım etmek istemesi ilkti. Beni kayalığa sürüklemesine izin verdim. Doğruydu, gemi yana yatmıştı, gövde su alıyordu.

"Gördün mü? Sadece bu seferlik büyüyü kaldırır mısın? Minnettar olacaklardır mutlaka."

Sen nereden bileceksin, demek istedim. *En muhtaç durumdakilerin en nefret ettiği şey minnettarlıktır, sırf kendilerini yeniden iyi hissetmek için ilk fırsatta saldırırlar.*

"Lütfen," dedi. "Ya babam gibi biri varsa?"

"Baban gibi hiç kimse olamaz."

"Batacaklar anne. Boğulacaklar! Burada durup öylece seyredemeyiz, bir şey yapmamız lazım!"

Yüzü acı doluydu. Gözleri yaşlarla perdelenmişti.

"Lütfen anne! Ölmelerini seyretmeye dayanamam."

"Bu seferlik," dedim. "Sadece bu defa."

Rüzgârla taşınan bağrışmaları duyuyorduk. *Kıyı, kıyı göründü!* Gemiyi döndürüp bize doğru yalpaladılar. Telegonos'a, denizciler patikadan eve tırmanırken ortaya çıkmayacağına dair söz verdirdim. Şaraplar içilene dek odasında kalacak, ondan sonra da en ufak işaretimde yeniden gidecekti. Hepsini kabul etti, ne olsa kabul ederdi. Mutfağa gidip eski iksirimi kaynattım. Aynı anda iki odada birden duruyormuşum gibi hissediyordum kendimi. Burada yüz kere karıştırdığım otları karıştırıyordum, parmaklarım eski hareketlerini hatırlıyordu. Şurada da çılgına dönmüş, sıçrayıp duran oğlum vardı. *Nereliler acaba, anlayabiliyor musun? Hangi kayalıklara çarptılar sence? Gemiyi tamir etmelerine yardım edebilir miyiz?*

Nasıl cevap verdiğimi bilmiyorum. Kanım damarlarımda katılaşmıştı. Eskiden yaptığım o buyur etme numarasını hatırlamaya çalışıyordum. *İçeri gelin, elbette yardım edeceğim size. Biraz daha şarap ister misiniz?*

Beklememe rağmen kapı çalınınca irkildim. Açtım, karşımdaydılar: Perişan, aç, her zamanki gibi çaresiz. Kaptan çöreklenmiş bir yılana mı benziyordu? Anlayamadım. Öğürtüler getiren ani bir mide bulantısı hissettim. Kapıyı suratlarına çarpmak istedim ama iş işten geçmişti artık. Beni görmüşlerdi, oğlum da duvara yapışmış, her şeyi dinliyordu. Adamların üzerinde büyü kullanmam gerekebileceği konusunda onu uyarmıştım. Başını sallamıştı. *Elbette anne, anlıyorum.* Ama aslında hiçbir fikri yoktu. Yeniden oluşan kaburgaların çatırtısını, çerçevesinden ayrılan etin ıslak yırtılışını hiç duymamıştı.

Sıralarıma oturdular. Yediler, şarap boğazlarından içeri aktı.

Gözüm hâlâ kaptandaydı. Gözleri hevesliydi. Odada ve benim üstümde dolaşıp duruyorlardı. Adam ayağa kalktı. "Hanımım," dedi. "Adınız? Yemeğimiz için kime saygılarımızı sunmalıyız?"

O zaman yapacak, onları kendilerinden koparacaktım. Ama Telegonos salona giriyordu. Harmaniye giymiş, beline bir kılıç takmıştı. Bir erkek kadar uzun boylu ve dik duruşluydu. On beş yaşındaydı.

"Helios kızı tanrıça Kirke'nin ve oğlu Telegonos'un evindesiniz. Geminizin yan yattığını gördük ve burası ölümlülere genellikle kapalı olmasına karşın adamıza gelmenize izin verdik. Burada kaldığınız sürece size elimizden geldiğince yardım etmekten memnunluk duyacağız."

Sesi çatlaksız, yıllanmış keresteler gibi sağlamdı. Gözleri babasınınkiler kadar koyu renkti ama içlerinde sarı benekler parlıyordu. Adamlar bakakaldı. Ben bakakaldım. Telemakhos'tan senelerce ayrı kalan Odysseus'u düşündüm, oğlunu birden büyümüş halde görmek nasıl bir şok olurdu kimbilir.

Kaptan diz çöktü. "Tanrıçam, yüce efendi," dedi. "Kutsal Moira'lar bizi buraya getirmiş olmalı."

Telegonos adama kalkmasını işaret etti. Masanın başına geçti, tabaklardan yiyecek dağıttı. Adamlar pek az yiyordu. Filizlerin güneşe döndüğü gibi Telegonos'a dönmüşlerdi, yüzleri huşu içinde, hikâyelerini ona anlatmak için birbirleriyle yarışıyorlardı. Böyle bir yeteneğin o zamana dek neresinde saklı olduğunu merak ederek seyrettim. Gerçi ben de elimde çalışabileceğim bitkiler olmadan önce hiç büyü yapmamıştım.

Adamlarla kıyıya gitmesine, onarımlarına yardım etmesine izin verdim. Endişelenmiyordum, daha doğrusu fazla endişelenmiyordum. Adanın hayvanlarına yaptığım büyü onu korurdu ama kendi büyüsü daha koruyucuydu, denizciler büyülenmiş yaratıklara dönmüştü. Telegonos hepsinden gençti ama ağzından çıkan her söze başlarını sallıyorlardı. En iyi korulukların nerede olduğunu, hangi ağaçları kesebileceklerini gösterdi. Akarsularla gölgelikleri gösterdi. Gemilerindeki deliği yamayarak ve karınlarını kilerlerimizden doyurarak üç gün kaldılar adada. Bu süre boyunca Telegonos yanlarından sadece uyudukları zaman ayrıldı. Ona efendim diye hitap ediyor, kendi aralarında ondan efendi diye bahsediyorlar, tavsiyelerine içtenlikle başvuruyorlardı. Sanki Telegonos hayatında ilk defa gemi gövdesi gören bir çocuk değil de doksan yaşında usta bir marangozdu. *Efendi Telegonos, ne dersiniz, bu olur mu, işe yarar mı?*

Yamayı inceledi. "Gayet güzel bence. İyi yapılmış."

Ağızları kulaklarında sırıttılar, yelken açtıklarında da yanlardan sarkıp teşekkürlerini ve dualarını haykırdılar. Gemiyi görebildiği sürece Telegonos'un yüzü ışıl ışıldı. Sonra neşesi söndü.

İtiraf ediyorum, uzun yıllar boyunca belki büyücü olur diye ummuştum. Ona otlarımı, isimlerini ve özelliklerini öğretmeye çalışmıştım. Eskiden belki birinden biri dikkatini çeker diye yanında küçük büyüler yapardım. Ama hiçbir zaman en ufak bir ilgi göstermemişti. Sebebini şimdi anlıyordum. Cadılık dünyayı değiştirir. Telegonos yalnızca dünyaya katılmak istiyordu.

Bir şey söylemeye çalıştım, ne olduğunu bilmiyorum. Ama Telegonos başka tarafa dönmüş, koruluğa yönelmişti bile.

Bütün kışı dışarıda geçirdi, bütün baharı ve yazı da. Güneşin gökteki ilk ışığından batışına dek onu görmüyordum. Birkaç kere nereye gittiğini sordum, ellini muğlak bir şekilde kumsala doğru salladı. Israr etmedim. Meşguldü, durmadan nefes nefese bir yerlere koşturuyor, eve yüzü kızarmış halde, tuniğinde kozalaklarla geliyordu. Omuzlarının güçlendiğini, çene çizgisinin genişlediğini görüyordum. "Kumsaldaki o mağara var ya," dedi. "Babamın gemisini sakladığı. Benim olabilir mi?"

"Buradaki her şey senin," dedim.

"Ama sadece benim olabilir mi? İçeri girmeyeceğine söz verir misin?"

Gençlik mahremiyetlerimin bana ne çok şey ifade ettiğini hatırladım. "Söz veriyorum," dedim.

Benim üstümde de denizcilerin üstünde kullandığı o tılsımları kullanıp kullanmadığını o zamandan beri merak ederim çünkü o günlerde besili bir inek gibiydim, sakindim, hiçbir şey sormuyordum. Bırak yakasını, diyordum kendi kendime. Mutlu, büyüyor. Orada ona nasıl bir zarar gelebilir.

"Anne," dedi. Şafaktan hemen sonraydı, solgun ışık yaprakları ısıtıyordu. Bahçede diz çökmüş yabani otları yoluyordum. Genellikle bu kadar erken kalkmazdı ama doğum günüydü. On altı yaşına gelmişti.

"Sana ballı armut yaptım," dedim.

Elini kaldırıp şerbetten parlayan, yarısı yenmiş bir meyve gösterdi. "Buldum, teşekkür ederim," dedi. Durakladı. "Sana bir şey göstermek istiyorum."

Elimdeki toprakları silip orman patikasından onu takip ederek mağaraya indim. İçeride küçük, neredeyse Glaukos'unki kadar bir tekne vardı.

"Kimin bu?" dedim sert sert. "Neredeler?"

Başını iki yana salladı. Yanakları kızarmıştı, gözleri parlaktı. "Hayır anne, benim bu. Adamlar gelmeden önce düşünmüştüm ama onları gördükten sonra çok daha hızlı çalışabildim. Bana bazı aletlerini verdiler, diğerlerini nasıl yapabileceğimi de gösterdiler. Ne diyorsun?"

Şimdi dikkatle bakınca yelkenin çarşaflarımdan dikildiğini görüyordum. Teknenin kalasları kabaca rendelenmişti, hâlâ kıymık doluydu. Kızmıştım ama içimde hayranlık dolu bir gurur da ışıldıyordu. Oğlum, elinde kaba saba aletlerden ve kendi iradesinden başka hiçbir şey olmadan tek başına yapmıştı bunu.

"Çok hafif," dedim.

Sırıttı. "Gerçekten de öyle, değil mi? Sana bir şey söylememem gerektiğini söyledi ama ben senden bir şey saklamak istemedim. Düşündüm de..."

Yüzümdeki ifadeyi görünce durdu.

"Kim dedi bunu?"

"Sorun yok anne, bana zarar vermek istemiyor. Yardım ediyordu. Eskiden buraya sık sık gelirmiş, öyle dedi. İkiniz eski arkadaşmışsınız."

Eski arkadaş. Bu tehlikeyi nasıl görememiştim? Telegonos'un akşamları eve döndüğünde nasıl neşeli bir sersemlik içinde olduğunu şimdi hatırlıyordum. Eskiden nympha'larım da aynı yüz ifadesiyle dönerdi. Athena büyümü geçemezdi, hayır, yeraltı dünyasında bir gücü yoktu onun. Ama o, o her yere girerdi. Zarlarını atmadığı zamanlar, ruhları kendi eliyle Hades'in kapılarına götürüyordu. Kargaşa tanrısı, değişim tanrısı.

"Hermes benim arkadaşım değil. Sana söylediği her şeyi anlat. Hemen."

Yüzü utançla beneklenmişti. "Bana yardım edebileceğini söyledi, etti de. Çabuk olması gerektiğini söyledi. Yara kabuğunun koparılması gerekiyorsa en iyisi çabucak yapılmasıdır dedi. Yarım ay bile sürmezmiş, bahara dönermişim. Koyda deneme yaptık, gayet sağlam."

Sözleri ağzından öyle hızlı dökülüyordu ki birbirlerinden ayırmak için çaba harcadım. "Ne demek istiyorsun? Neymiş o yarım ay bile sürmeyecek olan?"

"Yolculuk," dedi. "İthaka'ya. Hermes beni canavarların etrafından dolaştırabileceğini söylüyor, yani o konuda korkmana gerek yok. Öğle gelgitinde yola çıkarsam, hava kararmadan bir sonraki adaya varırım."

Nutkum tutulmuştu, dilimi çekip koparmıştı sanki.

Elini koluma koydu. "Merak etmene gerek yok. Güvende olacağım. Hermes baba tarafından atam olduğunu söylüyor. Bana ihanet etmez. Anne, duyuyor musun?" Saçlarının altından endişeyle bana bakıyordu.

Gençliği karşısında kanım damarlarımda buz kesti. Ben hiç bu kadar genç olmuş muydum?

"Hermes yalanlar tanrısıdır," dedim. "Ancak aptallar ona güvenir."

Kızardı ama yüzüne bir isyan ifadesi gelip yerleşti. "Ne olduğunu biliyorum. Tek güvendiğim o değil. Yayımı yanıma aldım. Ayrıca bana biraz mızrak oyunu da öğretti." Köşeye dayalı bir çubuğu işaret etti, ucuna eski mutfak bıçaklarımdan biri bağlanmıştı. Dehşetimi fark etmiş olmalı çünkü, "Kullanmama gerek olacağından değil," diye ekledi. "İthaka yalnızca birkaç günlük mesafede, ondan sonra da babamın yanında güvende olacağım."

Hevesle öne doğru eğiliyordu. Bütün itirazlarımı cevapladığına inanıyordu. Yeni planlarıyla ışıl ışıl parlarken kendisiyle gurur duyuyordu. O sözcükler nasıl da kolayca akmıştı ağzından: *güvende, babam*. Süratli, berrak bir hiddetin içime dolduğunu hissettim.

"İthaka'da hoş karşılanacağını nereden çıkardın? Babanla ilgili hikâyelerden başka bir şey bilmiyorsun. Telemakhos'un piç kardeşinin ortaya çıkmasından hoşlanacağını mı düşünüyorsun?"

Piç lafından biraz irkildi ama cesaretle cevap verdi. "Kızacağını sanmıyorum. Krallığını ya da mirasını elinden almaya gitmiyorum, bunu ona da açıklayacağım. Kış boyunca orada kalacağım, birbirimizi tanımaya zamanımız olacak."

"Bu kadar yani. Karar verildi. Hermes'le ikiniz planları kurdunuz, bundan sonra tek ihtiyacının sana ılımlı rüzgârlar dilemem olduğunu düşünüyorsun."

Ne diyeceğini bilemeden bana baktı.

"Söylesene," dedim, "Her şeyi bilen Hermes, ölmeni isteyen kız kardeşi hakkında neler diyor? Bu adadan dışarı adım attığın anda öldürüleceğin gerçeği hakkında?"

İçini çeker gibi oldu. "Anne, çok uzun zaman önceydi o. Şimdiye kadar unutulup gitmiştir."

"Unutulmuş mudur?" Sesim mağaranın duvarlarını pençeledi. "Salak mısın sen? Athena unutmaz. Seni tek lokmada yutacak. Aptal bir fareyi yutan baykuş gibi."

Yüzü soldu ama cesur yüreğiyle ısrara devam etti. "Şansımı deneyeceğim."

"Denemeyeceksin. Men ediyorum seni."

Bakakaldı. Daha önce onu hiçbir şeyden men etmemiştim. "Ama İthaka'ya gitmem gerekiyor. Tekneyi yaptım. Hazırım."

Ona doğru bir adım attım. "Müsaade et de daha iyi açıklayayım. Gidersen öleceksin. O yüzden yelken açmayacaksın. Denemeye kalkarsan, bu teknen var ya, işte onu yakar, küle çeviririm."

Uğradığı şokla yüzü bomboştu. Dönerek yürüyüp gittim.

O gün yelken açmadı. Ben mutfağımda bir aşağı bir yukarı yürüdüm, o da ormanından çıkmadı. Eve döndüğünde alacakaranlık çökmüştü. Sandık kapaklarını çarptı, yatak örtülerini gürültüyle topladı. Gelmesinin tek sebebi, çatımın altında kalmayacağını bana göstermekti.

Yanımdan geçerken, "Sana erkek muamelesi etmemi istiyorsun ama çocuk gibi davranıyorsun," dedim. "Burada bütün hayatın boyunca koruma altındaydın. Dünyada seni bekleyen tehlikeleri anlamıyorsun. Athena yokmuş gibi yaparak işin içinden çıkamazsın."

Çıraların kıvılcıma hazır olması gibi o da bana hazırdı. "Haklısın. Dünyayı tanımıyorum. Nasıl tanıyayım? Beni gözünün önünden ayırmıyorsun ki."

"Athena tam bu ocağın önünde durdu ve öldürmesi için seni ona vermemi talep etti."

"Biliyorum," dedi. "Yüz kere anlattın. Ama o zamandan beri başka deneme yapmadı, değil mi? Hayattayım, değil mi?"

"Yaptığım ve taşıdığım büyüler sayesinde!" Ayağa kalkıp karşısına dikildim. "Büyülerin kuvvetini korumak için neler yapmak zorunda kaldığımı, düşünüp taşınarak, Athena'nın geçemeyeceğinden emin olmak için büyüleri deneyerek kaç saat harcadığımı biliyor musun?"

"Onları yapmak hoşuna gidiyor."

"Hoşuma mı gidiyor?" Kahkaham gıcırtılıydı. "Hoşuma giden şey kendi işlerimle uğraşmak, ona da sen doğduğundan beri hemen hemen hiç vaktim yok!"

"O zaman git büyülerini yap! Onlarla uğraş, beni de rahat bırak. Dürüst ol, Athena'nın hâlâ kızgın olup olmadığını bile bilmiyorsun. Onunla konuşmayı denedin mi? On altı sene olmuş!"

On altı yüzyıl olmuş der gibi söylemişti bunu. Tanrıların ufkunu, etrafında nesillerin yükselip düşmesini seyretmenin getirdiği merhametsizliği tasavvur edemiyordu. Ölümlüydü ve gençti. Yavaş geçen bir öğleden sonra ona bir sene gibi geliyordu.

Yüzümün ısınarak yanmaya başladığını hissediyordum. "Sen bütün tanrıları benim gibi zannediyorsun. Onları istediğin gibi görmezden gelebileceğini, hepsine hizmetçinmiş gibi davranabileceğini, isteklerinin sadece bir tarafa kovalanacak sinekler olduğunu. Tanrılar sırf zevk için seni ezer. Sırf inat olsun diye ezer."

"Korku ve tanrılar, korku ve tanrılar! Ağzından başka laf çıkmaz. Ama bu dünyada binlerce, binlerce kadın ve erkek yaşıyor, yaşlanıyor. Hatta bazıları mutlu bile oluyor, anne. Umutsuz yüz ifadeleriyle güvenli limanlara yapışıp kalmakla yetinmiyorlar. Ben de onlardan biri olmak istiyorum. Olmaya niyetliyim. Bunu neden anlayamıyorsun?"

Etrafımdaki hava çatırdamaya başlamıştı. "Esas anlamayan sensin. Gitmeyeceksin dedim, konu kapanmıştır."

"Bu kadar mı yani? Hayatım boyunca burada mı kalacağım? Ölene dek? Ayrılmayı denemeyeceğim bile, öyle mi?"

"Gerekirse."

"Hayır!" Yumruğunu aramızdaki masaya indirdi. "Yapmayacağım. Burada benim için hiçbir şey yok. Bir gemi daha gelse de yanaşmalarına izin vermen için sana yalvarsam bile ne fark edecek? Birkaç günlük bir nefes molası, ondan sonra gidecekler, ben de hâlâ kapana kısılmış halde olacağım. Hayat buysa, o zaman ölmeyi yeğlerim. Athena'nın beni öldürmesini yeğlerim, duyuyor musun? Hiç değilse o zaman hayatımda bu adaya ait olmayan bir şey görmüş olurum!"

Gözümün önü bembeyaz kesildi.

"Neyi *yeğlediğin* umurumda değil. Kendi hayatını kurtaramayacak kadar aptalsan, o zaman bunu senin yerine ben yapacağım. Büyülerim yapacak."

İlk defa olarak bocaladı. "Ne demek istiyorsun?"

"Neleri göremediğini bile bilmeyeceksin demek istiyorum. Buradan ayrılmayı bir daha asla aklına getirmeyeceksin."

Bir adım geriledi. "Hayır. Şarabını içmem. Bana vereceğin hiçbir şeye dokunmam."

Ağzımdaki zehirin tadını alıyordum. Sonunda korktuğunu görmek çok zevkliydi. "Bunun beni durduracağını sanıyorsun? Ne kadar güçlü olduğumu hiç anlayamadın sen."

Bakışını hiçbir zaman unutmayacağım. Örtünün kalkmasıyla birlikte karşısında dünyanın gerçek yüzünü gören bir adamın bakışıydı.

Kapıyı çekip açtı, koşarak karanlığa karıştı.

Uzun bir süre orada dikildim, yıldırım çarpmış, köklerine kadar yanmış bir ağaçtım. Sonra kumsala yürüdüm. Hava serindi ama kumlar hâlâ gündüzün sıcaklığını taşıyordu. Onu burada teni tenime dayanmış olarak taşıdığım bütün o saatleri düşündüm. Dünyada özgürce, yanmadan ve korkmadan yürümesini istemiştim, isteğime kavuşmuştum işte. Mızrağını kalbine doğrultmuş amansız bir tanrıça fikrini kafası almıyordu.

Ona bebekliğini, ne kadar öfkeli ve zor bir bebek olduğunu anlatmamıştım. Tanrıların acımasızlıklarıyla, babasının acımasızlıklarıyla ilgili hikâyeler anlatmamıştım. On altı yıldır gökyüzünü başımızın üstünde tutuyordum ve Telegonos bunu fark etmemişti bile. Hayatını kurtaran o bitkileri toplamaya benimle birlikte gelmesi için onu zorlamam gerekirdi. Güç tılsımlarını söylerken ocağın başında durmaya zorlamam gerekirdi. Sessizlik içinde taşıdığım her şeyi, onu güvende tutmak için yaptığım her şeyi anlamalıydı.

İyi de sonra? Ağaçların arasında bir yerlerdeydi, benden saklanıyordu. O büyüler, arzularını içinden meyvelerin arasındaki çürükleri ayırır gibi çekip çıkarmamı sağlayacak büyüler ağzımda öyle kolay yükseliyordu ki.

Çenemi kilitledim. Öfkelenmek, üstümü başımı yırtmak,

feryat figan ağlamak istiyordum. Yarı gerçekleri ve ayartmaları için Hermes'i lanetlemek istiyordum ama Hermes hiçbir şeydi. Eskiden denize bakıp *ufuk* diye fısıldadığı sırada Telegonos'un yüzünü görmüştüm ben.

Gözlerimi kapattım. Kıyıyı o kadar iyi biliyordum ki yürümek için görmeme gerek yoktu. Telegonos çocukken onu güvende tutmak uğruna yapabileceğim şeylerin listesini hazırlardım. Pek eğlenceli bir oyun değildi çünkü cevap her zaman aynıydı: Ne olursa.

Odysseus bir keresinde bana yarası bir türlü iyileşmeyen kralla ilgili bir hikâye anlatmıştı. Ne doktor ne de zaman para ediyormuş yaranın iyileşmesi için. Kral bir kâhine gitmiş ve cevabını almış: Yarayı yalnızca onu açmış olan adam, onu açarken kullandığı mızrakla iyileştirebilirmiş. Böylece kral düşmanını bulana dek topallaya topallaya bütün dünyayı dolaşmış, düşmanı da onu iyileştirmiş.

Keşke Odysseus burada olsaydı da ona sorabilseydim diye düşündüm: İyi de kral onda o kadar derin bir yara açmış olan adamı kendisine yardım etmeye nasıl ikna etmiş?

Cevap başka bir hikâyedeydi. Uzun zaman önce, geniş yatağımda Odysseus'a sormuştum. "Ne yaptın? Akhilleus'la Agamemnon seni dinlemediğinde ne yaptın?"

Ateşin ışığında gülümsemişti. "Kolay. Seni dinlemedikleri yeni bir plan yaparsın."

YİRMİ

Onu zeytinlikte buldum. Battaniyeler, rüyalarında benimle kavga etmeye devam etmiş gibi karmakarışıktı.

"Oğlum," dedim. Sözcük durgun havada yüksek sesle çınladı. Daha şafak sökmemişti ama geldiğini, babamın arabasının tekerleklerinin döndüğünü hissediyordum. "Telegonos."

Gözleri açıldı, elleri beni uzak tutmak için havalandı. Acı, hançerin sivri ucu gibiydi.

"Gidebileceğini ve sana yardım edeceğimi söylemeye geldim. Ancak bazı koşullar olmak zorunda."

Bu sözlerin bana neye mal olduğunu anlıyor muydu? Anlayabileceğini zannetmiyorum. Borçlarını hissetmemek gençliğe verilmiş bir armağandır. Sevinç çoktan içine dolmuştu. Kendini üstüme attı, yüzünü boynuma bastırdı. Gözlerimi kapattım. Yeşil yaprak ve sızmış özsu kokuyordu. On altı yıl boyunca yalnız birbirimizi solumuştuk.

"İki gün erteleyeceksin," dedim. "Ve o iki günde üç şey yapılacak."

Hevesle başını salladı. "Ne olursa." Artık ben kaybettiğime göre yumuşakbaşlıydı. Hiç değilse zaferinde lütufkârdı. Onu eve götürdüm, kollarını otlarla ve şişelerle doldurdum. Her şeyi şıngırdata şıngırdata birlikte teknesine taşıdık. Hemen oracıkta, güvertesinde kesmeye, ezmeye, macunlarımı karıştırmaya başladım. Seyrederek beni şaşırttı. Genellikle ben büyü yaparken bir yerlere kaybolurdu.

"Bu ne işe yarayacak?"

"Koruma."

"Neye karşı?"

"Aklıma gelen her şeye. Athena'nın çağırabileceği her şeye. Fırtına, deniz canavarları, geminin ikiye ayrılması."

"Deniz canavarı mı?"

Renginin biraz solduğunu görünce memnun oldum.

"Bu onu uzakta tutar. Athena sana denizde saldırmak istiyorsa doğrudan kendisi yapmak zorunda kalır ki sanırım yapamıyor çünkü Moira'lar elini kolunu bağlamış. Tekneden ayrılmamalısın, İthaka'ya varır varmaz babana git ve senin için Athena'ya yalvarmasını söyle. Athena babanın koruyucu tanrıçası, belki dinler. Bana yemin et."

"Ediyorum." Gölgelerin arasında yüzü ciddiydi.

Efsunlarımı okuyarak iksirleri bütün kaba tahtalara, yelkenlerin her yerine döktüm.

"Ben de deneyebilir miyim?" dedi.

İksirin kalanını ona verdim. Güvertenin birazını ıslattı, söylediğimi duyduğu sözleri tekrarladı.

Tahtayı dürttü. "İşe yaradı mı?"

"Hayır," dedim.

"Hangi sözcükleri kullanacağını nereden biliyorsun?"

"Benim için anlamı olan şeyleri söylüyorum."

Yüzü, bir kayayı tepeden yukarı doğru itiyormuş gibi çabayla gerilmişti. Tahtalara baktı ve farklı şeyler söyledi, sonra daha başka sözcükler denedi. Güverte değişmedi. Suçlar bakışlarla bana baktı. "Çok zor."

Her şeye rağmen gülmeden edemedim. "Kolay mı zannetmiştin? Dinle. Bu gemiyi yapmaya kalkıştığında, baltanı bir kere havaya kaldırıp bitmesini beklemedin. Her gün, her gün çalışman gerekti. Büyücülük de aynı. Asırlardır emek veriyorum ama hâlâ tam anlamıyla ustalaşamadım."

"Ama dahası da var," dedi. "Ayrıca senin gibi bir büyücü olmadığım için."

Babamı düşündüm. Onca sene önce, ocağımızdaki kütüğü küle çevirip bana söylediği şeyi: *Üstelik bu, güçlerimin en küçüğü.*

"Büyücü olmaman kuvvetle muhtemel," dedim. "Ama sen başka bir şeysin. Henüz bulmadığın bir şey. Gitmenin sebebi de bu."

Gülümsemesi bana Ariadne'nin yaz çimenleri kadar sıcak gülümsemesini hatırlattı. "Evet," dedi.

Onu kumsalın gölgelik bir yerine götürdüm. Telegonos armutların sonuncusunu yerken, ben de taşlarla rotasını çizdim, durakları ve tehlikeleri işaretledim. Skylla'nın yanından geçmeyecekti. İthaka'ya giden başka yollar vardı. Odysseus'un o yolları kullanamaması, Poseidon'un intikamının bir parçasıydı.

"Hermes sana yardım ederse iyi ama asla ona bel bağlamamalısın. Söylediği her şey rüzgâra yazılmıştır. Ve Athena konusunda daima dikkatli olmalısın. Sana başka biçimlerde gelebilir. Güzel bir kız mesela. Ya da yakışıklı bir delikanlı. Sunacağı hiçbir ayartmaya kanmamalısın."

"Anne." Yüzü kızarmıştı. "Babamı arıyorum ben. Tek düşündüğüm o."

Başka bir şey söylemedim. O günlerde birbirimize karşı her zamankinden, kavgamızdan önce olduğumuzdan bile daha yumuşaktık. Akşamları birlikte ocağın başında oturuyorduk. Telegonos'un bir ayağı aslanlardan birinin altına sokulmuş oluyordu. Henüz sonbahardı ama akşamları serin olmaya başlamıştı bile. En sevdiği yemeği yapıyordum, tütsülenmiş otlarla doldurulmuş balık ve peynir. Yemeğini yiyor ve ona nutuk çekmeme izin veriyordu. "Penelope," dedim. "Ona her türlü hürmeti göster. Önünde diz çök, iltifatlar et, hediyeler sun. Ben sana uygun şeyler vereceğim. Mantıklı bir kadın ama hiçbir kadın kocasının gayrimeşru çocuğunun ayağının dibinde olmasından hoşlanmaz. "Telemakhos'a gelince. Ona herkesten fazla dikkat et. Senin yüzünden en çok kayba uğrayacak olan o. Pek çok piç kendi günleri gelince kral olur, o da bunu biliyordur mutlaka. Ona güvenme. Arkanı dönme. Bizzat baban tarafından eğitildi, akıllı ve süratli olacaktır."

"Yay kullanmada iyiyim."

"Meşe ağaçlarına ve sülünlere karşı. Savaşçı değilsin."

Bir nefes aldı. "Neyse, ne denerse denesin güçlerin beni koruyacaktır zaten."

Dehşetle ona bakakaldım. "Aptallaşma. Sana buradan uzakta faydası dokunabilecek hiçbir gücüm yok. Buna bel bağlamak ölüm demektir."

Koluma dokundu. "Anne, sadece onun bir ölümlü olduğunu kastetmiştim. Ben yarım kan sendenim, onunla birlikte gelen numaralarım var."

Ne numarası? Onu sarsmak istedim. Biraz cazibe mi? Ölümlüleri büyüleme becerisi mi? Cüretkâr umutlarıyla dopdolu yüzü kendimi yaşlı hissetmeme neden oldu. Gençliği içinde şişmiş, olgunlaşıyordu. Koyu renk bukleleri gözlerine düşüyordu, sesi kalınlaşmıştı. Kızlarla oğlanlar onu görünce iç geçireceklerdi ama ben yalnızca vücudunda hayatının sona erdirilebileceği binbir değişik yumuşak noktayı görüyordum. Boynunun çıplaklığı ateşin ışığında yakışıksız bir şey gibi görünüyordu.

Başını benimkine yasladı. "Bana bir şey olmayacak, söz veriyorum."

Öyle bir söz veremezsin, diye bağırmak istedim. Hiçbir şey bildiğin yok. Ama kimin hatasıydı bu? Dünyanın yüzünü örtüp ondan saklamıştım. Tarihçesini parlak, gözalıcı renklerle boyamıştım, o da sanatıma âşık olmuştu. Şimdi geri dönüp bütün bunları değiştirmek için çok geçti. Bu kadar yaşlıydım madem, bilge olmalıydım. Kuş elden uçup gitmişken uluyup bağırmanın bir faydası olmadığını bilmeliydim.

***

Üç şey yapmamız gerekiyor, demiştim ona. Ama bunların sonuncusu yalnızca benim içindi. Telegonos soru sormadı. Bir çeşit büyü, diye düşündü, toplamak istediği bir ot. O yatağa gidene dek bekledim, sonra yıldızların ışığında okyanusun kıyısına yürüdüm.

Dalgalar ayaklarımın üstünden kaydı, elbisemin eteklerinde kıvrıldı. Telegonos'un teknesinin beklediği mağaranın yakınlarındaydım. Birkaç saate kadar tekneye binecek, dört köşe bir taş olan çapasını yukarı çekecek, kaba dikişli yelkenini açacaktı. Tatlı bir çocuktu, görebileceğimi bildiği sürece bana el sallayacaktı. Sonra dönecek, umutlarının ucunda yatan küçük, kayalık adayı görebilmek için gözlerini dört açacaktı.

Dedemin salonlarını, Okeanos'un kara akıntılarını, bütün dünyayı dolaşan ulu nehri hatırlıyordum. Bir tanrıda naiad kanı varsa, nehrin dalgalarının arasına kayıp kaya tünellerin arasında ilerleyebilir, bin farklı su yolundan geçip sonunda nehrin denizin hemen altında aktığı yere varabilirdi.

Eskiden oraya giderdik. Aietes'le ikimiz. İki su karşılaştıkları yerde birbirlerine karışmıyor, denizanası kadar kıvamlı bir zar oluşturuyorlardı. O zardan okyanusun karanlığındaki fosfor ışıltılarını seyredebilirdiniz, elinizi üstüne bastırınca da diğer taraftaki şaşkınlık verici derecede soğuk olan derin suları hissedebilirdiniz. Elimizi çektiğimizde parmaklarımız karıncalanır ve tuz tadı taşırdı.

"Bak," demişti Aietes.

Uçsuz bucaksız karanlığın içinde hareket eden bir şeyi göstermişti. Kayarak ilerleyen, gemi kadar kocaman, soluk gri bir gölge. Üstümüze doğru gelmişti, hayaletimsi kanatları siyahın içinde sessizdi. Tek ses, kum zeminde sürünen kemikli kuyruğundan çıkıyordu.

Trygon, demişti kardeşim. Türünün en ulusu ve o da bir tanrı. Dünyanın yaratıcısı Uranos atanın onu buraya güvenlik için koyduğu söylenir çünkü yaratığın kuyruğundaki zehir evrendeki en güçlü zehirmiş. Tek bir dokunuş bir ölümlüyü ânında öldürüyor, ulu tanrıları sonsuz işkenceye mahkûm ediyor. Peki ikincil bir tanrıya ne olur? Yaratık bize ne yapar?

Tekinsiz, yabancı ağzına, suları yaran yassı ağzına bakmıştık. Beyaz solungaçlı karnının üstümüzden geçişini seyretmiştik. Aietes'in gözleri iri ve parlaktı. "Nasıl bir silah yapılır bundan bir düşünsene."

Sürgünümü bozmak üzereydim, bunu biliyordum. Geceyi ve kayan bulutların halamın gözlerini örtmesini bu yüzden beklemiştim. Başarırsam sabaha, yokluğum fark edilmeden önce dönecektim. Başaramazsam, ne yapalım... O zaman muhtemelen cezadan korkacak halde olmayacaktım zaten.

Dalgaların arasına adım attım. Sular bacaklarımın, karnımın üstüne yükseldi. Yüzümün üstüne yükseldi. Ölümlü birinin yapmak zorunda kalacağı gibi kendime taş ağırlıklar bağlamak, suya batmama direncimle mücadele etmek zorunda değildim. Okyanusun sığlıklarında durmaksızın aşağı doğru yürüdüm. Üstümde dalgalar amansız hareketlerine devam ediyordu ama onları hissedemeyecek kadar derindeydim. Gözlerim yolu aydınlatıyordu. Etrafımda kumlar karıştı, bir dil balığı ayağımın altından kaçtı. Başka yaratıklar yanıma yaklaşmadı. Naiad kanımın ya da belki onca yıl cadılığın ardından ellerime yapışıp kalmış zehirlerin kokusunu alıyorlardı mutlaka. Deniz nympha'larıyla konuşmayı deneyip yardımlarını mı isteseydim acaba, diye düşündüm. Ama yapmaya geldiğim şeyden hoşlanacaklarını sanmıyordum.

İyice derinlere ilerledim, kapkara diplere daldım. Bu su benim bir parçam değildi, bunu kendisi de biliyordu. Soğuk kemiklerimi çekiştiriyor, tuz yüzümü yakıyordu. Okyanusun ağırlığı omuzlarıma dağlar gibi yığılıyordu. Ama dayanıklılık her zaman erdemlerimden biri olmuştu, devam ettim. Uzaklarda balinaların ve dev mürekkepbalıklarının suda süzülen cüsseleri ilişti gözüme. Ağzı bronzun keskinleşebileceği kadar keskin olan bıçağımı kavradım ama onlar da uzak durdu.

Sonunda denizin en alçak zeminine ulaştım. Kum öyle soğuktu ki ayaklarımı yakıyordu. Burada her şey sessizdi, sular mutlak bir durgunluk içindeydi. Tek ışık, yüzen aydınlık iplikçiklerden geliyordu. Bilge bir tanrıydı bu. Ziyaretçilerini ondan başka kimsenin yaşamadığı böyle düşmanca bir ortama gelmeye zorluyordu.

Seslendim: "Derinliklerin ulu tanrısı, dünyadan sana meydan okumaya geldim."

Hiçbir ses duymadım. Etrafımda kör edici tuz uçsuz bucaksız yayılıyordu. Sonra karanlık aralandı ve o geldi. Muazzam büyüklükteydi, beyaz ve griydi, güneşin zıt bir tasviri gibi derinliklere gömülmüştü. Sessiz kanatları dalgalanıyor, uçlarından akıntılar süzülüyordu. Gözleri kedi gözü gibi ince, ağzı kansız bir kesikti. Bakakaldım. Suya adım attığımda kendime bunun sadece güreşecek bir başka Minotauros, zekâmla alt edebileceğim bir başka Olymposlu gibi olacağını söylemiştim. Ama şimdi, solgun muazzamlığı karşımda dururken gözüm korkmuştu. Bu yaratık dünyanın bütün diyarlarından daha yaşlı, ilk tuz damlası kadar yaşlıydı. Karşısında babam bile çocuk gibi kalırdı. Böyle bir şeye ancak denizdeki bir yosun parçası kadar karşı koyabilirdiniz. Soğuk bir korku içime doldu. Bütün hayatım boyunca büyük bir dehşetin gelip beni bulacağından korkmuştum. Daha fazla beklememe gerek kalmamıştı. Karşımdaydı.

Ne amaçla bana meydan okuyorsun?

Bütün yüce tanrıların düşünceyle konuşma gücü vardır ama bu yaratığı zihnimde duymak karnımın içini suya çevirdi.

"Zehirli kuyruğunu kazanmaya geldim."

Peki böyle bir gücü niye arzuluyorsun?

"Athena, Zeus'un kızı oğlumun canını almak istiyor. Benim gücüm onu koruyamaz ama seninki korur."

Kırpışmayan gözleri bana dikiliydi. *Kim olduğunu biliyorum güneşin kızı. Denizin dokunduğu her şey eninde sonunda derinliklerde bana gelir. Senin tadına baktım. Bütün ailenin tadına baktım. Erkek kardeşin de bir kere gücümü arzulayarak geldi. Diğer hepsi gibi o da boş ellerle döndü. Savaşabileceğin türde biri değilim.*

İçimi umutsuzluk sardı çünkü doğru söylediğini biliyordum. Derinliklerin bütün canavarları kardeş canavarlarla kavgalarından kalan yara izleriyle doludur. O değildi. Tepeden tırnağa pürüzsüzdü çünkü kadim gücünü aşmaya kimse cüret edememişti. Aietes bile sınırlarının farkına varmıştı.

"Yine de denemek zorundayım," dedim. "Oğlum için."

İmkânsız.

Bu sözcük, ona dair her şey gibi yamyassıydı. Her geçen an irademin sürünerek benden kaçtığını, dalgaların amansız soğuğu ve tanrının kırpışmasız bakışlarıyla azaldığını hissediyordum. Kendimi konuşmaya zorladım.

"Bunu kabul edemem," dedim. "Oğlum yaşamalı."

Bir ölümlünün yaşamında ölüm hariç herhangi bir mecburiyet yoktur.

"Sana meydan okuyamıyorsam, o zaman belki bir şey verebilirim. Karşılık olarak. Bir armağan. Bir görevi yerine getirebilirim."

Ağzının yarığı sessiz bir kahkahayla açıldı. *Sende benim isteyebileceğim ne olabilir?*

Hiçbir şey. Bunu biliyordum. Soluk kedi gözleriyle beni süzdü.

Kanunum her zamankinin aynı, değişmedi. Kuyruğumu alacaksan, önce zehrine maruz kalmalısın. Bedel bu. Oğlun için birkaç ölümlü yıl karşılığında sonsuz acı. Buna değer mi?

Neredeyse sonumu getirecek olan doğumu düşündüm. Sürekli devam ettiğini, hiçbir tedavisinin, iyi gelecek hiçbir merhemin, hiçbir rahatlamanın olmadığını düşündüm.

"Erkek kardeşime de aynısını mı önerdin?"

Fiyat herkes için aynı. Reddetti. Hepsi reddeder.

Bunu bilmek bana bir çeşit kuvvet verdi. "Başka ne koşul var?"

Gücüne artık ihtiyacın kalmadığında kuyruğu dalgaların arasına at ki bana dönebilsin.

"Hepsi bu mu? Yemin eder misin?"

Beni bağlamaya mı çalışacaksın çocuğum?

"Anlaşmaya uyacağını bilmem gerek."

Uyacağım.

Etrafımızda akıntılar hareket etti. Bunu yaparsam Telegonos yaşayacaktı. Önemli olan tek şey buydu. "Hazırım," dedim. "Saldır."

Hayır. Elini zehre kendin daldırmalısın.

Su beni çekiştiriyordu. Karanlık cesaretimi azaltıyordu. Kumlar pürüzsüz değil, kemik parçalarıyla doluydu. Denizde ölen her şey sonunda dinlenmek üzere buraya geliyordu. Cildim diken diken kabardı, sanki üstümden kopup beni terk edecekti. Tanrılar arasında merhamet diye bir şey yoktu, hayatım boyunca bildiğim bir şeydi bu. Kendimi ilerlemeye zorladım. Ayağıma bir şey takıldı. Bir kaburga kafesi. Kendimi kurtardım. Durursam, bir daha asla kıpırdayamazdım.

Kuyruğunun gri deriye karıştığı ek yerine geldim. Üst taraftaki et hastalıklı bir şekilde yumuşak görünüyordu, çürümüş bir şey gibiydi. Belkemiği okyanus tabanında hafifçe hışırdıyordu. Yakından bakınca testere gibi kenarını gördüm, yoğun ve öğürtecek kadar tatlı gücünün kokusunu aldım. Zehir içime girdikten sonra derinliklerden yukarı tırmanmayı başarabilecek miydim? Yoksa oğlum yukarıdaki dünyada ölürken kuyruğu sıkı sıkı tutmuş olarak burada öylece yatıp kalacak mıydım?

Uzatma, dedim kendi kendime. Ama bir gıdım daha kıpırdayamıyordum. Vücudum sağduyusunu devreye sokmuş, mahvoluşa ayak diriyordu. Bacaklarım kaçmak üzere, tökezleyerek kuru dünyanın güvenliğine gitmek üzere gerildi. Tıpkı benden önce Aietes'in ve Trygon'un gücü için gelmiş olan diğer herkesin yaptığı gibi.

Etrafımda bulanık ve karanlık akıntılar vardı. Telegonos'un parlak yüzünü karşıma koydum. Uzandım.

Elim boş suyun içinden geçti, hiçbir şeye dokunmadı. Yaratık yine önümde süzülüyordu, yassı bakışları benimkilerin üstündeydi.

Bitti.

Zihnim o sular kadar kapkaraydı. Sanki zamanda sıçrama olmuştu. "Anlamıyorum."

Zehre dokunacaktın. Bu kadarı yeterli.

Kendimi delirmiş gibi hissediyordum. "Nasıl olabilir bu?"

Ben dünya kadar yaşlıyım ve koşulları kendi zevkime göre ayarlıyorum. Bu koşulları karşılayan ilk kişi sensin.

Kumlardan havalandı. Kanadının çırpınışı saçlarımı okşadı. Durduğunda, kuyruğunun vücuduyla birleştiği ek yeri yeniden karşımdaydı.

Kes. Yukarıdaki etten başla kesmeye, yoksa zehir dışarı sızar.

Sesi sakindi, sanki meyve dilimlememi söylüyordu. Bileğin iç tarafı kadar lekesiz ve narin o deriye baktım. Nasıl bir bebeğin boğazını kestiğimi hayal edemezsem, bu deriyi kestiğimi de hayal edemiyordum.

"Buna izin vermezsin," dedim. "Mutlaka bir numara olmalı. Böyle bir güçle dünyayı kavurabilirim. Zeus'u tehdit edebilirim."

Bahsettiğin dünyanın benim için hiçbir anlamı yok. Kazandın, ödülünü al. Kes.

Sesi ne haşin ne yumuşaktı, yine de kamçı gibiydi. Su üstüme bastırıyor, uçsuz bucaksız derinlikler sonsuz gecelerinin içinde yayılıyordu. Yumuşak eti, pürüzsüz ve gri halde önümde bekliyordu. Yine de kıpırdamadım.

Ele geçirmek için benimle dövüşmeye hazırdın. Gönüllü olunca, almıyor musun?

Midem fokur fokur kaynıyordu. "Lütfen. Bana bunu yaptırma."

Yaptırmayayım mı? Çocuğum, bana gelen sensin.

Elimdeki bıçağın sapını hissedemiyordum. Hiçbir şey hissedemiyordum. Oğlum gökyüzü kadar uzakta görünüyordu. Bıçağı kaldırdım, ağzını yaratığın derisine dokundurdum. Çiçek gibi yırtıldı, kolayca ve çentik çentik. Altın cerahat göllendi, ellerime aktı. Ne düşündüğümü hatırlıyorum: Bunun için kesinlikle lanetleneceğim. İstediğim bütün büyüleri, bütün efsunları yapabilirim ama bundan sonraki bütün günlerimi bu yaratığın kanının akmasını seyrederek geçireceğim.

Son deri parçası ayrıldı, kuyruk elime geldi. Neredeyse ağırlıksızdı ve yakından bakınca yanardöner gibi görünüyordu. "Teşekkür ederim," dedim ama sesim havaydı.

Akıntıların hareket ettiğini hissettim. Kum zerreleri fısıldaştı. Kanatları havalanıyordu. Etrafımızdaki karanlık yaldızlı kanından bulutlarla ışıldadı. Ayaklarımın altında binlerce yılın kemiği vardı. Bu dünyaya bir an daha dayanamayacağım, diye düşündüm.

Öyleyse çocuğum, başka bir dünya yap.

Arkasında altın bir kurdele bırakarak karanlığa kaydı.

Yukarı çıkış, elimdeki ölümle çok uzun sürdü. Hiçbir yaratık görmedim, uzaktan bile. Daha önce benden hoşlanmamışlardı, şimdiyse kaçıyorlardı. Kumsala çıktığımda neredeyse şafak sökmüştü, dinlenecek zaman yoktu. Mağaraya gidip Telegonos'un mızrak olarak kullandığı eski çubuğu buldum. Ellerim hâlâ biraz titreyerek bıçağı mızrağın ucuna bağlayan kordonu çözdü. Çubuğun eğri gövdesine bakarak biraz durakladım, acaba yeni bir sap mı bulsam diye düşündüm. Ama Telegonos bununla çalışmıştı, çarpık da olsa alışkın olduğu şeyi kullanmanın daha güvenli olacağına karar verdim.

Omurga kemiğini tabanından yumuşakça tuttum. Berrak bir sıvıyla kaplanmıştı. Onu sicim ve büyüyle çubuğun ucuna tutturdum, sonra üstüne zehiri ucunda tutsun diye malüyle büyülenmiş deri bir kılıf geçirdim.

Uyuyordu, yüzü pürüzsüz, yanakları hafifçe pembeydi. Uyanana kadar onu seyrettim. İrkildi, sonra gözlerini kıstı. "O ne?"

"Koruma. Sapından başka hiçbir yere dokunma. Bir çizik insanlara ölüm, tanrılara sonsuz işkence demek. Her zaman kılıfında tut. Sadece Athena ya da korkunç bir tehlike için. Sonra bana geri gelmesi gerekiyor."

Korkusuzdu, her zaman korkusuz olmuştu. Hiç tereddüt etmeden uzandı, sapı avucuna aldı. "Bronzdan hafif. Ne bu?"

"Trygon'un kuyruğu."

Canavar masalları her zaman en sevdikleriydi. Bana bakakaldı. "Trygon mu?" Sesi hayranlıkla doluydu. "Ondan kuyruğunu mu aldın?"

"Hayır," dedim. "Bir bedel karşılığında kendisi verdi." Okyanusun derinliklerini lekeleyen o altın kanı düşündüm. "Yanında taşı ve hayatta kal."

Gözleri yerde, önümde diz çöktü. "Anne," diye başladı. "Tanrıçam..."

Parmaklarımı ağzına koydum. "Hayır." Onu ayağa kaldırdım. Benim kadar uzun boyluydu. "Şimdi başlama. Ne sana yakışır ne de bana."

Gülümsedi. Masada birlikte oturduk, hazırladığım kahvaltıyı bitirdik, sonra gemiyi hazırladık, erzakla, misafirlik hediyeleriyle doldurduk, suyun kıyısına çektik. Yüzü her geçen dakika aydınlanıyor, ayakları yere değmiyordu. Onu son bir defa kucaklamama izin verdi.

"Odysseus'a selamlarını ileteceğim," dedi. "Dönüşümde sana bir sürü hikâye getireceğim, anne, inanamayacağın hikâyeler. O kadar çok hediye alacağım ki güverteyi göremeyeceksin."

Başımla onayladım. Parmaklarımı yüzüne sürdüm. Gitti, gerçekten de görüş alanımdan çıkana kadar el salladı.

YİRMİ BİR

O sene kış fırtınaları erken geldi. Yağmur, yeri pek ıslatmayan iğne gibi damlalar halinde yağıyordu. Arkasından sert bir rüzgâr geldi, ağaçların yapraklarını bir günde döktü.

Adamda ne kadar zamandır yalnız kalmamıştım... Sayamadım. Bir asır? İki? Telegonos yokken on altı senedir bir kenara bıraktığım her şeyi yapacağımı söyledim kendime. Şafaktan alacakaranlığa dek büyülerim üstünde çalışacak, kök çıkaracak, yemek yemeyi unutacak, bodur sapları hasat edip yığınlar tavana yükselene dek sepet örecektim. Her şey huzurlu olacak, günler geçip gidecekti. Dinlenme zamanı.

Bunun yerine, gözlerimi ta İthaka'yı görmek için zorlayabilecekmişim gibi açıklara bakarak kumsalı arşınlıyordum. Anları sayıyor, her birini Telegonos'un yolculuğuyla karşılaştırarak ölçüyordum. Şimdi tatlı su almak için duracaktı. Şimdi adayı görecekti. Saraya varmış, Odysseus'un önünde diz çökmüştü. Odysseus da... Ne? Gidişinden önce, hamile olduğumu ona söylememiştim. Ona çok az şey anlatmıştım. İkimizin bir çocuğu olması hakkında ne düşünecekti?

Her şey yolunda gidecek, diye temin ettim kendimi. Telegonos gurur duyulacak bir çocuk. Odysseus onun niteliklerini açıkça görecek, tıpkı Daidalos'un tezgâhını hemen fark ettiği gibi. Onu kanatlarının altına alacak, ölümlü erkeklerin sanatlarını öğretecek. Kılıç, okçuluk, avcılık, konseylerde konuşma. Telegonos ziyafetlere katılacak, babasının gururlu bakışları altında İthakalıları büyüleyecekti. Penelope ile Telemakhos'un kalpleri bile kazanılacaktı. Belki saraylarında kendilerine bir yer edinir, ikimizin arasında gidip gelirdi, böylece güzel bir hayatı olurdu.

Ya başka ne olacak, Kirke? Griffon'lara mı binecekler? Hepsi ölümsüz mü olacak?

Hava kırağı kokuyordu, gökyüzünden bir iki tanecik süzülerek indi. Aiaie'nin yamaçlarından binlerce, binlerce kere geçmiştim. Çıplak kollarını birbirine dolamış ak ve kara kavaklar. Kızılcıklar ve dökülmüş meyveleri hâlâ yerde büzüşmekte olan elma ağaçları. Belime gelen eğreltiotları, kuruyan tuzla ağarmış deniz taşları. Başımın üstünde aşağıya doğru dalan karabataklar dalgalara sesleniyordu. Ölümlüler böyle doğal harikaları değişmez, sonsuz diye nitelendirmeyi sever ama ada sürekli değişiyordu, gerçek buydu, kuşaklar boyunca durmaksızın akıyordu. Ben buraya geleli üç yüz küsur yıl geçmişti. Tepemde çatırdayan meşe ağacının fidan halini biliyordum. Kumsalda sular çekilip geri geliyor, kavisler her kış mevsimiyle değişiyordu. Kayalıklar bile değişmiş, yağmur ve rüzgârla, sayısız kertenkelenin çentik atan pençeleriyle çatlaklara sıkışıp filizlenen tohumlar oyulmuştu. Her şey doğanın nefesinin sürgit devam eden iniş kalkışlarıyla birleşiyordu. Ben hariç her şey.

On altı yıl boyunca bu düşünceyi bir kenara itmiştim. Telegonos da Athena'nın tehditleriyle dolu huzursuz bebekliğiyle, sonra öfke krizleriyle ve tomurcuklanan gençliğiyle, her gün arkasında bıraktığı hayatın kirli detaylarıyla bunu kolaylaştırmıştı. Yıkanması gereken tunikler, pişirilen yemekler, değiştirilen çarşaflar. Ama şimdi o yokken, gerçeğin başını kaldırdığını hissediyordum. Telegonos, Athena'nın elinden kurtulup hayatta kalsa bile, İthaka'ya kadar onca yolu gidip geri dönmeyi başarsa bile onu kaybedecektim. Gemi kazası ya da hastalıkla, ayaklanma ya da savaşla. Umabileceğimin en iyisi, vücudunun organlarının teker teker iflas etmesini seyredebilmekti. Omuzlarının çökmesini, bacaklarının titremesini, karnının içine göçmesini. Sonunda da ak saçlı cesedinin başında durup alevlere atılmasını seyretmek zorunda kalacaktım. Önümdeki tepelerle ağaçlar, kurtlarla aslanlar, kayalarla narin tomurcuklar, Daidalos'un tezgâhı, hepsi silinmekte olan bir rüya gibi dalgalandı. Altlarında gerçekten yaşadığım yer vardı, bitmeyen bir kederden oluşan soğuk bir sonsuzluk.

Kurtlarımdan biri ulumaya başlamıştı. "Sus," dedim. Ama sesi duvarlardan yankılanarak, kulaklarımı tırmalayarak devam etti. Ateşimin karşısında, başım ocağın taşlarına dayanmış halde uyuyakalmıştım. Gözlerim bulanık görerek, cildime battaniyemin dokusunun izi çıkmış halde doğrulup oturdum. Pencerelerden içeri haşin ve solgun kış ışığı doluyor, gözlerime batıyor, yerde diz hizasında gölgeler bırakıyordu. Yeniden uyumak istiyordum ama kurt inleyip ulumayı sürdürdü, sonunda kendimi ayağa kalkmaya zorladım. Kapıya gidip ardına kadar açtım. İşte!

Kurt yanımdan hızla geçti ve koşarak açıklığı aştı. Arkturos diyorduk ona. Hayvanların çoğunun adı yoktu ama bu dişi kurt Telegonos'un gözdesiydi. Hayvan yukarı, kumsala bakan kayalığa koştu. Kapıyı açık bırakıp peşinden gittim. Pelerin giymemiştim, Arkturos'un tepede durduğu yere tırmanırken yükselen fırtına rüzgârları beni yumrukluyordu. Denizler kışın en azgın halindeydi, tepeleri köpüklü dalgalar vahşice ilerleyip çekiliyordu. Bir denizci ancak mutlak bir zorunluluk halinde denize açılırdı. Yanıldığımdan emin bir halde dikkatle baktım. Ama bir gemi vardı. Telegonos'un gemisi.

Ağaçların ve çıplak dikenli çalıların arasından aşağı koştum. Boğazımda dehşet ve neşe birbirleriyle itişiyordu. Döndü. Çok erken döndü. Bir felaket oldu mutlaka. Öldü. Değiştirildi.

Defnelerin arasında çarpıştık. Onu yakaladım, kollarımın

arasına çektim, yüzümü omzuna bastırdım. Tuz kokuyordu ve eskisinden daha iri gibiydi. Duyduğum ferahlıkla sinirlerim boşanmış halde ona yapışıp kaldım.

"Döndün bile."

Cevap vermedi. Başımı kaldırıp yüzüne baktım. Bitkin, bereli ve uykusuzdu. Mutsuzlukla doluydu. İçime bir telaş doldu. "Ne oldu? Sorun ne?"

"Anne. Anlatacağım."

Sesi boğulur gibiydi. Arkturos kendini Telegonos'un dizlerine bastırdı ama Telegonos kurda dokunmadı. Bütün vücudu buz gibi ve katıydı. Benimki de onunla birlikte üşüdü.

"Anlat," dedim.

Ama nutku tutulmuştu. Hayatında onca hikâye anlatmıştı ama bu defaki kayaların içindeki cevher gibi içinde takılıp kalmıştı. Elini tuttum. "Her neyse, yardım edeceğim."

"Hayır." Hızla benden uzaklaştı. "Öyle deme! Konuşmama izin vermelisin."

Yüzü, zehir içmiş gibi griydi. Rüzgâr hâlâ esiyor, giysilerimizi çekiştiriyordu. Aramızdaki o çıplak mesafeden başka hiçbir şey hissedemiyordum.

"Vardığımda orada değildi. Babam." Yutkundu. "Saraya gittim, av gezisine çıktığını söylediler. Orada kalmadım. Bana söylediğin gibi gemimde kaldım."

Başımla onayladım. Tek kelime söylersem çökeceğinden korkuyordum.

"Akşamları kumsalda biraz yürüyordum. Mızrağı da her zaman yanıma alıyordum. Gemide bırakmak hoşuma gitmiyordu. İstemediğim..."

Yüzü kasıldı.

"Gemi günbatımında geldi. Benimki gibi küçük bir şeydi ama hazinelerle doluydu. Gemi dalgaların arasında yalpalarken içindekiler ışıldıyordu. Zırhlar sanırım, bazı silahlar, kadehler. Kaptan demir attı ve pruvadan kıyıya atladı."

Gözlerime baktı.

"Hemen anladım. O mesafeden bile. Tahmin ettiğimden kısa boyluydu. Omuzları ayı omuzu gibi genişti. Saçları hepten kırlaşmıştı. Herhangi bir denizci olabilirdi. Nasıl anladığımı söyleyemem. Sanki... Sanki bunca zamandır gözlerim tam da o figürü görmek için beklemişti."

O hissi biliyordum. Kollarımdaki oğluma ilk defa bakarken ben de aynı şeyi hissetmiştim.

"Ona seslendim ama bana doğru geliyordu zaten. Diz çöktüm. Sanmıştım ki..."

Yumruğunu cildini delip geçmek istermiş gibi çenesine bastırıyordu. Kendine hâkim oldu.

"O da beni tanıdı zannettim. Ama bağırıyordu. Mallarını çalamayacağımı, topraklarını yağmalayamayacağımı söyledi. Bana bir ders verecekmiş, öyle dedi."

Telegonos'un nasıl afalladığını tahmin edebiliyordum. Daha önce hayatı boyunca hiçbir şeyle suçlanmamıştı.

"Bana doğru koşuyordu. Yanlış anladığını söyledim. Oğlunun, prensin iznini aldığımı söyledim. Daha çok kızdı. Bu ülkenin hükümdarı benim dedi."

Rüzgâr bizi hırpalıyordu, Telegonos'un cildi diken diken olmuştu. Kolumu ona dolamaya çalıştım ama meşe ağacına sarılmaya çalışsam da aynı şeydi.

"Tepemde dikildi. Yüzü çizgilerle dolu ve tuz lekeliydi. Kolunda bir sargı vardı, üstüne kan sızıyordu. Beline bir bıçak takmıştı."

Gözleri, yeniden o kumsalda diz çöküyormuş gibi uzaklara dalmıştı. Odysseus'un yara izleriyle dolu, yüz küçük kesikten iz taşıyan kollarını hatırladım. Yakın mesafeden dövüşmeyi severdi. Koluna darbe almak karnına almaktan iyidir, derdi. Odamın karanlığındaki gülümsemesi. *O kahramanlar. Doğruca üstlerine koştuğumda yüzlerinde beliren ifadeyi bir görmelisin.*

"Mızrağımı bırakmamı istedi. Yapamayacağımı söyledim ama bırak diye bağırıp duruyordu, bırak, bırak. Sonra atılıp mızrağı yakaladı."

Sahne zihnimde canlandı. Ayı omuzları, şerit kaslı bacaklarıyla daha sakalı bitmemiş oğluma doğru atılan Odysseus. Ondan sakladığım bütün o hikâyeler kafama üşüştü. Odysseus'un başkaldıran Thersites'i dövüp bayıltması. Dikkafalı Eurylokhos'un mor gözlerle ve şiş bir burunla dolaştığı onca zaman. Odysseus, Agamemnon'un kaprislerine sonsuz bir sabır gösteriyordu ama kendisinden aşağı rütbede olanlara karşı kış fırtınaları kadar haşin davranabilirdi. Dünyadaki bütün bu cehalet onu yoruyordu. Kendi amaçları doğrultusunda tekrar tekrar dizgine vurulması gereken bir sürü inatçı irade, her gün kendi umutlarından uzaklaştırılıp Odysseus'unkilere yöneltilmesi gereken bir sürü budala yürek. Hiçbir ağız o kadar ikna edici olamazdı. Kestirme yollara başvurulması şarttı, Odysseus da bu yolları buluyordu. Yunanların En İyisi'nin yoluna çıkma cüretini gösteren şikâyetçi küçük bir ruhu ezmek bir tür zevk kaynağı bile olabilirdi.

Peki, Yunanların En İyisi oğluma bakarken ne görürdü? Korkusuz, tatlı bir mizaç. Hayatında başka birinin iradesine asla boyun eğmemiş genç bir adam.

Fazla çekiştirilmiş bir ip gibi hissediyordum kendimi, dayanılmaz derecede gergindim. "Ne oldu?"

"Koştum. Saraya doğru. Oradakiler bir zarar vermeye niyetli olmadığımı ona söyleyebilirdi. Ama o kadar hızlıydı ki anne."

Odysseus'un kısa bacakları insanı aldatırdı. Ondan süratli olan sadece Akhilleus vardı. Troya'da bütün koşu yarışlarını kazanmıştı. Bir keresinde güreşte Aias'ı devirmişti.

"Mızrağı yakalayıp beni geri çekti. Deri kılıf uçtu gitti. Bırakmaya korktum. Korktum çünkü..."

Telegonos kanlı canlı karşımda duruyordu ama içime gecikmeli bir paniğin dolduğunu hissettim. Ne kadar kılpayı kurtulmuştu. Mızrak elinde dönseydi, bir yerini çizseydi...

İşte o zaman anladım. O zaman anladım. Yakılmış bir tarlayı andıran yüzü. Kederle çatlayan sesi.

"Dikkatli olsun diye bağırdım. Söyledim anne. Sakın bir yerine değmesin dedim. Ama mızrağı çekip elimden aldı. Küçücük bir çizikti. Ucu yanağına değdi."

Trygon'un kuyruğu. Telegonos'un ellerine verdiğim ölüm.

"Yüzü... Duruverdi. Düştü. Zehiri silmeye çalıştım ama yara bile yoktu. Seni anneme götüreceğim dedim, o yardım eder. Dudakları bembeyazdı. Onu kucakladım. Tanrıça Kirke'den doğan oğlunum ben senin dedim. Duydu. Bence duydu. Bana baktı... Tam gitmeden önce."

Ağzım bomboştu. Her şey sonunda açıklığa kavuşuyordu. Athena'nın zırhlı çaresizliği, Telegonos'un yaşamasına pişman olacağımı söyleyen katı yüzü. Sevdiği birine zarar vereceğinden korkuyordu. Athena'nın en sevdiği kimdi peki?

Elimi ağzıma bastırdım. "Odysseus."

Telegonos bu sözcük karşısında lanetten çekinirmiş gibi büzüldü. "Onu uyarmaya çalıştım. Çalıştım..." Boğulurcasına sustu.

Kim bilir kaç gece beraber yattığım adam, benim gönderdiğim silahla ölmüştü, oğlumun kollarında ölmüştü. Moira'lar bana gülüyordu, Athena'ya, hepimize gülüyordu. En sevdikleri tatsız şakaydı bu: Kehanete karşı mücadele edenler, onu boyunlarına daha sıkı geçirmekten başka bir şey yapamazdı. Pırıltılı tuzak kapanmış ve hayatında hiç kimseyi incitmemiş olan zavallı oğlum tuzağa yakalanmıştı. Bütün o boş saatler boyunca yüreğindeki o ezici suçlulukla denizde yol almıştı.

Ellerim uyuşuktu ama onları zorla hareket ettirdim. Telegonos'u omuzlarından yakaladım. "Dinle," dedim. "Dinle beni. Kendini suçlayamazsın. Uzun süre önce çizilmiş bir kaderdi bu, yüz farklı yolla çizilmişti. Odysseus bir keresinde bana kaderinde denizden gelen bir ölümle ölmek olduğunu söylemişti. Gemi kazası anlamına geldiğini düşündüm, başka bir şeyi aklıma getirmedim bile. Kördüm."

"Athena'nın beni öldürmesine izin verseydin keşke." Omuzları düşmüştü, sesi donuktu.

"Hayır!" O kötü düşünceyi silkip atabilirmişim gibi sarstım

onu. "Kesinlikle yapmazdım. Asla. O zaman bilseydim bile. Dinliyor musun?" Umutsuzluk sesimi tarazlıyordu. "Hikâyeleri biliyorsun. Oidipus, Paris. Anne babaları onları öldürmeye çalıştı ama yine de kaderlerine katlanmak üzere yaşadılar. Hayatın boyunca bu yolda yürüdün. Bununla teselli olmalısın."

"Teselli mi?" Başını kaldırdı. "Öldü o, anne. Babam öldü."

Eskiden beri yaptığım hata. Ona yardım etmek için öyle hızlı koşuyordum ki durup düşünmüyordum. "Ah, oğlum," dedim. "Büyük bir ıstırap. Aynı acıyı ben de hissediyorum."

Ağladı. Yüzüne dayalı omzum ıslandı. Çıplak dalların altında benim tanıdığım, onunsa tanıyamadığı adam için birlikte yas tuttuk. Odysseus'un büyük, çiftçi elleri. Tanrılarla ölümlülerin aptallıklarını incelikle anlatan sakin sesi. Her şeyi gören ama çok az şeyi açığa vuran gözleri. Hepsi yok olmuştu. Uysal değildik ama birbirimize iyi davranmıştık. Başka kimsemiz yokken o bana güvenmişti, ben de ona. Oğlumun yarısıydı. Telegonos bir süre sonra geri çekildi. Yaşları azalmıştı ama sonra yine geleceklerini biliyordum.

"Umudum vardı..." Sesi söndü ama ne söyleyeceği açıktı. Çocuklar ne umar? Anne babalarının gururla ışıl ışıl parlamasını. Bu umudun ölmesinin ne kadar acı verici olduğunu biliyordum.

Elimi yanağına koydum. "Yeraltı dünyasındaki gölge suretler yaşayanların yaptıkları iyi şeyleri öğrenir. Kin beslemeyecek. Senden haberi olacak. Gurur duyacak."

Etrafımızda ağaçlar sallandı. Rüzgâr yön değiştirmişti. Amcam Boreas, buz gibi nefesini dünyaya üflüyordu.

"Yeraltı dünyası," dedi. "Bunu düşünmemiştim. Orada olacak. Öldüğümde onu görebileceğim. O zaman beni affetmesi için yalvarabilirim. Sonsuz zamanımız olacak. Öyle değil mi?"

Sesi umutla canlanmıştı. Gözlerindeki resmi gördüm: Asphodel çayırlarından ona doğru yürüyen büyük kaptan. Telegonos duman gibi dizlerinin üstüne çökecek, Odysseus kalkmasını işaret edecekti. Ölüler evinde yan yana oturacaklardı. Asla gidemeyeceğim yerde yan yana.

Bunun kederi boğazımdan yukarı tırmanıyor, beni yutmakla tehdit ediyordu. Oğlum uğruna, eziyet getirecek zehre dokunmaya kalkmıştım, onu bir nebze olsun teselli etmek için o basit sözcükleri söyleyemeyecek miydim?

"Öyle," dedim.

Göğsü şişti ama sakinleşiyordu. Yanaklarındaki lekeleri sildi. "Onları getirmemin sebebini anlıyorsun tabii. Yaptığım şeyden sonra onları terk edemezdim. Benimle gelmek istemişlerken yapamazdım. Çok yorgunlar ve onlar da yas tutuyor."

Ben de bitkindim, çok nöbet tutmuş, birbiri ardına inen dalgalarla hırpalanmıştım. "Kimler?"

"Kraliçe," dedi. "Bir de Telemakhos. Gemide bekliyorlar."

Dallar etrafımda eğildi. "Onları buraya mı getirdin?"

Sesimin keskinliği karşısında gözlerini kırpıştırdı. "Elbette. Getirmemi istediler. İthaka'da onlar için hiçbir şey kalmamıştı."

"Hiçbir şey kalmamış mıydı? Telemakhos kral oldu, Penelope de dul kraliçe artık. Niye ayrılsınlar oradan?"

Telegonos kaşlarını çatmıştı. "Öyle dediler. Yardıma ihtiyaçları olduğunu söylediler. Soru mu sorsaydım?"

"Nasıl sormazsın?" Nabzım boğazımda atıyordu. Odysseus'un sesini yanımda duruyormuşçasına duydum. *Beni yere sermiş olan adamları bulacak. Karşılarına dikilip, 'Odysseus'un kanını dökmeye cüret ettiniz, şimdi de sizin kanınız dökülecek,' diyecek.*

"Telemakhos seni öldürmeye yeminlidir!"

Telegonos bakakaldı. İntikam alan oğullara dair onca hikâye duymuştu ve hâlâ şaşırıyordu. "Hayır," dedi ağır ağır. "İsteseydi yolda öldürebilirdi beni."

"Bu hiçbir şeyi kanıtlamaz," dedim. Sesim pürüzlüydü. "Babasının binbir hüneri vardı, bunların birincisi de dostmuş gibi davranmaktı. Belki ikimize birden zarar vermeye niyetlidir. Belki düşüşünü seyretmemi istiyordur."

Biraz önce birbirimize sarılıyorduk ama şimdi Telegonos geri çekilmişti.

"Kardeşimden bahsediyorsun," dedi.

Dudaklarında o sözcük, *kardeşim*. Ariadne'nin ellerini Minotauros'a uzatışını ve ensesindeki izi düşündüm.

"Benim de kardeşlerim var," dedim. "Ellerine düşecek olsaydım bana neler yaparlardı biliyor musun?"

Babasının mezarının üstünde duruyorduk ama hâlâ aynı eski kavganın içindeydik. Tanrılar ve korku, tanrılar ve korku.

"Babamın kanından dünyada geriye kalmış tek kişi o. Onu geri çevirmeyeceğim." Nefesleri havaya haşince fırlıyordu. "Yaptığımı geri alamam ama hiç değilse bu kadarını yapabilirim. Bizi kabul etmezsen giderim. Onları başka bir yere götürürüm."

Yapardı, ona hiç şüphem yoktu. Onları uzaklara götürürdü. O eski hiddetin, ona herhangi bir zarar gelmesine izin vermektense dünyayı yakıp yıkacağına yemin eden hiddetin içimde yükseldiğini hissettim. Onun sayesinde Athena'ya karşı durmuş ve gökyüzünü başımızın üstünde tutmuştum. Işıksız derinliklere yürümüştüm. Bütün vücudumu saran o sıcak dalganın zevkli bir tarafı vardı. Zihnim yakıp yıkma görüntüleriyle dolup taşıyordu: Dünya döne döne karanlığa fırlatılıyor, adalar denizlerin altında boğuluyor, düşmanlarım dönüştürülüp ayaklarımın dibinde sürünüyordu. Ama şimdi bu hayalleri kovaladığımda, oğlumun yüzü hiçbirinin kök salmasına izin vermiyordu. Dünyayı yakarsam, o da içinde yanacaktı.

Nefes aldım, tuzlu havanın içime dolmasına izin verdim. Öyle güçlere ihtiyacım yoktu, henüz yoktu. Penelope ile Telemakhos akıllı olabilirlerdi ama Athena değillerdi, üstelik Athena'yı on altı sene boyunca engellemiştim. Telegonos'u adada koruyan büyüler hâlâ yerli yerindeydi. Kurdu yanından asla ayrılmıyordu. Aslanlarım kayalıklarından seyrediyordu. Ben de buradaydım, cadı annesi.

"Gel o zaman," dedim. "Onlara Aiaie'yi gösterelim."

Güvertede bekliyorlardı. Arkalarında, güneşin solgun diski soğuk gökyüzünde parlıyor, yüzlerini gölgelere boğuyordu. Bunu bilerek yapıp yapmadıklarını merak ettim. Odysseus bir kere bana düellonun yarısının ışığın, düşmanının gözlerini hançerlemesini sağlamaya çalışarak güneşin etrafından manevra yapmak olduğunu söylemişti. Ama ben Helios'un kanından geliyordum, hiçbir ışık beni kör edemezdi. Onları açıkça görüyordum. Penelope ile Telemakhos. Ne yapacaklar, diye düşündüm yarı kaçık halde. Diz mi çökecekler? Kocandan çocuk yapmış bir tanrıçayı nasıl selamlamalı? Hem de o çocuk sonradan kocanın ölümüne sebep olduysa?

Penelope başını eğdi. "Şeref verdiniz, tanrıçam. Sağladığınız barınma için teşekkür ederiz." Sesi kaymak gibi pürüzsüz, yüzü su gibi sakindi. Peki o zaman, diye düşündüm. Demek böyle yapacağız. Bu dansı biliyordum.

"Kıymetli misafirimsin," dedim. "Hoşgeldin."

Telemakhos beline bir bıçak takmıştı. Erkeklerin hayvanların iç organlarını temizlemek için kullandığı türden bir bıçaktı. Nabzımın hızlandığını hissettim. Akıllıcaydı. Kılıç, mızrak, bunlar savaş aletleridir. Ama sapı dağılmaya başlamış eski bir av bıçağı şüphe uyandırmaz.

"Sen de Telemakhos," dedim.

Adını duyunca başı hafifçe geriye gitti. Oğluma benzeyeceğini, gençlikle dolup taşarak zarafetle ışıldayacağını düşünmüştüm ama ince yapılı, ciddi yüzlüydü. Otuz yaşında olacaktı. Daha yaşlı görünüyordu.

"Oğlunuz babamın ölümünü anlattı mı?" diye sordu.

Babam. Sözcük bir meydan okuma gibi havada asılı kaldı. Cüreti beni şaşırtmıştı. Görünüşünden böyle bir şeyi tahmin edememiştim.

"Anlattı," dedim. "Yaslıyım. Baban, adına türküler yakılan bir adamdı."

Telemakhos'un yüzünden bir katılık geçti. Öfke, diye düşündüm. Babasının mezar kitabesinden bahsetme cüretim yüzünden. Güzel. Öfkelenmesini istiyordum. O şekilde hata yapardı.

"Gelin," dedim.

***

Gri ve sessiz kurtlar etrafımızda akıyordu. Önden yürüyordum. Evimi ve ocağımı işgal etmelerinden önce bir nefes alanı istemiştim. Plan yapmak için birkaç an. Telegonos çantaları taşıyordu, ısrar etmişti. Fazla bir şey getirmemişlerdi, pek kraliyet ailesi gardrobu değildi ama öte yandan İthaka da Knossos değildi. Arkamda Telegonos'u duyuyordum, gizli tehlike taşıyan yerleri, kaygan kayaları ve kökleri işaret ediyordu. Suçluluğu kış sisleri gibi yoğundu. Varlıkları hiç değilse dikkatini dağıtıyor, umutsuzluğundan çıkmasını sağlıyor gibiydi. Kumsalda koluma dokunmuş, fısıldamıştı: *Kraliçe çok güçsüz, bir şey yediğini sanmıyorum. Ne kadar zayıf olduğunu görüyor musun? Hayvanları uzak tutman lazım. Bir de basit yemekler. Et suyuna çorba yapabilir misin?*

Dünyayla olan bağım kopmuş gibi bir his içindeydim. Odysseus gitmişti ve Penelope buradaydı, ona et suyuna çorba yapmam gerekiyordu. Adını onca defa söylememin ardından nihayet çağrıya uymuştu. İntikam, diye düşündüm. Mutlaka öyle. Başka hangi amaçla buraya gelecekler?

Kapıma vardılar. Sözlerimiz hâlâ tatlıydı, *içeri buyurun, teşekkür ederiz, bir şeyler yer misiniz, çok naziksiniz.* Yemeği sundum: Gerçeten de et suyuna çorba, peynir tabakları ve ekmek, şarap. Telegonos tabaklarını doldurdu, kadehlerini kolladı. Yüzü hâlâ o suçlu dikkatle gergindi. Bir gemi dolusu denizciye beceriyle hükmetmiş olan oğlum şimdi alesta bekliyor, bir bağışlanma lokması umuduyla köpek gibi onları gözlüyordu. Hava kararmıştı artık, mumlar yanmıştı. Alevler nefeslerimizle titriyordu. "Penelope Hanım," dedi Telegonos, "size bahsettiğim tezgâhı gördünüz mü? Kendinizinkinden ayrılmak zorunda kaldığınıza üzüldüm ama bunu ne zaman isterseniz kullanabilirsiniz. Annem için de uygunsa."

Başka koşullar altında gülerdim. Eski bir söz vardı: Başka bir kadının tezgâhında kumaş dokumak, kocasıyla yatmak gibidir. Penelope'nin irkilip irkilmediğine baktım.

"Böyle bir mucizeyi gördüğüm için mutluyum. Odysseus bana sık sık bu tezgâhtan bahsederdi."

Odysseus. Bu isim odada çıplaktı. Penelope ürkmediyse ben de ürkmeyecektim.

"O zaman belki Odysseus size bunu bizzat Daidalos'un yaptığını da söylemiştir?" dedim. "Böyle bir armağana değecek kadar iyi bir dokumacı olamadım ama siz yeteneğinizle meşhursunuz. Tezgâhı deneyeceğinizi umarım."

"Çok naziksiniz," dedi. "Korkarım duyduklarınız çok abartılı şeyler."

Böyle sürdü gitti. Gözyaşı yoktu, karşılıklı suçlamalar yoktu, Telemakhos masanın karşı tarafına doğru atılmadı. Bıçağından gözümü ayırmıyordum ama bıçağı, orada olduğunu bilmiyormuş gibi taşıyordu. Konuşmuyordu, annesi de nadiren konuşuyordu. Oğlum sessizliği doldurarak çabalamaya devam etti ama her geçen anla birlikte kederinin arttığını görüyordum. Gözleri donuklaştı. Vücudundan hafif bir titreme dalgası geçmeye başladı.

"Bitkinsiniz," dedim. "Sizi yataklarınıza götüreyim."

Soru değildi. Ayağa kalktılar, Telegonos biraz yalpaladı. Penelope ile Telemakhos'a odalarını gösterdim, yıkanmaları için su getirdim ve kapılarını kapattım. Oğlumun peşinden gidip yatakta yanına oturdum.

"Uyuman için bir iksir verebilirim," dedim.

Başını iki yana salladı. "Uyurum."

Çaresizliği ve yorgunluğu arasında uysaldı. Elini tutup başını omzuma çekmeme izin verdi. Bundan biraz zevk almadan edemedim, böyle yakınlıklara o kadar ender izin verirdi ki. Babasınınkinden bir ton daha açık olan saçlarını okşadım. Titremenin yine vücudunda gezindiğini hissettim. "Uyu," diye mırıldandım ama uyumuştu bile. Onu yavaşça yastığa yatırdım, battaniyeyi üstüne çekip gürültüyü azaltmak, ışığı kısmak için odaya bir büyü ördüm. Arkturos yatağın ayak ucunda soluyordu.

"Diğer arkadaşların nerede?" diye sordum ona. "Onların da burada olmasını isterim."

Soluk renkli gözleriyle bana baktı. *Ben yeterim.*

Kapıyı arkamdan kapattım ve evimin gece gölgelerinin arasında yürüdüm. Aslanlarımı uzaklaştırmamıştım. İnsanların onları nasıl karşıladığını görmek daima öğretici bir deneyimdi. Penelope ile Telemakhos çekinmemişti. Yoksa Odysseus'un bahsettiği bir şey miydi bu? Bu düşünce vücudumda uğursuz bir ürpertinin dolaşmasına yol açtı. Odalarından bir cevap alabilirmişim gibi kulak kabarttım. Ev sessizdi. Ya uyuyorlardı ya da sessizlik içinde düşüncelere dalmışlardı.

Yemek odama girdiğimde, Telemakhos oradaydı. Yay kirişine yerleştirilmiş bir ok gibi duruyordu odanın ortasında. Belindeki bıçak ışıldıyordu.

Demek böyle, diye düşündüm. Geliyor. Eh, benim koşullarımla olacaktı. Yanından geçerek ocağa doğru yürüdüm. Bir kadeh şarap doldurup koltuğuma yerleştim. Bütün bunlar olurken gözleri beni takip etti. *Güzel.* Cildim fırtınadan önceki gökyüzü gibi güçle doluydu.

"Oğlumu öldürmeyi tasarladığını biliyorum."

Ocaktaki alevlerden başka hiçbir şey kıpırdamadı. "Nereden biliyorsun?" dedi.

"Çünkü sen bir prenssin ve Odysseus'un oğlusun. Çünkü tanrıların ve insanların kurallarına hürmet ediyorsun. Çünkü baban öldü ve sebebi oğlum. Belki benim üstümde de şansını denemeyi düşünüyorsundur. Yoksa sadece seyretmemi mi istiyorsun?"

Gözlerim parladı, kendi gölgelerini yarattı.

"Hanımım, ne oğlunuza karşı bir kötü niyet besliyorum ne de size," dedi.

"Çok naziksin," dedim. "İçim rahatladı."

Kasları savaşçılarınki gibi demet demet ve sert değildi. Görebildiğim bir yara izi ya da nasırı yoktu. Ama Miken'li bir prensti o, bileyli ve esnekti, beşikten itibaren çarpışma için eğitilmişti. Penelope onu titizlikle yetiştirmişti mutlaka.

"Kendimi size nasıl kanıtlayabilirim?" diye sordu. Sesi ciddiydi. Benimle alay ediyor diye düşündüm.

"Kanıtlayamazsın. Bir oğulun babasının öldürülmesinin intikamını almak zorunda olduğunu biliyorum."

"Bunu inkâr etmiyorum." Bakışlarında bocalama yoktu. "Ama yalnızca babası öldürüldüyse geçerlidir bu."

Bir kaşımı kaldırdım. "Baban öldürülmedi mi, onu mu diyorsun? Yine de evime bıçak getiriyorsun."

Bıçağı gördüğüne şaşırmış gibi aşağı baktı. "Oyma işleri için," dedi.

"Evet," dedim, "ben de öyle tahmin etmiştim."

Bıçağı kemerinden çekip masaya kaydırdı, alet çiğ, titrek bir ses çıkardı.

"Babam öldüğünde kumsaldaydım," dedi. "Bağrışmaları duymuş, bir meydan okuma olduğundan korkmuştum. Odysseus... Son yıllarda pek hoşgörülü değildi. Çok geç vardım oraya ama işin sonunu gördüm. Mızrağı zorla aldı. Telegonos'un eliyle ölmedi."

"Çoğu erkek babalarının ölümünü affetmek için bahane aramaz."

"O erkeklerin adına konuşamam," dedi. "Oğlunuzun suçluluğu konusunda ısrar etmek adil olmaz."

Dudaklarından bu sözcüğü işitmek tuhaftı. Babasının en sevdiği sözcüklerden biriydi. O çarpık gülümsemesiyle, elleri ni kaldırmış olarak. *Ne diyebilirim? Dünya adil bir yer değil.* Önümdeki adamı süzdüm. Öfkeme rağmen, ikna edici bir tarafı vardı. Saraydan beklenecek bir cila sergilemiyordu. Hareketleri basit, hatta beceriksizceydi. Fırtınaya karşı sağlamlaştırılmış bir geminin kasvetli amaçlılığı vardı onda.

"Şunu anlamalısın," dedim, "oğluma zarar vermeye yönelik girişimler başarısız olacaktır."

Birbirlerinin üstüne yığılmış aslanlara bir göz attı. "Bunu anladığımı düşünüyorum."

Ondan bunu, bu hınzırlığı beklemezdim ama gülmedim. "Oğluma İthaka'da sizin için hiçbir şey kalmadığını söylemişsiniz. Orada seni bekleyen bir taht olduğunu ikimiz de biliyoruz. Niye oturmadın o tahta?"

"Artık İthaka'da istenmiyorum."

"Neden?"

Tereddüt etmedi. "Babamın düşüşünü seyrettiğim için. Oğlunuzu hemen oracıkta öldürmediğim için. Daha sonra, cenaze ateşi yandığında ağlamadığım için."

Sözler sakindi ama içlerinde taze kömür gibi bir sıcaklık vardı. Odysseus'u şereflendirmekten bahsettiğimde yüzünden geçmiş olan bakışı hatırladım.

"Babanın yasını tutmuyor musun?"

"Tutuyorum. Herkesin sahip olduğumu söylediği babayla asla karşılaşmamış olmamın yasını tutuyorum."

Gözlerimi kıstım. "Açıkla."

"Hikâye anlatmayı beceremem."

"Hikâye istemiyorum. Adama geldiniz. Gerçeği bana borçlusun."

Bir an geçti, sonra Telemakhos başını salladı. "Anlatacağım."

Ahşap koltuğa ben oturmuştum, o yüzden gümüş koltuğa yerleşti. Babasının eski koltuğuna. Odysseus'la ilgili ilk dikkatimi çeken şeylerden biri olmuştu bu, o koltukta nasıl yatakmış gibi yayıldığı. Telemakhos, ezberini okumaya çağrılmış bir öğrenci gibi dik oturmuştu. Şarap ikram ettim. Geri çevirdi.

Odysseus savaştan sonra eve dönmeyince, diye anlattı, Penelope'yle evlenmek isteyen talipler gelmeye başlamıştı. İthaka'nın en zengin ailelerinin oğulları ve kendilerine bir eşle ellerine geçirebilirlerse bir de taht arayan komşu adaların erkek evlatları. "Onları reddetti ama seneler boyunca sarayda oyalandılar, erzakımızı tüketiyor, annemin, aralarından birini seçmesini talcp ediyorlardı. Annem gitmelerini tekrar tekrar istedi ama gitmediler." Sesinde eski öfke yanıyordu hâlâ. "Onlara hiçbir şey yapamayacağımızı görüyorlardı. Genç bir adam ve yalnız bir kadın. Onları kınadığımda sadece güldüler."

Böyle adamlarla ben de tanışmıştım. Onları ağılıma yollamıştım.

Ama sonra Odysseus dönmüştü. Troya'dan yola çıktıktan on, Aiaie'den ayrıldıktan yedi sene sonra.

"Dilenci kılığına girmiş olarak geldi ve kendisini yalnızca birkaçımıza tanıttı. Bir düzen kurduk: Taliplilerin yiğitliğini imtihan etmek için, Yüce Odysseus'un yayının kirişini kim gerebilirse annemin elini kazanacaktı. Talipliler birer birer deneyip başarısız oldular. Sonunda babam öne çıktı. Tek bir hareketle yayı kurup taliplilerin en kötüsünün gırtlağına bir ok yolladı. O adamlardan çok uzun süredir korkuyordum, oysa babamın önünde orağın önündeki otlar gibi devrildiler. Hepsini öldürdü."

Yirmi yıllık çatışmalarla bilenip keskinleşmiş savaş adamı. Akhilleus'un ardından Yunanların En İyisi, yayını bir kez daha kullanıyor. Elbette hiç şansları yoktu. Fazla beslenmiş, şımartılmış genç çocuklardı. Güzel bir hikâyeydi: Tembel ve acımasız talipliler sadık eşi kuşatmaya alıyor, yasal vârisi tehdit ediyor. Tanrıların ve insanların her türlü kanununa göre cezalarını hak etmişlerdi, Odysseus da cezaları dağıtmak üzere bizzat ölüm tanrısı gibi gelmişti. Haksızlığa uğramış kahraman dünyayı düzeltiyor. Böyle ahlaki bir davranışı Telegonos bile onaylardı. Yine de her nedense görüntü benim için biraz mide bulandırıcıydı: Onca zamandır hayalini kurduğu salonlarda kan banyosu içinde yürüyen Odysseus.

"Ertesi gün taliplilerin babaları geldi. Hepsi adanın insanlarıydı. En büyük keçi sürüsünün sahibi Nikanor. Oymalı çam ağacından asası olan Agathon. Eskiden meyve bahçesinden armut toplamama izin veren Eupeithes. Konuşan o oldu. Dedi ki: *Oğullarımız senin evinde misafirdi, sense onları öldürdün. Tazminat istiyoruz.*

"Oğullarınız hırsız ve zalimdi," dedi babam. Eliyle işaret etti, dedem mızrağını fırlattı. Eupeithes'ün yüzü patlayıp açıldı, beyni toprağa saçıldı. Babam bize diğerlerini de öldürmemizi emretti ama Athena göklerden indi."

Demek Athena sonunda ona geri dönmüştü.

"Kan davasının sona erdiğini ilan etti. Talipliler uygun bir bedel ödemişti, artık kan dökülmeyecekti. Ama ertesi gün babamın askerlerinin babaları gelmeye başladı. 'Oğullarımız nerede?' diye soruyorlardı. 'Yirmi senedir Troya'dan memlekete dönmelerini bekliyoruz.'"

Odysseus'un onlara anlatmak zorunda kaldığı hikâyeleri biliyordum. Oğlunu kyklop yedi. Seninkini Skylla yedi. Senin oğlunu yamyamlar parçaladı. Seninki sarhoş olup çatıdan yuvarlandı. Ben kaçtım ama onun gemisini devler batırdı.

"Baban adamdan yelken açtığı sırada yanında hâlâ mürettebatı vardı. Hiçbiri hayatta kalmamış mı?"

Telemakhos tereddüt etti. "Bilmiyor musun?"

"Neyi bilmiyor muyum?" Ama konuştuğum sırada ağzım Aiaie'nin sarı kumları gibi kurudu. Telegonos'un çocukluğunun vahşi günleri arasında elimden giden şeye üzülecek vaktim olmamıştı. Oysa şimdi Teiresias'ın kehanetini Odysseus daha yeni söylemiş gibi açıkça hatırlamıştım. "Sığırlar," dedim. "Sığırları yediler."

Başıyla onayladı. "Evet."

O coşkulu, pervasız adamlar bir yıl yanımda yaşamıştı. Onları doyurmuş, hastalıklarıyla, yaralarıyla ilgilenmiş, iyileşmelerini seyretmekten zevk duymuştum. Şimdiyse hiç yaşamamış gibi dünyadan silinip gitmişlerdi.

"Nasıl olmuş, anlat."

"Gemileri Thrinakie'den geçerken fırtına patlamış ve onları karaya çıkmaya zorlamış. Babam günlerce nöbet tutmuş ama fırtına sürmüş de sürmüş, babam da sonunda uyumaya mecbur olmuş."

O eski bilindik hikâye.

"O uyurken adamları ineklerin bazılarını öldürmüş. Adaya muhafızlık eden iki nympha onları görmüş ve gidip..." Yine tereddüt etti. "*Babana,*" deyip dememeyi düşündüğünü gördüm. "Tanrı Helios'a haber vermişler. Babam yeniden yelken açınca gemisi paramparça olmuş. Adamlarının hepsi boğulmuş."

Altın rengi uzun saçları ve boyalı gözleriyle yarım kan kız kardeşlerimin güzel dizlerinin üzerine çöktüğünü kafamda canlandırabiliyordum. *Ah, baba, bizim suçumuz değildi. Onları ceza-*

landır. Babamın teşvike ihtiyacı vardı da sanki. Helios ve sonsuz gazabı.

Telemakhos'un gözlerinin üstümde olduğunu hissettim. Kendimi zorlayarak kadehimi kaldırıp içtim. "Devam et. Babaları geldi."

"Babaları geldi, oğullarının öldüğünü öğrenince de Troya'da savaşarak kazanılan hazineden oğullarının payına düşeni istemeye başladılar. Odysseus hazinenin denizin dibini boyladığını söyledi ama adamlar vazgeçmedi. Tekrar tekrar geldiler, babamın hiddeti her seferinde daha da arttı. Nikanor'un omuzlarına sopayla vurdu. Kleitos'u yere devirdi. 'Oğlunun gerçek hikâyesini öğrenmek ister misin? Budalanın, yüksekten atan serserinin biriydi. Açgözlüydü, aptaldı ve tanrılara itaatsizlik etti.'"

Böyle patavatsızca, duygusuzca sözlerin Odysseus'un ağzından döküldüğünü duymak beni şaşkına çevirdi. İçimde bir yer itiraz etmek, bunların hiç onun söyleyeceği şeyler olmadığını söylemek istiyordu. Ama böyle taktikleri övdüğünü kaç kere dinlemiştim? Tek fark, Telemakhos'un her şeyi dümdüz anlatmasıydı. Odysseus'un içini çektiğini, boş ellerini uzattığını kafamda canlandırabiliyordum. *Komutanın payına düşen bu. İnsan dediğin böyle ahmak işte. Bazı adamların aklının başına gelmesi için eşek gibi dayak yemelerinin şart olması insanlığımızın trajedisi değilse nedir?*

"Ondan sonra uzak durdular ama babam hâlâ huysuzlanıyordu. Kendisine kumpas kurduklarından emindi. Sarayın dört bir yanına gece gündüz nöbetçi dikilmesini istedi. Köpekleri eğitmekten, kötü adamlar karanlıkta düşsün diye hendek kazmaktan bahsediyordu. Yüksek bir kazıklı çit kurulması için planlar çizdi. Savaş kampındaymışız gibi. O zaman bir şey söylemem gerekirdi. Ama... geçip gider diye umuyordum hâlâ."

"Ya annen? O ne düşünüyordu?"

"Annemin ne düşündüğünü bildiğimi iddia edemem." Sesi katılaşmıştı. Bütün gece birbirleriyle konuşmadıklarını hatırladım.

"Seni o büyüttü. Bir fikrin olmalı."

"Annemin ne yaptığını, o şey yapılana dek tahmin edebilecek hiç kimse yoktur." Sesinde şimdi yalnızca katılık değil, acılık da vardı. Bekledim. Sessizliğin onu sözcüklerden daha iyi teşvik ettiğini anlamaya başlamıştım.

"Bir zamanlar her sırrımızı paylaşırdık," dedi. "Taliplilere karşı her gece izlenecek stratejiyi birlikte planlardık, annem aşağı insin mi inmesin mi, mağrurca mı konuşsun gönül mü alsın, iyi şaraplarımızı çıkarayım mı çıkarmayayım mı, onlarla yüzleşelim mi yüzleşmeyelim mi. Çocukluğumda her günümüz birlikte geçerdi. Beni yüzmeye götürürdü, sonra bir ağacın altına oturur, İthaka halkının işine gücüne bakmasını seyrederdik. Geçen her kadının, her erkeğin tarihçesini bilir, bana da anlatırdı, halkın hükümdarı olacaksan onları anlamalısın, derdi."

Telemakhos'un bakışları havaya sabitlenmişti. Ateşten bir ışık, burnundaki daha önce fark etmediğim bir çarpıklığı ortaya çıkardı. Eski bir kırık.

"Babamın güvenliği için endişelendiğimde hep başını iki yana sallardı. 'Onun için sakın korkma. Öldürülmeyecek kadar zekidir çünkü insanların yüreğindeki bütün numaraları ve bunları nasıl kendisi için avantaja dönüştüreceğini bilir. Savaşta hayatta kalacak ve eve dönecek.' Benim de içim rahatlardı çünkü annemin söyledikleri hep doğru çıkardı."

Hakikat gibi sağlam bir yay, demişti Odysseus onun için. Sabit bir yıldız. Kendini bilen bir kadın.

"Bir keresinde ona, nasıl yaptığını, dünyayı bu kadar açık seçik anlamayı nasıl başardığını sordum. Meselenin hiç kıpırdamadan durup hiçbir duygu göstermeden başkalarına kendilerini açığa vuracak alan bırakmaktan ibaret olduğunu söylemişti. Benimle alıştırma yapmaya çalıştı ama onu güldürüyordum. 'Kumsalda saklanmaya çalışan bir boğa kadar gizlisin ancak!' derdi."

Telemakhos'un gizlisi saklısı olmadığı doğruydu. Acı, yüzüne açıkça ve kesin çizgilerle çizilmişti. Ona acıyordum ama doğrusunu söylemek gerekirse imreniyordum da. Telegonos'la benim aramda, kaybettiğimize yanacağımız böyle bir yakınlık hiç olmamıştı.

"Sonra babam eve döndü ve bütün bunlar ortadan kalktı. Babam yaz fırtınası gibiydi, solgun gökte çakan bir şimşekti. O varken başka her şey silikleşiyordu."

Odysseus'un o numarasını biliyordum. Bir sene boyunca her gün görmüştüm.

"Babamın Nikanor'u dövdüğü gün anneme gittim. 'Çok ileri gittiğinden korkuyorum,' dedim. Gözünü tezgâhından ayırmadı bile. Bana verdiği tek cevap, ona zaman tanımamız gerektiği oldu."

"Peki, zamanın faydası dokundu mu?"

"Hayır. Dedem öldüğünde babam, Nikanor'u suçladı, sebebini tanrılar bilir. Büyük yayıyla onu vurdu ve cesedi kuşlar yesin diye kumsala attı. O sırada kumpastan başka bir şeyden bahsetmez olmuştu, adadaki erkeklerin ona karşı silah topladığını, hizmetkârların ihanete iştirak ettiğini söylüyordu. Geceleri ocağın önünde volta atardı, ağzından çıkan her kelime nöbetçiler ve casuslar, tedbirler ve karşı tedbirlerdi."

"Böyle ihanetler var mıydı?"

"İthaka'da bir başkaldırı mı?" Başını iki yana salladı. "Öyle şeylere vaktimiz yoktur. İsyan zengin adalar içindir ya da başka şansı olmayacak kadar yoksullar için. Artık kızmıştım. Babama kumpas olmadığını, hiçbir zaman olmadığını söyledim, halkımızı nasıl öldüreceğini planlamaktansa onlara iki çift güzel söz söylemen daha iyi olur, dedim. Bana gülümsedi. 'Akhilleus'un savaşa on yedi yaşında gittiğini biliyor muydun?' dedi. 'Üstelik Troya'daki en genç adam o değildi. On üç, on dört yaşında çocuklar, hepsi savaş alanında gurur duyulacak şeyler yaptı. Cesaretin yaşla değil, hakiki bir ruha sahip olmakla ilgili olduğunu öğrendim.'"

Babasını taklit etmemişti, tam olarak etmemişti. Ama konuşmanın ritmi, Odysseus'un özgüvenli, karşısındakini ayartan yumuşaklığını yakalamıştı.

"Benim yüzkarası olduğumu kastediyordu tabii. Korkak olduğumu. Taliplileri tek başıma savuşturabilmeliydim. İlk geldiklerinde on beş yaşında değil miydim? Büyük yayını sadece germekle kalmamalı, onunla ok da atabilmeliydim. Troya'da bir gün bile hayatta kalamazdım."

Görebiliyordum: Dumanı tüten ateş, eski bronzun tıngırtısı, sıkılan zeytinlerin küflü kokusu. Ve oğlunu ustaca utanca bulayan Odysseus.

"Ona artık İthaka'da olduğumuzu söyledim. Savaş bitmişti ve bunu o hariç herkes biliyordu. Hiddete kapıldı. Gülümsemeyi bıraktı. 'Sen bir hainsin,' dedi. 'Ölmemi istiyordun ki tahtıma geçebilesin. Belki gidişimi hızlandırmayı bile düşünüyorsundur?'"

Telemakhos'un sesi sakin, neredeyse ifadesizdi ama koltuğun kolundaki parmak boğumları bembeyazdı.

"Hanemize utanç getirenin kendisi olduğunu söyledim. Savaşla istediği kadar övünebilirdi ama eve ölümden başka bir şey getirmemişti. Elleri bir daha asla temiz olmayacaktı, benimkiler de öyle çünkü peşinden kan gölüne girmiştim ve geri kalan günlerim boyunca buna pişman olacaktım. Ondan sonra bitti. Konseylerine girmem yasaklandı. Salona sokulmaz oldum. Anneme, koynunda yılan beslediğini bağırdığını duydum."

Oda sessizdi. Ateşin sıcaklığının solup kış havasında öldüğü mekânı hissedebiliyordum.

"İşin aslı, herhalde hain olmamı tercih ederdi. O zaman hiç değilse anlayabileceği bir evlat olurdum."

Konuşurken onu seyrediyordum, babasının kendine has tavırlarını, nasıl dalgalar okyanusun ayrılmaz bir parçasıysa Odysseus'un öyle ayrılmaz bir parçası olan numaraları görmek için. Duraklamalar ve gülümsemeler, kuru ses ve küçümseyici jestler, hepsi dinleyene karşı kullanılırdı, ikna etmek, sataşmak, en önemlisi de yatıştırmak için. Hiçbirini görmemiştim. Telemakhos darbeleri doğruca indiriyordu.

"Ondan sonra anneme gittim ama babam içeri giremeyeyim diye nöbetçiler dikmişti. Onların arkasından seslendiğimde annem, sabırlı olmam ve babamı kışkırtmamam gerektiğini söyledi. Benimle yalnızca eski dadım, aynı zamanda babama da dadılık etmiş olan Eurykleia konuşuyordu. Ateşin başında otururur, balıklarımızı çiğneye çiğneye macuna çevirirdik. Baban her zaman böyle değildi, deyip dururdu bana. Sanki bu bir şeyi değiştirirmiş gibi. Bu gazap dolu adamdan başka baba tanımıyordum. Eurykleia çok geçmeden öldü ama babam durup cenaze ateşini seyretmedi. Küllerin arasında yaşamaktan bıktığını söyledi. Ertesi gün hafif bir kayıkla yola çıktı, bir ay sonra da altın kemerler, kadehler, yeni bir göğüslük ve giysilerinde kurumuş kan lekeleriyle döndü. Onu en mutlu gördüğüm zamandı. Ama uzun sürmedi. Ertesi sabah dumanlı salona ve hizmetkârların sakarlıklarına veryansın ediyordu."

Böyle ruh hallerini görmüştüm. Dünyanın her küçük kusuru hiddetlendirirdi onu, ziyankârlıklar, adamların aptallığı ve yavaşlığı, ayrıca doğanın rahatsız edici unsurları, ısıran sinekler, çarpık tahtalar, pelerinini yırtan süpürgeotları. Benimle yaşadığı sırada bütün bu şeyleri silip ortadan kaldırır, onu sihrimle ve ilahiliğimle sarardım. Belki bu sayede o kadar mutluydu. Birlikte geçirdiğimiz zamanlara huzurlu demiştim. Belki *yanılsama* daha iyi bir sözcük olurdu.

"Ondan sonra her ay bir yere yağmaya gitti. İnanılacak gibi olmayan haberler geliyordu. Yeni bir eş almıştı, iç krallıklardan birinin kraliçesini. Orada ineklerle arpaların arasında mutluluk içinde hüküm sürüyordu. Altın bir taç takıyor, şafağa kadar eğleniyor, bütün bir yabandomuzunu mideye indirip kahkahalarla kükrüyordu. Bir oğlu daha olmuştu."

Gözleri Odysseus'un gözleriydi. Biçimi, rengi, hatta yoğunluğu. Ama ifadesi: Odysseus'un bakışları her zaman karşısındakine yönelir, yatıştırıp kandırırdı. Telemakhos'un bakışlarıysa kendi üstünden ayrılmıyordu.

"Doğruluğu var mıydı bunların?"

Omuzlarını kaldırdı, indirdi. "Kim bilir? Belki bizi incitmek için dedikoduları kendisi çıkarıyordu. Anneme keçilerin daha fazla bakıma ihtiyacı olduğuna dair haber yolladım ve tepenin yamacındaki boş bir kulübede yaşamaya başladım. Babam dolaplar çevirip gazap saçabilirdi ama bunları seyretmek zorunda değildim. Annem bütün gün bir parçacık peynir yiyip tezgâhının başında gözlerini kör edebilirdi ama onu seyretmek zorunda da değildim."

Ocaktaki kütükler yanıp bitmişti. Külle sıvanmış kalıntıları beyaz beyaz ışıldıyordu.

"Bu bedbahtlıkların arasında oğlunuz geldi. Günışığı gibi parlak, olgun meyve gibi tatlı. O aptalca görünümlü mızrağı ve hepimize getirdiği hediyeleri yüklenmişti. Gümüş kâseler, pelerinler ve altın. Yüzü yakışıklıydı, umutları ateş gibi gürültüyle çatırdıyordu. Onu sarsmak istedim. Babam dönünce bu oğlan, hayatın bir ozanın türküsü olmadığını öğrenecek, diye düşündüm. Öyle de oldu."

Ay pencereden yukarı çıkmıştı, oda gölgelerle örtülüydü. Telemakhos'un elleri dizlerindeydi.

"Ona yardım etmeye çalışıyordun," dedim. "Kumsala inmenin sebebi buydu."

Gözleri ateşin küllerindeydi. "Sonuçta, bana ihtiyacı olmadığı anlaşıldı."

Eskiden Telemakhos'u öyle sıklıkla hayal ederdim ki. Odysseus'u bekleyen sessiz bir çocuk olarak, karada ve denizlerde intikam kovalayan alev alev bir genç olarak. Ama artık bir erkekti ve sesi donuk, cansızdı. Krallara verilecek haberler taşırken uzun mesafeleri koşarak aşan ulaklar gibiydi. O ulaklar söyleyeceklerini nefes nefese söyler, sonra yere yıkılıp bir daha kalkmazlardı.

Düşünmeden uzandım ve elimi koluna koydum. "Sen taşıdığın kan değilsin. Seni de kendisiyle birlikte götürmesine izin verme."

Bir an parmaklarıma baktı, sonra bakışlarını yüzüme kaldırdı. "Bana acıyorsunuz. Acımayın. Babam pek çok konuda yalan söyledi ama bana korkak derken haklıydı. Yaptıklarını yapmasına seneler boyunca izin verdim, hiddete kapılıp hizmetkârları dövmesine, anneme bağırmasına ve evimizi küle çevirmesine. Bana taliplileri öldürmesine yardım etmemi söylemişti, ben de yaptım. Sonra onlara yardım eden herkesi öldürmemi söyledi, onu da yaptım. Sonra onlardan biriyle yatmış olan bütün köle kızları toplayıp kana batmış yerleri temizletmemi emretti. İşleri bitince onları da öldürmem gerekiyordu."

Bu sözler beni irkiltti. "Kızların seçme şansı olmazdı. Odysseus bunu bilirdi."

"Odysseus bana onları hayvan gibi parçalara ayırmamı söyledi." Gözleri benimkilere kilitlendi. "İnanmıyor musunuz?"

Aklıma gelen bir değil, bir düzine hikâye vardı. Odysseus intikama her zaman bayılmıştı. Kendisine ihanet edenlerden daima nefret ederdi.

"Söylediğini yaptın mı?"

"Hayır," dedi. "Onları astım. On iki ip bulup on iki ilmek bağladım." Her sözcük kendine sapladığı bir bıçak gibiydi. "Nasıl yapıldığını hiç görmemiştim ama çocukluğumdan kalma, kadınların durmadan kendilerini astığı bir sürü hikâyeyi hatırladım. Daha uygun olacağını düşünmüştüm. Kılıcı kullanmam gerekirdi. Hayatımda böyle çirkin, uzayıp giden ölümler görmedim. Çırpınan ayaklarını ömrümün geri kalanı boyunca göreceğim. İyi geceler, Kirke Hanım."

Bıçağını masamdan aldı ve gözden kayboldu.

Fırtına geçmişti, gece gökleri yine berraktı. Cildimde yeni yıkanmış esintiyi, toprağın ayaklarımın altında yumuşak bir biçimde ufalanmasını hissetmek arzusuyla, çırpınan vücutların çirkin görüntüsünü kafamdan atmak için yürüdüm. Yukarıda halam yol alıyordu ama artık onu dert etmiyordum. Sevgilileri seyretmeyi severdi, bense uzun bir süredir kimsenin sevgilisi olmamıştım. Belki hiçbir zaman olmamıştım. O taliplileri teker teker öldürdüğü sırada Odysseus'un yüzünü gözümün önüne getirebiliyordum. Odun kırmasını seyretmiştim. Tek bir hızlı hareketle, tertemiz biçimde yapardı. Ayaklarının dibinde ölmüşlerdi, kanları Odysseus'un dizlerine kadar sıçramıştı. Bunu sakince, uzaktan bakıyormuş gibi, bir terazinin tıkırdaması gibi seyretmişti mutlaka: *Bitti.*

Sıcaklık sonradan gelmiş olacaktı. Kıpırtısız mezbaha alanında durup hiddetinin hâlâ kaynayıp taştığını, tükenmediğini hissettiğinde. O da yanmaya devam etsin diye ateşe atılan kütükler gibi, hiddetini başkalarıyla beslemişti. Taliplilere yardım eden adamlar, onlarla yatmış olan köleler, kendisine karşı konuşmaya cüret etmiş babalar. Athena müdahale etmeseydi durum sürgit böyle devam edecekti.

Peki ya ben? Odysseus gelmeseydi ağılımı doldurmaya daha ne kadar devam ederdim? Bana domuzları sorduğu geceyi hatırladım. "Söylesene," demişti, "kimin cezalandırılmayı hak ettiğine, kimin hak etmediğine neye göre karar veriyorsun? Bu yüreğin çürümüş, diğerininse sağlam olduğunu nasıl kesinlikle bilebilirsin? Ya hata yaparsan?"

O gece şarap ve ateşle ısınmış, ilgisinin heyecanıyla baştan çıkmıştım. "Bir gemi dolusu denizciyi ele alalım," dedim. "Aralarında bazıları kesinlikle diğerlerinden kötü. Kimileri tecavüz ve korsanlıkla coşuyor ama diğerleri bu işe yeni girmiş, daha sakalları bile bitmemiş. Bazıları soygun yapmayı aklının ucundan bile geçirmez ama aileleri açlıktan ölüyor. Kimileri sonrasında utanca kapılıyor, kimileri sadece kaptanları emrettiğinden ve aralarına saklanabilecekleri bir erkek kalabalığının içinde olduklarından yapıyor bunu."

"Peki o zaman," dedi, "hangilerini dönüştürüyorsun, hangilerinin gitmesine izin veriyorsun?"

"Hepsini dönüştürüyorum," dedim. "Evime gelmişler. Yüreklerinde ne olduğuyla niye ilgileneyim?"

Gülümseyip kadehini bana doğru kaldırdı. "Hanımım, seninle benim kafalarımız aynı çalışıyor."

Bir baykuş kanatlarını başımın üstünden aşırdı. Hışırdayan çalıları, gaganın çat diye kapandığını duydum. Bir fare, dikkatsizliği yüzünden ölmüştü. Telemakhos'un, babasıyla aramda geçen o konuşmayı bilmeyecek olmasından memnundum. O sırada övünüyor, acımasızlığımla gösteriş yapıyordum. Kendimi dokunulmaz, dişlerle ve güçle dolu hissediyordum. Bunun nasıl bir şey olduğunu doğru dürüst hatırlayamıyordum bile şimdi.

Odysseus'un en sevdiği numara, diğerlerine benzeyen bir adammış gibi yapmaktı ama onun gibisi yoktu, şimdi artık öldüğüne göre dünyada öyle biri kalmamıştı. Bütün kahramanlar aptal, demeyi severdi. Ben hariç bütün kahramanlar demek istiyordu. Peki, hata yaptığında onu kim düzeltecekti? Kumsalda durup Telegonos'a bakmış ve onun korsan olduğuna inanmıştı. Salonunda durup Telemakhos'u kumpas kurmakla suçlamıştı. İki çocuğu vardı, ikisini de açıkça görememişti. Ama belki de hiçbir anne baba evladını gerçekten göremez. Baktığımızda sadece kendi hatalarımızın bir yansımasını görüyoruz.

Servi koruluğuna gelmiştim. Karanlıkta dallar siyahtı, geçtiğim sırada iğneler yüzüme süründü, özsularının yapışkan tutuşunu hafifçe hissettim. Odysseus burayı severdi. Elini ağaçlardan birinin gövdesinde gezdirdiğini hatırladım. En sevdiğim yönlerinden biriydi bu, dünyayı mücevhermiş gibi hayranlıkla seyretmesi, ışığı yansıtsın diye yüzlerini bir o tarafa bir bu tarafa çevirmesi. Ustaca yapılmış bir tekne, sağlam yetişmiş bir ağaç, iyi anlatılan bir hikâye, her biri onun için zevkti.

Onun gibisi yoktu ama ona denk biri vardı ve o kadın şu anda evimde uyuyordu. Telemakhos tehlike arzetmiyordu, peki ya Penelope? İntikamını almak için şimdi bile oğlumun gırtlağını kesmeyi kuruyor olabilir miydi? Ne denerse denesin, büyülerim bozulmazdı. Odysseus bile konuşarak cadılığı atlatmayı başaramazdı. O da bunun yerine cadıyı cezbetmişti.

Otlarda çiy toplanıyordu. Ayaklarım çiyin dokunuşuyla gümüş rengi ve soğuktu. Telemakhos yatağındaydı şimdi, aynı karanlığı seyrediyor, doğu köşesini parçalayan aynı hafif aydınlığı görüyordu. Köle kızları astığını anlattığı sıradaki yüzünü düşündüm, bu hatırayı alev alev bir damga gibi nasıl teninde taşıdığını.

Ona daha fazla şey söylemeliydim, diye düşündüm. Odysseus'un çıkarı için birilerini öldürmeye yöneltilen ilk adam olmadığını söyleyebilirdim. Bir keresinde koca bir ordu bu görev uğruna mızraklarını yamultmuştu. Telemakhos'u hemen hemen hiç tanımıyordum ama her nedense bunun ona bir teselli olmayacağını seziyordum. Yüzündeki acılığı görebiliyordum. *Kötü adamlardan oluşan upuzun sıradakilerden biri olduğum için neşeyle dolup taşmamamı bağışlayın.*

Dünyadaki bütün oğullar arasında, Odysseus'un sahip olacağını tahmin edemeyeceğim oğuldu o. Kral teşrifatçısı kadar soğuk, kabalık derecesinde açık sözlüydü. Yaralarını herkesin görebileceği gibi ellerinde taşıyordu. Ona uzandığımda yüzünde adını koyamadığım bir duygu görmüştüm. İçine hoşnutsuzluk gibi bir şey sızmış şaşkınlık. İyi, korkmasına gerek yoktu. Bir daha yapmayacaktım.

Eve gidişime bu düşünce eşlik etti.

Güneşin doğuşunu tezgâhımın başında seyrettim. Ekmek, peynir ve meyve çıkardım, oğlumun kıpırdanmaya başladığını duyunca da kapısına gittim. Yüzünün o kadar donuk olmadığını görünce içim rahatladı ama keder, o ağır bilgi hâlâ oradaydı: Babam öldü.

Uzun bir süre bu düşünceyle uyanacaktı, biliyordum.

"Telemakhos'la konuştum," dedim. "Onunla ilgili söylediklerinde haklısın."

Kaşlarını kaldırdı. Gözlerimin önündekini göremeyeceğimi mi düşünüyordu? Yoksa sadece kabul edemeyeceğimi mi?

"Böyle düşündüğüne sevindim," dedi.

"Gel. Kahvaltı hazırladım. Ayrıca galiba Telemakhos uyanıyor. Onu aslanlarla yalnız mı bırakacaksın?"

"Sen gelmiyor musun?"

"Yapılacak büyülerim var."

Aslında yoktu. Odama döndüm ve tekneyle, yemeklerle ve son fırtınayla ilgili konuşmalarını dinledim. Sıradan şeyler iksiri. Telegonos, dışarı çıkıp gemiyi tekrar mağaraya çekmelerini önerdi. Telemakhos kabul etti. Taşların üstünde iki çift ayak sesi, kapı sallanıp kapandı. Dün, onların bir yere birlikte gitmesine izin versem deli olduğuma kanaat getirirdim. Bugünse oğluma bir armağan gibiydi bu. Bir utanç sancısı hissettim. Telemakhos ve Telegonos. Oğluma böyle bir isim vermiş olmamın nasıl göründüğünün farkındaydım, içeri giremeyince kapıyı tırmalayan bir köpek gibi. Tanışacaklarını asla aklıma getirmediğimi, oğlumun isminin sadece benim için olduğunu açıklamak istiyordum. *Uzaklarda doğmuş* anlamına geliyordu. Babasından uzakta, evet ama ayrıca benim ailemden de uzakta. Annemden ve Okeanos'tan, Minotauros'tan, Pasiphae'den ve Aietes'den uzakta. Aiaie'de, adamda benim için doğmuştu.

Koyduğum isim için mazeret uydurmayacaktım.

Mızrağı bir gün önce geri almıştım, şimdi odamın duvarına dayalı duruyordu. Deri kılıfı kaldırdım. Vatozun kuyruğu karada daha da tuhaf görünüyordu, hayaletimsi ve hırpaniydi. Çevirdim, her bir tüylü dişin tepesini süsleyen sonsuz sayıdaki zehir boncuğu ışığı yansıttı. Geri vermeliyim, diye düşündüm. *Henüz değil.*

Salonun öbür tarafında bir kıpırdanma daha vardı. Seneler boyunca sırlarını dökerek gelip geçen kadınlarla erkekleri düşündüm, Penelope hepsini dikkatle toplamıştı. Deri kılıfı yeniden mızrağın üstüne çekip kepenklerimi açtım. Dışarıda güzel bir sabah vardı, rüzgâr yakında bahara doğru olgunlaşacak şeyin ilk ipuçlarını taşıyordu.

Tahmin ettiğim gibi kapım tıkırdatıldı.

"Girin," dedim.

Gri bir elbisenin üstüne soluk renkli bir pelerin giymiş halde, örümcek ipeğiyle sarmalanmış gibi eşiğimde durdu.

"Utanç duyduğumu söylemeye geldim. Minnettarlığımı dün yeterince dile getirmedim. Sadece şimdiki misafirperverliğinizden bahsetmiyorum. Kocama gösterdiğiniz misafirperverliği de kastediyorum."

O yumuşak sesinden, bu cümlede bir iğneleme olup olmadığını anlamak imkânsızdı. Varsa bile, buna hakkı olduğunu düşündüm.

"Yolculuğunda ona nasıl yardım ettiğinizi bana anlattı. Sizin öğütleriniz olmasa hayatta kalamazmış."

"Bana fazla paye veriyorsun. Akıllı bir adamdı."

"Bazen," dedi. Gözleri üvez ağacı rengindeydi. "Sizden ayrıldıktan sonra başka bir nympha'nın yanına yerleştiğini biliyor muydunuz? Kalypso. Nympha ona âşık olmuş ve ölümsüz kocası yapma umutları beslemeye başlamış. Onu yedi yıl adasında tutmuş, göksel kumaşlarla donatmış, nefis yiyeceklerle beslemiş."

"Odysseus buna minnettar kalmamıştır."

"Hayır. Onu reddedip kendisini özgür bırakmaları için tanrılara dua etmiş. Sonunda Kalypso'yu onu bırakmaya zorlamışlar."

Sesindeki tatmin tınısını hayal ettiğimi sanmıyorum.

"Oğlunuz geldiğinde, belki de Kalypso'nun oğludur diye düşündüm ama sonra pelerininin dokumasını gördüm. Daidalos'un tezgâhını hatırladım."

Hakkımda bu kadar çok şey bilmesi tuhaftı. Öte yandan, ben de onun hakkında bilgi sahibiydim.

"Kalypso onu el üstünde tutuyormuş, sense adamlarını domuza çevirmişsin. Yine de tercih ettiği sendin. Tuhaf değil mi sence?"

"Hayır," dedim.

Neredeyse gülümsedi. "Biraz öyle."

"Çocuğu bilmiyordu."

"Biliyorum," dedi. "Öyle bir şeyi benden asla saklamazdı." İşte bu iğneliydi.

"Dün gece oğlunla konuştum," dedim.

"Öyle mi?" Sesinde bir şeyin parladığını duyar gibi oldum.

"İthaka'dan neden ayrılmak zorunda kaldığınızı anlattı. Bunları duyduğuma üzüldüm."

"Oğlun bizi getirerek nezaket gösterdi." Gözleri Trygon'un kuyruğunu bulmuştu. "Arı zehiri gibi mi, sadece bir kere mi sokuyor? Yoksa yılan gibi mi?"

"Bin kere ve daha fazla zehirleyebilir. Sonu yok. Bir tanrıyı durdurmasını hedeflemiştim."

"Telegonos, yüce vatoz tanrısıyla yüz yüze geldiğini anlattı."

"Geldim."

Başını salladı, beni takdir eder gibi samimi bir hareketti. "Onun için başka tedbirler de aldığını anlattı. Adaya bir büyü yaptığını ve hiçbir tanrının, Olymposluların bile o büyüyü geçemeyeceğini."

"Ölüm tanrıları geçebilir," dedim. "Başkası geçemez."

"Böyle bir koruma kurabildiğin için talihlisin," dedi. Kumsaldan hafif bağrışmalar geldi: Gemiyi hareket ettiren oğullarımız.

"Senden bunu istemeye utanıyorum ama yola çıkarken yanıma siyah pelerin almamışım. Giyebileceğim bir tane var mı? Onun için yas tutacağım."

Eşiğimde sonbahar göklerindeki ay kadar canlı bir halde duruşuna baktım. Gri ve sakin gözleri benimkilere kilitlenmişti. Kadınların narin yaratıklar olduğu, çiçek, yumurta, bir anlık dikkatsizlikle ezilebilecek şeyler olduğu söylenir hep. Buna eskiden inanmış olsam bile artık inanmıyordum.

"Hayır," dedim. "Ama yünüm var. Dokuma tezgâhım da. Gel."

YİRMİ İKİ

Parmakları hafif dokunuşlarla kirişlerin üstünde gezdi, ödüllü bir atı selamlayan bir ahır sahibi gibi dokumanın düğümlerini okşadı. Hiç soru sormadı, tezgâhın işleyişini dokunarak anlıyor gibiydi. Pencereden gelen ışık, çalışmasını aydınlatmak istermiş gibi ellerinde parlıyordu. Benim yarı bitmiş dokumamı dikkatle çıkardı, siyah yumağı yerine taktı. Hareketleri ölçülüydü, hiçbir şeyi boş yere yapmıyordu. Odysseus onun yüzücü olduğunu söylemişti, uzun kollarıyla bacakları hedefine doğru zahmetsizce ilerliyordu.

Dışarıda gökyüzü dönmüştü. Bulutlar o kadar alçaktı ki pencerelere sürünüyor gibiydiler, ilk iri damlaların düşmeye başladığını duyabiliyordum. Telemakhos'la Telegonos aceleyle kapıdan içeri daldılar, gemiyi çekerken ıslanmışlardı. Telegonos, Penelope'nin tezgâh başında olduğunu görünce hemen o tarafa gitti, giderken bir yandan da Penelope'nin yaptığı işin güzelliğini övüyordu. Bense Telemakhos'u seyrediyordum. Yüzü sertleşmiş, ânında pencereye doğru dönmüştü.

Öğle yemeğini hazırladım, neredeyse mutlak bir sessizlik içinde yedik. Yağmur gitgide azaldı. Bütün gün evde kapalı kalma fikrine dayanamadım, oğlumu kıyıda yürüyüş yapmaya sürükledim. Kumlar sert ve ıslaktı, ayak izlerimiz bıçakla kesilmiş gibi görünüyordu. Kolumu onunkine taktım, orada kalmasına izin verince de şaşırdım. Dünkü titremeleri geçmişti ama geri geleceğini biliyordum.

Vakit öğleyi ancak biraz geçmişti ama havada gözlerimin önüne perde çekilmiş gibi bir loşluk, bir karanlık vardı. Penelope'yle konuşmamız aklımdan çıkmıyordu. O sırada kendimi akıllı ve hazırcevap hissetmiştim ama şimdi konuşmayı gözden geçirince, Penelope'nin ne kadar az şey söylediğini fark ettim. Aslında onu sorgulamaya niyetlenmiş, oysa sonunda kendimi tezgâhımı ona gösterirken bulmuştum.

Bunun yerine cadıyı cezbetmişti.

"Buraya gelmek kimin fikriydi?" diye sordum.

Sorumun aniliği karşısında kaşlarını çattı. "Fark eder mi?"

"Merak ettim."

"Hatırlayamıyorum." Ama gözlerime bakmıyordu.

"Senin fikrin değildi."

Tereddüt etti. "Hayır. Ben Sparta'yı önermiştim."

Doğal bir fikirdi. Penelope'nin babası Sparta'da yaşıyordu. Kuzeni oranın kraliçesiydi. Dul bir kadın orada hoş karşılanırdı."

"Aiaie'nin adını ağzına almadın yani."

"Hayır. Şey olur diye düşündüm..." Sesi kesildi. Nezaketsizlik diyecekti tabii.

"Peki adayı ilk kim söyledi?"

"Kraliçe olabilir. Sparta'ya gitmemeyi yeğleyeceğini söylediğini hatırlıyorum. Biraz zaman istediğini."

Sözcüklerini dikkatle seçiyordu. Cildimin altında bir uğultu hissettim.

"Ne için zaman?"

"Söylemedi."

Sizi kendi arzusuna göre yönetebilecek olan dokumacı Penelope. Çalıların arasından geçiyorduk, koyu renk, ıslak dallara doğru yukarı yönelmiştik.

"İlginç. Ailesinin onu istemeyeceğini mi düşündü? Helene'yle araları mı açıktı? Herhangi bir düşmandan bahsetti mi?"

"Bilmiyorum. Hayır. Tabii ki düşmanlardan bahsetmedi."

"Telemakhos ne dedi?"

"Orada değildi."

"Peki buraya geleceğinizi öğrendiğinde şaşırdı mı?"

"Anne."

"Bana kraliçenin ne dediğini söyle. Tam olarak hatırladığın gibi söyle."

Patikada durmuştu. "Onlardan artık şüphelenmediğini zannediyordum."

"İntikam alacaklarından şüphelenmiyorum. Ama başka sorular var."

Derin bir nefes aldı. "Tam olarak hatırlayamıyorum. Ne kraliçenin sözlerini ne de başka bir şeyi. Her şey sis gibi gri. Hâlâ gri."

Yüzünde acı belirmişti. Başka bir şey söylemedim ama yürüdüğümüz sırada zihnim bir düğümle uğraşan parmaklar gibi bu düşünceyle uğraşmayı sürdürdü. O örümcek ipeğinin altında bir sır vardı. Sparta'ya gitmek istememişti. Onun yerine kocasının âşığının adasına gelmişti. Ve zaman istiyordu. Ne için?

O sırada eve varmıştık. İçeride Penelope tezgâhta çalışıyordu. Telemakhos pencerenin yanında duruyordu. Elleri yanlarında sımsıkı yumruk yapılmıştı ve hava kasvetliydi. Kavga mı etmişlerdi? Penelope'nin yüzüne baktım ama ipliklerinin üstüne eğilmişti, hiçbir şey belli etmiyordu. Kimse bağırmıyor, kimse ağlamıyordu ama öyle olmasını bu sessiz gerginliğe yeğleyeceğimi düşündüm.

Telegonos boğazını temizledi. "Susadım. Kim bir kadeh ister?"

Karafı getirip kadehleri doldurmasını seyrettim. Cesur yürekli oğlum. Kederinin arasında bile bizi neşelendirmeye, bir andan öbürüne taşımaya çalışıyordu. Ama yapabileceklerinin de bir sınırı vardı. Öğleden sonra sessizlik içinde geçti. Akşam yemeği de aynıydı. Penelope yemekler bittiği anda, "Yorgunum," dedi. Telegonos biraz daha kaldı ama ay yükselirken ellerinin içine esnemeye başlamıştı. Onu Arkturos'la birlikte yolladım. Telemakhos'un da peşlerinden gitmesini beklemiştim ama döndüğümde hâlâ yerindeydi.

"Sende babamın hikâyeleri vardır," dedi. "Dinlemek isterim."

Cüreti beni şaşırtmaya devam ediyordu. Bütün gün geride durmuş, bakışlarımdan kaçınmış, mahcup ve neredeyse görünmez gibi davranmıştı. Sonra birden elli senedir orada yetişiyormuş gibi önümde bitmişti. Odysseus'un bile hayran olacağı bir numaraydı.

"Anlatacaklarımın hepsini zaten biliyorsundur muhtemelen," dedim.

"Hayır." Sözcük odada biraz çınladı. "Hikâyelerini anneme anlattı ama ben ne zaman bir şey soracak olsam bir ozanla konuşmam gerektiğini söyledi."

Merhametsiz bir cevap. Odysseus'un nasıl bir mantıkla hareket ettiğini merak ettim. Sırf hınç mıydı? Başka bir amacı vardıysa bile asla öğrenemeyecektik. Hayatında yaptığı her şey olduğu gibi kalmak zorundaydı artık.

Kadehimi ocağın yanına getirdim. Dışarıda fırtına geri dönmüştü. Tüm gücüyle esiyor, evi rüzgârla ve ıslaklıkla boğuyordu. Penelope ile Telegonos hemen koridorun ötesindeydiler ama etrafımızda gölgeler toplanmıştı, sanki dünyanın öbür ucunda gibiydiler. Bu defa gümüş koltuğa oturdum. Bileklerime değen kakmalar serindi, inek derisi döşeme altımda biraz kaydı. "Öğrenmek istediğin nedir?"

"Her şey," dedi. "Ne biliyorsan."

Mutlu sonları ve ölümcül olmayan yaralarıyla Telegonos'a anlattığım versiyonları ona anlatmayı aklımdan bile geçirmedim. Benim çocuğum değildi, çocuk da değildi zaten, mirasını isteyen bir yetişkindi.

İstediğini verdim. Öldürülen Palamedes, terk edilen Philoktetes. Akhilleus'u kandırıp saklandığı yerden çıkararak savaşa sokan Odysseus. Troya'nın müttefiklerinden biri olan Kral

Resos'un kampına ay karanlığında süzülüp uyudukları sırada bütün askerlerin boğazını kesen Odysseus. At numarasını tasarlayıp Troya'yı alması ve Astyanaks'ın paramparça edilişini görmesi. Sonra yamyamlarıyla, korsanlarıyla ve canavarlarıyla vahşi eve dönüş yolculuğu. Hikâyeler hatırladığımdan bile kanlıydı, birkaç kere bocaladım. Ama Telemakhos darbeleri doğruca kabul ediyordu. Gözlerini benimkilerden hiç ayırmadan sessizce oturdu.

Kyklopu sona saklamıştım, neden bilmiyorum. Belki Odysseus'un anlatışını son derece açıkça hatırladığım için. Konuşurken sözcükleri benimkilerin altından fısıldıyor gibiydi. Yorgunluktan bitkin halde bir adaya çıkmışlar, tıka basa erzak dolu büyük bir mağara keşfetmişler. Odysseus yağmacılık yapmanın iyi olacağını düşünmüş, aksi takdirde ada sakinlerinden misafirperverlik dilenmek zorunda kalacaklarmış. Mağaradaki yiyeceklerle kendilerine ziyafet çekmeye başlamışlar. Mağaranın sahibi dev, tek gözlü çoban Polyphemos sürüsüyle birlikte geri dönmüş ve onları ziyafet başında yakalamış. Onları içeride kapana kıstırmak için mağaranın girişine koca bir kaya yuvarlamış, sonra adamlardan birini yakaladığı gibi ısırıp ikiye bölmüş. Adamları birbiri ardına gövdeye indirmiş, sonunda o kadar doymuş ki geğirdikçe ağzından kol bacak parçaları püskürüyormuş. Bu dehşete rağmen Odysseus canavarı şarapla ve dostça sözlerle kandırmış. İsminin *Outis*, yani *Hiç kimse* olduğunu söylemiş. Yaratık sonunda sarhoş olup sersemleyince büyük bir kazığı sivriltmiş, ateşte kızdırıp devin tek gözüne batırmış. Kyklop kükreyip çırpınmış ama Odysseus'la tayfanın geri kalanını göremiyormuş ki yakalasın. Koyunlarını otlatmak için mağaradan çıkarınca adamlar da kaçabilmiş, tüylü hayvanların alt tarafına tutunmuşlar. Hiddetten kuduran canavar arkadaşı tepegözleri yardıma çağırdıysa da gelen olmamış çünkü Polyphemos, "Hiç kimse beni kör etti! Hiç kimse kaçıyor!" diye bağırmaktaymış. Odysseus ile mürettebatı gemilerine erişip güvenli bir uzaklığa vardıklarında Odysseus arkasına dönüp dalgaların üstünden bağırmış: "Seni aldatan adamın kim olduğunu bilmek istersen, Odysseus derler ona, Laertes'in oğlu ve İthaka Prensi."

Bu sözler durgun havada yankılanır gibiydi. Telemakhos sesin solup gitmesini beklercesine sessizdi. Sonunda, "Kötü bir hayatmış," dedi.

"Daha mutsuz olan bir sürü insan var."

"Hayır." Harareti beni irkiltti. "Kendisi için kötü bir hayat olduğunu söylemiyorum. Diğerlerinin hayatını sefil bir hale getirdiğini kastediyorum. Adamları o mağaraya baştan niye gitmiş? Babam daha fazla hazine istiyormuş da ondan. Ya bu yüzden herkesin ona merhamet gösterdiği Poseidon'un gazabı? Onu da üstüne kendi çekmiş çünkü aldatmacayı kimin kurduğuyla övünmeden kyklopun yanından ayrılamamış."

Sözleri, önünde engel olmayan bir sel gibi akıyordu.

"Onca senelik acı ve yolculuk. Niye? Bir anlık övünç için. Hiç kimse olmaktansa tanrıların lanetini üzerine çekmeyi yeğlemiş. Savaştan sonra eve dönseydi talipliler asla gelmeyecekti. Annemin hayatı mahvolmayacaktı. Benimki de. Bizi ve memleketini ne kadar özlediğinden öyle sık bahsederdi ki. Ama hepsi yalandı. İthaka'ya döndüğünde asla mutlu olmadı, gözü hep ufuktaydı. Bizi bir kere daha eline geçirir geçirmez başka bir şey istemeye başlamıştı. Kötü bir hayat değilse nedir bu? İnsanları cezbedip kendine çekmek, sonra onlardan yüz çevirmek."

Bunun doğru olmadığını söylemek için ağzımı açtım. Ama Penelope'yi özlediğini bildiğim için acı çekerek kaç kere yatmıştım yanında? Benim seçimimdi. Telemakhos'un öyle bir lüksü olmamıştı.

"Sana anlatmam gereken bir hikâye daha var," dedim. "Yanınıza dönmeden önce tanrılar, babana kâhin Teiresias'la konuşmak üzere yeraltı dünyasına gitmesini emrettiler. Orada hayattayken tanıdığı pek çok ruhu gördü. Aias, Agamemnon, aralarında bir zamanlar Yunanların En İyisi'yken sonsuz şöhretin bedeli olarak erken bir ölümü seçmiş olan Akhilleus da vardı. Baban kahramanla sıcak bir biçimde konuştu, onu övdü ve insanlar arasındaki şöhreti konusunda güvence verdi. Ama Akhilleus ona sitem etti. Kibirli yaşamından pişman olduğunu söyledi, keşke daha sakin ve daha mutlu bir yaşam sürmüş olsaydım dedi."

"Umut etmem gereken bu mu yani? Bir gün yeraltı dünyasında babamı göreceğimi ve onun pişman olduğunu söyleyeceğini mi umayım?"

Bazılarımızın eline geçenden daha iyiydi bu ama sessizliğimi korudum. Telemakhos'un öfkesinde haklılık payı vardı ve bunu elinden almaya çalışmak bana düşmezdi. Dışarıda aslanlar yaprakların arasında gezinirken bahçe hafifçe hışırdıyordu. Gökyüzü açılmıştı. Bulutların arasında onca zaman geçirdikten sonra yıldızlar çok parlak görünüyordu, karanlığın içine fener gibi asılmışlardı. Kulak kabartsak esintide zincirlerinin hafifçe şıngırdadığını duyabilirdik.

"Babamın söylediği doğru muydu sence? İyilerin onu asla sevmediği?"

"Babanın söylemekten hoşlanacağı türden bir şeydi o bence, gerçekle uzaktan yakından ilgisi yoktu. Annen onu seviyordu örneğin."

Gözleri benimkileri buldu. "Sen de."

"İyi olmak gibi bir iddiam yok."

"Ama ondan hoşlanıyordun. Her şeye rağmen."

Sesinde bir meydan okuma vardı. Sözcüklerimi dikkatle seçerek konuştum. "En kötü yanlarını görmedim. En iyi halinde bile kolay bir adam değildi. Ama arkadaşa ihtiyacım olan bir dönemde bana arkadaşlık etti."

"Bir tanrıçanın arkadaşa ihtiyacı olduğunu düşünmek tuhafıma gidiyor."

"Deli olmayan bütün varlıkların arkadaşa ihtiyacı vardır."

"Bence bu işten babam daha kârlı çıkmış."

"Adamlarını domuza çevirdim."

Gülümsemedi. Çizdiği yayın sonuna doğru giden bir ok gibiydi. "Ona yardım eden bütün tanrılar, bütün ölümlüler. İnsanlar onun kurnazlıklarından bahsediyor. Gerçek yeteneği, başkalarından bir şeyler almayı çok iyi başarmasıymış."

"Böyle bir yetenekten memnuniyet duyacak pek çok kişi var," dedim.

"Ben onlardan değilim." Kadehini bıraktı. "Sizi daha fazla sıkmayacağım Kirke Hanım. Hikâyeleri bütün gerçeklikleriyle anlattığınız için teşekkür ederim. Benim için bu kadar zahmete katlanacak pek az kişi var."

Cevap vermedim. Bir şey beni dürtmeye başlamış, ensemdeki tüyleri diken diken etmişti.

"Niye buradasınız?" diye sordum.

Gözlerini kırpıştırdı. "Anlattım ya. İthaka'dan ayrılmak zorundaydık."

"Evet," dedim. "Ama buraya niye geldiniz?"

Rüyadan uyanan biri gibi ağır ağır konuştu. "Galiba annemin fikriydi."

"Niye?"

Yanağında bir kızarıklık belirdi. "Söylediğim gibi, kendisi sırlarını benimle paylaşmaz."

Annemin ne yaptığını, o şey yapılana dek tahmin edebilecek kimse yoktur.

Döndü ve salonun karanlığına geçti. Bir an sonra da kapısının yumuşak kapanma sesini duydum.

Soğuk hava duvarlardaki çatlaklardan hızla içeri dolup beni koltuğuma mıhlar gibiydi. Çok aptallık etmiştim. Kraliçeyi o gün uçurumun tepesinde tutup sallayarak gerçeği ağzından almalıydım. Bana büyümü, tanrıları durdurabilen büyümü nasıl dikkatle sorduğunu şimdi hatırlıyordum. *Olymposluları bile.*

Odasına gitmedim, kapısını menteşelerinden sökmedim. Penceremde içim içimi yiyerek durdum. Denizlik parmaklarımın altında gıcırdadı. Şafağa saatler vardı ama saatler benim için hiçbir şeydi. Dışarıdaki yıldızların soluklaşıp adanın yaprak yaprak ışığa boyanmasını seyrettim. Hava yeniden değişmiş, gökyüzü üstüne bir örtü çekmişti. Bir fırtına daha. Servi dalları tıslıyordu.

Uyandıklarını duydum. Önce oğlum, sonra Penelope, son olarak da yatağa çok geç gitmiş olan Telemakhos. Teker teker salona geldiler, şahinin gölgesini kontrol eden tavşanlar gibi pencerede olduğumu gördükçe durakladıklarını hissettim. Masa boştu, kahvaltı hazırlanmamıştı. Oğlum tabak çanakları şangırdatmak üzere mutfağa koştu. Sessiz bakışlarını sırtımda hissetmek hoşuma gidiyordu. Oğlum, yesinler diye ısrar ediyordu, sözleri özürlerle ağırlaşmıştı. Annem adına özür dilerim. Bazen böyledir.

"Telegonos," dedim, "ağılın tamire ihtiyacı var ve fırtına geliyor. O işi halledeceksin."

Boğazını temizledi. "Tabii anne."

"Kardeşin de sana yardım eder."

Bakışırlarken bir sessizlik daha oldu.

Telemakhos uysalca, "Bence uygun," dedi.

Birkaç tabak ve sıra sesi daha. Sonunda kapı arkalarından kapandı.

Döndüm. "Beni aptal yerine koydun. Burnundan tutup istediğin yere çekebileceğin bir safdil yerine. Öyle tatlı tatlı büyümü soruyordun. Söyle bana, tanrıların hangisi var ardında? Başıma getirdiğin kimin gazabı?"

Tezgâhımda oturuyordu. Kucağı, eğrilmemiş siyah yünle doluydu. Yanında, yerde bir iğ, bir de gümüş uçlu, fildişi öreke duruyordu.

"Oğlum bilmiyor," dedi. "Onun suçu yok."

"Orası aşikâr. Ağında oturan örümceği gözüm seçer."

Başını salladı. "Söylediğin şeyi yaptığımı itiraf ediyorum. Bile bile yaptım. Tanrıça ve cadı olduğun için başına pek bir dert gelmeyeceğini zannettiğimi iddia edebilirdim ama yalan olurdu. Tanrıları bundan iyi tanıyorum."

Sakinliği tepemi attırdı. "Hepsi bu mu? Ne yaptığımın farkındayım deyip geçiştirecek misin? Dün gece oğlun, babasından, başka insanlardan bir şeyler alıp karşılığında sadece mutsuzluk getiren biri olarak bahsetti. Senin hakkında ne söyleyeceğini merak ediyorum."

Darbe yerini bulmuştu. Üstünü kapatmak için kullandığı boş ifadeyi gördüm.

"Beni uysal bir cadı gibi görüyorsun ama kocanın benimle ilgili hikâyelerine kulak vermemişsin. İki gündür adamdasınız. Kaç kere yemek yedin Penelope? Şarabımdan kaç kadeh içtin?"

Rengi soldu. Saç çizgisinde şafağın sürünerek yaklaşan kıyısı gibi bir grilik belirdi.

"Konuş, yoksa gücümü kullanırım."

"Zaten kullandığını düşünüyorum." Sözcükler taş gibi sert ve soğuktu. "Adana tehlike getirdim. Ama önce sen benimkine tehlike getirdin."

"Oğlum kendiliğinden geldi."

"Oğlundan bahsetmiyorum, bence bunu sen de biliyorsun. Yolladığın mızraktan, zehiri kocamı öldüren mızraktan bahsediyorum."

İşte, artık söylenmişti.

"Ölümünün yasını tutuyorum."

"Söyledin."

"Özür dilememi bekliyorsan, öyle bir şey olmayacak. Güneşi geri döndürebilecek güçlerim olsa bile yapmazdım bunu. Kumsalda Odysseus ölmeseydi oğlum ölecekti. Oğlumun hayatı için vazgeçmeyeceğim şey yok."

Yüzünden bir ifade geçti. O kadar kendine dönük bir şey olmasaydı gazap diyebilirdim. "İyi madem. Alışverişini yaptın ve eline geçen bu: Oğlun yaşıyor, biz de buradayız."

"Demek bunu bir çeşit intikam olarak görüyorsun. Bir tanrının gazabını üstüme getirmeyi."

"Uygun bir bedel olarak görüyorum."

İyi bir okçu olurdu diye düşündüm. O soğukkanlı keskinliğiyle.

"Pazarlık yapacak konumda değilsiniz, Penelope Hanım. Burası Aiaie."

"O zaman pazarlık yapmayayım. Neyi yeğlerdiniz, yalvarmamı mı? Elbette, tanrıça olduğunuza göre."

Tezgâhımın dibinde diz çöktü, gözlerini yere indirip ellerini kaldırdı. "Helios'un kızı, parlak gözlü Kirke, İblislerin Hanımı ve Aiaie Cadısı, kasvetli adana sığınmama izin ver, çünkü ne kocam var ne de evim, bu dünyada oğlumla benim için güvenli tek bir yer yok. Yakarışıma kulak verirsen sana her yıl kan dökerim."

"Kalk ayağa."

Kıpırdamadı. Bu duruş ona hiç yakışmıyordu. "Kocam senden sevgiyle bahsederdi. İtiraf ediyorum, hoşuma gitmeyecek kadar sevgiyle. Karşılaştığı bütün canavarlarla tanrılar arasında sadece seni yeniden görmek istediğini söylerdi."

"Kalk ayağa dedim."

Kalktı.

"Bana her şeyi anlatacaksın, ondan sonra karar vereceğim."

Gölgeli odada karşı karşıya durduk. Havada yıldırım tadı vardı. "Oğlumla konuştun," dedi. "Babasının savaşta yitip gittiğini ima etmiştir. Eve değişmiş halde, sıradan bir adam gibi yaşayamayacak kadar ölüme ve kedere batmış olarak döndüğünü. Askerlerin laneti. Öyle mi?"

"Onun gibi bir şey."

"Oğlum benden daha iyi bir insandır, babasından da. Ama her şeyi göremez."

"Sen görüyorsun yani?"

"Ben Spartalıyım. Orada eski askerleri iyi tanırız. Titreyen eller, uykudan irkilerek uyanmalar. Ne zaman borular çalsa şarabını döken adam. Kocamın elleri demirci elleri gibi sabitti, borular çalınca da ufka bakmak üzere limana ilk o koşuyordu. Savaş onu bozmamıştı, kendini bulmasını sağlamıştı. Troya'da sonunda hünerlerine denk bir faaliyet alanı bulabilmişti. Her zaman yeni bir kumpas, yeni bir plan, engellenmesi gereken yeni bir felaket vardı."

"Savaştan kurtulmaya çalışmış."

"Ah, o eski hikâye. Delilik, saban. O da düzendi. Tanrılara yemin etmişti, bundan kurtuluş olmadığını biliyordu. Yakalanmayı bekliyordu zaten. O zaman Yunanlar başarısızlığına gülecek, bütün hilelerinin böyle kolayca anlaşılabileceğini zannedeceklerdi."

Kaşlarımı çatmıştım. "Bana anlatırken buna dair hiçbir belirti göstermedi."

"Eminim göstermemiştir. Kocam her nefesinde yalan söylerdi, kendisi ve sen de buna dahildiniz. Hiçbir şeyi tek bir amaç uğruna yapmazdı."

"O da bir keresinde senin için aynı şeyi söylemişti."

Bunu onu incitmek için söylemiştim ama o başıyla onayladı. "Kendimizi dünyanın büyük akılları olarak görürdük. Yeni evliyken, elimizi sürdüğümüz her şeyi nasıl lehimize çevireceğimize dair binlerce plan kurardık. Sonra savaş çıktı. Odysseus, Agamemnon'un, hayatında gördüğü en kötü komutan olduğunu söyledi ama onu kendine isim yapmak için kullanabileceğini düşünüyordu. Öyle de yaptı. Tertipleri Troya'yı mağlup etti ve dünyanın yarısını yeniden biçimlendirdi. Ben de hünerliydim. Hangi keçiyi hangisiyle çiftleştirmek gerek, hasadı artırmak için ne yapmalı, balıkçıların ağlarını atacağı en iyi yerler nereler. İthaka'daki en acil sorunlarımız böyle şeylerdi. Eve geldiğinde yüzünü görmeliydin. Taliplileri öldürdü ama ondan sonra geriye ne kaldı? Balıklarla keçiler. Tanrıça olmayan, saçlarına aklar düşmüş bir eş ve anlayamadığı bir oğul."

Koparılmış servi dalı kadar keskin sesi havayı dolduruyordu.

"Savaş konseyi yoktu, fethedilecek ya da kumanda edilecek ordular yoktu. Bir zamanlar orada olan erkeklerin yarısı Odysseus'un mürettebatı, yarısı da benim taliplerim olduğundan hepsi ölmüştü. Ve her gün uzaklardaki bir zaferin haberleri geliyordu. Menelaos altından yepyeni bir saray yaptırmıştı. Diomedes İtalya'da bir krallığı fethetmişti. Troyalı göçmen Aineias bile yeni bir şehir kurmuştu. Kocam Agamemnon'un oğlu Orestes'e haber yollayıp ona danışmanlık yapmayı teklif etti. Orestes ihtiyacı kadar danışmanı olduğunu, zaten Odysseus gibi bir kahramanın huzurunu asla bozmak istemeyeceğini söyleyerek cevap verdi.

"Kocam bundan sonra başka oğullara da haber yolladı. Nestor'un, İdomeneus'un ve başkalarının oğullarına ama hepsi aynı şeyi söyledi. Onu istemiyorlardı. Kendi kendime ne dediğimi biliyor musun? Sadece zamana ihtiyacı olduğunu. Alçakgönüllü bir evle ocağın zevklerini ha bugün ha yarın hatırlayacağını. Benim orada bulunmamın zevklerini. Yeniden birlikte plan yapacaktık." Kendisiyle alay ederek ağzını çarpıttı. "Ama kocam o hayatı istemiyordu. Kumsala iner, bir aşağı bir yukarı yürürdü. Onu penceremden seyreder, kuzey halklarının inandığı, dünyayı yutmak için yanıp tutuşan büyük yılanla ilgili bir zamanlar anlattığı hikâyeyi düşünürdüm."

O hikâyeyi de hatırlıyordum. Sonunda yılan kendisini yiyordu.

"Yürürken havayla konuşurdu, hava etrafında toplanır, teninin üstünde parlakların en parlağı bir gümüşlükle ışıldardı."

Gümüş. "Athena."

"Başka kim olacak?" Acı ve soğuk bir gülümsemeyle gülümsedi. "Ne zaman sakinleşse yine geliyordu. Kulağına fısıldıyor, bulutlardan hızla aşağı inip kaçırdığı bütün maceralarla ilgili hayallerle dolduruyordu onu."

Athena, düzenleri birbirine eklenen o huzursuz tanrıça. Kahramanını evine döndürmek, hem kendisinin hem de onun şerefine halkının omuzlarına kaldırıldığını görmek için savaşmıştı. Zaferlerinin, Troyalılara birlikte getirdikleri ölümlerin hikâyelerini anlattığını duymak için. Ama Odysseus'tan bahsederken gözlerindeki hırsı hatırlıyordum: Pençelerinde avla bir baykuş. Gözdesinin sıkıcılaşıp evcilleşmesine asla izin verilemezdi. Onun kahramanı serüvenin tam gözünde, parlak ve cilalı bir halde yaşamalı, daima çaba harcamalı, bir şeylerin peşinde koşmalı, her zaman yeni bir zekâ gösterisiyle, yoktan var ettiği bir deha örneğiyle Athena'yı memnun etmeliydi.

Dışarıda, ağaçlar koyu renkli gökte mücadele ediyordu. O tekinsiz ışıkta, Penelope'nin yüzünün kemikleri Daidalos'un heykellerinden biri kadar incelikli görünüyordu. Beni neden daha fazla kıskanmadığını merak etmiştim. Şimdi anlıyordum. Kocasını elinden alan tanrıça ben değildim.

"Tanrılar anne babaymış gibi numara yaparlar," dedim, "ama

aslında ellerini çırpıp bağırarak daha fazlasını isteyen çocuklardır hepsi."

"Şimdi Odysseus'u öldüğüne göre," dedi, "daha fazlasını nereden bulacak?"

Son taşlar yerine oturdu, resim nihayet bütün halinde gözler önüne serildi. Tanrılar bir hazineden asla vazgeçmez. Athena, Odysseus'un yerine elde edebileceği en iyi şey neyse onun peşine düşecekti. Odysseus'un kanından gelenin peşine.

"Telemakhos."

"Evet."

Boğazımın sıkışması beni şaşırttı. "Kendisi biliyor mu?"

"Sanmıyorum. Söylemek zor."

Donuklaşmış, pis kokulu yün hâlâ ellerindeydi. Öfkeliydim, bunun karnımı kavurduğunu hissedebiliyordum. Yine de dürüst olmam gerekirse hiddetim eskisi kadar yakıcı değildi. Kapıma getirebileceği bütün tanrılar arasında en iyi katlanabileceğim buydu. Athena bizden daha ne kadar nefret edebilirdi ki?

"Onu gerçekten Athena'dan saklayabileceğine inanıyor musun?"

"Saklayamayacağımı biliyorum."

"O zaman neyin peşindesin?"

Kendini kanatlarıyla sarmış bir kuş gibi pelerini etrafına dolamıştı. "Gençliğimde, saray cerrahımızın bir konuşmasını duymuştum. İlaçları laf olsun diye sattığını söylemişti. Yeterince zaman verirseniz yaraların çoğu kendiliğinden iyileşir diyordu. Keşfetmekten hoşlandığım türde bir sırdı bu çünkü kendimi alaycı ve bilge hissetmemi sağlıyordu. Bunu kendime felsefe edindim. Anlayacağın, bekleme konusunda her zaman başarılıydım. Savaştan ve taliplilerden daha uzun yaşadım, Odysseus'un seyahatlerinden daha uzun yaşadım. Yeterince sabırlı davranırsam kocamın huzursuzluğunu ve Athena'yı da atlatacağımı söylüyordum kendime. Dünyada seveceği başka bir ölümlü mutlaka vardı. Ama anlaşılan yokmuş. Ben olduğum yerde otururken,

Telemakhos senelerce babasının gazabına katlandı. Ben gözlerimi başka yere çevirirken o acı çekti."

Odysseus'un bir defasında onun hakkında söylediği şey geldi aklıma. Asla yolundan sapmadığı, asla hata yapmadığı. O zaman kıskanmıştım. Şimdiyse ne ağır bir yük, diye düşünüyordum. Sırtında taşımak için ne kadar çirkin bir yük.

"Ama bu dünyada gerçek ilaçlar var. Sen bunun kanıtısın. Oğlun için derinliklere yürüdün. Tanrılara baş kaldırdın. Hayatımın o küçük adamın övünmeleriyle geçen onca senesini düşünüyorum. Bedelini ödedim, bu da gayet adil ama Telemakhos'a da bedel ödettim. İyi bir oğul, hep de öyle olmuştur. Onu kaybetmemden önce, yeniden dalgaların arasına atılmamızdan önce biraz zaman istiyorum. Bunu bana bağışlayacak mısın Aiaie'nin Kirke'si?"

Gri gözlerini üstümde kullanmamıştı. Kullansaydı onu reddederdim. Sadece bekliyordu. Bunun ona yakıştığı doğruydu. Havaya tacın üstüne oturan bir mücevher gibi uyum sağlamış görünüyordu.

"Kış mevsimindeyiz," dedim. "Şimdi gemiler yelken açamaz. Aiaie size biraz daha katlanacak."

YİRMİ ÜÇ

Oğullarımız yaptıkları işten rüzgâr yemiş ama kuru halde dönmüştü. Gökgürültüsü ve yağmur açık denizde kalmıştı. Diğerleri yemeklerini yerken en yüksek zirveye çıktım ve büyüyü üstümde hissettim. Koydan koya, sarı kumlardan diş diş taşlara uzanıyordu. Kanımda da hissettim, bu kadar uzun süredir taşıdığım o demir ağırlık. Athena büyüyü denemişti mutlaka. Köşelerinde sinsice dolaşmış, çatlak aramıştı. Ama büyü dayanacaktı.

Döndüğümde Penelope yine tezgâhın başındaydı. Omzunun üstünden baktı. "Görünüşe göre hava şimdilik açıldı. Sular sakindir artık. Telegonos, yüzme öğrenmek ister misin?"

Konuşmamızdan sonra beklediğim bütün şeyler arasında bu yoktu. Ama karşı çıkmayı düşünecek vaktim de olmadı. Telegonos hevesinden neredeyse bardağını deviriyordu. Bahçeden geçerek giderlerken, bitkilerimi anlattığını duydum. Gürgenin ne olduğunu ne zamandan beri biliyordu? Ya baldıranın? Ama ikisini de işaret etti ve özelliklerini saydı.

Telemakhos sessizce yanıma gelmişti. "Anne oğul gibi görünüyorlar," dedi.

Tam olarak aynı şeyi düşünmüştüm ama bunu sözcüklere

döktüğünü duyunca içimde bir öfke patlaması hissettim. Cevap vermeden bahçeye çıktım. Tarhlarımın önünde diz çöküp yabani ot yolmaya başladım.

Peşimden gelerek beni şaşırttı. "Oğluna yardım etmekten rahatsız olmuyorum ama dürüst davranalım, bize onarmamızı söylediğin o ağıl senelerden beri kullanılmamıştı. Gerçekten faydalı olacak bir iş verir misin bana?"

Topuklarımın üstüne oturup onu süzdüm. "Kraliyet mensupları genellikle angarya işler yapmak için ricacı olmaz."

"Tebaam bana biraz boş zaman bırakıyor. Adan çok güzel ama burada boş durmak zorunda kalırsam günbegün çıldırırım."

"Peki elinden ne gelir?"

"Bilindik şeyler. Balık tutmak, avlanmak. Olmayan keçilerini otlatmak. Bir şeyler oymak, kurmak. Oğlunun gemisini tamir edebilirim."

"Bir arızası mı var?"

"Dümen hem yavaş hem de güvenilmez, yelken çok kısa, seren de çok uzun. Akıntı olunca inek gibi yalpalıyor."

"Bana o kadar kötü görünmedi."

"İlk deneme için etkileyici değil demiyorum. Sadece, buraya gelirken batmamamız karşısında afalladım."

"Batmaya karşı efsunlu," dedim. "Sen nasıl böyle gemi ustası oldun?"

"İthakalıyım ben," dedi yalın bir şekilde.

"Yani? Bilmem gereken başka bir şey var mı?"

Yüzü teşhis koyarmış gibi ciddiydi. "Koyunların tüyleri bahar kırkmasını berbat edecek kadar keçeleşmiş. Salonundaki üç masa dengesiz, bahçe yolunun taşları da sallanıyor. Çatı saçaklarında en az iki kuş yuvası var."

Yarı eğlenmiş, yarı gücenmiştim. "Hepsi bu kadar mı?"

"Tam bir inceleme yapmadım."

"Sabah Telegonos'la birlikte gemiyi onarabilirsin. Şimdilik işe koyunlarla başlayalım."

Haklıydı, koyunlar keçeleşmişti ve ıslak kışın ardından omuzlarının yukarısına dek çamur içindeydiler. Fırçayı ve iksirlerimden biriyle doldurulmuş büyük bir kâse getirdim.

İnceledi. "Ne işe yarıyor?"

"Postu yırtmadan çamuru temizliyor."

Ne yaptığını biliyordu, becerikli bir tavırla işe girişmişti. Koyunlarım uysaldı ama Telemakhos'un yatıştırmak ve kandırmak için kendine has numaraları vardı. Hayvanların sırtındaki eli onları zahmetsizce şu ya da bu tarafa yöneltiyordu.

"Bu işi daha önce de yapmışsın," dedim.

"Tabii. Yıkama suyu mükemmel, nedir bu?"

"Devedikeni, pelin, kereviz, kükürt. Sihir."

"Ah."

O arada kırkma bıçağını çıkarmış, kozalakları kesmeye başlamıştım. Hayvanlarımın soyu ve yetiştirme yöntemlerimle ilgili sorular sordu. Uysallıklarının büyüden mi, yoksa benim etkimden mi kaynaklandığını öğrenmek istedi. Elleri meşgulken üstündeki tuhaf katılık kayboluyordu. Çok geçmeden bana keçi otlatırken yaptığı aptallıkları anlatmaya başlamıştı, ben de gülüyordum. Güneşin denize battığını fark etmedim, Penelope ile Telegonos yanımızda belirince de irkildim. Ayağa kalkıp ellerimizdeki çamuru temizlediğimiz sırada Penelope'nin bakışlarını üzerimizde hissettim.

"Gelin," dedim. "Acıkmışsınızdır."

O gece Penelope yemekten yine erken kalktı. Bir kastı olup olmadığını merak ettim ama yorgunluğu gerçek görünüyordu. Hâlâ yas tutuyor diye hatırlattım kendime. Hepimiz öyleydik. Ama yüzmek oğluma iyi gelmişti veya belki de Penelope'nin ilgisiydi iyi gelen. Rüzgârdan yanakları kızarmıştı ve konuşmak istiyordu. Hâlâ çok acı veren bir yara olan babasından değil de eski ilk aşkından: Kahramanlık hikâyelerinden. İthaka'da bu tür hikâyeler konusunda yetenekli bir ozan olduğu anlaşılıyordu, Telegonos da Telemakhos'tan ozanın anlattığı versiyonları dinlemek istiyordu. Telemakhos başladı: Belleroponthes ve Perseus, Tantalos, Atalante. Yine ahşap koltuğa oturmuştu, ben de gümüşe. Telegonos yerde bir kurda yaslanmıştı. Tuhaf, neredeyse sarhoş bir gerçekdışılık hissi içindeydim. Gelmelerinden beri yalnızca iki gün mü geçmişti? Çok daha uzundu sanki. Bu kadar arkadaşlığa, bu kadar sohbete alışkın değildim. Oğlum bir hikâye daha, bir tane daha istiyor, Telemakhos da ona uyuyordu. Dışarıda birlikte çalışırken saçları rüzgârdan karışmıştı, ateşin ışığı yanağına vuruyordu. Pek çok yönüyle olduğundan yaşlı görünüyordu ama orada neredeyse çocuk gibi görünmesine neden olan tatlı bir kavis ortaya çıkmıştı. Söylediği gibi, usta bir hikâyeci değildi ama anlattıkları ve uçan atlarla altın elmalardan bahseden ciddi yüzünü seyretmek bu sayede her nasılsa daha eğlenceli hale geliyordu. Oda sıcak, yıllanmış şarap güzeldi. Cildim bana balmumu gibi yumuşak gelmeye başladı. Öne eğildim.

"Söylesene, o ozan Girit Kraliçesi Pasiphae'den bahsetti mi hiç?"

"Minotauros'un annesi," dedi Telemakhos. "Bahsetmez mi? Theseus'un hikâyesinde mutlaka o da olur."

"Minos öldüğünde ona ne olduğundan bahsedildi mi hiç? Pasiphae ölümsüz, hâlâ orada hüküm mü sürüyor?"

Telamakhos kaşlarını çatmıştı. Hoşnutsuzluk değil de koyun yıkama suyumu incelediğinde takındığı ifadeydi bu. Karmakarışık düğümleri arasında nesillerin iplerini takip edişini seyrettim. Pasiphae'nin güneşin kızlarından biri olduğu söylenirdi. Anladığı zamanı yüzünde gördüm.

"Hayır," dedi. "Onun ve Minos'un soyu hüküm sürmüyor artık. Pasiphae'nin torunu olan İdomeneus'tan elinden zorla alan Leukhos adlı bir adam kral. Benim duyduğum hikâyede Pasiphae, Minos öldükten sonra tanrıların salonuna geri dönmüş, şanla şerefle orada yaşıyormuş."

"Kimin salonuna?"

"Ozan onu söylemedi."

Çakırkeyif bir pervasızlığın pençesine düşmüştüm. "Muhtemelen Okeanos'unkinedir. Eskiden olduğu gibi nympha'lara dehşet saçıyordur. Minotauros doğduğunda oradaydım. Kafese koyulmasına yardım ettim."

Telegonos'un ağzı açık kaldı. "Kraliçe Pasiphae'yle akraba mısınız? Bir de Minotauros'u mu gördün? Niye bahsetmedin bundan?"

"Sormadın."

"Anne! Her şeyi anlatmalısın. Minos'la tanıştın mı? Ya Daidalos'la?"

"Bu tezgâhı nereden buldum sanıyorsun?"

"Bilmiyorum ki! Şey sanmıştım, ne bileyim..." Elini havada salladı.

Telemakhos beni seyrediyordu.

"Hayır," dedim. "Ustayı tanıyordum."

"Benden sakladığın başka ne var?" diye sordu Telegonos. "Minotauros ve Trygon, başka kim? Khimaira? Nemea aslanı? Kerberos ve Skylla?"

Gözlerini iri iri açtığı öfkesine gülümsüyordum ve inecek darbeyi görememiştim. Oğlum bu ismi nereden duymuştu? Hermes? İthaka? Önemi yoktu. İçime soğuk bir mızrak saplanıyordu. Ne düşünmüştüm? Geçmişim oyundan ibaret değildi, bir serüven masalı değildi. Fırtınaların kıyıda çürüttüğü çirkin enkazdı. Odysseus'unki kadar kötüydü.

"Söyleceğimi söyledim. Bir daha sorma." Ayağa kalkıp şaşkın yüzlerinden uzaklaştım. Odama gidince yatağıma yattım. Ne aslan vardı ne de kurt, oğlumun yanında kalmışlardı. Üstümüzde bir yerlerde Athena vardı, parlak gözleriyle seyrediyordu. Mızrağıyla zayıflığıma saldırmak için bekliyordu. Gölgelere doğru konuştum. "Sen beklemene bak."

Uyuyamayacağımdan emindim ama uyudum.

Berrak bir zihinle ve kararlı bir halde uyandım. Bir gece önce hem yorgun hem de alışkın olduğumdan daha sarhoştum ama artık yine sağlamdım. Kahvaltı hazırladım. Telegonos geldiğinde, bir başka patlama beklentisiyle beni süzdüğünü gördüm. Ama sıcak davranıyordum. Bu kadar şaşırmasına gerek yok, diye düşündüm. Cana yakın davranabilirdim.

Telemakhos dilini tuttu ama yemek bitince kardeşini alıp gemiyi onarmaya başlamak üzere gitti.

"Tezgâhını yine kullanabilir miyim?"

Penelope başka bir elbise giymişti. Bu defaki daha şıktı, solgun bir krem rengi alana dek ağartılmıştı. Cildinin koyu renk tonlarını güzel gösteriyordu.

"Kullanabilirsin." Mutfağa gitmeyi düşündüm ama otlarımı genellikle ocağın yanındaki uzun masada keserdim ve kendimi sürgüne yollamak için bir sebep göremiyordum. Bıçakları, kâseleri ve diğer şeyleri çıkardım. Telegonos'u koruyan büyülerin yarım ay döngüsü daha yenilenmesine gerek yoktu, o yüzden yalnız kendi zevkim için çalışıyor, kurutup öğütüyor, daha sonra kullanmak üzere bitki ruhları damıtıyordum.

Konuşmayız diye düşünmüştüm. Yerimizde olsaydı Odysseus sırf zevkine varmak için sır saklamaya ve kandırmacaya devam ederdi. Ama o kadar uzun süre yalnızlığın ardından sanırım ikimiz de açık açık konuşmanın değerini bilmeyi öğrenmiştik.

Işık pencerelerden eğik bir biçimde içeri doluyor, çıplak ayaklarımızda gölleniyordu. Ona Helene'yi sordum, Sparta'nın nehirlerinde yüzerek ve amcası Tyndareos'un sarayında oynayarak birlikte geçirdikleri çocukluklarından hikâyeler anlattı. Dokumadan ve en iyi koyun ırklarının hangileri olduğundan bahsettik. Telegonos'a yüzme öğretmeyi teklif ettiği için teşekkür ettim. Seve seve yaptığını söyledi. Telegonos coşkusu ve iyi huylu mizacıyla, etrafındakileri yatıştırmasıyla kuzeni Kastor'u hatırlatıyordu ona. "Odysseus dünyayı kendine çekerdi," dedi. "Telegonos dünyanın peşinden koşuyor, giderken de tıpkı bir nehrin yatak açması gibi dünyayı şekillendiriyor."

Onu övdüğünü duymak, söyleyemeyeceğim kadar hoşuma gitmişti. "Bebekliğini görecektin. Bu kadar vahşi bir yaratık görülmemiştir. Gerçi dürüst olmam gerekirse ikimizin arasında esas vahşi olan bendim. Çocuğum olmadan önce annelik gözüme kolay görünürdü."

"Helene'nin bebeği öyleydi," dedi. "Hermione. Beş sene boyunca avaz avaz bağırdı ama sonra görülmemiş tatlılıkta bir kız olarak büyüdü. Telemakhos'un yeterince çığlık atmadığından endişelenirdim. Çok çabuk uslandığından. İkinci bir çocuğun nasıl farklı olacağını hep merak ederdim. Ama Odysseus eve döndüğünde çocuk işi benim için bitmişti." Sesi gerçekçiydi. Türküler daha sonra ondan sadık lakabıyla bahsedecekti. Sadık, hakikatli ve ihtiyatlı. Gerçekte olduğu kişi için ne uysal, ne soluk sözler. Odysseus yokken başka bir koca alabilir, başka bir çocuk doğurabilirdi, bu sayede hayatı çok kolaylaşırdı. Ama Odysseus'u tutkuyla seviyordu ve başkasını kabul etmemişti.

Bir çatı kirişinden sarkan civanperçemi hevengini indirdim.

"Bu ne için kullanılıyor."

"İyileştirici merhemler. Civanperçemi kanamayı keser."

"Seyredebilir miyim? Büyü yapıldığını hiç görmedim."

Telegonos'a övgüsü kadar hoşuma gitti bu. Masada yer açtım. İltifatkâr bir seyirciydi, her malzemenin adını söyleyip amacını açıkladığımda dikkatli sorular soruyordu. Erkekleri domuza çevirmek için kullandığım otları görmek istedi. Kuru yaprakları eline bıraktım.

"Kendimi dişi domuza döndürmeyeceğim değil mi?"

"Hepsini yutman ve güç sözcüklerini söylemen gerekir. Sadece ilahi kanda yetişen çiçekler sihirlerini ortaya çıkarmak için büyüye ihtiyaç duymaz. Bir de sanırım cadı olman gerekirdi."

"Tanrıça."

"Hayır," dedim. "Yeğenim ölümlüydü ve benimkiler kadar güçlü büyüler yapardı."

"Yeğenin," dedi. "Medeia'yı kastetmiyorsun herhalde?"

Bu kadar uzun süre sonra bu ismi duymak tuhaftı. "Onu tanıyor musun?"

"Ozanların saray avlularında krallara söylediği türküleri ve sergiledikleri oyunları biliyorum."

"Duymak isterim," dedim.

Penelope konuşurken dışarıdaki ağaçlar rüzgârda takırdıyordu. Medeia, Aietes'in elinden kaçmayı gerçekten de başarmıştı. İason'la birlikte İolkos'a gitmiş, ona iki oğul doğurmuştu ama İason büyülerinden ürküyor, halkı da ondan nefret ediyordu. Zamanla kendi memleketinden tatlı, çok sevilen bir prensesle başka bir evlilik yapmak istemişti. Medeia, İason'un bilgeliğini övmüş, geline hediyeler göndermişti: Kendi yaptığı bir taçla bir pelerin. Kız hediyeleri giyip takınca canlı canlı yanmıştı. Medeia ondan sonra çocuklarını sunağa sürüklemiş, İason'un onları asla alamayacağına yemin ederek ikisinin de boğazını kesmişti. Son olarak onu Kolkhis'e geri götürmesi için ejderhaların çektiği bir arabayı çağırırken görülmüştü.

Ozanlar hikâyeyi renklendirmişti kuşkusuz ama Medeia'nın parlak, yırtıcı yüzünü görebiliyordum. Kaybetmektense dünyayı ateşe vereceğine inanıyordum.

"Evliliğinin keder doğuracağını ona söylemiştim. Haklı olduğumu duymak hiç zevk verici bir şey değil."

"Nadiren öyledir." Penelope'nin sesi yumuşaktı. Katledilen o çocukları düşünüyordu belki. Ben de onları düşünüyordum. Ve elbette kardeşime ait olan o ejderhalı arabayı. Aralarında geçen onca şeyin ardından Medeia'nın ona dönmesi inanılmaz görünüyordu ama benim aklıma yatmıştı. Aietes vâris istiyordu, kendisine Medeia kadar benzeyen biri de yoktu. Medeia, Aietes'in gaddarlığıyla eğitilerek yetişmişti ve sonuçta büründüğü başka bir şekli korumayı öğrenememişe benziyordu.

Civanperçeminin üstüne bal döktüm, merhemi bağlamak için balmumu ekledim. Hava otlardan ötürü misk kokulu ve keskindi.

Penelope, "Peki nasıl cadı olunuyor?" diye sordu. "Tanrılıkla ilgisi yoksa?"

"Kesin olarak bilmiyorum," dedim. "Bir zamanlar kan bağıyla geçtiğini düşünmüştüm ama Telegonos büyüden hiç anlamıyor. Zamanla, işin büyük kısmının iradeden oluştuğuna inanır oldum."

Başıyla onayladı. Açıklamama gerek yoktu. İradenin ne olduğunu biliyorduk.

Penelope ile Telegonos o öğleden sonra yine koya gittiler. Bir önceki akşam konuyu kestirip atmamın ardından Telemakhos'un benden uzak duracağını sanmıştım ama gelip otlarımın başında buldu beni. "Masaları halledeyim diye düşündüm."

Karacaot yapraklarını öğütürken onu seyrettim. Ölçme ipi, işaretleyip çizgiye kadar suyla doldurduğu bir de kabı vardı.

"Ne yapıyorsun?"

"Zeminin düz olup olmadığını kontrol ediyorum. Aslında sorun bacaklar. Hepsi hafifçe farklı uzunlukta. Kolayca düzeltilir."

Rendeyi kullanmasını, bacakları ipiyle ölçüp sonra bir daha ölçmesini seyrettim. Burnunun nasıl kırıldığını sordum. "Gözlerim kapalı yüzerken," dedi. "Dersimi aldım." İşini bitirince taşları halletmek için dışarı çıktı. Peşinden gittim, bahçenin aslında buna pek ihtiyacı olmamasına karşın yaban otlarını yolmaya başladım. Arılardan, eskiden beri adada daha fazla arı olmasını istediğimden bahsettik. Onları da diğer yaratıklar gibi terbiye edip edemeyeceğimi sordu. "Hayır," dedim. "Herkes gibi ben de duman kullanıyorum."

"Fazla kalabalığa benzeyen bir kovan gördüm," dedi. "İstersen baharda onu ikiye bölebilirim."

İsterim dedim ve tümsekli toprağı düzlemesini seyrettim. "Çatı oluğu şuradan boşalıyor," dedim. "O taşlar bir sonraki yağmurun ardından yine oynamaya başlayacak."

"Bu işler böyledir. Tamir edersin, yine bozulurlar, sen de bir daha tamir edersin."

"Sabırlı bir yapın var."

"Babam buna sıkıcılık diyordu. Budama yapmak, ocakları temizlemek, zeytinlerin çekirdeklerini çıkarmak. Bu tür şeylerin nasıl yapıldığını merakından öğrenmek ister ama hiçbirini yapmak zorunda kalmak istemezdi."

Doğruydu. Odysseus'un en sevdiği işler, sadece bir kere yapılıp bitenlerdi: Bir kenti yağmalamak, bir canavarı mağlup etmek, girilmez bir şehre girmenin yolunu bulmak.

"Belki bunu annenden almışsındır."

Başını kaldırmadı ama bana gerginleşmiş gibi geldi. "O nasıl? Konuştuğunuzu biliyorum."

"Seni özlüyor."

"Nerede olduğumu biliyor."

Öfke yüzünde açık ve temiz bir şekilde görülüyordu. Onda bir tür masumluk var, diye düşündüm. Bunu şairlerin söylediği türden bir şey olarak söylemiyorum: Hikâyenin sonunda bir tarafa bırakılacak ya da büyük bir bedel karşılığında korunacak bir erdem değil kastım. Aptal ya da saf olduğunu da söylemeye çalışmıyorum. Telemakhos'un sadece kendinden ibaret olduğunu, bizleri tıkayan posaların onda bulunmadığını söylüyorum. Düşünüyor, hissediyor, hareket ediyordu ve bütün bunlar düz bir çizgi oluşturuyordu. Babasının onun karşısında bu kadar şaşkına dönmesine şaşmamalıydı. Odysseus daima gizli anlamı, karanlıktaki bıçağı arardı. Oysa Telemakhos bıçağını açıkta taşıyordu.

Tuhaf günlerdi. Athena balta gibi başımızın üstünde dolaşıyordu ama on altı yıldır dolaştığından artık bu yüzden rahatsız olacak değildim. Telegonos her sabah kardeşini adada dolaştırıyor, ben otlarımla uğraşırken Penelope de yün eğiriyor ya da kumaş dokuyordu. O zamana kadar oğlumu bir kenara çekmiş, Odysseus'un İthaka'da kötüleşen mizacıyla, şüpheleri ve hiddetiyle ilgili öğrendiklerimden birazını anlatmıştım, bu bilginin günbegün içine nüfuz ettiğini görüyordum. Hâlâ yas tutuyordu ama suçluluk duygusu hafiflemeye başlamış, yüzünün aydınlığı geri gelmişti. Penelope ile Telemakhos'un varlıklarının da faydası dokunuyordu. Telegonos, aslanlarımın güneş vuran bir yerin keyfini çıkarması gibi onların ilgisinin keyfini çıkarıyordu. Bir aileyi bunca yıldır ne kadar çok istemiş olduğunu fark edince içim sızladı.

Penelope ile Telemakhos birbirleriyle hâlâ konuşmuyordu.

Saatler saatleri, yemekler yemekleri kovalarken aralarındaki hava kırılgandı. Hatalarıyla üzüntülerini itiraf edip bu işi halletmemeleri bana saçma geliyordu ama yumurta gibilerdi, ikisi de karşısındakini kıracağından korkuyordu.

Telemakhos her öğleden sonra yakınlarımda olmasını gerektiren bir iş bulur gibiydi, güneş denize değene dek konuşuyorduk. Akşam yemeği için sofrayı kurmak üzere içeri girdiğimde peşimden geliyordu. İki kişiye yetecek iş varsa yardım ederdi. Yoksa ocağın başına oturup küçük odun parçalarını yontardı: bir boğa, bir kuş, dalgaları aşan bir balina. Ellerinde hayranlık duyduğum titiz, dikkatli bir idarelilik vardı. Büyücü değildi ama mizacı büyücülüğe uygundu. Zeminin kendi kendine temizleneceğini söylemiştim ama oymalarından sonra talaş ve yongaları mutlaka süpürüyordu.

Yanımda böyle sürekli birinin olması tuhaftı. Telegonos'la ikimiz genellikle birbirimizin yoluna çıkmazdık, nympha'larımsa gözümün kıyısında uçuşan gölgeler gibiydi. O kadarcık varlıkları bile genellikle beni sıkar, dikkatimi dağıtırdı, sonunda dışarı çıkıp adada tek başıma yürümek zorunda kalırdım. Ama Telemakhos'ta bir içe dönüklük, rahatsızlık vermeden yarenlik etmesini sağlayan sessiz bir güven vardı. Onu aslanıma ne kadar çok benzettiğimi fark ettim. İkisinde de aynı dimdik vakar, derinlerinde neşe taşıyan sakin bakışlar vardı. Ben işlerimle ilgilenirken onların da kendi işlerine baktığı vakit ayakları yere sağlam basan zarafetleri bile aynıydı.

"Niye gülüyorsun?" diye sordu.

Başımı iki yana salladım.

Geldiklerinin belki de altıncı günüydü. Telemakhos bir zeytin ağacıyla uğraşıyor, her bir boğumu ve deliği bıçağıyla düzelterek eğri gövdeyi biçimlendiriyordu.

"İthaka'yı özlüyor musun?" diye sordum.

Düşündü. "Tanıdıklarımı özlüyorum. Keçilerimin ürediğini göremediğim için de üzülüyorum." Durakladı. "Bana kalırsa kötü bir kral olmazdım."

"Adil Telemakhos," dedim.

Gülümsedi. "Aşırı sıkıcı olduğu için akıllarına başka bir şey gelmediği zaman sana bu ismi verirler."

"Bence de iyi bir kral olurdun," dedim. "Belki hâlâ olabilirsin. İnsan hafızası öyle uzun boylu değildir. Uzun süredir beklenen veliaht olarak ihtişamla dönebilir, kanının sana tanıdığı hakla ülkeye refah getirebilirsin."

"Kulağa güzel geliyor," dedi. "Ama babamla taliplilerin doldurduğu o salonlarda ne yaparım? Her adım, keşke olmasaydı diyeceğim bir hatıra getirir."

"Telegonos'un yakınlarında olmak senin için zor olmalı."

Alnı kırıştı. "Niye olsun?"

"Babana çok benziyor da ondan."

Güldü. "Ne diyorsun sen? Telegonos hık demiş senin burnundan düşmüş. Sadece yüzünü kastetmiyorum. Hareketleri, yürüyüşü hep senin. Konuşması, hatta sesi bile senin."

"Öyle bir söylüyorsun ki duyan lanet zannedecek."

"Lanet değil," dedi.

Gözlerimiz buluştu. Uzaklarda bir yerde, ellerim akşam yemeği için nar soyuyordu. Sistemli bir şekilde kabuğu ayırdım, beyaz tabakayı ortaya çıkardım. Kırmızı, sulu çekirdekler cilalı hücrelerinin içinde pırıldıyordu. Susuzluktan ağzım biraz battı. Kendimi onunla birlikte seyrediyordum. Benim için yeni bir şeydi, ifadelerin yüzümde şekillenmesini, sözcüklerin dilimdeki hareketlerini gözlemliyordum. Hayatımın ne kadar büyük kısmı dirseklerime dek gömülmüş halde, kâh şurayı kâh burayı tutturarak, fevri ve darmadağınık bir şekilde geçmişti. Bu yeni his bir tür uzak uyku, neredeyse rehavet halinde içime sızdı. Telemakhos'un bana ilk defa konuşan gözlerle bakışı değildi bu. Ama ne önemi vardı? Oğlum kardeşiydi. Babası yatağıma girmişti. Telemakhos, Athena'ya aitti. O bilmese de ben biliyordum bunu.

Dışarıda mevsim değişmişti. Gökyüzü ellerini açtı, yer de o ellere uzanmak için şişti. Işık kalın bir tabaka halinde dökülüyor, hepimizi altına buluyordu. Deniz yalnızca bir an geriden geliyordu. Telegonos kahvaltıda kardeşinin sırtına bir şaplak indirdi. "Birkaç gün içinde gemiyi koya çıkarabiliriz."

Penelope'nin bakışını hissettim. *Büyü nereye kadar uzanıyor?*

Bilmiyordum. Dalgakıranların ötesinde bir yere kadardı ama hangi dalgada olduğunu söyleyemezdim. "Unutma Telegonos, her zaman son bir kötü fırtına olur," dedim. "O zamana kadar bekleyin."

Bana cevap verirmiş gibi kapı çalındı.

Bunu takip eden sessizlikte Telegonos, "Kurtlar ulumadı," diye fısıldadı.

"Hayır." İhtar etmek için Penelope'ye bakmadım, tahmin etmediyse aptalın biriydi. İlahlığımı takındım, soğuk desteğini etrafımda hissettim ve kapıyı açmaya gittim.

Aynı siyah gözler, aynı kusursuz, yakışıklı yüz. Oğlumun nefesini hızla içine çektiğini duydum, arkamdaki donmuş kıpırtısızlığı hissettim.

"Helios'un kızı. İçeri girebilir miyim?"

"Hayır."

Bir kaşını kaldırdı. "Misafirlerinden birini ilgilendiren bir mesaj getirdim."

Kaburgalarım boyunca tırmalayıcı bir korku hissettim ama sesimi ifadesiz tuttum. "Durduğun yerden söyleyeceklerini duyabilirler."

"İyi madem." Cildi ışıldadı. Lafı uzatan, sırıtan tavrı kayboldu. Karşımda tanrıların kudretli ve kaçılması imkânsız ilahi habercisi vardı.

"İthaka Prensi Telemakhos, seninle konuşmak isteyen yüce tanrıça Athena adına geldim. Cadı Kirke'nin onu adaya sokmayan büyüyü kaldırmasına ihtiyacı var."

"*İhtiyaç*," dedim. "Oğlumu öldürmeye çalışmış biri için ilginç bir sözcük. Yeniden denemeyi planlamadığını kim bilebilir?"

"Oğluna karşı en ufak bir ilgi duymuyor." İhtişamını bir tarafa bıraktı, sesi bir kere daha rahat bir tona büründü. "Bu konuda aptallık edeceksen, bunlar onun sözleri elbette, onun için bir koruma yemini etmeyi öneriyor. İstediği sadece Telemakhos. Mirasını almasının vakti geldi." Yanımdan masaya doğru baktı. "Duyuyor musun, prens?"

Telemakhos'un gözleri aşağıdaydı. "Duyuyorum. Hem mesaj hem de mesajı getiren bana onur verdi fakat bu adada misafirim. Ev sahibimin sözlerini beklemem gerekir."

Hermes gözlerinde dikkatli bir bakışla başını hafifçe yana eğdi. "Ee, ev sahibesi?"

Arkamda Penelope'nin sonbahar ayının yükselmesi gibi ayaklandığını hissettim. Benden Telemakhos'la arasını düzeltmek için zaman istemişti ve bunu henüz yapmamıştı. Acı düşüncelerini hayal edebiliyordum.

"Yapacağım," dedim. "Ama büyünün örgüsünü çözmek biraz zaman alacak. Üç gün sonra gelebilir."

"Zeus'un kızına üç gün beklemek zorunda olduğunu mu söylememi istiyorsun?"

"Yarım aydır buradalar. Acelesi vardı madem, seni daha önce gönderseydi. Ona aynen böyle söylediğimi iletebilirsin."

Gözlerinde neşe parladı. Bir zamanlar, açlıktan ölüyorken ve böyle kırıntıları ziyafet gibi görürken o bakışlardan beslenmiştim. "Söyleyeceğime emin olabilirsin."

Arkasında bıraktığı boşlukta soluklandık. Penelope benimle göz göze geldi. "Teşekkür ederim," dedi. Sonra Telemakhos'a döndü. "Oğlum." Ona doğrudan hitap ettiğini ilk defa duyuyordum. "Seni çok beklettim. Benimle yürür müsün?"

YİRMİ DÖRT

Patikadan kıyıya inmelerini seyrettik. Telemakhos sersemlemiş görünüyordu ama bu doğaldı. Athena'nın seçilmiş kişisi olduğunu henüz öğrenmişti ve aynı anda annesiyle de barışacaktı. Gitmeden önce ona bir şey söylemek istemiştim ama aklıma hiçbir şey gelmemişti.

Telegonos dirseğimi dürttü. "Hermes, 'Telmakhos'un mirası' derken neyi kastetti?"

Başımı iki yana salladım. Daha o sabah baharın ilk yeşil tomurcuklarını görmüştüm. Athena zamanı iyi seçmişti. Telemakhos'a yelken açtırması mümkün olur olmaz gelmişti.

"Büyünün çözülmesinin üç gün almasına şaşırdım. O şeyi kullanamaz mısın, neydi adı? Malü?"

Ona döndüm. "Büyülerimin irademe itaat ettiğini gayet iyi biliyorsun. Bırakırsam ânında çözülürler. Yani hayır, üç gün sürmüyor."

Kaşlarını çattı. "Hermes'e yalan mı söyledin? Athena öğrenince öfkelenmeyecek mi?"

Masumiyeti beni hâlâ korkutabiliyordu. "Ona söylemeyi düşünmüyorum. Telegonos, bunlar tanrı. Numaralarını açığa vurmamalısın, yoksa her şeyi kaybedersin."

"Konuşacak vakitleri olsun diye yaptın," dedi. "Penelope ile Telemakhos'un."

Gençti ama aptal değildi. "Onun gibi bir şey."

Parmağıyla kepenklere vurdu. Aslanlar kıpırdamadı, Telegonos'un huzursuzluğunun gürültüsünü iyi tanırlardı. "Onları yeniden görecek miyiz? Giderlerse?"

"Bence göreceksin," dedim. Sesimdeki değişimi duyduysa bile hiçbir şey söylemedi. Göğsümün biraz hızla inip kalktığını hissediyordum. Hermes'le konuşmayalı o kadar uzun süre olmuştu ki o kurnaz, her şeyi gören bakışlara karşı durmanın ne kadar çaba gerektirdiğini unutmuştum.

"Athena beni öldürmeye çalışır mı sence?" dedi Telegonos.

"Gelmeden önce bir yemin etmek zorunda, yeminle bağlanacak. Ama ne olur ne olmaz diye mızrağı yanıma alacağım."

Ellerimi her zamanki işlerini yapmaya zorladım: tabaklar, çamaşır ve yabani ot ayıklama. Hava kararmaya başlayınca bir yiyecek sepeti hazırlayıp Telegonos'u Penelope ile Telemakhos'u bulmaya yolladım.

"Oyalanma," dedim. "Yalnız kalmaları gerek."

Kızardı. "Aptal mıyım, çocuk muyum ben?"

Derin bir nefes aldım. "Değilsin."

O yokken bir aşağı bir yukarı yürüdüm. Hissettiğim dişli gerginliği açıklayamıyordum. Gideceğini biliyordum. Baştan beri biliyordum.

Penelope ay yükseldiğinde döndü. "Sana minnettarım," dedi. "Hayat, dokuma tezgâhı gibi basit bir şey değil. Dokuduğun şeyi bir çekişte sökemiyorsun. Ama bir başlangıç yaptığımızı düşünüyorum. Hermes'i geri göndermeni keyifle seyrettiğimi itiraf etmem yanlış mı olur?"

"Benim de bir itirafım var. Athena'yı üç gün boyunca kıvrandıracağıma pişman değilim."

Gülümsedi. "Teşekkür ederim. Bir kere daha."

Telegonos ocağın başında oklara tüy takıyordu ama bir avuç oku bile bitirememişti daha. O da benim kadar huzursuzdu, ayaklarını taşlara sürtüyor, Hermes yeniden ortaya çıkabilirmiş gibi pencereden boş bahçe yoluna bakıp duruyordu. Temizlenmeye ihtiyaç duymayan masaları temizledim. Şifalı ot kaplarımı bir oraya, bir buraya taşıdım. Penelope'nin siyah matem pelerini hemen hemen bitmiş halde tezgâhtan sarkıyordu. Oturup bir süre çalışabilirdim ama el değişikliği kumaşta belli olurdu. "Dışarı çıkıyorum," dedim Telegonos'a ve konuşmasına fırsat vermeden çıktım.

Ayaklarım beni meşelerle zeytinlerin arasındaki tanıdık, küçük bir açıklığa götürdü. Dallar güzel bir gölge oluşturuyordu, çimenler de yumuşacıktı. Yukarıdaki gece kuşlarını dinleyebiliyordunuz.

Devrilmiş bir ağacın üstünde oturuyordu, karanlıkta siluet halindeydi.

"Rahatsız ediyor muyum?"

"Hayır," dedi.

Yanına oturdum. Ayaklarımın altında otlar serin ve hafifçe ıslaktı. Uzakta, kışın kıtlığının ardından hâlâ aç olan baykuşlar bağırıyordu.

"Annem bizim için yaptığın şeyi anlattı. Hem şimdi hem de önceden. Teşekkür ederim."

"Yardımım dokunduysa memnun olurum."

Başını hafifçe öne doğru salladı. "Her zamanki gibi, benden üç fersah ilerideymiş."

Üstümüzde dallar kıpırdandı, ayı dilimlere böldüler.

"Gri gözlü tanrıyla karşılaşmaya hazır mısın?"

"Hazır olan var mıdır?"

"Hiç değilse onu daha önce de görmüşsün. Babanla talipliletin akrabaları arasındaki savaşı durdurduğunda."

"Onu çok gördüm," dedi. "Çocukluğumda bana gelirdi. Asla kendi biçiminde değil. Etrafımdaki belli insanlarda bir özellik fark ederdim. Bilirsin. Fazla ayrıntılı öğütler veren yabancı.

Gözleri karanlıkta parlayan eski aile dostu. Hava, yağlı zeytin ve demir kokardı. Adını söylerdim, gökyüzü cilalı gümüş gibi pırıl pırıl parlardı. Hayatımdaki can sıkıcı şeyler, başparmağımdaki kesik, taliplilerin sataşmaları silinip giderdi. Kendimi türkülerdeki kahramanlardan biri gibi, ateş soluyan boğaları terbiye edip ejderhaların dişlerini kesmeye hazır hissetmemi sağlardı."

Bir baykuş sessiz kanatlarıyla daireler çizdi. Sessizliğin içinde Telemakhos'un sesindeki arzu çan gibi çınlıyordu.

"Babam döndükten sonra onu bir daha görmedim. Uzun bir süre bekledim. Adına dişi koyunlar kestim. Geçen herkesi uzun uzadıya inceledim. Şu keçi çobanı fazlaca mı oyalanmıştı buralarda? Şu denizci düşüncelerime fazla ilgi göstermiyor muydu?"

Karanlıkta yarı kahkaha gibi bir ses çıkardı. "İnsanların bu yüzden bana bayılmadıklarını tahmin edersin; gözümü dikip bakıyor, sonra hayal kırıklığı içinde başka tarafa dönüyordum."

"Senin için ne gibi bir niyeti olduğunu biliyor musun?"

"Bir tanrı söz konusu olduğunda bunu kim bilebilir ki?"

Sanki bir azardı bu. Ölümlüyle tanrı arasındaki o eski, aşılamaz boğaz.

"Güç sahibi olacaksın, orası kesin. Ve zengin. Adil Telemakhos olma şansını bulacaksın muhtemelen."

Gözleri ormanın gölgelerine dikilmişti. Geldiğimden beri bana hemen hemen hiç bakmamıştı. Aramızdaki her neydiyse, rüzgârda dağılan duman gibi dağılıp gitmişti. Zihni Athena ile birlikteydi, geleceğine yönelmişti. Böyle olacağını biliyordum ama bu kadar çabuk olmasının bu derece acı vermesi beni şaşırttı.

Hızlı hızlı konuştum. "Gemiyi almalısın mutlaka. Senin de bildiğin gibi, deniz felaketlerine karşı efsunlu. Athena'nın yardımıyla buna ihtiyaç duymazsın ama hazır olur olmaz yola çıkmaya imkân bulursun. Telegonos bir şey demez."

O kadar uzun süre sessiz kaldı ki işitmediğini düşündüm. Ama sonunda, "Nazik bir teklif, teşekkür ederim," dedi. "Ondan sonra adan yine sana kalacak."

Çalılıklardaki çatırtıları duydum. Uzakta, sahildeki denizi, aralıksız gidip gelmelerine karışan nefeslerimizin sesini duydum.

"Evet," dedim. "Bana kalacak."

Bunu takip eden günlerde Telemakhos'un yanından salonumdaki masalardan biriymiş gibi geçip gittim. Penelope bana bakıp duruyordu ama onunla da konuşmuyordum. İkisi artık sık sık birlikteydi, kırılmış olanı onarıyorlardı. Onu da görmek istemiyordum. Nasıl yüzdüğünü bana göstersin diye Telegonos'u sahile götürdüm. Kaslarla sertleşmiş omuzları denizi hatasızca yarıyordu. On altı yaşından büyük gösteriyordu, yetişkin bir erkekti. Tanrıların çocukları güçlerini daima ölümlülerden çabuk bulur. elinden gittiğinde bu güçleri özleyeceğini biliyordum. Ama onun için başka bir şey bulurdum. Unutmasına yardım ederdim. Bazı insanların dünyaya sadece bir mevsimliğine dokunan takımyıldızlar gibi olduğunu söylerdim.

Akşam yemeklerini hazırlıyor, sonra pelerinimi alıp karanlığa yürüyordum. En yüksek tepelere, ölümlülerin peşimden gelemeyeceği çalılıklara gidiyordum. Bunu yaparken bile kendi kendime gülüyordum. Hangisinin peşinden geleceğini sanıyorsun? Zihnim, Odysseus'tan sakladığım bütün hikâyelere, Aietes'e, Skylla'ya ve diğerlerine dönüp duruyordu. Geçmişimin, amansız zekâsı için sadece bir eğlence, öğütülecek bir şey olmasını istememiştim. Ama başka kim bütün çirkinlikleri ve hatalarıyla geçmişimi hoş görebilirdi ki? Konuşma şansını kaçırmıştım, şimdi de iş işten geçmişti.

Yatmaya gittim. Şafağa dek rüyamda Trygon'un kuyruğunun ucunun takılı olduğu mızrağı gördüm.

Üçüncü günün sabahında Penelope koluma dokundu. Siyah pelerini bitirmişti. Bu renk yüzünü daha ince, cildini donuk gösteriyordu. "Çok şey istediğimi biliyorum ama onunla konuştuğumuzda orada olacak mısın?" dedi.

"Olacağım. Telegonos da olacak. Bunun temiz bir şekilde sona ermesini istiyorum. Oyunlardan bıktım."

Bütün sözcüklerim böyle geliyordu bana, sertçe dişlerime çarpıyorlardı. Uzun adımlarla zirveye yürüdüm. Taşlar on altı yıl boyunca döktüğüm iksirlerle kararmıştı. Uzandım, parmağımı pürüzlü lekelere sürdüm. Buraya o kadar çok gelmiştim ki. Onca saatimi burada geçirmiştim. Gözlerimi kapattım, üstümdeki cam kadar kırılgan büyüyü hissettim. Bıraktım düşsün.

Fazla gerilen bir yay kirişinin kopuvermesi gibi hafif bir tınlama duyuldu. O eski ağırlığın omuzlarımdan kalkmasını bekledim ama onun yerine içime gri bir bitkinlik doldu. Dengemi sağlayabilmek için elimi uzattım, havadan başka bir şey bulamadım. Dizlerim çözülerek sendeledim. Ama böyle zayıflıklara vakit yoktu. Açıktaydık. Athena geliyordu, dalışa geçmiş bir kartal gibi ok hızıyla adama iniyordu. Kendimi zorlayıp dağdan inmeye başladım. Ayaklarım her köke takılıyor, taşlar bileklerimi burkuyordu. Nefeslerim hafif ve sığdı. Kapıyı açtım. Üç yüz irkilerek benimkine baktı. Telegonos ayağa kalktı. "Anne?"

Onu iterek geçtim. Gökyüzüm apaçıktı ve her an ayrı tehlikeydi. Mızrak, ihtiyacım olan oydu. Eğri büğrü sapını dayadığım köşeden kaptım ve tatlı zehir kokusunu içime çektim. Zihnim biraz temizlenir gibi oldu. Athena bile bu riski göze almazdı.

Mızrağı salona götürdüm, ocağın başına yerleştim. Tereddütle peşimden geldiler. Uyarıda bulunacak zaman olmadı. Athena'nın yıldırım uzuvları odaya çarptı, hava gümüşe döndü. Göğüslüğü, hâlâ yarı eriyik haldeymiş gibi ışıldıyordu. Miğferinin sorgucu tepemizde hışırdadı.

Gözleri benim üstümdeydi. Sesi cevher kadar koyu renkti. "Yaşadığı takdirde pişman olacağını sana söylemiştim."

"Yanıldın," dedim.

"Eskiden beri küstahtın, Titan." Dikkatiyle beni yaralamak istermiş gibi keskin bir ifadeyle bakışlarını Telemakhos'a çevirdi. Telemakhos, yanında Penelope ile diz çökmüştü. "Odysseus'un oğlu," dedi Athena. Sesi değişmiş, yaldızlanmıştı. "Zeus batıda yeni bir imparatorluk yükseleceği kehanetinde bulundu. Aineias, kalan Troyalılarla birlikte oraya kaçtı, Yunanların dengeyi sağlamasını ve onları uzak tutmasını istiyorum. Topraklar bereketli ve zengin, türlü çeşit hayvanla dolu, dallardan binbir meyvenin sarktığı ormanlarla kaplı. Orada refah içinde bir kent kuracak, sağlam surlar inşa edecek ve vahşilerin akınını kesmek için kanunlar koyacaksın. Gelecek çağlarda hüküm sürecek yüce bir halkın tohumu olacaksın. Topraklarımızdan iyi adamlar toplayıp bir gemiye bindirdim. Seni geleceğine götürmek üzere bugün buraya varacaklar."

Oda, bakışlarının gösterişli kıvılcımlarıyla yanıyordu. Telemakhos da öyle. Omuzları daha geniş duruyordu, kolları bacakları güçle kabarmıştı. Sesi bile toklaşmıştı. "Tanrıçam," dedi. "Gri gözlü ve bilge tanrıçam. Ölümlüler arasından seçilmekten şeref duydum. Hiç kimse böyle bir lütfu hak edemez."

Athena, kaymak çanağının başındaki bir tapınak yılanı gibi gülümsedi. "Gemi alacakaranlıkta senin için gelecek. Hazır ol."

Telemakhos'un ayağa kalkması için bir işaretti bu. Athena'nın ona lütfettiği ihtişamı sergilemesi, ışıl ışıl bir sancak gibi havaya kaldırması için. Ama Telemakhos kıpırdamadı, diz çökmüş halde kaldı. "Korkarım, sizin armağanlarınıza layık değilim."

Kaşlarımı çattım. Niye bu kadar yaltaklanıyordu? Akıllıca bir davranış değildi. Athena'ya teşekkür etmeli ve tanrıça gücenecek bir sebep bulmadan önce konuyu kapatmalıydı.

Athena'nın sesinde bir sabırsızlık tınısı vardı. "Zayıflıklarını biliyorum," dedi. "Mızrak atan kolunu düzeltmek üzere orada olduğum sürece bir önemleri yok. Seni bir kere talipliler karşısında zafere yürüttüm. Yine yürüteceğim."

"Bana göz kulak oldunuz," dedi Telemakhos. "Bunun için teşekkür ederim. Ama kabul edemem."

Odanın havası mutlak bir durgunluk halindeydi.

"Ne demek istiyorsun?" Kelimeler cızırdamıştı.

"Düşündüm," dedi Telemakhos. "Üç gün boyunca düşündüm. Ve içimde Troyalılarla savaşmaya ya da imparatorluklar kurmaya yönelik hiçbir arzu bulamadım. Ben başka türlü bir ömür arıyorum."

Boğazım kurumuştu. Ne yapıyordu bu aptal? Athena'yı reddeden son ölümlü, Troya Prensi Paris'ti. Tanrıça Afrodit'i yeğlemişti ve şimdi kendisi ölü, kenti de kül yığınıydı.

Athena'nın gözleri havayı delen burgular halindeydi. "Arzun mu yok? Nedir bu? Başka bir tanrı sana daha iyi bir teklifte mi bulundu?"

"Hayır."

"Ne o zaman?"

Telemakhos tanrıçanın bakışlarından ürkmedi. "Öyle bir hayat arzulamıyorum."

"Penelope." Sözcük bir kırbaçtı. "Oğlunla konuş."

Penelope'nin yüzü yere dönüktü. "Konuştum, tanrıçam. Fikrinden dönmüyor. Babasının kanında her zaman bir inatçılık olduğunu biliyorsunuz."

"Başarı inadı." Athena her kelimeyi güvercin boynu koparır gibi söylüyordu. "Ustalık inadı. Bu soysuzluk nedir böyle?" Hızla Telemakhos'a döndü. "Bu teklifi yeniden yapmayacağım. Bu aptallıkta ısrar edersen, beni reddedersen, bütün görkemim seni terk edecek. Yalvarsan bile geri dönmeyeceğim."

"Anlıyorum," dedi Telemakhos.

Sakinliği Athena'yı çileden çıkardı. "Adına türkü yakılmayacak. Hikâyeler anlatılmayacak. Anlıyor musun? Hayatını kimse seni tanımadan süreceksin. Tarihte adın olmayacak. Hiç kimse olacaksın."

Her kelime, demiri döven bir çekiçten inen bir darbeydi. Pes edecek, diye düşündüm. Elbette edecekti. Athena'nın tarif ettiği şöhret, bütün ölümlülerin özlemini çektiği şeydi. Ölümsüzlük için tek umutlarıydı.

"O kaderi seçiyorum," dedi Telemakhos.

Athena'nın soğuk, güzel yüzünde çıplak bir inanmazlık ışıldadı. Sonsuz yaşamında kaç kere hayır cevabı almıştı? Kavrayamıyordu. Bir tavşana doğru dalışa geçmiş, bir an sonra da kendini çamurun içinde bulmuş bir kartala benziyordu.

"Aptalın tekisin," dedi tükürür gibi. "Seni buracıkta öldürmediğim için şanslısın. Babana duyduğum sevgiden ötürü canını bağışlıyorum ama artık koruyucun değilim."

Telemakhos'un üstünde parlayan göksel ışık kayboldu. Işık olmadan büzülmüş görünüyordu, gri ve zeytin ağacı kabuğu gibi boğum boğumdu. Athena kadar afallamış haldeydim. Ne yapmıştı Telemakhos? Bu düşüncelere öyle bir sarılmıştım ki üstünde yürüdüğümüz yolu iş işten geçene dek fark edemedim.

"Telegonos," dedi Athena. Gümüş bakışları ona dönmüştü. Sesi yeniden değişmiş, içindeki demir filizlenmişti. "Kardeşine sunduğum şeyi duydun. Bunu şimdi sana sunuyorum. Yelken açacak ve İtalya'daki siperim olacak mısın?"

Bir kayalıktan aşağı kaymışım gibi hissettim kendimi. Havadaydım, beni tutacak hiçbir şey olmadan düşüyordum.

"Oğlum," diye bağırdım. "Hiçbir şey söyleme."

Athena ok gibi bir hızla bana döndü. "Beni yeniden engellemeye mi cüret ediyorsun? Benden başka ne istiyorsun cadı? Ona zarar vermeyeceğime dair yemin ettim. Ona, erkeklerin uğruna ruhlarını satacağı bir armağan sunuyorum. Hayatı boyunca sakat bir at gibi topallamasını mı istiyorsun?"

"Onu istemiyorsun," dedim. "Odysseus'u öldürdü."

"Odysseus kendini öldürdü," dedi. Sözcükler odada tırpan gibi tısladı. "Yolunu kaybetti."

"Ona yolunu kaybettiren sendin."

Gözlerinde öfke tüttü. O gözlerde gördüğüm kadarıyla, mızrağının başının gırtlağımdan kan fışkırtırken nasıl görüneceğini düşünüyordu.

"Onu tanrı yapacaktım," dedi. "Bana denk olacaktı. Ama sonunda fazla zayıf çıktı."

Bir tanrıdan alıp alabileceğiniz özür buydu. Dişlerimi gösterdim ve mızrağın ucuyla havayı yardım. "Oğlumu alamayacaksın. Onu almana izin vermeden önce dövüşeceğim."

"Anne." Yanımdaki ses yumuşaktı. "Konuşabilir miyim?"

Parçalara ayrılıyordum. Ona baktığımda ne göreceğimi biliyordum. Hevesli, yalvaran umudunu. Gitmek istiyordu. Her zaman gitmek istemişti, kollarımın arasına doğduğu günden beri. Penelope'ye oğlunu kaybetmesin diye adamda kalma izni vermiştim. Onun yerine kendi oğlumu kaybedecektim.

"Bunu rüyamda gördüm," dedi. "Hiç kesintisiz ufka uzanan altın tarlalar. Meyve bahçeleri, ışıltılı nehirler, besili sürüler. Gördüğümün İthaka olduğunu düşünürdüm eskiden."

Yumuşak bir şekilde konuşmaya, içinde sel gibi yükselmiş heyecanı dizginlemeye çalışıyordu. Özgür kaldığında ölen İkaros'u düşündüm. Telegonos ise özgür kalmazsa ölecekti. Et ve can olarak değil. Ama içinde tatlı olan her şey solacak ve yok olacaktı.

Elimi tuttu. Ozanların yapacağı bir jeste benziyordu. Ama zaten bir çeşit türkünün içinde değil miydik? O kadar zaman alıştırmasını yaptığımız nakarattı bu.

"Risk var, bunu biliyorum ama bana dikkatli olmayı öğrettin. Bunu yapabilirim anne. Yapmak istiyorum."

Hiçbir şeyle dolmayacak gri bir boşluktu. Ne diyebilirdim? Birimizin yas tutması gerekiyordu. Yas tutanın o olmasına izin vermeyecektim.

"Oğlum," dedim, "karar senin."

İçindeki neşe dalga gibi patladı. Görmek zorunda kalmayayım diye başka tarafa döndüm. Athena memnun olacak diye düşündüm. Sonunda intikamını almıştı.

"Gemiye hazır ol," dedi Athena. "Bu akşamüstü gelecek. Başka gemi yollamam."

Işık sadece güneş kalacak şekilde soldu. Penelope'yle Telemakhos sessizce ortadan kayboldular. Telegonos, çocukluğundan beri yapmadığı gibi sarıldı bana. Belki hiç sarılmadığı gibi. Bunu unutma, dedim kendi kendime. Geniş omuzlarını, sırtındaki kemiklerin kavisini, nefesinin sıcaklığını. Ama zihnim kurumuş ve rüzgârla perişan olmuştu.

"Anne? Benim adıma mutlu olamaz mısın?"

Hayır, diye bağırmak istedim. Hayır, olamam. Niye mutlu olacakmışım? Gitmene izin vermem yetmiyor mu? Ama beni son görüşünün öyle olmasını istemiyordum, önünde umut dolu uzun yıllar varken annesinin o ölmüş gibi feryat edip dövündüğünü görmesini istemiyordum.

"Senin adına mutluyum," demeye zorladım kendimi. Onu odasına götürdüm, toplanmasına yardım ettim, sandıkları yaralarla başağrısı, çiçekle uykusuzluk, hatta doğum için her türlü ilaçla doldurdum. Bu sonuncusuna yüzü kızardı.

"Hanedan kuruyorsun," dedim. "Bunun için genelde vârisler gerekir."

Bahardı ve yakında yaz gelecekti ama elimdeki sıcak tutacak bütün giysileri verdim ona. Yavruluğundan beri Telegonos'u çok seven Arkturos'u alması gerektiğini söyledim. Her tarafına tılsımlar buladım, onu efsunlarla sardım. Hazineleri birbirinin üstüne yığdım, altın, gümüş, en güzel nakışlı kumaşlar; çünkü yeni krallar dağıtacak harika şeyleri olduğu zaman sevilir.

O arada Telegonos da kendine gelmişti. "Ya başarısız olursam?"

Athena'nın tarif ettiği ülkeyi düşündüm. Olgun meyvelerle ve tahıl tarlalarıyla dolu, birbiri ardına sıralanan tepeler, Telegonos'un inşa edeceği görkemli kale. En güneşli salonunda yüksek bir sandalyeden hüküm sürecekti ve dört bir yandan, ta uzaklardan kadınlarla erkekler önünde diz çökmeye gelecekti. İyi bir hükümdar olacak, diye düşündüm. Adil ve canayakın. Babası gibi kendini kaybetmeyecek. Hiçbir zaman şan şeref peşinde olmadı, sadece hayatın ardından koştu.

"Başarısız olmayacaksın," dedim.

"Bana bir zarar vermeye niyeti olduğunu düşünmüyorsun, değil mi?"

"Hayır," dedim, "düşünmüyorum. Seni kanın için kıymetli buluyor, zamanla gerçek seni de kıymetli bulmayı öğrenecek. Athena, Hermes'ten daha güvenilirdir, öte yandan hiçbir tanrıya da istikrarlı denemez. Kendi ayaklarının üzerinde durmayı öğrenmelisin."

"Öğreneceğim." Gözlerime baktı. "Kızgın değilsin ya?"

"Hayır," dedim. Asla gerçek kızgınlık değildi hislerim, sadece korku ve üzüntüydü. Telegonos tanrıların bana karşı kullanabileceği şeydi.

Kapı tıklatıldı. Uzun, yün bir paket taşıyan Telemakhos. "Araya girdiğim için özür dilerim." Gözleri benimkilerden kaçınıyordu. Paketi oğluma uzattı. "Bu sana."

Telegonos kumaşı açtı. Uçları sivriltilip çentikler açılmış pürüzsüz, uzun bir tahta. Kirişler düzgünce etrafına dolanmıştı. Telegonos deri tutamağı okşadı. "Çok güzel."

"Babamızındı," dedi Telemakhos.

Telegonos yıldırım çarpmış gibi başını kaldırdı. Eski kederin gölgesinin yüzünden geçtiğini gördüm. "Kardeşim, olmaz. Şehrini aldım zaten."

"O şehir asla benim olmamıştı," dedi Telemakhos. "Bu da öyle. Sen ikisiyle de daha iyi işler yapacaksın bence."

Kendimi çok uzaklarda bir yerlerde duruyormuş gibi hissettim. Aralarındaki yaş farkını daha önce hiç bu kadar açıkça görmemiştim. Hevesli oğlum ve hiç kimse olmayı seçmiş bu adam.

Telegonos'un çantalarını kumsala taşıdık. Telemakhos ile Penelope veda edip geriye çekildiler. Oğlumun yanında bekledim ama Telegonos bunun pek farkında değildi. Gözleri ufku, dalgalarla gökyüzünün birleştiği o dikiş izini bulmuştu.

Gemi koya girdi. Büyüktü, yan tarafları taze reçinelenip boyanmıştı, yeni yelkeni parlıyordu. Tayfası düzgün ve verimli bir şekilde çalışıyordu. Sakalları güzelce kırpılmış, vücutları güçle bilenmişti. İskele tahtası indirildiğinde coşkuyla küpeştede toplandılar.

Telegonos onları karşılamak için öne çıktı. İriyarı ve güneşle ışıl ışıl görünüyordu. Arkturos topuğunun dibinde soluyarak peşindeydi. Babasının yayı gerilmişti, omzunda asılıydı.

"Ben Aiaie'li Telegonos'um," diye bağırdı. "Büyük bir kahramanın ve daha büyük bir tanrıçanın oğluyum. Hoşgeldiniz çünkü sizi buraya gri gözlü Athena bizzat gönderdi."

Denizciler dizlerinin üstüne çöktü. Dayanamayacağım, diye düşündüm. Onu yakalayacak, sımsıkı kendime bastıracaktım. Ama ona son bir defa sarılmakla yetindim, cildime dağlamak istermiş gibi sıkı sıkı kucakladım. Sonra adamların arasında yerini almasını, gökyüzüne karşı siluet halinde pruvada durmasını seyrettim. Dalgalardan fışkıran ışık gümüş rengiydi. Hayırla gitmesini dileyerek elimi kaldırdım ve oğlumu dünyaya verdim.

Bunu takip eden günlerde Penelope ile Telemakhos bana Mısır camıymışım gibi davrandılar. Yumuşak sesle konuşuyor, sandalyemin yanından parmaklarının ucunda geçiyorlardı. Penelope tezgâhın başına geçmemi önerdi. Telemakhos kadehimi dolu tutuyordu. Ateş daima taze odunlarla besleniyordu. Her şey pürüzsüz işliyordu. Nazik davranıyorlardı ama bana hiçbir şey ifade etmiyorlardı. Kilerimdeki meyve şurupları bana daha uzun süredir yârenlik ediyordu. Otlarıma gittim ama onlar da elimde büzüşüyordu sanki. Büyüm olmadan hava çıplak gibiydi. Tanrılar artık istedikleri gibi gelip gidebilirdi. İstediklerini yapabilirlerdi. Onları durduracak gücüm yoktu.

Günler daha sıcak olmaya başladı. Gökyüzü yumuşadı, üstümüzde olgun bir meyvenin gövdesi gibi açıldı. Mızrak hâlâ odamda duvara dayalıydı. Ona gittim, soluk renkli, zehirli kenarlarını içime çekmek için kılıfı çıkardım ama mızraktan ne istediğimi bilmiyordum. Ekmek yoğurur gibi göğsümü ovaladım. Telemakhos, "İyi misin?" diye sordu.

"Tabii, iyiyim. Neyim olabilir? Ölümsüzler hastalanmaz."

Kumsala gittim. Kollarımda bir bebek taşırmış gibi dikkatle yürüdüm. Güneş ufka vuruyordu. Her yere vuruyordu, sırtıma, kollarıma, yüzüme. Şalım yoktu. Yanmayacaktım. Asla yanmazdım.

Adam etrafımda uzanıyordu. Otlarım, evim, hayvanlarım. Böyle de gidecek, diye düşündüm, böyle sürüp gidecek, sonsuza dek aynı kalacak. Penelope'yle Telemakhos'un nazik olup olmamaları önemli değildi. Ömürleri boyunca burada kalsalar bile, Penelope hasretini çektiğim arkadaş, Telemakhos da başka bir şey olsaydı bile, göz açıp kapayıncaya dek bitecekti. Tükeneceklerdi, cesetlerini yakacak ve yüzyılların bitmez gelgiti arasında her şeyin, Daidalos'un bile, Minotauros'un sıçrattığı kanların bile, Skylla'nın iştahının bile solması gibi onlara ilişkin hatıralarımın sararmasını ve solup gitmesini seyredecektim. Telegonos bile solacaktı. Bir ölümlünün altmış, yetmiş yılı olabilirdi. Ondan sonra yeraltı dünyasına giderdi, tanrılar ölümün zıttı olduğu için benim asla gidemeyeceğim yere. O loş tepeleri ve gri çayırları, aralarında beyaz beyaz, yavaşça hareket eden gölgeleri kafamda canlandırmaya çalıştım. Bazıları yaşamda sevdikleriyle el ele yürüyor, kimileri sevdiklerinin bir gün geleceğini bilmenin güvencesiyle bekliyordu. Sevmemiş olanlar, hayatları acı ve dehşetle geçmiş olanlar içinse insanın içip unutabileceği kara nehir Lethe vardı. Bir parça teselli.

Benim içinse hiçbir şey yoktu. Tanıdığım herkes parmaklarımın arasından kayıp giderken sayısız binyıldan geçecek ve benim gibi olanlarla baş başa kalacaktım. Olymposlular ve Titanlarla. Kız ve erkek kardeşlerimle. Babamla.

O zaman içimde bir şey hissettim. Büyülerimin eski, ilk günlerindeki gibi, yolların birden önümde engelsizce açıldığı günlerdeki gibiydi. Bunca senedir güreşmiş ve mücadele etmiştim, yine de bir tarafım tıpkı kız kardeşimin söylediği gibi kıpırtısız kalmıştı. Karanlık derinliklerindeki o solgun renkli yaratığı duyar gibi oldum.

Öyleyse çocuğum, başka bir dünya yap.

Hiçbir hazırlık yapmadım. Şimdi hazır değilsem ne zaman olacaktım? Zirveye bile çıkmadım. Buraya, sarı kumlarımın üstüne gelebilir ve durduğum yerde benimle karşılaşabilirdi.

"Baba," dedim havaya. "Seninle konuşmak istiyorum."

YİRMİ BEŞ

Helios öyle çağrılacak bir tanrı değildi ama ben Trygon'un kuyruğunu kazanmış olan dikkafalı kız evlattım. Daha önce söylediğim gibi, tanrılar farklılığı sever. Kedi gibi meraklıdırlar.

Havadan indi. Tacını takmıştı, ışınları kumsalımı altına çevirdi. Giysilerinin moru, derin bir şekilde göllenmiş kan kadar koyu renkliydi. Yüzlerce sene geçmiş ve tek bir iplik bile değişmemişti. Babam hâlâ doğumumdan itibaren içime işlemiş görüntünün aynısıydı.

"Geldim," dedi. Sesi, şenlik ateşinden yükselen sıcaklık gibi gürlüyordu.

"Sürgünüme son verilmesini istiyorum," dedim.

"Verilemez. Sonsuza dek cezalandırıldın."

"Senden Zeus'a gidip benim adıma konuşmanı istiyorum. Serbest bırakılmamı sana yapılmış bir iyilik olarak göreceğini söyle."

Yüzünde öfkeden çok inanmazlık vardı. "Ne diye yapayım böyle bir şeyi?"

Verebileceğim pek çok cevap vardı. Baştan beri pazarlık aracındım da ondan. O adamları gördün, ne olduklarını biliyordun ama adama ayak basmalarına yine de izin verdin de ondan. Sonrasında, perişan bir halde olduğumda gelmedin de ondan.

"Kızınım ve özgür kalmak istiyorum da ondan."

Duraksamadı bile. "Her zamanki gibi itaatsiz ve fazlasıyla küstahsın. Aptalca şeyler ve bir hiç uğruna beni buraya çağırıyorsun."

Bütün azametiyle alev alev yanan yüzüne baktım. Göklerin Yüce Nöbetçisi. Kurtarıcı derlerdi ona. Her Şeyi Gören. Işık Getiren, İnsanlığın Sevinci. Ona bir şans vermiştim. Bana verdiğinden fazlaydı.

"Prometheus'un senin salonunda kırbaçlandığı zamanı hatırlıyor musun?" dedim.

Gözleri kısıldı. "Elbette."

"Hepiniz gittiğinizde ben geride kaldım. Onu rahatlattım, konuştuk."

Bakışları benimkileri yaktı. "Buna cüret etmemişsindir."

"Benden şüphen varsa Prometheus'a sorabilirsin. Ya da Aietes'e. Gerçi ağzından doğru bir şey duymak mucize olur."

Sıcaklığıyla cildim yanmaya başlamıştı, gözlerim sulanıyordu.

"Öyle bir şey yaptıysan, ihanetlerin en büyüğü olur bu. Sürgünü daha da fazla hak etmiş olursun. Daha büyük bir cezayı hak ediyorsun aslında, sana verebileceğim bütün cezaları hak ediyorsun. Aptalca bir kapris yüzünden bizi Zeus'un gazabı tehlikesine maruz bıraktın."

"Evet," dedim. "Sürgünümün sona ermesi meselesini halletmezsen, aynı şeyi yine yapacağım. Ne yaptığımı Zeus'a anlatacağım."

Yüzü çarpıldı. Hayatımda ilk defa olarak onu gerçekten afallatmıştım. "Yapamazsın. Zeus seni mahveder."

"Belki eder," dedim. "Ama bence önce dinler. Ayrıca esas suçlayacağı da sen olursun çünkü kızını daha iyi kontrol etmen gerekirdi. Elbette ona başka şeyler de anlatacağım. Amcalarımla fısıldaştığını duyduğum bütün o gizli kapaklı ihanet planlarını. Zeus, Titan başkaldırısının ne kadar derine indiğini öğrendiğine memnun olur bence, sen ne dersin?"

"Beni tehdit etmeye cüret ediyorsun ha?"

Ah bu tanrılar, diye düşündüm. Hep aynı şeyi söylüyorlar.

"Ediyorum."

Babamın cildi kör edici bir parlaklıkla yandı. Sesi kemiklerimi alazladı. "Savaş çıkmasına sebep olursun."

"Umarım, çünkü sen rahat et diye daha fazla hapiste kalmaktansa yıkıldığını görmeyi tercih ederim baba."

Hiddeti öyle sıcaktı ki etrafındaki hava bükülüp dalgalanıyordu. "Seni bir düşünceyle bitirebilirim."

En eski korkumdu bu, o beyaz yok oluş. İçimde titreştiğini hissettim. Ama yetmişti artık. En sonunda yetmişti.

"Bitirebilirsin," dedim. "Ama her zaman tedbirli davranmışsındır baba. Athena'ya karşı durduğumu biliyorsun. En karanlık derinliklerde yürüdüm. Kendimi sana karşı korumak için nasıl büyüler yaptığımı, ne zehirler topladığımı, gücünün nasıl geri teperek sana çarpabileceğini bilemezsin. İçimde ne olduğunu kim bilebilir? Öğrenmek ister misin?"

Sözcükler havada asılı kaldı. Gözleri alev almış yuvarlaklar halindeydi ama bakışlarımı kaçırmadım.

"Bunu yaparsam," dedi, "senin için yaptığım son şey olacak. Bir daha yalvararak bana gelme."

"Baba," dedim. "Asla gelmem. Buradan yarın ayrılacağım."

Nereye gideceğimi sormazdı, merak bile etmezdi. Çocukken düşüncelerini anlamak, aralarından ismimi taşıyan bir tanesini seçmek için parlak çehresini inceleyerek o kadar çok sene geçirmiştim ki. Ama babam sadece tek teli olan bir arptı ve arp da sadece kendi ezgisini çalıyordu.

"Eskiden beri çocuklarımın en kötüsüydün," dedi. "Şerefime leke sürmeye kalkma sakın."

"Benim daha iyi bir fikrim var. Canımın istediğini yapacağım, sen de çocuklarını sayarken beni aralarına katma."

Bedeni gazapla kaskatı kesilmişti. Taş yutmuşa benziyordu, taş onu boğmuştu.

"Anneme selamımı ilet," dedim.

Dişlerini sıktı ve ortadan kayboldu.

Sarı kumlar solarak her zamanki renklerine büründü. Gölgeler döndü. Bir an nefes nefese, hiç kıpırdamadan durdum, göğsüm çılgınca çarpışlarla doluydu. Ama sonra geçti. Düşüncelerim ileri doğru atıldı, yeryüzünü taradı, tepeden yukarı, mızrağın solgun renkli zehriyle beklediği odama uçtu. Uzun süre önce Trygon'a iade edilmiş olması gerekiyordu ama korunma amacıyla ve adını koyamadığım bir şey yüzünden elimde tutmuştum kuyruğu. Bunun ne olduğunu sonunda anlamıştım.

Eve gittim ve tezgâhımın başında oturan Penelope'yi buldum. "Karar verme vakti. Yapmam gereken şeyler var. Yarın gidiyorum, ne kadar sürede döneceğimi de bilmiyorum. Sparta'ya gitmek istersen önce seni oraya götüreceğim."

Dokuduğu duvar halısından başını kaldırdı. Azgın bir deniz, karanlığa doğru kulaç atan bir yüzücü. "Peki istemezsem?"

"O zaman burada kalabilirsin."

Mekiği, kemiklerinin içi boş bir kuşmuş gibi hafifçe tutuyordu. "Bu... seni rahatsız etmez mi? Sana nelere mal olduğumu biliyorum," dedi.

Telegonos'u kastediyordu. Keder vardı, her zaman da olacaktı ama gri sis kalkmıştı. Kendimi gökyüzünün en yüksek noktasına çıkmış bir şahin gibi uzaklarda ve berrak hissediyordum. "Burada asla mutlu olmayacaktı," dedim.

"Ama bizim yüzümüzden Athena'yla gitti."

O zaman canım yanmıştı ama yalnızca gururdu bu. "Athena onların en kötüsü değil."

Onların, diyen sesimi duydum.

"Seçim senin Penelope. Ne yapacaksın?"

Kurtlardan biri gerindi, esneyişiyle ağzından hafif bir viyaklama çıktı. "Sparta'ya gitmek için öyle acele ettiğimi söyleyemem," dedi Penelope.

"Gel o zaman, bilmen gereken şeyler var." Onu sıra sıra testiyle şişenin durduğu mutfağa götürdüm. "Adanın üstünde bir yanıltma tılsımı var, gemilere yanaşılacak bir yer değilmiş gibi görünmesini sağlıyor. Bu tılsım ben yokken yerli yerinde kalacak ama denizciler bazen gözükara olur, en gözükaralar da genellikle en umutsuz halde olanlardır. Bunlar, büyücülüğe gerek olmayan ilaçlarım. Aralarında zehirler de var, iyileştirici merhemler de. Şuradaki uyku verir." Ona bir şişe uzattım. "Etkisini hemen göstermez, o yüzden son âna kadar bekleyemezsin. Şaraplarına katman gerekecek. On damla yeterli olur. Yapabilir misin sence?"

Şişeyi eğdi, ağırlığını hissetti. Dudaklarına hafif bir gülümseme dokundu. "Hoş karşılanmayan misafirlerle uğraşma konusunda biraz tecrübem olduğunu hatırlarsın herhalde."

Telemakhos her neredeyse akşam yemeğine dönmedi. Önemi yok, dedim kendi kendime. Balmumu gibi yumuşadığım zaman geçmişti. Yolum önüme seriliydi. Eşyalarımı topladım. Birkaç kat giysiyle bir pelerin vardı ama geri kalanı otlarla şişelerdi. Mızrağı alıp sıcak gece havasına çıkardım. Yapılacak tılsımlar vardı ama önce gemiye gitmek istiyordum. Telemakhos onarımlara başladığından beri görmemiştim gemiyi, yola çıkmaya hazır olduğunu görmeliydim. Denizde ışık çizgileri parladı, esinti uzaklardan bir ateş kokusu getirdi. Telegonos'a beklemesini söylediğim son fırtınaydı bu ama korkmadım. Sabaha dinmiş olurdu.

Mağaraya girdim ve bakakaldım. Karşımdakinin aynı gemi olduğuna inanmak zordu. Şimdi gövdesi daha uzundu, pruvası yeniden yapılıp daraltılmıştı. Seren daha sağlam, dümen daha inceydi. Etrafında dolaştım. Ön tarafa küçük bir pruva süsü eklenmişti, ağzı açık halde oturan dişi bir aslan. Postu doğu tarzındaydı, salyangoz kabuğu gibi kıvrımlı her bir bukle birbirinden ayrı duruyordu. Birine dokunmak için uzandım.

"Balmumu kurumadı." Karanlıktan çıktı. "Her geminin bir pruva ruhuna ihtiyacı olduğunu düşünüyorum."

"Çok güzel," dedim.

"Helios geldiğinde koyda balık tutuyordum. Bütün gölgeler kayboldu. Onunla konuştuğunu duydum."

Bir mahcubiyet alevi hissettim. Ne kadar meşum, yabancı ve merhametsiz görünüyorduk kimbilir. Ona bakmak zorunda kalmayayım diye gözlerimi gemiye diktim. "O zaman, sürgünümün sona erdiğini ve yarın yelken açacağımı biliyorsun. Annene, Sparta'ya gidecek misin, yoksa burada mı kalacaksın diye sordum. Kalmak istediğini söyledi. Aynı seçim hakkını sana da sunuyorum."

Dışarıda deniz, kumaş dokuyan bir mekik gibi bir ses çıkardı. Yıldızlar dallardan olgunlukla sarkmış armutlar kadar sarıydı.

"Sana kızgındım," dedi.

Şaşaladım. Kanın hücum ettiği yanaklarım battı. "Kızgın."

"Evet," dedi. "Athena'yla gideceğimi düşündün. Sana söylediğim onca şeyden sonra bile. Ben oğlun değilim, babam da değilim. Athena'nın elindeki hiçbir şeyi istemeyeceğimi bilmen gerekirdi."

Sesi sakindi ama siteminin keskin kenarını hissediyordum. "Özür dilerim," dedim. "Bu dünyada herhangi birinin Athena'nın tanrısallığını reddedeceğine inanamamıştım."

"Bunu senin söylemen komik."

"Büyük şeylerin beklendiği, gelecek vaadeden genç bir prens değilim ben."

"Öyle olmak fazla abartılıyor."

Elimi aslanın pençeli ayağında gezdirdim, yapışkan balmumu cilayı hissettim.

"Kızdıkların için hep güzel şeyler mi yaparsın?"

"Hayır," dedi. "Yalnızca senin için."

Dışarıda şimşek çaktı söndü. "Ben de kızgındım," dedim. "Gitmek için sabırsızlandığını zannetmiştim."

"Bunu nasıl düşünebildiğini anlamıyorum. Duygularımı saklayamadığımı biliyorsun."

Balmumunun kokusunu alabiliyordum, yoğun ve tatlıydı.

"Athena'nın sana geldiğinden bahsedişin. Özlem olduğunu düşünmüştüm. Gizli bir arzu gibi açığa vurmadığın bir şey."

"Açığa vurmadım çünkü utanıyordum. Daima babamı tercih ettiğini duymanı istemedim."

Athena, aptalın tekiydi o. Ama bunu söylemedim.

"Sparta'ya gitmek istemiyorum," dedi. "Burada kalmak da istemiyorum. Sanırım nerede olmak istediğimi biliyorsun."

"Gelemezsin," dedim. "Ölümlüler için güvenli değil."

"Kimse için güvenli olmadığından kuşkulanıyorum. Yüzünü bir görmelisin. Sen de bir şey saklayamıyorsun."

Yüzüm neye benziyor, diye sormak istedim. Onun yerine, "Anneni bırakacak mısın?" diye sordum.

"Burada rahat eder. Ayrıca keyfi de yerinde olur."

Havada talaşlar uçuştu, mis gibi koktu. Oyma yaptığı sırada cildinden yükselen kokunun aynısıydı. Aniden içimde bir pervasızlık hissettim. Düşünüp taşınmalarımdan, ikna etmelerimden, dikkatli planlarımdan bıkıp usanmıştım. Bazıları için bunlar doğaldır ama benim için öyle değildi.

"Bana katılmak istiyorsan sana engel olmayacağım," dedim. "Şafakta yola çıkıyoruz."

Ben kendi hazırlıklarımı yaptım, o da kendininkini. Gökyüzünün rengi açılmaya başlayana dek çalıştık. Gemi, alabileceği kadar erzakla doluydu, peynir, kavrulmuş arpa, kuru ve taze meyveler. Telemakhos balık ağları ve kürekler, fazladan halat ve bıçaklar ekledi; bunların hepsi dikkatle yerleştirilmiş ve bağlanmıştı. Gemiyi silindirlerle denize ittik, gövdesi dalgakıranların arasından zahmetsizce kaydı. Penelope bizi yolcu etmek üzere kıyıda duruyordu. Telemakhos kendisinin de yola çıktığını ona söylemeye tek başına gitmişti. Penelope bununla ilgili her ne düşünüyorsa yüzüne yansıtmıyordu.

Telemakhos yelkeni açtı. Fırtına dinmişti. Rüzgârlar tazeydi ve kuvvetli esiyordu. Bizi yakaladılar, koyda kayarak ilerledik. Dönüp Aiaie'ye baktım. Yaşadığım bütün günler boyunca arkamda küçülüp kaybolduğunu ikinci defa görüyordum. Aramızdaki sular çoğaldı, Aiaie'nin tepeleri ufaldı. Dudaklarımdaki tuzlu serpintinin tadını aldım. Dört bir yanımızda yuvarlanan gümüş dalgalar vardı. Yıldırım inmedi. Özgürdüm.

Hayır, diye düşündüm. Henüz değil.

"Nereye gidiyoruz?" Telemakhos'un eli dümendeydi.

Adını en son babasına yüksek sesle söylemiştim. "Boğaza," dedim. "Skylla'ya."

Sözcükleri kavramasını seyrettim. Pruvayı usta ellerle çevirdi. "Korkmuyor musun?"

"Güvenli olmadığı konusunda beni uyarmıştın," dedi. "Korkmanın faydası dokunacağını sanmıyorum."

Deniz yanımızdan aktı gitti. Girit'e giderken Daidalos'la durduğumuz adayı geçtik. Kumsal hâlâ yerindeydi, gözüme bir badem ağacı koruluğu ilişti. Fırtınanın patlattığı kavak uzun süre önce ortadan kalkmış, ufalanıp toprağa karışmıştı.

Ufukta solgun bir leke belirdi. Geçen her saatle büyüdü, duman gibi yayıldı. Bunun ne olduğunu biliyordum. "Yelkeni indir," dedim. "Önce burada işimiz var."

Küpeştenin üstünden, bulabildiğimiz en büyük balıkları tuttuk. Güvereteye soğuk tuz damlaları saçarak çırpındılar. Açılıp kapanan ağızlarına otlarımdan bir çimdik sokup efsunu söyledim. O eski çatırtı sesi, etin yırtılması, ondan sonra balıklıktan çıktılar, şişman ve şaşkın on iki koç oldular. Gözleri devrilerek itişip kakıştılar, küçük alanda birbirlerine sokuldular. Şanstı bu, aksi takdirde ayakta durmayı başaramayacaklardı. Bacakları olmasına alışkın değillerdi.

Telemakhos küreklere ulaşmak için hayvanların üstüne tırmanmak zorunda kaldı. "Kürek çekmek birazcık zor olabilir," dedi.

"Burada uzun süre kalmayacaklar."

Kaşlarını kaldırarak birine baktı. "Tatları koç gibi mi?"

"Bilmiyorum." Ot torbamdan bir gece önce doldurduğum küçük kil kabı çıkardım. Ağzı balmumuyla kapatılmıştı ve halka biçimi bir sapı vardı. Uzun bir deri şeritle kabı en büyük koçun boynuna bağladım.

Yelkeni açtık. Telemakhos'u sis ve serpinti konusunda uyarmıştım, bir çift küreği eğreti yuvalarda hazır tutuyordu. Gemi yelkenle ilerlemek üzere yapıldığından kürekler pek iyi işlemiyordu ama rüzgâr tamamen dinerse yardımları dokunacaktı. "İlerlemeye devam etmeliyiz," dedim ona. "Ne olursa olsun."

Kolaymış gibi, başıyla onayladı. Ben doğrusunu biliyordum. Zehirli omurganın takıldığı mızrak elimdeydi ama Skylla'nın ne kadar hızlı olduğunu daha önce görmüştüm. Bir keresinden Odysseus'a, ona karşı koymanın imkânsız olduğunu söylemiştim. Gelin görün ki yine buradaydım.

Telemakhos'un omzuna hafifçe dokunup bir efsun fısıldadım. Gözbağının onu sardığını hissettim, ortadan yok olmuştu, güverte çıplak, hava boştu. Titiz bir incelemeye dayanamazdı ama onu Skylla'nın geminin üstünden geçen bakışlarından korurdu. Hiç soru sormadan seyretti. Bana güveniyordu. Pruvaya bakmak için aceleyle arkamı döndüm.

Pus üstümüze süzüldü. Saçlarım nemlendi, girdabın emme sesi dalgaların üstünden bize ulaştı. İnsanlar o burgaca Kharybdis adını vermişti. Kharybdis payına düşen denizcilerin canını almıştı. Skylla'nın iştahından kaçmaya çalışanların hepsini. Koçlar oldukları yerde sallanarak bana yaslandı. Hiç sesleri çıkmadı, gerçek koçlar olsa çıkardı. Gırtlaklarını nasıl kullanacaklarını bilmiyorlardı. Titreyen, canavarımsı biçimlerinde onlara acıdım.

Boğaz görüş alanımıza girdi, ağzından içeri kaydık. Telemakhos'a baktım. Kürekleri hazır tutuyordu, gözleri dikkatliydi. Ensemdeki tüyler havalandı. Ne yapmıştım ben? Onu yanımda getirmemeliydim.

Onca zaman sonra bile hâlâ tanıdık olan koku bana çarptı: Çürüme ve nefret.

Sonra geldi, gri sisten kayarak çıktı. Tanıdık, biçimsiz kafaları kayalıklara sürünüyor, süründükçe kulakları tırmalıyordu. Kan çanağı gözleri yağ ve korku kokuları saçan koçlara sabitlenmişti.

"Gel!" diye bağırdım.

Saldırdı. Ardına kadar açılmış altı ağız altı koçu kaptı. Skylla tekrar sislerin içine çekildi. Kemik çatırtılarını, gırtlaklarının ıslak yutkunma seslerini duydum. Kayalığın yüzünden kanlar aktı. Telemakhos'a tek bir bakış atacak vaktim vardı. Rüzgâr neredeyse dinmişti, Telemakhos şimdi bütün dikkatini toplamış, kürek çekiyordu. Kolları ter içindeydi.

Skylla, kafaları kötü niyetli bir biçimde dalgalanarak döndü. Dişlerinin arasında post tutamları vardı.

"Şimdi, geri kalanı," dedim.

Kalan altı koçu öyle bir hızla aldı ki sözlerimle koçların kaybolması arasında bir kalp atışı kadar vakit bile yoktu. Kabı taşıyan koç da aralarındaydı. Kilin Skylla'nın dişleri arasında parçalanma sesini duymaya çalıştım ama kemik ve et seslerinin dışında hiçbir şey seçemedim.

Bir gece önce, soğuk ayın altında mızrağın zehrini sağmıştım. Berrak ve ince sıvı cilalı bronz kâseme sızmıştı. Çok uzun süre önce Girit'ten toplamış olduğum geyikotunu, servi köklerini, kayalıklarımdan parçalarla bahçemden aldığım toprağı zehre eklemiş, son olarak da kendi kızıl kanımı katmıştım. Sıvı köpürüp sarıya dönmüştü. Bütün bunları o kaba koymuş, sonra ağzını balmumuyla kapatmıştım. İksir şimdi gırtlağından aşağı kayıp bağırsaklarında gölleniyor olmalıydı.

On iki koçun, açlığının şiddetini köreltceğini düşünmüştüm ama döndüğünde gözleri her zamanki gibi aç ve obur görünüyordu. Sanki karnını doyurmuyor da ölmez bir gazabı besliyordu.

"Skylla!" Mızrağı kaldırdım. "Ben Kirke, Helios'un kızı, Aiaie'nin cadısı!"

O tanıdık, anırır gibi sesle çığlık atıp kulaklarımı tırmaladı ama sesinde herhangi bir tanıma belirtisi yoktu.

"Uzun zaman önce seni nymphadan şimdiki haline çevirdim. Şimdiyse başlattığım şeye bir son vermek üzere Trygon'un gücüyle geldim buraya."

Serpintiyle sırılsıklam havaya irademin efsununu söyledim. Tısladı. Bakışlarında en ufak bir merak emaresi yoktu. Kafaları dalgalanmaya devam etti, gözden kaçırdığı koç var mı diye güverteyi tarıyordu. Arkamda Telemakhos'un küreklere asıldığını duyuyordum. Yelkenimiz gevşekçe sarkıyordu, ilerlememizi sadece Telemakhos sağlıyordu.

Skylla'nın bakışlarının gözbağı büyümü parçalayıp onu fark ettiği ânı gördüm. Alçak sesle ve hevesle inledi.

"Hayır!" Mızrağı sağa sola salladım. "Bu ölümlü benim korumam altında. Onu almaya çalışırsan sonsuza dek işkence çekersin. Trygon'un kuyruğunun bende olduğunu görüyorsun."

Yeniden çığlık attı. Leş kokulu ve yakıcı sıcaklıktaki nefesi üstüme boşaldı. Heyecanı yüzünden kafaları daha hızlı dalgalanıyordu. Çenelerinden uzun salya iplikçikleri sızarak havayı ısırdı. Mızraktan korkuyordu ama onu uzun süre engellemeyecekti bu. Ölümlü etinin tadından hoşlanıyordu. Ölümlü etine açtı. Çıplak, kara bir dehşet içimi sardı. Büyünün örülüp yerleştiğini hissettiğime yemin edebilirdim. Yanılmış mıydım? Panik, omuzlarımı sırılsıklam etti. Kurt gibi aç altı kafasıyla aynı anda dövüşmek zorunda kalacaktım. Eğitimli bir savaşçı değildim. Biri beni yakalayacak, sonra da Telemakhos'u... Düşünceyi tamamlama izni vermedim kendime. Zihnim birbiri ardına fikirler üretiyordu, her biri birbirinden faydasızdı: Skylla'ya dokunamayacak büyüler, elimde olmayan zehirler, yardımıma gelmeyecek tanrılar. Telemakhos'a gemiden atlayıp yüzmesini söyleyebilirdim ama kaçacak yer yoktu. Skylla'nın uzanamayacağı güvenli bir yere gitmesinin tek yolu onu doğruca Kharybdis'in insanı yutan girdabına götürürdü.

Kendimi Skylla'yla Telemakhos'un arasına attım, sinirlerim ayaklanmış bir şekilde mızrağı havaya kaldırdım. Beni yakalamadan ben onu yakalamalıyım, dedim keni kendime. Hiç değilse Trygon'un zehrini kanına karıştırmalıyım. İnecek darbeye hazırlandım.

İnmedi. Ağızlarından biri tuhaf şeyler yapmaya başlamıştı,

çeneleri açılıp kapanıyordu. Göğsünün derinliklerinden boğulur gibi bir ses geldi. Öğürdü, sarı bir köpük dişlerine yürüdü.

Telemakhos'un, "Ne bu?" dediğini duydum. "Ne oluyor?"

Cevap verecek vakit yoktu. Skylla'nın gövdesi sisten dışarı sarktı. Daha önce hiç görmemiştim bu gövdeyi, pelte gibi ve devasaydı. Biz bakarken üstümüzdeki kayalıktan aşağı kaydı. Kafaları, gövdeyi yeniden yukarı çekmek istermiş gibi ciyaklayıp bükülüyordu ama Skylla taştan ağırlıklar bağlanmışçasına aşağı inmeyi sürdürdü. Artık bacaklarının, sisin içinde vücudundan dışarı uzanan o on iki dev dokunacın başlangıç yerlerini görebiliyordum. Bacaklarını her zaman saklıyordu, Hermes öyle söylemişti. Mağarada, kemik ve çürümüş et parçalarının arasında çöreklenmiş, mağaranın taşlarına sıkı sıkı tutunur haldeydi bacakları, böylece gövdesinin geri kalanı yemek için aşağı uzanıp sonra geri dönebiliyordu.

Skylla'nın kafaları havayı ısırıyor, kendi boyunlarını ısırmak için arkaya dönerek inildiyordu. Gri derisi sarı köpüklerle ve kendi kızıl kanıyla çizgilenmişti. Yerde kocaman bir kaya sürükleniyormuş gibi bir gürültü başladı, sonra gri bir bulanıklık aniden üstümüzden aşarak devrildi, gemimizin yanındaki dalgalara çarptı. Tekne feci biçimde yan yattı, neredeyse dengemi kaybediyordum. Toparlandığımda kendimi yeniden Skylla'nın kocaman bacaklarından birine bakar halde buldum. Aiaie'deki en yaşlı meşe kadar kalın olan bacak gövdeden gevşek bir şekilde sarkıyor, ucu dalgaların arasında gözden kayboluyordu.

Tutunduğu yeri bırakmıştı.

"Gitmemiz gerek," dedim. "Hemen. Dahası gelecek." Sözcükler daha ağzımdan çıkamadan sürüklenme sesi yeniden başlamıştı.

Telemakhos bir uyarı çığlığı attı. Bacak gemimizin kıç tarafının o kadar yakınına indi ki küpeştenin yarısının suların altına gömülmesine yol açtı. Dizlerimin üstüne düştüm, Telemakhos oturduğu yerden savruldu. Kürekleri elinden bırakmamayı başarmıştı, büyük bir çabayla onları yeniden yerlerine taktı. Etrafımızdaki sular kaynayıp köpürüyor, tekne batıp çıkıyordu. Skylla, başlarımızın üstündeki havada çığlık çığlığa bağırıp çırpınıyordu. Devrilen bacakların ağırlığı onu kayalıkta daha da aşağıya çekmişti. Kafalar artık bize ulaşabileceği bir yerdeydi ama Skylla bizimle hiç ilgilenmedi. Bacaklarının gevşek etini ısırıyor, koparıyordu. Bir an tereddüt ettim, sonra kargaşada denize yuvarlanmasın diye mızrağın sapını erzaklarımızın arasına sıkıştırdım. Telemakhos'un küreklerinden birini yakaladım. "Hadi."

Kendimizi kürek çekmeye verdik. Sürüklenme sesi yine duyuldu, bir bacak daha düştü. Yarattığı dev dalga güverteyi sırılsıklam etti ve pruvayı Kharybdis'e doğru çevirdi. Gemileri olduğu gibi yutan girdabının boşluğunu şöyle bir gördüm. Telemakhos yönümüzü değiştirmeye çalışarak dümenle boğuşuyordu. "Halat," diye bağırdı.

Eşyalarımızın arasından bir halat buldum, Telemakhos ipi dümene bağlayıp çekti, bizi yeniden boğaza döndürmek için mücadele etti. Skylla'nın gövdesi tepemizden iki seren direği mesafede yalpalıyordu. Bacakları hâlâ düşüyordu ve inen her bacak sarkmış gövdeyi daha da aşağı çekiyordu.

On, diye saydım. On bir. "Gitmemiz gerek!"

Telemakhos pruvayı düzeltmişti. Dümeni bağladı, aceleyle küreklerimizin başına geçtik. Tekne kayalığın altındaki suların arasında düşmüş bir yaprak gibi ileri geri savruldu. Etrafımızdaki dalgalar sarı lekelerle doluydu. Skylla'nın kalan bacağı tepenin yüzünden yukarı uzanıyordu. Son derece tuhaf bir şekilde gerilmiş olan bu bacak, onu tutan tek şeydi artık.

Skylla kendini bıraktı. Muazzam gövdesi suya çarptı. Dalga kürekleri ellerimizden kopardı, başım soğuk tuzların sillesini yedi. Erzakımızın denize yuvarlandığını gördüm, Trygon'un mızrağı da beyazlığın içinde gözden kaybolanların arasındaydı. Bu kayıp, göğsüme indirilmiş bir darbe gibiydi ama şimdi onu düşünecek zaman yoktu. Güvertenin her an altımızda çatırdayıp yarılmasını bekleyerek Telemakhos'un koluna yapıştım. Ama sağlam kalaslar dayandı, dümene bağlı halat da. Son büyük dalganın saldırısı bizi ileri itip boğazdan çıkardı.

Kharybdis'in sesi hafiflemişti, etrafımızda açık deniz vardı. Ayağa kalkıp arkaya baktım. Kayalığın dibinde, Skylla'nın durduğu yerde bir sığlık yükseliyordu. Altı yılansı boynun çizgileri hâlâ seçiliyordu ama hiçbiri hareket etmiyordu. Bir daha asla hareket etmeyeceklerdi. Skylla taşa dönmüştü.

Karaya çok yolumuz vardı. Kollarımla sırtım kırbaçlanmışım gibi ağrıyordu, Telemakhos benden de kötü durumda olmalıydı ama yelkenimiz mucizevi bir biçimde sağlam kalmıştı. Yola onunla devam ettik. Güneş, düşen bir tabak gibi denize doğru indi, suların üstünde gece yükseldi. Yıldızlarla delik delik karanlığın arasında karayı gördüm, gemiyi kumsala çektik. Bütün tatlı suyumuzu kaybetmiştik, Telemakhos'un da gözleri donuklaşmış, neredeyse nutku tutulmuştu. Bir akarsu aramaya çıktım, bir kayadan dönüştürdüğüm kâseyi ağzına kadar doldurup taşıdım. Telemakhos hepsini içti, sonra da o kadar uzun süre hareketsiz yattı ki korkmaya başladım. Ama sonunda boğazını temizledi ve yiyecek bir şey olup olmadığını sordu. O arada biraz yemiş toplamış, bir de balık tutup ateşin üstüne asmıştım. "Seni böyle bir tehlikeye attığım için özür dilerim," dedim. "Yanımda olmasaydın, paramparça olurduk."

Lokmasını çiğnerken yorgun argın başını salladı. Yüzü hâlâ bitkin ve solgundu. "Bunu yeniden yapmak zorunda kalmayacağımıza memnun olduğumu itiraf ediyorum." Kumlara sırtüstü uzandı, gözleri kapandı.

Kampımız bir kayalığın köşesine yaslandığından güvenliydi, ben de Telemakhos'u orada bırakıp kıyıya yürüdüm. Bir adaya çıktığımızı düşünmüştüm ama emin olamıyordum. Ağaçların arasından yükselen duman yoktu, kulak kabarttığımda da gece kuşlarıyla dalgaların hışırtısından başka bir şey duyamıyordum. Çiçekler ve sıklaşarak iç kısımlara uzanan ormanlık bir alan vardı ama gidip bakmadım. Bir zamanlar Skylla olan o kaya yığınını yeniden karşımda görüyordum. Gitmişti, gerçekten gitmişti. Yüzyıllardan beri ilk defa o üzüntü ve keder selinin içinde yuvarlanmıyordum. Artık yeraltı dünyasında benim ismimle damgalanmış ruhlar yürümeyecekti.

Denize döndüm. Ellerimde hiçbir şey olmaması, taşıyacak bir mızrak olmaması tuhaf geliyordu. Havanın avuçlarımda hareket ettiğini, tuzun baharın yeşil kokusuyla karıştığını hissediyordum. Uzun kuyruk parçasının efendisini bulmak için karanlıkta derinlere gömülüşünü kafamda canlandırdım. *Trygon*, dedim, *kuyruğun sana dönüyor. Çok uzun süre sakladım onu ama sonunda iyi kullandım.*

Yumuşak dalgalar kumlara vuruyordu.

Cildime değen karanlık tertemizdi. İçinde yıkandığım bir gölmüş gibi, serin havada yürüdüm. Telemakhos'un bileğine bağladığı alet torbasıyla benim üstüme bağlı büyü torbam haricinde her şeyi kaybetmiştik. Yeni kürekler yapmamız, yeniden yiyecek depolamamız gerekecek, diye düşündüm. Ama bunlar ertesi gün düşünülecek şeylerdi.

Beyaz çiçeklerle dolu bir armut ağacının yanından geçtim. Ayışığıyla aydınlanan nehirde bir balık sıçradı. Her adımla hafifliyordum. Boğazımda bir duygu şişiyordu. Ne olduğunu anlamam biraz vakit aldı. O kadar uzun süredir yaşlı ve müsamahasızdım ki. Pişmanlıklar ve seneler beni yekpâre bir taş gibi biçimlendirmişti. Ama sadece döküldüğüm bir kalıptı bu. O biçimde kalmak zorunda değildim.

Telemakhos uyumaya devam etti. Ellerini çocuk gibi çenesinin altında birleştirmişti. Kürekler ellerini kanatmıştı, ben de sıcak ağırlıkları kucağımda dinlenirken onlara merhem sürmüştüm. Parmakları düşündüğümden daha nasırlıydı ama avuçları pürüzsüzdü. Aiaie'de ona dokunmanın nasıl bir şey olacağını o kadar sıklıkla merak etmiştim ki.

Bu sözleri yüksek sesle söylemişim gibi gözleri açıldı. Her zamanki gibi berraklardı.

"Skylla doğuştan canavar değildi," dedim. "Onu ben canavara çevirdim."

Yüzü ateşin gölgeleri arasındaydı. "Nasıl oldu?"

İçimde telaşla haykıran bir yer vardı: Konuşursan rengi küle dönecek ve senden nefret edecek. Ama bu sesi bir tarafa ittim. Rengi küle dönerse dönsündü. Hayatıma gündüzleri kumaş dokuyup geceleri sökerek ve sonuçta hiçbir şey yapmayarak devam etmeyecektim. Bütün hikâyeyi anlattım ona, her kıskançlığı, her aptallığı ve benim yüzümden yiten bütün hayatları.

"Adı," dedi. "Skylla. *Değiştirilmiş* anlamına geliyor. Belki canavar olmak baştan beri kaderinde yazılıydı da sen sadece aracı oldun."

"Astığın hizmetçiler için de aynı mazereti kullanıyor musun?"

Ona vurmuştum sanki. "Onun için bir mazeret kullanmıyorum. O utancı yaşamım boyunca taşıyacağım. Yaptığım şeyi geri alamam ama günlerimi keşke alabilseydim diyerek geçireceğim."

"Babandan farklı olduğunu böyle anlıyorsun," dedim.

"Evet." Sesi keskindi.

"Benim için de aynısı," dedim. "Pişmanlığımı elimden almaya çalışma."

Uzun bir süre sessiz kaldı. "Feraset sahibisin," dedi.

"Öyleysem bile, yüz ömür boyunca yeteri kadar aptallık ettiğimdendir," dedim.

"Yine de en azından sevdiğin şeyler için mücadele ettin."

"Öyle yapmak her zaman bir lütuf değil. Sana söylemeliyim ki geçmişimin tamamı bugün gibi, kimsenin adını bile duymak istemediği canavarlar ve dehşetlerle dolu."

Bakışlarımı karşıladı. O an bir yönüyle tuhaf bir biçimde Trygon'u anımsattı bana. Olağanüstü, sessiz bir sabır.

"Dinlemek istiyorum," dedi.

Ondan pek çok sebepten ötürü uzak durmuştum: Annesi ve oğlum, babası ve Athena. Ben tanrı, o ölümlü. Ama bütün bu sebeplerin kökeninde bir tür korku yattığını birden anladım. Ve hayatımda hiçbir zaman korkak biri olmamıştım.

Aramızdaki bir nefeslik boşluktan uzanıp onu buldum.

YİRMİ ALTI

O kıyıda üç gün kaldık. Kürek yapmadık, yelken yamamadık. Balık tuttuk, meyve topladık, parmaklarımızın ucunda bulduklarımızdan başka hiçbir şey aramadık. Avucumu karnına dayadım, nefesleriyle inip kalkmasını hissetim. Omuzları şerit şerit kaslıydı, ensesi güneş yanıklarıyla sertleşmişti.

O hikâyeleri ona anlattım. Ateşin başında ya da sabah ışığında, zevklerimiz bir tarafa bırakıldığında. Bazıları düşündüğümden daha kolaydı. Onun için Prometheus'u çizmenin, Ariadne ile Daidalos'u yeniden yaşatmanın sevinç verici bir tarafı vardı. Ama diğer kısımlar o kadar kolay değildi. Bazen konuşurken üstüme bir öfke çöküyör, sözcükler ağzımda ekşiyordu. O kim oluyordu da ben kanımı dökerken böyle sabırlı davranıyordu? Yetişkin bir kadındım. Bir tanrıçaydım ve ondan nesillerce yaşlıydım. Merhametine, ilgisine, hiçbir şeyine ihtiyacım yoktu.

"Ee?" derdim. "Niye bir şey söylemiyorsun?"

"Dinliyorum," derdi.

Hikâyeyi bitirdiğimde, "Görüyorsun ya," derdim. "Tanrılar çirkin şeyler."

"Biz taşıdığımız kan değiliz," diye cevaplardı. "Bir keresinde bir cadı söylemişti bunu bana."

Telemakhos üçüncü gün yeni kürekler yonttu, ben de bazı şeyleri kırbaya çevirip suyla doldurdum, sonra meyve topladım. Telemakhos'un zahmetsizce ve beceriyle yelkeni yukarı çekmesini, sızıntı var mı diye gövdeyi kontrol etmesini seyrettim. "Ne yapmaya çalıştığımı hiç bilmiyorum," dedim. "Gemi idare edemem ki ben. Sen benimle gelmeseydin ne yapacaktım?"

Güldü. "Gideceğin yere eninde sonunda varırdın, sadece sonsuzluğundan epeyce bir kısmı harcaman gerekirdi. Şimdi nereye gidiyoruz?"

"Girit'in güneyinde bir kıyıya. Orada yarı kumluk yarı kayalık küçük bir koy, hemen yakında çalılıklar ve tepeler var. Yılın bu zamanında yukarıda Ejderha yolu gösterir."

Kaşlarını kaldırdı.

"Yeterince yakına götürürsen yolu bulacağımı düşünüyorum." Ona baktım. "Orada ne olduğunu soracak mısın?"

"Sormamı istediğini sanmıyorum."

Birlikte bir aydan az süre geçirmiştik ama beni dünyadan gelip geçmiş herkesten daha iyi tanıyor gibiydi.

Olaysız bir yolculuktu, rüzgâr canlıydı, güneş de yakıcı yaz sıcaklığına henüz ulaşmamıştı. Geceleri bulabildiğimiz kıyılarda kamp kuruyorduk. Telemakhos çoban gibi yaşamaya alışkındı, ben de altın ve gümüş kâselerimle duvar halılarımı özlemediğimi fark ettim. Balıklarımızı çubuklara geçirip pişiriyorduk, meyveleri eteğimde taşıyordum. Bir eve rastlayınca ekmek, şarap ve peynir karşılığında hizmetler sunmayı teklif ediyorduk. Telemakhos çocuklar için oyuncaklar yontar, kayıkları tamir ederdi. Benim de merhemlerim vardı, başımı örtülü tutarsam halkın sızılarını dindirip ateşini düşürmeye gelmiş bir şifacı kadınmışım gibi yapabiliyordum. Minnettarlıkları yalın ve basitti, bizimki de öyle. Kimse diz çökmüyordu.

Tekne mavi kemerli gökyüzünün altında yol alırken, tahtaların üstüne oturur, tanıştığımız insanlardan, geçtiğimiz kıyılardan, sabahın ortalarına dek gülerek ve küpeştemize sular sıçratarak bizi takip eden yunuslardan bahsederdik.

"Biliyor musun," dedi. "Aiaie'ye gelmeden önce İthaka'dan sadece bir kere ayrılmıştım."

Başımı salladım. "Ben Girit'i, yol üstünde de bazı adaları gördüm, hepsi bu. Hep Mısır'a gitmeyi istemişimdir."

"Evet," dedi. "Troya'ya ve Sümerlilerin görkemli şehirlerine de."

"Asur," dedim. "Habeşistan'ı da görmek istiyorum. Ve kuzeyi. Buzla kaplı diyarı. Ve Telegonos'un batıdaki yeni krallığını."

Dalgalara baktık, aramızda bir sessizlik asılı kaldı. Bir sonraki cümle şu olmalıydı: Hadi beraber gidelim. Ama bunu söyleyemezdim, ne şimdi ne de hiçbir zaman, muhtemelen. O da sessiz kalacaktı çünkü beni iyi tanıyordu.

"Annen," dedim, "sence bize kızacak mı?"

Homurtuyla güldü. "Hayır," dedi. "Büyük ihtimalle biz daha fark etmemişken o biliyordu."

"Geri dönüp de onu cadı olmuş bulursak şaşırmam."

Onu irkiltmek, sakinliğinin uçup gittiğini görmek beni daima mutlu ediyordu. "Ne?"

"Ah, evet," dedim. "Baştan beri gözü otlarımdaydı. Zamanımız olsaydı ona öğretirdim. Seninle iddiaya gireceğim."

"Bu kadar eminsen seninle iddialaşacak değilim."

Geceleri birbirimizin teninin çukurluklarında geçiriyorduk, Telemakhos uyuyunca uzuvlarımızın birbirine dokunduğu yerlerin sıcaklığını hissederek, boğazındaki yumuşak nabzı seyrederek yanında yatardım. Gözlerinde kırışıklıklar vardı, boynundakiler daha çoktu. İnsanlar bizi görünce benim daha genç olduğumu zannediyordu. Ama ölümlü gibi görünmeme ve konuşmama karşın kansız bir balıktım ben. Sularımdan onu ve arkasında uzanan gökyüzünü görebiliyordum ama oraya gidemezdim.

Ejderha'nın ve Telemakhos'un yol göstericiliğiyle eski sahilimi sonunda bulduk. Dar koya eriştiğimizde sabahtı, babamın arabası zirveye giden yolun yarısındaydı. Telemakhos çapa taşını kaldırdı. "Atayım mı yoksa gemiyi kumsala mı çekelim?"

"At," dedim.

Yüzlerce yıllık gelgitler ve fırtınalar kıyı çizgisinin şeklini değiştirmişti ama ayaklarım kumların inceliğini, kozalaklı kaba otları hatırlıyordu. Uzaklarda hafif, gri bir dumanla keçi çanlarının sesi vardı. Eskiden Aietes'le oturduğumuz çentikli kayaları geçtim. Babam beni yaktıktan sonra yattığım ormanı geçtim, geriye sadece darmadağınık bir avuç çam kalmıştı. Glaukos'u sürüklediğim tepeler baharla doluydu: Papatyalarla sümbüller, zambaklar, menekşeler ve tatlı kaya gülleri. Tam ortalarında da Kronos'un kanından fışkırmış sarı çiçeklerden oluşan küçük öbek.

Eski, uğultulu nota beni karşılamak istermiş gibi yükseldi. "Çiçeklere dokunma," dedim Telemakhos'a ama bu sözler daha ağzımdan çıkarken ne kadar aptalca olduklarını fark ettim. Çiçekler ona hiçbir şey yapamazdı. Telemakhos zaten kendisiydi. Tek bir tel saçı bile değişmezdi.

Bıçağımı kullanarak her sapı kökünden söktüm. Topraklarıyla birlikte bez parçalarına sardım ve torbamın karanlığına yerleştirdim. Burada daha fazla oyalanmak için bir sebep yoktu. Çapayı çektik ve pruvayı eve çevirdik. Dalgalarla adalar yanımızdan geçip gidiyordu ama onları pek görmüyordum. Kuş çıkmasını bekleyerek gökyüzünü gözleyen bir okçu gibi gergindim. Son akşam, Aiaie çiçek tomurcuklarının havada süzülen kokusunu aldığımı düşüneceğim kadar yakındayken Telemakhos'a o âna dek anlatmadığım hikâyeyi, adama gelen ilk denizcileri ve onlara ne yaptığımı anlattım.

Yıldızlar çok parlaktı ve akşamyıldızı başımızın üstünde alev gibi parlıyordu. "Sana daha önce anlatmadım çünkü bunun aramıza girmesini istemedim."

"Şimdi buna aldırmıyor musun?"

Çiçekler torbamın karanlığından sarı ezgilerini söyledi. "Şimdi gerçekleri bilmeni istiyorum, sonucu ne olursa olsun."

Hafif, tuzlu esinti kıyıdaki otların arasında gezindi. Telemakhos elimi göğsüne dayamıştı. Kanının düzenli atışını hissedebiliyordum.

"Seni sıkıştırmadım," dedi. "Yine sıkıştırmayacağım. Bana cevap verememene yol açacak sebepler olduğunu biliyorum. Ama..." Durdu. "Şunu bilmeni istiyorum, Mısır'a gidersen, her nereye gidersen seninle gelmek istiyorum."

Hayatı nabız nabız parmaklarımın altından geçiyordu. "Teşekkür ederim," dedim.

Penelope bizi Aiaie'nin kumsalında karşıladı. Güneş yükseklerdeydi, ada coşkuyla çiçeklenmişti. Meyveler dallarında şişiyor, her çatlaktan, her oyuktan taze yeşillikler fışkırıyordu. Penelope bu bereketin arasında rahat görünüyordu, bize el salladı, hoşgeldiniz diye seslendi.

Aramızda bir değişiklik olduğunu fark ettiyse bile hiçbir şey söylemedi. İkimizi de kucakladı. Dediğine göre her şey çok sakindi, hiç ziyaretçi gelmemişti ama aslında hiçbir şey sakin de değildi. Yeni aslan yavruları doğmuştu. Doğu koyunu üç gün boyunca sis sarmıştı ve öyle bir yağmur yağmıştı ki nehir taşmıştı. Konuşurken yanakları kanını gösteriyordu. Parlak defnelerin, ormangüllerinin yanından, bahçemden ve büyük meşe kapılardan geçtik. Evimin otların temiz kokusuyla yoğunlaşmış havasını içime çektim. Ozanların hakkında o kadar sık türkü söylediği zevki hissettim: Eve dönüş.

Odamda geniş, altın yatağımın çarşafları her zamanki gibi tertemizdi. Telemakhos'un, annesine Skylla'nın hikâyesini anlattığını işitiyordum. Evden çıkıp yalınayak adada dolaşmaya başladım. Ayaklarımın altındaki toprak sıcaktı. Çiçekler parlak başlarını savuruyordu. Bir aslan hemen peşimden geliyordu. Veda mı ediyordum? Gökyüzünün geniş kavisine yönelmiştim. Bu gece, dedim. Bu gece, ayın altında, yalnız başıma.

Güneş batarken geri döndüm. Telemakhos akşam yemeği

için balık tutmaya gitmişti. Penelope'yle beraber masada oturduk. Parmak uçları yeşil lekelerle doluydu, havadaki efsunların kokusunu alabiliyordum.

"Uzun süredir merak ettiğim bir şey var," dedim. "Athena yüzünden kavga ettiğimizde önümde diz çökmek nereden aklına geldi? Bunun beni utandıracağını nereden bildin?"

"Ah. Tahmin ettim. Odysseus'un bir keresinde seninle ilgili söylediği bir şey yüzünden."

"Neymiş o?"

"İlahlığından bu kadar hazzetmeyen başka bir tanrı tanımadığını söylemişti."

Gülümsedim. Ölmüşken bile beni şaşırtabiliyordu. "Doğru sanırım. Onun krallıklara biçim verdiğini söylemiştin ama aynı zamanda insanların düşüncelerini de biçimlendiriyordu. Ondan önce bütün kahramanlar Herakles ve İason'du. Şimdiyse çocuklar denize açılma, düşman toprakları zekâyla ve sözcüklerle fethetme oyunları oynuyor."

"Bilse hoşuna giderdi," dedi.

Ben de öyle düşünüyordum. Bir an geçti, sonra önümdeki masanın üstündeki lekeli ellerine baktım.

"Ee? Bana söyleyecek misin? Cadılık nasıl gidiyor?"

İçe dönük gülümsemesiyle gülümsedi. "Haklıymışsın. Çoğunlukla irade işi. İrade ve çok çalışma."

"Burada işim bitti," dedim. "Öyle ya da böyle bitti. Benim yerime Aiaie'nin cadısı olmak ister misin?"

"İsterim galiba. Gerçekten isterim. Ama saçlarım bir şeye benzemiyor. Seninkilere hiç benzemiyor."

"Boyayabilirsin."

Yüzünü buruşturdu. "Onun yerine, cadalozca büyülerim yüzünden saçlarım kırlaştı diyeceğim."

Güldük. Duvar halısını bitirmişti, arkasındaki duvarda asılıydı halı. Fırtınalı derinliklere doğru kulaç atan o yüzücü.

"Yanına arkadaş istersen," dedim, "tanrılara haylaz kızlarını alacağını söyle. Bana kalırsa onlar için doğru örnek olursun."

"Bunu iltifat kabul edeceğim." Masadaki bir lekeyi ovaladı. "Peki ya oğlum? O da seninle gelecek mi?"

Kendimi neredeyse gergin hissettiğimi fark ettim. "İstiyorsa."

"Peki sen ne istiyorsun?"

"Gelmesini istiyorum," dedim. "Mümkünse. Ama önümde yapılması gereken bir şey var hâlâ. Sonucu ne olacak bilmiyorum."

Sakin, gri gözleri benimkilere baktı. Kaşları mabet gibi kavisli, diye düşündüm. Zarif ve sağlam. "Telemakhos iyi bir oğul oldu, olması gerekenden çok daha uzun süre hem de. Artık kendi başına kalmalı." Elime dokundu. "Hiçbir şey kesin değil, bunu biliyoruz. Ama bir işin yapılacağından emin olmak isteseydim, o işi sana emanet ederdim."

Tabaklarımızı taşıdım, parlatana kadar dikkatle yıkadım. Bıçaklarımı bileyledim, her birini yerine koydum. Masaları sildim, yeri süpürdüm. Ocağımın başına döndüğümde yalnızca Telemakhos vardı orada. İkimizin de sevdiği açıklığa, bir ömür önce Athena'dan bahsettiğimiz yere yürüdük.

"Yapmaya niyetlendiğim şu büyü," dedim. "Yaptığımda ne olacağını bilmiyorum. Belki de işlemez. Belki Kronos'un gücü topraklarının ötesine taşınamıyordur."

"O zaman tekrar gideriz," dedi. "Sen tatmin olana dek tekrar gideriz."

Bu kadar basitti. İstiyorsun madem, yapacağım. Mutlu olacaksan, seninle geleceğim. Bir yüreğin çatladığı bir an var mıdır? Ama çatlak bir yürek yeterli değildi ve ben bunu bilecek kadar akıllanmıştım. Onu öptüm ve orada bıraktım.

YİRMİ YEDİ

Kurbağalar çamur birikintilerine gitmişti, semenderler kahverengi oyuklarda uyuyordu. Göl ayın yarım yüzünü, yıldızların iğne başı ışıklarını ve dört bir yanda öne doğru eğilen, sallanan ağaçları gösteriyordu.

Kalın bir ot tabakasıyla kaplı kıyıda diz çöktüm. Önümde, ta ilkinden beri büyülerim için kullandığım eski bronz kâse vardı. Çiçekler, soluk renkli kökten kundaklarında yanımda yatıyordu. Saplarını teker teker kestim, akan özsuyu damlalarını sıkıp çıkarttım. Kâsenin dibi koyulaştı. O da ayı göstermeye başladı. Son çiçeği sıkmadım, oraya, güneşin her sabah düştüğü kıyıya diktim. Belki büyürdü.

İçimdeki korkuyu, su gibi pırıldadığını hissedebiliyordum. Bu çiçekler, tek yaptığı alaylı alaylı gülmek olan Skylla'yı canavara çevirmişti. Glaukos da bir çeşit canavara dönmüştü, tanrılık onun içindeki bütün güzellikleri silip atmıştı. Telegonos'un doğumu sırasındaki eski korkumu hatırladım: *İçimde nasıl bir yaratık bekliyor?* Hayal gücüm dehşetler yaratıyordu. Üstümden sümük kaplı kafalarla sarı dişler filizlenecekti. Açıklığa kadar sürünüp Telemakhos'u parçalara ayıracaktım.

Belki de öyle olmaz, dedim kendi kendime. Belki de bütün umutlarım gerçekleşir, Telemakhos'la ikimiz gerçekten de Mısır'a ve bütün diğer yerlere gideriz. Benim büyücülüğüm, onun da marangozluğuyla geçinerek denizleri aşar, sonra bir daha aşarız, bir şehre ikinci kere geldiğimizde insanlar bizi karşılamak için evlerinden çıkar. Telemakhos onların gemilerini onaracak, ben de ısıran sineklerle hummaya karşı tılsımlar örecektim ve dünyayı sade bir şekilde onarmaktan zevk duyacaktık.

Görüntü, ayağımın altındaki serin otlar gibi, başımın üstündeki kara gökler gibi capcanlı bir biçimde çiçeklendi. Agamemnon'un vârislerinin hüküm sürdüğü Miken'in Aslanlı Kapısı'nı, taşları, zirvesi buzlu İda dağından gelen rüzgârlarla soğumuş Troya surlarını ziyaret edecektik. Fillere binecek, Titanları da Olymposluları da hiç duymamış, bizi ayaklarımızın dibinde debelenen kum böceklerinden daha fazla fark etmeyen tanrıların gözlerinin altında çöl gecesinde yürüyecektik. Telemakhos çocuk istediğini söyleyecek, ben, "Sen ne istediğinin farkında değilsin," diye cevap verecektim, o da "Bu defa yalnız değilsin," diyecekti.

Bir kızımız oluyor, sonra bir tane daha. Doğum yatağımın başında Penelope duruyor. Sancı var ama geçiyor. Çocuklar küçükken adada yaşıyor, sonra da sık sık ziyarete gidiyoruz. Nympha'lar etrafında kayarcasına gezinirken o kumaş dokuyor ve büyüler örüyor. Saçları ne kadar kırlaşırsa kırlaşsın hiç yorulmuyor gibi ama bazen gözlerinin ufka, ölüler evinin ve ruhlarının beklediği yere döndüğünü görüyorum.

Hayalimde canlandırdığım kız evlatlar Telegonos'tan farklı, birbirlerinden de farklı. Biri aslanları kovalayarak daireler çiziyor, diğeri bir köşede oturup her şeyi seyrediyor ve hatırlıyor. Onları delice seviyoruz, uyurlarken başlarında durup bugün bunu yaptı, şunu söyledi diye fısıldaşıyoruz. Altın meyve bahçelerinin arasındaki tahtına çıkmış Telegonos'la tanışmaya götürüyoruz kızlarımızı. Telegonos divanından fırlayıp hepimizi kucaklıyor, yanından hiç ayrılmayan uzun boylu, koyu renk saçlı bir genç olan muhafız komutanını bizimle tanıştırıyor. Henüz evlenmemiş, belki de hiç evlenmem, diyor. Athena'nın nasıl kızdığını hayal ederek gülümsüyorum. Telegonos çok nazik ama şehrinin sur duvarlarından biri gibi sağlam ve yıkılmaz. Onun için endişelenmiyorum.

Yaşlanıyorum. Cilalı bronz aynama baktığımda yüzümde çizgiler görüyorum. Ayrıca dolgunlaştım, cildim de sarkmaya başladı. Otlarımın başındayken elimi kesince yara geçmiyor. Bazen kibirli ve tatminsiz oluyorum ama keşke eski halime dönsem demiyorum. Bedenim toprağı özlüyor elbette, ait olduğu yer orası. Bir gün Hermes beni ölülerin salonlarından geçirecek. Birbirimizi zar zor tanıyacağız çünkü ben ak saçlı olacağım, o da Ruhların Önderi olarak gizemine bürünmüş olacak. Ağırbaşlı davrandığı tek vakit. Bunu görmekten hoşlanacağımı düşünüyorum.

Ne kadar şanslı olduğumu biliyorum, şansımın fazlalığından sersem gibiyim, her tarafımdan şans akıyor, şansla sarhoşum. Karanlıkta bazen hayatımın kırılganlığından, incecik nefesinden ötürü dehşete düşmüş olarak uyanıyorum. Yanımda, kocamın nabzı boynunda atıyor, yataklarındaki çocuklarımın cildi en küçük sıyrığı bile gösteriyor. Bir esinti onları devirebilir ve dünya esintiden büyük şeylerle dolu, felaketler ve hastalıklarla, canavarlar ve binbir çeşit acıyla. Babamın ve onun türündekilerin parçalanabilir etimize yönelmiş, kılıç gibi parlak ve keskin halde başımızın üstünde gezindiğini de unutmuyorum. Kin ve şerle üzerimize çökmezlerse, o zaman kazayla ya da kapris olsun diye düşeceklerdir. Nefesim boğazımda çırpınıyor. Böyle bir yazgının yükü altında nasıl yaşayabilirim?

O zaman kalkıp otlarıma gidiyorum. Bir şey yaratıyorum. Bir şeyi dönüştürüyorum. Cadılığım her zamanki kadar güçlü, daha güçlü. Bu da iyi şansımın bir parçası. Kaç kişinin benim kadar gücü, boş vakti ve savunması var? Telemakhos yatağımızdan çıkıp beni bulmaya geliyor. Elimi tutarak taze kokulu karanlıkta benimle oturuyor. İkimizin yüzü de çizgilerle dolu artık, yıllarımızla işaretlenmiş.

Kirke, diyor, her şey yolunda gidecek.

Bir kâhinin ya da tanrılardan haber getiren birinin sözleri değil bunlar. Çocuklara söyleyeceğiniz türden sözler. Bir kâbusun ardından yeniden uyusunlar diye sallarken, küçük kesiklerine pansuman yapar, sokan şeyin acısını yatıştırırken kızlarımıza söylediğini duyduğum sözler. Parmaklarımın altında cildi, kendi cildim kadar tanıdık. Gece havasındaki sıcak nefesini dinliyorum ve her nasılsa ferahlıyorum. Canımızın yanmayacağını söylemiyor. Korkmadığımızı kastetmiyor. Söylediği sadece şu: Buradayız. Gelgitte yüzmek, yeryüzünde yürümek ve ayaklarına değdiğini hissetmek böyle bir şey. Yaşamak böyle bir şey.

Tepemizde takımyıldızlar alçalıp dönüyor. Tanrılığım içimde, güneşin denizde boğulmadan önceki son ışıkları gibi parlıyor. Bir zamanlar tanrıların ölümün zıttı olduğunu düşünmüştüm ama artık her şeyden daha ölü olduklarını görüyorum çünkü hiç değişmiyorlar ve hiçbir şeyi ellerinde tutamıyorlar.

Hayatım boyunca ilerledim, şimdi de buradayım. Bir ölümlünün sesine sahibim, geri kalanları da alayım. Ağzına kadar dolu kâseyi dudaklarıma götürüyor ve içiyorum.

KARAKTER DİZİNİ

TİTANLAR

Aietes: Kirke'nin erkek kardeşi ve Karadeniz'in doğu kıyısındaki bir krallık olan Kolkhis'in büyücü kralı. Aietes aynı zamanda ölümlü cadı Medeia'nın babası ve Altın Post'un bekçisidir, daha sonra İason ile Argonautlar, Medeia'nın yardımıyla postu çalar.

Boreas: Adı Türkçeye poyraz diye geçen kuzey rüzgârı. Bazı efsanelere göre yakışıklı genç Hyakintos'un ölümünden sorumludur. Kardeşleri Zephyros (batı rüzgârı), Notos (güney rüzgârı) ve Euros'tur (doğu rüzgârı).

Helios: Güneş tanrısı Titan. Kirke, Aietes, Pasiphae, Perses ve yarım kan kardeşleri nympha'lar Phaethusa ve Lampetie de aralarında olmak üzere pek çok çocuğun babası. Sıklıkla, her gün gökyüzünde sürdüğü altın at arabasında tasvir edilir. *Odysseia*'da Odysseus'un adamları kutsal ineklerini öldürünce Zeus'tan onları yok etmesini ister.

Kalypso: Titan Atlas'ın Ogygie Adası'nda ikamet eden kızı. *Odysseia*'da, gemisi kazaya uğrayan Odysseus'u yanına alır. Ona âşık olduğu için yedi sene adada yanında tutar ama sonra tanrılar Odysseus'u serbest bırakmasını emreder.

Kirke: Aiaie Adası'nda yaşayan bir cadı, Helios'la nympha Perseis'in kızı. İsminin *şahin* ya da *atmaca*'dan türemiş olması muhtemeldir. *Odysseia*'da Odysseus'un adamlarını domuza çevirir ama Odysseus ona meydan okuduktan sonra onu kendisine sevgili olarak alır, adamlarıyla birlikte yanında kalmasına izin verir ve tekrar yola çıktıklarında onlara yardım eder. Uzun bir edebi yaşamı olan Kirke, Ovidius, James Joyce, Eudora Welty ve Margaret Atwood gibi yazarlara ilham kaynağı olmuştur.

Mnemosyne: Hafıza tanrıçası ve dokuz musanın [ilham perisinin] annesi.

Nereus: Olymposlu Poseidon'un gölgesinde kalmış olan erken dönem bir deniz tanrısı. Deniz nympha'sı Thetis de dahil olmak üzere pek çok ilahi çocuğun babasıdır.

Okeanos: Homeros'un şiirlerinde Okeanos, antik çağ insanlarının dünyayı çepeçevre dolaştığına inandığı büyük Okeanos Nehri'nin Titan tanrısıydı. Daha sonraları denizle ve tuzlu suyla özdeşleştirilir oldu. Kirke'nin anne tarafından dedesi, çeşitli nympha'larla tanrıların da babasıdır.

Pasiphae: Kirke'nin kız kardeşi, Zeus'un ölümlü oğlu Minos'la evlenip Girit Kraliçesi olan güçlü bir cadı. Minos'tan Ariadne ve Pheidra'nın da aralarında olduğu birkaç çocuğu olmuştur. Ayrıca kutsal bir boğadan hamile kalmayı da başarıp Minotauros'u doğurur.

Perseis: Okeanos'un nympha kızlarından biri. Kirke'nin annesi, Helios'un karısı. Daha sonraki öykülerde o da cadılıkla ilişkilendirilir.

Perses: Kirke'nin erkek kardeşi, bazı öykülerde antik Acemistan'la ilişkilendirilir.

Prometheus: Ölümlülere yardım ederek onlara ateşi veren ve bazı öykülere göre medeniyeti de öğreten, böylece Zeus'a itaatsizlik eden Titan tanrı. Zeus onu Kafkas Dağları'nda bir kayalığa zincirleyerek cezalandırdı, her gün bir kartal gelip karaciğerini yiyor, karaciğer gece kendini yeniliyordu.

Proteus: Biçim değiştirebilen bir deniz tanrısı, Poseidon'un fok sürülerinin bekçisi.

Selene: Ay tanrıçası, Kirke'nin halası ve Helios'un kız kardeşi. Gece göklerinde gümüş rengi atların çektiği bir araba sürerdi, kocası da büyülenerek sonsuz, yaşsız bir uykuya yatırılmış olan yakışıklı çoban Endymion'dur.

Tethtys: Okeanos'un Titan karısı ve Kirke'nin anneannesi. Kocası gibi o da önceleri tatlısuyla ilişkilendiriliyordu ama sonraları bir deniz tanrıçası olarak tasvir edilmiştir.

OLİMPOSLU TANRILAR

Apollon: Işık, müzik, kehanet ve şifa tanrısı. Apollon, Zeus'un oğlu, Artemis'in ikizi ve Troya Savaşı'nda Troyalıların destekçisiydi.

Artemis: Av tanrıçası, Zeus'un kızı, Apollon'un kız kardeşi. *Odysseia*'da Prenses Ariadne'yi onun öldürdüğü anlatılır.

Athena: Akıl, dokuma ve savaş tanrıçası, güçlü ilah. Troya Savaşı'nda Yunanların ateşli destekçisi ve özellikle kurnaz Odysseus'un koruyucusuydu. Hem *İlyada*'da hem de *Odysseia*'da sık sık görünür. Zeus'un en sevdiği çocuğu olduğu söylenir, tam olarak biçimlenmiş ve tepeden tırnağa zırhlı olarak Zeus'un kafasından doğmuştur.

Dionysos: Zeus'un oğlu, şarap, esriklik ve eğlence tanrısı. Prenses Ariadne'yle kendisi evlenmek istediği için Theseus'a onu terk etmesini emretmiştir.

Eileithyia: Doğumda annelere yardım eden, aynı zamanda bir çocuğun doğmasını engelleme gücü bulunan ebe tanrıça.

Hermes: Zeus ile nympha Maia'nın oğlu, tanrıların habercisi, aynı zamanda yolcuların ve hilebazların, ticaretin ve sınırların tanrısı. Ayrıca ölülerin ruhunu yeraltı dünyasına götürür. Bazı hikâyelerde Odysseus'un atasıdır, *Odysseia*'da da Odysseus'a Kirke'nin büyülerine nasıl karşı koyacağını öğretir.

Zeus: Tanrıların ve insanların kralı, Olympos Dağı'ndaki tahtından bütün dünyaya hükmederdi. Babası Kronos'tan intikam almak için Titanlara savaş açmış, sonunda Kronos'u tahtından indirmiştir. Athena, Apollon, Dionysos, Herakles, Helene ve Minos'un da aralarında olduğu pek çok tanrının ve ölümlünün babasıdır.

ÖLÜMLÜLER

Agamemnon: Yunanistan'ın en büyük krallığı Miken'in hükümdarı. Kardeşi Menelaos'un karısı Helene'yi Troya'dan kurtarmak için düzenlenen Yunan seferinin komutanıdır. On yıllık savaş boyunca kavgacı ve gururlu davranmış, memleketi Miken'e döndükten sonra karısı Klytaimestra tarafından öldürülmüştür. *Odysseia*'da Odysseus, Agamemnon'un yeraltı dünyasındaki gölgesiyle konuşur.

Akhilleus: Deniz nympha'sı Thetis ile Phthia Kralı Peleus'un oğlu olan Akhilleus, kuşağının en büyük savaşçısı, aynı zamanda en hızlısı ve en yakışıklısıydı. Yeniyetmeliğinde ona bir seçim hakkı sunulmuştu: Şöhretsiz uzun bir hayat ya da kısa bir hayat ve şöhret. Şöhreti seçti ve diğer Yunanlarla birlikte Troya'ya gitti. Ancak savaşın dokuzuncu yılında Agamemnon'la kavga etti ve ondan sonra savaşmayı reddetti, savaşa ancak çok sevdiği Patroklos, Hektor tarafından öldürülünce döndü. Gazaba gelerek büyük Troyalı savaşçıyı öldürdü, sonunda, Hektor'un kardeşi olan, tanrı Apollon'un yardım ettiği Paris tarafından öldürüldü.

Ariadne: Tanrıça Pasiphae ile yarı tanrı Minos'un kızı, Girit Prensesi. Kahraman Theseus, Minotauros'u öldürmeye geldiğinde ona yardım ederek bir kılıç, bir de yaratık öldükten sonra Labyrinthos'tan çıkış yolunu bulabilsin diye çözüp arkasında bırakması için bir yumak iplik verdi. Daha sonra Theseus'la kaçtı. İkisi evlenmeyi planlıyordu ama tanrı Dionysos araya girdi.

Daidalos: Birçok ünlü antik icadın ve sanat eserinin yaratıcısı olan usta zanaatkâr. Ariadne'nin kullandığı dans alanı ve Minotauros'un hapsedildiği Labyrinthos bu eserlerin arasındadır. Oğlu İkaros'la birlikte Girit'te esir tutulan Daidalos, özgür kalmak için bir plan kurdu, balmumu ve kuş tüyleriyle iki çift kanat yaptı. İkaros'la ikisi kaçmayı başardılar ama İkaros güneşe çok yakın uçunca kuş tüylerini tutan balmumu eridi. Delikanlı denize düşüp boğuldu.

Elpenor: Odysseus'un adamlarından biri. *Odysseia*'da Kirke'nin evinin çatısından düşerek ölür.

Eurykleia: Hem Odysseus'un hem de Telemakhos'un eski dadısı. *Odysseia*'da Odysseus kılık değiştirmiş olarak döndüğünde onun ayaklarını yıkar ve bacağında bulunan, gençliğindeki bir domuz avından kalma yara izinden onu tanır.

Eurylokhos: Odysseus'un adamlarından biri ve kuzeni. *Odysseia*'da Odysseus'la ikisi sık sık çatışır, Helios'un kutsal ineklerini kesip yemek için diğerlerini ikna eden de Eurylokhos'tur.

Glaukos: Sihirli otlarla dolu bir çayırlıkta uyuyakaldıktan sonra dönüşüm geçiren bir balıkçı. Hikâyesinin bir versiyonu, Ovidius'un *Dönüşümler* kitabında anlatılır.

Hektor: Priamos'un büyük oğlu ve Troya'nın veliaht prensi Hektor gücüyle, asaletiyle ve ailesine duyduğu sevgiyle tanınırdı. *İlyada*'da Homeros, Hektor ile karısı Andromakhe ve küçük oğulları Astyanaks arasında geçen dokunaklı bir sahne aktarır. Hektor, Akhilleus'un âşığı Patroklos'u öldürdüğü için intikam almak amacıyla Akhilleus tarafından öldürülmüştür.

Helene: Antik dünyanın en güzel kadını olan Helene, Kraliçe Leda ile kuğu biçimine bürünmüş tanrı Zeus'un kızı ve Sparta Kraliçesi'ydi. Onunla evlenmek isteyen pek çok erkek vardı ve Odysseus'un bulduğu çözümle taliplerin hepsi kim galip gelirse gelsin bu evliliği koruyacağına yemin etmişti. Helene'yi Menelaos'a verdiler ama kendisi daha sonra Troya Prensi Paris'le kaçarak Troya Savaşı'nın başlamasına yol açtı. Savaştan sonra

Menelaos'la birlikte memleketi Sparta'ya döndü. Homeros'un anlattığına göre, Odysseus'un oğlu Telemakhos babasıyla ilgili bilgi edinmeye çalışırken Sparta'da Helene ile buluştu.

Herakles: Zeus'un oğlu, Yunan kahramanlarının en ünlüsü. Muazzam gücüyle tanınan Herakles, Zeus'un gönül ilişkilerinden birinden dünyaya gelmiş olması nedeniyle kendisinden nefret eden tanrıça Hera'nın verdiği ceza yüzünden on iki görev tamamlamak zorunda kalır.

İason: İolkos Prensi. Amcası Pelias tarafından tahtından edilince tahtı hak ettiğini kanıtlamak için bir maceraya atıldı. Kolkhis'in büyücü kralı Aietes'in elindeki Altın Post'u memleketine getirecekti. Koruyucu tanrıçası Hera'nın yardımıyla ünlü Argo gemisini ve Argonautlar adı verilen kahraman yoldaşlarını buldu. Kolkhis'e vardığında Kral Aietes ona bir dizi imkânsız görev verdi, ateş soluyan iki boğayı boyunduruğa vurmak da bu görevlerin arasındaydı. Aietes'in kızı cadı Medeia, İason'a âşık oldu ve görevlerinde ona yardım etti, postu alarak birlikte kaçtılar.

İkaros: Usta zanaatkâr Daidalos'un oğlu. Babasıyla birlikte kuş tüyleri ve balmumundan yapılmış kanatlarla Girit'ten kaçtılar. İkaros, babasının güneşe fazla yakın uçmaması yönündeki uyarılarına kulak asmadı ve balmumu eridi. Kanatlar parçalandı, İkaros da denize düştü.

Laertes: Odysseus'un babası ve İthaka Kralı. *Odysseia*'da hâlâ hayatta olmasına karşın saraydan elini eteğini çekmiş, üzüm bağlarında yaşamaktadır. Talipli ailelerine karşı Odysseus'un yanında durur.

Medeia: Kolkhis Kralı Aietes'in kızı ve Kirke'nin yeğeni. Babası ve halası gibi büyücüydü. İason, Altın Post'u ele geçirmeye geldiğinde kendisiyle evlenmesi ve yanında götürmesi karşılığında güçlerini kullanıp İason'a yardım etti. İkisi birlikte kaçtı ama Aietes peşlerine düştü, Medeia babasını ancak kanlı bir numarayla uzak tutabildi. Hikâyesi, Euripides'in ünlü *Medeia* trajedisinin de aralarında olduğu pek çok antik ve modern eserde anlatılır.

Minos: Zeus'un oğlu ve Girit'in güçlü kralı. Karısı Pasiphae tanrıçaydı ve Minotauros'un annesiydi. Minos, Atina'dan vergi olarak canavarı beslemek üzere kız ve erkek evlatlarını göndermesini talep etmişti. Ölümünden sonra yeraltı dünyasında diğer ruhların yargıcı olarak şeref makamına getirilmiştir.

Odysseus: İthaka'nın kurnaz prensi, tanrıça Athena'nın gözdesi, Penelope'nin kocası ve Telemakhos'un babası. Troya Savaşı sırasında Agamemnon'un başdanışmanlarından olan Odysseus, Yunanların savaşı kazanmasını sağlayan at hilesini düşünen kişidir. On yıl süren evine dönüş yolculuğu, Homeros'un *Odysseia* destanının konusunu oluşturur. Destanda Odysseus'un Kyklop'la, büyücü tanrıça Kirke'yle, Skylla'yla, Kharybdis'le ve Sirenler'le olan meşhur karşılaşmalarının hikâyeleri de yer alır. Homeros ona *polymetis* (binbir hünerli adam), *polytropos* (binbir dolambaçlı adam) ve *polytlas* (çok dayanıklı) gibi bir dizi kahramanca lakap yakıştırır.

Patroklos: Akhilleus'un en sevdiği can yoldaşı ve pek çok anlatıya göre aynı zamanda sevgilisi. Yunanları kurtarmak için Akhilleus'un zırhını giyme konusundaki önemli kararı, hikâyenin son sahnelerinin gelişimini belirler. Patroklos'un Hektor tarafından öldürülmesiyle yıkılan Akhilleus, Troyalılardan vahşice intikam alır, bu da Akhilleus'un ölümüyle sonuçlanır. *Odysseia*'da Odysseus yeraltı dünyasını ziyaret ettiğinde Patroklos'u Akhilleus'un yanında görür.

Penelope: Spartalı Helene'nin zekâsı ve sadakatiyle övgü toplayan kuzeni, Odysseus'un karısı, Telemakhos'un annesi. Odysseus savaştan sonra eve dönmeyince Penelope'nin etrafını saran talipliler kadını içlerinden biriyle evlenmesi için sıkıştırarak evini ele geçirdiler. Penelope'nin dokuduğu kefen bittiğinde biriyle evleneceğine dair verdiği söz meşhurdur. Gündüz dokuduğu kumaşı geceleri sökerek taliplileri senelerce oyalamıştır.

Pyrrhos: Akhilleus'un Troya'nın yağmalanmasında önemli rol oynayan oğlu. Troya Kralı Priamos'u öldürmüş, bazı hikâyelere göre büyüyüp intikam almasını engellemek için Hektor'un bebek oğlu Astyanaks'ı da katletmiştir.

Telegonos: Odysseus ile Kirke'nin oğlu, efsaneye göre İtalya'daki Tusculum ve Praeneste şehirlerinin kurucusudur.

Telemakhos: Odysseus ile Penelope'nin biricik oğlu, İthaka Prensi. *Odysseia*'da Homeros, Telemakhos'u babasının planlarına yardım edip evlerini kuşatan taliplilerden intikamını alırken gösterir.

Theseus: Atina'nın Minotauros'un vahşi iştahını doyurmak üzere vergi olarak göndermeye mecbur olduğu on dört gençle birlikte Girit'e yollanan Atina Prensi. Prenses Ariadne'nin yardımıyla Minotauros'u öldürdü.

CANAVARLAR

Kharybdis: Dar bir boğazın bir tarafında, canavar Skylla'nın hemen karşısında bulunan güçlü bir girdap. Skylla'nın dişlerinden kaçmaya çalışan gemiler burada yutuluyordu.

Minotauros: İsmini Girit Kralı Minos'tan alan Minotauros aslında Kraliçe Pasiphae ile kutsal, beyaz bir boğanın çocuğuydu. Daidalos, insan eti yiyen canavarı kapatmak için Labyrinthos'u inşa etti, Minos da Atina'dan, canavarı beslemek üzere kurban edilmek üzere on dört genç kız ve delikanlı gönderilmesini istedi. Bunlardan biri Atinalı prens Theseus'tu, o da canavarı öldürdü.

Polyphemos: Poseidon'un oğlu kyklop (tek gözlü dev, tepegöz). *Odysseia*'da Odysseus ve adamları Polyphemos'un adasında karaya çıkar, mağarasına girer ve erzakını yemeye başlarlar. Polyphemos onları yakalayınca hepsini mağarasında kapana kıstırır ve Odysseus'un adamlarından birkaçını yer. Odysseus dostça sözlerle canavarı kandırır, adının *Outis*, yani *hiç kimse* olduğunu söyler. Kaçmak için canavarı kör eder, yelken açtıktan sonra da gerçek adını açıklar. Polyphemos, Odysseus'u cezalandırması için babası Poseidon'u çağırır.

Sirenler: Genellikle kadın başlı, kuş gövdeli olarak tasvir edilen sirenler, sarp kayalıkların tepesine tüneyerek şarkı söylerdi. Sesleri o kadar tatlıydı ki onları duyan erkeklerin akılları başından gidiyordu. *Odysseia*'da Kirke, Odysseus'a güvenle geçebilmek için adamlarının kulaklarını balmumuyla tıkamasını öğütler, ayrıca kendisini de kulaklarını tıkamadan seren direğine bağlamasını önerir, böylece Odysseus, Sirenlerin büyüleyici şarkısını duyup hayatta kalan ilk kişi olabilecektir.

Skylla: Homeros'a göre, dar bir boğazın bir tarafında, Kharybdis girdabının karşısındaki bir mağarada saklanan altı başlı, on iki bacaklı yırtıcı bir canavar. Gemiler geçerken aşağıya uzanır, ağızlarının her biriyle bir denizciyi kapar ve yerdi. Daha sonraki anlatılarda kadın başlı, deniz canavarı kuyruklu olarak tasvir edilir ve karnından vahşi köpekler fışkırdığı söylenir. Ovidius'un *Dönüşümler* kitabında Skylla başlangıçta bir nympha'dır, sonradan canavara dönüşür.

TEŞEKKÜR

Bu kitabın yolculuğunu o kadar çok kişi destekledi ki hepsini sıralamam imkânsız. Bunun yerine içten bir teşekkürle yetinmeliyim. Arkadaşlarıma, aileme, öğrencilerime, okurlarıma ve bu kadim öykülere tutkuyla bağlı olup bunları bana anlatmaya vakit ayıran herkese teşekkür ederim.

Dan Burfoot'a harcadığı zaman ve erken taslaklardan biri üzerine paylaştığı keskin edebi sezgiler için teşekkür ediyorum. Çalışmalarım konusunda daima coşkulu olan, birkaç taslağı okumaya, hikâyelerden, efsanelerden ve feminizmden bahsetmeye daima hazır olan Jonah Ramu Cohen'e yürekten teşekkür ediyorum.

Klasik eserler konusundaki akıl hocalarıma, özellikle de David Rich'e, Joseph Pucci'ye ve Michael C.J. Putnam'a minnettarlık duymaya ve onlardan ilham almaya devam ediyorum. Birkaç önemli konuda görüşlerini almama izin veren zarif David Elmer'a da minnettarım. Yaptığım çarpıtmalar konusunda hiçbirinin sorumluluğu bulunmuyor.

Yazım sürecinde beni teşvik ettikleri için Margo Rabb, Adam Rosenblatt ve Amanda Levinson'a teşekkür borçluyum, aynı şekilde Sarah Yardney ve Michelle Wofset Rowe'a da. Kardeşim Tull'a ve karısı Beverly'ye sürekli destekleri için bütün sevgimi yolluyorum.

Yolculuk boyunca benimle olan sezgileri, büyük önem taşıyan bilgeliği ve sıcaklığı için Gatewood West'e en derin şükranlarımı sunuyorum.

Hayranlık uyandırıcı editörüm Lee Boudreaux'a zekice ve sabırlı yol göstericiliği için, çalışmalarıma duyduğu inanç için ve genel olarak incelikli biri olduğu için sonsuz derecede şükran duyuyorum. Şu muhteşem ekibe de ayrıca teşekkür ederim: Pamela Brown, Carina Guiterman, Gregg Kulick, Karen Landry, Carrie Neill, Craig Young ve Little, Brown'daki geri kalan herkese. Ayrıca harika Judy Clain ile Reagan Arthur'a coşkuları ve destekleri için özel olarak teşekkür etmek istiyorum.

Muhteşem Alexandra Pringle'a ve Birleşik Krallık Bloomsbury ailesinin tamamına büyük minnet duyuyorum. Ros Ellis, Madeleine Feeny, David Mann, Angelique Tran Van Sang, Amanda Shipp, Rachel Wilkie ve daha pek çok kişi.

Ayrıca her zamanki gibi, menajerlerin en iyisi olmayı sürdüren, sevgi dolu, parlak zekâlı ve çalışmalarımın yılmaz savunucusu, bir taslak daha okumaya daima hazır olan, şahane dost Julie Barer'a milyonlarca kez teşekkür ederim. The Book Group'taki bütün ekibe, özellikle Nicole Cunningham'a ve Jenny Meyer'a sonsuz teşekkürler. Ve elbette muhteşem Caspian Dennis ile Sandy Violette'e.

Sevgileri, destekleri ve muhteşem dedelikleri, büyükannelikleri için Jonathan Ve Cathy Drake'e duyduğum hayranlığı ve minneti ifade edecek sözcük yok. Teşekkür ederim. Tina, BJ ve Julia'ya da teşekkürler.

Sevgili üvey babam Gordon'a ve beni klasiklerle tanıştıran, çocukluğumun her gününde bana kitap okuyan ve bu kitabın yazılmasını başta, benim için ilk *dux femina facti* örneğini oluşturması olmak üzere beni irili ufaklı binbir şekilde destekleyen annem Madeline'e sevgi ve büyük minnet duyuyorum.

Sihirleriyle hayatımı değiştiren, saatlerce ortadan kaybolmama sabırla dayanan, ışıltılı ve güçlü V. ile F.'ye sevgiler. Son olarak, her sayfada yanımda olan *sine quo non*'um Nathaniel'e sonsuz teşekkürlerimi ve sevgilerimi sunuyorum.

İSKANDİNAV MİTOLOJİSİ
NEIL GAIMAN
ithaki